KB146812

THE LINCOLN HIGHWAY

Copyright by Amor Towles ⓒ 2021
Published by arrangement with William Morris Endeavor Entertainment, LLC.
All rights reserved.

Korean Translation Copyright by Hyundae Munhak Publishing Co., Ltd. ⓒ 2022
Korean edition is Published by arrangement
with William Morris Endeavor Entertainment, LLC.
through Imprima Korea Agency.

이 책의 한국어판 저작권은 Imprima Korea Agency를 통해
William Morris Endeavor Entertainment, LLC.와 독점 계약한 (주)현대문학에 있습니다.
저작권법에 의해 한국 내에서 보호를 받는 저작물이므로 무단 전재와 무단 복제를 금합니다.

THE LINCOLN HIGHWAY

링컨
하이웨이

에이모 토울스 장편소설
서창렬 옮김

H
현대문학

나의 형제 스토클리와 킴브러를 위해

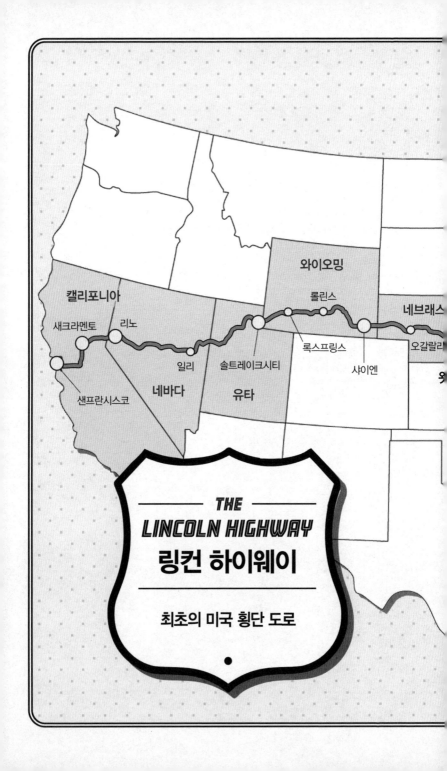

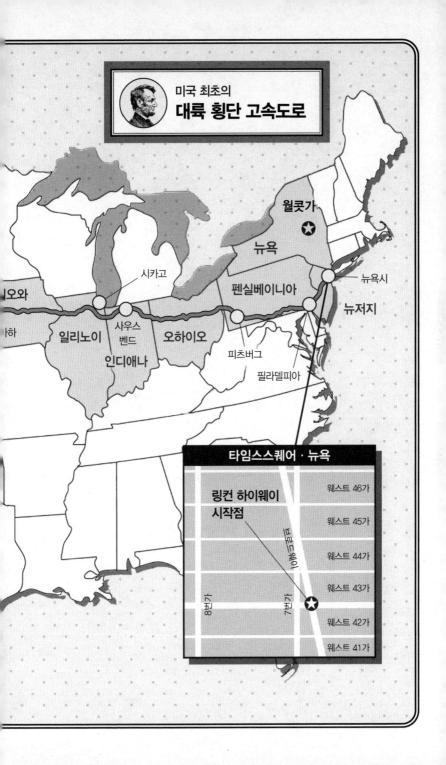

차 례

일러두기

* 본문의 주는 모두 옮긴이 주입니다.
* 숫자와 결합된 도로명의 경우, 스트리트Street는 '가'로, 애비뉴Avenue는 '번가'로 구분하여 옮겼습니다.
* 작중에 인용된 성경 구절은 한국 성서공동번역위원회가 편찬한 『공동번역성서』를 참고했음을 밝혀둡니다.

저녁의 평야,

비옥하고 어둠침침하고 노상 고요하다.

강하고 모진 기운 가득한,

새로이 일군 짙고 검은 수 마일의 땅.

밀이 자라고, 잡초가 자란다.

고되게 일하는 말, 노곤한 사람들,

인적 없는 긴 길,

스러져가는 침울하고 붉은 석양빛,

무심하기 짝이 없는 영원한 하늘.

이 모든 것에 당당히 맞시기라, 젊은이여…….

『오, 개척자여!』

윌라 캐더

에밋

1954년 6월 12일. 설라이나에서 모건까지 가는 데 세 시간이 걸렸고, 그동안 에밋은 거의 말을 하지 않았다. 처음 60마일 정도를 가는 동안 윌리엄스 원장은 친근하게 얘기를 주고받으려 노력했다. 원장은 동부에서 살았던 자신의 어린 시절 이야기를 몇 가지 들려주었고, 에밋의 농장 생활에 대해 몇 가지 질문을 했다. 그러나 이번이 그들 두 사람이 서로를 마지막으로 보는 시간일 터이므로 에밋은 지금 그런 얘기를 시시콜콜 하는 것이 마뜩지 않았다. 그래서 차가 캔자스주 경계를 넘어 네브래스카주로 들어섰을 즈음 원장이 라디오를 켜자 창밖의 대초원을 응시했다.

마을에서 남쪽으로 5마일쯤 내려갔을 때 에밋이 앞 유리를 통해 손가락으로 방향을 가리켰다.

"다음번에 우회전하세요. 그런 다음 6마일을 더 가면 흰색 집이 나올 거예요."

원장은 차의 속도를 늦추고 우회전했다. 차는 매커스커네 집을 지나쳤고, 몇 분 후에는 한 쌍의 큼지막한 빨간색 헛간이 있는 앤더슨네 집을 지나갔다. 몇 분 후에 그들은 길에서 30야드쯤 떨어진 곳의 작은 참나무 숲 옆에 자리한 에밋의 집을 볼 수 있었다.

에밋의 눈에 이 지역의 모든 집들은 하늘에서 떨어진 것처럼 보였다. 왓슨가는 특히 더 험하게 땅에 떨어진 것처럼 보였다. 지붕 선은 굴뚝 양쪽으로 축 처졌고, 창틀은 비스듬히 기울어서 창문의 절반은 잘 열리지 않고 나머지 절반은 잘 닫히지 않았다. 그들은 또 물막이 판자의 페인트가 뜨고 벗겨진 것을 곧 보게 될 터였다. 그러나 차가 진입로에서 100피트 이내의 거리에 이르렀을 때 원장은 길가에 차를 세웠다.

"에밋," 원장이 운전대에 두 손을 얹은 채 말했다. "들어가기 전에 할 말이 있다."

윌리엄스 원장이 할 말이 있다고 한 것은 그리 놀랄 일이 아니었다. 에밋이 처음 설라이나 소년원에 도착했을 때 당시의 소년원 원장은 인디애나주 출신의 애컬리라는 사람이었는데, 그는 더 효과적으로 훈계할 수 있는 몽둥이라는 도구를 놔두고 굳이 말로 훈계하는 사람이 아니었다. 그러나 윌리엄스 원장은 석사 학위를 지닌 선량한 사람으로, 책상 뒤쪽에 프랭클린 D. 루스벨트[+]의 사진 액자를 걸어둔 현대인이었다. 그는 자신이 책과 경험으로부터 많은 것을 배우고 깨쳤다고 여겼으며, 그러한 것들을 뜻대로 조언으로 바꾸어 전달할 수 있는 많은 표현을 마음에 담아두고 있었다.

[+] 미국의 제32대 대통령.

"설라이나 소년원에 오게 된 젊은이들 가운데 일부는 말이야," 그가 말했다. "그들이 무슨 일을 저질러서 우리의 영향력 아래 들어오게 되었던 간에 아무튼 그 일은 그들의 순탄치 못한 긴 인생 여정의 시작일 뿐이야. 그들은 어렸을 때 옳고 그름에 대한 감각을 익힐 기회를 거의 얻지 못했고, 지금은 그것을 배워야 할 이유를 거의 알지 못하는 소년들이지. 우리가 그들에게 심어주려고 애쓰는 그 어떤 가치관이나 야망도 십중팔구 그들이 우리의 시야에서 벗어나 걸어 나가는 순간 내팽개쳐질 거야. 슬프게도 그런 아이들의 경우, 결국 토피카*의 교정 시설이나 더 나쁜 곳에 들어가게 되는 것은 시간문제일 뿐이지."

원장은 에밋에게 고개를 돌렸다.

"에밋, 내가 말하고자 하는 것은 넌 그런 애가 아니라는 거야. 우린 서로 안 지 오래되지 않았지만, 너와 함께 보낸 시간을 통해서 나는 그 아이의 죽음이 네 양심을 무겁게 짓누르고 있다는 걸 알 수 있어. 그날 일어난 일이 악한 본성을 반영한다거나 네 성격이 드러난 것이라고 생각하는 사람은 아무도 없다. 운이 나빠서 벌어진 일일 뿐이야. 그러나 사회집단의 구성원으로서 우리는 의도치 않게 타인의 불행을 초래한 사람이라 할지라도 어느 정도 처벌을 받기를 요구하지. 물론 처벌을 내리는 것은 부분적으로는—그 아이의 가족처럼—크나큰 불행으로 고통받는 사람들을 만족시키기 위한 거야. 그렇지만 문명사회의 구성원으로서 우리는 불행의 **중개자**였던 젊은이를 위해서도 그 대가를 치르기를 요구하는 거란다. 그 젊은이에

✦ 미국 캔자스주의 주도州都로 일반 교도소가 있다.

게 빚을 갚을 기회를 줌으로써, 약간의 위안과 속죄감을 얻고 갱생의 과정을 시작할 수 있게끔 하려고 말이야. 내 말 알겠니, 에밋?"

"알겠어요, 원장님."

"알겠다니 다행이다. 너에겐 지금 돌봐야 할 동생이 있고, 당분간은 살아가는 게 버겁게 느껴질 거라는 걸 안다. 하지만 넌 똑똑한 청년이고 네 앞엔 창창한 인생이 펼쳐져 있어. 넌 이제 빚을 다 갚았어. 난 네가 네 자유를 최대한 활용하길 바랄 뿐이다."

"저도 그러려고 마음먹고 있어요, 원장님."

그 순간 에밋의 말은 진심이었다. 왜냐하면 원장의 말에 대부분 수긍이 갔기 때문이다. 그는 자신의 삶이 자기 앞에 있다는 것을 너무나도 잘 알았고, 동생을 돌보아야 한다는 것도 잘 알았다. 또한 자신이 불행의 창조자라기보다는 불행의 중개자였다는 것도 알고 있었다. 그러나 그는 빚을 다 갚았다는 것에는 동의하지 않았다. 아무리 많은 우연이 작용했다 할지라도 자신의 손으로 다른 사람에게 주어진 이 세상에서의 시간을 끝내버린 이상, 전지전능하신 신께 그분의 자비를 받을 만한 가치가 있는 사람이라는 것을 증명하려면 남은 삶 전부를 바쳐야 할 터였다.

원장은 기어를 넣고 왓슨가 진입로로 들어섰다. 현관 옆 공터에는 차가 두 대 있었다. 한 대는 세단이고 한 대는 픽업트럭이었다. 원장은 픽업트럭 옆에 차를 세웠다. 원장과 에밋이 차에서 내리자 손에 카우보이모자를 든 키 큰 남자가 현관문을 나와 내려왔다.

"왔구나, 에밋."

"안녕하세요, 랜섬 아저씨."

원장이 목장 주인에게 손을 내밀었다.

"윌리엄스 원장입니다. 수고스럽게 저희를 만나러 와주셔서 감사합니다."

"전혀 수고스럽지 않아요, 원장님."

"에밋을 알고 지낸 지 오래되었죠?"

"얘가 태어났을 때부터 알았답니다."

원장은 에밋의 어깨에 손을 얹었다.

"그렇다면 이 친구가 얼마나 훌륭한 청년인지 설명할 필요는 없겠군요. 차에서 제가 말해줬어요, 이제 사회에 진 빚을 갚았으니 네 앞에 창창한 인생이 펼쳐져 있다고요."

"그렇고말고요." 랜섬 씨가 동의했다.

세 사람은 말없이 서 있었다.

중서부에서 생활한 지 1년도 채 되지 않은 원장이었지만, 남의 농가 현관 발치에 서 있는 지금 그는 대화를 주고받은 이 시점에서는 집 안으로 들어가서 뭐 시원한 거라도 마시자는 초대를 받을 가능성이 있고, 그런 초대를 받으면 기꺼이 받아들여야 한다는 사실을 알고 있었다. 머지않아 세 시간 거리를 운전해서 돌아가야 할지라도 그 초대를 거절한다면 무례한 태도로 받아들여질 것이기 때문이다. 그러나 에밋도 랜섬 씨도 원장을 집 안으로 초대할 기미는 전혀 보이지 않았다.

"음," 잠시 후 원장이 말했다. "저는 돌아가야 할 것 같아요."

에밋과 랜섬 씨는 원장에게 마지막 감사를 표하며 악수를 한 다음, 원장이 차에 올라 떠나가는 것을 지켜보았다. 원장의 차가 반의반 마일쯤 길을 내려갔을 때 에밋은 공터의 세단을 향해 끄덕 고갯짓을 했다.

"저건 오버마이어 씨 차예요?"

"그래, 지금 부엌에서 기다리고 있어."

"빌리는요?"

"빌리는 이따가 데려오라고 샐리에게 말해뒀다. 너와 톰 오버마이어가 업무 얘기를 끝낼 수 있도록 말이야."

에밋은 고개를 끄덕였다.

"안으로 들어가도 되겠니?" 랜섬 씨가 물었다.

"빨리 들어갈수록 좋아요." 에밋이 말했다.

그들은 톰 오버마이어가 조그만 부엌 테이블에 앉아 있는 것을 보았다. 그는 흰색 반소매 셔츠에 넥타이 차림이었다. 만약 정장 차림으로 이곳에 온 거라면, 그가 앉은 의자 등받이에 옷이 걸려 있지 않은 것으로 보아 양복 상의는 차 안에 두고 온 게 틀림없었다.

에밋과 랜섬 씨가 문을 열고 들어갔을 때, 마치 두 사람이 그 은행원이 있는 곳으로 불시에 들이닥친 것처럼 보였다. 왜냐하면 은행원이 갑자기 의자를 거칠게 뒤로 밀치며 일어나서 손을 내밀었는데, 그 모든 움직임이 하나의 단일한 동작처럼 황급히 이루어졌기 때문이다.

"여, 에밋. 만나서 반갑다."

에밋은 아무 대꾸 없이 은행원과 악수했다.

주위를 둘러본 에밋은 바닥이 청소되어 있고, 싱크대는 아무것도 없이 깨끗하고, 캐비닛은 닫혀 있다는 것을 알아차렸다. 부엌은 에밋의 기억 속 그 어느 때보다도 더 깨끗해 보였다.

"자," 오버마이어 씨가 손으로 테이블을 가리키며 말했다. "모두

앉읍시다."

에밋은 은행원 맞은편 의자에 앉았다. 랜섬 씨는 문틀에 어깨를 기대고 서 있었다. 테이블 위에는 두툼한 갈색 서류철이 있었다. 서류철은 마치 다른 누군가가 거기에 놓고 간 것처럼 은행원의 손이 미치는 범위 바로 바깥에 놓여 있었다. 오버마이어 씨가 헛기침을 하며 목을 가다듬었다.

"에밋, 우선 아버지 일에 대해 심심한 애도를 표한다. 네 아버지는 훌륭한 분이셨어. 병으로 돌아가시기엔 너무 이른 나이였지."

"고맙습니다."

"네가 장례식에 왔을 때 월터 에버스탯이 너와 함께 앉아서 아버지의 재산에 대해 논의했다던데."

"그랬죠." 에밋이 말했다.

은행원은 이해한다는 표정을 지으며 고개를 끄덕였다.

"그렇다면 네 아버지가 3년 전에 이전의 담보대출에 더해 새 대출을 받았다는 걸 월터가 설명해주었을 거야. 그 당시 아버지는 더 좋은 농사 장비를 장만하기 위해서라고 말했지. 그런데 실은 그 대출금의 상당 부분이 이전의 빚을 갚는 데 쓰였던 것 같아. 우리가 이곳에서 발견한 새 농기계라곤 헛간에 있는 존디어◆ 트랙터뿐이었으니까. 그건 중요한 문제가 아니겠지만 말이야."

에밋과 랜섬 씨가 그 말에 굳이 대꾸하지 않는 것으로 봐서 둘 다 그건 중요한 문제가 아니라는 데 동의하는 것 같았다. 은행원은 다시 헛기침을 했다.

◆ 미국의 농기계 제조업체.

"내 말의 요점은 지난 몇 년 동안의 수확량이 네 아버지의 바람과는 거리가 멀었다는 사실이야. 더욱이 올해는 아버지가 돌아가셨으니 수확이 전혀 없겠지. 그래서 우린 어쩔 수 없이 대출을 회수하지 않을 수 없게 되었어. 달갑지 않은 일이라는 걸 나도 잘 알아, 에밋. 하지만 우리 은행으로서도 쉽지 않은 결정이었다는 걸 이해해주기 바란다."

"이제 당신들에겐 그런 건 꽤나 쉬운 결정일 텐데요," 랜섬 씨가 말했다. "그런 결정을 얼마나 많이 내리고 있는지를 고려하면 말이죠."

은행원은 목장 주인을 쳐다보았다.

"이봐요, 에드. 그건 부당한 말이라는 걸 알잖아요. 담보권을 행사할 요량으로 대출을 해주는 은행은 없어요."

은행원은 다시 에밋에게 시선을 돌렸다.

"대출의 본질은 제때 이자와 원금을 상환해야 한다는 거야. 그렇다 해도 잘나가던 고객이 어려운 상황에 빠지면 우린 한발 뒤로 물러나서 우리 나름대로 할 수 있는 일을 해. 대출 기간을 연장하고 상환을 연기해주지. 네 아버지가 아주 좋은 예야. 네 아버지가 어려운 상황에 처하기 시작했을 때 우린 그분에게 시간을 좀 주었어. 그리고 아버지가 병이 들자 시간을 조금 더 주었지. 그렇지만 종종 아무리 많은 시간을 주더라도 극복할 수 없을 만큼 인간의 불운이 커져버리는 경우도 있어."

은행원은 팔을 뻗어 갈색 서류철에 손을 얹음으로써 드디어 그것이 자기 것임을 강조했다.

"에밋, 우린 한 달 전에 이 부동산을 정리하고 매물로 내놓을 수도 있었어. 그렇게 하는 게 우리 권리에 합당한 조처였지. 하지만 그렇게 하지 않았어. 네가 설라이나에서 형기를 마치고 집으로 돌아와 침대에서 잠을 이룰 수 있는 날을 기다린 거야. 네가 서두르지 않고 동생과 함께 차분히 집 안을 살펴보며 가구와 개인 소지품을 정리할 수 있는 기회를 갖기 원했던 거라고. 제길, 우린 심지어 전력 회사에 우리가 비용을 낼 테니 가스와 전기를 끊지 말고 그냥 놔두라고 얘기하기까지 했어."

"그렇게 해줘서 정말 고맙습니다." 에밋이 말했다.

랜섬 씨가 끙 소리를 냈다.

"하지만 이제 네가 집에 돌아왔으니," 은행원이 말을 계속했다. "이 문제가 결론 나는 걸 보게 된다면 관련된 모든 사람에게 더없이 좋은 일일 거야. 네 아버지 재산의 집행자로서 우린 네가 몇 가지 서류에 서명해주길 바라고 있어. 그리고 미안한 얘기지만, 몇 주 내에 동생과 함께 이사 갈 수 있도록 준비해야 할 거야."

"서명해야 할 게 있다면 지금 해요."

오버마이어 씨는 서류철에서 서류를 몇 장 꺼냈다. 그는 그것을 에밋 쪽으로 돌려놓고 페이지를 넘겨가면서 개별 조항과 하위 조항의 취지를 설명하고 전문 용어를 쉬운 말로 풀어준 다음, 서명할 자리와 이름 머리글자를 써넣을 자리를 가리켰다.

"펜 있어요?"

오버마이어 씨가 에밋에게 자신의 펜을 건넸다. 에밋은 깊이 생각하지 않고 머리글자를 써넣고 서명을 했다. 그런 다음 그 서류들을 지그시 밀어 건넸다.

"됐죠?"

"하나 더 있어." 은행원이 다시 서류를 안전하게 서류철에 넣은 다음 말했다. "헛간에 있는 차. 이 집에 대한 통상적인 재산 조사를 했을 때 우린 자동차 등록증이나 열쇠를 찾지 못했어."

"그게 왜 필요한데요?"

"네 아버지가 두 번째 대출을 받은 건 특정한 농기계를 구입하기 위해서가 아니었어. 그 돈은 농장을 위한 어떤 새 설비 자금으로도 쓰이지 않았어. 내 생각엔 대출금이 개인 차량과 관련 있는 것 같아."

"그 차는 대출과 무관해요."

"이봐, 에밋……."

"그 차는 아버지 것이 아니기 때문에 대출과 무관한 거예요. 그건 제 차예요."

오버마이어 씨는 의심과 동정심이 뒤섞인 표정으로 에밋을 바라보았다. 에밋이 생각하기에 그 두 가지 감정은 같은 얼굴에 동시에 떠올라서는 안 되는 것이었다. 에밋은 호주머니에서 지갑을 꺼낸 다음 그 안에 든 자동차 등록증을 빼서 테이블에 내려놓았다.

은행원이 그걸 집어 들어 살펴보았다.

"차가 네 이름으로 등록되어 있군그래, 에밋. 그렇지만 아버지가 널 위해서 구입한 거라면……."

"아니에요."

은행원은 도움을 요청하는 표정으로 랜섬 씨를 쳐다보았다. 그러나 아무런 도움도 받을 수 없다는 것을 깨닫고 다시 에밋에게 시선을 돌렸다.

"2년에 걸쳐 여름철 동안 슐트 씨를 도와 일했어요." 에밋이 말했다. "그렇게 돈을 벌어서 그 차를 산 거예요. 집의 뼈대를 짜거나 지붕널을 깔았죠. 현관 수리도 했고요. 심지어 부엌에 새 캐비닛을 설치하는 걸 돕기도 했어요. 제 말을 못 믿겠으면 슐트 씨에게 가서 물어봐도 좋아요. 하지만 어떻든 간에 당신은 그 차에 손대지 못할 거예요."

오버마이어 씨가 인상을 찌푸렸다. 그러나 에밋이 자동차 등록증을 회수하기 위해 손을 내밀었을 때 은행원은 별다른 이의 없이 등록증을 돌려주었다. 그가 서류철을 챙겨 들고 자리를 뜰 때 에밋도 랜섬 씨도 문까지 배웅해주지 않은 것에 그는 특별히 놀라지 않았다.

은행원이 떠난 뒤 랜섬 씨는 밖으로 나가 샐리와 빌리를 기다렸고, 에밋은 혼자 남아 집 안을 거닐었다.

부엌과 마찬가지로 거실도 평소보다 더 깨끗했다. 쿠션이 소파 양 모서리에 기대어 세워져 있었고, 몇 권의 잡지가 커피 테이블 위에 가지런히 쌓여 있었으며, 아버지의 책상 윗면은 말끔했다. 위층 빌리 방 침대의 잠자리는 깔끔하게 정돈되어 있었고, 빌리가 모으는 병뚜껑과 깃털은 선반에 가지런히 놓여 있었으며, 바깥 공기가 들어올 수 있도록 창문 하나가 열려 있었다. 빌리의 침대 위쪽에 걸린 전투기들이 가볍게 흔들릴 만큼 외풍이 들어오는 것으로 보아 그 창문 맞은편에 있는 복도 쪽 창문 하나도 열려 있는 게 틀림없었다. 그것들은 각각 스핏파이어, 워호크, 선더볼트를 본뜬 모형 전투기였다.

에밋은 그 모형 전투기들을 보고 슬며시 웃었다.

그것들은 에밋이 지금 빌리의 나이 때쯤에 만든 전투기였다. 1944년에, 에밋과 친구들이 얘기할 수 있는 거라곤 유럽과 태평양 전장에서 벌어지고 있는 전투 이야기, 그러니까 시칠리아 해변에 기습적으로 상륙한 제7군 사령관 패튼에 관한 이야기나 솔로몬해 해상에서 적들을 농락한 패피 보잉턴의 '검은 양 떼 부대'에 관한 이야기밖에 없던 때에 어머니가 그에게 비행기 조립 용품 세트를 주었다. 에밋은 부엌 테이블에서 그 모형들을 엔지니어처럼 신중하고 꼼꼼하게 조립했다. 그런 다음 조그만 병에 든 에나멜페인트 네 병과 아주 작은 붓을 사용하여 기체에 휘장과 인식 번호를 그려 넣었다. 작업이 끝났을 때 에밋은 항공모함 갑판에 있는 전투기들처럼 그것들을 자신의 서랍장 위에 대각선으로 늘어놓았다.

빌리는 네 살 때부터 그 전투기들을 감탄의 눈으로 바라보았다. 때때로 학교에서 돌아온 에밋은 빌리가 서랍장 옆 의자에 올라서서 전투기 조종사의 언어로 혼잣말을 중얼거리는 것을 보곤 했다. 그래서 빌리가 여섯 살이 되었을 때 에밋과 아버지는 깜짝 생일 이벤트로 그 전투기들을 빌리의 침대 위 천장에 매달아주었다.

에밋은 다시 복도를 따라서 아버지의 방으로 갔다. 거기서도 방이 깨끗이 정리된 증거를 발견했다. 침구가 말끔히 정돈되어 있었고, 서랍장 위 사진 액자들은 먼지 하나 없었으며, 커튼은 리본으로 묶여 있었다. 에밋은 창문으로 다가가서 아버지의 땅을 바라보았다. 20년간 경작된 후 단 한 철 방치되었을 뿐인데, 밭에서는 벌써 지칠 줄 모르는 자연의 진격을 볼 수 있었다. 초원의 풀 사이에 자리 잡고 번식하는 산쑥과 금방망이와 엉겅퀴 따위가 눈에 띄는 것이었다. 몇 년만 더 방치한다면 누군가가 이 땅에서 농사를 지었다는 사실도 알 수 없을 것이다.

에밋은 고개를 저었다.

불운…….

오버마이어 씨는 불운이라고 했다. 극복할 수 없을 만큼 큰 불운. 어느 정도는 그 은행원 말이 옳았다. 불운에 관해 말하자면, 에밋의 아버지는 언제나 불운이 넘쳐흘렀다. 그러나 그건 운수가 지독히 나빴기 때문만은 아니었다는 것을 에밋은 알고 있었다. 왜냐하면 잘못된 판단에 관해 말하자면, 아버지 찰리 왓슨은 그 역시도 넘쳐났던 것이다.

1933년 보스턴에서 새 아내와 함께 네브래스카주로 온 에밋의 아버지는 이 땅을 일구려는 꿈을 가지고 있었다. 이후 20년 동안 아버지는 밀, 옥수수, 콩뿐 아니라 알팔파까지 재배하려 했지만, 매번 좌절감을 맛보아야 했다. 아버지가 한 해 동안 재배할 작물로 물이 많아야 잘 자라는 작물을 선택했을 때는 2년 동안 가뭄이 들었다. 아버지가 햇빛을 많이 쬐어야 잘 자라는 작물로 바꾸었을 때는 서쪽 하늘에 뇌우를 몰고 오는 구름이 짙게 끼곤 했다. 자연은 원래 무자비하다고 말할 수도 있을 것이다. 자연은 원래 무심하고 예측할 수 없다고 말이다. 하지만 2, 3년마다 재배 작물을 바꾸는 농부라니? 에밋은 어린 나이에도 아버지의 그런 태도는 자신이 무엇을 하고 있는지 모르는 사람의 특징이라는 것을 알았다.

헛간 뒤쪽에는 독일에서 수입한 특별한 수수 수확 장비가 있었다. 한때는 필수적인 장비로 여겨졌지만 곧 불필요한 장비가 되었고, 이제는 아무짝에도 쓸모가 없어졌다. 아버지는 수수 재배를 그만두었을 때 얼른 그 장비를 되팔아버릴 만큼 훌륭한 감각을 갖지 못했기 때문이다. 아버지는 비와 눈에 노출된 헛간 뒤 공터에 그걸 그냥 내팽개쳐두었다. 에밋이 지금 빌리의 나이였을 때 이웃 농장에 사는 친구들이 놀러 오곤 했다. 전쟁이 한창일 때라 남자아이들은 기계만 있으면 그게 무엇이건 올라타서 탱크인 척하며 놀기 좋아하던 시절이었다. 그럼에도 그 수확 장비는 어딘지 모르게 불길하며, 그 녹슨 기계 안에는 가까이해서는 안 될 실패의 유산이 들어 있다는 것을 본능적으로 느낀 아이들은 개구쟁이처럼 보이지 않기 위해서든 자기 자신을 지키기 위해서든 아무튼 그 기계에는 발도 들여놓지 않았다.

그래서 에밋의 학교생활이 거의 끝나가던 열다섯 살 때의 어느 저녁, 에밋은 자전거를 타고 시내로 가서 슐트 씨의 집 대문을 두드리고 일자리를 달라고 부탁했다. 슐트 씨는 에밋의 부탁에 어리둥절해하며 그를 저녁 식사 자리에 앉히고 파이 한 조각을 대접했다. 그러고 나서 에밋에게 도대체 왜 농장에서 자라는 아이가 못을 박으면서 여름을 보내고 싶어 하는지 물었다.

그것은 슐트 씨가 친절한 사람이라는 것을 알고 있었기 때문도 아니고, 슐트 씨가 마을에서 가장 멋진 집에 살고 있기 때문도 아니었다. 에밋이 슐트 씨에게 간 것은 무슨 일이 있어도 목수는 언제나 일거리가 있을 거라고 생각했기 때문이다. 집은 아무리 잘 짓는다 해도 세월이 가면 허름해지고 부서지게 마련이다. 경첩이 느슨해지고, 마룻장이 닳고, 지붕의 이음매가 떨어져 나간다. 시간이 집에 피해를 줄 수 있는 무수히 많은 방식을 보고자 한다면 그저 집 안팎을 걷기만 해도 된다.

여름 몇 달 동안 천둥이 우르릉거리거나 건조한 바람이 우우 몰아치는 밤이면 에밋은 옆방의 아버지가 잠을 이루지 못하고 뒤척이는 소리를 들을 수 있었는데, 아버지로서는 충분히 그럴 만했다. 담보대출을 받은 농부는 두 팔을 벌리고 눈을 감은 채 다리 난간 위를 걷는 사람과도 같기 때문이었다. 그것은 풍요와 몰락의 차이가 몇인치의 비나 며칠 밤의 서리에 의해 결정될 수도 있는 생활 방식이었다.

그러나 목수는 날씨 걱정으로 밤에 잠 못 이루는 일은 없었다. 목수는 오히려 자연의 극심한 변화를 **환영했다**. 폭우와 가뭄과 토네이도를 환영했다. 곰팡이가 슬고 벌레가 생기는 것을 환영했다. 이런 것들은 천천히, 그러나 어김없이 토대를 약화시키고 들보를 부식시키고 회반죽을 마모시킴으로써 주택의 원상을 훼손하는 자연의 힘이었다.

슐트 씨가 물었을 때 에밋은 이 모든 것을 말하지는 않았다. 그는 포크를 내려놓으며 간단히 이렇게 대답했다.

"슐트 아저씨, 제가 알기로는 소를 키운 사람은 욥[+]이었고, 망치를 가지고 일한 사람은 노아[++]였어요."

슐트 씨는 껄껄 웃더니 에밋을 즉석에서 고용했다.

그 지역에 사는 농부들 대부분은, 만약 어느 날 밤 장남이 집에 돌아와 목수 밑에서 일하기로 했다고 얘기했다면 장남을 쉽사리 잊히지 않을 만큼 호되게 꾸짖었을 것이다. 그런 다음 차를 몰고 목수의 집으로 가서 그에게 다음번에 다른 사람의 아들을 받아들여 훈련시키는 것이 선뜻 내키지 않을 만큼 뇌리에 각인될 몇 마디 말을

[+] 구약성경 『욥기』의 주인공으로, 가혹한 시련을 견뎌내고 믿음을 굳게 지킨 인물.
[++] 구약성경 『창세기』에 나오는 대홍수 이야기의 주인공.

해주었을 것이다.

그러나 그날 밤 에밋이 집에 돌아와 슐트 씨 밑에서 일하기로 했다고 말했을 때 아버지는 화를 내지 않았다. 귀 기울여 들었다. 아버지는 잠시 곰곰이 생각하고 나서 슐트 씨는 좋은 사람이고 목수 일은 유용한 기술이라고 말했다. 그리고 그해 여름 첫 출근 날, 아버지는 에밋에게 아침을 정성껏 차려주고 도시락을 싸주었으며, 그런 다음 다른 사람의 일터로 가는 아들을 축복하며 배웅했다.

아마 그것 역시 잘못된 판단의 자취였을 것이다.

━━━

다시 아래층으로 내려간 에밋은 랜섬 씨가 두 팔을 무릎에 올려놓고 현관 계단에 앉아 있는 것을 보았다. 모자는 여전히 손에 들려 있었다. 에밋은 랜섬 씨 옆에 앉았다. 두 사람 다 작물을 심지 않은 들판을 바라보았다. 랜섬 씨의 목장이 시작되는 곳임을 표시하는, 반 마일 떨어진 곳에 세워진 울타리가 어렴풋이 눈에 들어왔다. 에밋의 최근 계산에 따르면 랜섬 씨는 1000마리가 넘는 소를 기르고 열다섯 명의 일꾼을 두고 있었다.

"빌리를 맡아줘서 고마워요." 에밋이 말했다.

"빌리를 맡은 건 우리가 할 수 있는 최소한의 도리였어. 게다가 그게 샐리를 얼마나 기쁘게 했는지 너도 알 거야. 샐리는 나를 위해 집안일을 하는 건 질색하지만, 네 동생을 돌보는 일에는 아주 딴판이란다. 빌리가 온 이후로 우리는 **다들** 음식을 더 잘 먹었어."

에밋은 빙그레 웃었다.

"마찬가지예요. 빌리에게 큰 도움이 되었을 거예요. 그리고 저도 빌리가 아저씨 집에 있다는 것을 알고 안심했어요."

랜섬 씨는 젊은이의 감사 표현을 받아들이며 고개를 끄덕였다.

"윌리엄스 원장은 좋은 사람인 것 같더구나." 잠시 후 그가 입을 열었다.

"좋은 사람이에요."

"캔자스주 출신처럼 보이지 않던데……."

"네, 필라델피아에서 자랐대요."

랜섬 씨가 손에 든 모자를 돌렸다. 에밋은 랜섬 씨의 마음에 뭔가 걸리는 것이 있음을 알 수 있었다. 랜섬 씨는 그걸 어떻게 말해야 할지, 혹은 그걸 말해야 할지 말아야 할지 마음을 정하려 애쓰고 있었다. 아니면 말하기 적절한 때를 엿보고만 있었는지도 모른다. 그러나 그 적절한 때는 종종 지금 1마일 정도 떨어진 길 위에서 피어오르는 먼지구름 같은 외부 요인에 의해 정해지기도 한다. 그 먼지구름은 랜섬 씨의 딸이 오고 있다는 신호였다.

"에밋, 네가 빚을 갚았다고 한 윌리엄스 원장의 말은 옳았어." 그가 말했다. "사회에 진 빚에 관한 한은 말이야. 하지만 이곳은 필라델피아보다 훨씬 작은 마을이야. 모건에 사는 모든 사람들이 원장처럼 생각하지는 않을 거라고."

"스나이더 가족 말이군요."

"그래, 에밋, 스나이더 가족. 그러나 꼭 그 사람들만은 아니야. 이 지역에는 그들의 사촌들이 있어. 그들의 이웃도 있고 그 가족의 오랜 친구들도 있어. 사업상의 거래처 사람들도 있고 같은 교회의 신도들도 있지. 지미 스나이더가 어떤 곤경에 빠졌든 그건 지미 자신이 초래한 것과 다름없다는 걸 우리는 모두 알고 있어. 17년 평생 쓰레기 같은 삶을 살아왔잖아. 그렇지만 그 점은 지미의 형제들에겐 아무런 영향도 끼치지 못해. 전쟁에서 조 주니어를 잃고 난 뒤엔 더욱더 말이야. 네가 설라이나 소년원에서 고작 18개월을 보내게 된 것에 그들이 기분 상했다면, 네 아버지가 돌아가시는 바람에 네가 몇 개월 일찍 출소했다는 걸 안 녀석들은 분명 몹시 분노한 상태일 거야. 너로 하여금 자신들의 서슬 퍼런 분노를 가능한 한 크게, 가능한 한 자주 느끼게 하려 하겠지. 따라서 네 앞에 창창한 인생이 펼쳐져 있긴 하지만, 아니, 오히려 네 앞에 창창한 인생이 펼쳐져 있기 때문에 여기가 아닌 다른 곳에서 네 인생을 시작하는 걸 고려해보는 게 좋을 것 같구나."

"그 문제라면 걱정 마세요." 에밋이 말했다. "지금부터 48시간 후면 빌리와 저는 네브래스카주에 있지 않을 테니까요."

랜섬 씨가 고개를 끄덕였다.

"네 아버지가 남긴 게 별로 없으니 새 출발을 하는 데 도움이 되도록 너희 둘에게 돈을 조금 주고 싶구나."

"전 받을 수 없어요, 랜섬 아저씨. 아저씨는 이미 우리에게 충분히 잘해주셨어요."

"그럼 내가 빌려준 거라고 생각하렴. 네가 일단 자리를 잡고서 갚으면 될 테니까."

"지금으로선," 에밋이 말했다. "우리 왓슨 집안엔 더 이상 돈을 빌릴 여력이 없는 것 같아요."

랜섬 씨는 미소를 지으며 고개를 끄덕였다. 그때 그들이 베티라고 부르는 낡은 픽업트럭이 굉음을 울리며 진입로에 들어서는 것을 보고 그는 자리에서 일어나 모자를 머리에 얹었다. 샐리가 운전을 하고 조수석에는 빌리가 앉아 있었다. 배기관의 폭발음과 더불어 샐리가 끼익 소리 나게 트럭을 멈춰 세웠고, 빌리는 트럭이 멈추기도 전에 문을 열고 뛰어내렸다. 바지 엉덩이까지 내려오는 캔버스 배낭을 어깨에 멘 빌리는 랜섬 씨를 지나쳐 곧바로 달려가 에밋의 허리를 안았다.

에밋도 어린 동생을 안을 수 있도록 쭈그리고 앉았다.

밝은 색깔의 나들이옷을 입은 샐리가 다가오고 있었다. 그녀의 손에는 오븐용 접시가 들려 있고 얼굴에는 미소가 떠올라 있었다.

에밋 왓슨은 그 옷과 미소를 달관한 듯한 자세로 받아들였다.

"이봐," 샐리가 말했다. "누가 왔는지 여기도 좀 봐줘. 그렇게 너무 꽉 안지 마. 그러다 빌리 숨넘어갈라."

에밋은 일어나서 동생의 머리에 손을 얹었다.

"안녕, 샐리."

샐리는 긴장할 때면 으레 그러듯이 곧장 일에 착수했다.

"집은 깨끗이 청소돼 있고, 잠자리도 다 정돈돼 있고, 화장실에는 새 비누가 있고, 아이스박스에는 버터와 우유와 달걀이 들어 있어."

"고마워." 에밋이 말했다.

"빌리한테 우리 집에서 같이 저녁을 먹자고 얘기했는데, 형의 첫 식사는 집에서 해야 한다고 우기더라니까. 그래서 네가 막 돌아온 것을 고려해서 너희 둘이 먹을 캐서롤*을 만들어 왔어."

"샐리, 그렇게까지 수고할 필요는 없는데."

✦ 오븐에 넣어서 천천히 익혀 만드는, 한국의 찌개나 찜 비슷한 요리.

"수고고 자시고 간에 자, 이거 받아. 화씨 350도 오븐에 45분간 넣어두기만 하면 돼."

에밋이 캐서롤을 받아 들었을 때 샐리가 고개를 저었다.

"써서 가지고 올 걸 그랬네."

"에밋은 그 지침을 기억할 수 있을 거야." 랜섬 씨가 말했다. "설령 에밋이 기억 못 한다 해도 빌리는 틀림없이 기억할 거야."

"화씨 350도 오븐에 45분간 넣어둔다." 빌리가 말했다.

랜섬 씨는 딸에게 고개를 돌렸다.

"애들은 그동안 못 했던 이야기를 실컷 하고 싶은 마음이 간절할 거야. 그리고 우린 집에서 할 일이 좀 있어."

"전 잠깐 안으로 들어가서 뭔가 이상은 없는지……."

"샐리." 랜섬 씨가 어떤 이의도 허용하지 않겠다는 듯이 말했다.

샐리는 빌리를 가리키며 싱긋 웃었다.

"좋은 시간 보내렴, 빌리."

에밋과 빌리는 랜섬 부녀가 픽업트럭에 올라타고 왔던 길로 돌아가는 모습을 지켜보았다. 그런 다음 빌리는 에밋에게 몸을 돌려 다시 형을 껴안았다.

"에밋 형, 형이 집에 돌아와서 너무 기뻐."

"나도 집에 오니 정말 좋아, 빌리."

"이제 설라이나로 돌아가지 않아도 되는 거지?"

"그럼. 이젠 다시 설라이나로 갈 필요 전혀 없어. 안심해."

빌리는 에밋을 껴안은 팔을 풀었고, 형제는 집 안으로 들어갔다. 에밋은 부엌에서 아이스박스를 열고 캐서롤을 아래 칸에 넣었다. 맨 위 칸에는 신선한 우유와 달걀과 버터가 있었다. 또한 집에서 만든 사과 소스 한 병과 시럽에 절인 복숭아 한 병도 있었다.

"뭐 좀 먹을래?"

"아니, 괜찮아, 형. 집에 오기 바로 전에 샐리 누나가 땅콩버터 샌드위치를 만들어줬어."

"그럼 우유는?"

"좋아."

에밋이 우유 두 잔을 들고 테이블로 가자 빌리는 배낭을 벗어서 빈 의자에 내려놓았다. 빌리는 위쪽 덮개의 버클을 풀고 은박지에 싸인 조그만 꾸러미를 조심스럽게 꺼내서 펼쳤다. 쿠키가 여덟 개들어 있었다. 그중 두 개를 테이블 위에 놓았다. 하나는 에밋 것이고 하나는 빌리 자신의 것이었다. 그러고는 다시 은박지에 싼 쿠키를 배낭에 넣고 덮개의 버클을 잠근 다음 자기 자리로 돌아갔다.

"멋진 배낭이네." 에밋이 말했다.

"진짜 미군 배낭이야. 실제 전쟁에 쓰이지는 않았기 때문에 사람들이 잉여 군 배낭이라고 부르긴 하지만. 이거, 건더슨 씨 가게에서 샀어. 이것뿐 아니라 잉여 손전등이랑 잉여 나침반, 그리고 이 잉여 시계도 구했어."

빌리는 팔을 뻗어서 손목에 헐렁하게 채워진 시계를 보여주었다.

"이건 심지어 초침도 있네."

에밋은 그 시계에 찬사를 표한 뒤 쿠키를 한 입 베어 물었다.

"음, 맛있다. 초콜릿칩 쿠키야?"

"맞아. 샐리 누나가 만들었어."

"너도 도와주었어?"

"그릇을 닦아주었지."

"그래, 넌 틀림없이 도와주었을 거야."

"샐리 누나는 사실 구워낸 쿠키를 우리한테 다 주려고 했는데 랜섬 아저씨가 그건 지나치다고 했어. 그래서 누나는 우리한테 네 개만 줄 거라고 말했는데, 그러고는 몰래 여덟 개를 주더라니까."

"우린 운이 좋은 거네."

"네 개만 받은 것보다는 운이 좋지. 그렇지만 구운 쿠키를 다 받은 것만큼 운이 좋은 건 아니잖아."

에밋은 빙긋 웃으며 우유를 한 모금 마셨다. 그러면서 잔 너머로 동생을 유심히 살펴보았다. 동생은 랜섬 씨네 집에서 지내면서 키가 1인치쯤 더 컸고 머리털은 더 짧아졌다. 그러나 그 섬을 제외하고는 몸과 마음 모두 전과 같아 보였다. 설라이나 소년원으로 가게 되었을 때 가장 힘들었던 부분이 빌리를 두고 떠나야 한다는 것이었으므로, 에밋은 빌리가 거의 변하지 않았다는 사실이 기뻤다. 낡은 부엌 테이블에 동생과 함께 앉아 있는 것이 행복했다. 에밋은 빌리도 거기 앉아 있는 게 행복하다는 것을 알 수 있었다.

"올해 수업은 다 끝났지?" 에밋이 우유 잔을 내려놓으며 물었다.

빌리는 고개를 끄덕였다.

"지리 시험에서 105점 받았어."

"105점!"

"보통 105점 같은 건 없어." 빌리가 설명했다. "대부분의 경우엔 100점이 만점이야."

"그런데 넌 어떻게 쿠퍼 선생님에게 5점을 더 받아냈어?"

"추가 보너스 문제가 있었어."

"무슨 문제였는데?"

빌리는 기억에서 끄집어내어 말했다.

"세계에서 가장 높은 빌딩은?"

"넌 그 답을 알고 있었어?"

"그럼."

…….

"나한테 말해주지 않을래?"

빌리는 고개를 저었다.

"그런 요구는 커닝과 다름없어. 형 스스로 알아내야 하는 거야."

"네 말이 맞아."

잠시 침묵이 흘렀고, 에밋은 자신이 우유를 멍하니 들여다보고 있다는 것을 문득 깨달았다. 그는 지금 무언가 생각에 잠겨 있는 것이었다. 그것을 어떻게 말해야 할지, 혹은 말해야 할지 말아야 할지, 혹은 언제 말해야 할지 결정하려는 것이었다.

"빌리," 이윽고 그가 입을 열었다. "랜섬 아저씨가 너한테 뭐라고 말했는지 모르지만, 아무튼 우린 더 이상 여기서 살 수 없을 거야."

"알아," 빌리가 말했다. "집이 압류되었으니까."

"맞아. 그게 무슨 뜻인지 아니?"

"저축대부조합이 우리 집을 소유한다는 뜻이잖아."

"맞아. 그렇지만 그 사람들이 집을 가져간다 해도 우린 모건에 머물 수 있어. 당분간 랜섬 아저씨 댁에서 살 수도 있고, 내가 다시 슐트 씨 밑에서 일할 수도 있으니까. 가을이 되면 넌 학교로 돌아갈 수 있고, 결국 우린 우리만의 집을 마련할 수 있을 거야. 하지만 나는 지금이 너와 내가 뭔가 새로운 걸 시도해보기 좋은 때라고 생각하고 있어……."

에밋은 빌리가 이곳을 떠난다는 생각에—특히 아빠가 돌아가신 지 얼마 안 돼 떠난다는 생각에—당황스러워하지 않을까 걱정했기 때문에 어떻게 이 얘기를 꺼내야 할지 여러모로 생각했었다. 그러나 빌리는 전혀 당황하지 않았다.

"나도 같은 생각을 하고 있었어, 에밋 형."

"너도?"

빌리는 진지한 표정으로 고개를 끄덕였다.

"아빠가 돌아가시고 집이 압류되었으니 모건에 있을 필요가 없잖아. 우린 짐을 꾸려서 차를 몰고 캘리포니아로 갈 수 있어."

"너와 나는 생각이 같은 거 같다." 에밋이 빙그레 웃으며 말했다. "나는 우리가 텍사스로 가야 한다고 생각하는데, 그게 유일하게 다른 점이구나."

"아, 우린 텍사스로 가면 안 돼." 빌리가 고개를 저으며 말했다.

"왜?"

"왜냐하면 캘리포니아로 가야 하니까."

에밋이 대꾸하려 했지만 빌리는 이미 의자에서 일어나 배낭이 있는 자리로 가 있었다. 이번에는 배낭의 앞주머니를 열더니, 작은 마닐라 봉투를 꺼내서 다시 자리로 돌아왔다. 빌리는 봉투 덮개를 감아서 봉한 붉은 실을 조심스럽게 풀면서 설명하기 시작했다.

"아빠 장례식이 끝나고 형이 설라이나로 돌아갔을 때 랜섬 아저씨가 중요한 서류를 찾아보라며 샐리 누나와 나를 우리 집으로 보냈어. 아빠 책상 맨 아래 서랍에 금속 상자가 하나 있었지. 잠겨 있진 않았지만, 잠그려고 하면 잠글 **수 있는** 상자였어. 아저씨가 말한 대로 그 안에 중요한 서류가 들어 있었어. 우리 출생증명서랑 엄마

아빠의 결혼증명서 같은 거 말이야. 그런데 상자 맨 밑바닥에서 나는 이것들을 발견했어."

빌리는 봉투를 기울여서 아홉 장의 그림엽서를 테이블에 떨어뜨렸다.

에밋은 그림엽서의 상태를 보고 그것들이 아주 오래된 것도 아주 새것도 아니라는 사실을 알 수 있었다. 그중 일부는 사진엽서이고 일부는 일러스트 엽서였는데, 모두 다 컬러 그림엽서였다. 맨 위 엽서의 사진은 네브래스카주 오갈랄라에 있는 웨일스 모텔 사진이었다. 흰색 간이 오두막과 길가에 심긴 식물, 그리고 미국 국기가 휘날리는 깃대가 있는 현대식 여관이었다.

"이것들은 그림엽서야." 빌리가 말했다. "엄마가 형과 나에게 보낸 거."

에밋은 깜짝 놀랐다. 어머니가 그들 둘을 침대에 눕히고 잘 자라는 키스를 해준 다음 문을 나선 지 거의 8년이 지났다. 이후 그들은 어머니로부터 한마디 소식도 듣지 못했다. 전화도 없었고 편지도 없었다. 크리스마스에 맞추어 오는 말쑥하게 포장된 선물 꾸러미도 없었다. 심지어 누군가로부터 우연히 뭔가를 들은 사람이 퍼뜨리는 약간의 소문도 없었다. 적어도 에밋이 지금까지 알고 있는 바로는 그랬다.

에밋은 웨일스 모텔 사진이 담긴 엽서를 집어 들고 뒤집어보았다. 빌리가 말한 대로 형제를 수신인으로 한 주소가 어머니의 우아한 필체로 적혀 있었다. 엽서의 형식상의 제약 때문에 내용은 몇 줄뿐이었다. 그렇지만 그 문장들은 집을 떠난 지 고작 하루밤에 되지 않았음에도 어머니가 벌써부터 그들을 얼마나 보고 싶어 하는지를 표현했다. 에밋은 엽서 더미에서 다음 엽서를 집어 들었다. 말 탄 카우보이 그림이 왼쪽 윗부분에 있었다. 카우보이가 빙빙 돌리는 올가미 밧줄이 앞쪽으로 확대되면서 '**환영—평원의 중심지 와이오밍주 롤린스**'라는 글자를 만들었다. 에밋은 엽서를 뒤집었다. 여섯 문장으로 된 글이었고, 마지막 문장은 오른쪽 아래 모서리를 감아 돌았다. 아직 롤린스에서 올가미 밧줄을 든 카우보이는 보지 못했지만 소는 아주 많이 보았다고 썼다. 어머니는 둘 모두를 얼마나 사랑하고 얼마나 보고 싶어 하는지 다시 한번 표현하는 것으로 글을 맺었다.

에밋은 테이블에 놓인 다른 엽서들을 살펴보면서 여러 마을과 모텔과 식당, 그리고 명소와 랜드마크의 이름을 속으로 읊조리다가 사진 하나를 제외하고는 전부 다 밝고 푸른 하늘이 담겨 있다는 점에 주목했다.

동생이 자기를 지켜보고 있다는 것을 의식한 에밋은 안색의 변화 없이 같은 표정을 유지했다. 그러나 그가 느끼고 있는 것은 원망의 감정이었다. 아버지를 향한 원망이었다. 아버지는 이 그림엽서들을 가로채서 숨겨놓은 게 틀림없었다. 어머니에게 아무리 화가 났다 해도 아들들 앞으로 온 엽서를 전달하지 않고 가로챌 권리는 없었다. 아버지는 특히 그 무렵 스스로 엽서의 글을 읽을 수 있을 만큼 자란 에밋에게서 그것들을 가로챈 것이었다. 하지만 에밋이 그렇게 원망을 느낀 것은 아주 잠깐이었다. 왜냐하면 그는 아버지가 일을 유일하게 분별 있게 처리했다는 것을 깨달았기 때문이다. 아무튼 자기 아이들을 계획적으로 버리고 떠난 여인이 이따금씩 보내오는, 3x5인치 엽서의 뒷면에 쓰인 글 몇 문장을 받아본들 무슨 소용이 있겠는가?

에밋은 롤린스에서 보내온 엽서를 테이블에 내려놓았다.

"엄마가 7월 5일에 우리를 떠났던 거 기억나?" 빌리가 물었다.

"기억나."

"엄마는 이후 8일 동안 날마다 우리에게 엽서를 써 보냈어."

에밋은 다시 오갈랄라에서 보낸 엽서를 집어 들고 **'사랑하는 에밋과 빌리에게'**라고 쓴 부분 바로 위를 살펴보았지만, 거기에 날짜는 없었다.

"엄마는 날짜를 쓰지 않았어." 빌리가 말했다. "그렇지만 우편 소인을 보면 알 수 있어."

에밋의 손에서 오갈랄라 엽서를 받아 든 빌리는 모든 엽서를 뒤집어서 테이블 위에 펼쳐놓고 각각의 소인을 가리켰다.

"7월 5일. 7월 6일. 7월 7일은 없지만 7월 8일은 두 개야. 1946년 7월 7일은 일요일이었고, 일요일엔 우체국이 문을 닫기 때문에 엄마는 월요일에 엽서를 두 장 부쳐야 했던 거지. 그리고 이걸 좀 봐."

빌리는 다시 배낭의 앞주머니를 열어서 커다란 종이를 꺼내 테이블 위에 펼쳤다. 그것은 필립스 66*이 만든 미국 도로 지도였다. 지도 중앙부를 관통하며 가로지르는 도로가 눈에 띄었다. 빌리는 그 도로에 검은 잉크로 금을 그어놓았고, 그 길을 따라서 국토의 서쪽 절반에 위치한 여덟 개의 마을 이름에 동그라미를 쳐놓았다.

"이건 링컨 하이웨이야." 빌리가 기다란 검은 선을 가리키며 설명했다. "1912년에 처음으로 이 도로 건설에 대한 구상이 나왔는데, 도로 이름은 에이브러햄 링컨의 이름을 따서 지었대. 미국의 한쪽

✦ 미국의 다국적 에너지 기업. 직접 주유소를 운영하기도 한다.

끝에서 다른 쪽 끝까지 관통하는 최초의 도로였어."

빌리는 손끝을 지도에 대고 대서양 해안을 출발하여 그 도로를 따라 나아가기 시작했다.

"이 도로는 뉴욕시의 타임스스퀘어에서 시작해서 3390마일 떨어진 샌프란시스코의 링컨 공원에서 끝나. 그리고 우리 집에서 25마일밖에 떨어지지 않은 센트럴시티를 통과해."

빌리는 잠시 동작을 멈추었다가 손가락을 다시 센트럴시티에서 그들의 집이 위치한 곳을 나타내기 위해 지도에 표시해둔 조그만 검은 별 쪽으로 움직였다.

"엄마가 7월 5일에 우릴 떠났을 때 이 길이 엄마가……."

빌리는 그림엽서를 집어 들어 뒤집더니 그것들을 각각 지도의 하반부, 해당하는 마을 아래쪽에 늘어놓기 시작했다. 엽서는 서쪽으로 가로지르며 이어졌다.

오갈랄라.

샤이엔.

롤린스.

록스프링스.

솔트레이크시티.

일리.

리노.

새크라멘토.

샌프란시스코의 한 공원에 있는 분수대 위로 높이 솟은 고전적인 커다란 건물을 보여주는 마지막 엽서까지 내려놓았다.

엽서를 테이블에 가지런히 늘어놓은 빌리는 만족스러운 표정으로 숨을 내쉬었다. 하지만 그 모든 것이 에밋을 불안하게 했다. 마치 그들 둘이서 제삼자의 사적인 편지를—그들이 볼 이유가 없는 어떤 것을—보고 있는 것만 같았다.

"빌리," 그가 말했다. "우리가 꼭 캘리포니아로 가야 하는지 난 잘 모르겠어……."

"형, 우린 캘리포니아로 가야 해. 그걸 모르겠어? 엄마가 우리에게 이 그림엽서를 보낸 이유가 그거잖아. 우리가 엄마를 따라올 수 있게 하려고 말이야."

"그렇지만 엄만 8년 동안 아무 엽서도 보내지 않았어."

"그건 7월 13일에 엄마가 이동을 멈추고 정착했기 때문이지. 우리가 할 일은 링컨 하이웨이를 타고 달려서 샌프란시스코로 가는 것뿐이야. 그러면 거기서 엄마를 찾을 수 있을 거야."

에밋의 뇌리에 동생의 마음을 돌릴 수 있는 뭔가 분별 있는 말을 해주어야 한다는 생각이 이내 본능적으로 떠올랐다. 어머니가 샌프란시스코에 머물지 않았을 수도 있다는 것을, 계속 이동했을 수도 있다는 것을, 아마 그랬을 가능성이 훨씬 더 크다는 것을, 그리고 어머니가 처음 8일 동안은 밤마다 아들 생각을 했을지 몰라도 모든 증거들로 보건대 그 후로는 그들을 생각하지 않았으리라는 것을 빌리에게 어떤 식으론가 말해주어야 한다고 느꼈다. 그렇지만 결국 그는 어머니가 샌프란시스코에 있다 해도 찾는 것은 사실상 불가능하리라는 점을 지적하는 것으로 만족했다.

빌리는 이미 그 문제를 고려했다는 듯한 표정으로 고개를 주억거렸다.

"엄마는 불꽃놀이를 너무너무 좋아해서 우리에게 그 장관을 보여주려고 7월 4일에 그 먼 수어드까지 우리를 데리고 갔다고 형이 나한테 말해줬던 거 기억나?"

에밋은 동생에게 그 이야기를 해준 기억이 없었다. 그리고 모든 것을 고려할 때, 자신이 그런 말을 하려 했다는 것을 상상할 수도 없었다. 하지만 그 일이 사실이었음을 부인할 수는 없었다.

빌리는 고전적인 건물과 분수대가 있는 마지막 엽서를 집어 들었다. 그런 다음 엽서를 뒤집어서 어머니가 쓴 글을 손가락으로 짚어가며 읽었다.

"이곳은 샌프란시스코 링컨 공원에 있는 리전오브아너 미술관이야. 매년 7월 4일에 전 캘리포니아에서 가장 큰 불꽃놀이가 여기서 펼쳐진단다!"

빌리는 형을 쳐다보았다.

"형, 엄마는 저기에 올 거야. 7월 4일, 리전오브아너 미술관에서 펼쳐지는 불꽃놀이 행사에 말이야."

"빌리……." 에밋이 입을 열었다.

그러나 형의 목소리에서 이미 회의적인 생각을 알아차린 빌리는 고개를 세차게 젓기 시작했다. 그러고 나서 테이블에 놓인 지도를 다시 내려다보며 어머니가 이동한 경로를 따라 손가락을 움직였다.

"오갈랄라에서 샤이엔, 샤이엔에서 롤린스, 롤린스에서 록스프링스, 록스프링스에서 솔트레이크시티, 솔트레이크시티에서 일리, 일리에서 리노, 리노에서 새크라멘토, 그리고 새크라멘토에서 샌프란시스코. 이게 바로 우리가 가야 할 길이야."

에밋은 의자에 등을 기대고 앉아 생각에 잠겼다.

그는 되는대로 아무렇게나 텍사스를 선택한 게 아니었다. 자신과 동생이 어디로 가야 하는지에 대해서 신중하게, 체계적으로 궁리했었다. 셜라이나 소년원에 있는 작은 도서관에서 연감과 백과사전을 찾아 읽어가며 자기들이 어디로 가야 하는지에 대한 답이 지극히 명백해질 때까지 수 시간을 보냈었다. 하지만 빌리는 빌리대로 에밋만큼이나 신중하게, 에밋만큼이나 체계적으로 자신의 생각을 다듬어왔다. 그래서 빌리는 그 문제에 대한 자신의 답을 에밋만큼이나 명확하게 내놓을 수 있었다.

"좋아, 빌리, 이렇게 하는 건 어떨까. 그 엽서를 다시 봉투에 넣고, 잠시 네가 말한 것에 대해 생각할 시간을 나에게 주는 거야."

빌리는 이제 고개를 끄덕였다.

"좋은 생각이야, 형. 좋은 생각이야."

엽서를 동쪽에서 서쪽 순서로 모아서 봉투에 넣은 빌리는 봉투가 단단히 봉해질 때까지 붉은 실을 감은 다음 그것을 다시 배낭에 넣었다.

"잠시 시간을 갖고 생각해봐, 형. 그럼 알게 될 거야."

───

2층으로 올라간 에밋은 빌리가 자기 방에 있는 동안 뜨거운 물로 오랫동안 샤워를 했다. 샤워를 마친 후 바닥에서 옷가지—셜라이나 소년원에 갈 때와 소년원에서 돌아올 때 입었던 옷들—를 주워 들고 셔츠 주머니에서 담뱃갑을 꺼낸 다음 그 옷가지 더미를 쓰레기통에 던졌다. 잠시 후 그는 담배도 버렸다. 담뱃갑이 눈에 띄지 않도록 옷가지 밑으로 쑤셔 넣는 것을 잊지 않았다.

자기 방으로 간 그는 깨끗한 청바지와 데님 셔츠를 입고 가장 좋아하는 벨트를 매고 부츠를 신었다. 이어 책상 맨 위쪽 서랍을 열어 공 모양으로 말아둔 양말 한 켤레를 꺼냈다. 양말을 펼쳐서 한쪽 양말을 흔들어 털자, 이내 자동차 열쇠가 나왔다. 그런 다음 복도를 건너 동생의 방에 얼굴을 들이밀었다.

빌리는 바닥에 앉아 있었다. 옆에는 배낭이 있었다. 빌리의 무릎에는 조지 워싱턴의 초상화가 그려진 파란색의 낡은 금속 담배통이 놓여 있었고, 카펫 위에는 그가 모은 1달러 은화들이 행과 열을 이루며 놓여 있었다.

"내가 없는 동안 몇 개 더 모았나 보네." 에밋이 말했다.

"세 개." 빌리가 1달러 은화 하나를 조심스럽게 제자리에 놓으며 대답했다.

"몇 개나 더 찾아야 하니?"

빌리는 격자 모양으로 동전을 늘어놓은 곳에 생긴 빈자리들을 집게손가락으로 가리켰다.

"1881. 1894. 1895. 1899. 1903."

"거의 다 모았구나."

빌리는 고개를 끄덕여 동의의 뜻을 나타냈다.

"그렇지만 1894년 은화와 1895년 은화는 찾기 어려울 거야. 운 좋게도 1893년 은화는 찾았어."

빌리는 형을 쳐다보았다.

"캘리포니아 가는 거는 생각해봤어, 형?"

"계속 생각하고 있어. 하지만 좀 더 생각해봐야겠다."

"좋아."

빌리가 다시 은화로 관심을 돌리자 에밋은 그날 두 번째로 동생의 방을 둘러보았다. 그는 다시 한번 선반 위에 가지런히 놓인 빌리의 수집품과 침대 위에 걸린 비행기들을 눈여겨보았다.

"빌리……."

빌리가 다시 쳐다보았다.

"텍사스로 가든 캘리포니아로 가든 아무튼 가볍게 떠나는 게 좋을 것 같아. 우린 새롭게 출발할 거니까."

"나도 같은 생각을 했어, 형."

"그랬어?"

"애버네이스 교수님은 용맹스러운 여행자는 보통 여행 가방에 넣을 수 있는 아주 적은 물건만 가지고 떠난다고 말씀하셔. 내가 건더슨 씨 가게에서 이 배낭을 산 이유가 바로 그거야. 형이 집에 돌아오면 곧바로 떠날 수 있게 준비를 해두려고 말이야. 이 안에는 이미 나에게 필요한 것이 전부 다 들어 있어."

"전부 다?"

"전부 다."

에밋은 빙그레 웃었다.

"헛간에 가서 차를 좀 살펴볼 건데, 너도 같이 갈래?"

"지금?" 빌리가 놀란 표정으로 물었다. "기다려! 잠깐만 기다려! 혼자 가지 마!"

1달러짜리 은화들을 연도순으로 조심스럽게 늘어놓았던 빌리가 이제 그것들을 급히 쓸어 모아서 재빨리 담배통에 부었다. 이어 뚜껑을 닫고 담배통을 다시 배낭에 넣은 다음 등에 졌다. 그리고 앞장서서 아래층으로 내려가 문을 나섰다.

마당을 걸어갈 때 빌리는 어깨 너머로 돌아보며, 오버마이어 씨가 헛간 문에 맹꽁이자물쇠를 달아 잠가버렸지만 샐리가 픽업트럭 뒤칸에 신고 다니던 쇠지레로 그걸 부숴버렸다고 말해주었다.

아나나 다를까, 헛간 문에 이르렀을 때 그들은 브래킷이—여전히 맹꽁이자물쇠가 브래킷에 고정되어 있었다—나사못에 느슨하게 매달려 있는 것을 보았다. 헛간으로 들어서자 친숙하고 따뜻한 공기가 감돌았다. 에밋이 아주 어렸을 때부터 농장에는 소가 없었지만, 그럼에도 불구하고 소 냄새가 났다.

에밋은 눈이 어둠에 적응될 때까지 잠시 기다렸다. 앞에는 새 존 디어 트랙터가 있고, 그 뒤로 낡아빠진 콤바인이 있었다. 에밋은 헛간 뒤쪽으로 걸어가서 캔버스 천이 씌워진, 비스듬히 경사진 커다란 물체 앞에 멈춰 섰다.

"오버마이어 씨가 이 천을 벗겼지만 샐리 누나랑 내가 다시 씌워놨어." 빌리가 말했다.

에밋은 캔버스 천의 모서리를 움켜쥐고 천이 자기 발치에 쌓일 때까지 양손으로 죽 끌어당겼다. 드디어 15개월 전에 두고 간 그 자리에서 그를 기다려온 담청색 4도어 하드톱*이 모습을 드러냈다. 그의 1948년형 스튜드베이커 랜드크루저였다.

에밋은 손바닥으로 후드의 표면을 쓸어본 다음 운전석 문을 열고 안으로 들어갔다. 잠시 두 손을 운전대에 얹은 채 앉아 있었다. 처음 샀을 때 주행 기록계에는 이미 8만 마일이 찍혀 있고 후드는 움푹 패었으며 시트커버에는 담뱃불 자국이 있었지만, 그럼에도 차는 충분히 부드럽게 달렸다. 에밋은 열쇠를 꽂고 돌려 시동을 걸면서 부

---

* 지붕이 금속제이며, 옆 창문을 넓게 쓰기 위해 중간 창틀을 없앤 승용차.

드럽게 털털거리는 엔진 소리를 기대했다. 그러나 아무 소리도 나지 않았다.

거리를 유지한 채 서 있던 빌리가 머무적거리는 걸음걸이로 다가왔다.

"고장 났어?"

"아니. 배터리가 방전됐나 봐. 차를 너무 오래 세워두면 이런 일이 생겨. 하지만 이건 고치기 쉬워."

빌리는 안심한 표정으로 건초 더미 위에 앉아 배낭을 벗었다.

"형, 쿠키 하나 더 먹을래?"

"난 괜찮아. 너 혼자 먹어."

빌리가 배낭을 열었을 때 에밋은 차에서 내려 뒤쪽으로 걸어간 다음 트렁크를 열었다. 그는 꼿꼿이 솟은 트렁크 뚜껑이 동생의 시야를 막고 있는 것에 만족해하며 스페어타이어가 보관된 구석 자리를 덮은 펠트 천을 젖히고서 타이어의 곡선을 따라 조심스럽게 손을 움직였다. 아버지가 말했던 대로 스페어타이어 맨 위쪽에서 그의 이름이 적힌 봉투를 발견했다. 봉투 안에는 아버지의 필체로 쓰인 편지가 들어 있었다.

또 다른 유령이 써서 보낸 또 다른 서한이로군. 에밋은 생각했다.

사랑하는 아들아,

네가 이 글을 읽을 때쯤이면 농장은 이미 은행의 수중으로 넘어갔을 것 같구나. 그로 인해 너는 나에게 화가 났거나 실망했을 수 있고, 그렇다 해도 나는 너를 탓하지 않을 거다.

내 아버지가 돌아가셨을 때 얼마나 많은 것을 나에게 남겨주셨는지, 내 할

아버지는 아버지에게 얼마나 많은 것을 남겨주셨는지, 증조할아버지는 할아버지에게 얼마나 많은 것을 남겨주셨는지, 그걸 안다면 넌 깜짝 놀랄 거야. 주식과 채권만이 아니라 집과 그림들, 가구와 식기류, 클럽이나 협회 회원권 등도 남겨주셨단다. 세 분은 물려받은 것보다 더 많은 것을 자식들에게 물려줌으로써 주님의 눈에서 은총을 발견하는 청교도 전통에 헌신하셨지.

넌 이 봉투 안에서 내가 너에게 남겨야 할 모든 것, 즉 두 개의 유산을 보게 될 거야. 하나는 거창한 것이고 하나는 작은 것인데, 둘 다 신성모독의 형태로 남겨주는구나.

이 글을 쓰면서 내가 지금과 같은 삶을 살아온 탓에 선조들이 확립한 번영의 선순환을 깨뜨렸다는 것을 알게 되니 좀 부끄럽다. 그러나 동시에 너는 의심할 여지 없이 이 작은 유산을 가지고서 내가 넉넉한 재산으로 성취할 수도 있었을 것보다 더 많은 것을 성취하리라는 것을 잘 알고 있으니 내 마음속에 자부심이 가득하다.

사랑과 존경의 마음을 담아,
너의 아버지, 찰스 윌리엄 왓슨

두 개의 유산 중 첫 번째 것이 편지에 클립으로 끼워져 있었다. 그것은 오래된 책에서 찢어낸 한 장의 책장이었다.

에밋의 아버지는 화를 내며 자식들을 야단치는 사람이 아니었다. 자식들이 야단맞을 만한 일을 했을 때조차도 그러했다. 사실, 에밋이 기억하는 한 아버지가 그를 향해 화를 참지 않고 터뜨렸던 유일한 때는 그가 교과서에 낙서를 해서 훼손했다는 이유로 학교에서 집으로 돌려보내졌을 때였다. 그날 밤 아버지는 책장에 낙서하고 훼손하는 것은 야만스러운 서고트족이나 하는 짓이라고 단호하고

분명하게 말했다. 그것은 인간의 가장 신성하고 고귀한 업적—가장 훌륭한 생각과 감정을 기록으로 남겨, 그 생각과 감정이 시대를 뛰어넘어 대대로 공유될 수 있게 하는 능력—에 타격을 주는 행위라는 것이었다.

어떤 책에서든 책장을 한 장이라도 찢으면 아버지에게 있어 그것은 신성모독이었다. 더더욱 충격적인 것은 그 책장이 랠프 월도 에머슨의 에세이—아버지가 어떤 책보다도 높이 평가하고 귀히 여기는 책—에서 찢어낸 것이라는 사실이었다. 아버지는 그 페이지 하단 가까이에 있는 두 문장에 붉은 잉크로 조심스럽게 밑줄을 그어놓았다.

모든 사람은 교육을 받는 중에 시샘은 무지한 것이고, 모방은 자살이며, 좋든 싫든 자기 자신을 자신의 운명으로 받아들여야 하며, 드넓은 우주에 좋은 것이 가득하다 할지라도 경작하도록 자신에게 주어진 땅에 힘든 노동을 바치지 않고서는 옥수수 알 한 톨도 얻을 수 없다는 확신에 이르게 되는 때가 있다. 자기 안에 있는 힘은 본질적으로 새로운 것이며, 자기가 무엇을 할 수 있는지는 자기 자신만이 아는데, 그것도 해보기 전까지는 알지 못한다.✦

에밋은 에머슨의 이 구절이 두 가지 의미를 동시에 나타낸다는 것을 즉시 알아차렸다. 첫 번째는 변명이었다. 그것은 왜 아버지가 상식에 맞지 않게 집과 그림과 클럽 회원권과 협회 회원권 등을 뒤

✦ 랠프 월도 에머슨의 『자기신뢰』에 나오는 문장.

로하고 굳이 네브래스카주로 와서 땅을 경작했는지에 대한 설명이었다. 에밋의 아버지는 자기에게 선택의 여지가 없었다는 증거로 에머슨의 책 이 페이지를—마치 신성한 명령이라도 되는 양—제시한 것이었다.

그러나 그것이 한편으로는 변명이었다 해도 다른 한편으로는 에밋에게 건네는 간곡한 권고였다. 에밋이 만약 시샘이나 모방 없이 자신의 운명을 추구하기 위해서, 그리고 그럼으로써 자신만이 할 수 있는 것을 발견하기 위해서 아버지가 반평생을 바친 300에이커의 땅을 버리고자 한다면, 그 땅에 등을 돌리고 떠나는 일에 어떤 후회도 죄책감도 망설임도 느끼지 않아야 한다는 간곡한 권고인 것이었다.

에머슨 책에서 찢어낸 책장 뒤쪽 봉투 속에 두 번째 유산이 들어 있었다. 20달러짜리 새 지폐 다발이었다. 돈다발의 빳빳하고 깨끗한 가장자리를 엄지손가락으로 죽 훑어본 에밋은 모두 150장, 총 3000달러일 거라고 짐작했다.

그로서는 아버지가 책장을 찢은 것을 일종의 신성모독으로 여긴 이유는 얼마간 이해할 수 있었지만, 이 돈을 남겨준 것을 신성모독으로 여긴 것은 받아들일 수 없었다. 짐작건대, 아버지가 이 돈을 신성모독으로 표현한 이유는 채권자들 몰래 주는 것이기 때문일 터였다. 그렇게 함으로써 아버지는 법적 의무와 옳고 그름에 대한 자신의 상식에 반하는 행동을 하게 되었다. 하지만 에밋의 아버지는 20년 동안이나 대출 이자를 갚아왔으니 농장 가격의 두 배 이상을 지불한 셈이었다. 아버지는 힘든 노동과 실망감으로, 결혼 생활로, 그리고 마침내 자신의 목숨으로 그 값을 치렀다. 그러므로 아버지가 3000달러를 따로 챙겨둔 것은 에밋이 보기에는 신성모독이 아니었다. 적어도 그가 생각하기엔 이 돈은 전부 아버지가 번 것이었다.

지폐 한 장을 꺼내서 호주머니에 넣은 에밋은 봉투를 타이어 위쪽 원래 자리에 내려놓고 펠트 천을 원위치로 돌려놓았다.

"에밋 형⋯⋯." 빌리가 말했다.

에밋은 트렁크를 닫고 빌리에게 시선을 돌렸지만 동생은 그를 보고 있지 않았다. 빌리는 헛간 문 쪽에 선 두 사람을 보고 있었다. 두 사람의 형체 뒤로 늦은 오후의 빛살이 아른거려서 에밋은 그들이 누구인지 알아볼 수 없었다. 적어도 말랐으나 튼튼해 보이는 왼쪽 사람이 두 팔을 뻗으며 이렇게 말하기 전까지는 말이다.

"짜잔!"

더치스

여러분은 문간에 서 있는 사람이 누구인지 알았을 때 에밋의 얼굴에 떠오른 표정을 봤어야 했다. 여러분은 그의 표정을 보고 우리가 난데없이 나타났다고 생각했을 것이다.

1940년대 초반에 카잔티키스라는 이름의 탈출 곡예사가 있었다. 그 계통에 있는 일부 재담꾼들은 그를 해컨색[*] 출신의 짝퉁 후디니[**]라고 부르곤 했는데, 그것은 결코 공정한 평가가 아니었다. 그의 공연의 전반부는 다소 어설펐지만, 마지막 부분은 압권이었다. 그는 관객의 눈앞에서 사슬에 묶이고, 트렁크에 들어가 갇히고, 커다란 유리 수조 바닥에 가라앉곤 했다. 사회자가 평균적인 사람은 숨을 2분밖에 참지 못하고, 산소 공급 없이 4분이 지나면 대부분 어지럼증을 느끼며, 6분 이후에는 의식을 잃는다는 사실을 관객에게 상기시키

[*] 미국 뉴저지주에 있는 도시.
[**] 헝가리 출신의 미국인 마술사. 결박 풀기와 탈출의 명인이다.

고 나면 금발 머리 미녀가 커다란 시계를 끌고 나왔다. 핑커턴 사설 탐정소 요원 두 명이 트렁크 자물쇠가 확실히 잠겼는지 확인하기 위해 참석했으며, 마지막 의식을 집전해야 할 경우를 대비하여 그리스정교회의 한 사제—긴 검정 사제복을 차려입었으며, 흰 수염을 길게 길렀다—가 대기 중이었다. 트렁크가 물속으로 내려가면 금발 미녀가 시계를 작동시켰다. 2분 뒤, 관중들은 휘파람을 불며 조소를 날렸다. 5분이 되면 관중들은 우, 아, 하는 감탄사를 내뱉었다. 그러나 8분이 되면 핑커턴 요원들은 걱정스러운 눈길을 주고받곤 했다. 10분이 되자 사제는 성호를 그으며 알아들을 수 없는 기도를 암송했다. 12분이 되었을 때 금발 머리 미녀가 울음을 터뜨리고, 무대 담당자 두 명이 커튼 뒤에서 뛰쳐나와 핑커턴 요원들이 유리 수조에서 트렁크를 끌어 올리는 것을 도왔다. 트렁크가 쿵 소리를 내며 무대 위로 떨어지고, 쏟아진 물은 무대를 가로질러서 오케스트라석까지 흘러들었다. 핑커턴 요원 한 명이 서툰 동작으로 열쇠를 만지작거리자 다른 한 명이 그를 밀치고 권총을 뽑아서 자물쇠를 쏘았다. 요원은 뚜껑을 열고 트렁크를 넘어뜨렸는데, 맙소사…… 트렁크는 비어 있었다. 어느 시점에선가 그리스정교회 사제가 수염을 잡아 뜯으면서 자신이 바로 카잔티키스임을 드러냈다. 그의 머리털은 여전히 젖어 있었으며, 관중들은 한 사람도 빠짐없이 모두 깜짝 놀란 얼굴로 그를 쳐다보았다. 문간에 서 있는 사람이 누구인지 깨달았을 때 에밋 왓슨의 얼굴에 떠오른 표정이 바로 그러했다. 에밋은 그게 우리라는 것을 도저히 믿을 수 없었던 것이다.

"더치스?"

"그럼 유령인 줄 알았나. 울리도 있어."

그는 여전히 너무 놀라서 말이 안 나오는 것 같았다.

"그런데 어떻게⋯⋯?"

나는 웃었다.

"그거 질문인 거지?"

나는 손을 입가에 대고 목소리를 낮추었다.

"원장의 차를 얻어 탄 거야. 원장이 네 퇴소 서류에 서명하고 있을 때 우린 원장의 차 트렁크에 몰래 숨어들었어."

"농담이지?"

"그렇게 말할 줄 알았어. 소위 일등석 여행이라는 것과는 완전 딴판이니까. 트렁크 안은 온도가 100도*인 데다, 울리는 10분마다 화장실에 가야 한다고 징징댔으니까 말이지. 네브래스카주로 진입했을 땐 어땠는지 알아? 도로에 움푹 파인 곳이 많아서 뇌진탕을 일으킬 것만 같았어. 누가 주지사에게 편지를 써야 해!"

"안녕, 에밋." 울리가 뒤늦게 이제 막 파티에 합류한 사람처럼 말했다.

여러분은 울리의 그런 모습을 좋아해야 한다. 울리는 언제나 행동이 5분쯤 늦었다. 그는 대화가 역을 떠나고 있을 때 엉뚱한 짐을 들고 엉뚱한 플랫폼에 나타나는 것이었다. 그 같은 특성에 짜증이 나는 사람도 있겠지만, 나는 행동이 5분 빠른 사람보다 시종여일 5분 늦는 사람을 더 선호할 것이다.

나는 건초 더미에 앉아 있던 아이가 우리 쪽으로 조금씩 움직이기 시작하는 것을 곁눈질로 지켜보았다. 내가 손가락으로 아이를

✦ 섭씨로는 약 38도.

가리키자 아이는 풀밭 위의 다람쥐처럼 그 자리에 얼어붙었다.

"네가 빌리지? 네 형은 네가 엄청 똑똑하다고 하던데. 정말 그래?"

아이는 미소를 지으며 조금씩 다가와 이윽고 에밋 옆에 섰다. 그는 형을 올려다보았다.

"형, 이 사람들이 형 친구야?"

"그럼. 우린 네 형의 친구야!"

"이 형들은 설라이나에서 왔어." 에밋이 설명했다.

내가 막 자세히 설명하려 하는데 그 차가 눈에 들어왔다. 우리의 멋진 재결합에 너무 심취한 나머지 여태껏 중장비 뒤에 숨은 그 차를 보지 못한 것이었다.

"이거 스튜드베이커지, 에밋? 이걸 무슨 색이라고 하나? 연푸른색?"

객관적으로 말하자면 그 차는 치과 의사의 아내가 빙고 게임을 하러 갈 때 몰고 가면 어울릴 법한 자처럼 보였지만, 아무튼 나는 그 차를 향해 휘파람을 불었다. 그러고 나서 빌리에게 고개를 돌렸다.

"설라이나 소년원에 있는 몇몇 남자애들은 자기 위쪽 침상의 바닥에 고향에 있는 여자애의 사진을 핀으로 꽂아둔단다. 소등하기 전에 그걸 바라보려고 말이야. 엘리자베스 테일러나 매릴린 먼로의 사진을 꽂아둔 애들도 있지. 그런데 네 형은 오래된 잡지에서 찢어낸 이 차의 컬러사진 광고를 붙여놓았어. 빌리, 솔직히 말해줄게. 우린 그걸 가지고 네 형한테 잔소리를 엄청 했어. 다들 휘둥그레진 눈으로 자동차를 들여다보면서 말이야. 그렇지만 지금 이 자동차를 가까이서 보니……."

나는 감탄스럽다는 뜻으로 고개를 저었다.

"이봐," 나는 에밋에게 시선을 돌리며 말했다. "시동을 걸어볼 수 있어?"

에밋은 울리를 보고 있었기 때문에 대답하지 않았다. 울리는 거미가 없는 거미줄을 쳐다보고 있었다.

"어떻게 지내니, 울리?" 에밋이 물었다.

고개를 돌린 울리는 잠시 거기에 대해 생각했다.

"난 잘 지내, 에밋."

"마지막으로 음식을 먹은 게 언제야?"

"아, 잘 모르겠어. 원장 차에 들어가기 전인 것 같은데. 그렇지, 더치스?"

에밋이 동생에게 고개를 돌렸다.

"빌리, 샐리가 저녁 식사에 대해 뭐라고 말했는지 기억나?"

"샐리 누나는 그걸 화씨 350도로 45분 동안 요리하라고 했어."

"울리를 데리고 먼저 집으로 갈래? 그리고 오븐에 요리를 넣고 식사 준비를 해줘. 난 더치스에게 보여줄 게 있어. 그렇지만 우리도 금방 갈게."

"알았어, 형."

빌리와 울리가 집으로 걸어가는 것을 지켜보는 동안 나는 에밋이 나에게 무엇을 보여주려는 건지 궁금했다. 그러나 에밋이 나를 향해 돌아섰을 때 그는 평소와 달라 보였다. 사실 그는 기분이 언짢은 것 같았다. 깜짝 놀라면 그렇게 기분이 언짢아지는 사람들이 있는 것 같다. 하지만 나는 깜짝 놀라는 것을 좋아한다. 모자에서 토끼를 꺼내는 것 같은 놀라운 일이 생기는 것을 좋아한다. 5월 중순에 간 이식당에서 나온 염가 판매 요리가 속을 채운 칠면조 구이일 때처럼 말이다. 그러나 어떤 사람들은 갑자기 허를 찔리는 것을—심지어 좋은 일일 경우에도—좋아하지 않는다.

"더치스, 여기는 어쩐 일이야?"

이제는 내가 놀란 얼굴이 되었다.

"어쩐 일이냐고? 이런. 우린 널 보러 왔어, 에밋. 농장도 보고. 너도 알잖아. 친구에게서 고향에서의 생활에 대해 많은 이야기를 들으면 결국엔 직접 보고 싶어지는 법이야."

나는 내 말을 강조하기 위해 손짓을 하면서 트랙터와 건초 더미, 그리고 바로 문밖에 드넓게 펼쳐진 모습으로 세상은 결국 평평하다는 것을 우리에게 확신시키려 최선을 다하는 거대한 미국 대초원을 가리켰다.

에밋의 시선이 내 시선을 따라오다가 다시 돌아갔다.

"내 말 들어봐. 일단 가서 뭘 좀 먹자. 그런 다음 너와 울리에게 간단히 구경시켜줄게. 그리고 푹 자고 나면 내일 아침에 차로 너희를 설라이나에 데려다줄게."

나는 손을 저었다.

"에밋, 우릴 다시 설라이나로 데려다줄 필요는 없어. 너도 바로 조금 전에 집에 왔으면서 뭘. 게다가 우린 돌아갈 생각이 없어. 적어도 아직은."

에밋은 잠시 눈을 감았다.

"너희들 형기가 몇 달 남았지? 넉 달이나 다섯 달? 너희 둘 다 사실상 탈옥한 거야."

"네 말이 맞아." 나는 동의했다. "틀림없는 사실이야. 그렇지만 윌리엄스 원장이 애컬리 후임으로 왔을 때, 원장은 뉴올리언스 출신의 그 간호사를 해고해버렸어. 울리가 약을 구할 수 있도록 도와주었던 그 간호사 말이야. 그래서 울리의 약은 이제 몇 병 안 남았고, 울리가 그 약을 먹지 않으면 우울증이 얼마나 심해지는지 너도 알잖아."

"그건 울리의 약이 아니야."

나는 에밋의 말에 동의하며 머리를 저었다.

"그렇지만 어떤 사람에게는 독인 것이 다른 사람에게는 약이 될 수도 있어. 안 그래?"

"더치스, 다른 누구도 아닌 너에게 이런 말을 할 필요는 없겠지만, 무단이탈이 길어지면 길어질수록, 그리고 설라이나 소년원에서 멀어지면 멀어질수록 결과는 더 나빠질 거야. 게다가 너희 둘 다 이번 겨울에 열여덟 살이 됐잖아. 주 경계를 넘은 뒤에 붙잡힌다면 그들은 너희를 설라이나 소년원으로 돌려보내지 않을 수도 있어. 어쩌면 토피카로 보낼지도 몰라."

까놓고 말하자면, 대부분의 사람은 2 더하기 2를 이해하기 위해 사다리와 망원경을 필요로 한다. 그렇기 때문에 보통 자기 입장을 설명하는 데 필요 이상으로 애를 먹는다. 그러나 에밋 왓슨은 그렇지 않았다. 그는 처음부터 전체 그림을—큰 얼개와 조그만 세부 사항 전부를—볼 수 있는 유형의 사람이었다. 그래서 나는 두 손을 들어 항복을 표시했다.

"에밋, 네 말에 100퍼센트 동의해. 사실 나도 울리에게 네가 한 말과 거의 같은 얘기를 했어. 하지만 울리는 들으려 하지 않았어. 담을 뛰어넘을 결심을 하고 있었단 말이야. 울리한테는 다 계획이 있더라고. 토요일 밤에 빠져나가 시내로 도망친 다음 차를 훔치려는 계획이었지. 걔는 심지어 부엌 당번이었을 때 칼도 훔쳐두었어. 과일 깎는 칼이 아니야, 에밋. 고기 써는 큰 칼을 말하는 거야. 울리가 사람을 해치는 일은 없을 거야. 그건 너도 알고 나도 알아. 그렇지만 경찰은 그걸 모르지. 경찰은 안절부절못하고 시선이 불안정한 이상한 사람이 손에 정육 칼을 들고 있는 걸 보면 개처럼 쓰러뜨릴 거라고. 그래서 난 울리한테 말했어. 그 칼을 원래 있던 자리에 갖다 놓으면 설라이나를 무사히 빠져나갈 수 있게 도와주겠다고 말이야. 울리는 칼을 제자리에 갖다 났고, 그래서 우린 차 트렁크 안으로 숨어들어 마술처럼 여기 나타나게 된 거야."

이 말은 다 사실이었다.

다만, 칼 얘기 부분은 빼고.

그런 것을 윤색이라고 한다. 강조하기 위해 해롭지 않은 약간의 과장을 보태는 것 말이다. 키잔티기스의 공연에 등장하는 커다란 시계나 핑커턴 요원이 권총으로 자물쇠를 쏜 행위 같은 것 말이다. 겉으로 보기에는 불필요해 보이지만 전체 공연의 성과를 내는 데 적잖이 기여하는 그러한 작은 요소들 말이다.

"이봐 에밋, 넌 날 알잖아. 난 내 형기를 다 마칠 수 있었어. 가능하다면 울리의 형기도 대신 살아줄 수 있었을 거야. 5개월이나 5년이나, 그게 무슨 차이가 있어? 그렇지만 울리의 심리 상태를 고려할 때, 그 애는 5일도 더 버틸 수 없었을 거야."

에밋은 울리가 걸어간 방향으로 눈길을 돌렸다.

우리 둘 다 울리의 문제가 많은 문제들 중 하나라는 것을 알고 있

었다. 어퍼이스트사이드◆에 자리 잡은, 수위가 있는 빌딩에서 자란
울리는 시골에 집이 있고, 운전사가 딸린 차도 있고, 부엌에는 요리
사도 있었다. 그의 할아버지는 테디 루스벨트◆◆와 프랭클린 루스벨
트의 친구였고, 아버지는 제2차 세계대전의 영웅이었다. 그러나 그
모든 행운에는 너무 지나쳐서 해가 될 수 있는 것이 있다. 그 같은
풍요로움 앞에서, 마치 그 모든 집과 차와 루스벨트 등이 모여 쌓인
덩어리가 자기 위로 무너져 내릴 것 같은 막연한 두려움을 느끼는
연약한 영혼이 있다. 그런 생각만으로도 그의 식욕이 떨어지고 신
경이 불안해지기 시작한다. 정신을 집중하기가 어려워지고, 그것이
그의 읽기, 쓰기, 산수에 영향을 미친다. 그는 한 기숙학교로부터 떠
나달라는 요구를 받고 다른 학교로 보내진다. 그리고 아마 그런 일
이 또 벌어졌을 것이다. 결국 그런 아이는 세상이 그에게 접근하지
못하도록 막아줄 **뭔가**가 필요할 것이다. 그리고 누가 그를 비난할
수 있겠는가? 나는 누구보다도 앞장서서 부자는 단 2분간의 동정도
받을 자격이 없는 사람들이라고 얘기할 것이다. 그러나 울리처럼
마음이 넓은 사람이라면? 그건 전혀 다른 이야기다.

　나는 에밋의 표정에서 그 역시 비슷한 고민을 하고 있음을 알 수
있었다. 에밋은 울리의 예민한 성격에 대해 생각하면서 우리가 그
를 설라이나로 돌려보내야 할지, 아니면 그가 가고자 하는 곳으로
안전하게 갈 수 있도록 도와주어야 할지 열심히 머리를 굴리고 있
는 것이었다. 그것은 답을 구하기가 꽤나 어려운 진퇴양난의 문제
였다. 그렇기 때문에 사람들이 이런 문제를 진퇴양난이라고 부르는

◆ 센트럴파크와 이스트강 사이에 위치한 뉴욕 맨해튼의 한 지역.
◆◆ 미국의 제26대 대통령인 시어도어 루스벨트를 가리킨다.

것이겠지, 나는 생각했다.

"긴 하루였어." 나는 에밋의 어깨에 손을 얹으며 말했다. "집에 들어가서 함께 식사를 하면 어떨까? 일단 뭘 좀 먹고 나면 우리 모두 판단의 근거나 이유를 잘 따져볼 수 있을 만큼 정신이 한결 맑아질 거야."

━━━

시골 요리……

동부 지역의 시골 요리에 대해 많이 들어보았을 것이다. 그것은 사람들이 한 번도 직접 경험해보지 못했을 때조차 숭배하는 것 가운데 하나다. 정의나 예수처럼. 그러나 사람들이 멀리서 동경하는 대부분의 것들과는 달리, 시골 요리는 실제로도 찬사를 받을 자격이 있다. 델모니코*의 어떤 음식보다도 두 배는 맛있으며, 보잘것없는 음식은 하나도 없다. 그것은 아마 그들이 자기 할머니의 할머니들이 마찻길에서 완성한 요리법을 따르기 때문일 것이다. 그게 아니라면 그들이 돼지와 감자와 함께 지내는 그 모든 시간 때문일지도 모른다. 이유야 어떻든, 나는 세 번째 그릇을 비우고 나서야 식사를 끝냈다.

"정말 맛있게 먹었다."

나는 빌리에게 시선을 돌렸다. 아이의 머리는 테이블 위로 겨우 조금 올라와 있었다.

✦ 뉴욕에 있는 오래되고 유명한 고급 식당.

"그 예쁜 흑갈색 머리 여자의 이름이 뭐야, 빌리? 꽃무늬 원피스를 입고 작업화를 신었던, 우리가 이 맛있는 요리에 대해 감사해야 할 여자 말이야."

"샐리 랜섬." 빌리가 말했다. "이건 닭고기 캐서롤이에요. 자기가 기르는 닭으로 만든 거예요."

"자기가 기르는 닭으로 만든 거라! 이봐 에밋, 그 속담이 뭐였지? 청년의 심장에 이르는 가장 빠른 길에 관한 거?"

"샐리는 이웃일 뿐이야." 에밋이 말했다.

"그럴지도 모르지." 나는 그의 말을 인정했다. "하지만 난 평생 이웃들에게 이런저런 것을 주었는데도 나에게 캐서롤을 가져다주는 사람은 없었어. 울리, 너는 어때?"

울리는 포크로 국물을 휘저어서 소용돌이를 일으키고 있었다.

"뭐라고?"

"너한테 캐서롤을 가져다준 이웃이 있었어?" 나는 조금 더 큰 소리로 물었다. 울리는 잠시 생각에 잠겼다.

"난 이전에 캐서롤을 먹어본 적이 없어."

나는 빙그레 웃으면서 눈썹을 추켜세워 어린 빌리를 바라보았다. 빌리도 싱긋 웃으며 눈썹을 추켜세우고 나를 보았다.

캐서롤인지 뭔지를 생각하던 울리는 때마침 어떤 생각이 난 것처럼 갑자기 고개를 들었다.

"이봐 더치스," 울리가 말했다. "에밋에게 이 모험에 대해 물어볼 기회가 있었어?"

"모험?" 빌리가 머리를 테이블 위로 조금 더 높게 들면서 물었다.

"그게 우리가 여기 온 또 다른 이유야, 빌리. 우리는 이제부터 작은 모험을 시작하려고 하는데, 네 형도 우리랑 함께해주길 바라고 있거든."

"모험······." 에밋이 말했다.

"더 좋은 말이 없어서 그렇게 부르고 있어." 내가 말했다. "하지만 이건 정말 선한 일이야. 일종의 미츠바*라고. 사실 이건 죽어가는 사람의 소망을 이루어주는 일이야."

나는 설명을 하면서 에밋과 빌리를 번갈아 바라보았다. 둘 다 똑같이 흥미를 느끼는 것처럼 보였기 때문이다.

"울리의 할아버지는 돌아가셨을 때 울리를 위해 신탁자금의 형태로 돈을 좀 남겨두셨어. 그렇지, 울리?"

울리가 고개를 끄덕였다.

"음, 신탁자금이란 것은 미성년자를 위해 개설된 특별 투자 계정을 말하는데, 미성년자가 성년이 될 때까지는 모든 결정을 수탁자가 하게 되어 있어. 그 미성년자는 성년이 되었을 때에야 자기가 적절하다고 생각하는 바에 따라 그 돈을 처분할 수 있지. 그런데 울리가 열여덟 살이 되었을 때 수탁자는—하필 그 사람은 울리의 매형이었어—다소 요상한 법학 이론을 끌어와 울리가 기질적으로 부적합하다고 선언했대. 이 용어가 맞아, 울리?"

"기질적으로 부적합하다, 맞아." 울리가 유감스러운 미소를 지으며 확인해주었다.

"그렇게 함으로써 울리의 매형은 신탁에 대한 자신의 권한을 울리의 기질이 개선될 때까지, 혹은 영구히—둘 중 어느 쪽이 먼저 찾

✦ mitzvah, 유대인이 쓰는 이디시어로 '선행'이라는 뜻.

아올지 모르지만 아무튼 그때까지—연장했어."

나는 고개를 저었다.

"그런데도 그 사람들은 그걸 **신탁**자금이라고 부르는 거예요?"

"더치스, 그건 울리의 일인 것 같은데. 그 일이 너랑 무슨 상관이 있어?"

"우리랑. 우리랑 무슨 상관이 있어 하고 물었어야지, 에밋."

나는 내 의자를 테이블 쪽으로 좀 더 끌어당겼다.

"울리와 울리의 가족은 업스테이트 뉴욕*에 집을 한 채 갖고 있는데……."

"집이 아니고 별장." 울리가 말했다.

"별장." 나는 고쳐 말했다. "가족들이 이따금씩 모이는 곳. 음, 대공황 시기에, 은행들이 도산하기 시작했을 때 울리의 증조할아버지는 이제 다시는 미국의 은행 시스템을 전적으로 믿지는 않겠다고 단호히 마음먹었대. 그래서 만약의 경우를 대비하여 현금 15만 달러를 그 별장의 벽에 설치한 금고에 넣어두었어. 그런데 여기서 특별히 흥미로운 점은 이거야. 운명적이라고 말할 수도 있지 않을까 싶어. 그건 바로 오늘날 울리의 신탁자금의 가치가 거의 정확하게 15만 달러라는 사실이야."

나는 내 얘기가 충분히 이해되도록 잠시 말을 멈추었다. 그런 다음 에밋을 똑바로 쳐다보았다.

"울리는 마음이 넓고 욕심을 절제하는 사람이잖아. 그래서 울리는 만약 너와 내가 자신과 함께 애디론댁 지역으로 가서 당연히 그

◆ 주로 뉴욕주 북부를 일컫는 말.

의 몫인 돈을 찾을 수 있도록 도와준다면, 그 돈을 삼등분해서 똑같이 나눠주겠다고 제안했어."

"15만 달러 나누기 3은 5만 달러." 빌리가 말했다.

"맞아." 내가 말했다.

"모두는 하나를 위해, 하나는 모두를 위해." 울리가 말했다.

나는 의자에 등을 기대고 앉았고, 에밋은 그런 나를 잠시 빤히 쳐다보았다. 그런 다음 울리에게 시선을 돌렸다.

"이건 네 생각이니?"

"내 생각이야." 울리가 시인했다.

"그럼 넌 설라이나로 돌아가지 않을 거야?"

울리는 두 손을 무릎에 내려놓으며 고개를 저었다.

"그래, 에밋. 난 설라이나로 돌아가지 않을 거야."

에밋은 질문을 하나 더 하려는 것처럼 탐색하는 표정으로 울리를 바라보았다. 그러나 천성적으로 질문에 대답하는 것을 좋아하지 않으며 질문을 피하는 연습을 많이 해온 울리는 접시를 치우기 시작했다.

에밋은 망설이는 기색으로 손을 움직여 자기 입을 가렸다. 나는 테이블 위로 몸을 기울였다.

"한 가지 문제는 별장은 항상 6월 마지막 주말 동안 개방되기 때문에 우리에게 시간이 많지 않다는 점이야. 난 아버지를 보러 뉴욕에 잠깐 들러야 해. 하지만 그런 다음 우린 곧장 애디론댁으로 떠날 거야. 네가 금요일까지 모건에 돌아올 수 있게 해줄게. 아마 조금 피곤하긴 하겠지만 5만 달러라는 포근한 빛에 감싸인 여행이 될 거야. 잠깐 그걸 생각해봐, 에밋……. 내 말은 5만 달러로 뭘 할 수 있을지 생각해보라는 거야. 너는 5만 달러로 **뭘** 할 거야?"

인간의 의지만큼 이해하기 힘든 것은 없다. 아니면 정신과 의사가 그렇게 믿게 만드는지도 모른다. 정신과 의사에 따르면, 인간의 동기는 열쇠가 없는 성城이다. 인간의 동기는 여러 겹의 미로를 형성한다. 그 복잡한 미로에서 개별 행동들이 보통 쉽게 알아볼 수 있는 근거나 이유 없이 나타나곤 한다. 그러나 사실, 그것은 그리 복잡하지 않다. 만약 한 인간의 동기를 이해하고 싶으면 그에게 이렇게 묻기만 하면 된다. **너는 5만 달러로 뭘 할 거야?**

대부분의 사람들에게 이런 질문을 하면 그들은 몇 분 정도 그것에 대해 생각하고 가능성을 따져보고 자신의 선택지를 고려할 시간을 필요로 한다. 그것이 그들에 대해 알아야 할 모든 것을 말해준다. 그러나 여러분이 확고한 주관을 가진 사람에게, 여러분의 관심을 받을 만한 사람에게 이 질문을 던진다면 그 사람은 곧바로, 그리고 구체적으로 대답할 것이다. 왜냐하면 그는 이미 5만 달러로 무엇을 할 것인지 생각해보았기 때문이다. 그는 도랑을 파면서, 사무를 보면서, 웨이터로 일하면서 그것에 대해 이미 생각해보았다. 아내의 말을 들으면서, 아이들을 재우면서, 또는 한밤중에 천장을 쳐다보면서 이미 생각해보았다. 어떤 면에서 그는 그것에 대해 평생 생각해왔다.

내가 에밋에게 그 질문을 던졌을 때 에밋은 대답하지 않았다. 하지만 그것은 해줄 대답이 없기 때문이 아니었다. 나는 그의 표정에서 그가 5만 달러로 무엇을 할 것인지 조목조목 **정확히** 알고 있다는 것을 알 수 있었다.

우리가 거기 조용히 앉아 있는 동안 빌리는 나와 형을 번갈아가며 쳐다보았다. 그러나 에밋은 갑자기 그 방 안에 있는 사람이 자신과 나, 둘뿐인 것처럼 테이블 너머의 나를 똑바로 바라보았다.

"더치스, 그건 울리의 생각이었을 수도 있고 아닐 수도 있겠지. 어느 쪽이든 난 그 일에 전혀 끼고 싶지 않아. 뉴욕에 들르는 것, 애디론댁에 가는 것, 5만 달러를 받는 것, 그 어떤 일에도 관여하지 않을 거야. 내일은 시내에서 볼일이 좀 있어. 그렇지만 월요일 아침엔 빌리와 나는 우선적으로 너와 울리를 오마하의 그레이하운드 터미널까지 태워다 줄 거야. 너희는 거기서 맨해튼이든 애디론댁이든, 어디든 원하는 곳으로 가는 버스를 탈 수 있어. 그런 다음 빌리와 나는 차로 돌아와서 우리가 계획한 일을 계속할 거야."

이 작은 연설을 하는 동안 에밋은 진지했다. 사실, 난 여태껏 그렇게 진지한 사람을 본 적이 없었다. 그는 목소리를 높이지 않았으며 내게서 한 번도 눈을 떼지 않았다. 눈을 휘둥그레 뜨고서 한 마디 한 마디에 귀 기울이는 빌리를 힐끔 쳐다보지도 않았다.

바로 그때 그 생각이 떠올랐다. 내가 실수했다는 생각이 떠오른 것이다. 그 아이 앞에서 세세한 얘기를 진부 늘어놓은 것이었다.

앞서 말했듯이 에밋 왓슨은 보통 사람들보다 전체 그림을 더 잘 이해한다. 그는 인간은 참을 수 있는 존재이지만, 그러나 어느 정도까지만 참을 수 있다는 것을 이해한다. 마땅히 받아야 할 자신의 몫을 얻기 위해서는 때때로 이 세상의 작동 방식에 균열을 일으킬 필요가 있다는 것을 이해한다. 그렇지만 빌리는? 겨우 여덟 살인 빌리는 아마 네브래스카주 밖으로 나가본 적이 없을 것이다. 그러므로 빌리가 현대 생활의 그 모든 복잡함, 공정한 것과 불공정한 것의 그 모든 미묘한 차이를 이해하리라고 기대할 수는 없다. 실은 여러분은 빌리가 그걸 이해하기를 **원치** 않을 것이다. 아이의 형으로서, 아이의 후견인이자 유일한 보호자로서 빌리가 가능한 한 오랫동안 그런 우여곡절을 겪지 않게 해주는 것이 에밋의 책무였다.

나는 의자에 등을 기대고 앉아 에밋의 마음을 이해했다는 표시로 고개를 끄덕였다.

"더 이상 말하지 마, 에밋. 네 마음을 똑똑히 읽었으니까."

━━

저녁을 먹은 후 에밋은 랜섬 씨가 점프 케이블로 차의 시동을 거는 것을 도와주러 와줄 수 있을지 알아보려고 랜섬 씨네 집에 간다고 말했다. 그 집은 1마일이나 떨어져 있기 때문에 나도 함께 가겠다고 했지만, 에밋은 울리와 내가 눈에 띄지 않는 게 최선이라고 생각했다. 그래서 나는 부엌 테이블에 남아서 울리가 설거지를 하는 동안 빌리와 잡담을 나누었다.

내가 앞서 울리에 대해 말한 것을 고려할 때, 여러분은 아마 울리가 설거지를 하는 데 적합하지 않을 거라고 생각할 것이다. 그는 게슴츠레해진 눈과 산만해진 마음으로 그 일을 대충대충 할 거라고 생각할 것이다. 그러나 울리는 마치 자신의 목숨이 설거지에 달린 것처럼 그릇들을 씻었다. 머리를 45도로 기울이고 이빨 사이로 혀끝을 내민 채 지칠 줄 모르는 목적의식을 가지고 스펀지를 돌려가며 열심히 접시 표면을 문질렀다. 오랫동안 남아 있던 얼룩을 제거했고, 아무것도 없는 부분도 꼼꼼히 닦았다.

그 모습을 보니 경탄스러웠다. 그러나 이미 말했듯이 나는 깜짝 놀라는 것을 좋아한다.

다시 빌리에게 주의를 돌렸을 때, 빌리는 배낭에서 은박지에 싸인 꾸러미를 꺼내 풀고 있었다. 그는 은박지 안에서 조심스럽게 쿠키 네 개를 꺼내 각 의자 앞 테이블 위에 하나씩 내려놓았다.

"어라, 어라," 내가 말했다. "이게 뭐야?"

"초콜릿칩 쿠키." 빌리가 말했다. "샐리 누나가 만들었어요."

모두 말없이 쿠키를 씹는 동안 나는 빌리가 뭔가 묻고 싶은 것이 있는 듯 약간 수줍은 표정으로 테이블 표면을 응시하고 있음을 알아차렸다.

"무슨 생각 하고 있어, 빌리?"

"모두는 하나를 위해, 하나는 모두를 위해." 빌리가 약간 주저하는 태도로 말했다. "그거 『삼총사』에 나오는 말이죠? 그렇죠?"

"맞아, **모나미**+."

여러분은 그 인용구의 출처를 성공적으로 확인했으니 아이가 무척 기뻐하리라고 예상했을지 모르나, 빌리는 낙담한 것처럼 보였다. 분명히 그렇게 보였다. 대개는 『삼총사』를 언급하는 것만으로도 어린아이를 미소 짓게 만든다는 사실에도 불구하고 말이다. 그래서 실망한 빌리를 보고 나는 다소 어리둥절했다. 나는 막 한 입 더 베어 먹으려 했을 때에야 테이블 위에 쿠키가 '모두는 하나를 위해, 하나는 모두를 위해'의 형태로 배치되어 있던 것을 상기했다.

나는 쿠키를 내려놓았다.

"〈삼총사〉 영화 봤니, 빌리?"

"아뇨," 빌리가 역시 낙담한 기색으로 대답했다. "그렇지만 책으

+ mon ami, '내 친구'라는 뜻의 프랑스어.

로는 읽었어요."

"그럼 넌 제목이 사람들을 얼마나 오해하게 만드는지 남들보다 더 잘 알겠구나."

빌리는 테이블을 향해 있던 눈을 들었다.

"왜요, 더치스 형?"

"왜냐하면 실은 『삼총사』는 **사총사** 이야기이니까. 이 이야기는 오르토스와 파토스와 아르테미스의 유쾌한 동지애로 시작하잖아."

"아토스, 포르토스, 아라미스?"✦

"그래, 맞아. 그렇지만 이 이야기의 중심 **사건**에는 젊은 모험가인……."

"다르타냥."

"……다르타냥이 모험과 스릴 넘치는 인생을 사는 삼총사에 합류함으로써 이야기가 본격적으로 전개되잖아. 왕비의 명예를 지켜주기도 하고."

"맞아요." 빌리가 의자에 똑바로 앉으며 말했다. "그것은 실은 사총사에 관한 이야기예요."

나는 내가 잘 해낸 일을 자축하기 위해 쿠키의 나머지 부분을 입에 넣은 다음 손가락에 묻은 부스러기를 털었다. 그러나 빌리는 강렬하게 바뀐 눈빛으로 나를 빤히 쳐다보았다.

"네 마음속에 다른 할 얘기가 있는 것 같은데, 빌리."

빌리는 테이블이 허락하는 범위 내에서 최대한 몸을 앞으로 내민 채 약간 숨죽인 목소리로 말했다.

✦ 더치스가 잘못 알고 있는 이름을 바로잡아준 것이다.

"내가 그 5만 달러로 뭘 할 건지 듣고 싶지 않아요?"

나도 몸을 앞으로 내밀고서 숨죽여 말했다.

"무슨 일이 있어도 꼭 듣고 싶은걸."

"나는 캘리포니아주 샌프란시스코에 집을 한 채 지을 거예요. 이 집처럼 하얀 집을 지을 건데, 조그만 현관과 부엌과 거실이 있는 집이에요. 위층에는 침실을 세 개 만들고요. 다만 트랙터를 넣어둘 헛간 대신에 에밋 형의 차를 넣을 차고를 지을 거예요."

"멋진 생각이구나, 빌리. 그런데 왜 샌프란시스코야?"

"그곳에 우리 엄마가 계시니까요."

나는 다시 몸을 뒤로 빼고 앉았다.

"그럴 리가."

에밋은 설라이나에서 어머니에 대해 언급할 때마다—물론 자주 언급하지는 않았다—언제나 과거형을 썼다. 하지만 어머니가 캘리포니아로 갔다는 것을 암시하는 식으로 과거형을 쓰지는 않았다. 그는 어머니가 저세상으로 가셨다는 것을 암시하는 식으로 과거형을 썼던 것이다.

"우린 더치스 형과 울리 형을 버스 터미널까지 데려다준 다음 곧장 출발할 거예요." 빌리가 덧붙였다.

"그럼 너희는 이삿짐을 꾸려서 캘리포니아로 가겠구나."

"아니에요. 이삿짐은 꾸리지 않을 거예요, 더치스 형. 우린 여행 가방에 넣을 수 있는 조그만 것들만 챙겨서 떠날 거예요."

"왜 그렇게 하려는 건데?"

"그게 새 출발을 하기 가장 좋은 방법이라는 것에 에밋 형과 애버네이스 교수님이 동의했으니까요. 우린 링컨 하이웨이를 타고 샌프란시스코에 갈 것이고, 그곳에 도착하면 일단 엄마를 찾고 우리 집을 지을 거예요."

나는 어머니가 네브래스카에 있는 이 작고 하얀 집에서 살고 싶지 않았다고 한다면 캘리포니아의 작고 하얀 집에서도 살고 싶어 하지 않을 거라고 아이에게 말해줄 용기가 없었다. 그러나 어머니라는 변수를 제쳐둔다면 아이의 꿈은 예산보다 4만 달러쯤 비용이 적게 드는 일일 거라고 생각되었다.

"빌리, 네 계획이 마음에 든다. 네 계획에는 진심에서 우러난 계획에서 볼 수 있는 구체성이 있어. 그렇지만 넌 충분히 큰 꿈을 꾸고 있다고 확신하니? 내 말은 5만 달러면 그보다 훨씬 더 큰 계획을 세울 수 있다는 거야. 수영장과 집사를 둘 수도 있어. 자동차가 네 대나 들어가는 차고를 지을 수도 있고."

빌리는 심각한 얼굴로 고개를 저었다.

"아니에요," 그가 말했다. "수영장과 집사는 필요 없을 거예요."

나는 아이에게 성급하게 결론을 내려서는 안 된다고 부드럽게 말해주려 했다. 수영장과 집사는 쉽게 얻을 수 없는 것이고, 일단 수영장과 집사를 얻은 사람들은 그걸 포기하기 싫어한다고 말해주려 했다. 그런데 그때 갑자기 울리가 한 손에 접시를 들고 다른 손에는 스펀지를 든 채 테이블 곁에 서 있는 것이었다.

"수영장이나 집사가 필요한 사람은 아무도 없어, 빌리." 울리가 말했다.

우리는 무엇이 울리의 관심을 끌게 될지 모른다. 울리의 관심을 끈 것이 나뭇가지에 내려앉은 새 한 마리일 수도 있다. 눈 위에 찍힌 발자국일 수도 있다. 또는 누군가가 전날 오후에 말한 것일 수도 있다. 하지만 울리가 무슨 생각을 하든 그것은 항상 귀 기울이며 기다릴 가치가 있다. 그래서 울리가 빌리 옆자리에 앉자 나는 재빨리 싱크대로 가서 물을 잠그고 내 자리로 돌아와 쫑긋 귀를 기울였다.

"자동차가 네 대나 들어가는 차고가 필요한 사람은 없어." 울리가 말을 계속했다. "하지만 너희 집에 침실은 몇 개 더 필요할 거야."

"왜요, 울리 형?"

"휴일에 친구와 가족들이 올 수 있으니까."

빌리는 울리의 판단력을 인정하며 고개를 끄덕였고, 그래서 울리는 제안을 계속했다. 울리는 자신의 주제에 열을 올리며 계속 말을 이어갔다.

"현관 지붕은 넉넉히 돌출되게 지어야 해. 그래야 비가 오는 오후에 그 아래 앉을 수 있고, 더운 여름밤에는 그 위에 누울 수 있을 테니까. 아래층에는 서재가 있어야 해. 또 눈이 올 때면 집 안 모든 사람이 모일 수 있도록 커다란 벽난로가 설치된 큰 방이 있어야 할 거야. 그리고 계단 밑에는 비밀 은신처가 있어야 하고, 집 안 구석진 곳에는 크리스마스트리를 세워둘 특별한 자리가 있어야 해."

이제 울리를 막을 수 없었다. 그는 종이와 연필을 달라고 하더니 빌리 옆에서 의자를 빙글 돌리며 평면도를 아주 자세히 그리기 시작했다. 그 그림은 냅킨 뒤에 낙서하듯 그리는 그런 그림이 아니었다. 울리는 설거지를 할 때처럼 꼼꼼히 평면도를 그렸다. 그 방들은 일정한 비율로 축소된 평행한 벽들로 그려졌는데, 모서리는 완벽한 직각이었다. 보기만 해도 신나는 그림이었다.

자동차가 네 대 들어가는 차고 대신 돌출된 지붕이 있는 현관을 지었을 때의 장점은 제쳐두고라도, 환상적인 거실에 대해서는 울리를 인정해주어야 했다. 빌리를 대신해서 울리가 상상한 그곳은 빌리가 혼자 상상한 것보다 세 배나 컸는데, 그것이 아이의 심금을 울린 게 틀림없었다. 왜냐하면 울리가 그림 그리기를 마쳤을 때 빌리는 북쪽을 가리키는 화살표와 크리스마스트리가 놓일 자리를 표시하는 커다란 빨간색 별을 그려 넣어달라고 울리에게 부탁했기 때문이다. 울리가 그렇게 해주자 아이는 그 평면도를 조심스럽게 접어서 배낭에 넣었다.

울리도 만족스러운 표정이었다. 하지만 빌리가 배낭끈을 단단히 매고 다시 자리로 돌아왔을 때 울리는 빌리에게 특유의 슬픈 미소를 지어 보였다.

"나도 내 어머니가 어디 계신지 모른다면 좋겠어." 울리가 말했다.

"왜요, 울리 형?"

"그러면 너처럼 어머니를 찾아 떠날 수 있을 테니까."

━━━

설거지를 마치고 빌리가 샤워할 수 있는 곳을 보여주겠다며 울리를 데리고 위층으로 올라가자 나는 집 안을 좀 뒤져보았다.

에밋의 아버지가 파산했다는 것은 비밀이 아니었다. 그러나 술 때문에 파산한 것이 아니라는 점은 집 안을 한 번 둘러보기만 해도 알 수 있었다. 한 집안의 가장이 주정뱅이라면 우리는 그걸 알 수 있다. 가구의 상태와 앞마당의 모습을 보면 알 수 있다. 아이들의 얼굴 표정을 보면 알 수 있다. 하지만 에밋의 아버지가 술을 마시지 않는 사람이라 해도 집 안 어딘가에는 분명 술 같은 것이 있을 거라고 나는 생각했다. 특별한 행사를 위해 병에 담아 보관해둔 사과 브랜디나 페퍼민트 슈냅스[+] 같은 거 말이다. 이 지방에는 대개 그런 것들이 있었다.

나는 부엌 수납장부터 살폈다. 맨 먼저 접시와 그릇이 눈에 들어왔다. 두 번째는 유리잔과 머그잔이었다. 세 번째로 찾은 것은 일반적인 식품들이었다. 그러나 병은 눈에 띄지 않았다. 10년 된 당밀 단지 뒤에도 숨겨져 있지 않았다.

장식장에도 술은 없었다. 아래쪽 칸에는 먼지가 옅게 낀 고운 자기가 뒤죽박죽으로 놓여 있었다. 알다시피 그것들은 저녁 식사용 접시가 아니었다. 거기에는 수프 그릇과 샐러드 접시와 디저트 접시, 그리고 삐딱하게 쌓아놓은 커피 잔들이 있었다. 세어보니 모두 20세트였다. 식탁도 없는 집인데 말이다.

내가 기억하기로, 에밋은 자신의 부모님이 보스턴에서 자랐다고 했다. 음, 만약 그분들이 보스턴에서 자랐다면 비컨힐[++]의 위쪽 지대에서 자랐을 것이다. 이것은 한 세대에서 다음 세대로 전해지기를 진심으로 기대하며 브라민[+++] 신부에게 주는, 그런 종류의 물건이었다. 그러나 이 모든 소장품이 찬장에 들어갈 수는 없었고, 당연히 여행 가방에 들어갈 수도 없었다. 이런 물건들은 왠지…….

거실에서 병을 넣어둘 만한 곳은 구석에 있는 오래된 커다란 책상뿐이었다. 나는 의자에 앉아 롤톱 책상[++++]의 뚜껑을 밀어 넣었다.

[+] 박하 향이 나는 증류주.
[++] 미국 보스턴의 유서 깊은 부유층 주거 지역.
[+++] 뉴잉글랜드 지역의 백인 상류층 및 유명 가문 출신 인물을 일컫는 말.
[++++] 뚜껑을 뒤로 밀어 넣어서 여는 책상.

책상 위에는 가위, 편지 칼, 메모장, 연필 같은 평범한 문구들이 놓여 있었지만, 서랍에는 오래된 알람 시계, 절반밖에 없는 트럼프 카드, 아무렇게나 흩어져 있는 5센트, 10센트짜리 동전 따위의, 거기 있을 필요가 없는 잡동사니들이 어지러이 널려 있었다. 그 동전들을 긁어모아 챙긴(한 푼이라도 아끼면 나중에 아쉽지 않다) 다음, 맨 밑 서랍은 예로부터 물건 보관 장소로 쓰였다는 것을 알고 있기에 나는 가운뎃손가락을 집게손가락에 포개어 행운을 빌며 그 서랍을 열었다. 그러나 거기에는 병이 들어갈 공간이 없었다. 우편물만 잔뜩 쌓여 있는 것이었다. 나는 한 번 휙 본 것만으로도 뒤죽박죽인 그것들이 무엇인지 알아차렸다. 미납 고지서였다. 전력 회사와 전화 회사의 고지서, 그리고 왓슨 씨의 신용을 연장해줄 만큼 어리석었던 사람들이 보낸 고지서들이었다. 맨 밑에는 애초의 통지서들이 있고, 그다음에는 그것을 상기시키는 문서들이 있으며, 여기 맨 위에는 취소를 알리고 법적 조치를 취하겠다고 위협하는 문서들이 있을 터였다. 그러한 문서 봉투 가운데는 개봉조차 하지 않은 것들도 일부 있었다.

나는 속으로 웃지 않을 수 없었다.

이 고지서와 문서들을 쓰레기통에서 채 한 발자국도 떨어지지 않은 책상 맨 밑 서랍에 넣어둔 왓슨 씨의 행위에는 달콤한 기분이 들게 하는 뭔가가 있었다. 이 고지서들을 책상 안에 넣어두는 데에는 그것들을 망각 속에 빠뜨리는 것만큼이나 많은 노력이 필요했다. 왓슨 씨는 아마도 자기가 절대로 그 돈들을 내지 않으리라는 사실을 차마 인정할 수 없었을 것이다.

우리 아버지라면 분명 그런 문제에 빠지지 않았을 것이다. 아버지의 경우에는 미납 고지서가 빠르게 쓰레기통에 처박힐 수가 없었다. 사실 아버지는 고지서가 인쇄된 그 종이 자체에 알레르기가 심해서 애초에 고지서가 절대 자기를 찾아오지 못하도록 무던히 애를 쓰곤 했다. 아버지 해리슨 휴잇이 영어 사용에 있어서 비할 바 없이 까다로운 사람이었음에도 종종 자신의 주소를 잘못 적는 것으로 알려진 이유가 바로 그 때문이었다.

그러나 미국 우편국과 전쟁을 벌이는 것은 전혀 사소한 일이 아니다. 그들에게는 마음대로 부릴 수 있는 막대한 트럭 부대가 있고, 당신 이름이 적힌 봉투가 확실히 당신 손에 들어가게 하는 것이 인생의 유일한 목적인 보병대가 있다. 휴잇 부부는 종종 로비로 들어왔다가 비상계단을 통해 떠났다고—그것도 보통 아침 5시에—알려진 이유가 바로 그 때문이다.

아, 아버지는 4층과 3층 사이에서 걸음을 멈추고 동쪽을 향해 손짓하며 말하곤 했다. **장밋빛 손가락 같은 새벽이여!* 저 새벽을 알게 된 것을 행운으로 여기렴, 얘야. 저걸 한 번도 본 적이 없는 왕들도 있단다!**

바깥 진입로에서 랜섬 씨의 픽업트럭이 들어서는 소리가 들렸다. 트럭이 집을 지나 헛간을 향해 나아갈 때 전조등 불빛이 잠깐 동안 이 방을 오른쪽에서 왼쪽으로 쓸었다. 나는 모든 문서가 최종 회계 시점까지 무사히 남아 있을 수 있도록 책상 맨 밑 서랍을 닫았다.

나는 위층으로 올라가서 빌리의 방에 머리를 들이밀었다. 그곳에선 울리가 이미 침대에 몸을 쭉 뻗고 누워 있었다. 울리는 부드럽게

✦ 호메로스의 『오디세이아』에 나오는 표현.

흥얼거리며 천장에 매달린 비행기들을 쳐다보고 있었다. 그는 아마 1만 피트 상공에 떠 있는 전투기 조종석의 아버지를 생각하고 있었을 것이다. 아버지의 항공모함 비행갑판과 남중국해 해저 사이 어딘가에 있을 전투기 조종석이 바로 울리의 아버지가 울리를 위해 항상 있는 곳일 터였다.

나는 빌리 아버지의 방에서 침대 커버 위에 수련하는 인도 사람처럼 앉아 있는 빌리를 발견했다. 옆에는 배낭이 있고 무릎 위에는 커다란 빨간 책이 놓여 있었다.

"안녕, 꼬마 친구. 뭘 읽고 있니?"

"『애버커스 애버네이스 교수의 영웅, 모험가 및 다른 용감한 여행자 개요서』."

나는 휘파람을 불었다.

"꽤나 인상적이군. 쓸모가 있는 좋은 책이야?"

"그럼요. 난 스물네 번 읽었어요."

"그렇다면 '좋다'라는 말로는 부족하겠는걸."

나는 방으로 들어가서 빌리가 책장을 넘기는 것을 보며 한쪽 구석에서 다른 쪽 구석까지 천천히 거닐었다. 책상 위에 액자에 담긴 사진 두 장이 놓여 있었다. 첫 번째 사진은 세기말 복장을 한, 서 있는 남편과 앉아 있는 아내의 사진이었다. 물론 비컨힐의 왓슨 부부였다. 다른 하나는 불과 몇 년 전에 찍은 에밋과 빌리의 사진이었다. 둘은 그날 수 시간 전에 에밋과 이웃 아저씨가 앉았던 그 현관 계단에 앉아 있었다. 빌리와 에밋의 어머니 사진은 없었다.

"빌리," 나는 형제의 사진을 다시 책상에 내려놓으며 말했다. "질문 하나 해도 될까?"

"좋아요, 더치스 형."

"정확히 언제 네 어머니가 캘리포니아로 가셨니?"

"1946년 7월 5일이에요."

"정말 정확하구나. 그냥 불쑥 떠나신 거지? 그 뒤로 어머니에게서 연락이 온 적은 전혀 없고?"

"아니에요." 빌리가 다시 책장을 한 장 넘기며 말했다. "연락 온 적 있어요. 엄마는 우리에게 아홉 장의 엽서를 보냈어요. 그래서 엄마가 샌프란시스코에 있다는 걸 아는 거예요."

빌리는 내가 그 방에 들어간 이후 처음으로 책에서 눈을 떼고 나를 쳐다보았다.

"이번엔 내가 질문 하나 해도 돼요, 더치스 형?"

"되고말고. 그래야 공평한 거지, 빌리."

"왜 사람들이 형을 더치스라고 불러요?"

"왜냐하면 더치스 카운티에서 태어났으니까."

"더치스 카운티가 어디에 있어요?"

"뉴욕에서 약 50마일 북쪽에."

빌리는 등을 세우고 똑바로 앉았다.

"뉴욕시를 말하는 거예요?"

"그럼 어디겠어."

"뉴욕시에 가본 적 있어요?"

"빌리, 난 수백 군데 도시를 가보았지만, 어느 곳보다도 뉴욕을 더 많이 가보았어."

"애버네이스 교수님이 계신 곳이 거기예요. 자, 봐요."

빌리가 처음 몇 페이지 중에서 어느 한 페이지를 펼치며 책을 내밀었다.

"글씨가 작아서 머리가 아플 지경이야, 빌리. 네가 읽어주면 어떨까?"

빌리는 고개를 숙이고 손가락으로 짚어가며 읽기 시작했다.

"친애하는 독자 여러분, 저는 오늘 위대한 우리 나라 미합중국의 북동쪽 끝에 있는 뉴욕시 맨해튼섬의 34가와 5번가가 교차하는 곳에 위치한 엠파이어 스테이트 빌딩 55층에 있는 제 변변찮은 사무실에서 여러분에게 편지를 씁니다."

빌리는 얼마간 기대감이 어린 표정으로 고개를 들었다. 나는 왜 그러냐고 묻는 표정을 지어 보였다.

"애버네이스 교수님을 만나본 적 있어요?" 그가 물었다.

나는 빙그레 웃었다.

"나는 위대한 우리 나라에서 많은 사람을 만났고 그중 많은 이들이 맨해튼섬 출신이었지만, 내가 아는 한 너의 교수님을 만나는 기쁨을 누린 적은 없어."

"아." 빌리가 말했다.

아이는 잠시 조용히 있었다. 곧이어 그 애의 작은 이마에 주름이 잡혔다.

"또 물어볼 게 있어?"

"왜 형은 도시를 수백 군데나 가본 거예요?"

"우리 아버지는 세스피언thespian이었어. 우린 대개 뉴욕을 기반으로 활동했지만, 1년 중 많은 날들을 이 마을 저 마을 여행하며 보냈지. 한 주는 버펄로에서 보내고 다음 한 주는 피츠버그에서 보내는 거야. 그런 다음엔 클리블랜드나 캔자스시티로 가고. 믿거나 말거나, 나는 네브래스카에서 얼마 동안 지내기도 했단다. 내가 네 나이쯤이었을 땐 한동안 루이스라는 작은 도시의 변두리에서 산 적도 있어."

"루이스는 나도 알아요." 빌리가 말했다. "링컨 하이웨이에 자리 잡고 있잖아요. 여기와 오마하 사이 중간쯤에."

"설마. 농담이겠지."

빌리는 책을 옆에 내려놓고 배낭을 향해 손을 뻗었다.

"지도에서 확인해볼래요?"

"아니. 네 말을 믿을게."

빌리는 배낭에서 손을 뗐다. 그런 다음 다시 이마를 찌푸렸다.

"이 마을 저 마을 돌아다니면서 학교는 어떻게 다녔어요?"

"배울 가치가 있는 모든 것이 책에만 있는 건 아니야, 빌리. 나의 학교는 기본적인 것들을 경험하게 해준 길바닥이었고, 나의 선생님은 모질고 변덕스러운 운명이었다고만 간단히 말해둘게."

빌리는 이 규범을 하나의 신조로 받아들여야 할지에 대해 확신이 서지 않는 듯한 모습으로 잠시 내 말을 곰곰이 생각하는 것 같았다. 그런 다음 자기 자신을 향해 고개를 두 번 끄덕이고 나서 약간 의아한 표정으로 나를 쳐다보았다.

"다른 거 물어봐도 돼요, 더치스 형?"

"말해봐."

"세스피언이 뭐예요?"

나는 소리 내어 웃었다.

"무대 위에서 연기를 하는 사람을 세스피언이라고 해. 배우 말이야."

나는 한 손을 뻗고 먼 곳을 바라보며 읊었다.

왕비는 이다음에 죽었어야 하는데.
그런 말에 맞는 때가 있게 될 테니까.
내일, 또 내일, 그리고 또 내일은
매일매일 이렇게 작은 발걸음으로
역사의 마지막 순간까지 기어가고,
우리의 모든 지난날은 칙칙한 죽음으로 가는
어리석은 이들을 비추어주네⋯⋯.✦

내가 생각해도 꽤 괜찮은 낭송이었다. 자세가 다소 진부하긴 했지만, **'내일'**이라는 말은 삶의 고단함을 잘 담아서 읊조렸고, 예의 그 **'칙칙한 죽음'**은 불길한 기운이 잘 묻어나게 읊었다.

빌리가 특유의 눈을 휘둥그레 뜬 표정을 지어 보였다.

"윌리엄 셰익스피어의 그 스코틀랜드 연극," 내가 말했다. "5막 5장."

"형 아버지는 셰익스피어극 배우였어요?"

"맞아."

"유명했어요?"

"그럼. 페탈루마✦✦에서 포킵시✦✦✦에 이르기까지 모든 술집에 아버지의 이름이 알려져 있었어."

✦ 스코틀랜드를 배경으로 한 셰익스피어의 희곡 『맥베스』에 나오는 맥베스의 독백.
✦✦ 캘리포니아주 소노마 카운티에 있는 도시.
✦✦✦ 뉴욕주 동남부 허드슨강에 면한 도시.

빌리는 감명받은 표정이었다. 그러나 그때 그 애의 이마에 다시 한번 주름이 잡혔다.

"나는 윌리엄 셰익스피어에 대해서 조금 알게 되었어요." 빌리가 말했다. "애버네이스 교수님은, 셰익스피어는 바다를 항해한 적이 한 번도 없는 위대한 모험가라고 했어요. 그렇지만 스코틀랜드 연극에 대해선 전혀 언급하지 않았……."

"놀라운 일은 아니지. 자, 들어봐. '그 스코틀랜드 연극'은 연극인들이 『맥베스』를 지칭하는 방식이야. 몇 세기 전, 이 연극을 상연하고자 하는 사람들의 머릿속에는 이 극이 저주를 받았으며, 따라서 이 연극의 제목을 말하는 것은 불행을 초래할 뿐이라는 생각이 확고하게 자리 잡았지."

"어떤 종류의 불행요?"

"가장 나쁜 종류의 불행. 1600년대에 그 연극을 처음으로 무대에 올렸을 때 맥베스 부인 역을 맡은 젊은 배우는 무대에 오르기 직전에 죽었어. 약 100년 전, 세상에서 가장 위대한 두 명의 셰익스피어 극 배우는 포리스트라는 미국인 배우와 매크리디라는 영국인 배우였어. 당연히 미국 관객들은 포리스트의 재능을 편애했지. 그래서 맨해튼섬에 있는 애스터플레이스 오페라하우스에서 열린 연극에서 매크리디가 맥베스 역을 맡게 되자 폭동이 일어나 1만여 명이 충돌하고 그중 많은 사람들이 죽었단다."

말할 필요도 없이 빌리는 매혹되었다.

"그런데 왜 저주를 받은 거예요?"

"왜 저주를 받았냐고? 맥베스 이야기를 들어본 적 없어? 음흉한 글래미스의 영주 맥베스 말이야. 응? 못 들었어? 그럼 빌리, 자리 좀 만들어봐. 내가 너를 으스스한 이야기의 세계로 데려가줄 테니까!"

빌리는 애플네이스⁺ 교수의 『개요서』를 한쪽으로 치웠다. 빌리가 이불 속으로 들어가자 나는 아버지가 어둡고 오싹한 이야기를 들려줄 때면 으레 그랬던 것처럼 전등 스위치를 껐다.

자연스럽게 세 마녀가 가마솥을 끓이며 주문을 외우는 스코틀랜드의 황야에서 이야기를 시작했다. 나는 빌리에게 부인의 야망에 자극된 맥베스가 왕을 방문했을 때 어떻게 단검으로 왕의 심장을 찔러 죽였는지, 그리고 이 잔인한 살인 행위가 어떻게 또 다른 살인을 낳고, 또다시 세 번째 살인을 낳았는지 얘기해주었다. 나는 맥베스가 유령에 시달리게 된 얘기와 맥베스 부인이 몽유병 환자가 되어 코더성의 복도를 배회하기 시작하고 자신의 손에 피가 묻었다는 망상에 빠져 자꾸만 손을 씻는 얘기를 해주었다. 오, 그래, 나는 단호하고 결단력 있게 해냈어!

일단 버넘 숲의 나무들⁺⁺이 던시네인 언덕을 오르고, 여자가 낳은 자가 아닌 맥더프⁺⁺⁺가 왕을 살해한 맥베스를 언덕에서 죽인 대목에 이르렀을 때, 나는 빌리가 달콤한 꿈나라로 빠져들었기를 바라며 이불을 잘 덮어주었다. 그런 다음 복도로 나와서 약간 과장된 동작으로 고개를 숙여 작별 인사를 했는데, 그때 어린 빌리가 침대에서 빠져나와 다시 전등을 켰다는 것을 알아차렸다.

⁺ 더치스는 앞에서 삼총사의 이름을 잘못 기억했던 것처럼 애버네이스의 이름도 잘못 기억하고 있다.
⁺⁺ 나뭇가지로 위장한 군대를 가리킨다.
⁺⁺⁺ 맥더프는 정상적으로 태어난 아이가 아닌, 어머니의 배를 가르고 나온 인물이다.

에밋의 침대 가장자리에 앉았을 때 곧장 머리에 떠오른 것은 그 방 안에 없는 여러 가지 것들이었다. 회반죽벽의 못이 박혔던 자리에는 못이 빠진 자국이 있었지만, 벽에는 아무 그림도 걸려 있지 않았다. 포스터나 페넌트도 없었다. 라디오도 없고 전축도 없었다. 창문 위에는 커튼 봉이 있었지만 커튼은 없었다. 만약 벽에 십자가가 걸려 있었다면 에밋의 방은 수도승의 방처럼 보였을 것이다.

에밋은 설라이나 소년원으로 가기 바로 전에 그 방을 깨끗이 정리했을 것이다. 만화책과 야구 카드를 전부 쓰레기통에 버림으로써 어린애 같은 생활 방식이나 유치한 것들과 작별을 고했을 것이다. 아마도. 그러나 이 방은 왠지 아주 오래전부터 여행 가방 하나만 챙겨 들고 떠날 준비를 하고 있었던 사람의 방 같은 느낌을 주었다.

랜섬 씨 트럭의 전조등 불빛이 다시 벽을 스치고 지나갔다. 이번에는 집을 지나서 도로로 나가느라 왼쪽에서 오른쪽으로 지나갔다. 망을 친 문이 쾅 닫히고 나서 에밋이 부엌의 불을 끄고, 이어 거실의 불을 끄는 소리가 들렸다. 그가 계단을 올라올 때 나는 복도에서 기다리고 있었다.

"차는 이제 시동이 걸려?" 내가 물었다.

"다행히도."

그는 정말로 안도한 듯한 표정이었다. 그러나 조금 지쳐 보이기도 했다.

"널 네 방에서 내보내려니 마음이 불편하다. 네가 방을 쓰고 난 아래층 소파에서 자면 어떨까? 소파가 좀 짧을지 모르지만, 그래도 설라이나의 매트리스보다는 더 편할 거 아냐."

말은 그렇게 했지만 에밋이 내 제안을 받아들일 거라고는 생각하지 않았다. 에밋은 그런 사람이 아니었다. 그러나 나는 그가 나의 이 제스처에 고마워한다는 것을 알 수 있었다. 그는 빙긋 웃어 보였고, 나아가 내 어깨에 손을 얹기도 했다.

"괜찮아, 더치스. 네가 여기서 자. 난 빌리랑 잘게. 그러면 우리 모두 푹 잘 수 있을 거야."

에밋은 몇 걸음 더 복도를 걸어가다가 멈춰 서서 몸을 돌렸다.

"너와 울리는 그 옷을 갈아입어야 해. 우리 아버지 옷장에 울리가 입을 만한 옷이 있을 거야. 울리와 아버지는 체구가 거의 비슷하거든. 빌리랑 내가 가지고 갈 짐은 이미 다 싸놓았으니, 너는 내 옷 중에서 원하는 걸 가져가. 낡은 책가방도 두 개 있으니까 너희 둘이 쓰면 돼."

"고맙다, 에밋."

그가 다시 걸음을 옮겼고, 나는 다시 그의 방으로 들어갔다. 닫힌 문 너머로 에밋이 씻는 소리, 뒤이어 동생과 얘기를 나누는 소리를 들을 수 있었다.

나는 그의 침대에 누워 천장을 응시했다. 내 머리 위에는 모형 전투기가 없었다. 눈에 들어온 거라곤 천장 전등 주변의 회반죽에 완만한 곡선 모양으로 금이 간 모습뿐이었다. 그러나 긴 하루의 끝자락에는 회반죽 천장에 생긴 금 하나만으로도 옛 생각을 불러일으키기에 충분한 모양이었다. 왜냐하면 전등 주위를 완만하게 도는 그 조그만 금에서 갑자기 오마하 주위를 감싸며 흐르는 플래트강의 모습이 연상되었기 때문이다.

오, 오마하, 난 너를 똑똑히 기억해.

1944년 8월, 내 여덟 번째 생일이 지난 지 몇 달밖에 안 된 때였다.

그해 여름, 아버지는 전쟁 지원 기금 모집을 표방하는 순회공연단의 일원이었다. 그 공연은 '**위대한 보드빌**⁺ **쇼**'라고 불렸지만, 사실 '**구닥다리 쇼**'라고 불릴 수도 있었을 것이다. 쇼는 곡예사의 저글링으로 시작되었는데, 마약중독자인 저글링 곡예사는 공연 후반부에 해고되었다. 저글링 쇼에 이어 80세의 코미디언이 나왔는데 그는 자기가 조금 전에 무슨 농담을 했는지 전혀 기억하지 못했다. 아버지의 역할은 셰익스피어의 가장 위대한 여러 독백들을 연속해서 연기하는 것—아버지의 표현에 따르면 '22분에 담아낸 평생의 지혜'—이었다. 볼셰비키 같은 수염을 기르고 허리띠에 단검을 찬 아버지는 발코니 상단 오른쪽 구석 어딘가에 있는 숭고한 생각의 영역을 찾아 아래로 향해 있던 시선을 천천히 들어 올리곤 했으며, 그런 다음 이런 말들로 시작했다. '**쉿, 저 창문에서 새어 나오는 빛은 무엇일까······.**⁺⁺ **제군들, 다시 한번 부딪쳐보자······.**⁺⁺⁺ **오, 필요를 따지지 말아라!**⁺⁺⁺⁺'

로미오에서 헨리로, 헨리에서 리어로 이어졌다. 감상적 사랑에 빠진 젊은이에서 태동하는 영웅으로, 이어 활동력이 떨어진 늙고 어리석은 노인으로 이어지는 안성맞춤의 진행이었다.

⁺ 보통 곡예와 함께 시작되어 노래와 춤, 재담, 그리고 가끔씩 짧은 드라마를 공연하는 버라이어티 쇼.
⁺⁺ 『로미오와 줄리엣』에 나오는 구절.
⁺⁺⁺ 『헨리 5세』에 나오는 구절.
⁺⁺⁺⁺ 『리어왕』에 나오는 구절.

내가 기억하기로 그 순회공연은 뉴저지주의 멋진 도시 트렌턴에 있는 머제스틱 극장에서 시작했다. 우리는 거기서부터 실내의 밝은 불을 다 켠 채 서쪽으로 향했다. 피츠버그에서 피오리아*까지.

　마지막으로 머문 곳은 일주일 동안 지냈던 오마하 오디언에 있는 대형 숙박업소였다. 기차역과 홍등가 사이 어딘가에 깊숙이 자리 잡은 그곳은 아직 기회가 있었을 때 영화관으로 변신하는 분별력을 갖지 못한 오래되고 웅장한 아르데코풍의 건물이었다. 우리는 여행 중에는 대부분의 시간을 우리 같은 부류에 어울리는 호텔—도망자와 성경 판매원이 자주 드나드는 호텔—에 있는 다른 연기자들과 함께 지냈다. 그러나 우리가 여행의 마지막 체류지—앞으로 이동하게 될 새 주소가 더 이상 없는 체류지—에 도착할 때마다 아버지는 나를 데리고서 시내에서 가장 멋진 호텔에 투숙하곤 했다. 아버지는 윈스턴 처칠 지팡이와 존 베리모어**의 목소리를 뽐내며 프런트로 어슬렁어슬렁 걸어가서 자기 방으로 안내해달라고 요구하곤 했다. 호텔 예약이 다 찼고 자신의 예약 기록은 없다는 사실을 알게 되면 아버지는 자신의 사회적 지위에 어울리는 분노를 표출했다. 이게 뭐야! 예약이 안 되어 있다고! 이런. 그 사람은 다름 아닌 월도프애스토리아 호텔의 총지배인 라이어널 펜더개스트였단 말이오. (그이 옆에는 친한 친구인 내가 있었고.) 라이어널은 오마하에는 이 밤을 보낼 다른 곳은 없다고 내게 확실히 말한 다음, 내 방을 예약하기 위해 당신네 사무실에 전화를 했단 말이오! 호텔 경영진은 결국 대통령 전용 스위트룸은 이용할 수

＊ 일리노이주에 있는 도시.
＊＊ 연극 무대에서 햄릿 역을 맡아 인기를 끌었던 미국 배우. 종종 귀족적이고 과장된 태도로 극적인 효과를 높였다.

있다고 시인했고, 그러면 아버지는 비록 자기는 소탈한 사람이지만 대통령 전용 스위트룸은 아주 좋을 것 같다, 고맙다, 라고 말하며 그 제안을 받아들이곤 했다.

일단 호텔에 자리를 잡으면 이 '소탈한 사람'은 호텔의 편의 시설을 최대한 이용했다. 바느질이 필요한 옷은 전부 세탁소로 보냈다. 손톱 관리사와 안마사를 방으로 호출했다. 벨보이를 보내 우리 꽃을 받아 오게 했다. 그리고 매일 저녁 6시면 로비에 있는 바에 가서 술을 주문하곤 했다.

아버지가 소풍을 가자고 제안한 것은 마지막 공연 다음 날인 8월 어느 일요일 아침이었다. 덴버[+]의 팔라듐 극장에서 열리는 장기 공연에 채용된 아버지가 그걸 축하하기 위해 굽이진 강의 강둑으로 소풍을 가자고 제안한 것이었다.

짐을 들고 호텔 뒷계단으로 내려갈 때 아버지는 여성을 대표하는 사람을 한 명 데려가서 축제 기분을 한결 더 띄우면 어떨까, 하는 생각을 얘기했다. 그러니까 매일 밤 2막에서 사필뜨기 마술사인 네피스토가 톱으로 몸을 반 토막 내곤 했던 그 유쾌한 젊은 여자, 미스 메이플스 같은 사람을 말하는 것이었다. 그런데 우리가 골목에서 발견한 사람은 누구였겠는가. 바로 우리가 방금 전에 얘기했던 통통하고 귀엽고 가슴이 풍만한 그 금발 여자가 가방을 손에 들고 골목에 서 있는 것이었다.

"여!" 아버지가 말했다.

아, 얼마나 즐거운 날이었던가.

[+] 콜로라도주의 주도.

나는 덜커덩거리는 뒷좌석에 앉고 미스 메이플스는 앞좌석에 앉았다. 우리는 플래트강 가장자리에 자리 잡은 커다란 시립 공원으로 차를 몰았다. 무성한 풀과 키 큰 나무들이 있고 햇빛이 수면에 내려앉아 반짝이는 곳이었다. 전날 밤에 아버지는 소풍 갈 때 가지고 갈 프라이드치킨과 찐 옥수수를 주문했었다. 아버지는 심지어 아침을 먹을 때 식탁에 깔려 있던 식탁보도 훔쳤다(메피스토, 한번 해봐!).

나이가 많아봤자 스물다섯 살 이상일 리 없는 미스 메이플스는 아버지와 함께 있는 것이 즐거운 듯 보였다. 그녀는 아버지가 농담할 때마다 웃었고, 아버지가 그녀의 잔에 와인을 채워줄 때마다 감사의 말을 따뜻하게 건넸다. 심지어 아버지가 그 시인[*]에게서 훔친 몇 가지 찬사의 말에도 얼굴을 붉혔다.

그녀는 휴대용 전축을 가지고 왔다. 아버지와 미스 메이플스가 풀밭에서 어설프게 춤을 추는 동안 음반을 고르고 바늘을 올리는 일은 내 몫이었다.

배가 부르면 머리가 둔해진다는 사실을 깨달았다. 그것은 만고의 진리이다. 아버지가 빈 와인병들을 강물에 던져 넣고 전축을 트렁크에 챙겨 넣은 다음 기어를 넣고서 근처 마을에 잠깐 볼일이 있다고 말했을 때, 나는 아무런 생각도 하지 않았다. 우리가 언덕 꼭대기에 있는 오래된 석조 건물에 당도한 뒤 아버지가 다른 방에서 나이 많은 수녀와 이야기를 나누는 동안 내게 한 젊은 수녀와 함께 한쪽 방에서 기다리라고 했을 때도 나는 여전히 아무런 생각도 하지 않

[*] 셰익스피어를 말한다.

았다. 그러다가 우연히 창문 밖을 흘끗 보았을 때 진입로를 쏜살같이 내려가는 아버지의 차 안에서 미스 메이플스가 아버지의 어깨에 머리를 기대고 있는 모습이 갑자기 눈에 들어왔고, 그제야 나는 속았다는 것을 깨달았다.

에밋

에밋은 프라이팬에서 베이컨 튀기는 냄새를 맡으며 눈을 떴다. 그는 마지막으로 베이컨 냄새를 맡으며 잠에서 깨어났던 때를 기억할 수 없었다. 1년이 넘도록 기상나팔 소리에 40명의 소년원생들이 투덜거리며 부스럭부스럭, 꼼지락꼼지락하는 어수선함 속에서 아침 6시 15분에 깨어나곤 했었다. 비가 오든 햇볕이 나든 그들은 40분 안에 샤워하고, 옷을 입고, 침대를 정돈하고, 아침을 먹고, 일을 시작하기 위해 줄을 서야 했다. 허공에 떠도는 베이컨 냄새를 맡으며 깨끗한 면 시트가 깔린 진짜 매트리스 위에서 깨어나는 것이 너무 낯설고 너무 뜻밖인 일이 되어버려서 에밋은 베이컨 냄새는 어디서 오고 누가 그것을 요리하는지 궁금해하며 잠시 시간을 보냈다.

몸을 돌린 그는 빌리가 없다는 것을 알았다. 침대 옆 협탁에 놓인 시계는 9시 45분을 가리켰다. 에밋은 가볍게 욕설을 뱉으며 침대에서 나와 옷을 입었다. 그는 교회 예배가 끝나기 전에 시내에 나갔다가 돌아올 수 있기를 바랐다.

부엌에서 그는 빌리와 더치스가 마주 앉아 있는 것을 보았다. 그리고 샐리가 레인지 앞에 있었다. 남자애들 앞에는 접시에 담은 베이컨과 달걀이 놓여 있고, 테이블 중앙에는 비스킷 한 바구니와 딸기 절임 한 병이 있었다.

"여어, 진수성찬이 널 기다리고 있다." 에밋을 보자 더치스가 말했다.

에밋은 의자를 당기면서 퍼컬레이터*를 들고 있는 샐리 쪽으로 눈을 돌렸다.

"샐리, 우릴 위해 아침 식사를 준비할 필요는 없는데."

그녀는 대답 대신 에밋 앞에 머그잔을 내려놓았다.

"자, 커피. 네 달걀은 금방 준비될 거야."

그런 다음 그녀는 휙 돌아서서 레인지 앞으로 돌아갔다.

그때 막 비스킷을 한 입 더 베어 문 더치스는 맛에 감탄하듯 고개를 흔들었다.

"샐리, 난 미국 방방곡곡을 여행했지만 이런 비스킷은 한 번도 먹어본 적이 없어. 요리 비법이 뭐야?"

"비법 같은 거 없어, 더치스."

"비법이 없다면 이젠 있어야 해. 빌리 말로는 이 젤리도 네가 만들었다고 하더라."

"그건 젤리가 아니라 설탕 절임이야. 아무튼 맞아, 난 매년 7월에 그걸 만들어."

✦ 여과 장치가 달린 커피 메이커.

"샐리 누나는 하루 온종일 걸려서 그걸 만들어요." 빌리가 말했다. "더치스 형도 누나네 부엌을 봐야 해요. 조리대마다 딸기 바구니가 있고, 5파운드짜리 설탕 봉지도 있어요. 그리고 레인지 위에서는 네 개의 냄비가 끓고 있고요."

더치스는 휘파람을 불며 다시 고개를 흔들었다.

"구식 노력처럼 보일지 모르지만, 내가 보기엔 충분히 노력할 가치가 있는 거야."

레인지 앞에서 몸을 돌린 샐리는 약간 격식을 차려 더치스에게 감사를 표했다. 그런 다음 에밋을 바라보았다.

"식사할 준비 됐지?"

그녀는 대답을 기다리지 않고 에밋에게 식사를 가져다주었다.

"정말 이렇게까지 수고할 필요는 없는데 그래." 에밋이 말했다. "아침 식사 정도는 우리가 직접 해 먹을 수 있어. 캐비닛에는 잼도 많이 있고."

"앞으론 명심할게." 샐리가 음식을 내려놓으며 말했다.

그런 다음 그녀는 싱크대로 가서 프라이팬을 박박 문지르기 시작했다.

에밋이 샐리의 등을 쏘아보고 있을 때 빌리가 그에게 말을 건넸다.

"임피리얼 가본 적 있어, 형?"

에밋은 동생에게 고개를 돌렸다.

"그게 뭔데, 빌리? 임피리얼이라니?"

"설라이나에 있는 영화관."

에밋은 더치스를 향해 얼굴을 찌푸렸고, 더치스는 재빨리 오해를 바로잡았다.

"네 형은 임피리얼 영화관에 간 적이 없어, 빌리. 나와 몇몇 다른 남자애들이 갔을 뿐이야."

빌리는 뭔가를 곰곰이 생각하는 듯한 표정으로 고개를 끄덕였다. "영화관에 가는 데 특별 허락을 받아야 했어요?"

"허락은 필요 없었어. 그보다는…… 결단력이 필요했지."

"그런데 어떻게 밖으로 나갔어요?"

"아! 그 상황에선 합리적인 질문이군. 설라이나 소년원은 감시탑과 탐조등이 있는 교도소랑은 달라, 빌리. 그곳은 군대의 신병 훈련소와 비슷해. 여러 동의 막사, 지저분한 식당, 그리고 동작이 너무 굼뜨다고 소리 지르거나, 반대로 동작이 너무 빠르다고 소리 지르는 제복 차림의 나이 많은 사람들……. 소년원은 그런 것들이 외딴 곳에 들어서 있는 수용소라 할 수 있지. 하지만 제복을 입은 사람들은—말하자면 우리 교도관이지—우리와 함께 자지 않았어. 그들에게는 당구대와 라디오, 맥주가 가득 든 냉장고가 딸린 자기들만의 막사가 있어. 그래서 토요일 불이 꺼진 후, 그들이 술을 마시고 당구를 치는 동안 우리 중 몇몇은 화장실 창문을 통해 밖으로 빠져나가 시내로 들어가곤 했어."

"시내는 멀었어요?"

"많이 멀지는 않았어. 감자밭을 가로질러 달리면 대략 20분 안에 강에 도착하게 돼. 평소에는 깊이가 몇 피트밖에 되지 않기 때문에 속옷 차림으로 걸어서 건널 수 있고, 10시 상영에 맞추어 시내로 들어갈 수 있지. 그러면 팝콘 한 봉지와 청량음료 한 병을 챙겨 들고 발코니에서 영화를 볼 수 있고, 그런 다음 그들이 전혀 모르게 새벽

1시까지 소년원 잠자리로 돌아올 수 있었어."

"그들이 전혀 모르게." 빌리가 경외심이 깃든 목소리로 반복해서 말했다. "그런데 영화 관람료는 어떻게 냈어요?"

"우리, 이제 화제를 바꾸는 게 어때?" 에밋이 제안했다.

"그게 좋겠어!" 더치스가 말했다.

마른행주로 프라이팬을 닦고 있던 샐리가 그것을 텅 소리 나게 레인지에 내려놓았다.

"나는 올라가서 침대를 정리할게." 그녀가 말했다.

"정리할 필요 없어." 에밋이 말했다.

"침대가 저절로 정리되진 않잖아."

샐리는 부엌을 나갔다. 그들은 그녀가 쿵쿵거리며 계단을 올라가는 소리를 들을 수 있었다.

더치스는 빌리를 쳐다보며 눈썹을 추켜세웠다.

"잠깐 실례." 에밋이 의자를 뒤로 밀치며 말했다.

에밋은 위층으로 걸음을 옮기면서 더치스와 동생이 몬테크리스토 백작과 백작이 섬의 감옥에서 기적적으로 탈출한 내용에 대해— 약속대로 화제를 바꿔서—이야기를 시작하는 것을 들을 수 있었다.

에밋이 아버지 방에 도착했을 때 샐리는 이미 빠르고 정확한 손놀림으로 침대를 정리하고 있었다.

"일행이 있다고는 말하지 않았잖아." 샐리가 고개를 들지 않고 말했다.

"나도 일행이 있는 줄 몰랐어."

샐리는 베개의 양쪽 끝을 주먹으로 쳐서 부풀린 다음, 침대 머리

맡 나무판에 기대어놓았다.

"실례." 샐리는 그렇게 말하며 문간에 서 있는 에밋을 아슬하게 지나간 다음 복도를 가로질러 에밋의 방으로 갔다.

샐리를 뒤따라간 에밋은 그녀가 침대를 가만히 응시하고 있는 것을 보았다. 더치스가 이미 침구를 정돈해놓았기 때문이다. 에밋은 더치스의 노력에 약간 감동했으나 샐리는 그렇지 않았다. 그녀는 이불과 시트를 끌어당겨 예의 그 정확한 손놀림으로 그것들을 다시 개키고 집어넣기 시작했다. 그녀가 베개 끝을 주먹으로 치는 일에 주의를 돌렸을 때 에밋은 침대 옆 협탁 위의 시계를 흘끗 보았다. 10시 15분이 거의 다 되었다. 그는 정말 이럴—이러하다는 게 뭔지 그도 잘 몰랐지만—시간이 없었다.

"샐리, 뭔가 마음속으로 생각하는 게 있으면……."

샐리는 갑자기 동작을 멈추고 그날 아침 처음으로 그의 눈을 쳐다보았다.

"내가 무슨 생각을 하는 것 같아?"

"잘 모르겠어."

"그래, 그 말이 맞는 거 같다."

그녀는 옷매무새를 가다듬고 문 쪽으로 움직였으나 그가 그녀를 가로막고 섰다.

"부엌에서 너에게 고마워하지 않는 것처럼 보였다면 미안해. 내가 하려던 말은 단지……."

"난 네가 무슨 말을 하려고 했는지 알아. 네가 다 말했으니까. 내가 오늘 아침에 네 아침을 차려주려고 교회 예배에 빠지는 수고를 할 필요가 없었다는 거잖아. 어제저녁 너에게 저녁 식사를 만들어주는 수고를 할 필요가 없었던 것처럼. 참 근사하고 멋진 말이야. 그런데 넌 이걸 알아야 해. 뭔가를 해주는 수고를 할 필요가 없었다고 누군가에게 말하는 것은 그 일에 대해 감사를 표하는 것과 절대 같지 않다는 걸 말이야. 둘은 전혀 달라. 가게에서 산 잼이 캐비닛에 아무리 많이 있다 해도."

"그것 때문에 그런 거야? 캐비닛에 있는 잼 때문에? 샐리, 난 네 설탕 절임을 무시하려는 게 아니었어. 당연히 설탕 절임이 캐비닛의 잼보다 더 낫지. 하지만 그 절임을 만드는 데 얼마나 많은 시간이 드는지 잘 알아. 그래서 난 네가 우리에게 주려고 그걸 만드는 데 시간을 써야 한다고 생각하지 않기를 바랐던 거야. 이번 일은 특별한 행사가 아닌 것 같거든."

"에밋 왓슨, 네가 이걸 알면 흥미로워할지 모르겠다. 난 특별한 일이 없을 때에도 친구와 가족에게 내 설탕 절임을 대접하는 게 무척 행복하다는 거. 그리고 어쩌면, 어쩌면, 너와 빌리는 짐을 꾸려서 한마디 말도 없이 캘리포니아로 떠나기 전에 마지막 설탕 절임을 맛있게 먹고 싶어 할지 모른다고 생각했던 거야."

에밋은 눈을 감았다.

"생각해보니," 그녀가 말을 계속했다. "나는 내 행운의 별들에게 감사해야 할 것 같다. 네 친구 더치스가 차분하게 네 생각을 나한테 알려주었으니까. 그렇지 않았다면 나는 아마 내일 아침 이곳에 와서 팬케이크와 소시지를 만들었을 거야. 그리고 결국 이곳엔 그걸 먹어줄 사람이 아무도 없다는 걸 알게 되었겠지."

"너에게 그 얘기를 할 기회를 만들지 못해서 미안해, 샐리. 하지만 숨기려 했던 건 아니야. 어제 오후에 아저씨와 그 얘기를 하기도 했는걸. 사실 그 얘기를 꺼낸 사람은 아저씨였어. 빌리와 내가 이곳을 떠나 다른 데서 새 출발을 하는 게 좋을 것 같다고 말씀하셨지."

샐리는 에밋을 쳐다보았다.

"우리 아버지가 그렇게 말했단 말이지? 너희가 이곳을 떠나 새 출발을 해야 한다고."

"많은 말씀 중에……."

"하, 그리 듣기 좋은 말은 아니네."

샐리는 에밋을 밀치고 지나가더니 빌리의 방으로 들어갔다. 그 방에서는 울리가 등을 대고 누워서 천장을 향해 입으로 바람을 불어대며 전투기들을 움직이려 하고 있었다.

샐리는 엉덩이에 두 손을 갖다 붙였다.

"넌 누구야?"

울리는 깜짝 놀라며 쳐다보았다.

"난 울리."

"울리, 넌 가톨릭 신자야?"

"아니, 난 영국 성공회 교도야."

"그럼 아직까지 침대에서 뭐 하는 거야?"

"나도 잘 모르겠어." 울리가 시인했다.

"벌써 오전 10시가 넘었고 난 할 일이 많아. 그러니 나는 다섯을 세고 나서 네가 침대에 있든 말든 곧장 침대를 정리할 거야."

울리는 사각팬티 차림으로 이불 속에서 뛰어나왔다. 그리고 샐리가 침대를 정리하는 모습을 감탄 어린 눈으로 지켜보았다. 그는 정수리를 긁적거리다가 문지방에 에밋이 서 있다는 것을 알아차렸다.

"어이, 에밋!"

"어이, 울리."

잠시 눈을 가늘게 뜨고 에밋을 바라보던 울리의 얼굴이 환해졌다.

"그거 베이컨이야?"

"하!" 샐리가 말했다.

에밋은 계단을 내려가 집 밖으로 나갔다.

———

에밋으로서는 스튜드베이커의 운전석에 혼자 있게 된 것이 다행이었다. 설라이나를 떠난 이후로 혼자 있을 시간이 거의 없었다. 처음에는 원장과 함께 차를 탔고, 그다음에는 오버마이어 씨와 함께 부엌에 있었고, 이어 현관 계단에서 랜섬 씨와 함께, 그런 다음엔 더치스와 울리, 그리고 방금 전까지는 샐리와 함께 있었다. 에밋이 원했던 것은, 에밋에게 필요했던 것은 단지 머리를 맑게 할 수 있는 기회뿐이었다. 그래야 그와 빌리가 어디로 가기로 결정하든—텍사스로 가든, 캘리포니아로 가든, 다른 어딘가로 가든—올바른 정신 상태로 출발할 수 있을 터였다. 그러나 차가 14번 도로에 이르렀을 때 에밋의 뇌리를 사로잡은 것은 그와 빌리가 어디로 갈 것인가 하는 생각이 아니라 샐리와 벌인 말다툼이었다.

잘 모르겠어.

샐리가 자기는 무슨 생각을 하고 있는 것 같으냐고 물었을 때 그는 그렇게 대답했다. 그리고 엄밀히 말하면 그는 정말로 몰랐었다.

그러나 어느 정도 잘 추측할 수도 있었을 것이다.

에밋은 샐리가 무엇을 기대하게 되었는지 충분히 이해했다. 한때는 샐리가 그걸 기대하게끔 그가 원인을 제공하기도 했을 것이다. 서로의 기대감을 부채질하는 것, 그것이 바로 젊은이들이 으레 하는 일이다. 의식주에 필요한 필수품들에 관심을 기울이게 되기 전까지는 말이다. 그러나 에밋은 설라이나로 간 이후로 그녀에게 기대감을 품게 할 원인을 별로 제공하지 않았다. 샐리가 집에서 만든 쿠키와 고향 소식과 더불어 그 꾸러미들을 보내주었을 때 그는 고맙다는 말 한마디도 하지 않았다. 전화로도 편지로도 답하지 않았다. 그리고 집으로 돌아가기 전에 곧 돌아갈 거라고 미리 알려주거나 집 안을 청소해달라고 부탁하는 편지를 보내지도 않았다. 침대를 청소해달라거나 침구를 정리해달라거나 욕실에 비누를 넣어달라거나 아이스박스에 달걀을 넣어달라는 부탁을 하지 않았다. 그는 그녀에게 뭘 좀 해달라는 부탁을 하지 않은 것이었다.

샐리가 그와 빌리를 대신해서 이런 일을 하기로 마음먹었다는 것을 알고 그는 고마웠을까? 당연히 고마웠다. 그렇지만 고마워하는 것과 신세를 지는 것은 전혀 별개의 문제였다.

에밋은 7번 도로와의 교차로가 가까워지고 있는 것을 보았다. 우회전해서 22D 도로를 돌면 풍물 장터를 거칠 필요 없이 시내에 도착할 수 있다는 것을 알았다. 하지만 그게 무슨 의미가 있을까? 그가 그곳을 지나가든 말든 풍물 장터는 여전히 거기 있을 것이다. 그가 텍사스로 가든 캘리포니아로 가든, 아니면 다른 어딘가로 가든 그 풍물 장터는 여전히 거기 있을 것이다.

그렇다, 먼 길로 돌아간다 해도 바뀔 것은 하나도 없었다. 이미 일어난 일이 전혀 일어나지 않은 것처럼 잠시 착각하게 할 수는 있겠지만 말이다. 그래서 에밋은 계속 직진해서 교차로를 지나갔을 뿐 아니라 풍물 장터가 가까워졌을 때는 차를 시속 20마일로 늦추기까지 했다. 그런 다음 반대편 갓길에 차를 세웠다. 면밀히, 유심히 살펴볼 수밖에 없는 곳이었다.

풍물 장터는 1년 중 51주 동안은 지금과 똑같았다. 먼지가 이는 것을 줄이기 위해 건초 더미를 여기저기 흩뜨려놓은 4에이커의 빈 땅일 뿐이었다. 하지만 이 땅은 10월 첫째 주에는 결코 비어 있지 않을 것이다. 음악과 사람과 빛으로 가득 찰 것이다. 회전목마와 범퍼카가 있고, 투구 연습이나 사격 연습을 해볼 수 있는 화려한 부스가 있을 것이다. 또한 적절한 의식이 벌어지는 커다란 줄무늬 천막이 세워질 것이며, 심판들은 그 천막 안에 모여 가장 큰 호박과 가장 맛있는 레몬머랭 파이를 선발하기 위한 협의를 하고 블루리본✦을 수여할 것이다. 이 땅에는 또 울타리를 치고 관람석을 만든 경기장이 꾸며질 것이고, 사람들은 그곳에서 트랙터 끌기✦✦와 송아지 옭아매기✦✦✦ 경기를 열 것이며 더 많은 심판들이 더 많은 리본을 수여할 것이다. 그리고 음식 매대 바로 뒤편에는 바이올린 경연 대회를 위한, 스포트라이트가 설치된 무대가 만들어질 터였다.

이 모든 장소 중에서 풍물 시장 마지막 날에 지미 스나이더가 싸울 장소로 선택한 곳이 바로 솜사탕 가판대 옆이었다.

지미가 처음 큰 소리로 누군가에게 말을 했을 때 에밋은 지미가 다른 사람에게 말을 한 게 틀림없다고 생각했다. 왜냐하면 그는 지미를 잘 알지 못했기 때문이다. 지미보다 한 살 어린 에밋은 지미와

✦ 일반적으로 최고의 영예를 획득한 사람에게 수여하는 푸른 리본.
✦✦ 개조한 트랙터로 무거운 썰매를 얼마나 멀리 끄는가를 겨루는 경기.
✦✦✦ 말을 타고 로프를 던져 송아지를 옭아매는 경기.

같은 수업을 듣지도 않았고, 지미가 속한 팀에 들어가 함께 뛴 적도 없었으므로 그와 얘기를 나눌 이유가 거의 없었던 것이다.

그러나 지미 스나이더는 상대를 몰라도 개의치 않았다. 그는 아는 사람이든 모르는 사람이든 상대를 겁주고 주눅 들게 만들기 좋아했다. 그러는 이유도 중요하지 않았다. 그 이유는 상대가 입고 있는 옷 때문일 수도 있고, 상대가 먹고 있는 음식 때문일 수도 있고, 상대의 여동생이 길을 건너는 방법 때문일 수도 있었다. 그랬다, 지미에게는 상대의 성미를 건드리는 거라면 뭐든 다 이유가 될 수 있었다.

문체론적으로 말하자면, 지미는 상대에 대한 모욕을 질문형으로 짜 만드는 사람이었다. 그는 호기심 많고 부드러워 보이는 표정으로 특별히 어느 특정인을 향한 것이 아닌 질문을 첫 질문으로 던지곤 했다. 그리고 만약 그 질문이 상대의 아픈 곳을 찌르는 질문이 아니었다면 지미는 그 첫 질문에 대한 답을 자신이 직접 하고 나서 다른 질문을 던졌다. 그런 식으로 점점 더 옥죄는 것이었다.

그러니까 좋지? 빌리의 손을 잡고 있는 에밋을 보았을 때 그가 던진 질문은 이것이었다. **그렇게 하고 있으니까 그 어떤 때보다도 좋지 않아?**

자기에게 하는 말이라는 것을 깨달았을 때 에밋은 그 말을 무시했다. 카운티의 풍물 장터에서 동생 손을 잡고 있는 모습이 남의 눈에 띄었다고 해서 신경 쓸 일이 뭐 있겠는가. 저녁 8시에 인파로 북적이는 곳에서 여섯 살짜리 아이의 손을 잡고 있지 않을 사람이 어디 있겠는가.

그러자 지미는 다시 시도했다. 말하자면 방법을 바꾼 것이었다.

그는 에밋의 아버지가 전쟁에 나가 싸우지 않은 이유는 3-C 등급을 받았기 때문이 아니었을까, 하고 큰 소리로 말했다. 3-C는 징집 등급 분류에서 농부들에게 징집 연기를 허용하는 등급이었다. 얼마나 많은 네브래스카주 남자들이 3-C 등급을 받았는지 생각해볼 때, 에밋에게 그 말은 어이없는 조롱으로 들렸다. 너무 어이가 없어서 에밋은 걸음을 멈추고 돌아보지 않을 수 없었다. 그것이 그의 첫 번째 실수였다.

이제 지미는 에밋의 관심을 끄는 데 성공했고, 그러자 그는 스스로 그 질문에 답했다.

아니야, 그가 말했다. **찰리 왓슨은 3-C 등급을 받은 게 아닐 거야. 왜냐하면 그는 에덴동산에서 풀을 기를 수 없을 테니까. 틀림없이 4-F⁺ 판정을 받았을 거야.**

그 말을 하면서 지미는 찰리 왓슨의 정신이 온전하지 않다는 것을 암시하기 위해 집게손가락을 들어 귀 주위로 빙글빙글 돌렸다.

사실 유치한 조롱일 뿐이었지만, 이 조롱에 에밋은 뿌드득 이를 갈았다. 그는 달아오른 열기가 피부 표면으로 스멀스멀 올라오는 것을 느낄 수 있었다. 그러나 그는 또한 빌리가 자신의 손을 잡아당기고 있는 것도 느낄 수 있었다. 빌리가 그러는 것은 바이올린 경연 대회가 곧 시작된다는 단순한 이유 때문일지도 모르고, 혹은 여섯 살이라는 나이에도 지미 스나이더 같은 사람과 얽히면 좋은 일은 아무것도 없으리라는 것을 이해했기 때문일지도 모른다. 그러나 빌리가 에밋을 끌어내기 전에 지미는 한 번 더 부아를 돋우었다.

✦ 정신적인 문제 때문에 징병이 면제되는 등급.

아니야, 그가 말했다. 4-F 등급을 받아서 면제됐을 리가 없어. 그는 너무 단순한 사람이라 미치지도 못해. 그가 전쟁에 나가 싸우지 않았다면 그건 분명 4-E⁺ 등급 판정을 받았기 때문일 거야. 사람들이 부르는 말로는 양심적 병역…….

지미가 **'거부자'**라는 말을 하기도 전에 에밋은 그를 향해 주먹을 날렸다. 동생의 손을 놓지도 않고 그를 때렸다. 에밋은 어깨에서 일직선으로 주먹을 뻗은 한 번의 깨끗한 잽으로 지미의 코를 부러뜨렸다.

물론 부러진 코뼈 때문에 그가 죽은 것은 아니었다. 넘어진 것이 사망 원인이었다. 지미는 그런 말을 하고도 아무런 벌도 받지 않는 것에 너무 익숙해서 그 주먹에 대한 대비가 되어 있지 않았다. 그래서 그는 주먹을 맞고 팔을 허우적거리며 비틀비틀 뒷걸음질 쳤다. 발뒤꿈치가 굵은 케이블에 걸리자 지미는 곧장 뒤로 넘어져 천막 말뚝을 받치고 있던 콘크리트블록에 머리를 부딪혔다.

검시관의 말에 따르면 지미는 콘크리트블록 모서리에 부딪힌 뒤 통수에 삼각형 구멍이 1인치 정도의 깊이로 파일 만큼 세게 넘어졌다. 그 사고로 그는 혼수상태에 빠졌고, 숨을 쉬긴 했으나 서서히 기운이 빠져나갔다. 62일 후, 그의 가족이 아무 보람 없이 밤샘을 하며 침대 곁에 앉아 있을 때 그의 생명은 마침내 육신에서 완전히 다 빠져나갔다.

원장은 이렇게 말했다. **운이 나빠서 벌어진 일일 뿐이야.**

지미의 사망 소식을 왓슨 씨네 집 문간으로 가져온 사람은 피터

✦ 종교적 신념이나 사상적인 이유로 군 입대를 거부하는 양심적 병역 거부자에게 매기는 등급.

슨 보안관이었다. 보안관은 고소를 미루면서 지미의 상황이 어떻게 되어가는지 지켜보며 기다렸다. 그러는 동안 에밋은 침묵을 지키며 지냈다. 지미가 생사의 고비에서 싸우는 동안 그 사건을 다시 언급해봐야 좋을 게 없을 터이므로.

그러나 지미의 친구들은 침묵을 지키지 않았다. 그들은 그 싸움에 대해 자주, 또 길게 얘기했다. 그들은 학교에서, 소다수 판매점에서, 그리고 스나이더의 집 거실에서 그 싸움 이야기를 했다. 그들 일행 네 명이 솜사탕 가판대로 가던 중에 지미가 실수로 에밋과 부딪쳤다는 얘기, 지미가 사과할 기회를 얻기도 전에 에밋이 지미의 얼굴에 주먹을 날렸다는 얘기 따위를 했다.

에밋의 변호사인 스트리터 씨는 에밋에게 증인석에 서서 이 사건에 대한 그 자신의 견해를 말하라고 권했다. 그러나 어떤 견해가 우세하든 간에 지미 스나이더는 죽어서 묻힐 것이었다. 그래서 에밋은 스트리터 씨에게 재판은 필요 없다고 말했다. 1953년 3월 1일 카운티 법원에서 열린 쇼머 판사 주재 심리에서 에밋은 자신의 죄를 기꺼이 인정한 뒤, 캔자스주 설라이나의 한 농장에서 청소년 특별 교화 프로그램을 18개월 동안 받아야 하는 형을 선고받았다.

앞으로 10주 후면 이 풍물 장터는 비어 있지 않겠구나, 에밋은 생각했다. 천막을 치고 무대를 다시 꾸미겠지. 사람들은 경연 대회와 음식과 음악을 기대하며 다시 한번 모이겠지. 에밋은 스튜드베이커에 기어를 넣으면서 축제가 시작될 때는 그와 빌리가 1000마일 이상 떨어진 곳에 있을 거라는 사실을 떠올렸으나, 그 사실에서 거의 위안을 얻지 못했다.

에밋은 법원 옆에 있는 잔디밭과 나란하게 차를 세웠다. 일요일이라서 겨우 몇 군데 가게만 문을 열었다. 그는 건더슨 씨 가게와 싼 물건을 파는 잡화점에 잠깐 들러서 아버지의 봉투에서 꺼낸 20달러로 서쪽으로 여행하는 데 필요한 잡다한 물건들을 구입했다. 그리고 물건이 든 봉지를 차에 넣은 후 공립 도서관을 향해 제퍼슨 거리를 걸어 올라갔다.

도서관 중앙실 안내 데스크에는 중년의 사서가 V자 모양의 책상에 앉아 있었다. 에밋이 연감과 백과사전은 어디에 있냐고 묻자 그녀는 에밋을 참고 문헌 코너로 안내한 뒤 다양한 책들을 손으로 가리켰다. 그러는 동안 안경을 통해 그를 자세히 살펴보더니 누구인지 알아차린 듯 다시 한번 이쪽을 쳐다보았다는 것을 에밋은 알 수 있었다. 에밋은 어린 시절 이후로는 도서관에 온 적이 없었다. 그럼에도 그녀는 이런저런 이유로 그를 알아볼 수 있었을 것이다. 특히나 그의 사진이 마을 신문 1면에 두 차례 이상 실렸으니까 말이다. 처음에는 학교에서 졸업 앨범용으로 찍은 사진이 지미의 사진과 나란히 실렸었다. 그다음에는 정식으로 입건되어 경찰서로 연행되는 에밋 왓슨의 사진과, 심리가 끝나고 몇 분 후에 법원 계단을 내려가는 에밋 왓슨의 사진이 실렸었다. 건더슨 씨 가게에서 일하는 여자애도 에밋을 보고 비슷한 표정을 지었었다.

"특별히 찾는 게 있으면 도와줄까요?" 잠시 후 사서가 물었다.

"아니에요. 다 됐어요."

그녀가 자기 책상으로 돌아가자 에밋은 필요한 책을 꺼내서 테이블로 가져가 자리에 앉았다.

1952년의 대부분의 기간 동안 에밋의 아버지는 이런저런 병과 싸웠다. 그러나 닥터 윈슬로가 아버지를 오마하로 보내 몇 가지 검사를 받게 하기로 결정한 것은 1953년 봄에 아버지가 걸린, 쉽사리 나을 기미가 안 보이는 독감 때문이었다. 몇 달 후 에밋의 아버지가 설라이나로 보낸 편지에서 아버지는 '이제 회복의 길로 잘 가고 있다'며 아들을 안심시켰다. 그럼에도 불구하고 아버지는 전문가들이 몇 가지 검사를 더 할 수 있도록 재차 오마하에 가보라는 의사의 권유에 동의했다. '전문가들은 그렇게 하는 버릇이 있잖니' 하고 아버지는 편지에 썼다.

편지를 읽어나가는 동안 에밋은 아버지의 스스럼없는 장담과 의료 전문가들의 성향을 비꼬는 언사에 속지 않았다. 에밋이 기억하는 한 아버지는 줄곧 상황을 안심시키고 누그러뜨리는 말을 사용해 왔다. 심은 작물이 어떻게 되어가는지, 수확은 어떠할 것인지, 왜 아이들의 엄마는 갑자기 어디에서도 찾을 수 없게 되었는지 등을 설명할 때도 아버지는 안심시키고 누그러뜨리는 말을 사용했었다. 게다가 에밋은 이제 회복의 길과 전문가를 재차 찾아가는 것은 논리적으로 상충한다는 것을 알 만큼 나이를 먹었다.

8월 어느 날 아침, 아버지가 아침 식사를 마치고 테이블에서 일어나다가 빌리의 눈앞에서 졸도했을 때 왓슨 씨의 예후에 관한 모든 의구심은 일단 제쳐두게 되었다. 그 일로 아버지는 세 번째로 오마하에 가게 되었다. 이번에는 앰뷸런스에 실려서 갔다.

그날 밤─에밋이 원장 사무실에서 닥터 윈슬로에게 걸려온 전화를 받은 후─하나의 계획이 구체화되기 시작했다. 좀 더 정확히 말하면 그것은 에밋이 마음 한구석에서 수개월 동안 만지작거리며 생각해본 계획이었는데, 이제 그것이 전면에 떠오른 것이었다. 그 계획은 시기와 범위만 다른 여러 가지 변주된 형태로 떠오르곤 했지만, 그러나 언제나 네브래스카주가 아닌 다른 곳에서 실행되었다. 가을을 거치면서 아버지의 병세가 악화됨에 따라 계획은 더 날카롭게 다듬어졌다. 그리고 그해 4월 아버지가 돌아가셨을 때, 마치 에밋의 아버지가 자신의 생명력을 포기하는 대신 에밋의 의도에 생명력을 불어넣은 것처럼 계획은 더없이 또렷해졌다.

그 계획은 아주 단순했다.

설라이나에서 풀려나자마자 빌리와 함께 짐을 싸서 어느 대도시 지역으로—저장탑이나 수확 장비나 풍물 장터 따위가 없는 어딘가로—떠나는 것이었다. 그곳에서 그들은 얼마 되지 않는 아버지의 유산을 집을 사는 데 쓸 수 있을 터였다.

크고 좋은 집일 필요는 없었다. 방은 세 개나 네 개, 그리고 화장실이 한두 개 있는 집이면 족했다. 물막이 판자를 댔거나 지붕널을 덮은, 식민지 시대풍이나 빅토리아풍으로 지어진 집이면 좋을 것이다. 그 집은 수리를 요하는 황폐한 집이어야 했다.

왜냐하면 그와 빌리는 집 안을 가구와 식기와 예술품으로, 또는 추억으로 채우려고 그 집을 사는 게 아니기 때문이었다. 그들은 수리해서 팔기 위해 그 집을 사려는 것이었다. 에밋은 생계를 꾸리기 위해 그 지역 건축업자에게서 일자리를 구하겠지만, 저녁에는 빌리가 학교 공부를 하는 동안 집을 조금씩 조금씩 고쳐나갈 계획이었다. 먼저, 집이 비바람에 잘 견디도록 지붕과 창문에 필요한 모든 작업을 할 작정이었다. 그런 다음 벽과 문과 바닥으로 관심을 돌리고, 그다음엔 몰딩과 난간과 캐비닛을 손볼 생각이었다. 일단 집이 최상의 상태가 되면, 일단 창문이 잘 열리고 닫히며 계단이 삐걱거리지 않고 라디에이터가 덜거덕거리지 않으면, 일단 구석구석이 잘 마무리되고 깔끔해 보이면, 그때는, 그리고 오직 그때에만 그들은 그 집을 팔게 될 것이다.

만약 그가 가진 패를 제대로 썼다면, 만약 그가 적절한 동네의 적절한 집을 골라 적절한 정도의 작업을 했다면, 첫 주택 판매에서 돈을 두 배로 불릴 수 있을 거라고 에밋은 판단했다. 그러면 그 돈을 또다시 낡은 집 두 채를 사는 데 투자할 수 있을 테고, 앞선 과정을 다시 시작할 수 있을 터였다. 다만 그때는 두 채의 집에 대한 작업이 다 끝나면 한 채는 팔고 다른 한 채는 세를 놓을 생각이었다. 에밋은 초점을 잃지 않고 집중력을 유지하기만 한다면 몇 년 안에 나가서 하는 일을 그만두고 한두 사람을 고용할 수 있을 정도로 돈을 모을 수 있을 거라고 생각했다. 그러면 그는 집 두 채를 개조한 뒤 네 채의 집에서 집세를 받을 수 있을 것이다. 하지만 어떤 상황에서도 단 한 푼이라도 돈을 빌리는 일은 절대 하지 않을 작정이었다.

자신의 노력 외에도 성공에 필수적인 요소가 딱 하나 있는데, 그것은 자신의 계획을 대도시에서, 그것도 점점 더 커지고 있는 대도시에서 시행하는 것이라고 에밋은 생각했다. 그는 그 점을 염두에 두고 설라이나에 있는 조그만 도서관을 찾아가 『브리태니커 백과사전』 제18권을 테이블 위에 펼쳤다. 그는 다음과 같은 내용을 종잇조각에 적었다.

텍사스주 인구

1920 : 4,700,000

1930 : 5,800,000

1940 : 6,400,000

1950 : 7,800,000

1960 예상 : 9,600,000

'텍사스주' 항목을 펼쳐놓은 에밋은 도입부 단락―텍사스주의 역사, 상업, 문화, 기후를 요약한 단락들―을 읽을 생각조차 하지 않았다. 1920년과 1960년 사이에 인구가 두 배 이상이 되리라는 것을 보았을 때, 그가 알고 싶은 것은 그것뿐이었다.

그러나 그와 똑같은 논리로 볼 때, 그는 인구가 크게 증가하는 어떤 주에 대해서도 배제하지 않고 마음을 열어두어야 했다.

모건 도서관의 한 테이블 앞에 앉은 에밋은 지갑에서 그 종잇조각을 꺼내 테이블에 펼쳐놓았다. 그런 다음 백과사전 제3권을 펴서 두 번째 내용을 덧붙였다.

텍사스주 인구	캘리포니아주 인구
1920 : 4,700,000	1920 : 3,400,000
1930 : 5,800,000	1930 : 5,700,000
1940 : 6,400,000	1940 : 6,900,000
1950 : 7,800,000	1950 : 10,600,000
1960 예상 : 9,600,000	1960 예상 : 15,700,000

에밋은 캘리포니아주의 성장세에 깜짝 놀라서 이번에는 도입부 단락을 읽었다. 그가 알게 된 것은 캘리포니아주의 경제가 여러 분야에서 팽창하고 있다는 사실이었다. 캘리포니아는 오랫동안 농업 분야에서 두각을 나타냈지만, 전쟁*은 이 주를 선박과 비행기의 선두 주자로 탈바꿈시켰다. 할리우드는 이 세계의 꿈을 만드는 도시가 되었고, 샌디에이고, 로스앤젤레스, 샌프란시스코 항구를 합치면 이곳은 미국 무역의 가장 큰 관문이 되기에 이르렀다. 1950년대만 놓고 보아도 캘리포니아주의 인구는 500만 명 이상 늘어날 것으로 예상되는데, 인구 증가 비율을 따지면 50퍼센트에 육박하는 수치였다.

에밋과 동생이 어머니를 찾을 거라는 생각은 그 전날에도 말이 안 되는 생각으로 여겨졌지만, 캘리포니아주의 인구 증가를 고려해 보면 더욱더 말이 안 되는 소리였다. 그러나 에밋의 의도가 집을 개조해서 파는 것이라고 한다면 캘리포니아주의 경우는 논란의 여지 없이 적절했다.

에밋은 종잇조각을 다시 지갑에 넣고 백과사전을 서기로 가져갔다. 제3권을 제자리에 끼워 넣은 에밋은 제12권을 꺼냈다. 그는 앉지 않고 그 자리에 선 채로 '네브래스카주' 항목을 펴서 그 페이지를 훑어보았다. 1920년에서 1950년 사이에 네브래스카주 인구가 약 130만 명에 머물러 있으며, 이 1950년대의 10년 동안은 한 명도 늘지 않을 것으로 예상된다는 점을 알고서 에밋은 씁쓸한 만족감을 느꼈다.

에밋은 백과사전을 제자리에 꽂아놓고 문을 향해 걸음을 옮겼다.

✦ 제2차 세계대전을 말한다.

"원하던 건 찾았나요?"

안내 데스크를 지나가던 에밋은 고개를 돌려 사서를 마주 보았다. 그녀는 이제 안경을 머리에 걸치고 있었는데, 에밋은 뒤늦게 자기가 그녀의 나이를 오해했다는 것을 깨달았다. 아마 그녀는 서른다섯 살을 넘지 않았을 것이다.

"찾았어요," 그가 말했다. "고맙습니다."

"빌리의 형이죠?"

"예, 그렇습니다." 그가 약간 놀라며 말했다.

그녀가 빙긋 웃으며 고개를 끄덕였다.

"나는 엘리 매시슨이에요. 그쪽이 빌리와 아주 많이 닮아서 알 수 있었어요."

"제 동생을 잘 아세요?"

"아, 걔는 여기서 많은 시간을 보냈어요. 적어도 형이 집을 떠나 있게 된 이후로는. 동생은 멋진 이야기를 무척 좋아하거든요."

"맞아요." 에밋은 싱긋 웃으며 동의했다.

하지만 그는 문을 나서면서 속으로 이렇게 덧붙이지 않을 수 없었다. **좋든 나쁘든.**

━━

에밋이 도서관에서 돌아왔을 때 스튜드베이커 옆에는 세 사람이 서 있었다. 오른쪽에 있는 카우보이모자를 쓴 키 큰 녀석은 누구인지 알지 못했지만, 왼쪽에 있는 녀석은 제니 앤더슨의 오빠 에디였고, 가운데 있는 녀석은 제이크 스나이더였다. 발로 길바닥을 차는 에디의 모습에서 에밋은 그가 거기 있고 싶어 하지 않는다는 것을 알 수 있었다. 에밋이 다가오는 것을 보고 키가 큰 낯선 녀석이 제이크의 옆구리를 쿡 찔렀다. 제이크가 고개를 쳐들었을 때 에밋은 제이크도 거기 있고 싶어 하지 않는다는 것을 알 수 있었다.

에밋은 손에 차 열쇠를 든 채 몇 피트 떨어진 곳에서 걸음을 멈추고 아는 사이인 두 사람을 향해 고개를 끄덕였다.

"제이크. 에디."

둘 다 대답하지 않았다.

에밋은 제이크에게 사과하는 것을 고려했지만 제이크는 사과를 받기 위해 거기 있는 게 아니었다. 에밋은 이미 제이크와 스나이더가의 다른 가족들에게 사과했었다. 그는 그 싸움이 있은 지 몇 시간 후에 사과했고, 그다음에는 경찰서에서 사과했고, 마지막으로 법원 계단에서 사과했었다. 그의 사과는 당시에 스나이더 가족에게 아무 도움이 되지 않았고, 지금 사과한다 해도 역시 그들에게는 아무런 도움이 되지 않을 터였다.

"난 어떤 문제도 일으키고 싶지 않아." 에밋이 말했다. "그저 내 차를 타고 집에 가고 싶을 뿐이야."

"네가 그냥 가도록 내버려둘 순 없어." 제이크가 말했다.

아마 그 말이 맞을 것이다. 그는 에밋이 집에 가도록 내버려둘 수 없었을 것이다. 에밋과 제이크는 잠깐 동안 말을 주고받았을 뿐이지만 이미 주변으로 사람들이 모여들었다. 농장 일꾼 몇 명과 웨스털리 집안 과부들, 그리고 법원 잔디밭에서 시간을 보내고 있던 두 명의 소년이 모였다. 오순절 교회나 회중 교회에서 사람들이 나오면 구경꾼은 늘어날 수밖에 없을 것이다. 다음에 무슨 일이 일어나든 그 일은 가장인 스나이더 씨의 귀에 들어가게 될 게 틀림없었다. 그러므로 제이크로서는 이 우연한 만남에 대한 결론이 에밋을 가만 내버려두지 않는 것, 그것 하나밖에 없다는 것을 의미했다.

에밋은 열쇠를 호주머니에 넣고 양손을 옆구리에 늘어뜨렸다.

먼저 말을 꺼낸 것은 낯선 녀석이었다. 스튜드베이커의 문에 몸을 기대고 선 그는 모자를 뒤로 젖히면서 미소를 머금었다.

"왓슨, 여기 제이크가 네게 아직 남은 볼일이 있는 것 같은데."

에밋은 낯선 녀석의 시선을 마주하다가 다시 제이크에게로 눈을 돌렸다.

"제이크, 아직 남은 볼일이 있다면, 그걸 끝내기로 하자."

제이크는 마치 이 모든 시간이 흐른 뒤 그가 예상했던—그가 **마땅히** 느껴야 할—분노감이 갑자기 그를 피하기라도 하는 것처럼 어떻게 시작해야 할지 고민하고 있는 듯했다. 그는 자기 형을 흉내 내어 질문을 던지는 것으로 시작했다.

"넌 네가 꽤 훌륭한 싸움꾼이라고 생각하는 거야, 왓슨?"

에밋은 대꾸하지 않았다.

"그래, 넌 꽤 괜찮은 싸움꾼일지도 몰라. 이유 없이 사람에게 주먹을 날리는 걸 보면 말이지."

"이유가 없었던 게 아니야, 제이크."

제이크는 이제 분노 비슷한 감정을 느끼며 반걸음 앞으로 나섰다.

"네 말은 지미가 먼저 널 때리려 했다는 거야?"

"아니. 지미는 날 때리려 하지 않았어."

이빨을 앙다문 제이크는 고개를 끄덕이며 다시 반걸음 앞으로 내디뎠다.

"넌 먼저 주먹을 휘두르는 걸 무지 좋아하니까 그래, 어디 한번 나한테도 먼저 주먹을 휘둘러보시지."

"난 너에게 주먹을 휘두르지 않을 거야, 제이크."

제이크는 잠시 에밋을 쳐다보다가 시선을 돌렸다. 그는 두 친구를 보지 않았다. 자기 뒤에 모인 마을 사람들을 보지도 않았다. 그는 특별히 뭔가를 보지 않기 위해 시선을 돌린 것이었다. 그리고 다시 시선을 돌렸을 때, 그는 에밋의 얼굴을 향해 오른손 주먹을 날렸다.

제이크는 주먹을 날릴 때 에밋을 똑바로 보지 않았으므로 그의 주먹은 에밋의 턱을 정확히 맞히지 못하고 뺨 위쪽을 스치듯이 때렸다. 그렇지만 그의 펀치는 에밋이 휘청거리며 오른쪽으로 밀려날 만큼 충분한 충격을 주었다.

이제 모두 한 걸음 앞으로 다가섰다. 에디와 그 낯선 녀석, 구경꾼들, 심지어 막 구경꾼 무리에 합류한 유모차를 미는 여자에 이르기까지 모두가. 다시 말해서 제이크를 제외한 모두가 말이다. 제이크는 그 자리에 그대로 서서 에밋을 노려보았다.

에밋은 두 손을 다시 옆구리에 늘어뜨린 채 조금 전에 서 있었던 자리로 돌아갔다.

제이크는 나름대로 힘을 쓴 데다 분노감, 그리고 어쩌면 약간의 당혹감도 결합되어서 얼굴이 빨개졌다.

"주먹 들어." 제이크가 말했다.

에밋은 움직이지 않았다.

"그 잘난 주먹을 들란 말이야!"

에밋은 싸우려는 자세로 보일 만큼 주먹을 높이 들었으나 자신을 효과적으로 방어할 수 있을 정도로 높이 들지는 않았다.

이번에는 제이크가 그의 입을 때렸다. 에밋은 비틀비틀 뒤로 세 걸음 밀려났다. 입술에서 피 맛이 느껴졌다. 다시 자세를 회복한 에밋은 세 걸음 앞으로 나아갔다. 제이크의 주먹이 닿을 수 있는 범위 내로 다시 들어간 것이었다. 낯선 녀석이 제이크를 부추기는 소리를 들었을 때 에밋은 주먹을 반쯤 올렸고, 제이크는 에밋을 길바닥에 때려눕혔다.

갑자기 세상이 균형을 잃어버리고 30도 각도로 기우뚱 기울어졌다. 무릎에 힘을 싣고 쓰러진 몸을 일으키기 위해 에밋은 두 손을 길바닥에 대고 몸을 지탱해야 했다. 상체를 세울 때 손바닥을 통해 한낮의 열기가 콘크리트 바닥에서 피어오르는 것을 느낄 수 있었다.

에밋은 사지를 길바닥에 붙인 채로 앉아서 머리가 맑아지기를 기다렸다가 일어서기 시작했다.

제이크가 한 걸음 앞으로 다가섰다.

"다시 일어나지 마," 그가 말했다. 그의 목소리에는 감정이 짙게 배어 있었다. "다시 일어나지 말란 말이야, 에밋 왓슨."

에밋은 거의 다 일어섰을 때 주먹을 들어 올리기 시작했지만 아직 제대로 서 있을 수 있는 상태가 아니었다. 그는 땅이 빙글빙글 돌고 기우뚱기우뚱 흔들리는 것을 느끼면서 쿵 소리를 내며 다시 길바닥에 주저앉았다.

"그만해," 누군가가 소리쳤다. "이제 그만해, 제이크."

구경꾼들을 밀치고 나타난 사람은 피터슨 보안관이었다.

보안관은 부관 한 명에게 제이크를 따로 데리고 있으라고 지시하고, 다른 한 명의 부관에게는 모여 있는 사람들을 해산시키라고 지시했다. 그런 다음 웅크리고 앉아 에밋의 상태를 살폈다. 그는 손을 뻗어 에밋의 고개를 돌리고 얼굴 왼쪽을 자세히 들여다보기까지 했다.

"어디 부러진 곳은 없는 것 같구나. 괜찮겠어, 에밋?"

"괜찮을 것 같아요."

피터슨 보안관은 계속 웅크리고 앉아 있었다.

"고소할 생각이니?"

"뭐 하러 고소를 해요?"

보안관은 부관에게 제이크를 놓아줘도 된다는 신호를 보내고 나서 다시 에밋에게 눈을 돌렸다. 에밋은 이제 길바닥에 앉아 입술에서 나는 피를 닦고 있었다.

"집에 돌아온 지 얼마나 됐니?"

"어제 돌아왔어요."

"제이크가 널 찾기까지 오래 걸리지 않았구나."

"그래요, 보안관님. 오래 걸리지 않았어요."

"그렇군. 나로서는 그리 놀랍지는 않다."

보안관은 잠시 말이 없었다.

"지금 집에서 지내는 거냐?"

"예, 보안관님."

"알았다. 집으로 돌아가기 전에 좀 씻을 수 있게 해주마."

보안관은 에밋이 길바닥에서 일어날 수 있도록 손을 잡아주었다. 그러면서 그 기회를 이용하여 에밋의 손가락 마디를 보았다.

보안관과 에밋은 스튜드베이커를 타고 경쾌하고 편안한 속도로 시내를 달렸다. 에밋은 조수석에 앉고 보안관이 운전대를 잡았다.

에밋이 혀끝으로 이가 무사한지 점검하고 있을 때 행크 윌리엄스의 노래를 휘파람으로 불고 있던 보안관이 불쑥 말을 꺼냈다.

"괜찮은 차구나. 이 차 얼마나 빨리 달릴 수 있니?"

"시속 80마일 정도요."

"정말?"

그러나 보안관은 계속 편안한 속도로 운전을 했으며, 회전을 할 때도 휘파람으로 노래를 부르며 천천히 완만하게 차를 돌렸다. 차가 경찰서 쪽으로 가는 갈림길을 지나쳤을 때 에밋은 보안관에게 의아해하는 눈길을 던졌다.

"널 우리 집으로 데려갈 생각이다." 보안관이 말했다. "내 아내 메리에게 널 보여줄 거야."

에밋은 전혀 반대하지 않았다. 그는 집으로 가기 전에 몸을 씻을 수 있는 기회를 얻은 것에 감사했지만 경찰서에 다시 들어가고 싶은 마음은 없었던 것이다.

피터슨가의 진입로에서 차가 멈춰 선 뒤, 에밋은 막 조수석 문을 열려고 하다가 보안관이 움직일 기미를 보이지 않는다는 것을 알아차렸다. 보안관은 전날 원장이 그랬던 것처럼 두 손을 운전대에 얹은 채 앉아 있었다.

에밋은 보안관이 마음속에 담아둔 얘기를 꺼내기를 기다리며 앞 유리창을 통해 마당의 떡갈나무에 매달린 타이어 그네를 바라보았다. 에밋은 보안관의 자식들을 알지 못했지만 자식들이 자라서 성인이 되었다는 것은 알고 있었다. 그네는 그 자식들의 유년 시절의 흔적일까, 아니면 보안관이 손주들을 위해 매단 것일까, 에밋은 궁금했다. 그걸 내가 어떻게 알겠어, 에밋은 생각했다. 어쩌면 그네는 피터슨 가족이 이 집을 사기 전부터 저곳에 매달려 있었는지도 모른다.

"나는 이번 소동이 다 끝날 무렵에야 도착했지만," 이윽고 보안관이 입을 열었다. "네 손과 제이크의 얼굴 상태로 보아 넌 거의 싸움을 하지 않은 것 같더구나."

에밋은 대답하지 않았다.

"음, 너는 아마 너한테 그런 일이 닥칠 거라고 예상하고 있었을 거야." 보안관이 생각에 잠긴 어조로 말을 이었다. "또는 네가 겪은 일을 통해서 네 싸움의 시절은 과거로 흘러갔다고 단단히 마음먹었을지도 몰라."

보안관은 에밋이 뭔가 말을 할 거라고 예상하는 듯 그를 쳐다보았다. 그러나 에밋은 앞 유리를 통해 그네를 바라보기만 할 뿐 아무 말도 하지 않았다.

"네 차 안에서 담배 좀 피워도 될까?" 잠시 후 보안관이 물었다. "메리는 이제 집 안에서는 담배를 못 피우게 한다니까."

"괜찮아요. 피우세요."

주머니에서 담뱃갑을 꺼낸 피터슨 보안관은 담뱃갑을 톡톡 쳐서 담배 두 개비를 꺼내 에밋에게 한 대를 권했다. 에밋이 그걸 받아 들자 보안관은 라이터로 불을 붙였다. 그런 다음 에밋의 차를 존중하는 마음에서 차창을 내렸다.

"전쟁이 끝난 지도 거의 10년이 됐어." 그가 담배를 한 모금 빨고 연기를 내뿜으며 말했다. "하지만 전쟁에서 돌아온 사람들 중 일부는 여전히 전투를 하듯이 행동하더구나. 대니 호글랜드를 예로 들 수 있겠지. 그 사람 문제로 전화를 받지 않고 그냥 지나가는 달이

한 달도 없어. 한 주는 가로변 술집에서 소란을 피워 전화가 오고, 몇 주 후에는 슈퍼마켓 통로에서 그 젊고 예쁜 아내에게 손찌검을 해서 연락이 오는 식이야."

보안관은 그 젊고 예쁜 여자가 애당초 대니 호글랜드에게서 무엇을 보았는지 참 알 수가 없다는 듯 고개를 저었다.

"지난 화요일엔 어땠게? 난 새벽 2시에 침대에서 간신히 일어나 출동해야 했지. 대니가 손에 권총을 들고 아이버슨의 집 앞에 서서 어떤 케케묵은 원한에 대해서 소리 지르고 있었거든. 아이버슨 가족은 그가 무슨 얘기를 하는 건지 몰랐지. 왜냐하면, 나중에 알게 되었지만, 대니는 아이버슨 가족에게 원한이 있었던 게 아니었으니까. 실은 바커네에게 원한이 있었던 거야. 엉뚱한 집 앞에 서 있었던 거지. 생각해보니 그가 있었던 곳은 엉뚱한 집 앞 정도가 아니라 아예 엉뚱한 구역이었군그래."

에밋은 자신의 처지에도 불구하고 빙그레 웃었다.

"그리고 스펙트럼의 다른 쪽 끝에는 전쟁에서 돌아온 뒤 앞으로 다시는 같은 인간에게 폭력을 행사하지 않겠다고 맹세한 부류가 있지." 보안관이 담배로 어떤 알 수 없는 사람을 가리키며 말했다. "난 그들의 입장을 무지 존중해. 그들은 그런 관점을 가질 권리를 확보했다고 생각해. 문제는 위스키를 마시는 것에 관한 한 그 사람들에 비하면 대니 호글랜드는 점잖은 교회 집사처럼 보일 정도라는 거야. 내가 그들 때문에 자다가 호출 전화를 받는 일은 절대 없어. 왜냐하면 그들은 아이버슨네나 바커네나 다른 어떤 사람의 집 앞으로 가기 위해 새벽 2시에 밖으로 나오는 일은 없으니까. 그 시간에 그들은 거실에 앉아 어둠 속에서 노상 하던 대로 술병의 밑바닥까지 비우고 있을 테니까. 내가 말하고자 하는 것은, 에밋, 이 두 가지 다 썩 좋은 방식이 아니라는 거야. 이들은 전쟁을 계속할 순 없지만 남성스러움도 내려놓지 못하는 거야. 물론 너는 한두 번쯤 네 자신을 방기하고 얻어맞을 수 있어. 그건 네 권리야. 하지만 결국은 예전에 그랬던 것처럼 너 스스로를 지켜야 할 거야."

보안관은 이제 에밋을 쳐다보았다.

"내 말 이해하겠니, 에밋?"

"예, 보안관님, 이해해요."

"에드 랜섬에게서 네가 이 마을을 떠날 것 같다는 얘기를 들었는데……."

"우린 내일 떠날 거예요."

"좋아. 네가 깨끗이 씻고 나면 나는 차를 몰고 스나이더가로 가서 그사이에 그 사람들이 네 앞에 나타나는 일이 없도록 확실히 해두마. 이왕 하는 김에, 널 괴롭히는 다른 사람은 없니?"

에밋은 자기 쪽 창문을 내리고 담배꽁초를 버렸다.

"대부분 사람들은 저에게," 에밋이 말했다. "조언을 해줘요."

더치스

나는 새로운 도시에 올 때마다 내 위치와 상황을 파악하는 것을 좋아한다. 나는 도로의 얼개와 사람의 배치를 이해하고 싶어 한다. 어떤 도시에서는 이런 내 뜻을 이루는 데 며칠이 걸린다. 보스턴에 서는 몇 주가 걸릴 것이다. 뉴욕에서는 수년이 걸릴 것이다. 네브래스카주 모건의 좋은 점은 이렇게 하는 데 고작 몇 분밖에 걸리지 않았다는 사실이다.

이 마을은 법원을 정중앙에 두고 기하학적 격자 형태로 배치되어 있었다. 나를 견인차에 태워준 자동차 정비공에 따르면, 1880년대에 이 마을 원로들은 한 주일을 다 바쳐서 거리 이름을 짓는 최선의 방법에 대해 숙고했으며, 그리하여—미래를 내다보는 안목으로—동서 거리는 대통령들의 이름을 따서 짓고 남북 거리는 나무 이름을 따서 짓기로 결정했다. 그렇지만 훗날 밝혀진 것처럼 사계절과 트럼프 카드 무늬 이름*을 따서 지었더라도 괜찮았을 것이다. 왜냐하면 75년이 지난 지금도 이 마을은 여전히 동서로 네 블록, 남북으로 네 블록밖에 되지 않기 때문이다.

"안녕하세요." 나는 맞은편에서 오는 두 숙녀에게 그렇게 말했다. 그러나 둘 다 안녕하세요, 라고 대답해주지 않았다.

오해는 하지 말기 바란다. 이런 마을에는 어떤 매력이 있다. 그리고 다른 곳보다는—이 20세기에도—이런 곳에서 살고 싶어 하는 부류의 사람들이 있다. 세상을 좀 더 잘 이해하고 싶어 하는 사람처럼 말이다. 대도시에 살면서 온갖 소음과 아우성 속에서 바쁘게 뛰어다니다 보면 인생사가 우발적인 것으로 보일 수 있다. 그렇지만 이런 규모의 마을에서는 어떤 집 창문에서 피아노가 떨어져 어떤 녀석의 머리를 뭉갰을 때, 녀석이 왜 그런 대접을 받아야 했는지 알게 될 가능성이 높다.

어쨌든 모건은 평범하지 않은 일이 일어나면 사람들이 모여들 것 같은 그런 마을이었다. 아니나 다를까, 내가 법원 주변을 돌아다니고 있을 때 그 점을 증명이나 하듯 주민들이 모여 반원을 이루고 있는 게 눈에 들어왔다. 50피트 떨어진 곳에서도 나는 그들이 이 지역 유권자를 대표하는 표본임을 알 수 있었다. 거기에는 모자를 쓴 시골뜨기들, 핸드백을 든 귀부인들, 거친 무명천 작업복을 입은 청년들이 있었다. 심지어 유모차를 밀면서 어린 유아를 옆에 데리고 빠르게 다가가는 엄마도 있었다.

나는 남은 아이스크림콘을 쓰레기통에 던진 뒤 더 가까이서 보기 위해 그곳으로 걸어갔다. 그런데 그 무대의 중심에서 내가 누구를

◆ 하트, 클럽, 다이아몬드, 스페이드.

보았던가? 다름 아닌 에밋 왓슨이었다. 에밋이 미련한 원한을 가진 미련한 애들로부터 조롱을 당하고 있었다.

모여든 구경꾼들은 신이 난 것 같았다. 적어도 중서부의 방식으로 말이다. 그들은 소리 지르거나 히죽히죽 웃지는 않았지만, 적절한 때에 이런 일이 일어난 것을 기뻐했다. 이 일은 앞으로 몇 주 동안 그들이 이발소와 미용실에서 주고받을 수 있는 좋은 이야깃거리가 될 것이다.

에밋은 지금 대단히 멋져 보였다. 에밋은 그곳에 있기를 갈망하지도, 서둘러 그곳을 떠나고 싶어 하지도 않는 표정으로 두 팔을 옆구리에 댄 채 눈을 뜨고 서 있었다. 불안해 보이는 사람은 에밋을 조롱하는 녀석이었다. 그는 자신을 지켜줄 친구를 두 명이나 데리고 왔으면서도 불안스레 몸을 앞뒤로 움직였으며, 셔츠는 땀에 젖어 있었다.

"제이크, 난 어떤 문제도 일으키고 싶지 않아." 에밋이 말하고 있었다. "그저 내 차를 타고 집에 가고 싶을 뿐이야."

"네가 그냥 가도록 내버려둘 순 없어." 제이크가 대꾸했다. 비록 그는 에밋이 말한 대로 해주기를 바라는 것처럼 보였지만 말이다.

그의 호위 무사 중 한 명—카우보이모자를 쓴 키 큰 녀석—이 자기 의견을 내뱉었다.

"왓슨, 여기 제이크가 네게 아직 남은 볼일이 있는 것 같은데."

나는 이 카우보이를 본 적이 없지만, 삐딱하게 기울어진 모자와 얼굴에 나타난 미소로 그가 어떤 사람인지 정확히 알 수 있었다. 그는 주먹을 날리는 일 없이 말로만 수천 번 싸운 사람이었다.

그래서 에밋은 어떻게 했을까? 카우보이가 자신의 마음을 어지럽히도록 가만 내버려두었을까? 카우보이에게 닥치고 네 일에나 신경 쓰라고 했을까? 에밋은 카우보이를 상대도 하지 않았다. 그저 제이크에게 다시 눈을 돌리고 이렇게 말했을 뿐이다.

"아직 남은 볼일이 있다면, 그걸 끝내기로 하자."

햐!

아직 남은 볼일이 있다면, 그걸 끝내기로 하자.

우리는 그 같은 문장을 말하기 위해서라면 평생을 기다릴 수 있다. 그리고 막상 그런 순간이 왔을 때, 우리는 담대함과 침착함을 유지하지 못해 그런 말을 못 하기 십상이다. 그런 종류의 침착함은 교육이나 연습의 산물이 아니다. 그 자질을 타고났든가 아니든가, 둘 중 하나일 뿐이다. 그리고 대부분의 사람은 타고나지 않는다.

그러나 여기, 그런 자질의 최상의 모습이 나온다.

이 제이크라는 녀석은 알고 보니 1952년에 에밋이 생명을 박탈한 스나이더 녀석의 동생이었다. 그가 자기 형은 불시에 휘두른 주먹을 맞았다는 식의 헛소리를 지껄였기 때문에 나는 그걸 알 수 있었다. 녀석은 마치 에밋 왓슨이 몸을 수그린 자세를 취하고 있다가 가드를 내리고 있는 사람에게 주먹을 휘두른 것처럼 말했다.

이 페어 파이트 씨[*]는 자신의 도발이 먹히지 않자 생각에 잠긴 사람처럼 먼 곳을 멍하니 바라보더니 갑자기 아무런 경고 없이 에밋의 얼굴을 때렸다. 휘청거리며 얼마간 오른쪽으로 밀려난 에밋은 충격을 털어내고 몸을 단정히 세운 후 제이크 쪽으로 움직이기 시작했다.

[*] Mr. Fair Fight, 그 자신은 공정하지 않으면서 공정한 싸움을 강조하는 제이크에게 조롱조로 붙인 이름.

이제 시작이군. 거기 모인 모든 사람들은 그렇게 생각했다. 왜냐하면 에밋은 녀석보다 체중이 10파운드 덜 나가고 키는 2인치 더 작지만, 그럼에도 녀석을 묵사발 낼 수 있을 것이기 때문이었다. 그러나 군중들로서는 실망스럽게도 에밋은 계속 다가가지는 않았다. 그는 조금 전에 서 있었던 그 자리에 멈춰 섰다.

그것은 제이크를 몹시 짜증 나게 했다. 제이크의 얼굴은 그의 유니언 슈트*처럼 빨개졌다. 그는 에밋에게 주먹을 들라고 소리쳤다. 그래서 에밋은 주먹을 드는 둥 마는 둥 들었고, 제이크는 다시 한번 주먹을 휘둘렀다. 이번에는 에밋의 입을 때렸다. 에밋은 다시 비틀거렸지만 쓰러지지는 않았다. 입술에서 피가 났다. 에밋은 자세를 회복하고 또다시 얻어맞기 위해 제자리로 돌아갔다.

그러는 동안 카우보이가—그는 여전히 오만한 자세로 에밋의 차 문에 몸을 기대고 서 있었다—소리쳤다. **제이크, 놈한테 본때를 보여줘.** 그는 마치 제이크가 에밋에게 교훈을 주려 하고 있는 것처럼 말했다. 그러나 카우보이는 거꾸로 알고 있었다. 교훈을 주는 사람은 에밋이었다.

〈셰인Shane〉**의 앨런 래드.

〈지상에서 영원으로From Here to Eternity〉***의 프랭크 시내트라.

〈난폭자The Wild One〉****의 리 마빈.

이 세 사람의 공통점이 뭔지 아는가? 모두 구타를 당했다는 점이다. 내 말은 코를 한 대 얻어터졌다거나 복부를 얻어맞아 숨을 쉬기

---

* 상의와 하의가 하나로 이어진 빨간색 속옷.
** 조지 스티븐스 감독의 1953년 영화.
*** 프레드 진네만 감독의 1953년 영화.
**** 베네데크 라슬로 감독의 1953년 영화.

가 곤란할 지경이 되었다는 뜻이 아니다. 말 그대로 **구타**를 의미한다. 그들의 귀가 울리고, 그들의 눈에 눈물이 고이고, 그들의 입에서는 피 맛이 났다. 래드는 그래프턴 술집에서 라이커 형제들에게 구타를 당했다. 시내트라는 영창에서 하사관 팻소에게 구타당했다. 그리고 마빈은 바로 이곳처럼 조그만 미국 마을의 길거리에서 말런 브랜도의 주먹에 구타당했는데, 거기서도 또 다른 선량한 시민들이 구경하려고 주위에 모여들었다.

기꺼이 구타를 당하겠다는 자세. 그것은 당신이 결코 만만한 사람이 아니라는 것을 말해준다. 그런 사람은 옆에서 꾸물대면서 남이 지른 불에 휘발유를 뿌리는 짓은 하지 않는다. 아무 탈 없이 집에 돌아가지도 않는다. 그런 사람은 굴하지 않고 전면에, 한가운데에 나서고, 더 이상 서 있을 수 없을 때까지 자신의 입장을 고수하며 버틸 준비가 되어 있다.

교훈을 주고 있는 사람은 명백히 에밋이었다. 그리고 그는 제이크에게만 교훈을 주고 있는 게 아니었다. 빌어먹을 이 마을 전체에 가르쳐주고 있는 것이었다.

그들이 자기들이 보고 있는 것의 의미를 이해했다는 건 아니다. 마을 사람들의 얼굴에 나타난 표정으로부터 이 일이 주는 핵심 교훈이 그들이 이해하기에는 너무 어렵다는 것을 알 수 있었다.

몸을 떨기 시작한 제이크는 아마 자기는 그 같은 상황을 더 이상 계속할 수 없다고 생각한 모양이었다. 그래서 이번에는 결판을 지으려 했다. 마침내 자신의 목표와 분노를 확고히 한 그는 분노를 한껏 폭발시켜 에밋을 때려눕혔다.

모든 사람이 헉하고 잠시 숨을 멈추었다. 제이크는 안도의 한숨을 내쉬었고, 카우보이는 주먹을 휘두른 사람이 그 자신이나 되는 듯이 만족스럽게 낄낄거렸다. 그때 에밋이 다시 몸을 일으켰다.

오, 나에게 카메라가 있었다면 좋았을 텐데. 사진을 찍어《라이프》지에 보낼 수 있었을 텐데. 그랬다면 아마 그들은 그 사진을 표지에 실었을 것이다.

그 모습은 아름다웠다. 정말이다. 그러나 그것은 제이크에게는 너무한 일이었다. 제이크는 울음을 터뜨릴 듯한 얼굴을 하고서 앞으로 다가가 에밋에게 일어나지 말라고 소리치기 시작했다. 일어나지 말라고 말이다. 오, 하느님, 그를 도와주세요.

에밋의 감각이 둔해진 것 같았다는 점을 고려하면 그가 제이크의 말을 들었는지조차 잘 모르겠다. 하지만 제이크의 말을 들었든 못들었든 별 차이는 없었다. 어느 쪽이든 에밋은 똑같이 행동했을 테니까. 조금 불안정하게 걸음을 뗀 그는 다시 사정거리 안으로 들어가 꼿꼿이 서서 주먹을 들어 올렸다. 그런 다음 비틀거리며 땅바닥에 주저앉은 것으로 보아 머리로 피가 쏠린 모양이었다.

무릎 꿇은 에밋을 보는 것은 달갑지 않았지만, 나는 걱정하지 않았다. 단지 그에겐 일어나서 주먹이 날아올 지점으로 돌아갈 수 있도록 정신을 차릴 시간이 필요할 뿐이었다. 그가 그렇게 하리라는 것은 너무나 확실했다. 하지만 그런 일이 일어나기 전에 보안관이 쇼를 망쳐버렸다.

"그만해," 보안관이 구경꾼들을 헤치고 앞으로 나서면서 소리쳤다. "이제 그만해."

보안관의 지시에 따라 부관 한 명이 구경꾼들을 해산시키기 시작했다. 그는 사람들에게 팔을 흔들면서 이제 돌아갈 시간이라고 말했다. 그러나 그 부관이 카우보이를 해산시킬 필요는 없었다. 카우보이는 스스로 자리를 떴기 때문이다. 공권력이 현장에 모습을 드리낸 순간 그는 모자챙을 내리고 마치 페인트를 한 통 사려고 철물점에 가는 사람처럼 법원을 돌아서 천천히 걷기 시작했다.

나도 천천히 걸으며 그의 뒤를 밟았다.

건물 반대편에 이른 카우보이는 대통령 중 하나를 건너고 나무하나를 향해 걸음을 옮겼다. 그는 자기 자신과 조금 전의 자신의 소행 사이에 거리를 두고 싶은 마음에 지팡이 짚은 노부인이 식료품봉지를 모델 T⁺의 뒷자리에 실으려고 애쓰는 모습을 보고도 곧장지나쳐 걸었다.

"실었습니다, 할머니." 내가 말했다.

"고마워요, 젊은이."

노부인이 운전석에 올라탔을 때쯤 카우보이는 나보다 반 블록 정도 앞에 있었다. 그가 영화관 너머 골목길로 우회전하여 들어갔을 때 나는 그를 따라잡기 위해 사실상 달려야만 했다. 달리기는 원칙적으로 내가 보통 피하는 것이라는 사실에도 불구하고 말이다.

다음에 무슨 일이 일어났는지 말하기 전에 아홉 살 무렵 내가 루이스에서 살았던 때로 여러분을 데려감으로써 약간의 맥락을 짚어줘야 할 것 같다.

아버지가 나를 '세인트니컬러스 소년의 집'에 데려다주었을 때담당 수녀는 의견은 확실하고 나이는 불확실한 아그네스 수녀라는

✦ 포드사가 만든 초기 자동차.

여자였다. 복음 전도 사업에 종사하는 당차고 다부진 여자가 어쩔 도리 없이 들어야 하는 청중을 눈앞에 두었을 때, 자신의 견해를 공유할 수 있는 모든 기회를 이용하려 할 거라는 생각은 어찌 보면 당연하다. 그러나 아그네스 수녀는 그렇지 않았다. 그녀는 노련한 연기자처럼 자신이 등장할 때를 선택할 줄 알았다. 눈에 띄지 않게 입장하여 무대 뒤편에서 모든 사람이 각자의 대사를 다 전달할 때까지 기다린 다음, 5분 동안 각광을 받으며 그 쇼를 훔칠 줄 알았던 것이다.

그녀가 가장 좋아하는 지혜 전달 시간은 잠자리에 들기 직전이었다. 그녀는 기숙사에 들어오면 다른 수녀들이 습관대로 종종거리면서 한 아이에게는 옷을 개게 하고, 다른 아이에게는 얼굴을 씻게 하고, 모든 아이들에게 기도하게 하는 등의 지시를 내리는 모습을 가만히 지켜보곤 했다. 그러고 나서 아그네스 수녀는 우리가 모두 이불 속에 들어갔을 때 의자를 끌어와 앉아서 교훈을 전했다. 여러분도 상상할 수 있겠지만 아그네스 수녀는 성경의 기본적인 교훈을 이야기하기 좋아했다. 그렇지만 대단히 동정 어린 어조로 얘기했기 때문에 그녀의 말은 간간이 새어 나오는 재잘거림을 금세 잠재웠으며, 소등을 하고 나서 한참 후까지도 우리들 귀에 맴돌곤 했다.

아그네스 수녀가 가장 좋아하는 교훈 가운데 하나는 그녀 자신이 '악행의 사슬'이라고 부르는 것이었다. 여러분, 그녀는 엄마 같은 태도로 이야기를 시작하곤 했다. **여러분은 살아가는 동안 다른 사람에게 나쁜 짓을 하고, 다른 사람은 여러분에게 나쁜 짓을 할 거예요. 그리고 서로에게 하는 이 나쁜 짓은 여러분의 사슬이 될 겁니다. 여러분이 다른 사람에게 한 나쁜 짓은 죄의 형태로 여러분을 얽어매고, 다른 사람이 여러분에게 한 나쁜 짓**

은 분노의 형태로 여러분을 얽어맬 거예요. 우리 구세주 예수그리스도의 가르침은 그 두 가지 얽매임으로부터 여러분을 해방하기 위해 있는 겁니다. 속죄를 통해 여러분을 죄에서 풀어주고, 용서를 통해 여러분을 분노에서 풀어주기 위해서 말이에요. 여러분은 오직 이 두 가지 사슬에서 자신을 해방시킨 후에야 마음속에 사랑을 품고 한 걸음 한 걸음 평온하게 삶을 살아갈 수 있을 거예요.

당시에는 그녀가 무슨 말을 하는지 이해하지 못했다. 얼마간의 나쁜 짓에 의해 우리의 행동이 방해받을 수 있다는 것을 이해하지 못했다. 왜냐하면 내 경험상 나쁜 짓을 하는 경향이 있는 사람들이 항상 가장 먼저 문을 나서는 사람들이었기 때문이다. 나는 어떤 사람이 우리에게 나쁜 짓을 했을 때 왜 우리가 그 사람을 대신해서 짐을 져야 하는지 이해하지 못했다. 그리고 나는 한 걸음 한 걸음 평온하게 살아간다는 게 무슨 뜻인지 확실히 이해하지 못했다. 그러나 아그네스 수녀가 종종 얘기했듯이, 주님은 태어날 때부터 우리에게 주기에는 적합하지 않다고 여기신 모든 지혜를 경험이라는 선물을 통해 우리에게 주신다. 아니나 다를까, 나이가 들어감에 따라 경험은 나로 하여금 아그네스 수녀의 설교를 이해할 수 있게 해주었다.

설라이나에 처음 도착했을 때도 그랬다.

공기는 따뜻하고 낮은 긴, 땅에서 첫 감자를 캐내야 하는 8월이었다. 구약성경 애컬리*는 새벽부터 해 질 녘까지 우리에게 일을 시켰으므로 저녁 식사가 끝났을 때 우리가 원하는 것은 깊게 잠드는 것뿐이었다. 그럼에도 일단 소등이 되면 나는 우선 내가 어떻게 설라이나에 오게 되었는지에 관해서 하나하나 쓰라린 일들을 곱씹으

✦ 애컬리의 거칠고 난폭한 성격을 구약성경에 빗대어 붙인 별명.

며 닭이 울 때까지 번민에 시달릴 때가 많았다. 또 어느 밤에는 원장의 사무실에 호출되는 상상을 하곤 했다. 사무실에 가면 원장이, 내 아버지가 자동차 충돌 사고나 호텔 화재 사고로 목숨을 잃었다는 소식을 엄숙한 목소리로 전해주는 상상이었다. 그런 환상은 잠시나마 내 마음을 달래주었지만, 그 밤의 나머지 시간을 부끄러운 자책감으로 내몰곤 했다. 그래서 내 마음속에는 분노와 죄책감, 그 두 가지가 자리 잡게 되었다. 두 개의 상반된 힘이 너무 당혹스러워서 나는 다시는 푹 잠들지 못할지도 모른다는 가능성을 체념적으로 받아들여야 했다.

그러나 윌리엄스 원장이 애컬리의 후임으로 와서 개혁의 시대를 시작했을 때, 그는 우리가 올바른 시민의 삶을 살 수 있도록 준비시키기 위해 오후 수업 프로그램을 설계하고 도입했다. 그는 공민학 교사를 초빙하여 국가의 삼권*에 대해 이야기하게 했다. 원장은 행정 위원으로 하여금 공산주의의 재앙과 모든 사람이 투표하는 것의 중요성에 대해 가르치게 했다. 얼마 안 가서 우리는 모두 수업 대신 감자밭으로 돌아갈 수 있기를 바랐다.

몇 달 전에 원장은 공인회계사를 불러서 개인 자산 관리의 기초를 설명하게 했다. 공인회계사는 자산과 부채의 상호 작용을 설명한 뒤 칠판으로 가서 몇 번의 빠른 손놀림으로 결산하는 법을 보여주었다. 바로 그 시간에, 그 무더운 작은 교실의 뒷자리에 앉아 있는 동안에, 나는 마침내 아그네스 수녀가 무슨 얘기를 했었는지 이해했다.

✦ 입법, 사법, 행정을 말한다.

우리가 살아가는 동안 우리는 다른 사람에게 나쁜 짓을 하고 다른 사람은 우리에게 나쁜 짓을 할 수 있으며, 그 결과 앞에서 말한 사슬에 얽매일 수 있다고 아그네스 수녀는 말했다. 그 같은 생각을 또 다른 방식으로 표현하자면, 우리는 우리의 악행을 통해 다른 사람에게 빚을 지고, 마찬가지로 다른 사람은 그들의 악행을 통해 우리에게 빚을 지게 된다는 것이다. 그런데 매번 한밤중에 잠을 설치게 하고 번민에 시달리게 하는 것은 이 빚—우리가 진 빚과 그들이 우리에게 진 빚—이기 때문에 잠을 푹 잘 수 있는 유일한 방법은 결산을 하는 것뿐이다.

에밋은 수업 시간에 열심히 듣는 것에 관해서는 나보다 더 낫지 않았지만, 실은 그는 이 특별한 수업에 주의를 기울일 필요가 없었다. 에밋은 설라이나 소년원에 오기 훨씬 전에 그걸 배운 것이었다. 그는 아버지의 실패의 그늘 아래서 자라면서 그것을 직접 배웠다. 그가 두 번 생각하지도 않고 그 담보권 행사 서류들에 서명한 것도 바로 그 때문이었다. 랜섬 씨가 빌려주겠다는 돈을 받으려 하지 않은 것도, 캐비닛 바닥에 있는 자기를 가져가려 하지 않은 것도 그 때문이었다. 그리고 그가 대단히 만족스럽게 구타를 당한 것도 바로 그 때문이었다.

카우보이가 말했듯이 제이크와 에밋에게는 아직 남은 볼일이 있었다. 누가 누구를 자극하고 누가 누구에 의해 자극받았는지와 상관없이 에밋이 카운티의 풍물 장터에서 스나이더네 아이를 때렸을 때, 에밋은 아버지가 농장을 저당 잡혔을 때와 마찬가지로 분명히 빚을 진 것이었다. 그리고 그날 이후로 그 일이 에밋의 머릿속에 걸려 있었는데—밤에 **그를** 잠 못 이루게 했다—이제 그는 채권자의 주먹에 의해, 채권자의 친구들이 보는 앞에서 그 채무를 이행했다.

그러나 제이크 스나이더에게는 갚아야 할 빚이 있다 할지라도 에밋은 이 카우보이에게는 아무것도 빚진 게 없었다. 땡전 한 푼도 빚지지 않았다.

"이봐요, 텍스⁺," 나는 그를 뒤쫓아 달리면서 소리쳤다. "잠깐만요."

카우보이가 돌아서서 나를 훑어보았다.

"내가 아는 사람인가?"

"아니요, 모를 겁니다."

"그럼 용건이 뭐야?"

나는 한 손을 들어 잠시 숨을 돌리고 나서 대답했다.

"저기 법원이 있는 곳에서 당신은 당신 친구 제이크가 내 친구 에밋과 아직 남은 볼일이 있다는 말을 했어요. 그냥 내 생각일 뿐이지만, 나로서는 제이크와 남은 볼일이 있는 사람은 어쩌면 에밋일 거라고 주장할 수 있을 것 같습니다. 그러나 어느 쪽이든, 제이크가 에밋과 볼일이 있든 아니면 에밋이 제이크와 볼일이 있든 간에 그건 당신 일이 아니었다는 점에 대해서는 우리 둘 다 동의할 수 있을 것 같아요."

"친구, 난 네가 무슨 말을 하는 건지 모르겠어."

나는 좀 더 분명히 해두고자 했다.

"내 말은, 설령 제이크에게 에밋을 구타할 만한 충분한 이유가 있었고 에밋에겐 구타당할 만한 충분한 이유가 있었다 할지라도 당신

⁺ 텍사스 출신 카우보이를 일반적으로 부르는 별명.

이 그렇게 선동하고 고소해할 이유는 없었다는 겁니다. 시간이 주어진다면 당신은 오늘 일어난 일에서 당신이 한 역할을 후회하게 될 것이고, 그에 대해 보상할 수 있기를 바라게 될 겁니다. 당신 자신의 마음의 평화를 위해서 말이에요. 하지만 에밋은 내일 이 마을을 떠날 테니까, 그땐 너무 늦을 겁니다."

"내가 무슨 생각을 하고 있는지 말해줄게." 카우보이가 말했다. "개자식, 지랄을 떠네."

그런 다음 그는 돌아서서 걷기 시작했다. 돌연히. 작별 인사도 없이 말이다.

인정한다, 나는 기분이 좀 상했다. 낯선 녀석이 자기가 저지른 일의 짐에 대해 이해하도록 도와주려 했는데, 녀석은 나를 모욕했다. 그것은 나로 하여금 자선을 베푸는 행동에서 영원히 등 돌리게 할 수 있는 반응이었다. 그러나 아그네스 수녀에게서 배운 또 다른 교훈은 주님의 일을 할 때는 기꺼이 인내심을 가져야 한다는 것이었다. 의로운 사람들은 정의로 가는 길에서 방해물을 만나게 되겠지만, 주님은 틀림없이 그들에게 승리할 수 있는 수단을 주실 것이기 때문이라는 것이다.

그리고 자, 보라. 갑자기 내 앞에 나타난 것은 다름 아닌 전날 밤의 쓰레기로 가득 찬 영화관의 쓰레기통이 아닌가. 그리고 코카콜라병과 팝콘 봉지 사이에서 툭 튀어나와 있는 것은 세로 2인치 가로 4인치 두께에 길이가 2피트인 각목이 아닌가.

"이봐!" 나는 골목길을 경중경중 뛰어가면서 한 번 더 소리쳐 불렀다. "잠깐만 기다려!" 카우보이가 획 돌아섰을 때 나는 그의 표정에서 그에게 뭔가 대단히 중요한 할 말이 있다는 것을, 술집에 있는 모든 남자애들의 얼굴에 미소를 가져다줄 수 있을 만큼 값진 말이 있다는 것을 알 수 있었다. 그러나 그가 말을 하기 전에 내가 그를 후려쳤으므로 우리는 그게 뭔지 결코 알 수 없으리라 생각한다.

그 타격은 그의 머리 왼쪽에 심한 충격을 주었다. 공중으로 높이 올라간 그의 모자는 한 바퀴 공중제비를 돌고 골목 반대편에 내려 앉았다. 그는 끈이 끊어진 마리오네트처럼 서 있던 그 자리에 주저 앉았다.

나는 평생 누구를 때려본 적이 없었다. 솔직히 말해서 나의 첫 느낌은 무지 아프다는 것이었다. 2x4인치 각목을 왼손으로 옮기면서 내 오른손 손바닥을 보았는데, 거기에는 각목 가장자리의 흔적이 두 줄의 선홍색 선으로 남아 있었다. 나는 각목을 땅바닥에 던지고 나서 얼얼한 느낌을 가라앉히기 위해 두 손바닥을 비벼댔다. 그런 다음 카우보이를 더 자세히 보기 위해 그의 위로 몸을 숙였다. 다리는 접혔고 왼쪽 귀는 가운데로 찢어져 있었지만 여전히 의식이 있었다. 충분히 의식이 있었다.

"내 말 들려, 텍스?" 내가 물었다.

그런 다음 그가 내 말을 분명히 들을 수 있도록 좀 더 큰 소리로 말했다.

"네 빚을 전부 갚았다고 생각해."

나를 쳐다볼 때 잠시 그의 속눈썹이 떨렸다. 그러나 그는 희미하게 미소를 지었고, 나는 그의 눈꺼풀이 감기는 모습을 보고 그가 아기처럼 잠이 들 거라는 사실을 알 수 있었다.

골목길을 걸어 나오면서 나는 도덕적 만족감이 차오를 뿐만 아니라 발걸음이 사뿐사뿐 더 가벼워지고 걸음걸이도 조금 더 경쾌해진 것을 알아차렸다.

음, 너 이거 아니? 나는 빙그레 웃으며 속으로 생각했다. 내 걸음걸이가 평온해!

그것은 분명 겉으로 나타났을 것이다. 왜냐하면 골목에서 나와 지나가는 두 노인에게 안녕하세요, 하고 말했을 때 두 노인 다 안녕, 하고 대답해주었기 때문이다. 그리고 시내로 나갈 때는 열 대의 차가 지나가고 나서야 자동차 정비공이 나를 태워주었지만, 왓슨네 집으로 돌아갈 때는 맨 처음 마주친 차가 멈춰 서서 태워주겠다고 제안했기 때문이다.

울리

    하나의 이야기에서 재미있는 사실은, 울리는 생각했다(에밋은 시내에 갔고, 더치스는 산책 나갔고, 빌리는 그의 커다란 빨간색 책을 소리 내어 읽고 있었다). 하나의 이야기에서 재미있는 사실은, 그 이야기는 온갖 길이로 만들어질 수 있다는 점이지.

    울리가 『몬테크리스토 백작』 이야기를 처음 들은 것은 틀림없이 빌리보다 더 어렸을 때였을 것이다. 그의 가족은 애디론댁의 별장에서 여름을 보내고 있었는데, 세라 누나는 밤마다 그가 잠자리에 들기 전에 이야기를 한 장章씩 읽어주었다. 그러나 누나가 읽어주는 책은 알렉상드르 뒤마의 원전을 번역한 것으로, 1000쪽이나 되는 책이었다.

    1000쪽이나 되는 『몬테크리스토 백작』 같은 책에서 이야기를 듣는다는 것은 재미있는 부분이 다가오고 있다는 것을 느낄 때마다 실제로 그 부분이 일어나기까지는 기다리고 기다리고 또 기다려야 한다는 것을 의미한다. 사실, 그 부분이 일어나기를 너무 오래 기다려야 해서 막상 그 부분이 다가오고 있을 때는 그걸 잊어버리고 잠에 빠져드는 경우가 종종 있다. 그러나 빌리의 커다란 빨간 책에서 애버네이스 교수는 그 전체 이야기를 8쪽에 걸쳐 전달하기로 결정했다. 그래서 그의 책에서는 재미있는 부분이 다가오고 있다는 것을 느낄 때면 그것은 즉시 일어난다.

지금 빌리가 읽고 있는 부분—저지르지도 않은 죄목으로 유죄판결을 받은 에드몽 당테스가 남은 생을 보내야 하는 으스스한 이프성으로 끌려가는 부분—도 그렇다. 비록 그는 사슬에 묶인 채 끌려가며 그 감옥의 무시무시한 문들을 지나가고 있지만, 여러분은 당테스가 반드시 탈출하리라는 것을 알고 있다. 그러나 뒤마의 책에서는 그가 자유를 되찾기까지 아주 많은 장에 걸쳐 아주 많은 문장을 들어야 하기 때문에 나중에는 이프성에 갇힌 사람이 **여러분 자신**인 것처럼 느껴지기 시작한다. 애버네이스 교수의 이야기에서는 그렇지 않다. 그의 이야기에서는 주인공의 감옥 도착, 8년 동안의 외로운 생활, 아베 파리아와의 우정, 그리고 기적적인 탈출이 전부 다 같은 페이지에서 일어난다.

울리가 머리 위를 지나가는 외따로 떠 있는 구름을 손가락으로 가리켰다.

"저게 내가 상상하는 이프성의 모습이야."

빌리는 조심스럽게 손가락으로 읽고 있던 부분을 표시한 채 고개를 들어 울리가 가리킨 곳을 쳐다보고는 즉시 동의했다.

"깎아지른 암벽이 있는."

"그리고 중앙에 감시탑이 있고."

울리와 빌리 둘 다 구름을 보며 미소 지었으나, 잠시 후 빌리의 표정은 점점 더 진지해졌다.

"질문 하나 해도 돼요, 울리 형?"

"물론이지, 물론이지."

"설라이나에서 지내는 게 힘들었어요?"

울리가 그 질문에 대해 생각하는 동안 머리 위쪽 저 멀리에 있던 이프성이 원양 여객선으로 변했고, 감시탑이 있었던 곳은 커다란 굴뚝으로 변했다.

"아니," 울리가 말했다. "그다지 힘들지 않았어, 빌리. 에드몽 당테스가 갇혀 있던 이프성과는 확실히 달랐지. 단지…… 단지 설라이나에서의 매일매일은 그날이 그날일 뿐이었어."

"그날이 그날일 뿐인 게 뭐예요, 형?"

울리는 잠시 동안 다시 생각에 잠겼다.

"설라이나에 있을 때는 매일 같은 시간에 일어나서 같은 옷을 입었어. 또 매일 같은 사람들과 같은 식탁에서 아침을 먹었지. 그리고 매일 같은 들판에서 같은 일을 했고, 같은 시간에 같은 침대에서 잠이 들었어."

빌리는 어린 소년이었지만—어쩌면 어린 소년이었기 때문에—일어나고 옷을 입고 아침을 먹는 것 자체는 아무 문제가 없으나, 이런 일을 정확히 똑같은 방식으로 매일매일 계속하는 것에는, 특히 자신의 삶의 1000쪽 분량에 해당할 만큼 긴 시간 동안 그러는 것에는 근본적으로 곤혹스러운 뭔가가 있다는 점을 이해하는 것 같았다.

빌리는 고개를 끄덕인 뒤 원래 자리로 돌아가서 다시 책을 읽기 시작했다.

울리가 빌리에게 차마 말하지 못했던 것은 의심할 나위 없이 그 것이 설라나 소년원의 생활 방식이었지만, 또한 다른 많은 곳에 서의 생활 방식이기도 했다는 사실이었다. 기숙학교의 생활 방식도 분명 그러했다. 울리가 가장 최근에 다녔던 세인트조지 기숙학교만 그런 것이 아니었다. 울리가 다닌 기숙학교 세 곳 다 그랬다. 매일매 일 같은 시간에 일어나 같은 옷을 입고, 같은 사람들과 같은 식탁에 서 아침을 먹고, 그런 다음 같은 교실에 들어가 같은 수업을 들었다.

울리는 종종 그 점에 대해 궁금해했다. 왜 기숙학교의 교장 선생 님들은 매일매일을 그날이 그날인 날로 만들기로 마음먹었을까? 곰 곰이 생각해본 결과, 그렇게 하는 것이 관리하기 더 쉽기 때문일 거 라고 결론 내렸다. 매일매일을 그날이 그날인 날로 바꿈으로써 조 리사는 언제 아침 식사를 만들어야 하는지, 역사 선생님은 언제 역 사를 가르쳐야 하는지, 선도부원은 언제 복도의 질서를 유지해야 하는지 항상 알고 있을 것이다.

그러나 그다음에 울리에게 깨달음의 순간이 찾아왔다.

2학년 1학기 때였다(세인트조지 기숙학교에서였다). 물리학 수업 을 마치고 체육관으로 가던 중 우연히 학생주임 선생님이 교사校舍 앞에서 택시에서 내리는 것을 보았다. 택시를 보자마자 최근에 헤 이스팅스온허드슨에서 흰색 저택을 구입한 누나를 방문하면 얼마 나 깜짝 놀라며 기뻐할까 하는 생각이 울리의 머릿속에 떠올랐다. 그래서 그는 택시 뒷좌석으로 뛰어들어 운전사에게 누나의 주소를 알려주었다.

뉴욕에 있는 헤이스팅스온허드슨 말이니? 택시 운전사가 깜짝 놀라며 물었다.

뉴욕 맞아요! 울리가 확인해주었고, 그들은 그곳을 향해 출발했다.

몇 시간 뒤 도착했을 때 울리의 누나는 부엌에서 감자 껍질을 깎고 있던 중이었다.

누나, 안녕!

울리가 세라 누나가 아닌 다른 가족을 깜짝 방문했다면 그들은 누구라 할 것 없이 (특히 울리가 밖에서 기다리는 택시 운전사에게 줄 150달러가 필요하다고 했을 때) 방문 이유나 목적 따위의 질문을 수없이 쏟아내며 그를 맞았을 것이다. 그러나 세라 누나는 운전사에게 돈을 지불한 뒤 별다른 질문 없이 레인지 위에 물 주전자를 올리고 접시에 쿠키를 담았을 뿐이며, 그리하여 두 사람은 식탁에 앉아 머리에 떠오르는 온갖 주제에 대해 얘기를 나누며 즐거운 시간을 보냈다.

그러나 한 시간쯤 지나 울리의 매형 '데니스'가 부엌문으로 들어왔다. 울리의 누나는 울리보다 일곱 살 많고, '데니스'는 세라보다 일곱 살 많으니까 수학적으로 말하면 '데니스'는 그때 서른두 살이었다. 그러나 '데니스'는 또한 데니스 자신보다 일곱 살 더 많았으므로, 그렇게 계산하면 그는 정신적으로는 거의 마흔 살이었다. 의심할 나위 없이 그 점이 바로 그가 벌써 제이피모건앤드선스앤드컴퍼니의 부사장인 이유였다.

부엌 식탁에서 울리를 발견한 '데니스'는 다소 화가 났다. 울리는 여기 아닌 다른 곳에 있어야 한다는 이유 때문이었다. 그러나 조리대에서 절반 정도의 감자만 껍질이 깎여 있는 것을 보았을 때 그는 훨씬 더 화가 났다.

저녁 식사는 언제 줘? 그가 세라에게 물었다.

미안, 아직 식사 준비를 시작하지 못했어.

벌써 7시 30분이 넘었잖아.

오, 제발 데니스, 그러지 마.

'데니스'는 잠시 세라를 불신의 눈초리로 쳐다보더니 울리에게 시선을 돌려 세라와 단둘이 얘기할 수 있을까, 하고 물었다.

울리의 경험상, 누가 누구와 단둘이 얘기할 수 있겠느냐고 물으면 우리는 어떻게 하는 게 좋을지 알기 어렵다. 우선 첫째로, 그들은 대개 얼마 동안 단둘이 있을지 말해주지 않기 때문에 우리는 얼마나 깊이 새로운 노력을 해야 하는지 알기 어렵다. 이 기회를 이용하여 화장실에 가야 하는 걸까? 아니면 50개의 돛이 있는 요트 경기 조각 그림 맞추기를 시작해야 하나? 그리고 얼마나 **멀리** 떨어져 있어야 하지? 우리는 그들이 말하는 것을 들을 수 없을 만큼 충분히 멀리 떨어져 있어야 한다. 애초에 그들이 우리에게 다른 곳에 가 있으라고 요청한 취지가 바로 그것이니까. 그러나 그들의 요청은 종종 우리가 잠시 후에 돌아오기를 바라는 것처럼 들리기 때문에, 그들이 부르면 그 소리를 들을 수 있을 만큼 가까이에 있어야 한다.

울리는 머리 한가운데로 가르마를 타기 위해 무척이나 정성을 기울이며 거실로 들어갔다. 거기에서 그는 치는 사람이 없는 피아노와 읽지 않은 약간의 책들과 태엽이 풀린 대형 괘종시계를 보았다. 생각해보니, 그 시계는 한때 할아버지의 소유물이었으므로 이름이 정말 잘 어울렸다!✦ 그러나 이제 보니 '데니스'가 얼마나 화가 나 있었는지를 고려할 때 거실은 충분히 멀리 떨어진 곳이 아니었다. 울

✦ 대형 괘종시계는 영어로 'grandfather clock'이므로 단어 그대로 생각하면 '할아버지 시계'가 된다.

리의 귀에 모든 말소리가 들렸기 때문이다.

도시를 벗어나서 살고 싶어 한 사람은 당신이야. '데니스'가 말했다. 하지만 8시 투자 위원회 회의에 맞춰 은행에 도착할 수 있도록 6시 42분 열차를 타려고 새벽에 일어나야 하는 사람은 바로 나잖아. 그 이후 열 시간 동안 당신은 여기서 도대체 뭘 하고 있는지 모르겠지만, 난 그 시간의 대부분을 개처럼 일한단 말이야. 그런 다음 내가 그랜드센트럴역까지 뛰어간 덕에 다행히 6시 14분 열차를 타게 되면 간신히 7시 30분까지 집에 도착할 수 있지. 그런 하루를 보내고 난 뒤 당신이 식탁에 차려놓은 저녁을 먹게 해달라는 게 정말 무리한 요구인가?

울리에게 불현듯 깨달음의 순간이 찾아온 것은 바로 그때였다. 할아버지의 대형 괘종시계 앞에 서서 매형의 말에 귀 기울이고 있을 때 갑자기 울리의 머리에, 아마도, 아마도 세인트조지와 세인트마크와 세인트폴 기숙학교가 매일매일을 그날이 그날인 날로 조직한 것은 그래야 관리하기가 더 쉽기 때문이 아니라, 그것이 바로 자신들의 시설에서 지내는 훌륭한 젊은이들로 하여금 6시 42분 열차를 놓치지 않도록 준비시킴으로써 항상 8시 회의에 제때 참석하게 하기 위한 최선의 방법이기 때문일 거라는 생각이 떠오른 것이었다.

울리가 자기에게 찾아온 깨달음에 대한 회상을 끝낸 그 순간에 빌리는 감옥에서 성공적으로 탈출한 에드몽 당테스가 몬테크리스토섬의 비밀 동굴 속, 다이아몬드와 진주와 루비와 금이 굉장히 멋지게 쌓인 더미 앞에 서 있는 대목에 이르렀다.

"빌리, 굉장히 멋진 게 뭔지 알아? 어마무시하게 멋진 게 뭔지 알아?"

빌리는 읽고 있던 부분을 표시한 다음 책에서 눈을 떼고 쳐다보왔다.

"뭐예요, 울리 형? 어마무시하게 멋진 게 뭐예요?"

"매일매일이 특별한 날."

샐리

지난주 주일예배 때 파이크 목사님은 복음서에서 한 가지 우화를 읽어주셨다. 예수님과 제자들이 어떤 마을에 도착해 한 여자의 집에 초대받는 이야기였다. 이 마르타라는 여자는 그들 모두를 편안하게 맞이한 다음 대접할 음식을 마련하기 위해 부엌으로 물러난다. 그녀가 요리를 하고 빈 잔을 채우고 음식이 떨어지면 다시 갖다주는 등 모든 이에게 필요한 접대를 하며 분주히 시중드는 동안 그녀의 동생 마리아는 예수님의 발치에 앉아 있다.

마침내 참을 만큼 참은 마르타는 감정을 토로한다. **주님,** 그녀가 말한다. **제 게으른 동생이 저 혼자 시중들게 내버려두는데도 보고만 계십니까? 저를 도우라고 동생에게 일러주십시오.** 또는 그런 취지의 얘기를 한다. 그러자 예수님이 대답한다. **마르타야, 너는 많은 일을 염려하고 걱정하는구나. 그러나 필요한 것은 한 가지뿐이다. 마리아는 좋은 몫을 선택하였다.**[*]

이거 참 죄송스럽다. 그러나 성경이 남자에 의해 쓰였다는 증거가 필요하다면 바로 여기에 그 증거가 있다.

나는 좋은 기독교인이다. 나는 전능하신 아버지, 하늘과 땅을 창조하신 하느님을 믿는다. 나는 하느님의 유일한 아들인 예수그리스도가 동정녀 마리아에게서 태어나 본디오 빌라도에 의해 고통받고, 십자가에 못 박혀 죽고, 묻히고, 사흘째 되는 날에 부활하셨음을 믿는다. 그분이 하늘에 오르셨고, 다시 오셔서 산 자와 죽은 자를 심판하실 것을 믿는다. 나는 노아가 40일간 밤낮으로 비가 내린 대홍수가 있기 전에 방주를 만들고, 모든 종류의 동물을 둘씩 짝을 지어 방주에 태웠다는 것을 믿는다. 나는 심지어 불꽃이 이는 가시덤불이 모세에게 말을 건넸다는 것도 기꺼이 믿는다. 그러나 나는 우리 구세주 예수그리스도가—즉각 문둥병 환자를 치유하거나 장님의 시력을 회복시키시는 예수그리스도가—열심히 집안일을 하는 한 여자에게 등을 돌렸다는 것은 믿고 싶지가 **않다**.

그러나 나는 예수그리스도를 탓하지 않는다.

내가 탓하는 사람은 마태오, 마가, 루가, 요한, 그리고 그 이후 성직자나 설교자로 봉직해온 다른 모든 사람들이다.

남자의 관점에서 보면 우선 **필요한** 것은 여러분이 그의 발치에 앉아 그가 하는 말을 듣는 일이다. 그가 얼마나 오랫동안 말을 하든, 이전에 얼마나 자주 그 말을 했든 상관없이 말이다. 그가 생각하기에 여러분에게는 자리에 앉아 경청할 시간이 충분히 있다. 왜냐하면 음식은 저절로 만들어지는 것이기 때문이다. 만나**는 하늘에서

✦ 『루가의 복음서』 10장 38~42절.
✦✦ 이스라엘 민족이 광야에서 먹을 음식과 마실 물이 없어 방황하고 있을 때 하느님이 날마다 내려주었다고 하는 기적의 음식.

떨어지고, 손가락만 딱 튕기면 물을 포도주로 바꿀 수 있다. 애플파이를 굽는 수고를 해본 여자라면 누구나 그것이 바로 남자가 세상을 보는 방식이라고 말할 수 있을 것이다.

애플파이를 굽기 위해서는 먼저 밀가루 반죽을 만들어야 한다. 버터를 잘라 밀가루에 넣고 달걀 푼 것과 얼음물 몇 스푼을 함께 넣어 반죽을 만들고 하룻밤 묵혀야 한다. 다음 날 사과 껍질을 벗기고 심을 파낸 다음 사과를 쐐기꼴로 잘라 거기에 계피 설탕을 뿌려야 한다. 반죽을 밀어서 펴고 재료를 조합하여 파이 모양으로 만들어야 한다. 그런 다음 그것을 화씨 425도로 15분 동안 굽고, 다시 45분 동안 350도로 굽는다. 마지막으로 저녁 식사가 끝났을 때, 여러분은 조심스럽게 접시에 한 조각을 담아 식탁에 내놓는다. 그러면 남자는 말을 하던 도중에 그 절반을 포크로 찍어서 입에 넣고 제대로 씹지도 않고 삼켜버린다. 그래야 방해받지 않고 자신이 하고 있던 말로 곧장 되돌아가서 계속 얘기할 수 있을 테니까.

딸기 절임은 또 어떤가? 딸기 절임에 대해서는 더 말할 것도 없다!

어린 빌리가 정확하게 지적했듯이 설탕 절임을 만드는 건 **시간이 많이 드는** 일이다. 딸기류 열매를 따는 데만도 한나절이 걸린다. 그런 다음 과일을 씻고 꼭지를 따야 한다. 병과 병뚜껑을 소독해야 한다. 재료를 한데 합치고 나면 그걸 끓이면서 면밀히 지켜보아야 한다. 너무 졸이지 않도록 절대 레인지에서 몇 피트 이상 벗어나서는 안 된다. 그렇게 해서 준비가 되면 그 설탕 절임을 병에 부은 다음 밀봉한다. 그리고 쟁반에 담아 식료품 저장실로 나르는데, 한 번에 한 쟁반씩 날라야 한다. 그러고 나서야 뒷정리를 시작할 수 있는데,

정리 작업 자체가 일이다.

그렇다. 더치스가 지적했듯이 설탕 절임을 만드는 것은 다소 **구식**이며, 지하 저장실과 마차 행렬의 시대를 상기시킨다. **설탕 절임**이라는 말도 **잼**이라는 명쾌한 말과 비교했을 때 구시대적이라는 생각이 든다.

그리고 에밋이 지적했듯이, 설탕 절임은 무엇보다도 **불필요하다**. 스머커 씨 덕분에 식료품점에서는 사시사철 어느 때나 열다섯 가지 종류의 잼을 한 병에 19센트에 살 수 있다. 사실 잼은 이제 아주 쉽게 구할 수 있게 되었다. 실제로 철물점에서도 살 수 있을 정도다.

그렇다, 딸기 절임을 만드는 것은 시간이 많이 들고, 구식이고, 불필요한 일이다.

그런데 왜 나는 군이 그걸 만드는 것일까? 그것을 물어보는 사람이 있을지도 모르겠다.

그것은 시간이 많이 들기 **때문에** 나는 그걸 만든다.

가치 있는 일은 시간이 걸려서는 안 된다고 말한 사람이 있는가? 순례자들이 플리머스 바위⁺까지 항해하는 데는 몇 개월이 걸렸다. 조지 워싱턴이 혁명전쟁에서 승리하기까지는 몇 년이 걸렸다. 그리고 개척자들이 서부를 정복하는 데는 몇십 년이 걸렸다.

시간은 하느님이 게으른 사람과 부지런한 사람을 구별하기 위해 사용하는 것이다. 시간은 산과 같은 것이기 때문에 게으른 사람은 그 가파른 경사를 보면 들판의 백합꽃 사이에 누워 누군가가 레모

⁺ 1620년 메이플라워호를 타고 대서양을 건너온 청교도 순례자들이 신대륙에 상륙했을 때 밟은 바위.

네이드 한 주전자를 들고 옆으로 지나가기를 바랄 것이다. 가치 있는 시도가 필요로 하는 것은 계획, 노력, 주의력, 그리고 기꺼이 치우고 정리하고자 하는 마음이다.

그것은 구식이기 **때문에** 나는 그걸 만든다.

단지 새롭다고 해서 그것이 더 좋다는 것을 의미하지는 않는다. 그리고 새로운 것이 더 나쁜 것을 의미하는 경우도 아주 많다.

'**제발** please'이나 '**고맙습니다**'라는 말을 쓰는 것은 무척 구식이다. 결혼하고 아이를 키우는 것은 구식이다. 우리가 누구인지 알게 되는 바로 그 수단인 전통은 구식이 아니고 무엇인가.

나는 어머니가 나에게 가르쳐준 방식으로 설탕 절임을 만든다 (어머니의 영혼이 평안하시길!). 어머니는 어머니의 어머니가 가르쳐준 방식으로 설탕 절임을 만들었고, 할머니는 할머니의 어머니가 가르쳐준 방식으로 설탕 절임을 만들었다. 그런 식으로 세대에서 세대로 계속 전승되었다. 그런 식으로 이브까지 거슬러 올라간다. 그게 아니라면 적어도 마르타까지는 거슬러 올라간다.

그리고 그것은 불필요하기 **때문에** 나는 그걸 만든다.

친절이란 다른 사람에게 이롭지만 의무적이지는 않은 불필요한 행위를 실행하는 것이 아니고 무엇이겠는가? 청구서를 지불할 때는 친절할 수 없다. 새벽에 일어나 돼지에게 먹이를 주거나 소의 젖을 짜거나 닭장에서 달걀을 꺼낼 때는 친절할 수 없다. 또한 저녁 식사를 준비하거나, 아버지가 잘 먹었다는 말 한마디 없이 위층으로 올라간 후에 부엌을 청소할 때는 친절할 수 없다.

문을 잠그고 불을 끄거나, 욕실 바닥에 널린 옷들을 옷 바구니에 주워 담을 때는 친절할 수 없다. 하나밖에 없는 언니가 현명하게도 결혼해서 펜서콜라로 이사를 갔기 때문에 집안일을 도맡아야 할 때는 친절할 수 없다.

　그렇고말고, 나는 침대로 올라가 불을 끄면서 중얼거렸다. 이 모든 경우엔 친절할 수가 없지.

　왜냐하면 친절은 필요가 끝나는 곳에서 시작되니까.

더치스

저녁을 먹고 위층으로 올라온 나는 에밋의 침대에 털썩 주저앉으려다가 커버가 매끈하고 반듯하다는 것을 알아차렸다. 잠시 그 자리에 꼼짝 않고 있다가 매트리스 위로 몸을 숙여서 더 자세히 살펴보았다.

의심의 여지가 없었다. 샐리가 침구를 다시 정리한 것이었다.

내 입으로 말하긴 그렇지만, 나는 침구를 꽤나 잘 정돈했다고 생각했다. 그러나 샐리는 더 잘 정리해놓았다. 표면에 주름 하나 없었다. 그리고 담요 위쪽, 시트가 접힌 곳에 4인치 높이의 하얀 직사각형이 침대의 한쪽 가장자리에서 다른 쪽 가장자리로 내뻗어 있었다. 마치 그녀가 자로 재서 꾸민 것 같은 모습이었다. 아래쪽은 그녀가 커버를 아주 꽉 밀어 넣은 탓에, 풍만한 제인 러셀*을 그녀가 입

✦ 1950년대 할리우드의 대표적인 섹스 심벌 중 한 명이었던 미국 배우.

은 스웨터의 표면을 통해 볼 수 있는 식으로 담요의 표면을 통해 매트리스의 귀퉁이를 볼 수 있었다.

정리된 침대가 너무 아름다웠으므로 잠자리에 들기 전까지는 침대를 흐트러뜨리고 싶지 않았다. 그래서 나는 방바닥에 앉아 벽에 몸을 기댄 채 다른 사람들이 다 잠들기를 기다리면서 왓슨 형제에 대해 생각을 좀 해보았다.

그날 오후 내가 이 집에 돌아왔을 때 울리와 빌리는 여전히 잔디밭에 누워 있었다.

"산책은 어땠어?" 울리가 물었다.

"기분이 아주 상쾌해지더라." 내가 대답했다. "너희 둘은 어땠니?"

"빌리가 기특하게도 애버네이스 교수의 책에서 몇 가지 이야기를 읽어주었어."

"네 이야기를 못 들어서 유감이다. 어느 대목을 읽어줬어?"

빌리가 목록을 죽 훑어 내려가고 있을 때 에밋의 차가 진입로에 들어섰다.

이제 진짜 이야기를 듣게 되겠군, 나는 속으로 생각했다.

다음 순간 에밋이 차에서 나타났는데, 약간 피곤하고 초췌해 보였다. 입술이 붓고 몇 군데 멍이 들었을 게 틀림없었다. 눈에 퍼런 멍이 들기 시작했는지도 몰랐다. 문제는 그가 그것들을 어떻게 설명할 것인가 하는 점이었다. 보도가 파인 곳에 발부리가 걸려 넘어졌다고 할까? 계단에서 굴러떨어졌다고 할까?

내 경험에 따르면 가장 좋은 설명은 예상치 못한 것을 활용하는 것이다. 예를 들면 이런 식이다. **법원 잔디밭을 가로질러 걸으면서 쑥독**

새가 나뭇가지에 앉아 있는 모습을 감탄하며 바라보고 있었는데, 그때 축구공이 날아와 내 얼굴을 강타했지 뭐야. 그런 식으로 설명하면, 이야기를 듣는 사람은 나무에 앉은 쏙독새에 집중하느라 날아오는 축구공을 보지 못한다.

그러나 에밋이 걸어오는 모습을 보고 눈이 휘둥그레진 빌리가 무슨 일이 있었냐고 물었을 때, 에밋은 시내에서 제이크 스나이더와 마주쳤고, 제이크가 자기를 때렸다고 말했다. 간단히 사실대로 말하는 것이었다.

나는 빌리에게 눈을 돌렸다. 놀란 표정이나 분한 얼굴을 예상했지만, 빌리는 고개를 끄덕이며 생각에 잠긴 표정을 지어 보였다.

"형도 그 사람을 때렸어?" 빌리가 잠시 후에 물었다.

"아니," 에밋이 말했다. "대신 난 열까지 셌어."

그러자 빌리가 에밋을 향해 미소를 지었고, 에밋도 미소로 화답했다.

정말, 호레이쇼, 천지간에는 자네의 철학으로 상상하는 것보다 더 많은 것들이 있다네.[*]

———

자정이 막 지났을 때 나는 울리의 방에 고개를 들이밀었다. 울리의 숨소리에서 그가 꿈속을 헤매고 있다는 것을 알 수 있었다. 나는 그가 잠자리에 들기 전에 약을 너무 많이 먹지 않았기를 빌었다. 곧

---

[*] 『햄릿』에 나오는 대사.

그를 깨워야 할 테니까 말이다.

왓슨 형제도 깊이 잠들었다. 에밋은 등을 대고 똑바로 누워 있었고, 빌리는 등을 구부린 채 모로 누워 자고 있었다. 나는 달빛 속에서 침대 끄트머리에 놓인 빌리의 책을 볼 수 있었다. 아이가 잠결에 다리를 뻗으면 책이 바닥에 떨어질 것 같아서 그 책을 책상 위 적당한 자리로 옮겼다. 아이 어머니의 사진이 있었어야 할 자리였다.

에밋의 바지가 의자 등받이에 걸려 있는 것을 보았다. 그러나 바지 호주머니는 비어 있었다. 나는 침대 주위를 살금살금 걸어서 침대 머리맡 협탁 앞에 쭈그리고 앉았다. 협탁 서랍은 에밋의 얼굴에서 1피트도 채 떨어져 있지 않았으므로 나는 그것을 아주 조심스럽게 조금씩 조금씩 열어야 했다. 그러나 열쇠는 거기에도 없었다.

"젠장." 나는 속으로 투덜댔다.

위층으로 올라오기 전에 이미 차 안과 부엌에서 열쇠를 찾아보았다. 도대체 에밋은 어디에 차 열쇠를 두었단 말인가?

내가 이 생각에 몰두해 있을 때 전조등 불빛이 방 안을 쓸고 지나갔다. 차량 한 대가 진입로에 들어와서 천천히 멈춘 것이었다.

조용히 복도를 걸어간 나는 계단 맨 위 칸에 이르러서 걸음을 멈추었다. 밖에서 차 문이 열리는 소리가 들렸다. 잠시 후 현관을 올라오는 발소리가 들리고, 이어 현관을 내려가는 발소리가 들리더니 차 문이 닫히고 차가 떠나갔다.

아무도 잠에서 깨지 않았다는 확신이 들었을 때 나는 부엌으로 내려가 망을 친 문을 열고 현관으로 나갔다. 왔던 길로 돌아가는 차량의 불빛이 저 멀리서 보였다. 나는 잠시 후에야 내 발 앞에 구두 상자가 놓여 있다는 것을 알아차렸다. 상자 윗면에 갈겨쓴 커다란 검은색 글자가 눈에 들어왔다.

나는 가방끈이 짧지만, 달빛 속에서도 내 이름을 보면 그게 내 이름이란 것은 안다. 그래서 나는 웅크리고 앉아 살며시 뚜껑을 열고 안을 들여다보았다.

"어이쿠야."

에밋

그들이 아침 5시 30분에 진입로를 빠져나왔을 때 에밋은 기분이 좋았다. 전날 밤 그는 빌리의 지도를 참고해서 여행 일정표를 짰다. 모건에서 샌프란시스코까지 가는 길은 1500마일이 조금 넘었다. 만약 평균적으로—먹고 자는 시간을 충분히 남겨두고—하루 열 시간 동안, 한 시간에 40마일씩 나아간다면 그들은 나흘 안에 여행을 마칠 수 있을 것이다.

물론 모건과 샌프란시스코 사이에는 볼거리가 많았다. 어머니의 엽서가 증명했듯이 모텔과 기념물과 로데오*와 공원 등이 있었다. 만약 경로에서 벗어나기로 마음먹는다면 러시모어산, 올드 페이스풀**, 그리고 그랜드캐니언이 있었다. 그러나 에밋은 서쪽으로 여행하는 데 시간이나 돈을 낭비하고 싶지 않았다. 캘리포니아에 빨

* 카우보이들이 사나운 말 타기, 올가미 던지기 등의 솜씨를 겨루는 대회.
** 미국 옐로스톤 국립공원에 있는 간헐천.

리 도착할수록 더 빨리 일자리를 구할 수 있을 것이다. 그리고 그곳에 도착했을 때 수중에 돈이 많을수록 더 좋은 집을 살 수 있을 것이다. 만약 얼마 안 되는 수중의 돈을 거기까지 가는 도중에 조금씩 낭비하기 시작한다면 그들은 조금 더 나쁜 동네의 조금 더 나쁜 집을 사는 데 만족해야 할 것이고, 그러면 집을 팔았을 때 조금 더 낮은 수익을 거둘 것이다. 에밋의 입장에서는 목적지까지 빨리 횡단할수록 더 좋았다.

전날 밤 잠자리에 들 때 에밋의 가장 큰 걱정은 아침에 다른 사람을 깨울 수 없을 것이고, 따라서 그들이 다 일어나서 집 밖으로 나오는 데 하루의 첫 몇 시간을 낭비하게 될지 모른다는 것이었다. 그러나 그것은 쓸데없는 걱정이었다. 그가 아침 5시에 일어났을 때 더치스는 이미 샤워 중이었고, 울리가 콧노래를 부르는 소리가 복도에서 들려왔다. 빌리는 심지어 옷을 갖춰 입고 자기까지 했으므로 일어났을 때 옷을 따로 입을 필요도 없었다. 에밋이 운전석에 앉아 선바이저 위에서 차 열쇠를 꺼냈을 때 더치스는 이미 조수석에 있었고, 뒷좌석 울리 옆에 앉은 빌리는 무릎 위에 지도를 올려놓고 있었다. 날이 밝기 직전 진입로를 빠져나왔을 때, 뒤쪽을 향해 눈길을 던지는 사람은 아무도 없었다.

아마 모두가 일찍 떠나고 싶은 이유가 있나 보지, 에밋은 생각했다. 아마 모두가 어디 다른 곳에 갈 준비가 되어 있나 보지.

더치스가 앞에 앉았으므로 빌리는 더치스에게 지도를 건네받고 싶은지 물었다. 더치스는 차 안에서 뭘 들여다보거나 읽으면 속이 메슥거린다는 이유로 거절했고, 에밋은 더치스가 항상 세세한 일에 엄청 주의를 기울이는 것은 아니라는 걸 알고 약간 안도감을 느꼈다. 반면에 빌리는 방향을 읽고 길을 찾는 데 타고난 소질이 있었다. 빌리는 나침반과 연필을 준비했을 뿐만 아니라 1인치 단위로 실제 주행 거리를 계산할 수 있도록 자도 가지고 있었다. 그러나 34번 국도로 가는 우회전 신호를 넣었을 때, 에밋은 결국 더치스가 그 일을 맡아주었으면, 하고 바라게 되었다.

"아직 우회전 신호를 넣을 필요 없어." 빌리가 말했다. "조금 더 직진해서 가야 해."

"난 34번 도로로 빠질 거야." 에밋이 설명했다. "그게 오마하로 가는 가장 빠른 길이니까."

"그렇지만 링컨 하이웨이도 오마하로 가."

에밋은 갓길에 차를 세우고 동생을 돌아보았다.

"맞아, 빌리. 그렇지만 그 길로 가면 조금 우회하게 돼."

"뭘 조금 우회하게 된다는 거지?" 더치스가 미소를 지으며 물었다.

"우리가 가고 있는 목적지를 조금 우회하게 된다는 거야." 에밋이 말했다.

더치스가 뒷좌석으로 눈을 돌렸다.

"링컨 하이웨이까지는 얼마나 되니, 빌리?"

이미 자로 지도를 재고 있던 빌리는 17.5마일이라고 말했다.

조용히 경치를 바라보고 있던 울리가 호기심이 발동한 표정으로 빌리에게 고개를 돌렸다.

"링컨 하이웨이가 뭐야, 빌리? 특별한 고속도로야?"

"미국을 횡단하는 최초의 고속도로예요."

"미국을 횡단하는 최초의 고속도로." 울리가 감탄스레 그 말을 반복했다.

"그건 아니잖아, 에밋." 더치스가 어깃장을 놓았다. "17.5마일이 무슨 대수야?"

너희를 오마하에 데려다주려고 이미 예정된 길을 벗어나 130마일을 우회하고 있는데, 거기에 17.5마일을 더 우회하는 거란 말이야. 에밋은 그렇게 대꾸하고 싶었다. 그러나 동시에 에밋은 더치스의 말이 옳다는 것을 알았다. 추가된 거리는 문젯거리가 못 되는 사소한 것이었다. 특히 에밋이 34번 도로로 가겠다고 우기면 빌리가 얼마나 실망할까 하는 점을 고려하면 더욱 그랬다.

"좋아," 그가 말했다. "우린 링컨 하이웨이를 타고 갈 거야."

다시 도로로 진입했을 때, 동생이 좋은 생각이라고 확신하며 고개를 끄덕이는 소리가 에밋의 귀에 들리는 듯했다.

다음 17.5마일을 가는 동안 아무도 말을 하지 않았다. 그러나 에밋이 센트럴시티에서 우회전했을 때 빌리는 흥분하며 지도에서 눈을 떼고 쳐다보았다.

"바로 이거야," 빌리가 말했다. "이게 링컨 하이웨이야."

빌리는 무엇이 다가오는지 보려고 몸을 앞으로 숙였고, 그런 다음 그들이 지나온 것을 보려고 어깨 너머로 뒤돌아보았다. 센트럴시티는 이름만 도시인 지역 같았지만, 캘리포니아로 가는 여행을 수개월 동안 꿈꿔온 빌리는 얼마 안 되는 식당과 모텔들에서 만족감을 느꼈으며, 그것들이 엄마의 그림엽서에 나온 것들과 다르지 않다는 것을 알고서 기뻐했다. 그가 지금 캘리포니아 쪽이 아닌 방향으로 가고 있다는 사실도 크게 문제 되지 않는 것 같았다.

울리는 빌리의 흥분에 동참하면서 도로변의 서비스업 상점들을 새로운 기분으로 감상했다.

"그러니까 이 도로가 대서양 연안에서 태평양 연안까지 뻗어 있다는 거지?"

"거의 대서양 연안에서 태평양 연안까지 뻗어 있어요," 빌리가 바로잡아주었다. "뉴욕시에서 샌프란시스코까지니까요."

"그럼 대서양 연안에서 태평양 연안까지라 해도 괜찮겠네." 더치스가 말했다.

"링컨 하이웨이는 물가에서 시작하거나 끝나지 않는다는 사실을 제외하면 그렇죠. 타임스스퀘어에서 시작해서 리전오브아너 미술관에서 끝나거든요."

"**에이브러햄** 링컨에서 따온 이름이야?" 울리가 물었다.

"맞아요," 빌리가 말했다. "그리고 이 도로에는 군데군데에 링컨 동상이 있대요."

"군데군데에?"

"보이스카우트 단원들이 돈을 모아서 그 동상 제작을 의뢰한대요."

"이 고속도로는 만들어진 지 얼마나 됐지?" 더치스가 물었다.

"1912년에 칼 G. 피셔에 의해 창안되었어요."

"창안되었다고?"

"예," 빌리가 말했다. "창안. 피셔는 미국인들이 국토의 한쪽 끝에서 다른 쪽 끝까지 차를 몰고 갈 수 있어야 한다는 신념을 갖고 있었어요. 그는 기부금을 사용해서 첫 구간을 건설했대요."

"사람들이 그걸 건설하라고 그에게 돈을 **주었단** 말이야?" 더치스가 믿을 수 없다는 듯이 물었다.

빌리는 진지하게 고개를 끄덕였다.

"토머스 에디슨과 테디 루스벨트를 포함해서."

"테디 루스벨트!" 더치스가 탄성을 질렀다.

"멋지다." 울리가 말했다.

그들은 동쪽으로 가고 있었지만—빌리는 지나가는 마을마다 충실하게 이름을 불러주었다—적어도 다들 즐거운 시간을 보내고 있다는 것에 에밋은 만족했다.

오마하로 가는 여행길은 그들을 목적지에서 우회하게 하고 있지만, 아침 일찍 출발한 덕에 더치스와 울리를 버스 터미널에 내려주고 차를 돌려 달리면 그들은 어렵지 않게 어두워지기 전에 오갈랄라에 도착할 수 있을 거라는 생각이 들었다. 어쩌면 샤이엔까지 갈 수 있을지도 몰랐다. 어쨌든 6월 이 시기에는 하루 중 햇빛이 있는 시간이 열여덟 시간 정도일 것이다. 그래서 사실 하루에 열두 시간 씩, 평균 시속 50마일로 운전한다면 전 여행을 사흘 안에 마칠 수 있을 거라고 에밋은 생각했다.

그때 빌리가 멀리서 보이는 급수탑을 가리켰다. 급수탑에는 루이스라는 지명이 페인트로 쓰여 있었다.

"더치스 형, 저걸 봐요. 루이스예요. 형이 살았던 도시 아니에요?"

"네브래스카에서 살았어?" 에밋이 더치스를 바라보며 물었다.

"어렸을 때 약 2년 동안 루이스에서 살았지." 더치스가 확인해주었다.

그러고 나서 조금 더 똑바로 앉은 그는 큰 관심을 드러내며 주위를 둘러보기 시작했다.

"이봐," 그가 잠시 후 에밋에게 말했다. "잠깐 들르면 안 될까? 그곳을 좀 보고 싶어. 옛날 생각에 가슴이 찡해져서 말이야."

"더치스……."

"오, 제발 좀 봐주라. 네가 8시까지는 오마하에 도착하고 싶어 한다는 거 나도 잘 알아. 그렇지만 우린 지금까지 꽤 빨리 온 것 같은데."

"우린 계획보다 12분 빨리 왔어요." 빌리가 그의 잉여 시계를 들여다보고 나서 말했다.

"들었지?"

"좋아," 에밋이 말했다. "잠깐 들를 순 있어. 하지만 그냥 보기만 하는 거야."

"내가 부탁하는 것도 그것뿐이야."

차가 그 도시의 변두리에 이르렀을 때 더치스가 길을 찾는 역할을 인계받았다. 그는 스쳐 가는 랜드마크들을 보며 고개를 끄덕이곤 했다.

"그래. 그래. 그래. 저기! 저 소방서 옆에서 왼쪽으로."

에밋은 왼쪽 길로 접어들었다. 그 길은 잘 다듬어진 부지에 자리잡은 멋진 집들이 있는 주택가로 이어졌다. 몇 마일 나아간 후 그들은 높은 뾰족탑이 있는 교회와 공원을 지나갔다.

"다음 갈림길에서 오른쪽으로." 더치스가 말했다.

오른쪽 길은 나무들이 여기저기 흩어져 자라는 구불구불한 넓은 도로로 그들을 인도했다.

"저기에 세워줘."

에밋은 차를 세웠다.

그들이 선 곳은 풀이 무성한 언덕 밑이었는데, 언덕 위에는 커다란 석조 건물이 있었다. 그 건물은 양쪽 끝에 작은 탑이 있는 3층 건물로, 마치 영주의 저택처럼 보였다.

"형 집이었어요?" 빌리가 물었다.

"아니," 더치스가 웃으며 말했다. "일종의 학교야."

"기숙학교?" 울리가 물었다.

"대충 비슷해."

잠시 그들 모두 그 웅장한 모습을 감탄하며 바라보았다. 그때 더치스가 에밋에게 고개를 돌렸다.

"나, 저기 들어갔다 와도 돼?"

"뭐 하러?"

"인사 좀 하려고."

"더치스, 지금은 아침 6시 30분이야."

"아무도 안 일어났으면 메모를 남기고 올게. 그러면 그 사람들이 그걸 보고 아주 즐거워할 거야."

"형의 선생님들에게 쓰는 메모?" 빌리가 물었다.

"맞아, 그래. 선생님들에게 쓰는 메모. 어떻게 생각해, 에밋. 몇 분 안 걸릴 거야. 길면 5분."

에밋은 계기판에 있는 시계를 힐끗 보았다.

"좋아," 그가 말했다. "5분이야."

더치스는 발밑에 놓아둔 책가방을 들고 차에서 내려 그 건물을 향해 언덕을 뛰어올랐다.

뒷자리에서 빌리는 울리에게 왜 그와 에밋이 7월 4일까지는 샌프란시스코에 있어야 하는지 설명하기 시작했다.

엔진을 끈 에밋은 앞 유리를 통해 밖을 뚫어지게 바라보았다. 담배가 있었으면, 하는 생각이 들었다.

더치스가 약속한 5분이 다가왔다가 지나갔다.

또 한 번의 5분이 지나갔다.

에밋은 고개를 저으며 더치스를 건물 안으로 들여보낸 자신을 책망했다. 하루 중 어느 때든 간에 어느 곳을 5분 동안만 들렀다 나오는 사람은 없다. 특히 더치스처럼 얘기하기 좋아하는 사람인 경우에는 더욱더 그렇다.

에밋은 차에서 내려 조수석 쪽으로 걸어갔다. 조수석 문에 기대어 학교를 올려다본 그는 이 건물이 모건의 법원을 지을 때 사용한 것과 똑같은 붉은 석회암으로 지어졌다는 사실을 알아차렸다. 그 석회암은 아마 캐스 카운티에 있는 여러 채석장 가운데 한 곳에서 나왔을 것이다. 1800년대 후반에 그 돌은 200마일 이내에 위치한 모든 도시의 시청, 도서관, 법원 건물을 짓는 데 사용되었다. 일부 건물들은 외관이 너무 비슷해서 한 마을에서 다른 마을로 갔을 때 아무 데도 가지 않은 것 같은 느낌이 들 정도였다.

그렇긴 하지만 이 건물에는 어딘가 정상적이지 않은 면이 있는 것 같았다. 몇 분이 지나고 나서야 에밋은 돌출된 출입구가 없다는 점 때문에 이상해 보인다는 것을 깨달았다. 이 건물이 원래 영주의 저택으로 설계되었든 학교로 설계되었든, 이 정도로 웅장한 건물은 적절히 드나들 수 있는 구조를 갖추었을 것이다. 인상적인 현관으로 이어지는, 양편에 나무가 줄지어 심긴 진입로가 있었을 것이다.

문득 에밋의 머릿속에 자기들은 건물 뒤편에 주차한 게 틀림없다는 생각이 떠올랐다. 그런데 왜 더치스는 차가 앞쪽으로 들어서도록 인도하지 않았을까?

그리고 왜 그는 책가방을 들고 갔을까?

"곧 돌아올게." 그가 빌리와 울리에게 말했다.

"알았어." 그들은 지도에서 눈을 떼지 않은 채 대답했다.

에밋은 언덕을 올라 건물 중앙에 있는 문을 향해 나아갔다. 걸어 올라가는 동안 짜증이 밀려오는 것을 느꼈다. 더치스를 찾으면 그를 질책해주고 싶어 안달이 날 지경이었다. 우리에겐 이런 말도 안 되는 일을 할 시간이 없다고 확실하게 말해주리라. 초대하지도 않았는데 그가 집에 나타난 것부터 이미 부담스러웠으며, 오마하로 데려다주느라 두 시간 반을 지체해야 하는 데다, 거기 갔다가 돌아오는 시간까지 계산하면 다섯 시간이나 된다고 말해주리라. 그러나 깨진 판유리가 눈에 들어오자마자 이런 생각들은 에밋의 머리에서 사라졌다. 문의 손잡이에서 가장 가까운 판유리가 깨져 있었다. 에밋은 천천히 문을 열고 안으로 들어갔다. 유리 파편이 그의 신발 바닥에 밟혀 바스락거렸다.

에밋은 자신이 두 개의 금속 싱크대, 열 개의 레인지, 한 개의 대형 냉장고가 있는 커다란 부엌에 들어와 있다는 것을 알았다. 대부분의 공공 기관의 부엌과 마찬가지로 이곳 역시 전날 밤에 정리 정돈을 해둔 상태였다. 조리대는 깨끗했고 캐비닛은 닫혀 있으며 모든 냄비는 냄비걸이에 걸려 있었다. 깨진 유리를 제외하고 유일하게 어지럽혀진 곳은 부엌 반대편의 식기 수납 구역이었는데, 그곳에 있는 서랍 몇 개가 열려 있고 스푼들이 바닥에 흩어져 있었다.

에밋은 자재문*을 지나 벽이 장식 판자로 꾸며진 식당으로 들어갔다. 식당에는 수도원에서 볼 수 있을 법한 기다란 테이블 여섯 개가 있었다. 커다란 스테인드글라스 창문이 종교적 분위기를 더했다. 그 창문이 맞은편 벽에 노랑, 빨강, 파랑 무늬를 던지고 있었다. 스테인드글라스는 죽음에서 부활한 예수가 자신의 손의 상처를 보여주는 순간을 그렸다. 다만 이 그림에는 놀란 제자들과 함께 아이들이 있다는 점이 일반적인 다른 그림과 달랐다.

식당 정문으로 나가자 크고 멋진 현관홀이 나왔다. 왼쪽에는 그가 예상했던 인상적인 현관문이 있고, 오른쪽에는 현관문과 같은 재질의 광택이 나는 참나무로 만들어진 계단이 있었다. 지금과 다른 상황이었다면 에밋은 문에 붙인 널빤지와 계단의 난간동자에 새겨진 조각을 살펴보기 위해 이곳에 좀 더 머물고 싶었을 테지만, 그 뛰어난 솜씨에 주목하고 있는 순간에도 위쪽 어디에선가 나는 소란스러운 소리가 귀에 들어왔다.

에밋은 한 번에 두 계단씩 뛰어올랐다. 계단에도 군데군데 스푼이 흩어져 있었다. 2층 층계참에 다다르자 복도가 양쪽으로 펼쳐졌지만, 분명히 오른쪽에서 법석을 피우는 아이들 소리가 들려왔다. 그래서 그는 그쪽으로 갔다.

그가 처음 다다른 문은 열려 있는 기숙사 문이었다. 침대는 두 줄로 가지런히 배열되어 있었지만 시트는 어지럽게 흐트러져 있었고 사람이 빠져나와 텅 비어 있었다. 다음 문은 두 번째 기숙사 문이었는데 침대가 두 줄 더 많고, 더 많은 침대 시트가 어지러이 흐트러

✦ 안과 밖 어느 쪽으로도 열리며, 자동적으로 원위치로 되돌아가는 문.

져 있었다. 그러나 이 방에는 파란 잠옷을 입은 60명의 소년들이 시끌벅적한 여섯 개의 무리로 나뉘어 모여 있었다. 각각의 무리 한가운데에는 딸기 절임이 한 병씩 놓여 있었다.

몇몇 무리에서는 소년들이 순순히 차례를 지키며 교대로 그것을 먹고 있었고, 다른 무리에서는 그 절임병에 다가가기 위해 서로 다투면서 스푼을 잼에 찔러 넣고 내용물을 그들의 입으로 재빨리 옮기곤 했다.

처음으로 이곳은 기숙학교가 아니라는 생각이 에밋의 머리에 떠올랐다. 이곳은 고아원이었다.

에밋이 혼란스러워하고 있을 때 안경 쓴 열 살짜리 아이가 그를 보고 나이 많은 소년의 옷소매를 끌어당겼다. 나이 많은 소년은 에밋을 쳐다보면서 동료에게 신호를 보냈다. 두 나이 많은 소년은 말 한마디 주고받지 않은 채 에밋과 다른 소년들 사이에 서기 위해 어깨를 나란히 하고 앞으로 나섰다.

에밋은 그들을 안심시키려고 두 손을 들었다.

"난 너희에게 무슨 폐를 끼치려고 온 게 아니고 친구를 찾고 있을 뿐이야. 그 잼을 가지고 온 사람 말이야."

두 나이 많은 소년이 말없이 에밋을 쏘아보았다. 그때 안경 쓴 아이가 복도 쪽을 가리켰다.

"그 형은 왔던 길로 갔어요."

에밋은 방을 나와 층계참으로 돌아갔다. 계단을 내려가려는데 웬 여자가 외치는 소리가 맞은편 복도에서 조그맣게 새어 나왔다. 뒤이어 목재 문을 주먹으로 두드리는 소리도 들렸다. 에밋은 망설이다가 그쪽 복도로 갔다. 거기에서 그는 문손잡이 밑에 의자를 기울여 집어넣은 두 개의 문을 발견했다. 외치는 소리와 문을 두드리는 소리는 첫 번째 문 뒤에서 들려왔다.

"지금 당장 이 문 열어!"

에밋이 의자를 치우고 문을 열었을 때 흰색의 긴 잠옷을 입은 40대 여자는 하마터면 복도로 넘어질 뻔했다. 에밋은 그녀 뒤로 다른 여자가 침대에 앉아 울고 있는 모습을 볼 수 있었다.

"어떻게 감히 이럴 수가!" 문을 두드리던 여자가 몸을 가누고 난 뒤 소리쳤다.

에밋은 그녀를 무시하고 두 번째 문으로 가서 두 번째 의자를 치웠다. 그 방에서는 세 번째 여자가 침대 옆에 무릎을 꿇고 앉아 기도하고 있었으며, 한 나이 많은 여자가 등받이가 높은 의자에 평화로이 앉아 담배를 피우고 있었다.

"아!" 에밋을 보고 그녀가 말했다. "문을 열어주다니 참 착하구나! 들어오렴, 들어오렴."

나이 많은 여자가 무릎 위에 놓인 재떨이에 담배를 짓눌러 끌 때 에밋은 미적거리며 한 걸음 앞으로 나아갔다. 그러나 에밋이 그렇게 하는 것을 보면서도 첫 번째 방의 수녀는 그를 따라 들어왔다.

"어떻게 감히 이럴 수가!" 그녀가 다시 소리쳤다.

"베레니스 수녀," 나이 많은 여자가 말했다. "왜 이 젊은이에게 목소리를 높이는 거야? 이 젊은이가 우리를 해방시켜주었다는 걸 몰라?"

울고 있던 수녀가 여전히 눈물을 흘리며 그 방으로 들어왔고, 나이 많은 여자는 무릎을 꿇고 있는 수녀에게 고개를 돌려 말했다.

"기도에 앞서 동정심이야, 엘런 수녀."

"네, 아그네스 수녀님."

엘런 수녀는 침대 옆 자기 자리에서 일어나 울고 있는 수녀를 껴안으며 **쉬 쉬 쉿** 하고 말했고, 아그네스 수녀는 다시 에밋에게 주의를 돌렸다.

"이름이 뭔가, 젊은이?"

"에밋 왓슨."

"그래, 에밋 왓슨, 자네는 오늘 아침 이곳 세인트니컬러스에서 무슨 일이 일어난 건지 우리에게 설명해줄 수 있겠군."

에밋은 몸을 돌려 문을 걸어 나가고 싶은 욕구를 강하게 느꼈으나 아그네스 수녀에게 대답하고 싶은 욕구가 더 강했다.

"저는 한 친구를 오마하의 버스 터미널까지 태워다 주던 중인데, 그 친구가 여기서 잠깐 차를 세워달라고 부탁했어요. 그 친구 말로는, 예전에 여기서 살았다고……."

이제 네 수녀 모두 에밋을 날카롭게 쳐다보았다. 울던 수녀는 더이상 울지 않았고, 쉬 쉬 하며 달래던 수녀는 더이상 쉬 쉬 하지 않았고, 소리치던 수녀는 더이상 소리치지 않았다. 하지만 이 수녀는 위협적으로 에밋을 향해 한 걸음 내디뎠다.

"예전에 여기서 살았다는 그 친구가 **누구**지?"

"그 친구 이름은 더치스……."

"하!" 그녀가 아그네스 수녀에게 시선을 돌리며 탄식했다. "우린 그 애의 마지막 모습을 보지 않았다고 말씀드리지 않았나요! 그 애가 어느 날 어떤 마지막 비행을 저지르기 위해 돌아올 거라고 제가 말씀드리지 않았나요!"

아그네스 수녀는 베레니스 수녀의 말을 무시하며 호기심 어린 온

화한 표정으로 에밋을 바라보았다.

"그런데 에밋, 왜 대니얼은 우리를 방에 가두었을까? 무슨 목적으로?"

에밋은 머뭇거렸다.

"왜?!" 베레니스 수녀가 다그쳤다.

에밋은 고개를 저으며 기숙사 방향을 가리켰다.

"제가 아는 한 더치스는 아이들에게 딸기 잼을 몇 병 주려고 차를 세우게 한 거예요."

아그네스 수녀는 만족스러워하며 숨을 내쉬었다.

"들었지, 베레니스 수녀? 우리 어린 대니얼이 돌아온 이유는 자선을 행하기 위해서였어."

더치스가 무슨 일을 행했든 간에, 에밋은 생각했다. 이 소소한 분위기 전환으로 이 사람들은 이미 30분 전의 자신들의 모습으로 돌아갔어. 에밋은 만약 자신이 지금 머뭇거린다면 몇 시간 동안이나 이들과 함께 이곳에 꼼짝없이 붙들려 있게 될지 모른다는 느낌을 받았다.

"자 그럼," 그가 문 쪽으로 뒷걸음질 치며 말했다. "별일이 없다면 저는 이만……."

"아니, 기다리렴." 아그네스 수녀가 손을 뻗으며 말했다.

복도로 나온 에밋은 재빨리 층계참으로 갔다. 뒤에서 수녀들의 목소리가 높아지는 것을 들으며 계단을 뛰어 내려와 식당을 지나고 부엌문을 빠져나갔다. 그는 큰 안도감을 느꼈다.

언덕을 반쯤 내려갔을 때에야 그는 빌리가 잔디밭에 앉아 있다는 것을 알아차렸다. 빌리 옆에는 배낭이 있고, 무릎 위에는 커다란 빨

간 책이 놓여 있었다. 그러나 더치스, 울리, 스튜드베이커는 어디에
도 보이지 않았다.

"차는 어딨어?" 동생이 있는 곳에 이르렀을 때 에밋이 숨을 헐떡
이며 말했다.

빌리가 책에서 눈을 떼고 고개를 들었다.

"더치스 형과 울리 형이 차를 빌려 갔어. 하지만 다시 와서 돌려
주겠대."

"뭘 하고 나서 돌려주겠다는 거야?"

"뉴욕에 다녀와서."

에밋은 잠시 동생을 빤히 바라보았다. 기가 막히고 분통이 터졌다.

뭔가 잘못되었다는 것을 느낀 빌리는 확신에 차서 얘기했다.

"걱정하지 마." 빌리가 말했다. "더치스 형은 6월 18일까지 돌아
오겠다고 약속했어. 그러면 우린 7월 4일까지 샌프란시스코에 충분
히 가고도 남잖아."

에밋이 미처 대답하기도 전에 빌리가 에밋 뒤쪽의 무언가를 가리
켰다.

"저길 봐." 빌리가 말했다.

뒤돌아본 에밋의 눈에 언덕을 내려오는 아그네스 수녀의 모습이
들어왔다. 마치 공중에 떠 있기라도 한 것처럼 그녀 뒤로 긴 검정
수녀복의 옷단이 부풀어 올랐다.

———

"스튜드베이커 말하는 거야?"

에밋은 아그네스 수녀의 사무실에 혼자 서서 샐리와 통화를 하고 있었다.

"그래," 그가 말했다. "스튜드베이커."

"그 차를 더치스가 몰고 가버렸다고?"

"그래."

침묵이 전화선을 타고 흘렀다.

"이해가 안 돼." 샐리가 말했다. "차를 몰고 어디로 갔는데?"

"뉴욕으로."

"뉴욕시?"

"그래. 뉴욕시."

……

"너는 루이스에 있고."

"루이스 변두리에."

"난 네가 캘리포니아로 가고 있는 줄 알았는데. 왜 루이스 변두리에 있는 거야? 그리고 더치스는 왜 뉴욕으로 가는 건데?"

에밋은 샐리에게 전화한 것을 후회하기 시작했다. 그러나 그에게 달리 무슨 선택의 여지가 있었겠는가?

"이봐, 샐리, 지금 그런 건 중요하지 않아. 지금 중요한 것은 내 차를 되찾아야 한다는 거야. 루이스역에 전화해봤는데 동쪽으로 가는 기차가 오늘 늦게 거기 서는 것 같아. 그 기차를 타면 더치스보다 먼저 뉴욕에 도착해서 차를 찾고, 금요일까지는 네브래스카에 돌아갈 수 있을 거야. 내가 전화한 건 그동안 빌리를 돌봐줄 사람이 필요하기 때문이야."

"그럼 왜 그렇게 말하지 않았어."

샐리에게 위치를 알려주고 전화를 끊은 뒤 에밋은 창밖을 내다보았다. 문득 자신이 선고받던 날을 회상하고 있다는 것을 깨달았다.

에밋은 아버지와 법원으로 들어가기 전에 빌리를 한쪽으로 데리고 가서 자신은 재판받을 권리를 포기했다는 것을 설명해주었다. 지미에게 심각한 해를 끼칠 의도는 없었지만 자신의 분노를 통제하지 않고 방치했으며, 자신의 행동에 따르는 결과를 받아들일 준비가 되어 있다고 설명했다.

에밋이 그렇게 설명하는 동안 빌리는 동의하지 않는다며 고개를 젓거나 에밋 형이 실수하고 있는 거라고 주장하지 않았다. 그는 에밋의 이런 행동이 옳은 일이라는 것을 이해하는 듯했다. 그렇지만 빌리는 만약 형이 심리 없이 죄를 인정하려 한다면 한 가지는 약속해달라고 요청했다.

"그게 뭔데, 빌리?"

"형이 화가 나서 누군가를 때리고 싶은 마음이 들 때마다 우선 열까지 세겠다고 약속해줘."

에밋은 그러겠다고 약속했을 뿐만 아니라 동의의 뜻으로 동생과 악수까지 했다.

그럼에도 불구하고 더치스가 지금 이곳에 있다면 열까지 세도 효과가 없을 것만 같았다.

━━━

에밋이 식당에 들어섰을 때 그곳은 60명의 소년들이 한꺼번에 떠드는 왁자한 소음으로 가득했다. 소년들로 북적거리는 어떤 식당도 시끄러울 테지만 이곳은 유난히 더 시끄러운 것 같다는 생각이 들었다. 갑자기 웬 수수께끼의 인물이 나타나 수녀들을 방에 가두고 나서 병에 담은 잼을 나누어준 그날 아침의 사건을 다시 얘기하느라 더 시끄러운 듯했다. 에밋은 설라이나에서의 경험을 통해 이 소년들이 단순히 자기들의 흥분감을 고취하기 위해 그 일을 다시 꺼내는 게 아니라는 것을 알고 있었다. 그들은 그 사건을 일종의 전설로 만들기 위해 다시 상기하고 있는 것이었다. 틀림없이 앞으로 수십 년 동안 이 고아원에서 사람들의 입에 오르내리게 될 이 이야기의 모든 중요한 사실들을 확고히 해두려는 것이었다.

에밋은 빌리와 아그네스 수녀가 긴 수도원 테이블의 중앙에 나란히 앉아 있는 것을 발견했다. 빌리의 커다란 빨간 책을 놓을 공간을 만들기 위해 반쯤 먹다 남은 프렌치토스트 접시가 옆으로 밀려나 있었다.

"내 생각에는 말이다," 아그네스 수녀가 펼쳐진 책에 손가락을 대고 말했다. "네 애버네이스 교수님은 이아손✦ 대신 예수님을 포함했어야 했어. 예수님은 분명히 모든 여행자 중에서 가장 용감한 여행자였으니까. 안 그래, 빌리? 아! 네 형이 오는구나!"

빌리 맞은편 자리에는 빌리의 배낭이 놓여 있었으므로 에밋은 아그네스 수녀 맞은편에 앉았다.

"프렌치토스트 좀 먹겠니, 에밋? 아니면 커피와 달걀이 좋을까?"

"아닙니다, 수녀님. 전 괜찮아요."

수녀는 배낭을 가리켰다.

✦ 그리스 신화에 나오는 인물. 테살리아의 왕자로, 아버지의 왕국을 되찾기 위해 아르고선 원정대를 이끌고 항해를 나선다.

"우연히 우리에게로 와서 함께하기 전에 너희 둘이 어디로 가고 있었는지 나에게 얘기해줄 기회가 없었던 것 같구나."

우연히 우리에게로 와서 함께하기 전에, 에밋은 얼굴을 찌푸리며 속으로 생각했다.

"우린 더치스와—그러니까 대니얼과—다른 한 친구를 오마하의 버스 터미널로 데려다주고 있었어요."

"아, 그렇지," 아그네스 수녀가 말했다. "그 얘긴 한 것 같구나."

"그렇지만 그 터미널까지 가는 것은 우회하는 것일 뿐이에요." 빌리가 말했다. "우린 실은 캘리포니아로 가고 있어요."

"캘리포니아!" 아그네스 수녀가 빌리를 바라보며 탄성을 질렀다. "정말 신나겠구나. 그런데 왜 캘리포니아로 가는 거야?"

빌리는 아그네스 수녀에게 어릴 적 집을 나간 어머니와 암으로 돌아가신 아버지, 그리고 책상 서랍 속 상자에 들어 있던 엽서에 대해 설명해주었다. 어머니가 링컨 하이웨이를 따라 샌프란시스코로 가는 길에 머물렀던 장소 아홉 곳에서 보낸 엽서라고 말해주었다.

"우린 거기서 엄마를 찾을 수 있을 거예요." 빌리가 말을 맺었다.

"오," 아그네스 수녀가 웃으며 말했다. "거참, 근사한 모험처럼 들리는구나."

"전 모험에 대해선 잘 몰라요." 에밋이 말했다. "현실은 은행이 우리 농장에 대해 담보권을 행사했다는 거예요. 우린 새롭게 시작해야 했고, 제가 일자리를 구할 수 있는 곳에서 새 출발을 하는 게 합리적일 것 같았어요."

"물론 그렇지." 아그네스 수녀가 한결 신중한 태도로 말했다.

그녀는 잠시 에밋을 살펴보다가 빌리에게 시선을 돌렸다.

"아침 다 먹었니, 빌리? 네 식기를 치우는 게 좋겠구나. 부엌은 저쪽에 있다."

아그네스 수녀와 에밋은 빌리가 은 식기와 유리잔을 접시 위에 올려서 조심스럽게 가지고 가는 것을 지켜보았다. 그런 다음 그녀는 다시 에밋에게 주의를 돌렸다.

"무슨 일 있어?"

그 질문에 에밋은 조금 놀랐다.

"무슨 뜻이에요?"

"조금 전, 서쪽으로 가는 너희의 여행에 잔뜩 기대를 걸고 있는 동생의 말에 내가 맞장구를 쳤을 때 네가 조금 언짢아하는 것 같아서 말이야."

"수녀님이 동생을 격려하지 않았더라면 좋았을 거예요."

"아니, 왜?"

"우리는 8년 동안 어머니로부터 소식을 듣지 못했고, 어머니가 어디 계신지도 전혀 몰라요. 수녀님도 아마 느꼈겠지만 동생은 상상력이 풍부해요. 그래서 저는 가능한 한 동생이 실망하지 않도록 도와주려 해요. 기대감을 잔뜩 부풀리기보다는 말이에요."

아그네스 수녀가 에밋을 살펴보는 동안 에밋은 자신이 의자에 가만히 앉아 있지 못하고 불안스레 꼼지락거리고 있다는 것을 알아차렸다.

에밋은 성직자를 좋아한 적이 없었다. 절반의 경우는 설교자가 우리에게 필요하지 않은 것을 팔려고 하는 것 같았고, 나머지 절반의 경우는 우리가 이미 가지고 있는 것을 팔려고 하는 것 같았다. 그러나 수녀에 한해서라면, 아그네스 수녀만큼 그를 불안하게 하는 사람은 없었다.

"혹시 내 뒤쪽에 있는 창문 눈여겨봤니?" 이윽고 그녀가 물었다.

"봤어요."

그녀가 고개를 끄덕인 다음 살며시 빌리의 책을 덮었다.

"1942년 내가 이 세인트니컬러스 소년의 집에 처음 왔을 때, 나는 저 창이 나에게 꽤 신비로운 영향을 미친다는 걸 알게 됐단다. 저 창에는 내 관심을 사로잡는 뭔가가 있었지. 하지만 그게 뭔지 콕 집어 말할 수는 없었어. 한가하고 조용한 오후 시간에는 종종 커피 한 잔을 들고 자리에 앉아서—네가 지금 앉아 있는 자리나 그 주변 자리에 앉아서—저 창을 쳐다보며 그냥 그림을 받아들이곤 했지. 그러던 어느 날 나는 나에게 그토록 영향을 미친 것이 무엇인지 깨달았단다. 그것은 제자들의 얼굴에 나타난 표정과 아이들의 얼굴 표정의 차이였던 거야."

아그네스 수녀는 그 창문을 바라볼 수 있도록 앉은 자리에서 몸을 약간 돌렸다. 에밋은 어정쩡한 태도로 그녀의 시선을 따라갔다.

"제자들의 얼굴을 보면, 그들은 자신들이 방금 본 것에 대해 상당히 회의적이라는 걸 알 수 있지. 그들은 속으로 이렇게 생각하고 있는 거야. **이건 틀림없이 어떤 종류의 속임수이거나 환영일 거야. 우리는 우리 눈으로 이분이 십자가에서 돌아가신 걸 목격했고, 우리 손으로 이분의 시신을 무덤으로 옮겼으니까.** 하지만 아이들의 얼굴에는 회의적인 기색이 전혀 없어. 아이들은 이 기적을 경외감과 경이로움으로 바라보지. 아무런 불신감 없이."

에밋은 아그네스 수녀가 착한 마음을 지닌 사람이라는 것을 알았다. 게다가 그녀는 교회에 헌신했고 고아들을 위해서도 자신의 삶을 바쳐온 60대 여성이었기에, 그녀가 자신의 이야기를 시작했을 때 에밋은 온전히 주의를 기울여 들을 가치가 있다는 것을 알고 있었다. 그러나 그녀가 말하는 동안 에밋은 그녀가 얘기하고 있는 그 창문의 노랑, 빨강, 파랑 무늬가 벽에서 테이블 표면으로 옮아갔다는 사실에 주목하지 않을 수 없었다. 그것은 태양이 그만큼 나아갔고, 따라서 시간이 그만큼 소비되었다는 것을 나타냈다.

━━━

"……그러고 나서 그 형은 에밋 형의 책가방을 들고 언덕을 올라간 다음 창문을 깨고 부엌문으로 들어갔어요!"

샐리가 베티를 운전하며 차량들 사이를 나아갈 때 빌리는 고아원 아이들처럼 들뜬 상태로 그날 아침의 일을 이야기했다.

"걔가 창문을 깼어?"

"문이 잠겨 있었으니까! 그런 다음 그 형은 부엌으로 들어가서 스푼을 한 움큼 챙겨 들고 위층 기숙사로 올라갔대요."

"스푼을 한 움큼 들고 가서 무얼 하려고?"

"그 형은 아이들한테 주려고 누나의 딸기 절임을 가져갔기 때문에 스푼이 필요했던 거예요."

샐리는 놀란 표정으로 빌리를 보았다.

"걔가 내 딸기 절임 한 병을 그 아이들한테 주었단 말이지?"

"아뇨," 빌리가 말했다. "여섯 병을 주었대요. 그렇지, 형?"

빌리와 샐리는 에밋에게 고개를 돌렸다. 에밋은 조수석 창문 밖을 내다보고 있었다.

"대충 맞는 얘기야." 에밋이 돌아보지도 않고 대답했다.

"난 이해가 안 돼." 샐리가 혼잣말처럼 말했다.

샐리는 운전대 위로 몸을 기울이고 승용차를 추월하기 위해 액셀러레이터를 밟았다.

"나는 개한테 딱 여섯 병을 **주었는데**. 여섯 병이면 지금부터 크리스마스까지 겨우 먹을 수 있는 정도일 텐데. 도대체 걔는 왜 한 무리의 낯선 아이들한테 그걸 전부 다 줘버렸을까?"

"그 아이들은 고아니까요." 빌리가 설명했다.

샐리는 그 말을 곱씹어보았다.

"그래, 맞아, 빌리. 네 말이 전적으로 옳아. 그 아이들은 고아니까."

샐리가 빌리의 추리와 더치스의 자비심을 인정하며 고개를 끄덕였을 때, 에밋은 샐리가 에밋의 차의 운명에 대해 분개했던 것보다 자신의 잼의 운명에 대해 훨씬 더 분개했다는 사실에 주목하지 않을 수 없었다.

"저기." 에밋이 역을 가리키며 말했다.

트럭을 돌리기 위해 샐리는 쉐보레 앞에 끼어들었다. 그녀가 트럭을 멈춰 세웠고, 세 사람은 앞자리에서 내렸다. 그러나 에밋이 역 입구를 힐끗 쳐다보고 있을 때 빌리는 트럭 뒷자리 화물칸으로 가서 그의 배낭을 잡아채고 휙 돌려서 등에 멨다.

이 모습을 본 샐리는 순간적으로 놀란 표정을 지었다. 그런 다음 책망하듯 가늘게 뜬 눈으로 에밋을 바라보았다.

"빌리에게 아직 말 안 했어?" 그녀가 소리 죽여 물었다. "허, 내가 대신 말해줄 거라고 기대하지 마!"

에밋이 동생을 옆으로 데려갔다.

"빌리," 그가 말을 꺼냈다. "지금 배낭을 멜 필요 없어."

"괜찮아," 빌리가 어깨끈을 조이며 말했다. "기차에 탔을 때 벗으면 돼."

에밋은 쭈그리고 앉았다.

"빌리, 넌 기차를 타지 않을 거야."

"형, 그게 무슨 소리야? 내가 왜 기차를 타지 않는다는 거야?"

"내가 차를 찾아올 동안 넌 샐리 누나랑 함께 있는 게 더 나아. 아무튼 차를 찾는 대로 곧장 널 데리러 모건으로 돌아갈게. 며칠 걸리지 않을 거야."

그러나 에밋이 이렇게 설명하는 동안에도 빌리는 고개를 저었다.

"아냐," 빌리가 말했다. "아냐. 난 샐리 누나와 함께 돌아갈 수 없어. 우리는 이미 모건을 떠나서 샌프란시스코로 가고 있는 중이잖아."

"그건 맞아, 빌리. 우린 샌프란시스코로 가고 있는 중이야. 그렇지만 지금 우리 차는 뉴욕으로 가고 있잖아."

"뉴욕은 링컨 하이웨이가 시작되는 곳이야." 그가 말했다. "기차를 타고 가서 스튜드베이커를 찾은 다음, 타임스스퀘어로 차를 몰고 가서 거기서 우리 여행을 시작하면 돼."

에밋은 지원을 바라며 샐리를 쳐다보았다.

그녀가 한 걸음 앞으로 나서며 빌리의 어깨에 손을 얹었다.

"빌리," 그녀가 특유의 간단명료한 어조로 말했다. "네 말이 전적으로 옳아."

에밋은 눈을 감았다.

그는 샐리를 한쪽으로 데리고 갔다.

"샐리……." 그가 말을 꺼냈으나 그녀가 잘랐다.

"에밋, 빌리를 다시 3일 동안 내 곁에 두는 것보다 내가 더 원하는 일은 없다는 거, 너도 알잖아. 앞으로 3년을 더 빌리와 함께 지낸다 해도 난 정말 행복할 거야. 이 점에 대해선 하느님이 내 증인이야. 그렇지만 빌리는 이미 네가 설라이나에서 돌아오기를 기다리며 15개월을 보냈어. 그리고 그사이에 빌리는 아버지를 잃고 집을 잃었어. 지금 이 시점에서 빌리의 집은 네 옆자리야. 빌리도 그걸 알고 있어. 그리고 빌리는 이젠 너도 그걸 알아야 한다고 생각하고 있을 거야."

에밋이 현실적으로 알고 있는 것은 뉴욕에 가서 가능한 한 빨리 더치스를 찾아야 한다는 것이었고, 빌리와 함께 가는 것은 그 일을 더 어렵게 만들 거라는 점이었다.

그러나 한 가지 중요한 측면에서는 빌리가 옳았다. 그들은 이미 모건을 떠났다는 점이었다. 아버지의 장례를 치르고 짐을 싸서 왔으니, 그들은 삶의 그 부분을 뒤로하고 떠나온 것이었다. 다음에 무슨 일이 일어나든 돌아갈 필요가 없다는 걸 아는 것은 그들 둘 모두에게 위안이 될 터였다.

에밋은 동생에게 고개를 돌렸다.

"좋아, 빌리. 우린 함께 뉴욕에 가는 거야."

빌리는 그것이 합리적이라고 여기면서 고개를 끄덕였다.

샐리는 빌리가 배낭끈을 다시 조일 때까지 기다린 후 그를 안아주면서 예절에 신경 쓰고 형에게 신경 쓰도록 일깨워주었다. 그런다음 그녀는 에밋은 안아주지 않은 채 트럭에 올라탔다. 하지만 시동을 걸고 나서는 에밋에게 손짓하여 그를 차창으로 불렀다.

"한 가지 더 얘기할 게 있어." 그녀가 말했다.

"뭔데?"

"네 차를 찾으러 뉴욕으로 가겠다면 그건 네가 알아서 할 일이야. 하지만 나는 네 걱정으로 한밤중에 잠에서 깨면서 앞으로 몇 주를 보내고 싶은 생각이 전혀 없어. 그러니 며칠 후에 나한테 전화해서 네가 안전하다는 걸 알려줘."

에밋은 샐리의 요구가 비현실적이라고 말했다. 일단 뉴욕에 도착하면 차를 찾는 데 정신이 쏠릴 것이고, 어디에 머물러야 할지도 모르고, 전화 걸 수 있는 곳을 찾을 수 있을지도 모르겠다고 얘기했다.

"오늘 아침 7시에는 아무 어려움 없이 나에게 전화 걸 방법을 찾아낸 것 같던데. 내가 무조건 하던 일을 멈추고 루이스까지 차를 몰고 오게 하려고 말이야. 뉴욕처럼 큰 도시에서는 틀림없이 전화기와 그 전화를 사용할 시간을 찾을 수 있을 거라고 난 믿어."

"알았어," 에밋이 말했다. "전화할게."

"좋아," 샐리가 말했다. "언제?"

"언제라니?"

"언제 전화할 거냐고?"

"샐리, 난 아직……."

"그럼 금요일. 금요일 2시 30분에 전화해."

에밋이 대꾸하기 전에 샐리는 트럭의 기어를 넣고 역 출구 쪽으로 몰았다. 거기서 그녀는 교통 체증이 풀리기를 기다리며 느릿느릿 나아갔다.

그날 아침 그들이 고아원을 떠날 준비를 하고 있었을 때 아그네스 수녀가 여행자의 수호성인인 성 크리스토퍼 메달이라면서 빌리에게 펜던트 목걸이를 주었다. 그녀가 에밋에게 고개를 돌리자 에밋은 자기한테도 펜던트 목걸이를 주려나 보다 생각하며 걱정했다. 그러나 수녀는 그러는 대신 그에게 물어보고 싶은 게 있다고 했으며, 물어보기 전에 다른 이야기를 하나 들려주겠다고 말했다. 더치스가 어떻게 해서 그녀의 보살핌 속으로 들어오게 되었는가 하는 이야기였다.

1944년 여름 어느 날 오후였다고 수녀는 말했다. 쉰 살쯤 되어 보이는 남자가 앙상하게 마른 여덟 살짜리 어린아이를 데리고 고아원 문 앞에 나타났다. 아그네스 수녀의 사무실에 수녀와 단둘이 있게 되자 남자는 자신의 형과 형수가 자동차 사고로 죽었으며, 자기가 그 아이의 유일한 친척이라고 설명했다. 물론 그는 조카를, 특히 외부의 영향에 취약한 그토록 어린 나이의 조카를 돌보고 싶은 마음이 굴뚝같다고 했다. 그러나 그는 미군 장교로서 그 주 주말에 군함을 타고 프랑스로 떠날 예정이었고, 전쟁에서 언제 돌아오게 될지, 과연 돌아올 수나 있을지 모른다고 했다.

"난 그 사람 말을 하나도 믿지 않았어. 군대의 장교에게 어울리지 않는 단정치 못한 머리는 말할 것도 없고, 그가 몰고 온 컨버터블 차량의 조수석에는 젊고 예쁜 여자가 기다리고 있었으니까. 그가 그 아이의 아버지라는 것은 명백했지. 그러나 부도덕한 사람의 이중성에 신경 쓰는 것은 나의 소명이 아니야. 버림받은 아이들의 복지에 신경 쓰는 것이 나의 소명이지. 그리고 에밋, 의심의 여지 없이 어린 대니얼은 버림받았던 거야. 과연 그의 아버지는 2년 뒤, 그로서는 아이를 찾아가는 게 더 유리했을 때에 대니얼을 찾아가려고 다시 나타났어. 그렇지만 대니얼은 그걸 예상하지 못했단다. 우리의 보살핌 속으로 들어오는 대부분의 소년들은 진짜 고아들이야. 우리 소년의 집엔 인플루엔자나 화재로 부모가 함께 사망한 아이들도 있고, 엄마는 아이를 낳다가 죽고 아빠는 노르망디 전투에서 전사한 아이들도 있단다. 부모의 사랑을 받지 못하고 성년이 되어야 하는 이 아이들에겐 끔찍한 시련이 아닐 수 없지. 그러나 그런 불행한 일 때문이 아니라 아버지의 선택에 의해 고아가 된 경우를, 아버지의 결심에 의해 천덕꾸러기가 된 경우를 상상해봐."

아그네스 수녀는 감정이 가라앉도록 잠시 가만히 있었다.

"대니얼이 멋대로 네 차를 몰고 가버려서 넌 틀림없이 화가 났을 거라고 생각한다. 하지만 그 애의 내면에는 선함이 있다는 걸 우리 둘 다 알고 있잖아. 애초부터 거기 있었으나 온전히 꽃피울 기회를 갖지 못한 선함이 말이야. 그 애의 인생에서 중요한 이 시기에 무엇보다도 필요한 것은 믿음직하게 응원해줄 친구란다. 그 애가 이리 석음에서 벗어나도록 이끌어주고, 기독교적 목적을 이룰 수 있는 길을 찾도록 도와줄 친구란다."

"수녀님, 조금 전에 제게 물어보고 싶은 게 있다고 말씀하셨잖아요. 제게 부탁하고 싶은 게 있다고 말씀하신 게 아니라."

아그네스 수녀는 잠시 에밋을 살펴보더니 빙그레 웃었다.

"네 말이 전적으로 옳다, 에밋. 난 너에게 묻고 있는 게 아니라, 너에게 부탁하고 있는 거야."

"저에겐 이미 보살펴야 할 사람이 있어요. 제 혈육이면서 그 자신도 고아인 사람이 말예요."

그녀는 애정 어린 미소를 띠고 빌리를 바라보았으나 이내 변함없는 의지를 드러내며 다시 에밋에게 시선을 돌렸다.

"넌 너 자신이 기독교인이라고 생각하니, 에밋?"

"교회에 나가는 그런 부류는 아니에요."

"그렇지만 기독교인이라고 생각하는 거야?"

"기독교인이 되도록 교육받으며 자랐어요."

"그렇다면 착한 사마리아인 이야기를 알겠구나."

"예, 수녀님, 그 이야기 알아요. 그리고 착한 기독교인은 어려움에 빠진 사람을 돕는다는 것도 알아요."

"맞아, 에밋. 착한 기독교인은 어려움에 빠진 사람들에게 동정을 베풀지. 그것이 그 이야기의 의미의 중요한 부분이야. 그러나 예수님께서 알려주신 그것 못지않게 중요한 점은, 우리가 항상 우리의 자비심을 베풀 대상을 **선택**할 수 있는 것은 아니라는 점이란다."

에밋이 그날 아침 날이 밝기 직전에 그의 집 진입로 끝에 이르렀을 때, 그와 빌리는 걸리적거리는 것이 없다는 것을—그들의 삶을 새로이 시작하는 마당에 아무런 빚도 의무도 없다는 것을—새삼 느끼면서 도로로 들어섰었다. 그런데 지금, 집을 떠나 목적지와 다른 방향으로 고작 60마일밖에 나아가지 않았는데도 그는 두 시간 동안 두 가지 약속을 하게 되었다.

이윽고 교통 체증이 풀려서 샐리가 좌회전을 하여 역에서 떠나갈 때, 에밋은 그녀가 고개를 돌려 손을 흔들어주기를 기대했다. 그러나 샐리는 운전대 앞으로 몸을 기울인 채 액셀러레이터를 밟았다. 베티가 요란한 폭발음을 냈고, 샐리와 베티는 에밋 쪽을 보는 일 없이 서쪽으로 떠나갔다.

샐리와 트럭이 시야에서 사라졌을 때에야 에밋은 수중에 가지고 있는 돈이 하나도 없다는 것을 깨달았다.

더치스

날씨 한번 좋다, 좋다, 좋아! 에밋의 차가 이 도로에서 가장 빠른 차는 아니겠지만, 해는 높고 하늘은 푸르고 스쳐 가는 모든 이들의 얼굴에는 미소가 배어 있었다.

루이스를 떠나온 후 150마일을 달리는 동안 우리는 사람보다 곡물 창고를 더 많이 보았다. 우리가 지나온 대부분의 마을들은 모든 시설이 해당 지역의 법령에 의해 단 하나로 제한되는 것만 같았다. 영화관 하나, 식당 하나, 묘지 하나, 저축대부조합 하나……. 아마 선과 악에 대한 감각도 하나일 듯싶었다.

그러나 대부분의 사람들에게 사는 곳이 어디인지는 중요하지 않다. 사람들은 아침에 일어났을 때 세상을 바꿀 생각을 하지는 않는다. 그들은 커피 한 잔과 토스트 한 조각을 먹고, 여덟 시간 동안 나가서 일을 하고, 집에 돌아와서는 텔레비전 앞에서 맥주를 마시며 하루를 마무리하고 싶어 한다. 약간의 차이는 있겠지만, 애틀랜타에서 살든 조지아에서 살든 알래스카의 놈에서 살든 사람들은 대략 그런 것들을 하며 산다. 그리고 대부분의 사람들에게 사는 곳이 어디인지가 중요하지 않다면, 분명 어디로 가는지도 중요하지 않을 것이다.

링컨 하이웨이가 매력적인 것이 바로 그 때문이다.

이 고속도로를 지도에서 보면, 빌리가 말한 피셔라는 사람은 자를 대고 이 나라를 가로지르는 선을 똑바로 그은 것처럼 보인다. 산과 강은 날벼락을 맞은 셈이었다. 그는 그렇게 함으로써 명백한 사명+의 마지막 성취의 단계에서 이 고속도로가 대서양에서 태평양까지 물자와 사상의 이동을 위한 시의적절한 전달 통로가 되어줄 거라고 상상한 게 틀림없다. 하지만 우리가 지나쳐온 모든 사람들은 본인이 목적의식이 부족한 것에 대해 개의치 않고 만족해하는 것 같았다. **당신 발 앞에 길이 나타나기를,** 하고 아일랜드 사람들은 말하는데, 바로 그런 일이 링컨 하이웨이의 용감한 여행자들에게 일어났다. 링컨 하이웨이는 그들이 동쪽으로 가든 서쪽으로 가든 에둘러가든 그들 모두의 발 앞에 나타났다.

"우리에게 차를 빌려준 걸 보면 에밋은 정말 정이 많아." 울리가 말했다.

"그건 그래."

울리는 잠시 미소를 짓다가 빌리처럼 이마를 찌푸렸다.

"걔들, 집으로 가는 데 어려움이 있지 않을까?"

"천만에." 내가 말했다. "장담하는데, 샐리가 그 픽업트럭을 몰고

+ manifest destiny, 1840년대 미국의 영토 확장주의를 정당화한 말. 미국이 북미 전체를 지배할 운명을 갖고 있다는 주장이다.

쏜살같이 달려왔을 거야. 그리고 세 사람은 이미 샐리의 부엌에서 비스킷과 젤리를 먹고 있을 거라고."

"비스킷과 설탕 절임 말이지?"

"그래."

나는 에밋이 루이스까지 왔다가 돌아간 것에 대해 조금 미안했다. 그가 차 열쇠를 선바이저 위에 올려놓은 것을 알았더라면 나는 거기까지 오게 된 그의 수고를 덜어줄 수 있었을 것이다.

아이러니한 것은 우리가 에밋의 집에서 출발했을 때, 나는 그의 차를 빌릴 생각이 없었다는 사실이다. 그때까지만 해도 나는 그레이하운드 버스를 탈 생각이었다. 그렇게 하지 않을 이유가 어디 있는가? 버스에서는 등을 기대고 앉아 편히 쉴 수 있다. 낮잠을 잘 수도 있고 통로 건너편에 있는 구두 판매원과 약간의 잡담을 할 수도 있다. 그러나 우리가 오마하 쪽으로 막 들어서려 했을 때 빌리가 링컨 하이웨이에 대해 말하기 시작했고, 알다시피 얼마 안 있어 우리는 루이스 변두리에 이르렀다. 그리고 내가 세인트니컬러스 소년의 집에서 나왔을 때 스튜드베이커가 열쇠가 꽂힌 채로 연석 옆에 서 있었고, 운전석은 비어 있었다. 마치 에밋과 빌리가 그 모든 것을 계획한 것만 같았다. 아니면 선하신 주님이. 어쨌든 운명은 크고 또렷하게 할 일을 알려주고 있는 것 같았다. 비록 에밋이 왔던 길로 돌아가야 한다 해도 말이다.

"반가운 사실은," 내가 울리에게 말했다. "이 속도로 간다면 수요일 아침까지는 뉴욕에 도착할 거라는 점이야. 우린 내 아버지를 만난 뒤 네 별장으로 슝 날아가서 에밋이 우리를 그리워하기 전에 에밋의 몫을 가지고 돌아갈 수 있을 거야. 그러면 너와 빌리가 꾸며본 집의 규모를 감안할 때, 에밋은 샌프란시스코에 도착했을 때 여분의 돈을 갖게 된 것을 기뻐할 거야."

빌리의 집을 언급하자 울리는 싱긋 웃었다.

"속도 얘기가 나왔으니 하는 말인데," 내가 말했다. "시카고까지 가는 데 얼마나 걸릴까?"

울리의 얼굴에서 웃음기가 사라졌다.

이제 빌리가 없으므로 나는 길을 안내하고 찾는 역할을 울리에게 맡겼다. 빌리가 지도를 빌려주려 하지 않았기 때문에 우리는 우리 것을 하나 구해야 했다(물론 필립스 66에서 구했다). 그리고 빌리와 마찬가지로 울리는 링컨 하이웨이를 따라서 뉴욕까지 가는 우리의 경로를 검은색 선으로 조심스럽게 표시했다. 그러나 일단 차가 고속도로를 달리게 되자 울리는 그 지도를 어서 빨리 글러브박스에 넣고 싶어 하는 것처럼 행동했다.

"내가 그 거리를 계산하기를 바라는 거야?" 울리는 불길한 예감을 느끼며 물었다.

"이봐, 울리. 시카고 같은 건 잊어버리고 라디오에서 들을 만한 것 좀 찾아보는 게 어때?"

그러자 그의 얼굴에 미소가 돌아왔다.

아마 그 다이얼은 에밋이 가장 좋아하는 방송국의 주파수에 맞춰져 있을 테지만, 우리는 그 신호를 네브래스카주 어딘가에 두고 떠나왔다. 그래서 울리가 라디오를 켰을 때 스피커를 통해 나오는 거라곤 지지직거리는 잡음뿐이었다.

몇 초 동안 울리는 마치 그것이 정확히 무슨 종류의 잡음인지 알아내고자 하는 것처럼 그 소리에 온 정신을 집중했다. 그러나 그가 튜너를 돌리기 시작하자마자 나는 여기에 울리의 또 다른 숨은 재능이—접시 닦기와 평면도 같은 재능이—있다는 것을 알 수 있었다. 울리는 그냥 다이얼을 돌려서 최상의 소리가 나오기를 바라기만 한 것이 아니었기 때문이다. 그는 금고 털이범처럼 다이얼을 돌렸다. 눈을 가늘게 뜨고 이빨 사이로 혀를 내민 채 미세한 신호음을 감지할 수 있을 때까지 주파수 대역판 위의 그 조그만 오렌지색 바늘을 천천히 움직였다. 그런 다음 바늘을 더욱더 천천히 움직여서 신호의 강도와 선명도를 점점 더 높였고, 이윽고 신호가 완벽하게 수신되는 지점에서 갑자기 동작을 멈추었다.

울리가 처음 안착한 신호는 컨트리음악 방송국이었다. 목장의 카우보이에 관한 노래가 흘러나왔는데, 카우보이가 자기 여자인지 말인지를 잃었다는 내용의 곡이었다. 그가 여자를 잃었는지 말을 잃었는지 알기도 전에 울리가 다이얼을 돌렸다. 그다음은 멀리 아이오와시티에서 생방송으로 전해주는 농작물 소식이었고, 그다음은 침례교 설교자의 열정적인 설교였고, 그다음은 마치 모든 음의 가장자리를 사포로 곱게 갈아놓은 듯한 베토벤의 곡이었다. 심지어 쉬붐 쉬붐 하는 노래＋에서도 멈추지 않았을 때 나는 라디오에서 흘러나오는 그 어떤 것도 울리에게는 충분치 못한 게 아닐까 하는 생각이 들기 시작했다. 그러나 그가 주파수 1540에 다이얼을 맞추었을 때 아침 시리얼에 관한 광고가 막 시작되었다. 울리는 다이얼 손잡이에서 손을 뗀 채 라디오를 응시했다. 그는 사람들이 보통 의사나 점쟁이를 위해 남겨두는 관심을 광고에 쏟았다. 그렇게 시작되

＋ 1950년대 노래 〈라이프 쿠드 비 어 드림Life Could Be a Dream〉을 가리킨다.

었다.

오, 울리는 광고를 무척이나 좋아했다. 다음 100마일을 가는 동안 우리는 틀림없이 광고를 50개쯤 들었을 것이다. 온갖 것이 다 광고의 대상이 될 수 있었다. 캐딜락 쿠페 드빌이나 새로운 플레이텍스 브래지어 광고도 있었다. 그것은 중요한 것 같지 않았다. 울리는 뭘 사려는 게 아니었기 때문이다. 그를 사로잡은 것은 드라마였다.

광고가 시작될 때 울리는 남자 배우나 여자 배우가 자신이 처한 특별한 곤경에 대해 말하는 것을 진지하게 듣곤 했다. 예컨대 박하 담배의 미지근한 맛이나 자기 아이들의 바지에 밴 풀물 같은 얘기에 귀 기울이는 것이었다. 울리의 표정에서 나는 울리가 그들의 고충을 나누어 가졌을 뿐 아니라 행복을 얻기 위한 **모든** 시도가 실망스러운 결과로 이어질 거라는 어렴풋한 의구심을 가지고 있다는 것을 알 수 있었다. 그러나 궁지에 몰린 사람들이 이런저런 새 상품을 써보기로 결심하자마자 울리의 표정은 밝아지고, 그들이 문제의 상품은 으깬 감자에서 덩어리를 제거해줄 뿐만 아니라 자신들의 삶에서도 덩어리를 제거해준다는 것을 깨닫게 되었을 때 울리는 한껏 들뜬 동시에 안도하는 듯한 미소를 짓곤 했다.

아이오와주 에임스에서 서쪽으로 몇 마일 떨어진 곳을 달릴 때 울리가 우연히 발견한 광고에는 세 아들을 둔 한 어머니가 나왔다. 이 어머니는—참으로 당황스럽게도—세 아들이 제각각 손님을 한 명씩 데리고 저녁을 먹으러 집에 도착했다는 것을 막 알게 되었다. 이 좌절감이 드러나자 울리는 귀에 들릴 정도로 헉하고 크게 숨소리를 내뱉었다. 그런데 갑자기 마술 지팡이를 번쩍 휘두르는 소리가 들리더니, 큼지막하게 부푼 주방 모자를 쓰고 더 부풀어 보이는 억양을 구사하는 셰프 보이 아르 디*가 나타나는 것 아닌가! 이어 마술 지팡이를 한 번 더 휘두르자 궁지에서 벗어나게 해줄 미트 스파게티 소스 여섯 캔이 조리대 위에 한 줄로 나타났다.

"맛있을 것 같지 않아?" 라디오 속의 남자애들이 저녁을 열심히 먹기 시작할 때 울리가 한숨을 쉬며 말했다.

"맛있을 것 같다고?" 내가 깜짝 놀라며 소리쳤다. "그건 통조림에서 나온 거야, 울리."

"알아. 그렇지만 놀랍지 않아?"

"놀랍든 안 놀랍든 그건 이탈리아식 저녁을 먹는 방법이 아니야."

울리가 호기심이 가득한 표정으로 나에게 고개를 돌렸다.

"이탈리아식 저녁을 먹는 방법이 뭔데, 더치스?"

오, 어디에서부터 시작할까.

"레오넬로 식당이라고, 들어본 적 있어?" 내가 물었다. "이스트할렘에 있는 거?"

"못 들어본 거 같아."

"그럼 의자를 가까이 끌어당기는 게 좋을 거야."

울리는 정말 그렇게 하려는 성실한 노력을 보였다.

"레오넬로 식당은," 내가 이야기를 시작했다. "열 개의 부스와 열 개의 테이블, 그리고 한 개의 바가 있는 작은 이탈리아 식당이야. 줄지어 늘어선 부스에는 붉은색 가죽 의자가 놓여 있고, 테이블에는 붉은색과 흰색의 격자무늬 테이블보가 깔려 있으며, 주크박스에서는 시내트라의 노래가 흘러나오는 곳이지. 네가 예상한 그대로야.

* 통조림 형태로 판매하는 이탈리아 음식 브랜드이자, 이 브랜드의 마스코트인 요리사 이름이다.

유일한 문제는 어느 목요일 밤에 거리를 걷다가 식당 안으로 들어가 테이블을 달라고 요청하면, 그들은 저녁 먹을 자리를 마련해주지 않는다는 점이야. 식당 안이 텅 비었다 해도 말이야."

언제나 수수께끼 같은 문제를 좋아하는 울리의 표정이 환해졌다.

"왜 저녁 먹을 자리를 마련해주지 않는 거야, 더치스?"

"그 사람들이 저녁 먹을 자리를 마련해주지 않는 이유는, 울리, 모든 테이블이 다 찼기 때문이야."

"넌 방금 전에 식당 전체가 텅 비었다고 말했잖아."

"그랬지."

"그럼 누가 테이블을 채웠다는 거야?"

"아, 친구여, 그것이 문제로다. 음, 레오넬로 식당은 말이지, 모든 테이블을 영구히 예약제로 운영한다는 방침을 갖고 있어. 만약 네가 레오넬로 식당의 고객이라면 넌 토요일 저녁 8시에 주크박스 옆 4인용 테이블을 차지할 수 있어. 그리고 매주 토요일 저녁마다 그 테이블에 대한 요금을 내는 거야. 그 시간에 네가 그 자리에 나타나든 안 나타나든 상관없이. 그러니까 다른 사람은 아무도 그 자리를 이용할 수 없는 거야."

나는 울리를 쳐다보았다.

"여기까지 이해했어?"

"이해했어." 그가 말했다.

나는 그가 이해했다는 것을 알 수 있었다.

"네가 레오넬로 식당의 고객은 아니지만 운 좋게도 이 식당의 고객인 친구를 두었고, 그 친구가 이 도시를 떠나 있을 때 자신의 테이블을 네가 대신 이용할 수 있게 해주었다고 가정해보자. 토요일 저녁이 다가오면 넌 가장 좋은 옷을 입고 너의 가장 친한 친구 세명과 함께 할렘으로 가는 거야."

"너와 빌리와 에밋 같은 친구와 함께."

"그렇지. 나와 빌리와 에밋 같은. 하지만 일단 우리가 다 자리에 앉아 마실 것을 주문한 뒤엔 메뉴판을 달라고 하면 안 돼."

"왜 안 되는데?"

"왜냐하면 레오넬로 식당에는 메뉴판이 없으니까."

나는 그것으로 울리를 한 방 먹였다! 그래서 그는 셰프 보이 아르 디 광고 때 헉하고 숨을 쉬었을 때보다 더 크게 헉하는 숨소리를 내뱉었다.

"메뉴판 없이 어떻게 저녁을 주문할 수 있어?"

"레오넬로 식당에서는 일단 자리에 앉아 마실 것을 주문하고 나면 담당 웨이터가 의자를 네 테이블로 끌고 와. 그런 다음 의자를 돌려서 두 팔을 의자 등받이에 올린 채 거꾸로 앉을 거야. 그날 밤에 정확히 무슨 요리를 제공하는지 얘기해주려고 말이지. **레오넬로 식당에 오신 걸 환영합니다.** 웨이터는 그렇게 말할 거야. **오늘 밤엔 전채 요리로 속을 채운 아티초크, 마리나라 소스를 곁들인 홍합, 빵가루 양념을 올린 조개, 오징어 튀김을 제공합니다. 첫 번째 코스로는 조개를 곁들인 링귀네, 스파게티 카르보나라, 펜네 볼로네제를 준비했습니다. 그리고 메인 코스로는 치킨 카치아토레, 빌 스칼로피니, 빌 밀라네제, 그리고 오소 부코가 제공됩니다.**"

나는 재빨리 내 조수를 흘긋 보았다.

"울리, 네 표정을 보니 이 모든 다양한 요리에 조금 위축된 것 같은데, 걱정할 거 없어. 왜냐하면 레오넬로 식당에서 주문해야 하는 유일한 요리는 웨이터가 언급하지 않은 요리, 즉 이 식당의 특별 요리인 **페투치네 미오 아모레**뿐이니까. 그것은 토마토소스, 베이컨, 노릇노릇하게 익힌 양파, 고춧가루에 버무린 신선한 파스타 요리야."

"그런데 그게 이 식당의 특별 요리라면, 웨이터는 왜 그걸 언급하지 않는 거지?"

"그것이 이 식당의 특별 요리이기 **때문에** 언급하지 않는 거야. 그게 바로 **페투치네 미오 아모레**에 어울리는 방식이라는 거지. 손님은 그걸 주문할 수 있을 만큼 잘 알아야 하고, 그렇지 않다면 그걸 먹을 자격이 없다는 거야."

나는 울리의 얼굴에 나타난 미소를 보고 그가 레오넬로 식당에서 보내는 자신의 저녁 시간을 즐기고 있다는 것을 알 수 있었다.

"네 아버지는 레오넬로 식당의 테이블을 차지했었어?" 그가 물었다.

나는 웃었다.

"아니. 아버지는 어디에서도 테이블을 차지하지 못했어. 그렇지만 그 즐거웠던 6개월 동안 아버지는 웨이터 주임으로 일했고, 난방해가 되지 않는 한 부엌에서 시간을 보낼 수 있었어."

내가 울리에게 주방장이었던 루에 대해서 얘기해주려 했을 때 트럭 운전사가 우리 주위로 빠르게 다가와 주먹을 흔들어댔다.

평소 같았으면 나는 멸시하는 뜻으로 엄지손가락을 깨무는 시늉을 해 보였을 것이다. 그러나 고개를 들고 그렇게 하려 했을 때 나는 내 이야기에 너무 몰입한 나머지 시속 30마일까지 떨어진 속도로 운전하고 있었다는 것을 깨달았다. 트럭 운전사가 거칠게 구는 것도 충분히 이해할 만했다.

그러나 액셀러레이터를 밟았을 때 속도계의 작은 오렌지색 바늘이 25에서 20으로 떨어졌다. 이어 액셀러레이터를 힘껏 밟았을 때 차의 속도는 15로 느려졌고, 차를 갓길에 댔을 때 차가 멈춰 섰다.

차 열쇠를 돌려보고, 셋까지 센 다음 시동을 걸어보았지만 효과가 없었다.

빌어먹을 스튜드베이커, 나는 속으로 중얼거렸다. 또 배터리 문제인가 봐. 그러나 이렇게 생각하는 동안에도 라디오는 여전히 작동하고 있다는 것을 깨달았다. 그러니 배터리 문제일 리는 없었다. 그렇다면 점화 플러그에 무슨 문제가 있는 걸까……?

"기름이 떨어진 거 아냐?" 울리가 물었다.

나는 잠시 울리를 쳐다보고 나서 연료 게이지를 보았다. 연료 게이지에도 가는 오렌지색 바늘이 있었다. 아니나 다를까, 바늘이 바닥에 닿아 있었다.

"그런 것 같아, 울리. 그런 것 같아."

운이 좋게도 우리는 여전히 에임스시 경계 안에 있었고, 멀지 않은 곳에서 모빌 주유소의 날개 달린 붉은 말*이 보였다. 나는 호주머니에 손을 넣어 왓슨 씨의 책상 서랍에서 긁어모은 동전들을 모두 꺼냈다. 모건에서 사 먹은 햄버거와 아이스크림콘 값을 지불하고 남은 돈은 7센트뿐이었다.

"울리, 혹시 가지고 있는 돈 있니?"

"돈?" 그가 대답했다.

왜 돈을 가지고 태어난 금수저들은 항상 그 돈이라는 말을 마치

✦ 모빌 주유소의 옛 심벌마크는 하늘을 나는 천마 페가수스였다.

외국어인 양 말하는 사람들인 걸까? 나는 의아했다.

　나는 차에서 내려 도로 위아래를 훑어보았다. 길 건너편에는 점심을 먹으러 몰려드는 사람들로 바빠지기 시작한 식당이 하나 있었다. 다음 건물은 주차장에 두 대의 차가 세워져 있는 빨래방이었다. 그런데 더 위쪽에 아직 문을 열지 않은 것처럼 보이는 주류 판매점이 있었다.

　뉴욕시에서는 제정신이 박힌 주류 판매점 주인이라면 누구도 밤새도록 현금을 매점 안에 두지 않을 것이다. 그러나 우리가 있는 곳은 뉴욕시가 아니었다. 우리는 주민의 대다수가 1달러짜리 지폐에 쓰인 **'우리는 하느님을 믿는다'**라는 글을 곧이곧대로 받아들이는 국토의 심장부에 있었다. 그러나 혹시라도 돈을 넣어두는 계산대 서랍에 돈이 없을 경우에는 위스키 한 상자를 들고 나와서 주유소 직원에게 기름을 넣어주는 대가로 위스키 몇 병을 주겠다고 제안할 수 있을 거라고 생각했다.

　유일한 문제는 어떻게 들어가느냐 하는 것이었다.

　"열쇠 좀 줄래?"

　울리는 몸을 기울여 열쇠를 점화장치에서 빼서 창문을 통해 건네주었다.

　"고마워." 나는 트렁크 쪽으로 걸음을 옮기며 말했다.

　"더치스?"

　"울리, 왜?"

　"내가 그걸 좀 먹어도……? 네 생각엔 내가 약을 좀 먹어도……?"

　일반적으로 나는 다른 사람의 습관에 간섭하는 것을 좋아하지 않는다. 그 사람이 일찍 일어나서 미사를 드리러 가고 싶어 하면 그 사람이 일찍 일어나서 미사를 드리러 가게 하고, 그가 어젯밤의 옷을 그대로 입은 채 정오까지 자고 싶어 하면 그가 어젯밤의 옷을 그대로 입은 채 정오까지 자게 한다. 그러나 울리의 약이 마지막 몇 병밖에 남지 않았으며 차를 몰고 길을 찾아가는 데 그의 도움이 필요했으므로 나는 울리에게 아침나절의 약 복용은 포기하라고 부탁했었다.

나는 다시 한번 주류 판매점을 흘낏 보았다. 내가 거기 들어갔다가 나오기까지 시간이 얼마나 걸릴지 알 수 없었다. 그러므로 그동안 울리가 자신의 생각에 깊이 빠져 있는 편이 나을 것 같았다.

"그래, 괜찮아," 내가 말했다. "그렇지만 한두 방울 정도만 마시는 게 좋지 않을까 싶다."

내가 차 뒤쪽으로 걸어갈 때 그는 이미 글러브박스로 손을 뻗고 있었다.

트렁크를 열었을 때 나는 미소를 짓지 않을 수 없었다. 왜냐하면 빌리가 그와 에밋은 여행 가방에 넣을 수 있는 조그만 것들만 챙겨서 캘리포니아로 갈 거라고 말했을 때, 나는 그 애가 비유적으로 얘기하고 있는 거라고 생각했기 때문이다. 그러나 그것은 결코 비유가 아니었다. 여행 가방이 거기 있었다. 나는 여행 가방을 옆으로 치운 후 스페어타이어를 덮고 있는 펠트 천을 젖혔다. 타이어 옆에 놓인 잭 핸들*이 눈에 들어왔다. 잭 핸들은 지팡이 모양 사탕 정도의 굵기였는데, 그것이 스튜드베이커를 들어 올릴 수 있을 정도로 강하다면 그것은 또한 시골 지역의 상점 문을 열 수 있을 만큼은 충분

---

* 스페어타이어로 교체하기 위해 차량을 들어 올리는 데 필요한 공구.

히 강할 거라는 생각이 들었다.

왼손으로 잭 핸들을 집어 든 나는 오른손으로 펠트 천을 다시 원위치로 돌려놓으려 했다. 바로 그 순간 그걸 보았다. 스페어타이어의 검은색 뒤쪽에서 뾰족 튀어나온, 천사의 날개처럼 하얘 보이는 조그만 종이 모서리였다.

에밋

에밋이 화차 조차장 문으로 가는 길을 찾는 데 30분이 걸렸다. 여객 수송선輸送線과 화물 수송선이 인접해 있었지만, 그 둘은 서로 등을 대고 있었다. 그래서 각각의 터미널이 몇백 야드밖에 떨어져 있지 않은데도 불구하고 한쪽 입구에서 다른 쪽 입구까지 가기 위해서는 한 바퀴를 돌아야 했다. 이 길은 처음에는 잘 정비된 상가로 에밋을 인도했으나, 그다음에는 선로를 지나고 주조 공장과 폐품 하치장과 차고 구역으로 이끌었다.

역 구내의 경계를 이루는 철망을 따라가면서 에밋은 자기 앞에 놓인 과제가 얼마나 굉장한 것인지 느끼기 시작했다. 여객 터미널은 중간 정도 규모의 이 도시에 하루 평균 도착하거나 출발하는 수백 명의 여행객을 수용할 수 있을 정도로만 적당히 넓었으나, 화차 조차장은 드넓게 펼쳐져 있었다. 5에이커가 넘게 펼쳐진 이곳에는 도착선, 전환선, 전차대*, 사무실, 정비 구역 등이 포함되어 있었다.

그러나 무엇보다도 수백 대의 유개화차가 가장 눈에 띄었다. 직사각형 모양에 녹이 슨 것 같은 빛깔을 띤 유개화차는 줄을 이루고 열을 지은 모습으로 눈길이 미치는 끝까지 늘어서 있었다. 그 유개화차들은 동서로 향해 있든, 남북으로 향해 있든, 짐이 있든 없든, 그가 상식적으로 알고 있었던 모습과 정확히 일치했다. 즉 서로 교체할 수 있는 특색 없는 모습이었다.

조차장 입구는 창고들이 늘어서 있는 넓은 거리에 있었다. 에밋이 다가갔을 때 눈에 보이는 사람이라곤 문 근처의 휠체어를 탄 중년 남자뿐이었다. 에밋은 멀리에서도 그 남자의 두 다리가 무릎 위에서 잘린 것을 알 수 있었다. 의심할 여지 없이 전쟁에서 부상당한 사람이었다. 만약 그 참전 용사의 의도가 행인에게 친절을 구걸하는 것이라면 여객 터미널 앞이 더 좋을 거라고 에밋은 생각했다.

상황을 파악하기 위해 에밋은 길 건너 그 정문 맞은편, 문 닫은 건물의 출입구에 자리를 잡았다. 담에서 멀지 않은 곳에 위치한 비교적 수리가 잘된 2층짜리 벽돌 건물을 볼 수 있었다. 그곳이 화물 목록과 시간표가 있는 지휘 본부일 것이다. 순진하게도 에밋은 그 건물 안으로 눈에 띄지 않게 슬그머니 들어가서, 벽에 게시된 일정표에서 필요한 정보를 얻을 수 있을 거라고 상상했었다. 그러나 정문 바로 뒤쪽에 경비실과 흡사해 보이는 작은 건물이 하나 있었다.

아니나 다를까, 에밋이 그 작은 건물을 살펴보고 있을 때 트럭 한 대가 입구로 들어갔고, 제복을 입은 남자가 트럭을 통과시키기 위해 클립보드를 들고 그곳에서 나타났다. 살그머니 몰래 들어가거나

✦ 차량의 방향을 전환하여 한 선에서 다른 선으로 옮기기 위한 회전식 설비.

정보를 얻어내는 일은 불가능할 거라고 에밋은 생각했다. 정보가 그에게 오기를 기다릴 수밖에 없을 것이다.

에밋은 빌리가 빌려준 군용 잉여 시계의 다이얼을 흘깃 보았다. 11시 15분이었다. 점심시간이 되면 기회가 올 거라고 생각한 에밋은 문간의 그늘 속에서 몸을 기댄 채 때가 되기를 기다리며 다시 동생 생각으로 돌아갔다.

에밋과 빌리가 여객 터미널에 들어갔을 때, 빌리는 눈을 크게 뜨고 두리번거리면서 높은 천장과 매표소, 커피숍, 구두닦이, 신문 가판대 등을 쳐다보았다.

"난 기차역은 이번이 처음이야." 그가 말했다.

"생각했던 것과 달라?"

"아니, 생각했던 그대로야."

"자," 에밋이 빙긋 웃으며 말했다. "저기 가서 앉자."

에밋은 동생을 데리고 대합실을 지나 빈 벤치가 있는 조용한 구석으로 갔다.

배낭을 벗고 벤치에 앉은 빌리는 자리를 옆으로 조금 이동하여 에밋이 앉을 자리를 만들어주었으나 에밋은 앉지 않았다.

"나는 뉴욕행 기차에 대해 알아보러 가야 해, 빌리. 그런데 아마 시간이 좀 걸릴 거야. 내가 돌아올 때까지 여기에 가만히 있겠다고 약속해줘."

"알았어, 형."

"그리고 명심해, 여긴 모건이 아니야. 오가는 사람들이 많을 텐데, 전부 다 모르는 사람들이잖아. 그러니 너 혼자 있는 게 가장 좋을 거야."

"알았어."

"좋아."

"그런데 뉴욕행 기차에 대해 알아보고 싶으면 안내 창구에서 물어보면 되지 않아? 저기 시계 밑에 안내 창구가 있잖아."

빌리가 손가락으로 가리키자 에밋은 뒤돌아서 안내 창구를 바라보았다. 그런 다음 벤치에 앉았다.

"빌리, 우린 여객 열차를 타지 않을 거야."

"왜?"

"왜냐하면 우리 돈이 전부 다 스튜드베이커에 있으니까."

그 말을 듣고 잠시 생각에 잠겨 있던 빌리가 배낭을 잡으려 손을 내밀었다.

"내 1달러짜리 은화를 사용하면 돼."

에밋은 싱긋이 웃으며 동생의 손을 막았다.

"그럴 순 없어. 그건 네가 수년 동안 모아온 거잖아. 게다가 이제 몇 개만 더 찾으면 되고. 안 그래?"

"그럼 뭘 어떻게 할 거야, 형?"

"우린 화물열차를 히치하이킹할 거야."

에밋은 대부분의 사람들에게 규율은 필요악이라고 생각했다. 규율은 질서 있는 세상에서 사는 특권을 유지하기 위해 지키고 따라야 하는 불편함이었다. 그렇기 때문에 대부분의 사람들은 자기 마음대로 하도록 내버려두면 규율의 경계를 허물고 넓히려 한다. 텅빈 도로에서 과속을 하거나 관리하지 않고 방치해둔 과수원에서 사과를 따 가려고 할 것이다. 그러나 규율에 관한 한 빌리는 단순히 지키기만 하는 사람이 아니었다. 빌리는 엄격히 따르는 사람이었다. 그는 누가 말하지 않아도 침대를 정리하고 이를 닦았다. 첫 번째 벨이 울리기 15분 전에 학교에 도착해 있어야 한다고 주장했고, 수업 시간에는 뭔가 말을 하기 전에 반드시 손을 들었다. 그래서 에밋은 이걸 어떻게 표현해야 할지 많이 생각했고, 결국 **'히치하이킹'**이란 말을 쓰기로 마음먹었다. 이 말이 동생이 틀림없이 느끼고 있을 꺼림칙함을 줄여주지 않을까 하는 바람에서 그런 것이었다. 에밋은 빌리의 표정을 보고 표현을 잘 선택했다는 것을 알 수 있었다.

"밀항자처럼." 빌리가 눈을 약간 크게 뜨고 말했다.

"바로 그거야, 빌리. 밀항자처럼."

에밋은 동생의 무릎을 토닥인 다음 벤치에서 일어나 이제 가려고 몸을 돌렸다.

"원장님의 차를 타고 나온 더치스 형과 울리 형처럼."

에밋은 걸음을 멈추고 다시 몸을 돌렸다.

"네가 그걸 어떻게 아니, 빌리?"

"더치스 형이 말해줬어. 어제 아침을 먹은 후에. 우린 『몬테크리스토 백작』에 대해 얘기했어. 부당하게 감옥에 갇힌 에드몽 당테스가 아베 파리아의 시체가 들어가야 할 자루에 대신 들어가서 자루를 꿰맸잖아. 그 사실을 모르는 간수가 감옥 밖으로 그를 데리고 나갔고, 그렇게 해서 이프성을 탈출하게 된 이야기 말이야. 더치스 형은 자기와 울리가 어떻게 그와 거의 똑같은 걸 했는지 얘기해줬어. 부당하게 감옥에 갇힌 자기들은 원장의 차 트렁크에 들어가 숨었고, 원장은 그걸 모르고 차를 운전해서 자기들이 소년원 문을 나갈 수 있게 해주었다는 거야. 다만 더치스 형과 울리 형은 바다에 던져

지지 않았다는 점만 다르다고 했어."

이 얘기를 할 때 빌리는 고아원에서 일어난 사건을—깨진 유리창과 한 움큼의 스푼 이야기를 포함하여—샐리에게 들려줄 때와 같은 흥분감을 드러내며 말했다.

에밋은 다시 벤치에 앉았다.

"빌리, 넌 더치스 형을 좋아하는구나."

빌리는 당황한 표정으로 에밋을 마주 보았다.

"형은 더치스 형 안 좋아해?"

"좋아하지. 하지만 내가 누구를 좋아한다고 해서 그 사람이 하는 모든 행동을 다 좋아한다는 뜻은 아니야."

"샐리 누나의 딸기 절임을 줘버린 일 같은 거?"

에밋은 웃었다.

"아니. 난 그건 괜찮다고 생각해. 내 말은 그것 말고……."

빌리가 그를 계속 쳐다보았으므로 에밋은 적절한 예를 찾았다.

"영화를 보러 나간 더치스 이야기, 기억나니?"

"화장실 창문을 통해 밖으로 빠져나가서 감자밭을 가로질러 달렸다는 거 말이지?"

"맞아. 그런데 더치스가 얘기한 것보다 좀 더 많은 이야기가 있어. 더치스는 시내로 몰래 들어가는 행위에 있어서 단순한 참가자가 아니라 선동꾼이었어. 애초에 그걸 생각해낸 사람이 그이고, 영화를 보고 싶을 때마다 참가자를 몇 명씩 모으곤 했던 사람도 그였어. 그리고 그 일은 대부분 더치스가 말한 대로 진행이 됐어. 토요일 밤 9시 무렵에 빠져나가면 아무도 모르게 새벽 1시까지는 돌아올 수 있었지. 어느 날 밤, 더치스는 존 웨인이 출연하는 새로 나온 서부영화를 보고 싶은 마음이 굴뚝같았어. 그런데 그 주 내내 비가 내리고 있는 데다 한동안 더 내릴 것 같았기 때문에 더치스가 영화를 보러 가자고 설득할 수 있는 사람은 내 옆 침상을 쓰는 타운하우스뿐이었어. 그들이 감자밭을 절반도 가기 전에 비가 쏟아지기 시작했지. 두 사람은 비에 흠뻑 젖은 데다 신발이 진흙밭에 빠지곤 했지만, 그래도 계속 나아갔어. 하지만 이윽고 강에 이르렀을 때 보니 비 때문에 강물이 불어나 수위가 높아져 있었대. 더치스는 그냥 주저앉아 포기해버렸어. 그는 너무 춥고, 너무 젖었고, 너무 피곤해서 더 이상은 갈 수 없다고 말했어. 하지만 타운하우스는 거기까지 왔는데 돌아갈 순 없다고 생각했지. 그래서 그는 더치스를 뒤에 남겨두고 헤엄을 쳐서 강을 건넜어."

빌리는 고개를 끄덕이면서 에밋의 이야기를 들었다. 집중해서 듣느라 이마를 찌푸리고 있었다.

"이 모든 일은 별 탈 없이 넘어갈 수 있었을 거야." 에밋이 말을 계속했다. "그러나 타운하우스가 떠난 뒤 더치스는 몸이 너무 젖었고, 너무 춥고, 너무 피곤하니 소년원까지 걸어서 돌아가긴 무리라고 생각했어. 그래서 가장 가까운 도로로 가서 지나가는 픽업트럭을 불러 세운 다음, 저 위쪽 식당까지 태워줄 수 있는지 물었어. 문제는 그 픽업트럭의 운전사가 근무 중이 아닌 경찰이었다는 사실이야. 그 운전사는 더치스를 식당에 데려다주는 대신 원장에게 데려다주었지. 그리고 타운하우스가 새벽 1시에 돌아왔을 땐 경비원들이 그를 기다리고 있었어."

"타운하우스는 벌을 받았어?"

"벌을 받았어, 빌리. 그것도 꽤 심한 벌을."

에밋이 동생에게 얘기하지 않은 것은 애컬리 원장은 **고의적 위반**에 관한 두 가지 단순한 규칙을 가지고 있다는 사실이었다. 첫 번째 규칙은 형기를 몇 주 늘리거나 회초리를 맞는 것으로 대가를 치를 수 있다는 것이었다. 식당에서 싸우면 그 대가로 형기가 3주 늘어나거나 등에 회초리를 세 대 맞거나, 둘 중 하나였다. 그의 두 번째 규칙은 흑인 소년은 배우는 능력이 백인 소년의 절반밖에 되지 않으므로, 흑인에게 내리는 견책은 두 배여야 한다는 것이었다. 그래서 더치스의 형기에 4주가 추가된 반면, 타운하우스는 낭창낭창한 회초리로—식당 앞에서, 모든 사람이 줄을 서서 지켜보는 가운데—여덟 대를 맞아야 했다.

"요점은 이거야, 빌리. 더치스는 에너지와 열정뿐 아니라 선의로도 가득 차 있어. 그러나 때때로 그의 에너지와 열정이 그의 선의에 장애가 되고, 그럴 경우 그 결과는 종종 다른 사람에게 떨어진다는 점이야."

에밋은 이 기억이 빌리로 하여금 얼마간 정신이 번쩍 들게 만들기를 바랐는데, 빌리의 표정으로 보아 그 의도가 적중한 것 같았다.

"슬픈 이야기네." 빌리가 말했다.

"맞아." 에밋이 말했다.

"더치스 형이 안됐다는 생각이 들어."

에밋은 깜짝 놀라며 동생을 바라보았다.

"왜 더치스가 안됐다는 거야, 빌리? 타운하우스를 곤경에 빠뜨린 사람이 더치스인데."

"강물이 불어나 수위가 높아졌을 때 더치스 형이 강을 건너지 않으려 했기 때문에 그런 일이 일어난 거잖아."

"그건 사실이야. 그렇지만 그게 왜 더치스가 안됐다는 생각이 들게 만드는 거야?"

"왜냐하면 더치스 형은 수영을 못하는 게 틀림없으니까. 그리고 그 형은 너무 창피해서 그걸 인정하지 못하는 거야."

———

예상대로 정오가 막 지나자 철도역 직원 일부가 점심을 먹으러 가려고 정문을 나서기 시작했다. 그 모습을 지켜보던 에밋은 참전 용사가 어디에 있는 게 더 좋은지에 대한 자신의 생각이 완전히 틀렸다는 것을 깨달았다. 정문을 나서는 사람들은 거의 모두 그 참전 용사 걸인에게 뭔가를 베풀었다. 5센트 동전이나 10센트 동전을 주기도 했고, 그게 아니면 따뜻한 말 한마디를 건네기도 했다.

에밋은 지휘 본부 건물에서 나오는 사람들이 자신에게 필요한 정보를 가지고 있을 가능성이 가장 높다는 것을 잘 알고 있었다. 그들은 일정과 배차를 담당하기 때문에 어떤 유개화차가 어떤 열차에 연결되어 언제 어디를 향해 가는지 알고 있을 터였다. 그러나 에밋은 그들에게 접근하지 않았다. 대신 다른 사람들을—제동수制動手, 짐 싣는 사람, 정비공 같은 육체노동자와 시간당으로 보수를 받는 사람들을—기다렸다. 에밋은 이 사람들이 자기를 그들 자신과 친근한 존재로 여길 가능성이 높으리라는 것을 본능적으로 알았다. 그리고 이 사람들은 동정심에 빠지지는 않을지라도, 적어도 철도 당국이 다른 한 사람의 요금을 받든 말든 그런 문제에는 무관심할 거라고 생각하는 게 합리적이었다. 그러나 본능이 그가 접근해야 할 사람은 이 사람들이라고 말했을지라도, 이성은 에밋에게 부랑자나 낙오자를 기다려야 한다고 말했다. 왜냐하면 이들 육체노동자가 규칙을 어기고 낯선 사람의 사정을 봐주는 데 열려 있다 할지라도 다른 사람의 면전에서 그럴 가능성은 높지 않기 때문이었다.

에밋은 거의 30분을 기다리고 나서야 첫 번째 기회를 잡았다. 혼자 걸어가는 청바지에 검은색 티셔츠 차림의 노동자로, 나이는 스물다섯을 넘지 않는 듯했다. 그 청년이 담배에 불을 붙이기 위해 잠시 걸음을 멈추었을 때 에밋은 길을 건넜다.

"실례합니다." 그가 말했다.

청년은 성냥을 흔들면서 에밋을 대충 훑어보았으나 대답은 하지 않았다. 에밋은 그가 지어낸 이야기를 재빨리 꺼냈다. 캔자스시티에서 오는 엔지니어 삼촌이 뉴욕행 화물열차를 타고 가다가 그날 오후 어느 시간엔가 잠깐 루이스에 들를 예정이라고 했는데, 그게 어떤 열차라고 했는지, 혹은 언제 도착한다고 했는지 기억이 안 난다고 에밋은 설명했다.

에밋이 이 청년을 처음 보았을 때는 그들의 나이 차가 크지 않다는 점이 자신에게 유리하게 작용할 것이라고 생각했었다. 그러나 말을 시작하고 나서 에밋은 이내 자신의 생각이 틀렸다는 것을 깨달았다. 그 청년의 얼굴에 떠오른 것은 오로지 청년의 표정만이 나타낼 수 있는 에밋을 무시하는 표정이었던 것이다.

"웃기지 마셔," 그가 삐딱한 미소를 지으며 말했다. "캔자스시티에서 오는 삼촌이라. 글쎄다."

그는 담배를 한 모금 더 빨고 나서 아직 다 피우지 않은 담배를 길거리에 휙 던졌다.

"얘, 집으로 돌아가는 게 좋을 거야. 네 엄마가 우리 아들이 어디 갔을까 하고 궁금해하셔."

청년이 어기적어기적 걸으며 떠나자 에밋은 그동안 가까운 곳에서 두 사람의 얘기를 들으며 지켜보고 있던 걸인과 눈을 마주쳤다. 에밋은 경비원도 지켜보고 있었는지 보려고 경비실로 눈을 돌렸으나 경비원은 의자에 등을 기댄 채 신문을 읽고 있었다.

정문으로 걸어 나온 점프 슈트 차림의 나이 많은 사람이 걸음을 멈추고 이 걸인과 다정한 말 몇 마디를 주고받았다. 그 사람은 모자를 너무 뒤쪽으로 밀어서 쓰고 있어서 그럴 거면 왜 모자를 쓴 거지, 하는 의문이 들게 했다. 그가 다시 걷기 시작했을 때 에밋은 그에게 다가갔다.

첫 번째 남자의 경우 나이 차이가 크지 않은 것이 불리한 요인이었다고 한다면, 이 두 번째 남자의 경우에는 나이 차이가 큰 것을 최대한 활용하기로 마음먹었다.

"실례합니다, 선생님." 에밋이 공손하게 말했다.

뒤돌아선 남자가 다정한 미소를 지으며 에밋을 쳐다보았다.

"오, 젊은이, 그래, 용건이 뭔가?"

에밋은 삼촌 이야기를 되풀이했고, 점프 슈트를 입은 남자는 흥미를 보이며 귀 기울여 들었다. 심지어 한 마디도 놓치고 싶지 않은 것처럼 몸을 앞으로 약간 기울이기까지 했다. 그러나 에밋이 말을 끝냈을 때 그는 고개를 저었다.

"젊은 친구, 자네를 돕고 싶지만 나는 그저 수리만 할 뿐이야. 난 그 화차들이 어디로 가는지 묻지 않는다네."

수리공이 다시 거리를 내려가는 것을 보며 에밋은 완전히 새로운 행동 계획이 필요하다는 것을 받아들이기 시작했다.

"이봐." 누가 불렀다.

에밋이 몸을 돌려보니, 바로 그 걸인이었다.

"죄송해요." 에밋이 바지 호주머니를 밖으로 꺼내 보여주며 말했다. "전 드릴 게 아무것도 없어요."

"친구, 오해하고 있군그래. 자네한테 줄 게 있는 사람은 바로 나야."

에밋이 머뭇거리고 있는 동안 걸인은 휠체어를 굴려서 더 가까이 다가왔다.

"자네는 뉴욕행 화물열차를 몰래 타려고 하는 거지? 그렇지?"

에밋은 조금 놀라는 표정을 지었다.

"나는 다리를 잃었지, 귀를 잃은 게 아니야! 자네가 열차에 무임 승차하려 한다면 엉뚱한 사람에게 물어본 거야. 잭슨은 자네 발가락에 불이 붙었어도 발을 밟아서 불을 꺼줄 사람이 아니지. 그리고 아니가 말했듯이, 그 사람은 화차를 수리만 할 뿐이라네. 그 일은 절대 사소한 일이 아니지. 그렇지만 그건 열차가 어떤 상태로 달리는지와 관련이 있지 열차가 어디로 가는지와는 전혀 상관이 없어. 그러니까 잭슨이나 아니에게 물어봤자 아무 소용이 없다네. 알아들었나? 뉴욕행 열차를 몰래 타는 법을 알고 싶다면, 자네가 얘기를 나눠야 할 사람은 바로 나야."

에밋은 불신감을 드러낸 게 틀림없었다. 왜냐하면 걸인이 씩 웃으며 엄지손가락으로 자기 가슴을 가리켰기 때문이다.

"나는 25년 동안 철도 일을 했어. 15년은 제동수로, 그리고 10년은 바로 이곳 루이스역의 전환선에서. 내가 어쩌다가 두 다리를 잃었다고 생각하나?"

그는 또다시 미소를 지으며 자기 무릎을 가리켰다. 그런 다음 에밋을 바라보았다. 하지만 그의 태도는 그 청년 노동자보다 한결 부드러웠다.

"나이가…… 열여덟?"

"맞아요." 에밋이 말했다.

"믿거나 말거나, 난 자네보다 몇 살 더 어렸을 때부터 열차를 타기 시작했다네. 그 시절에는 열여섯 살이면 채용해주었어. 나이에 비해 키가 크다면 열다섯 살에도 가능했고."

걸인은 향수에 젖은 미소를 떠올리며 고개를 젓더니 자신이 좋아하는 거실 의자에 앉은 노인처럼 몸을 뒤로 젖히고 편안한 자세를 취했다.

"나는 유니언퍼시픽 노선에서 일을 시작했고, 그다음엔 사우스웨스트 경철도 노선에서 일하면서 첫 7년을 보냈어. 그리고 이 나라에서 가장 큰 철도 회사인 펜실베이니아 철도에서 8년을 더 일했지. 그 시절에는 정지해 있는 것보다 움직이고 있는 것에서 더 많은 시간을 보냈다네. 집에 있을 때도 그런 기분이었지. 아침에 침대에서 일어나면 집 전체가 발밑에서 굴러가는 것만 같은 느낌이 들었어. 그래서 화장실에 갈 때도 가구를 잡고 가야 했다니까."

걸인은 웃으면서 다시 고개를 저었다.

"그래. 펜실베이니아. 벌링턴. 유니언퍼시픽. 그리고 그레이트노던. 난 그 모든 노선을 알고 있네."

"아저씨는 뉴욕행 열차에 대해 얘기하고 있었어요." 에밋이 부드럽게 상기시켜주었다.

"알았네." 그가 대답했다. "빅애플+! 그런데 뉴욕은 확실한가? 화차 조차장의 장점은 말이지, 자네가 생각하는 그 어느 곳으로든 자네를 데려다줄 수 있다는 점이야. 자네가 생각지 못한 많은 곳으로도 데려다줄 수 있고. 플로리다, 텍사스, 캘리포니아 같은 곳 말이야. 샌타페이는 어떤가? 거기 가봤나? 거긴 이제 큰 마을이 됐지. 1년 중 이맘때면 낮엔 따뜻하고 밤엔 추워. 그리고 그곳엔 우리가 만나볼 수 있는 가장 다정다감한 **세뇨리타**++들이 있다네."

걸인이 웃기 시작하자 에밋은 또다시 그가 대화의 맥락을 놓치고 있는 게 아닐까 걱정됐다.

"언젠가는 샌타페이에 가보고 싶어요." 에밋이 말했다. "하지만 지금 당장은 뉴욕에 가야 해요."

걸인은 웃음을 멈추고 좀 더 진지한 표정을 지었다.

"음, 한마디로 그게 인생이지. 안 그래? 가보고 싶은 곳은 이곳인데, 가야만 하는 곳은 저곳인 상황 말이야."

걸인은 좌우를 살피더니 휠체어를 굴려서 조금 더 가까이 다가왔다.

"자네가 잭슨에게 뉴욕행 오후 열차에 대해 물어봤다는 거 알고 있네. 그건 엠파이어스페셜일 거야. 그 열차는 1시 55분에 출발하는데, 아주 잘빠진 열차지. 시속 90마일로 달리고, 중간에 여섯 번만 정차하면 돼. 20시간 안에 뉴욕에 갈 수 있어. 그러나 자네가 뉴욕까지 **가고** 싶다면, 엠파이어스페셜을 타고 싶지 않을 거야. 왜냐하

✦ 뉴욕의 다른 이름. 사과가 뉴욕을 상징하는 데서 나온 말.
✦✦ señorita, 스페인어로 아가씨나 미혼 여성을 부르는 말. 뉴멕시코주의 주도인 샌타페이에 스페인계가 많기 때문에 일부러 이 단어를 사용했다.

면 이 열차가 시카고에 도착하면, 그곳에서 월스트리트로 가는 엄청나게 많은 무기명 채권이 열차에 실리니까 말이야. 그래서 이 열차에는 항상 최소한 네 명의 무장한 경비원이 있지. 그 사람들은 누군가를 열차에서 내쫓으려고 작정하면 열차가 다음 역에 도착할 때까지 기다리지 않아."

걸인이 허공에 시선을 던졌다.

"그다음으로 웨스트코스트페리셔블스. 이 열차는 6시에 루이스에 도착하지. 그런대로 괜찮은 열차야. 그러나 1년 중 이맘때면 이 열차는 승객들로 꽉 차서 백주 대낮에 열차를 타는 것처럼 쉽게 사람들 눈에 띈다네. 그러니까 자네는 페리셔블스도 타고 싶지 않을 거야. 자네가 타고 싶어 할 열차는 선셋이스트지. 자정 직후에 루이스에 도착할 거야. 난 자네한테 정확히 어떤 방법으로 그 열차를 타야 하는지 말해줄 수 있어. 그러나 그러기 전에 자넨 내 질문에 대답을 해야 할 거야."

"물어보세요." 에밋이 말했다.

걸인이 히죽 웃었다.

"밀가루 1톤과 크래커 1톤의 차이는 뭔가?"

여객 터미널로 돌아온 에밋은 그가 떠났을 때의 그 자리에 빌리가 그대로 있는 것을 보고 안도했다. 벤치에 앉아 있는 빌리의 무릎에 커다란 빨간 책이 놓여 있고, 배낭은 옆에 있었다.

"우리가 어떤 열차를 히치하이킹할 것인지 알아냈어, 형?"

"알아냈어, 빌리. 그렇지만 그 열차는 자정이 막 지난 시간에야 출발할 거야."

빌리는 문제 될 게 없다는 표시로 고개를 끄덕였다. 마치 그 열차는 정확히 자정이 막 지난 시간에 출발하는 게 온당하다는 듯한 표정이었다.

"자." 에밋이 동생의 시계를 벗어서 건네며 말했다.

"아니야," 빌리가 말했다. "지금은 형이 차. 형이 시간을 확인해야 하잖아."

에밋은 시계를 다시 차는 동안 시간이 거의 2시가 되었다는 것을 알았다.

"배고파." 그가 말했다. "나는 좀 둘러보면서 먹을 만한 걸 얻을 수 있는지 알아볼게."

"먹을 것을 얻어낼 필요 없어, 형. 나한테 점심거리가 있어."

빌리는 배낭에 손을 넣어 물통과 종이 냅킨 두 장, 그리고 주름이 빳빳하고 모서리가 예리한 납지에 싸인 샌드위치 두 개를 꺼냈다. 에밋은 샐리가 침대를 정리하는 것만큼이나 깔끔하게 샌드위치를 포장한 것을 보며 빙그레 웃었다.

"하나는 로스트비프 샌드위치고 하나는 햄 샌드위치야." 빌리가 말했다. "형이 햄보다 로스트비프를 더 좋아하는지, 로스트비프보다 햄을 더 좋아하는지 기억이 안 나서 각각 하나씩 준비하기로 했어. 둘 다 치즈가 들어 있지만, 마요네즈는 로스트비프에만 들어 있어."

"난 로스트비프 샌드위치를 먹을게." 에밋이 말했다.

형제는 샌드위치 포장지를 벗기고 맛있게 한 입 베어 물었다.

"신의 축복이 있기를, 샐리."

빌리는 에밋의 감정에 공감하며 고개를 들었지만, 왜 이 시점에 그런 말을 하는지 어리둥절했다. 에밋은 그에 대한 설명으로 샌드위치를 공중에 들었다.

"오," 빌리가 말했다. "이건 샐리 누나가 준 게 아니야."

"샐리가 준 게 아니야?"

"심프슨 부인이 준 거야."

에밋은 샌드위치를 공중에 든 채 잠시 얼어붙었고, 빌리는 한 입 더 베어 물었다.

"심프슨 부인이 누구야, 빌리?"

"내 옆에 앉았던 멋진 부인이야."

"여기서 네 옆에 앉았어?"

에밋은 자기가 앉아 있었던 자리를 가리켰다.

"아니," 빌리는 그렇게 말하며 자신의 오른쪽 빈자리를 가리켰다. "여기에 앉았어."

"그 부인이 이 샌드위치를 만든 거야?"

"부인이 커피숍에서 그걸 사서 이리로 가지고 왔어. 왜냐하면 내가 부인에게 난 이 자리에 그대로 있어야 한다고 말했거든."

에밋은 샌드위치를 내려놓았다.

"빌리, 낯선 사람한테서 샌드위치를 받으면 안 되는 거야."

"우리가 서로 낯선 사이였을 때 샌드위치를 받은 게 아니야, 형. 난 우리가 친구가 되었을 때 그걸 받았어."

에밋은 잠시 눈을 감았다.

"빌리," 그가 최대한 부드러운 어조로 말했다. "기차역에서 얘기를 나눈 것만으로 누군가와 친구가 될 순 없어. 벤치에 함께 앉아

한 시간을 보냈다 해도 그 사람에 대해 아는 건 거의 없을 거야."

"나는 심프슨 부인에 대해서 많은 걸 알고 있어." 빌리가 반박했다. "나는 부인이 아이오와주 오텀와 변두리에 있는 우리 농장 같은 농장에서 자랐다는 걸 알고 있어. 그 농장은 옥수수만 재배하고, 한 번도 은행에 저당 잡힌 적이 없었다는 점이 우리랑은 다르지만 말이야. 그리고 부인에겐 딸이 두 명 있는데, 한 명은 세인트루이스에서 살고 다른 한 명은 시카고에서 산대. 시카고에서 사는 메리라는 딸이 곧 아기를 낳을 거래. 첫 번째 아이래. 그래서 심프슨 부인이 이 역에 있었던 거야. 메리를 도와 아기를 돌봐주러 엠파이어스페셜 열차를 타고 시카고로 가려고 말이야. 남편은 라이온스클럽 회장이라서 목요일 저녁 만찬 모임을 주재해야 하기 때문에 함께 가지 못한대."

에밋은 두 손을 들어 말을 막았다.

"알았어, 빌리. 네가 심프슨 부인에 대해 많은 걸 알게 되었다는 걸 이해했어. 그러니까 너와 심프슨 부인은 엄밀히 말해서 낯선 사람은 아닐 거야. 너하고 부인은 서로에 대해 알게 되었으니까. 하지만 그렇다 해도 여전히 두 사람이 친구인 것은 아니야. 한두 시간 만에 뚝딱 친구가 되는 것은 아니거든. 친구가 되기 위해선 좀 더 많은 시간이 필요해. 알겠어?"

"알겠어."

에밋은 샌드위치를 집어 들고 다시 한 입 베어 물었다.

"얼마나?" 빌리가 물었다.

에밋은 샌드위치를 삼켰다.

"얼마나라니?"

"낯선 사람과 얼마나 오래 얘기를 나누어야 친구가 되는데?"

잠시 에밋은 시간의 경과에 따라 관계가 어떻게 진화되는지에 관한 복잡한 내용을 한번 열심히 설명해볼까 하는 생각을 했다. 그러나 그 대신 이렇게 말했다.

"10일."

빌리는 잠시 그 말을 곱씹어보더니 고개를 저었다.

"형, 10일은 친구가 되기 위해 기다려야 하는 시간으로는 너무 긴 것 같아."

"6일?" 에밋이 제시했다.

빌리는 샌드위치를 한 입 베어 물고 씹으면서 생각에 잠겨 있더니 만족스러운 얼굴로 고개를 끄덕였다.

"3일." 그가 말했다.

"좋아," 에밋이 말했다. "우린 어떤 사람과 친구가 되기 위해서는 적어도 3일은 걸린다는 데 동의한 거다. 그 전에는 그 사람을 낯선 사람으로 생각하기로 하자."

"또는 그냥 아는 사람으로." 빌리가 말했다.

"그래, 그냥 아는 사람으로 생각하자."

형제는 다시 샌드위치를 먹었다.

에밋은 빌리가 심프슨 부인이 있었던 자리에 놓아둔 커다란 빨간 책을 향해 머릿짓을 했다.

"그래, 네가 읽고 있는 이 책은 어떤 책이야?"

"『애버커스 애버네이스 교수의 영웅, 모험가 및 다른 용감한 여행자 개요서』."

"아주 흥미로워 보이는데. 한번 봐도 될까?"

빌리는 약간 걱정스러운 기색으로 책과 형의 손을 번갈아 쳐다보았다.

에밋은 샌드위치를 벤치에 내려놓고 냅킨으로 꼼꼼히 손을 닦았다. 그러자 빌리가 그에게 책을 건네주었다.

동생의 책 읽기 습관을 알고 있는 에밋은 단순히 아무 페이지나 펼치지 않았다. 그는 처음부터—**진짜** 처음부터—살펴보기 위해 면지를 펼쳤다. 그것은 잘한 일이었다. 책의 표지는 금색 제목에 바탕이 온통 빨간색이었고, 면지에는 상세한 세계 지도 위를 많은 점선들이 서로 교차하면서 구불구불 나아가는 그림이 그려져 있었다. 각각의 점선은 알파벳으로 식별되었는데, 아마도 서로 다른 모험가들의 탐험 경로를 나타내는 것 같았다.

샌드위치를 내려놓고 자신의 냅킨으로 손을 닦은 빌리는 둘이 함께 책을 살펴볼 수 있도록 에밋에게 좀 더 가까이 다가갔다. 빌리가 훨씬 더 어렸을 때도 그렇게 다가가면 에밋이 그림책을 읽어주곤 했었다. 그리고 그 시절처럼 에밋은 빌리가 계속할 준비가 되어 있는지 보려고 동생을 바라보았다. 빌리가 고개를 끄덕이자 에밋은 책장을 넘겨 표제지 페이지를 폈고, 거기에서 놀랍게도 헌사를 발견했다.

용감한 빌리 왓슨에게,

빌리의 모든 여행과 모험에 행복이 깃들기를,

엘리 매시슨

그 이름이 어딘가 낯익어 보이긴 했으나 에밋은 엘리 매시슨이 누구인지 기억하지 못했다. 빌리가 그녀의 서명에 부드럽게 손가락을 갖다 댄 것으로 보아 그는 형의 호기심을 눈치챈 모양이었다.

"도서관 사서."

아, 그렇구나, 에밋은 생각했다. 빌리에 대해 애정이 듬뿍 담긴 말을 해주던 안경 쓴 사서.

페이지를 넘기자 차례가 나왔다.

아킬레우스**A**chilles

분**B**oone

카이사르**C**aesar

단테**D**antes

에디슨**E**dison

포그**F**ogg

갈릴레오**G**alileo

헤라클레스**H**ercules

이슈미얼**I**shmael

이아손**J**ason

아서왕**K**ing Arthur

링컨**L**incoln

마젤란**M**agellan

나폴레옹**N**apoleon

오르페우스**O**rpheus

폴로**P**olo

돈키호테**Q**uixote

로빈 후드Robin Hood

신드바드Sindbad

테세우스Theseus

율리시스Ulysses

다빈치da Vinci

워싱턴Washington

크세노스Xenos

당신You

조로Zorro

"알파벳순으로 배열돼 있어." 빌리가 말했다.

잠시 후 에밋은 면지로 되돌아가서 영웅들의 이름과 여러 점선에 표시된 알파벳 글자를 비교해보았다. 그렇군, 그는 생각했다. 거기에는 스페인에서 출발하여 동인도로 항해하는 마젤란이 있고, 러시아로 진군하는 나폴레옹이 있고, 켄터키주의 황야를 탐험하는 대니얼 분이 있었다.

에밋은 서문을 잠깐 훑어본 후 스물여섯 개 장章을 넘겨보기 시작했다. 각 장의 분량은 8쪽이었다. 각각의 장은 해당 영웅의 어린 시절을 간단히 보여주었지만, 이야기의 주된 초점은 그의 위업, 성과, 유산에 맞추어져 있었다. 에밋은 왜 동생이 다시 또다시 이 책으로 돌아오는지 이해할 수 있었다. 각 장마다 다빈치의 비행 기계 설계도나 테세우스가 미노타우로스와 싸웠던 미로의 지도 같은 매혹적으로 꾸며진 일련의 지도와 삽화가 있기 때문이었다.

책의 끝이 가까워졌을 때 에밋은 백지상태인 두 페이지를 보고 동작을 멈추었다.

"이 장은 인쇄하는 걸 잊어버렸나 봐."

"형은 한 페이지를 빠뜨렸어."

빌리는 손을 뻗어 페이지를 뒤로 넘겼다. 그 페이지도 마찬가지로 백지였는데, 다만 거기에는 왼쪽 페이지 상단에 **'당신'**이라는 장 제목이 박혀 있었다.

빌리는 빈 페이지를 경건한 손길로 어루만졌다.

"이 여백은 애버네이스 교수님이 당신 자신의 모험담을 적어보라고 독자를 초대하는 지면이야."

"넌 아직 네 모험을 하지 않은 것 같구나." 에밋이 싱긋 웃으며 말했다.

"우린 이제 그 모험을 시작한 것 같아." 빌리가 말했다.

"열차를 기다리는 동안 네가 그걸 적기 시작할 수 있을 것 같은데."

빌리는 고개를 저었다. 그런 다음 맨 첫 장으로 돌아가 첫 문장을 읽었다.

"우리는 걸음이 몹시 빠른 아킬레우스 이야기로 우리의 모험을 시작하는 것이 적절하다. 그의 오래전의 위업은 호메로스의 서사시 『일리아드』에 의해 영원히 사라지지 않게 되었다."

빌리는 책에서 눈을 떼고 고개를 들어 설명했다.

"트로이 전쟁의 원인은 '파리스의 심판'으로 시작된 거야. 올림포스 연회에 초대받지 못해서 화가 난 불화의 여신은 **'가장 아름다운 여신에게'**라는 글귀가 새겨진 황금 사과를 식탁에 던졌어. 아테나와 헤라와 아프로디테가 서로 그 사과는 자기 것이라고 주장하자 제우스는 이들을 땅으로 내려보냈고, 땅에서는 트로이의 왕자 파리스가 이 다툼을 해결할 사람으로 선택되었대."

빌리는 옷을 헐겁게 입은 세 여자가 나무 아래 앉아 있는 한 젊은 남자 주위에 모여 있는 그림을 가리켰다.

"파리스에게 영향을 미치기 위해 아테나는 그에게 지혜를 주겠다고 했고, 헤라는 권력을 주겠다고 제안했고, 아프로디테는 이 세상에서 가장 아름다운 여인, 메넬라오스왕의 부인인 스파르타의 헬레네를 그에게 주겠다고 제안했어. 파리스가 아프로디테를 선택하자 아프로디테는 그가 헬레네를 몰래 데리고 갈 수 있게 도와주었지. 그걸 알게 된 메넬라오스왕은 분노했고, 전쟁을 선포했어. 그런데 호메로스는 그의 이야기를 처음부터 시작하지 않았어."

빌리는 손가락을 세 번째 문단으로 옮겨서 라틴어로 된 세 단어짜리 구절을 가리켰다.

"호메로스는 그의 이야기를 **인 메디아스 레스**in medias res로 시작했어. 이 말은 **중간에서**라는 뜻이야. 그는 9년째로 접어든 전쟁에서 우리의 영웅 아킬레우스가 자신의 천막에서 분노를 삭이는 장면으로 이야기를 시작했어. 그 이후로 수많은 위대한 모험 이야기가 이런 방식으로 쓰여왔대."

빌리는 고개를 들어 형을 쳐다보았다.

"형, 나는 우리가 우리의 모험을 하고 있다고 확신해. 하지만 그 중간이 어디인지 알기 전까지는 그걸 적을 수 없어."

더치스

울리와 나는 시카고에서 서쪽으로 50마일쯤 떨어진 호조⁺ 모텔의 침대에 누워 있었다. 미시시피강을 건너 일리노이주로 진입한 직후 첫 번째 호조 모텔을 지나갔을 때 울리는 그 오렌지색 지붕과 푸른색 첨탑을 감탄스럽게 바라보았다. 두 번째로 그 모텔을 지나갔을 때 울리는 자기가 환각을 본 것은 아닐까 걱정하듯, 또는 내가 방향을 잃어버린 것이 아닐까 걱정하듯 한 번 보고 나서 새삼스럽게 다시 그걸 보는 것이었다.

"안타까워할 필요 없어," 내가 말했다. "저건 하워드존슨 모텔일 뿐이야."

"하워드 뭐?"

"식당 겸 모텔이야, 울리. 우리가 가는 곳 어디에나 있어. 그리고

✦ '하워드존슨Howard Johnson'을 줄여서 애칭으로 부르는 말.

모양도 한결같이 똑같아."

"전부 다?"

"전부 다."

울리는 열여섯 살이 되었을 무렵에는 적어도 다섯 번은 유럽에 갔었다. 그는 런던, 파리, 빈에 갔었다. 그곳에서 박물관을 배회하고, 오페라를 관람하고, 에펠탑 꼭대기에 올랐다. 그러나 울리는 모국에서는 파크애비뉴에 있는 아파트와 애디론댁에 있는 집과 뉴잉글랜드에 있는 세 개의 예비학교 캠퍼스 사이를 오가며 대부분의 시간을 보냈다. 울리가 미국에 대해 모르는 것들은 그랜드캐니언을 채울 만큼 많았다.

우리가 그 식당의 입구를 지나갈 때 울리가 어깨 너머로 뒤돌아보았다.

"스물여덟 가지 맛의 아이스크림이라." 울리는 놀란 표정으로 그 말을 인용했다.

그러므로 시간이 늦은 데다 우리 둘 다 피곤하고 배가 고팠을 즈음 울리가 지평선 위로 솟은 밝게 빛나는 푸른색 첨탑을 보았을 때, 우리는 그곳을 피해 갈 도리가 없었다.

울리는 호텔에서 많은 밤을 보냈지만 하워드존슨 모텔 같은 곳에서 밤을 보낸 적은 없었다. 방에 들어왔을 때 그는 다른 행성에서 온 사설탐정처럼 방 안을 조사했다. 옷장을 열어본 그는 다리미판과 다리미를 발견하고 깜짝 놀랐다. 침대 옆 서랍을 열어보더니 성경책을 발견하고 깜짝 놀랐다. 그리고 화장실에 들어갔을 때는 조그만 비누 두 개를 들고 밖으로 나왔다.

"낱개로 포장되어 있어!"

우리가 차분히 자리를 잡았을 때 울리가 텔레비전을 켰다.

신호가 들어왔을 때 화면에는 셰프 보이 아르 디보다 더 크고 더 하얀 모자를 쓴 론 레인저⁺가 나왔다. 그가 한 젊은 총잡이에게 진리와 정의와 미국의 방식에 대해 강의했다. 총잡이는 인내심을 잃었다는 것을 알 수 있었다. 그러나 그 총잡이가 막 6연발 권총을 뽑아 들려 할 때 울리가 채널을 돌렸다.

이번에는 양복에 중절모 차림을 한 형사 조 프라이데이⁺⁺가 자신의 오토바이를 손보고 있는 비행소년에게 똑같은 연설을 했다. 그 비행소년도 인내심을 잃었다. 그러나 그가 프라이데이 형사의 머리에 미늘 톱니바퀴를 막 던지려는 것처럼 보였을 때 울리가 채널을 돌렸다.

또 시작이군, 나는 속으로 생각했다.

아니나 다를까, 울리는 광고를 찾을 때까지 계속 채널을 돌렸다. 그러고 나서 볼륨을 완전히 낮춘 다음 베개를 받치고 편안한 자세를 취했다.

그것이 전형적인 울리 아니던가? 그는 차 안에서는 화면 없는 광고 소리에 넋을 잃었고, 이제는 소리 없이 광고 화면만을 보고 싶어 하는 것이었다. 광고 시간이 끝나자 울리는 자기 자리의 불을 끄고 아래쪽으로 조금 미끄러져 내려가서 두 손으로 뒤통수를 받치고 누운 채 천장을 응시했다.

울리는 저녁 식사 후에 약을 몇 방울 더 먹었고, 나는 그 약효가 지금쯤 나타날 거라고 생각했다. 그래서 나는 그가 이런 말을 했을

⁺ 미국 텔레비전, 영화 등의 서부극 주인공.
⁺⁺ 1950년대 인기 텔레비전 시리즈 〈드라그넷〉에 등장하는 로스앤젤레스 경찰국 형사.

때 약간 놀랐다.

"이봐, 더치스." 그가 여전히 천장을 쳐다보며 말했다.

"왜, 울리?"

"토요일 저녁 8시에 너와 나와 에밋과 빌리가 주크박스 옆 테이블에 앉아 있다면, 그곳에 다른 사람들은 또 누가 있을까?"

나도 등을 대고 누워 천장을 쳐다보았다.

"레오넬로 식당에서 말이지? 어디 보자. 토요일 밤이면 시청의 고위 간부들이 몇 명 있을 거야. 권투 선수와 몇몇 갱스터들도 있을 테고. 조 디마지오*와 매릴린 먼로도 있을지 모르지. 그때 그들이 우연히 그 도시에 있다면 말이야."

"그 사람들이 모두 다 같은 날 밤에 레오넬로 식당에 있을 거란 말이야?"

"세상일은 다 그래, 울리. 아무도 들어갈 수 없는 장소를 열면, 모두가 거기 있고 싶어 하지."

울리는 이에 대해 잠시 생각했다.

"그 사람들은 어디에 앉아 있는 거야?"

나는 천장의 한 지점을 가리켰다.

"갱스터들은 시장 옆 부스에 있어. 권투 선수는 어떤 나이트클럽 여가수와 함께 바 옆에서 굴 요리를 먹고 있지. 디마지오 부부는 우리 옆 테이블에 있어. 그런데 여기서 가장 중요한 부분이 있어, 울리. 그건 바로 저쪽 부엌문 옆에 있는 부스에 가는 세로줄 무늬 정장을 입은 키 작은 대머리 남자가 혼자 앉아 있다는 사실이야."

---

* 매릴린 먼로와 결혼한 미국 프로야구 선수.

"아, 나도 봤어," 울리가 말했다. "저 사람 누구야?"

"레오넬로 브란돌리니."

…….

"식당 주인?"

"당연하지."

"혼자 앉아 있는 거야?"

"그래. 적어도 초저녁까지는. 그 사람은 보통 다른 사람들이 식당에 오기 전인 6시쯤에 자리를 잡고 앉아 있어. 간단히 먹을 거랑 키안티* 한 잔을 앞에 두고. 그는 장부를 살펴보고, 어쩌면 전화도 걸 거야. 요청하면 점원이 바로 테이블로 가져다줄 수 있는 선이 긴 전화기로 말이야. 그러나 8시쯤 식당에 활기가 돌기 시작하면 그는 더블 에스프레소를 재빨리 마신 다음 테이블에서 테이블로 옮겨 다니기 시작할 거야. **다들 오늘 밤 안녕하신가요?** 하고 말하면서 손님의 어깨를 토닥이겠지. **다시 만나서 반가워요. 여러분, 배가 고프죠? 배가 고프길 바랄게요. 왜냐하면 우리 식당엔 먹을 게 아주 많으니까요.** 그리고 숙녀들에게 몇 마디 칭찬의 말을 해준 뒤 바텐더에게 신호를 보낼 거야. **이봐, 로코. 여기 내 친구들에게 한 잔씩 더 돌리게.** 그러고 나서 다음 테이블로 가겠지. 거기서 그는 어깨를 더 많이 토닥이고, 숙녀들에게 더 많은 칭찬의 말을 해준 뒤, 마찬가지로 한 잔씩 더 돌리겠지. 아니면 이번에는 오징어 튀김이나 티라미수 한 접시를 내오게 하거나. 어느 쪽이든 그것들은 식당에서 무료로 제공하는 거야. 그런 식으로 레오넬로가 한 바퀴 다 돌고 나면 식당 안의 모든 사람들은—

✦ 이탈리아산 적포도주.

그러니까 시장에서 매릴린 먼로에 이르기까지 모든 사람들은—오늘 밤은 특별한 시간이라고 느낄 거라고."

울리는 침묵을 지킴으로써 그 순간에 어울리는 반응을 보였다. 잠시 후 나는 울리에게 지금까지 누구에게도 말해본 적이 없는 얘기를 했다.

"내가 하고 싶은 게 그거야, 울리. 나에게 5만 달러가 생기면 하고 싶은 게 그거라고."

나는 울리가 내 쪽을 향해 몸을 옆으로 돌리는 소리를 들었다.

"레오넬로 식당의 테이블을 차지하고 싶은 거야?"

나는 웃었다.

"아니야, 울리. 나는 **나 자신의** 레오넬로 식당을 열고 싶어. 붉은색 가죽 부스가 있고, 주크박스에서 시내트라의 노래가 흘러나오는 작은 이탈리아 식당을. 메뉴판이 없고 모든 테이블이 예약제로 운영되는 식당을. 나는 주방 옆 부스에서 간단한 저녁 식사를 하면서 전화를 좀 할 거야. 그리고 8시쯤 더블 에스프레소를 한 잔 마신 다음, 테이블에서 테이블로 옮겨 다니며 손님들에게 인사하면서 이분들에게 술을 한 잔씩 더 돌리라고 바텐더에게 말할 거야. 물론 무료로 말이지."

나는 울리가 빌리의 생각을 마음에 들어 했던 것만큼이나 내 생각을 마음에 들어 한다는 것을 알 수 있었다. 왜냐하면 울리는 다시 몸을 돌려 등을 대고 누운 다음 천장을 향해 빙그레 웃으면서 그 식당의 전체 장면이 어떤 모습일지를 거의 나만큼이나 선명하게—어쩌면 나보다 더 선명하게—상상하고 있었기 때문이다.

내일은 울리에게 그 식당의 평면도를 그려달라고 부탁해야지, 나는 생각했다.

"그 식당, 어디에 열 거야?" 잠시 후 울리가 물었다.

"아직 모르겠어, 울리. 그렇지만 결정하고 나면 맨 먼저 너에게 알려줄게."

울리는 그 말에도 빙그레 웃었다.

몇 분 후 울리는 잠의 나라로 떠났다. 팔이 침대 가장자리 밑으로 스르르 떨어져서 손가락이 카펫에 닿았는데도 그가 팔을 그대로 내버려두었기 때문에 나는 그걸 알 수 있었다.

나는 일어나서 그의 팔을 옆구리 쪽으로 되돌려놓고 침대 발치에 있던 담요를 끌어 올려서 덮어주었다. 그런 다음 잔에 물을 채워 침대 옆 협탁에 올려놓았다. 울리의 약은 아침이면 항상 울리를 목마르게 하는데도 울리는 잠들기 전에 물 잔을 손이 닿는 곳에 두는 걸 잊어버리는 것 같았다.

텔레비전을 끄고 옷을 벗은 뒤 내 침대 이불 속으로 들어갔을 때, 나는 문득 나도 모르게 '어디가 좋을까?' 생각하고 있다는 것을 깨달았다.

나는 처음부터 늘 나 자신의 식당을 갖는다면 시내가 좋을 것이라고 생각해왔다. 그리니치빌리지*의 맥두걸스트리트나 설리번스트리트에 자리 잡은 재즈 클럽과 카페 거리의 길모퉁이를 도는 곳에 위치한 아담한 장소가 좋지 않을까 생각했다. 그러나 어쩌면 내가 잘못 생각한 것인지도 모른다. 아직 레오넬로 식당 같은 것이 없는 주에 식당을 열어야 할는지도 모른다. 그러니까…… 캘리포니아 같은 주.

✦ 예술가, 작가가 많이 모여 있는 뉴욕의 주택 지구.

그래, 나는 생각했다. 캘리포니아.

울리의 신탁자금을 찾아서 네브래스카로 돌아오면 우리는 차에서 내릴 필요도 없을 터였다. 오늘 아침과 똑같이 울리와 빌리는 뒷좌석에 앉고 나와 에밋은 앞좌석에 앉아 계속 차를 몰고 달리면 될 터였다. 다만 빌리의 나침반 바늘이 이번에는 서쪽을 가리킨다는 점이 다를 뿐일 것이다.

문제는 내가 샌프란시스코에 대해 확신이 없다는 점이었다.

나를 오해하지는 말기 바란다. 프리스코*는 무척 분위기 있는 도시이다. 그곳은 부둣가를 따라 안개가 떠돌고, 텐더로인 지역을 따라 술에 찌든 부랑자들이 떠돌아다니고, 종이로 만든 거대한 용이 차이나타운 거리를 어슬렁거리며 돌아다니는 곳이다. 그래서 영화에서는 늘 누군가가 이곳에서 살해당한다. 그러나 그런 분위기에도 불구하고 샌프란시스코는 레오넬로 식당 같은 곳을 보증하지 못하는 것처럼 보였다. 그곳은 위풍당당함을 지니지 못했다.

하지만 로스앤젤레스는?

로스앤젤레스시는 위풍당당함을 병에 담아 해외에 팔 수 있을 정도로 아주 많은 위풍당당함을 지니고 있다. 그곳은 영화배우들이 영화배우의 삶을 시작한 이후로 줄곧 살아온 곳이다. 보다 최근에는 권투 선수와 갱스터들이 가게를 차린 곳이기도 하다. 심지어 시내트라도 그곳으로 거처를 옮겼다. 올 블루 아이스**가 뉴욕을 버리고 할리우드***를 택했다면, 우리도 그렇게 할 수 있을 것이다.

✦ 샌프란시스코를 구어적으로 이르는 말.
✦✦ Ol' Blue Eyes, 프랭크 시내트라의 별명.
✦✦✦ 할리우드는 로스앤젤레스의 중심부에 위치해 있다.

로스앤젤레스, 나는 속으로 생각했다. 겨울 내내 여름 날씨 같은 곳. 모든 웨이트리스가 신진 여배우로 만들어져가고 있는 곳, 그리고 거리 이름들이 오래전에 대통령과 나무의 이름을 추월해버린 곳*.

이제 나의 새 출발은 바로 그거야!

여행 가방에 관해서는 에밋의 생각이 옳았다. 새 출발을 한다는 것은 단순히 새 도시에 새 주소를 갖는 문제가 아니다. 새 일자리나 새 전화번호, 혹은 새 이름을 갖는 문제도 아니다. 새 출발은 백지 같은 깨끗한 상태로 만드는 것을 필요로 한다. 그것은 남에게 빚진 모든 것을 갚고, 남이 나에게 빚진 모든 것을 받아내는 것을 의미한다.

에밋은 농장을 넘겨주고 공공장소에서 자기 몫의 구타를 당함으로써 이미 결산을 끝냈다. 우리가 함께 서쪽으로 가고자 한다면 이제는 내가 결산해야 할 때인 것 같다.

그 계산을 하는 데는 오래 걸리지 않았다. 나는 설라이나 소년원 침상에서 청산되지 않은 빚에 대해 생각하며 수많은 밤을 보냈었다. 그러므로 큰 빚은 곧바로 수면 위로 떠올랐다. 모두 합해 세 가지였다. 한 가지는 내가 갚아야 할 빚이고, 두 가지는 내가 받아내야 할 빚이었다.

✦ 모건의 거리 이름은 대통령과 나무의 이름을 따서 지었다는 것을 상기하면서, 로스앤젤레스의 거리 이름은 너무 많아서 그렇게 지을 수 없다는 생각을 하고 있다.

에밋

에밋과 빌리는 경사면 기슭의 덤불 사이를 헤치며 재빨리 서쪽으로 나아갔다. 선로를 걷는 것이 더 쉬울 테지만, 아무리 달빛 속이라 해도 그러는 것은 부주의한 처사라는 생각이 들었기 때문이다. 그는 걸음을 멈추고 빌리를 돌아보았다. 빌리는 형을 따라가기 위해 최선을 다하고 있었다.

"내가 네 배낭을 들어주면 어떨까?"

"내가 메고 갈 거야, 형."

에밋은 다시 걸음을 옮기면서 빌리에게 빌린 시계를 흘낏 보았다. 11시 45분이었다. 그들은 11시 15분에 역을 떠났다. 에밋이 예상했던 것보다 걷기가 더 힘들었지만, 그래도 지금쯤은 소나무 숲에 와 있어야 할 것 같았다. 그러므로 마침내 저 앞에서 상록수의 뾰족뾰족한 실루엣이 눈에 들어오자 그는 안도의 한숨을 내쉬었다. 소나무 숲에 이른 그들은 숲의 어둠 속으로 두어 걸음 들어간 뒤,

머리 위에서 들려오는 올빼미 소리에 귀 기울이고 발아래에서 나는 솔잎 향기를 맡으며 조용히 기다렸다.

다시 빌리의 시계를 흘끗 본 에밋은 이제 11시 55분이라는 것을 알았다.

"여기서 기다려." 그가 말했다.

에밋은 경사면으로 올라가서 선로를 내려다보았다. 저 멀리 기관차의 정면에서 뿜어져 나오는 빛줄기가 보였다. 다시 어둠 속의 동생에게 돌아갔을 때, 에밋은 자기들이 선로를 걷지 않은 것을 다행으로 여겼다. 에밋의 눈에는 그 기관차가 1마일쯤 떨어져 있는 것처럼 보였는데도 그가 동생에게 이르렀을 때는 기다란 사슬을 이룬 유개화차들이 이미 휙 스쳐 지나가고 있었기 때문이다.

흥분 때문인지 불안 때문인지는 모르지만 빌리는 에밋의 손을 잡았다.

에밋이 추측하기에는 50량쯤 지나가고 나서야 드디어 열차의 속도가 느려지기 시작한 것 같았다. 마침내 열차가 멈춰 섰을 때, 뒤에 달린 10량이 에밋과 빌리가 서 있는 곳 바로 앞에 있었다. 걸인이 말해준 그대로였다.

지금까지 모든 일이 걸인이 말해준 대로 일어났다.

밀가루 1톤과 크래커 1톤의 차이는 뭔가? 그것이 화차 조차장에서 그 걸인이 에밋에게 던진 질문이었다. 그런 다음 걸인은 눈을 찡긋하더니 자신이 낸 수수께끼에 스스로 대답했다. **약 100세제곱피트라네.**

같은 노선을 오가는 화물이 있는 회사는—걸인은 타고난 친절한 태도로 계속 설명했다—일반적으로 회사가 자체적인 수용력을 갖추고 있다면 가격 변동에 노출되지 않으니까 한결 유리하다. 맨해튼에 있는 나비스코⁺ 공장은 중서부 지역에서 매주 밀가루를 납품 받고, 매주 완제품을 그 지역으로 다시 보내기 때문에 그 회사는 자체 화물 차량을 소유하는 것이 합리적이었다. 유일한 문제는 밀가루보다 밀도가 높은 게 별로 없고, 크래커보다 밀도가 낮은 게 별로 없다는 점이었다. 그래서 서쪽으로 갈 때면 회사의 모든 차량이 화물로 가득하지만 뉴욕으로 돌아갈 때엔 항상 빈 차량이 대여섯 대 있게 마련이고, 그런 차량에 대해서는 아무도 보안에 신경 쓰지 않는다고 했다.

무임승차하는 사람의 입장에서 보면—걸인은 이 점을 지적했다 —열차의 뒤쪽에서 빈 차량에 몰래 올라타게 된다는 사실은 특히나 다행스러운 점이었다. 왜냐하면 자정을 몇 분 지난 시간에 선셋 이스트호의 기관차가 루이스에 도착했을 때, 이 열차의 승무원실은 여전히 역에서 1마일 떨어진 지점에 있기 때문이었다.

열차가 멈추자 재빨리 경사면을 기어오른 에밋은 가장 가까운 차량들의 문을 열려고 시도했다. 세 번째 차량의 문이 잠겨 있지 않다는 것을 알아냈다. 에밋은 손짓으로 빌리를 불러서 먼저 차량 안으로 밀어 올려주고 자신도 올라타서 문을 닫았다. 덜커덕하는 큰 소리를 내며 문이 닫히자 차량 내부는 어둠에 잠겼다.

걸인은 빛과 공기가 들어올 수 있도록 지붕에 있는 해치를 열어 두는 게 좋을 거라고 말했었다. 다만 시카고에서는 열려 있는 해치

⁺ 리츠 크래커 등을 생산하는 미국 제과 회사.

가 사람들 눈에 띄지 않고 넘어갈 가능성이 많지 않으므로 열차가 시카고에 접근할 때는 반드시 해치를 닫으라고 했었다. 하지만 에밋은 이 유개화차의 문을 닫기 전에는 해치를 열어두려는 생각을 하지 못했다. 심지어 해치가 어디 있는지 봐두려는 생각조차 하지 못했다. 에밋은 문을 다시 열기 위해 걸쇠를 찾으려고 손을 뻗어 더듬거렸다. 그러나 열차가 덜컹거리며 앞으로 나아갔고, 그 바람에 그는 뒤로 쏠리면서 맞은편 벽에 부딪혔다.

어둠 속에서 그는 동생이 움직이는 소리를 들을 수 있었다.

"빌리, 가만히 있어." 해치를 찾는 동안, 그가 주의를 주었다.

그때 갑자기 에밋 쪽으로 한 줄기 빛이 비쳤다.

"내 손전등 쓰고 싶어?"

에밋이 씩 웃었다.

"그럼, 빌리, 쓰고 싶고말고. 아니 그보다는, 구석에 있는 저 사다리에 손전등 좀 비춰줄래?"

에밋은 사다리를 올라가 해치를 열어서 달빛과 시원한 바람을 불러들였다. 종일토록 햇볕에 노출된 화차의 실내 온도는 섭씨 27도는 족히 될 것 같았다.

"이쪽으로 몸을 뻗는 게 나을 것 같다." 에밋이 빌리를 반대편 끝쪽으로 이끌면서 말했다. 그곳은 누가 해치를 통해 안을 들여다본다 해도 쉽사리 눈에 띄지 않을 듯싶은 자리였다.

빌리는 배낭에서 셔츠 두 벌을 꺼내더니, 한 벌을 에밋에게 건네면서 셔츠를 접으면 군인들처럼 그걸 베개로 사용할 수 있다고 설명해주었다. 그런 다음 배낭끈을 다시 묶고 나서 접은 셔츠에 머리를 얹고 누웠다. 그리고 이내 잠에 빠졌다.

에밋은 동생 못지않게 지치고 피곤했으나 자신이 쉽사리 잠들지 못하리라는 것을 알았다. 그는 그날 벌어진 일들로 너무 긴장된 하루를 보냈다. 그가 지금 절실히 원하는 것은 담배였다. 하지만 물 한 잔으로 만족해야 할 것이다.

빌리의 배낭을 조용히 집어 든 에밋은 공기가 조금 더 시원한 해치 아래로 배낭을 옮긴 다음 벽에 등을 대고 앉았다. 이어 배낭끈을 풀고 빌리의 물통을 꺼낸 뒤 뚜껑을 열고 물을 한 모금 마셨다. 너무 목이 말라서 물통을 다 비울 수도 있었지만, 뉴욕에 도착할 때까지 물을 더 채워 넣을 기회가 없을지도 몰랐으므로 그는 한 모금 더 마신 뒤 물통을 배낭에 넣고 동생이 했던 것처럼 끈을 다시 단단히 묶었다. 배낭을 내려놓으려 할 때 배낭의 바깥 주머니가 눈에 들어 왔다. 그는 빌리를 힐끗 쳐다보고 나서 덮개를 열고 마닐라 봉투를 꺼냈다.

잠시 에밋은 마치 무게를 재려는 듯 두 손에 봉투를 올려놓은 채 앉아 있었다. 그는 다시 한번 동생을 힐끗 쳐다본 뒤 붉은 실을 풀고 어머니의 엽서를 무릎 위에 쏟았다.

에밋이 어렸을 때는 결코 어머니가 불행했다고 말할 수 없을 것이다. 남에게도 그렇고, 그 자신에게도 그렇게 말할 수 없었다. 그러나 어느 시점엔가 그냥 알 수 있을 정도로 어머니는 불행했다. 그는 그것을 눈물이나 탄식으로 알게 된 것이 아니라 이른 오후에 해야 할 일을 끝내지 않은 모습을 보고 알게 되었다. 아래층 부엌으로 내려가면 당근 열두 개가 식칼과 함께 도마 위에 놓인 것을 볼 수 있었는데, 그중 여섯 개는 썰려 있고 나머지 여섯 개는 썰지 않은 상태로 있었다. 또는 헛간에서 돌아왔을 때, 빨래의 절반은 빨랫줄에서 펄럭이고 나머지 절반은 바구니에 축축한 채로 담겨 있는 것을 보기도 했다. 어머니가 어디 갔는지 찾다 보면 그는 종종 무릎에 팔꿈치를 괴고 앉아 있는 어머니 모습을 발견하곤 했다. 에밋이 조용히, 아주 조심스럽게 **엄마?** 하고 말을 걸면 어머니는 기분 좋게 놀란 것처럼 고개를 들곤 했다. 어머니는 계단에 그가 앉을 자리를 마련해준 뒤 그의 어깨에 팔을 걸치거나 손가락으로 그의 머리카락을 흩뜨리곤 했고, 그런 다음에는 조금 전에 보고 있었던 것으로 돌아가—그것이 무엇이었든 간에—다시 그걸 아련히 바라보는 것이었다. 현관 계단과 지평선 사이 어딘가에 있는 어떤 것을 말이다.

어린아이들은 세상일이 어떻게 돌아가는지 모르기 때문에 자기 가정의 관행이나 습관이 세상의 관행이나 습관이라고 상상하게 된다. 저녁 식사 자리에서 성난 말을 주고받는 가정에서 자란 아이는 모든 집의 부엌 식탁에서 성난 말이 오간다고 생각하게 될 것이다. 저녁 식사를 하면서 아무 말도 주고받지 않는 가정에서 자란 아이는 모든 가정에서는 아무 말도 하지 않고 조용히 식사를 한다고 생각하게 될 것이다. 그러나 이 같은 사실이 널리 퍼졌음에도 불구하고 어린 에밋은 이른 오후에 집안일의 절반이 끝나지 않고 남아 있는 것은 뭔가가 잘못되었다는 신호라는 것을 알았다. 몇 년 후, 해가 바뀔 때마다 작물을 바꾸어 재배하는 것은 농부가 무엇을 할지 몰라 갈팡질팡하고 있다는 신호라는 것을 알게 되었던 것처럼.

엽서를 들고 달빛이 비치는 곳으로 간 에밋은 엽서 속의 장소를 서쪽으로 나아가는 순서대로—오갈랄라, 샤이엔, 롤린스, 록스프링스, 솔트레이크시티, 일리, 리노, 새크라멘토, 샌프란시스코 순서로—하나씩 하나씩 다시 살펴보았다. 그는 마치 현장의 첩보원이 보낸 자료에서 암호화된 메시지를 찾는 정보 장교처럼 그 사진과 그림들을 구석구석 샅샅이 살펴보고 어머니가 쓴 글들을 한 단어 한 단어 자세히 읽어보았다. 그는 지금 이 엽서들을 전에 그의 집 부엌 테이블에서 살펴보았을 때보다 더 자세히 살펴보았으나, 마지막 엽서는 그보다 훨씬 더 자세히 살펴보았다.

그 엽서의 글은 이랬다. **이곳은 샌프란시스코 링컨 공원에 있는 리전오브아너 미술관이야. 매년 7월 4일에 전 캘리포니아에서 가장 큰 불꽃놀이가 여기서 펼쳐진단다.**

빌리에게 엄마는 불꽃놀이를 좋아했다고 말한 기억은 없지만, 어머니는 말할 것도 없이 불꽃놀이를 좋아했다. 어머니가 보스턴에서 자랄 때 외할머니는 케이프코드에 있는 작은 마을에서 여름을 보내곤 했다. 어머니는 그곳에서 보낸 시간에 대해 별로 이야기하지 않았지만, 매년 7월 4일이면 지역 의용 소방대가 항구에서 펼쳐지는 불꽃놀이를 후원하곤 했던 일에 대해서는 들뜬 목소리로 설명했었다. 어린 시절의 어머니는 가족과 함께 그곳 부두의 끝자락에서 그 광경을 지켜보곤 했다. 그러나 좀 더 나이를 먹게 되자 어머니는 보트의 노를 저어서 계류장에서 흔들리고 있는 요트 사이로 들어가도 된다는 허락을 받았고, 그래서 어머니는 보트 바닥에 홀로 누워 불꽃놀이를 구경할 수 있었다.

에밋이 여덟 살이었을 때 어머니는 철물점의 카트라이트 씨로부터 7월 4일에 수어드라는―모건에서 차로 한 시간 남짓 걸리는―마을에서 조그만 기념행사가 열린다는 소식을 들었다. 오후에 퍼레이드가 열리고, 어두워지면 불꽃놀이가 열린다는 것이었다. 어머니는 퍼레이드에는 관심이 없었다. 그래서 일찍 저녁을 먹은 다음, 에밋과 부모님은 트럭을 몰고 그곳을 향해 떠났다.

카트라이트 씨가 **조그만 기념행사**라고 말했을 때 어머니는 어린 학생들이 만든 현수막과 교구 소속 여자들이 접이식 테이블에서 파는 다과가 있는, 여느 소도시 축제와 다를 바 없는 행사일 거라고 생각했다. 그러나 그곳에 도착했을 때 어머니는 수어드의 7월 4일 행사가 지금껏 자신이 보아온 그 모든 7월 4일 행사를 부끄럽게 만든다는 것을 알고 깜짝 놀랐다. 그것은 이 지역 주민들이 1년 내내 준비한 기념행사로, 멀리 디모인+에서도 사람들이 찾아와 구경할 정도였다. 왓슨 가족이 도착했을 무렵에는 주차할 수 있는 유일한 장소는 마을 중심부에서 1마일 떨어진 곳뿐이었다. 마침내 그들이 불꽃놀이가 열릴 플럼크리크 공원에 걸어 들어갔을 때, 잔디밭의 모든 공간은 담요를 깔고 집에서 싸 온 소풍 음식을 먹는 가족들이 다 차지하고 있었다.

이듬해, 어머니는 같은 실수를 반복할 생각이 없었다. 그래서 7월 4일 아침 식사 시간에 우리 가족은 점심을 먹고 나서 곧장 수어드로 떠날 거라고 알렸다. 그러나 어머니가 소풍 도시락을 준비한 뒤 포크와 나이프를 꺼내기 위해 식탁용 날붙이가 든 서랍을 열었을 때, 어머니는 잠시 동작을 멈추고 그것들을 빤히 바라보았다. 그러더니 몸을 돌려 부엌을 나와서 계단을 올라가는 것이었다. 에밋은 어머니 뒤에 바짝 붙어서 따라갔다. 침실에서 의자를 끌고 나온 어머니는 의자 위로 올라가서 천장에 매달린 짧은 끈을 잡았다. 그 끈을 당기자 해치가 열리면서 다락으로 통하는 슬라이딩 사다리가 내

+ 아이오와주의 주도.

려왔다.

눈이 휘둥그레진 에밋은 거기서 기다리라는 어머니의 말을 들을 준비를 하고 있었으나, 어머니는 자신의 목적에 너무 몰두한 나머지 잠시 멈춰 서서 조심하라는 말을 해줄 겨를도 없이 사다리를 올라갔다. 에밋이 어머니를 따라 좁은 단을 올라갈 때도 어머니는 상자들을 옮기는 일에 정신이 팔려 그에게 다시 내려가라는 말을 하지 못했다.

어머니가 원하는 물건을 찾고 있는 동안 에밋은 다락방에 있는 이상한 물품들을 살펴보았다. 거의 자기 키만큼이나 큰 낡은 무선 장치, 부서진 흔들의자, 그리고 색색의 스티커로 뒤덮인 커다란 트렁크 두 개……

"여기 있구나." 어머니가 말했다.

어머니는 에밋을 향해 빙긋 웃어 보이며 여행 가방처럼 보이는 것을 들었다. 다만 그것은 가죽이 아니라 고리버들로 만들어졌다는 점이 특이했다.

어머니는 다시 부엌으로 돌아와서 그 가방을 식탁 위에 올려놓았다.

에밋은 다락방의 열기로 어머니가 땀을 흘리고 있다는 것을 알 수 있었다. 손등으로 이마를 훔치자 이마에 땟자국이 남았다. 가방의 걸쇠를 끄르고 나서 어머니는 에밋을 향해 다시 한번 웃어 보이고 뚜껑을 열었다. 에밋은 다락방에 보관된 가방은 비어 있을 가능성이 높다는 것쯤은 알고 있었으므로 안에 내용물이 꾸려져 있다는 것을 알고, 그것도 완벽하게 꾸려져 있다는 것을 알고 깜짝 놀랐다. 가방 안에는 소풍 갈 때 필요한 모든 것이 가지런히 정리된 모습으로 들어 있었다. 거기에는 하나의 띠 밑에 붉은 접시 여섯 개가 쌓여 있고, 다른 띠 밑에는 붉은 컵 여섯 개가 탑처럼 쌓여 있었다. 길고 좁게 홈이 파인 곳들에는 포크, 나이프, 스푼이 들어 있고, 좀 더 짧은 홈에는 와인 따개가 들어 있었다. 심지어 특별한 모양으로 홈을 판 두 군데에는 소금 통과 후추 통도 들어 있었다. 뚜껑 안쪽에는 붉은색과 흰색의 격자무늬 테이블보가 두 개의 가죽띠로 제자리에 고정되어 있었다.

그때까지 에밋은 그처럼 정교하게 꾸려진 물건을 본 적이 없었다. 아무것도 빠진 게 없었고, 남아도는 것도 없었고, 모든 게 다 제자리에 있었다. 그 뒤로도 열다섯 살이 될 때까지는 그 같은 것을 다시 보지 못했다. 열다섯 살에 슐트 씨의 작업장에서 다양한 연장을 간수하고 걸기 위해 홈과 걸이못과 고리들을 질서 있게 배치해놓은 작업대를 보기 전까지는 말이다.

"와." 에밋이 감탄하자 어머니가 웃었다.

"에드나 고모할머니가 물려주신 거야."

그런 다음 어머니는 고개를 저었다.

"우리가 결혼한 날 이후로 이걸 열어본 적이 없는 것 같아. 하지만 오늘 저녁엔 이걸 사용할 거야!"

그해, 그들은 오후 2시에 수어드에 도착했고, 잔디밭 한가운데 적당한 곳을 찾아서 격자무늬 테이블보를 깔았다. 그렇게 이른 시간에 수어드에 가는 것을 탐탁지 않게 여기는 듯했던 아버지도 일단 자리를 잡고 나자 전혀 불편한 기색을 드러내지 않았다. 게다가, 다소 놀랍게도, 아버지는 가방에서 와인을 한 병 꺼내는 것이었다. 아버지는 어머니와 함께 와인을 마시면서 인색한 구두쇠 새디 이모와 건망증이 심한 데이브 삼촌을 비롯하여 동부에서 사는 아버지의 온갖 이상한 친척들에 대해 이야기해줌으로써 평소 거의 웃지 않는 어머니를 웃게 만들었다.

시간이 지날수록 잔디밭은 더 많은 담요와 바구니, 더 많은 웃음과 훈훈한 정으로 채워졌다. 마침내 밤이 되었고, 왓슨 가족은 격자무늬 테이블보 위에 누웠다. 에밋이 가운데에 누웠다. 첫 번째 폭죽이 슈욱 날아올라서 터질 때 어머니가 말했다. **나는 이걸 절대 놓치지 않을 거야.** 그날 밤 차를 타고 집으로 돌아가는 에밋의 머릿속에는, 그들 세 사람은 평생 수어드의 7월 4일 기념행사에 참석할 것 같다는 생각이 떠올랐다.

그러나 다음 해 2월—빌리가 태어난 지 몇 주 안 되었을 때—어머니는 갑자기 다른 사람이 되었다. 너무 피곤해서 보통 절반을 끝내지 않고 남겨두던 집안일을 시작조차 하지 못하는 날들이 종종 있었다. 아예 침대에서 나오지 않는 날들도 있었다.

빌리가 태어난 지 3주가 되었을 때 이미 손주들을 둔 에버스 부인이 매일 찾아와서 집안일을 돕고 빌리를 돌봐주기 시작했다. 그러는 동안 어머니는 다시 활력을 찾기 위해 노력했다. 4월이 되었을 무렵 에버스 부인은 오전에만 왔고, 6월이 되자 아예 오지 않았다. 그러나 7월 1일 저녁 식사 시간에 아버지가 7월 4일에는 몇 시에 출발해서 수어드에 가는 게 좋을지 약간 들뜬 어조로 물었을 때, 어머니는 정말 가고 싶은지 자기도 잘 모르겠다고 말했다.

에밋은 식탁 너머의 아버지를 보면서 아버지가 그토록 상심하는 모습은 처음 본다고 생각했다. 그러나 늘 그렇듯이, 아버지는 경험에서 좀처럼 배우지 못하는 성격에서 비롯된 자신감에 부풀어 그냥 밀고 나갔다. 7월 4일 아침에 아버지는 소풍 음식을 만들었다. 해치를 열고 좁은 사다리를 타고 올라가 다락방에서 그 소풍용 가방을 꺼냈다. 아버지는 빌리를 요람에 넣은 다음 트럭을 운전해서 현관문 쪽에 댔다. 그리고 1시가 되었을 때 안으로 들어가 외쳤다. **자, 모두 준비하고 나가자! 우리가 좋아하는 자리를 다른 사람들한테 뺏기면 안 되잖아!** 어머니도 가기로 동의했다.

동의했다기보다는 묵인했다는 게 더 옳을 것이다.

어머니는 트럭에 올라탄 뒤 한마디도 하지 않았다.

그들 모두 한마디도 하지 않았다.

그러나 수어드에 도착하여 공원 잔디밭 중앙으로 간 다음, 아버지가 격자무늬 테이블보를 펼치고 가방의 홈에서 포크와 나이프를 꺼내기 시작했을 때 어머니가 말했다.

"그거 줘요, 내가 도와줄게요."

그 순간, 그들 모두에게서 엄청난 무게의 짐이 빠져나간 것 같다.

어머니는 붉은 플라스틱 컵을 꺼내고 나서 아버지가 만든 샌드위치를 내놓았다. 어머니는 또 아버지가 챙겨 온 애플소스를 빌리에게 먹이고, 빌리가 잠들 때까지 요람을 앞뒤로 흔들어주었다. 어머니는 아버지가 잊지 않고 가져온 와인을 함께 마시면서 아버지에게 이상한 삼촌들과 이모들 이야기를 들려달라고 부탁했다. 해가 진 직후 첫 번째로 쏘아 올린 폭죽들이 공원 위에 드넓게 펼쳐지면서 색색의 불꽃을 일으키며 터졌을 때 어머니는 손을 뻗어 아버지의 손을 꼭 붙잡았으며, 눈물이 흐르는 얼굴로 아버지를 향해 부드러운 미소를 지어 보였다. 에밋과 아버지가 어머니의 눈물을 보았을 때, 그것은 감사의 눈물이라는 것을 알 수 있었기 때문에 그들도 어머니를 향해 미소 지었다. 그것은 어머니의 평소의 무기력함을 그냥 보아 넘기지 않고 그들 네 가족이 이 따뜻한 여름밤에 이 굉장한 불꽃 쇼를 함께 즐길 수 있게 하려고 집요하게 노력해준 남편에 대한 감사의 눈물일 터였다.

집에 돌아와서 아버지가 요람과 소풍용 가방을 집 안으로 옮길 때 어머니는 에밋의 손을 잡고 위층으로 데리고 올라가서 침대에 눕힌 후 이불을 꼭 덮어주고 이마에 키스를 해주었다. 그런 다음 빌리에게도 그렇게 해주려고 방을 나가 복도를 걸어 내려갔다.

그날 밤 에밋은 그 어떤 날보다도 더 달콤하게 푹 잤다. 그러나 아침에 일어났을 때 어머니는 사라지고 없었다.

에밋은 리전오브아너 미술관을 마지막으로 보고 나서 엽서를 봉투에 다시 넣었다. 그러고는 붉은색 가는 실을 감아서 봉투를 봉한 다음, 빌리의 배낭에 집어넣고 끈을 단단히 맸다.

어머니가 떠난 후 첫해는 아버지에게 힘든 해였다. 아버지를 대신해서 동생을 돌봐야 했던 에밋은 그렇게 기억했다. 날씨의 시련은 줄어들지 않고 계속되었고, 그에 따라 경제적인 어려움이 나타나기 시작했다. 마을 사람들은 왓슨 부인이 돌연히 떠난 것에 대해 거리낌 없이 험담을 했다. 그러나 아버지의 마음을 가장 무겁게 짓누른 것은—그들 두 사람 모두를 짓누른 것은—불꽃놀이가 시작되었을 때 어머니가 아버지의 손을 꼭 붙잡은 것이 아버지의 집요한 노력과 정성과 도움에 대한 감사 표시가 아니었다는 깨달음이었다. 그것은 아버지가 고질적인 질병에서 빠져나오도록 자신을 부드럽

게 구슬려서 이 마법 같은 장관을 목격하게 함으로써 어머니 자신
으로 하여금 만약 기꺼이 일상의 삶을 뒤로하고 떠난다면 어떤 기
쁨을 맛볼 수 있는지 깨우치게 해준 데 대한 감사의 표시였다는 깨
달음이었다.

더치스

"지도다!" 울리가 놀라서 소리쳤다.

"정말 지도네."

우리는 호조의 부스에 앉아서 아침 식사가 나오기를 기다리고 있었다. 각자의 자리에는 종이 깔개가 하나씩 놓여 있었는데, 그것은 또한 일리노이주가 간략하게 그려진 지도이기도 했다. 그 지도에는 주요 도로와 마을과 더불어 축척을 무시한 몇몇 지역 랜드마크 삽화가 그려져 있었다. 거기에 더하여 조그만 오렌지색 지붕과 조그만 푸른색 첨탑이 있는 하워드존슨 모텔 열여섯 곳도 표시되어 있었다.

"여기가 우리가 지금 있는 곳이야." 울리가 그중 하나를 가리키며 말했다.

"네 말을 믿을게."

"그리고 여기 링컨 하이웨이가 있어. 그리고 이것을 좀 봐!"

내가 **이것**이 무엇인지 보기 전에 웨이트리스—열일곱 살 이상일리 없었다—가 우리의 종이 깔개 위에 음식을 내려놓았다.

울리는 인상을 찌푸렸다. 그는 웨이트리스가 떠나는 것을 지켜본후, 음식을 먹는 척하면서 보고 있던 지도를 계속 볼 수 있도록 자신의 접시를 오른쪽으로 슬쩍 밀었다.

아침 식사를 주문하는 데 그토록 신경을 썼으면서도 막상 식사가나오니까 그 식사에 별 신경을 쓰지 않는 울리의 모습을 보게 되니좀 아이러니했다. 웨이트리스가 울리에게 메뉴판을 건넸을 때, 울리는 그 크기에 약간 불안해하는 것 같았다. 그는 숨을 한 번 들이마시고 나서 메뉴에 대한 설명을 빠짐없이 하나하나 소리 내어 읽기시작했다. 그런 다음 놓친 것은 없는지 확인하기 위해 처음으로 돌아가서 다시 읽는 것이었다. 웨이트리스가 주문을 받으려고 돌아왔을 때, 그는 와플을 먹을 거라고—아니면 스크램블드에그를 먹을까하고 잠시 망설였다—자신 있게 말했다가 웨이트리스가 몸을 돌려가려고 했을 때에야 핫케이크로 메뉴를 바꾸었다. 그러나 핫케이크가 도착하자 그는 거기에 시럽으로 정교한 소용돌이무늬를 그려 넣은 다음, 딸려 나온 베이컨을 깔짝거리기만 할 뿐이고 그 핫케이크는 무시하는 것이었다. 반면에 굳이 메뉴판을 쳐다보려고도 하지않았던 나는 소금에 절인 다진 쇠고기 요리와 한쪽만 익힌 반숙 달걀을 재빨리 먹어치웠다.

접시를 비운 나는 등을 기대고 앉아 주위를 둘러보면서 만약 울리가 내가 갖고 싶은 식당이 어떤 모습일지 대충 알길 원한다면 이하워드존슨 식당만 봐도 될 텐데, 하는 생각을 했다. 왜냐하면 모든면에서 내 식당은 이 식당과 반대되는 모습일 것이기 때문이었다.

분위기의 관점에서 보자면, 하워드존슨 식당의 선량한 사람들은 식당 부스에는 밝은 오렌지색을, 웨이트리스에게는 밝은 푸른색 복장을 입힘으로써 널리 알려진 이곳의 지붕과 첨탑 색깔을 식당에도 도입하기로 결정했다. 오렌지색과 푸른색의 조합은 태곳적부터 식욕을 자극하는 색과는 거리가 먼 색으로 알려져왔다는 사실에도 불구하고 말이다. 이곳 공간의 결정적인 건축 요소는 커다란 전망창이 연속적으로 펼쳐져 있어서 시야를 가로막는 것 없이 모든 사람에게 주차장을 그대로 노출시킨다는 점이었다. 요리는 값싼 식당에서 볼 수 있는 음식을 반지르르하게 모양낸 것과 다를 바 없었다. 그리고 이곳 고객의 대표적인 특징은, 그들을 한 번만 쳐다봐도 우리가 그들에 대해 알고 싶은 것보다 더 많은 것을 알 수 있다는 점이었다.

통밀 토스트 귀퉁이로 달걀노른자를 닦고 있는, 옆 부스의 얼굴이 붉은 남자를 보자. 그는 딱 봐도 순회 외판원이다. 나는 그런 사람을 숱하게 많이 보았다. 평범한 중년 남성의 가계도에서 순회 외판원은 한물간 연기자와 가까운 사이이다. 그들은 같은 차를 타고, 같은 마을에 가서, 같은 호텔에 머무른다. 사실, 그들을 구별할 수 있는 유일한 방법은 구두를 보는 것인데, 외판원이 더 실용적인 구두를 신는다.

나는 마치 증거가 필요한 것처럼 그가 웨이트리스의 팁을 계산하기 위해 백분율을 사용하는 것을 지켜보았다. 그러고 나서 그가 회사 경리부 직원에게 제출하기 위해 영수증에 각주를 달고, 그걸 반으로 접어서 지갑에 넣는 모습을 보았다.

외판원이 가려고 일어섰을 때 나는 벽에 걸린 시계를 보고 벌써

7시 30분이라는 것을 알았다.

"울리," 내가 말했다. "우리가 일찍 일어난 이유는 일찍 출발하기 위해서야. 그러니 내가 화장실에 다녀오는 동안 그 핫케이크를 좀 먹어두는 게 좋을 거야. 그런 다음 돈을 지불하고 곧장 출발하자."

"알았어." 울리가 말했다. 그러나 그는 팬케이크 접시를 오른쪽으로 조금 더 밀었다.

화장실에 가기 전에 나는 계산대에서 잔돈을 바꾸어 슬그머니 공중전화 부스에 들어갔다. 애컬리 원장이 은퇴해서 인디애나주로 갔다는 것은 알고 있었지만, 정확히 어디인지는 몰랐다. 그래서 전화 교환원에게 설라이나 소년원으로 연결해달라고 요청했다. 기다린 시간을 토대로 추측하자면, 전화벨이 여덟 번쯤 울리고 나서야 누군가가 전화를 받았다. 원장의 문을 지키는, 흑갈색 머리에 분홍 테 안경을 쓴 루신다인 것 같았다. 나는 아버지의 책에서 따온 리어왕의 대사 한 토막을 그녀에게 읊어주었다. 그것은 아버지가 전화선 저편에 있는 사람의 도움이 얼마간 필요할 때마다 사용하곤 하던 대사였다. 그 대사는 당연히 영국식 억양을 수반했으나, 약간 어정쩡하고 두루뭉술하게 발음했다.

나는 영국에서 온 애컬리의 삼촌이라고 둘러댔다. 그런 다음, 애컬리에게 나쁜 감정이 없다는 것을 분명히 하기 위해 독립기념일에 그에게 카드를 보내고 싶은데, 내 주소록을 어디에 두었는지 모르겠다고 말했다. 이 건망증이 심한 늙은이를 도와줄 수 있는 방법이 없을까요? 하고 덧붙였다. 잠시 후 그녀가 돌아와서 주소를 불러주었다. 사우스벤드 로더덴드런로드 132번지.

나는 쾌재를 부르며 공중전화 부스에서 나와 화장실로 갔다. 그리고 그곳 소변기에 서 있는 남자를 보았는데, 그 사람은 다름 아닌 옆 부스에 있던 얼굴이 붉은 남자였던 것이다. 볼일을 보고 나서 그 사람과 함께 세면대에 있게 되었을 때 나는 거울 속의 그에게 재빨리 미소를 보냈다.

"선생님은 외판원일 거라는 생각이 드는군요."

약간 감명을 받은 그가 거울 속에서 나를 바라보았다.

"난 영업 일을 하고 있네."

나는 고개를 끄덕였다.

"선생님은 비할 데 없이 다정한 사람이라는 인상을 줘요."

"이런, 고맙군."

"방문판매를 하시나요?"

"아냐." 그가 약간 언짢아하면서 말했다. "난 고객 관리자라네."

"아, 그러시군요. 실례가 안 된다면 어떤 종류의 제품을 취급하는지 물어도 될까요?"

"주방 용품."

"냉장고나 식기세척기 같은 거요?"

그는 내가 아픈 곳을 찌르기라도 한 것처럼 약간 움찔했다.

"우린 소형 가전제품을 전문으로 취급하네. 일반 믹서나 핸드 믹서 같은 거."

"소형이지만 필수적인 거로군요." 내가 지적했다.

"그렇고말고."

"그런데 어떻게 하는 거예요? 판촉 활동 말이에요. 그러니까 내 말은, 어떻게 파는 거냐고요? 믹서를 예로 든다면?"

"우리 믹서는 저절로 팔린다네."

그의 말투에서, 나는 그가 이전에도 만 번은 그렇게 말했으리라는 것을 알 수 있었다.

"선생님은 너무 겸손한 것 같아요. 하지만 진지하게 얘기해서, 선생님네 믹서를 경쟁사의 믹서와 비교해서 말할 때 선생님은 어떻게…… 차별화하는지요?"

차별화라는 말에 그는 한결 엄숙하고 은밀해졌다. 그가 지금 하워드존슨 식당의 화장실에서 열여덟 살짜리 애송이와 이야기하고 있다는 사실은 문제 되지 않았다. 그는 이제 피치를 올릴 준비를 끝냈고, 설령 자신이 원한다 할지라도 자기 자신을 멈출 수 없었다.

"우리 믹서는 저절로 팔린다고 내가 말했을 때 그건 반은 농담이었지만 반은 진담이었어." 그가 말하기 시작했다. "왜냐하면, 알다시피 모든 주요 믹서들이 낮음, 중간, 높음이라는 3단계 설정 기능을 갖추게 된 게 그리 오래전 일이 아니니까. 그런데 우리 회사는 더 나아가 재료를 갈거나 섞는 **유형**에 따라 갈기, 섞기, 휘젓기로 믹서 버튼을 차별화한 최초의 회사라네."

"기발하네요. 선생님네 회사가 시장을 독차지하겠군요."

"얼마 동안은 그랬지." 그가 인정했다. "하지만 곧 우리 경쟁사들이 따라 했어."

"그럼 선생님네는 한 걸음 더 나아가야 했겠군요."

"바로 그거야. 그래서 올해 우린 미국에서 네 번째 단계의 유형을 소개하는 최초의 믹서 제조사가 되었다네. 이 말을 하게 되어 자랑스럽군."

"네 번째 단계요? 갈기, 섞기, 휘젓기 다음 단계?"

나는 긴장감으로 죽을 것 같았다.

"으깨기."

"브라보." 내가 말했다.

얼마간 진심이었다.

나는 그를 감탄 어린 눈으로 다시 한번 훑어보았다. 그러고 나서 그에게 전쟁에 나가 싸웠는지 물어보았다.

"나는 그런 영광을 누리지 못했다네." 그가 말했다. 이 역시 이전에 만 번은 말했을 듯싶은 답변이었다.

나는 동정심을 느끼며 고개를 저었다.

"참전한 군인들이 고향에 돌아왔을 때 얼마나 떠들썩했는지요. 불꽃놀이와 퍼레이드가 열렸고, 시장들은 옷깃에 훈장을 달아주었죠. 아름다운 여자들이 수없이 줄지어 서서 제복을 입은 아무 멍청이에게나 키스를 했고요. 선생님은 제가 무슨 생각을 하는지 알아요? 미국인들은 순회 외판원들에게 좀 더 많은 경의를 표해야 한다고 생각한답니다."

그는 내 말이 농담인지 아닌지 분간하지 못했다. 그래서 나는 목소리에 감정을 실어 말했다.

"제 아버지는 순회 외판원이었어요. 아, 아버지는 숱한 지역을 돌아다니고, 숱하게 많은 집의 초인종을 눌렀지요. 아버지는 가정의 안락함과는 거리가 먼 밤들을 보냈어요. 저는 선생님에게 순회 외판원은 열심히 일하는 사람일 뿐만 아니라 자본주의의 보병이라고 말하고 싶습니다."

나는 그가 이 말에 실제로 얼굴을 붉혔다고 생각한다. 원래 붉은 그의 얼굴색을 감안하면 그걸 알기는 어려웠지만 말이다.

"선생님을 만나게 되어 영광입니다." 나는 그렇게 말하며 아직 다

마르지도 않은 손을 내밀었다.

화장실에서 돌아온 나는 우리 웨이트리스가 보이자 그녀를 불러 세웠다.

"더 필요한 게 있나요?" 그녀가 물었다.

"계산서 주세요." 내가 대답했다. "갈 데가 있고, 만날 사람도 있거든요."

'**갈 데가 있고**'라는 말에 그녀는 약간 동경하는 듯한 표정을 지었다. 만약 그녀에게 우리는 뉴욕으로 간다고 말한 뒤 태워주겠다고 제안했다면 그녀는 유니폼을 갈아입을 시간도 허비하지 않고 곧장 뒷좌석에 뛰어올랐을 거라고 믿는다. 설사 그 이유가 단지 종이 깔개로 쓰이는 지도의 가장자리 지역을 벗어나면 무슨 일이 일어나는지 보기 위해서일 뿐 다른 이유는 없다 할지라도 말이다.

"바로 가져다드릴게요." 그녀가 말했다.

우리 부스로 가는 동안 나는 조금 전에 옆 부스의 남자가 영수증에 주의를 기울이는 모습을 보고 속으로 놀렸던 것을 후회했다. 왜냐하면 우리도 에밋을 대신해서 그 비슷한 것을 해야 한다는 생각이 갑자기 떠올랐기 때문이다. 우린 지금 에밋의 봉투에 든 돈을 경비로 쓰고 있기 때문에 우리가 돌아가면 에밋은 우리에게 자세한 설명을 요구할 권리가 있다. 그래야 우리가 신탁자금을 분배하기 전에 그가 변제받을 수 있을 테니까 말이다.

전날 밤 나는 저녁 식사 비용을 지불하는 일을 울리에게 맡긴 채 모텔에 체크인을 하러 갔었다. 그 비용으로 얼마를 썼는지 울리에게 물어보려 했는데, 우리 부스에 와보니 울리는 사라지고 없었다.

울리는 어디로 갔을까, 나는 눈을 굴리며 생각했다. 내가 방금 전에 화장실에서 나왔으니 화장실에 갔을 리는 없었다. 울리는 반짝반짝 빛이 나고 색깔이 화려한 것을 좋아한다는 것을 알고 있었으므로 나는 아이스크림 카운터를 살펴보았다. 그러나 거기에는 너무 이른 아침 시간인 것을 아쉬워하며 진열대 유리에 코를 박고 있는 어린아이 두 명밖에 없었다. 불길한 예감이 점점 더 커지는 것을 느끼며 나는 판유리로 된 창문으로 눈을 돌렸다.

창문을 통해 주차장을 내다보던 나는 반짝이는 차창과 크롬의 바다를 가로지르며 시선을 옮겼다. 내 시선은 이내 스튜드베이커를 세워둔 지점에 이르렀는데, 거기에 스튜드베이커는 없었다. 나는 시야에 방해가 되는, 정수리 위로 높이 틀어 올린 두 여자의 머리를 피해 오른쪽으로 한 걸음 옮겨서 주차장 입구 쪽을 바라보았다. 바로 그때 에밋의 차가 우회전하여 링컨 하이웨이를 타는 것을 보았다.

"아, 이런 씨발."

하필 바로 그 순간에 계산서를 가지고 온 우리 웨이트리스가 파랗게 질렸다.

"욕을 해서 미안해요." 내가 말했다.

그런 다음 계산서를 흘낏 보고 봉투에서 20달러를 꺼내 그녀에게 주었다.

그녀가 거스름돈을 가져오기 위해 종종걸음으로 떠났을 때 나는 자리에 털썩 주저앉아 울리가 앉아 있었어야 할 테이블 맞은편 자리를 바라보았다. 그의 접시는 원래의 자리로 돌아가 있었으며, 베이컨은 사라졌고, 그와 함께 핫케이크의 일부도 좁은 쐐기 모양의 공간을 남기고 사라졌다.

나는 여러 겹으로 쌓인 핫케이크에서 그처럼 가늘고 작은 조각을 잘라낸 울리의 정교한 솜씨를 감탄하며 바라보다가 그의 흰 세라믹 접시의 아래가 포마이카 테이블 표면이라는 것을 알아차렸다. 즉, 종이 깔개가 없어진 것이었다.

나는 내 접시를 옆으로 밀치고 종이 깔개를 집어 들었다. 앞에서 말했듯이 그것은 주요 도로와 마을이 표시된 일리노이주 지도였다. 그러나 오른쪽 하단 구석에는 이 지역의 도심지 지도를 확대해서 보여주는 삽도揷圖가 있었는데, 그 중앙에는 작은 녹색 광장이 있고, 그 작은 녹색 광장의 한가운데에 바로 에이브러햄 링컨의 동상이 있었다.

울리

"험더덤 더덤," 울리는 무릎에 놓인 지도를 다시 한번 보면서 콧노래를 불렀다. "성능은 한결 뛰어나서 그녀를 이길 수 있는 것은 없다. 인생은 이 차에서 더욱……. ✦ 오, 험더덤 더덤."

"비켜!" 어떤 운전자가 스튜드베이커를 지나가면서 경적을 세 번 울리며 소리쳤다.

"미안, 미안, 미안!" 울리가 다정하게 손을 흔들며 세 번의 경적 소리에 맞추어 세 번 반복해서 대답했다.

다시 그의 차선으로 들어가면서 울리는 무릎 위에 지도를 올려놓고 운전하는 것은 자꾸자꾸 위를 보았다 아래를 보았다 해야 하니까 바람직하지 않을 수도 있다는 점을 인정했다. 그래서 그는 왼손으로 운전대를 잡고 오른손으로 지도를 쥐었다. 그렇게 하니까 한

✦ 옛 자동차 광고 시엠송.

쪽 눈으로는 지도를 보고 다른 쪽 눈으로는 도로를 볼 수 있었다.

전날 더치스가 필립스 66 주유소에서 필립스 66 미국 도로 지도를 확보했을 때, 더치스는 그걸 울리에게 건네면서 자기는 운전을 하니까 울리가 지도를 보며 길 안내를 해야 한다고 말했다. 울리는 약간 불안한 마음으로 이 책임을 받아들였다. 주유소 지도는 극장의 연극 프로그램 소책자처럼 딱 알맞은 크기였다. 그러나 주유소 지도를 읽기 위해서는 태평양이 기어 변속기에 닿고 대서양이 조수석 문에 이를 때까지 지도를 펼치고 펼치고 펼쳐야 한다.

주유소 지도가 활짝 펼쳐지면 그걸 보기만 해도 머리가 띵해질 것이다. 고속도로와 우회로와 무수히 많은 작은 도로가 위에서 아래로, 좌에서 우로 구역질이 날 만큼 어지럽게 교차하며, 그 각각의 도로에는 이름이나 숫자가 아주 조그맣게 표시되어 있기 때문이다. 그것은 울리가 세인트폴 기숙학교에 다닐 때 배웠던 생물학 교재를 떠올리게 했다. 아니 세인트마크 기숙학교 시절이었던가? 어쨌든 이 책의 앞부분 왼쪽 페이지에는 인체 골격 그림이 있었다. 온갖 뼈들이 온전히 제자리에 있는 이 해골 그림을 주의 깊게 살펴본 후 이제 이 해골이 사라지기를 간절히 기대하며 다음 페이지를 폈을 때, 해골은 여전히 거기 있는 것이었다. 왜냐하면 다음 페이지가 속이 비치는 투명지로 만들어졌기 때문이다! 그것이 투명지로 만들어진 까닭은 골격 바로 위에서 신경계를 공부할 수 있도록 하려는 의도에서였다. 그리고 그 페이지를 또 넘기면 골격, 신경계와 **더불어** 자그마한 파란색 선과 빨간색 선으로 복잡하게 표시된 순환계를 공부할 수 있었다.

울리는 이 다층적인 그림이 공부할 내용을 더없이 명확하게 할 의도로 꾸며진 것이라는 걸 알고 있었지만, 그러나 그것은 매우 불안정하고 불확실하다고 생각했다. 예를 들어, 그것은 남자 그림인가, 여자 그림인가? 늙은이인가, 젊은이인가? 흑인인가, 백인인가? 그리고 이 복잡한 망을 따라 이동하는 모든 혈구와 신경 자극들은 자기들이 어디로 가게 되어 있는지 어떻게 알았을까? 그리고 그것들은 일단 거기 도착하고 난 뒤에는 자기 집으로 돌아가는 길을 어떻게 찾았을까? 필립스 66 도로 지도가 바로 그와 같았다. 수많은 동맥, 정맥, 모세혈관이 바깥쪽으로 끝없이 뻗어나가서, 결국에는 그 혈관 중 하나를 타고 여행하는 어느 누구도 자기가 어디로 가고 있는지 알 수 없게 돼버린, 그런 그림이었다.

그러나 하워드존슨 식당의 이 종이 깔개 지도는 그렇지 않았다! 이것은 펼칠 필요가 없었다. 어지러울 정도로 많은 고속도로와 우회로로 덮이지도 않았다. 아주 적당한 정도의 도로만 있었다. 이름이 있는 도로는 명확하게 이름을 썼고, 이름이 없는 도로는 전혀 이름을 붙이지 않았다.

하워드존슨 지도의 매우 칭찬할 만한 또 다른 특징은 삽화였다. 대부분의 지도 제작자들은 축소하는 것에 특히 능하다. 주, 마을, 강, 도로 등 모든 것이 더 작은 크기로 줄어든다. 그러나 하워드존슨 식당의 종이 깔개 지도에서는 지도 제작자가 마을, 강, 도로를 축소한 다음, 규정된 방식보다 **더 크게** 나타낸 그림들을 선택적으로 추가했다. 옥수수밭의 위치를 보여주는 왼쪽 하단 구석의 커다란 허수아비처럼. 또는 링컨 공원 동물원을 보여주는 오른쪽 상단 구석의 커다란 호랑이처럼.

그것은 해적들이 보물 지도를 그리던 방식이었다. 해적들은 바다와 섬들을 아주 작고 단순한 모양이 될 때까지 축소했지만, 해안가에 있는 큰 배와 해변의 커다란 야자수, 그리고 두개골 모양의 언덕에 있는 커다란 암석과 그 암석으로부터 정확히 열다섯 걸음 떨어진 곳에 표시한, 보물이 있는 지점을 나타내는 X자를 추가했다.

종이 깔개 지도의 오른쪽 하단 구석에 있는 박스에는 지도 안에 지도가 있었는데, 그것은 이 마을의 도심을 보여주었다. 이 지도에 따르면 2번가에서 우회전하여 1인치 반을 나아가면 리버티 공원에 다다를 것이고, 그 공원의 한가운데에는 아주 커다란 에이브러햄 링컨 동상이 있을 터였다.

울리는 불현듯 왼쪽 눈으로 2번가를 나타내는 간판을 보았다. 그는 지체 없이 급히 운전대를 오른쪽으로 틀었고, 그때 경적이 또 한 번 울렸다.

"미안." 울리가 소리쳤다.

앞 유리 쪽으로 몸을 기울인 울리의 눈에 언뜻 푸른빛이 보였다.

"다 왔군," 그가 말했다. "다 왔어."

1분 후 거기 도착했다.

연석 옆에 차를 대고 문을 열다가 하마터면 지나가는 승용차에 부딪힐 뻔했다.

"이크!"

다시 문을 닫은 울리는 조수석 쪽으로 건너가서 문을 열고 내린 다음, 지나가는 차가 없을 때까지 잠시 기다렸다가 재빨리 달려서 길을 건넜다.

공원 안으로 들어갔다. 밝고 화창한 날이었다. 나뭇잎은 푸르고, 관목에는 꽃이 피었으며, 길 양쪽에는 데이지가 자랐다.

"다 왔어." 그가 지퍼를 올리며 다시 말했다.

그러나 갑자기 데이지 길이 다른 길과 교차하여 울리에게 세 가지 선택지—왼쪽으로 가기, 오른쪽으로 가기, 직진하기—를 제시했다. 울리는 종이 깔개 지도를 가져올걸, 하고 생각하면서 각 방향을 바라보았다. 왼쪽에는 나무와 관목과 진녹색 벤치가 있었다. 오른쪽에는 나무, 관목, 벤치가 더 많았으며, 헐렁한 양복 차림에 축 처진 모자를 쓴, 어딘가 낯익어 보이는 남자가 있었다. 그러나 울리는 눈을 가늘게 뜨고 직진 방향을 바라보다가 그곳에 분수대가 있는 것을 알아보았다.

"아하!" 그가 소리 내어 말했다.

울리의 경험으로 보건대 동상은 흔히 분수대 근처에 있었다. 워싱턴스퀘어 공원의 분수대 근처에 있는 가리발디 동상이나 센트럴파크의 커다란 분수대 맨 위에 있는 천사상처럼.

울리는 자신만만하게 분수대 가장자리로 달려가서 상쾌한 물안개 속에 잠시 멈춰 서서 방향을 찾았다. 그는 재빨리 둘러보고 그 분수대가 (그가 방금 전에 서둘러 달려왔던 길을 포함한다면) 여덟 개의 길이 뻗어나가는 중심지라는 사실을 알아냈다. 울리는 낙담스러운 기분을 추스르며 천천히 분수대 주위를 시계 방향으로 움직이면서 바다를 항해하는 선장처럼 손차양을 하고서 각각의 길을 응시했다. 거기, 여섯 번째 길의 끝에 '정직한 에이브+'가 있었다.

울리는 그 길을 달려가는 대신 동상에 대한 존경심을 담아 링컨처럼 걸음을 크게 떼며 성큼성큼 걸어갔다. 이윽고 몇 피트 떨어진

+ 에이브러햄 링컨의 별명.

곳에서 걸음을 멈추었다.

정말 멋지게 닮았구나, 울리는 생각했다. 동상은 링컨 대통령의 위상을 담아냈을 뿐 아니라 그의 도덕적 용기도 표현하려 한 것 같았다. 누구나 예상할 수 있듯이, 대부분의 링컨 동상과 마찬가지로 이 동상도 링컨이 특유의 셰넌도어 턱수염*을 기르고 긴 검정 코트를 입은 모습으로 제작되었다. 하지만 이 동상의 조각가는 한 가지 색다른 선택을 했다. 대통령이 마치 거리에서 지인을 만나 막 모자를 벗은 것처럼 오른손으로 모자의 챙 부분을 가볍게 쥐고 있는 모습을 표현한 것이다.

울리는 동상 앞 벤치에 앉아서 전날에 빌리가 에밋의 차 뒷좌석에서 링컨 하이웨이의 역사에 대해 설명해주던 것을 떠올렸다. 빌리의 말에 따르면, 링컨 하이웨이가 처음 건설되던 때에는(천구백 몇십몇 년이라고 했다) 열성적인 사람들이 이 고속도로의 전 노선을 따라서 헛간과 울타리 기둥에 페인트로 빨강, 하양, 파랑 줄무늬를 그렸다. 울리는 이것을 완벽하게 상상할 수 있었다. 왜냐하면 그것은 7월 4일이 되면 그의 가족들이 널따란 거실의 서까래와 현관 난간에 빨간색, 흰색, 파란색 띠들을 매달곤 했던 기억을 떠올리게 했기 때문이다.

오, 그의 증조할아버지는 7월 4일 독립기념일을 얼마나 좋아했던가.

울리의 증조할아버지는 추수감사절이나 크리스마스나 부활절에는 자식들이 그와 함께 명절을 기념하며 보내든, 아니면 집을 떠나

✦ 구레나룻을 포함한 길게 기른 턱수염을 일컫는다. 입 위쪽 콧수염은 기르지 않고 깎는 것이 특징이다.

다른 사람과 보내든 개의치 않았다. 그러나 독립기념일에는 그와 함께하지 않는 것을 용인하지 않았다. 증조할아버지는 모든 자식과 손주와 증손주가 아무리 멀리 떨어져 있다 해도 그날은 애디론댁에 와야 한다고 분명하고 확실하게 밝혔다.

그리고 그들은 다 모였다!

7월 1일이 되면 가족들이 하나둘 도착하여 진입로에 차를 세웠다. 기차역에 도착한 가족도 있고, 20마일 떨어진 작은 공항에 도착한 가족도 있었다. 7월 2일 오후가 되면 그 집의 모든 잠자리 공간에 임자가 정해졌다. 조부모, 아버지 형제, 고모들은 침실을 차지했고, 좀 더 젊은 사촌들은 베란다 방을 차지했으며, 다행히도 열두 살 이상인 모든 사촌들은 소나무 사이에 설치한 몇 개의 텐트를 차지했다.

7월 4일이 되면 잔디밭에서 점심으로 소풍 도시락을 먹었고, 이후 카누 경기, 수영 경기, 소총 사격 대회와 활쏘기 대회, 그리고 두 팀으로 나누어서 하는 흥미진진한 깃발 뺏기 경기가 이어졌다. 정각 6시가 되면 현관에 칵테일이 마련되었다. 7시 30분에는 벨이 울리고, 모든 사람이 저녁을 먹기 위해 안으로 들어갔다. 저녁 식사로는 튀긴 닭고기, 찐 옥수수, 도러시가 만든 유명한 블루베리 머핀 등이 나왔다. 그리고 10시가 되면 보브 삼촌과 랜디 삼촌은 그들이 펜실베이니아에서 구입한 폭죽을 터뜨리기 위해 호수 한가운데에 있는 뗏목으로 노를 저어 나아갔다.

빌리가 그걸 보았다면 얼마나 좋아했을까, 올리는 빙그레 웃으며 생각했다. 빌리는 울타리 가로장에 매단 색 띠와 나무 사이에 설치한 텐트와 바구니에 가득한 블루베리 머핀을 좋아했을 것이다. 그

러나 무엇보다도 불꽃놀이를 좋아했을 것이다. 언제나 슈욱 하고
날아올라 펑 터지는 것으로 시작하지만, 시간이 갈수록 점점 더 커
져서 나중에는 하늘을 가득 채우는 것처럼 보이는 불꽃놀이를 빌리
는 가장 좋아했을 것이다.

그러나 이렇게 멋진 생각을 하고 있는 중에도 울리의 표정은 침
울해졌다. 왜냐하면 그의 어머니가 '우리 모두가 여기 있는 이유'라고
말하곤 했던 그 낭송 내용을 거의 다 잊어버렸기 때문이다. 해마다
7월 4일에는 일단 모든 음식이 차려지고 나면 식전 감사 기도 대신
에 열여섯 살 이상인 아이들 중에서 가장 나이 어린 아이가 식탁 상
석에 자리 잡고 서서 '독립선언서'를 낭송했다.

인간사의 진행 과정에서……, 그리고 **우리는 다음과 같은 진리를 자명한
것으로 믿는바**……, 등등.

그러나 울리의 증조할아버지가 곧잘 얘기했듯이 워싱턴과 제퍼
슨과 애덤스가 공화국을 건설할 비전을 가지고 있었다면, 그 비전
을 완성할 용기를 가지고 있었던 사람은 링컨이었다. 그래서 독립
선언서를 낭송한 사촌이 자기 자리로 돌아가 앉으면 열 살 이상인
아이들 중에서 가장 어린 아이가 식탁 상석에 서서 '게티즈버그 연
설'을 전부 다 낭송해야 했다.

그것이 끝나면 낭송자는 고개 숙여 인사를 하고, 그러면 방 안에
는 불꽃놀이가 끝난 뒤에 쏟아지는 박수갈채만큼이나 큰 박수가 터
질 것이다. 그런 다음에는 웃음과 덕담을 주고받는 소리에 맞추어
음식 접시와 바구니가 식탁 주위를 씽씽 돌아다닐 것이다. 그것은
울리가 항상 고대했던 순간이었다.

다시 말하자면, 그가 열 살이 되던 날인 1944년 3월 16일까지는

늘 고대하던 순간이었다.

어머니와 누나들이 올리의 생일을 축하하며 생일 축하 노래를 부른 직후, 큰누나 케이틀린이 오는 7월 4일에는 올리가 식탁 상석에 설 차례라는 것을 주지시킬 필요가 있다고 생각했다. 올리는 이 말을 듣고 마음이 너무 심란해져서 먹고 있던 초콜릿 케이크 조각을 마저 다 먹지도 못했다. 그가 열 살이 될 때까지 뭔가 알아차린 게 있다면, 그것은 바로 자신이 기억과 암기에 약하다는 사실이었기 때문이다.

올리의 걱정을 알아차린 세라 누나—누나는 7년 전에 나무랄 데 없이 낭송한 경험이 있었다—는 자기가 지도해주겠다고 나섰다.

"네 능력이면 충분히 그 연설을 외울 수 있어." 그녀가 빙긋 웃으면서 올리에게 말했다. "어쨌든 그건 열 문장밖에 안 되니까."

처음엔 이 장담이 올리의 용기를 북돋아주었다. 그러나 누나가 실제 연설문을 보여주었을 때 올리는 그 연설문이 처음 보면 열 문장밖에 안 되는 것처럼 **보일** 수 있지만, 마지막 문장은 사실은 한 문장인 것처럼 위장한 세 개의 다른 문장이라는 것을 알아차렸다.

"사실상(올리는 이 말을 자주 썼다), 열 문장이 아니라 열두 문장이야."

"그렇다 해도 마찬가지야." 세라가 대꾸했다.

누나는 확실히 하기 위해 미리 준비를 착실하게 하자고 제안했다. 4월 첫째 주에는 첫 문장을 한 단어 한 단어 분명히 외워서 낭송하는 것을 배우기로 했다. 그다음 4월 둘째 주에는 첫 문장과 두 번째 문장을 외워서 낭송하기로 했다. 이어 셋째 주에는 첫 세 문장을 외워서 낭송할 것이고, 그런 식으로 6월이 거의 다 끝나가는 12주

후까지 계속하기로 했다. 그러면 울리는 연설문 전체를 차질 없이 외워서 낭송할 수 있을 터였다.

그들은 정확히 그런 방식으로 준비했다. 울리는 매주 한 문장씩 더해서 외워나갔고, 이윽고 연설문 전체를 암송할 수 있게 되었다. 실제로 그는 7월 1일 무렵이 되었을 때는 세라 누나 앞에서뿐만 아니라 거울 앞에서 혼자서도, 도러시를 도와 부엌 싱크대에서 설거지를 하는 동안에도, 그리고 한번은 호수 한가운데 있는 카누 안에서도 연설문을 처음부터 끝까지 다 암송했다. 그래서 운명의 날이 왔을 때, 울리는 준비가 되어 있었다.

사촌 에드워드가 독립선언서를 낭송하고 따뜻한 박수갈채를 받은 후, 울리는 영광스러운 자리에 서게 되었다.

그러나 막 시작하려고 했을 때, 그는 세라 누나의 계획에서 첫 번째 문제를 발견했다. 그것은 사람이었다. 울리는 그 연설문을 누나 앞에서, 그리고 종종 혼자서 여러 번 암송했지만, 다른 사람들 앞에서 낭송해본 적은 한 번도 없었다. 그리고 이들은 그저 단순한 '다른 사람들'이 아니었다. 가장 가까운 친척 서른 명이 식탁을 중심으로 두 줄로, 즉 서로 맞은편에 앉아 주의를 기울이고 있었고, 게다가 울리의 맞은편 끝에는 다름 아닌 증조할아버지가 앉아 있었던 것이다.

누나를 힐끗 쳐다본 울리는 끄덕 고갯짓을 해준 누나의 격려에 힘입어 자신감을 키웠다. 그러나 막 시작하려 했을 때, 울리는 세라 누나의 계획에서 두 번째 문제를 발견했다. 그것은 복장이었다. 울리는 이전에 코듀로이 옷이나 잠옷이나 수영복 차림으로 연설문을 암송했을 뿐, 몸을 근지럽게 하는 파란색 블레이저코트와 빨간색, 하얀색이 교대로 배열된 목을 조이는 넥타이 차림으로 암송한 적은 한 번도 없었다.

울리가 손가락 하나를 구부려 칼라를 잡아당기자 나이 어린 사촌 몇 명이 낄낄거리기 시작했다.

"쉿." 울리의 할머니가 말했다.

울리는 세라 누나를 쳐다보았고, 누나는 다시 한번 따뜻한 고갯짓을 보내주었다.

"자, 시작해." 누나가 말했다.

울리는 누나가 가르쳐준 대로 똑바로 서서 크게 숨을 두 번 들이쉰 다음 시작했다.

"**87년 전,**" 그가 말했다. "**87년 전.**"

어린 사촌들이 킬킬거리는 소리가 더 많이 났고, 이번에도 할머니의 쉿 하는 소리가 뒤따랐다.

긴장되면 사람들의 머리 위쪽을 바라보라고 한 세라 누나의 말이 생각나서 울리는 눈을 들어 벽에 걸린 말코손바닥사슴의 머리를 쳐다보았다. 그러나 말코손바닥사슴의 시선이 호의적이지 않다는 생각이 들자 그는 대신 눈을 내리깔고 신발을 보려고 했다.

"**87년 전……,**" 그가 다시 시작했다.

"**우리 선조들은,**" 세라 누나가 나지막이 상기시켜주었다.

"**우리 선조들은,**" 울리가 누나를 쳐다보며 말했다. "**우리 선조들은 이 내륙에…….**"

"**이 대륙에…….**"

"**이 대륙에 새로운 나라를 세웠습니다.**"

"**……자유의 정신으로 잉태되고,**" 따뜻한 목소리가 상기시켜주었다.

그런데 그건 세라의 목소리가 아니었다. 몇 주 전에 프린스턴대학을 졸업한 사촌 제임스의 목소리였다. 그리고 울리가 낭송을 재개했을 때 이번에는 세라와 제임스가 함께 읊어주었다.

"**자유의 정신으로 잉태되고,**" 세 사람이 함께 낭송했다. "**모든 인간은 평등하게 창조되었다는 신조에 헌신하는……**"

그러자 이전 자신들의 차례에 링컨의 연설문을 낭송하는 임무를 맡았던 다른 친척들이 목소리를 보탰다. 그다음에는 그 연설문을 낭송하는 과제를 부여받은 적은 없지만 이전에 너무 많이 들어서 연설문을 다 외우고 있는 가족들이 그 합창단에 합류했다. 이내 식탁에 있는 모든 사람들이—증조할아버지를 포함하여—함께 낭송했다. 그리고 그들 모두 함께 그 웅장하고 희망적인 말, 즉 '**국민의, 국민에 의한, 국민을 위한 통치는 이 땅에서 사라지지 않을 것입니다**'라는 말을 하게 되었을 때, 가족들은 이 방에서 한 번도 본 적이 없는 커다란 환호를 터뜨렸다.

에이브러햄 링컨은 틀림없이 자신의 연설문은 이런 식으로 낭송해야 한다고 생각했을 것이다. 몸을 근지럽게 하는 코트를 입은 어린 소년이 식탁 상석에 홀로 서서 낭송하는 모습이 아니라, 가족 4대가 일제히 함께 낭송하는 모습을 바랐을 것이다.

오, 아버지가 거기 계셨더라면, 울리는 뺨으로 흘러내린 눈물을 손바닥으로 닦으며 생각했다. 아버지가 지금 여기 계셨다면.

━━━

울리는 우울한 생각을 떨쳐내고 링컨 대통령에게 경의를 표한 후 왔던 길로 되돌아갔다. 분수대에 이르렀을 때 이번에는 분수대 주위를 시계 반대 방향으로 돌면서, 여섯 번째 길이 나올 때까지 신중하게 걸었다.

길 양쪽이 달라 보였으므로 울리는 앞으로 걸어가면서도 혹시 길을 잘못 들지는 않았는지 걱정되기 시작했다. 분수대를 시계 반대 방향으로 돌 때 길의 수를 잘못 센 것 같기도 했다. 그러나 왔던 길로 돌아갈 생각을 하고 있을 때, 축 처진 모자를 쓴 그 남자가 눈에 들어왔다.

울리가 미소를 지어 보이며 알은체를 하자 그 남자도 미소를 지으며 알은체를 했다. 그러나 울리가 가볍게 손을 흔들었을 때는 똑같이 손을 흔들어주지는 않았다. 대신 그 남자는 헐렁한 양복의 헐렁한 주머니에 손을 넣었다. 그런 다음 팔을 구부려 오른손 주먹을 왼쪽 어깨에 올리고 왼손 주먹을 오른쪽 어깨에 올렸다. 울리는 그 남자가 양손을 반대쪽 팔을 따라 조금씩 조금씩 움직이기 시작하는 것을 흥미롭게 지켜보았다. 남자는 팔 위에 조그맣고 하얀 물체를 점점이 계속 놓아가면서 손을 그렇게 움직이는 것이었다.

"팝콘이잖아!" 울리는 깜짝 놀라며 탄성을 질렀다.

일단 팝콘이 그의 두 어깨부터 두 손목까지 점점이 놓이자 남자는 팔을 뻗은 상태에서 아주아주 천천히 옆으로 일직선이 될 때까지 두 팔을 벌렸다. 마치…… 마치…….

마치 허수아비처럼! 울리는 깨달았다. 축 처진 모자를 쓴 남자가 어딘지 낯이 익었던 것도 바로 그 때문이었다. 그는 종이 깔개 지도 왼쪽 하단 구석의 커다란 허수아비를 똑 닮았기 때문이다.

하지만 그 남자는 허수아비가 아니었다. 허수아비와는 정반대였다. 그의 팔이 완전히 펼쳐지자 눈에 띄지 않게 몰려다니던 주변의 조그만 참새들이 공중에서 날개를 퍼덕이며 그의 팔 근처를 맴돌기 시작하는 것이었다.

참새들이 팝콘을 쪼아 먹자 벤치 밑에 숨어 있던 다람쥐 두 마리가 그 신사의 발치로 쪼르르 달려갔다. 눈이 휘둥그레진 울리는 다람쥐가 나무를 타듯 그 신사의 몸을 타고 오를 거라고 순간적으로 생각했다. 그러나 자기들이 할 일을 잘 알고 있는 다람쥐는 참새들이 팝콘을 쪼아 먹다가 신사의 팔에서 땅바닥으로 팝콘을 떨어뜨리기를 기다렸다.

전부 잊지 않고 꼭 더치스에게 얘기해줄 거야, 울리는 서둘러 걸음을 옮기면서 생각했다.

리버티 공원의 이 새인간은 더치스가 시시때때로 얘기해준 나이 많은 보드빌 전문 배우 같은 사람으로 보였기 때문이다.

그러나 울리가 거리로 나갔을 때, 양팔을 쭉 벌리고 선 새인간의 즐거운 이미지는 손에 주차 위반 딱지를 든 채 에밋의 차 뒤에 서 있는 한 경찰관의 훨씬 덜 즐거운 이미지로 대체되었다.

에밋

에밋은 열차가 더 이상 움직이지 않는다는 막연한 느낌에 잠에서 깨어났다. 빌리의 시계를 들여다보고 8시가 조금 지났다는 것을 알았다. 열차가 이미 시더래피즈*에 도착한 게 틀림없었다.

에밋은 동생을 깨우지 않기 위해 조용히 일어나서 사다리를 올라가 열차 지붕의 해치 밖으로 얼굴을 내밀었다. 뒤를 돌아다본 그는 지금 대피선에 정차해 있는 열차에 최소한 20량의 화차가 연결되어 훨씬 길어졌다는 것을 알 수 있었다.

사다리에 서서 시원한 아침 공기에 얼굴을 노출한 에밋은 더 이상 과거 생각에 마음이 흔들리지 않았다. 지금 그의 마음을 어지럽히는 것은 배고픔이었다. 모건을 떠난 후 먹은 것이라곤 동생이 역에서 준 샌드위치뿐이었다. 적어도 빌리는 분별력이 있어서 고아원

✦ 미국 아이오와주 동부 도시.

에서 아침 식사를 주었을 때 그걸 다 먹었다. 에밋의 계산에 따르면 뉴욕에 도착하기까지는 아직도 30시간이나 남았고, 빌리의 배낭에 들어 있는 거라곤 물통에 든 물과 마지막 하나 남은 샐리의 쿠키뿐이었다.

그 걸인은 열차가 시더래피즈 외곽의 전용 대피선에 몇 시간 동안 정차할 것이라고 말하면서, 그건 제너럴밀스*가 소유한 화차들—바닥에서 천장까지 시리얼 상자를 가득 실은 화차들—을 열차 뒤에 연결하기 위해서라고 얘기해주었다.

에밋은 사다리를 내려가 동생을 부드럽게 깨웠다.

"열차는 여기서 얼마 동안 멈춰 있을 거야, 빌리. 난 나가서 먹을 것을 찾을 수 있는지 알아볼게."

"알았어, 형."

빌리는 다시 잠이 들었고, 에밋은 사다리를 타고 올라가서 해치 밖으로 나왔다. 선로 앞쪽에도 뒤쪽에도 사람의 흔적이 없는 것을 확인한 다음 열차 뒤쪽으로 이동했다. 제너럴밀스 화차에 짐이 실리게 되면 화차의 문이 잠겨 있을 가능성이 높다는 것을 에밋은 알고 있었다. 그저 해치 하나가 우연히 잠기지 않은 채 방치되어 있기를 바라는 수밖에 없었다. 열차가 다시 움직이기까지 한 시간도 채 남지 않았다고 생각한 그는 가능한 한 빨리 움직이면서 한 차량의 지붕에서 다음 차량의 지붕으로 건너뛰었다.

그러나 비어 있는 마지막 나비스코 화차에 이르렀을 때 에밋은 걸음을 멈추었다. 평평한 직사각형 지붕의 제너럴밀스 화차가 저

✦ 아침 식사용 시리얼로 유명한 식품 회사.

멀리까지 뻗어 있는 것을 볼 수 있었지만, 바로 앞에 있는 두 대의 차량은 지붕이 곡선 형태인 여객 차량이었던 것이다.

에밋은 잠시 머뭇거리다가 좁은 플랫폼으로 내려와 문에 달린 조그만 창문으로 안을 들여다보았다. 실내 대부분은 창문 안쪽의 가장자리를 이루는 커튼에 가려졌지만, 에밋의 눈에 들어온 단편적인 광경은 고무적인 것이었다. 이 차량은 설비가 잘 갖추어진 전용 차량의 객실처럼 보였는데, 밤새 잔치를 벌인 듯한 모습이었다. 에밋은 등 쪽이 보이는 한 쌍의 등받이가 높은 의자 너머에 커피 테이블이 있는 것을 볼 수 있었다. 커피 테이블에는 빈 잔들과 얼음통에 거꾸로 담긴 샴페인병, 그리고 먹다 남은 소량의 여러 음식들이 널려 있었다. 승객들은 아마도 침대칸으로 쓰는 옆 차량에 있는 것 같았다.

에밋은 문을 열고 조용히 안으로 들어섰다. 내부 구조와 상황을 살피는 동안 어떤 잔치 분위기가 이 방을 이렇게 어지럽혀놓았는지 알 수 있었다. 바닥에는 찢어진 베개에서 나온 깃털과 롤빵과 포도알들이 마치 그것들을 싸움의 무기로 사용한 것처럼 널브러져 있었다. 괘종시계의 앞 유리문이 열려 있고, 시곗바늘은 숫자판에서 사라지고 없었다. 그리고 남은 음식들 옆 소파에는 20대 중반의 남자가 깊이 잠들어 있었다. 그 남자는 때 묻은 턱시도를 입고 있었으며, 뺨에는 아파치족처럼 선홍색 줄무늬가 그려져 있었다.

에밋은 이 차량에서 내려서 다시 열차의 지붕을 타고 나아가는 것을 고려해봤지만, 이보다 더 좋은 기회를 얻지는 못할 거라는 생각이 들었다. 에밋은 잠든 남자를 주시하면서 등받이가 높은 의자 사이를 지나 조심스럽게 앞으로 나아갔다. 음식이 있는 곳으로 다가가니, 거기에는 과일 그릇, 빵 덩어리, 치즈 덩어리, 반쯤 먹고 남은 햄이 있었다. 거꾸로 뒤집힌 케첩 한 병도 있었는데, 틀림없이 뺨에 그려진 출진 색칠*의 정체가 바로 그것일 터였다. 에밋은 그의 발치에서 찢어진 베갯잇을 발견했다. 그는 그 안에 이틀 동안 충분히 먹을 수 있을 만큼의 음식을 재빨리 넣은 다음, 빙빙 돌려 자루목처럼 만들어서 꽉 쥐었다. 그러고는 잠든 남자를 마지막으로 한 번 더 쳐다보고 나서 문 쪽으로 돌아섰다.

"아, 승무원⋯⋯."

등받이가 높은 의자 하나에 턱시도를 입은 두 번째 남자가 주저앉아 있었다.

잠든 사람을 방해하지 않도록 주의하는 것이 몸에 밴 에밋은 조금 전에 이 사람을 보지 않고 곧장 그 옆을 지나간 것이었다. 그의 몸집을 고려하면 그건 더욱더 놀라운 일이었다. 키는 거의 6피트에 달하고 몸무게는 200파운드에 달할 게 분명했다. 그는 얼굴에 출진 색칠을 하지 않았지만, 가슴 주머니에는 햄 한 조각이 손수건처럼 말쑥하게 튀어나와 있었다.

이 취객이 눈을 게슴츠레 뜬 채 손을 들더니 천천히 손가락 하나를 펴서 바닥에 있는 무언가를 가리켰다.

"당신에게 부탁이 하나 있는데⋯⋯."

그가 가리키는 방향을 보니 진이 반쯤 든 병이 옆으로 누워 있었다. 에밋은 음식이 든 베갯잇을 내려놓은 다음 그 술병을 집어 들어 취객에게 건넸고, 취객은 한숨을 내쉬며 그것을 받아 들었다.

✦ war paint, 북미 원주민 등이 전투에 나갈 때 얼굴에 바르는 칠.

"난 거의 한 시간 동안 이 병을 쳐다보고 있었지. 어떻게 하면 내 수중에 들어오게 될까, 여러 가지 전략을 생각하면서 말이야. 난 그 전략들을 하나씩 하나씩 버려야 했어. 계획을 잘못 세웠거나, 무모하거나, 중력의 법칙에 위배되었으니까. 결국 난 뭔가를 하고 싶어서 모든 방법을 다 써보았지만 스스로 해내지 못한 사람의 마지막 의지에 기대게 되었다네. 즉 기도를 드린 거지. 나는 풀먼 객차*와 쓰러진 술병의 수호성인인 페르디난트와 바르톨로메오에게 기도했지. 그러자 자비의 천사가 나에게 내려왔지 뭐야."

그는 에밋을 바라보며 감사의 미소를 짓더니 갑자기 놀라는 표정을 지었다.

"당신, 승무원이 아니잖아!"

"저는 제동수예요." 에밋이 말했다.

"아무튼 고마워."

취객은 왼쪽으로 몸을 돌려 조그만 원형 테이블에 놓여 있던 마티니 잔을 집어 들고 조심스럽게 진을 채웠다. 그가 그렇게 하는 동안 에밋은 그 잔의 밑바닥에 있는 올리브에 괘종시계의 분침이 꽂혀 있다는 것을 알아차렸다.

잔을 채운 취객이 에밋을 쳐다보았다.

"내가 술 한잔 권해도……?"

"아니에요, 괜찮습니다."

"근무 중인가 보군."

그는 에밋을 향해 잠시 잔을 들어 보이고는 단숨에 비웠다. 그러

✦ 호화로운 설비가 갖춰진 당시의 전용 객차.

고 나서 유감스러운 듯이 술잔을 바라보았다.

"당신이 술을 거절한 것은 현명했어. 이 진은 이상하게도 뜨뜻미지근해. 맛이 끔찍할 정도야. 그렇지만……."

그는 다시 잔을 채우고 다시 한번 입술께로 들었지만, 이번에는 걱정스러운 표정으로 갑자기 멈추었다.

"당신, 혹시 여기가 어딘지 아나?"

"시더래피즈 외곽이에요."

"아이오와주?"

"예."

"지금 시간은?"

"대략 8시 30분."

"아침?"

"예," 에밋이 말했다. "아침."

취객은 잔을 기울이기 시작했으나 이내 다시 멈추었다.

"**목요일** 아침이 아니야?"

"아닙니다," 에밋이 짜증을 참으려 애쓰면서 말했다. "화요일이에요."

취객이 안도의 한숨을 내쉬더니 소파에서 자고 있는 남자를 향해 몸을 기울였다.

"이 말 들었나, 패커?"

패커가 반응을 보이지 않자 취객은 잔을 내려놓고 상의 호주머니에서 롤빵을 꺼내 패커의 머리에 정확히 던졌다.

"다시 말할게. 이 말 들었나?"

"무슨 말 말이야, 파커?"

"아직 목요일이 아니라는 말!"

패커는 몸을 돌려 벽을 마주하며 누웠다.

"수요일에 태어난 아이는 슬픔이 많으며, 목요일에 태어난 아이는 먼 길을 떠나고."[+]

파커는 생각에 잠긴 표정으로 동료를 바라보다가 에밋 쪽으로 몸을 기울였다.

"우리끼리 얘긴데, 패커 씨 역시 이상하게도 뜨뜻미지근해."

"그 말 들었어." 패커가 벽을 향해 말했다.

파커는 패커를 무시한 채 에밋에게 계속 비밀스러운 얘기를 털어놓았다.

"보통 난 요일 같은 것에 신경 쓰는 사람이 아니야. 하지만 패커와 나는 지금 성스러운 임무에 매여 있다네. 옆 객실에서 깊이 잠들어 있는 사람은 다름 아닌 알렉산더 커닝엄 3세, 이 쾌적한 객차 주인의 사랑스러운 손자이기 때문이지. 우린 커닝엄 씨를 목요일 저녁 6시까지 시카고에 있는 라켓 클럽[++]의 문 앞에 데려다주겠노라고 맹세했어(아, 이 라켓은 q를 쓰는 라켓이라네[+++]). 우리가 그이를 무사히……."

"포획자의 손에 인계하기 위해서." 패커가 말했다.

"예비 신부의 손에 인계하기 위해서 말이지." 파커가 정정해서 말했다. "그것은 가볍게 여겨서는 안 될 임무라네, 제동수 형씨. 왜냐하면 커닝엄의 할아버지는 미국에서 가장 큰 냉동 화차 사업가이

[+] 태어난 요일에 따라 아이의 성격이나 미래를 예견하는 전래 동요의 일부.
[++] 라켓볼, 핸드볼 코트, 테니스 코트, 수영장, 사우나 시설 등을 갖춘 레크리에이션 클럽.
[+++] 흔히 쓰는 'racket' 대신 프랑스어의 영향을 받은 'racquet'을 쓰는 라켓 클럽이라는 뜻.

고, 신부의 할아버지는 링크 소시지* 최대 생산업자이기 때문이지. 그러니 당신은 우리가 커닝엄 씨를 제때 시카고로 데려가는 일이 얼마나 중요한지 알 수 있을 거야."

"미국 아침 식사의 미래가 이 일에 달려 있지." 패커가 말했다.

"맞아, 정말 그래." 파커가 동의했다. "맞아, 정말 그래."

에밋은 누구도 업신여기지 말라는 가르침을 받으며 자랐다. 다른 사람을 업신여기는 것은 네가 그 사람의 운명에 대해, 그 사람의 의도에 대해, 그 사람의 공적, 사적 행동에 대해 너무 많이 알고 있어서 그릇된 판단일지 모른다는 두려움 없이 네 자신의 성격과 비교되는 그 사람의 성격을 평가할 수 있다고 생각하는 주제넘은 짓이라고, 아버지는 말했다. 그렇지만 에밋은 파커라는 사람이 미지근한 진을 한 잔 더 비우고 나서 시계 분침에 꽂힌 올리브를 이빨로 빼서 먹는 모습을 지켜보면서, 그 사람은 부족하고 모자란 사람이라는 평가를 내리지 않을 수 없었다.

설라이나에 있을 때 더치스가 종종—들판에서 일을 하거나 숙소에서 시간을 보낼 때—들려준 이야기 가운데 하나는 자신을 염력의 대가 하인리히 슈바이처 교수라고 부르는 공연자에 관한 것이었다.

막이 오르면 교수는 무대 중앙, 하얀 테이블보를 씌운 조그만 테이블에 앉아 있다. 테이블에는 한 사람 몫의 저녁 식사와 불을 붙이지 않은 양초 하나가 놓여 있다. 무대 밖에 있던 웨이터가 나타나 교수에게 스테이크를 차려주고 잔에 와인을 따르고 양초에 불을 붙인다. 웨이터가 떠나면 교수는 느긋한 태도로 스테이크를 조금 먹

---

* 미국에서 흔히 아침 식사로 먹는 소시지.

고, 와인을 조금 마시고, 고기에 포크를 똑바로 꽂았다. 이 모든 것을 말없이 수행했다. 그는 냅킨으로 입술을 닦은 후, 엄지손가락과 다른 손가락을 뗀 채로 공중에 손을 들어 보였다. 이어 천천히 엄지와 다른 손가락을 붙이자 촛불이 바지직거리다가 꺼지고 한 가닥 가는 연기만 피어올랐다. 그다음 교수는 와인을 응시했는데, 이윽고 와인이 끓어올라 주둥이로 넘칠 때까지 응시했다. 그가 자신의 접시로 주의를 돌리면 포크 날의 위쪽 절반이 구부러지기 시작했다. 날은 90도가 될 때까지 구부러졌다. 이때쯤이면 절대 소리 내지 말고 침묵을 지켜야 한다고 사전에 주의를 들었던 관객들이 수런거리면서 놀랍다거나 믿지 못하겠다는 표정을 지었다. 교수는 손을 들어 소란을 잠재웠다. 그런 다음 눈을 감은 채 두 손바닥이 테이블을 향하게 했다. 그가 정신을 집중하자 테이블이 덜덜 떨리기 시작했다. 테이블 다리가 무대 표면에 덜그럭덜그럭 부딪치는 소리가 들릴 정도로 떨렸다. 그때 교수가 다시 눈을 뜨고 갑자기 손을 오른쪽으로 휙 움직이자 테이블보가 허공으로 솟아올랐는데, 음식 접시, 와인 잔, 양초는 흔들림 없이 그대로 있었다.

물론 그 모든 행동은 속임수였다. 보이지 않는 전선, 전기, 공기 분사 따위를 이용해서 꾸며낸 정교한 환상이었다. 슈바이처 교수는 어떤 사람인가? 더치스에 따르면 그는 포킵시 출신 폴란드인으로, 망치를 자기 발에 떨어뜨릴 만큼 염력 기술을 충분히 숙달하지 못한 사람이었다.

아니야, 에밋은 쓸쓸하게 생각했다. 이 세상의 슈바이처들은 한 번 흘끗 쳐다보거나 손을 한 번 흔듦으로써 물체를 움직일 수 있는 위치에 있지 않아. 그 힘은 실은 파커 같은 사람들이 지니고 있는 거야.

분명 누구도 파커에게 당신은 염력을 지니고 있다고 말한 적이 없을 것이다. 말할 필요가 없었을 것이다. 파커는 가게 창문 안에 있는 장난감이나 공원 노점상이 파는 아이스크림을 사달라고 조르던 어린 시절부터 경험을 통해 그걸 알게 된 것이다. 경험은 만약 그가 뭔가를 절실히 원한다면, 중력의 법칙을 거스르고서라도 결국은 그의 손에 들어오게 되리라고 그에게 가르쳐왔다. 방 저편에 있는 진이 반쯤 담긴 병을 손에 넣기 위해 의자에서 일어나는 수고도 하지 않고 그 힘을 사용한, 그 특별한 힘을 가진 사람을 업신여기는 눈으로 바라보는 것 말고 어떤 눈으로 바라볼 수 있을 것인가?

에밋이 이런 생각을 하고 있을 때 미묘하게 윙 하는 소리가 나면서 시곗바늘이 없는 괘종시계가 울리기 시작했다. 빌리의 시계를 힐끗 쳐다본 에밋은 벌써 9시가 되었다는 것을 알고는 갑자기 불안해졌다. 시간이 이렇게 지났으리라고는 미처 생각하지 못했다. 열차는 이제 언제든 출발할 수 있을 것이다.

에밋이 손을 뻗어 발치에 있는 베갯잇을 집어 들자 파커가 그에게 눈을 돌렸다.

"안 갈 거지?"

"엔진실로 돌아가야 해요."

"하지만 우린 이제 막 서로를 알아가고 있는걸. 서두를 필요 없을 거야. 자, 앉으라고."

파커는 손을 쭉 뻗어서 빈 안락의자를 자기 쪽으로 끌어당겨 문으로 가는 에밋의 길을 효과적으로 막았다.

에밋은 멀리서 쉭쉭하는 증기 소리를 들었다. 브레이크가 풀리고 열차가 움직이기 시작했다. 그는 빈 의자를 옆으로 밀면서 문 쪽으로 한 걸음 나아갔다.

"기다려!" 파커가 소리쳤다.

그는 의자 팔걸이에 손을 얹고 몸을 일으켜 세웠다. 일어선 파커를 보고 에밋은 그의 덩치가 생각보다 더 크다는 것을 깨달았다. 머리가 열차 천장에 거의 부딪힐 것처럼 키가 큰 파커는 잠시 제자리에 선 채로 흔들리다가 에밋의 셔츠를 붙잡으려는 듯 앞으로 기우뚱하면서 손을 뻗었다.

에밋은 아드레날린이 솟구치는 것과 시간이 안 좋은 쪽으로 재현되고 있는 듯한 끔찍한 기분을 느꼈다. 파커의 몇 피트 뒤에는 빈 잔과 얼음통에 거꾸로 담긴 샴페인병이 놓인 커피 테이블이 있었다. 불안정하게 서 있는 파커의 자세로 볼 때, 에밋이 파커의 가슴을 한 번 밀기만 해도—그런 일은 생각조차 하지 않았지만—그는 나무처럼 쓰러지리라는 것을 잘 알고 있었다. 그것은 미래에 대한 에밋의 모든 계획을 한순간의 행동으로 물거품이 되게 하는 또 한 번의 우연한 사건일 터였다.

그러나 파커는 놀랍도록 민첩한 동작으로 반으로 접은 5달러짜리 지폐를 갑자기 에밋의 셔츠 주머니에 슬쩍 집어넣었다. 그러고 나서 뒤로 물러나 의자에 주저앉았다.

"너무 고마워서 그런 거야." 에밋이 문을 나갈 때 파커가 소리쳤다.

한 손에 베갯잇을 움켜쥔 에밋은 사다리를 타고 올라가 화차의 지붕을 빠르게 나아갔다. 조금 전에 했던 것과 똑같은 방식으로 차량 사이를 뛰어넘어 다음 차량으로 이동했다.

이제야 열차가 움직였다. 열차는 좌우로 가볍게 기우뚱거리며 나아갔고, 점점 속도가 붙었다. 에밋은 열차가 고작 시속 20마일로 달리고 있다고 추측했지만, 차량 사이를 건너뛸 때는 맞부딪치는 공기의 힘을 느꼈다. 열차의 속도가 시속 30마일에 이르면 그가 차량 간격을 뛰어넘기 위해서는 꽤 빨리 달려야 할 터였다. 그리고 열차의 속도가 40마일에 이르면, 과연 차량 사이를 뛰어넘을 수 있을지 확신할 수 없었다.

에밋은 달리기 시작했다.

그는 조금 전 풀먼 객차에 이를 때까지 몇 개의 차량들을 뛰어넘었는지 기억하지 못했다. 점점 더 마음이 다급해진 그는 해치가 열려 있는 차량을 집어낼 수 있는지 보려고 눈을 들어 앞을 바라보았다. 그러나 그가 본 것은 반 마일 앞에서 열차가 굽은 선로를 달리느라 곡선으로 나아가고 있다는 사실이었다.

고정된 것은 선로의 굽은 부분이고 움직이고 있는 것은 열차였지만, 에밋의 관점에서는 굽은 부분이 움직이면서 화차의 사슬을 따라 쏜살같이 에밋을 향해 닥쳐오는 것처럼 보였다. 마치 밧줄의 한쪽 끝을 휙 흔들었을 때 밧줄의 그 굽이진 부분이 밧줄 길이를 따라 움직이듯이 말이다.

에밋은 선로의 굽은 구간이 나타나기 전에 다음 차량으로 이동하고 싶은 마음에 가능한 한 빨리 내달렸다. 그러나 굽은 구간은 그가 예상했던 것보다 더 빨리 나타났고, 그가 막 건너뛰었을 때 바로 그의 발밑을 지나갔다. 에밋은 차량이 흔들리는 가운데 불안정하게 뛰어내린 탓에 앞으로 튀어나가게 되었고, 잠시 후에는 한쪽 발이 차량 지붕 가장자리 밖으로 나간 상태로 지붕 위에 널브러졌다.

에밋은 베갯잇을 놓치지 않으려 애쓰면서 자유로운 손으로 뭐든 붙잡으려고 마구 더듬었다. 그는 무작정 지붕의 금속 테두리를 붙잡고서 몸을 지붕 중앙 쪽으로 당겼다.

에밋은 일어서지 않은 채 방금 전에 뛰어넘은 간격을 향해 조심조심 뒤로 움직였다. 발로 사다리를 찾은 그는 조금 더 뒤로 물러나 사다리를 타고 내려와서 좁은 발판대에 주저앉았다. 안간힘을 쓴 탓에 큰 한숨이 절로 나왔고, 마음은 자책감으로 쓰라렸다.

대체 무슨 생각을 했던 걸까? 마구 내달리면서 차량에서 차량으로 건너뛰다니. 그는 기차에서 튕겨 나갈 수도 있었다. 그러면 빌리는 어떻게 될 것인가?

열차는 이제 시속 50마일 이상으로 달리고 있었다. 앞으로 어느 시점에선가 열차는 느려질 게 확실하고, 그러면 그는 안전하게 그들이 있었던 차량으로 돌아갈 수 있을 것이다. 에밋은 시간을 확인하려고 동생의 시계를 내려다보았다. 그러나 그가 확인한 것은 시계 유리가 깨지고 초침이 그 자리에 얼어붙었다는 사실뿐이었다.

존 목사

유개화차 안에서 누군가가 자고 있는 것을 보았을 때 존 목사는 그곳으로 가고 싶은 충동이 일었다. 먼 길을 가는 사람이 길동무를 원하는 데는 그럴 만한 충분한 이유가 있다. 유개화차를 타고 가는 여행은 시간은 길고 통상적인 안락함은 부족하다. 그리고 모든 사람은—떠돌이라 할지라도—정신을 고양하거나 기분을 즐겁게 해주는 이야기를 가지고 있다. 그러나 아담이 에덴동산을 마지막으로 본 이후로 죄가 사람의 마음속에 자리 잡고 있어서 온순하고 친절한 성향의 사람조차도 갑자기 탐욕스럽고 잔인해질 수 있다. 따라서 지친 여행자의 수중에 땀 흘려 번 위스키 반 파인트와 18달러가 있을 때, 마음속의 신중함은 길동무를 사귀는 이점을 포기하고 혼자서 안전하게 자신의 근심을 다독이며 시간을 보내라고 조언한다.

이런 생각을 하고 있는 순간 존 목사는 그 낯선 이가 일어나 앉더니 손전등을 켜고 가느다란 빛줄기를 커다란 책의 페이지에 비추는 것을 보았다. 그 모습은 그가 어린아이에 지나지 않는다는 것을 보여주었다.

가출한 아이로군, 존 목사는 씩 웃으며 생각했다.

의심할 여지 없이 아이는 부모님과 말다툼을 벌였을 것이고, 톰 소여의 어린 독자인 아이는 톰 소여와 같은 태도로 어깨에 배낭을 메고 몰래 집을 빠져나왔을 것이다. 아이가 뉴욕에 도착하면 아이는 자신이 발견하게 될 순간을 반길 것이고, 그리하여 그는 경찰 당국에 의해 아빠의 엄한 질책과 엄마의 따뜻한 품 안으로 돌아갈 수 있을 것이다.

아무튼 뉴욕은 여전히 하루의 여정으로 좋은 곳이다. 그리고 비록 충동적이고 경험이 부족하고 너무 순진할지 모르지만, 아이들에게 실용적인 사고력이 없는 것은 아니다. 어른은 화를 참지 못하고 셔츠 하나만 걸친 채 무작정 떠나는 경향이 있는 반면, 가출하는 아이는 언제나 샌드위치 하나 정도는 챙기는 선견지명을 갖고 있을 것이다. 어쩌면 아이의 엄마가 전날 밤에 남겨둔 프라이드치킨 조각도 있을지 모른다. 그리고 탐나는 손전등도 있지 않은가. 지난 1년 동안만 해도 손전등이 가까이에 있었더라면 얼마나 좋을까, 하고 생각했던 적이 얼마나 많았는가? 셀 수 없을 정도로 많지 않았던가.

"여, 안녕!"

존 목사는 대답을 기다리지 않고 사다리를 타고 내려가서 무릎의 먼지를 털었다. 그는 아이가 다소 놀란 표정으로 쳐다보긴 했지만, 손전등의 빛줄기를 새로 들어오는 사람의 얼굴에 비추지 않는 좋은 태도를 지녔다는 점에 주목했다.

"주님의 보병이랄 수 있는 여행자들에겐 시간은 길고 안락함은

적단다." 존 목사가 말을 시작했다. "그래서 나는 그런 사람으로서
약간의 친교를 나누고 싶구나. 네 불 옆으로 가도 되겠니?"

"내 불?" 빌리가 물었다.

존 목사가 손전등을 가리켰다.

"날 용서해주렴. 시적 의미로 말한 거란다. 성직자의 직업병이지.
난 존 목사라고 해. 잘 부탁한다."

존이 손을 내밀자 아이는 어린 신사처럼 일어나서 손을 맞잡고
악수했다.

"제 이름은 빌리 왓슨이에요."

"만나서 반갑다, 빌리."

비록 의심은 죄만큼 오래된 것이긴 하나, 아이는 의심스럽다는
내색을 하지 않았다. 대신 아이는 합리적인 호기심을 드러냈다.

"아저씨는 진짜 목사예요?"

존 목사가 미소를 지었다.

"내 소관의 첨탑이나 종은 없단다, 얘야. 그렇지만 내 이름과 같
은 세례자 요한*처럼 내 교회는 탁 트인 길이고, 내 신도는 평범한
사람이란다. 하지만 그래, 난 네가 만날 법한 목사와 마찬가지로 진
짜 목사야."

"아저씨는 제가 요 이틀 사이에 만난 두 번째 성직자예요." 아이
가 말했다.

"계속 얘기해보렴."

"어제 전 루이스에 있는 세인트니컬러스 소년의 집에서 아그네스

✦ '존'은 요한의 영어식 발음이다.

수녀님을 만났어요. 그분을 아세요?"

"한창때는 많은 수녀를 알았지." 목사가 슬쩍 윙크를 하며 말했다. "그렇지만 아그네스라는 수녀를 아는 기쁨은 가져보지 못한 것 같구나."

존 목사는 아이를 향해 미소를 짓고 나서 그 자리에 앉았다. 아이가 그에게 좀 더 가까이 다가앉자 존은 손전등을 감탄스럽게 바라보더니 좀 더 자세히 볼 수 있겠느냐고 물었다. 아이는 조금도 망설이지 않고 손전등을 건네주었다.

"이건 군용 잉여 손전등이에요," 빌리가 설명했다. "제2차 세계대전 당시의."

존 목사는 마치 손전등의 빛줄기에 경탄한 것처럼 그걸 이용해서 화차 안의 나머지 것들을 살펴보았다. 그는 아이의 배낭이 처음 생각했던 것보다 더 크다는 사실을 알아차리고는 기쁘고 놀라운 기분이 되었다.

"주님의 최초의 창조물이지." 존 목사가 감탄스러운 어조로 말하면서 손전등을 주인에게 돌려주었다.

아이는 다시 한번 호기심을 드러내며 그를 쳐다보았다. 존 목사는 설명을 대신하여 성경 구절을 인용했다.

"하느님이 이르시되, 빛이 있으라, 하시니 빛이 있었다."

"그렇지만 하느님은 맨 처음에 하늘과 땅을 창조하셨어요." 아이가 말했다. "그러니 빛은 하느님의 세 번째 창조물 아닐까요?"

존 목사는 헛기침을 했다.

"네 말이 전적으로 맞아, 빌리. 적어도 엄밀한 의미에서는 말이야. 어쨌거나 우리는 하느님께서 당신의 **세 번째** 창조물이 전쟁에서 사

람들의 이익을 위해 이용되는 것을 목격했다는 사실에 크게 만족해
하신다고 생각할 수 있을 것 같아. 게다가 이 장치는 한 아이의 정
신을 함양하는 데 기여함으로써 제2의 생명을 얻었잖아."

이 만족스러운 말로 아이는 침묵하게 되었다. 존 목사는 자신이
아이의 배낭을 갈망의 눈초리로 응시하고 있다는 것을 깨달았다.

전날 존 목사는 시더래피즈 교외에서 열린 기독교 순회 부흥회의
가장자리에서 주님의 말씀을 설교했다. 목사는 **공식적으로는** 이 부
흥회의 일원이 아니었지만, 참석자들이 지옥의 불을 떠올리게 하는
그의 특별한 설교에 깊이 빠져들었으므로 간단히 요기할 시간도 없
이 새벽부터 해 질 녘까지 계속 설교했다. 저녁이 되어 진행 요원들
이 천막을 걷기 시작했을 때 존 목사는 근처 선술집으로 갈 계획을
세웠다. 젊고 예쁜 감리교 성가대 단원 한 사람이 그곳에서 그와 만
나 저녁을 먹기로 약속한 것이었다. 어쩌면 와인도 한잔하게 될 터
였다. 그러나 하필 그 소녀의 성가대 지휘자가 그녀의 아버지였고,
게다가 하나의 일이 또 다른 일로 이어지면서 존 목사는 생각했던
것보다 더 다급하게 그곳을 떠나야만 했다. 그래서 아이와 함께 자
리에 앉게 되자 그는 곧장 먹을 것을 함께 나누어 먹는 시간으로 건
너뛰고 싶은 마음이 간절했다.

그러나 빈 화차에서는 주교의 식탁에서 요구되는 예절만큼이나
많은 예절이 요구된다. 그리고 길을 함께 갈 때의 예절이 요구하는
것은, 한 여행자는 자신의 음식을 나누어 먹기 전에 다른 여행자를
알아야 한다는 것이다. 그것을 위해 존 목사가 솔선수범했다.

"애야, 지금 뭘 읽고 있니?"

"『애버커스 애버네이스 교수의 영웅, 모험가 및 다른 용감한 여행

자 개요서』예요."

"아주 적절한 책이구나! 내가 좀 봐도 될까?"

이번에도 아이는 망설임 없이 자신의 소유물을 건넸다. 얘는 어느 모로 보나 기독교인 같아, 존 목사는 책을 펼치면서 생각했다. 차례 페이지에 다다른 존은 이 책은 실제로 얼마간 영웅들의 개요서라는 것을 알게 되었다.

"넌 틀림없이 네 자신의 모험을 떠나고 있나 보구나." 존이 고무적으로 말해주었다.

아이는 그 말에 응하여 힘차게 고개를 끄덕였다.

"그게 뭔지 말하지 마. 내가 맞혀볼 테니."

존 목사는 아래를 내려다보며 손가락으로 차례를 훑었다.

"흠. 어디 보자. 그래, 그래."

그가 싱긋 웃으며 책을 톡톡 두드리더니 눈을 들어 아이를 바라보았다.

"내 생각엔 네가 80일간의 세계 일주를 떠날 것 같구나. 필리어스 포그처럼 말이야!"

"아니에요." 소년이 말했다. "난 세계 일주를 떠나지 않아요."

존 목사는 다시 차례를 훑어보았다.

"신드바드처럼 바다를 일곱 번 항해할 계획이니?"

아이는 고개를 저었다.

이어지는 무거운 침묵 속에서 존 목사는 사람들이 아이들의 놀이에 얼마나 빨리 싫증을 내는지 상기했다.

"난 손들었어, 빌리. 포기할게. 네 모험이 널 어디로 데려가고 있는지 말해주지 않으런?"

"캘리포니아요."

존 목사는 눈썹을 추켜세웠다. 이 아이가 갈 수 있는 하고많은 노선 가운데서 캘리포니아로 가는 데 가장 부적절한 열차를 골랐다는 사실을 아이에게 말해줘야 할까? 그 정보는 아이에게는 두말할 나위 없이 소중한 것일 테지만, 동시에 아이를 불안하게 만들 것이다. 그럼으로써 목사 자신이 얻는 것은 무엇일까?

"캘리포니아라고 했니? 아주 좋은 목적지다. 금을 찾으려는 희망을 안고 그곳으로 가나 보구나."

목사는 격려의 미소를 지었다.

"아니에요." 아이가 앵무새 같은 태도로 같은 대답을 했다. "금을 찾으려는 희망을 안고 캘리포니아로 가는 게 아니에요."

존 목사는 아이가 자세히 설명해주기를 기다렸으나 자세한 설명은 아이의 본성 속에 있지 않은 듯했다. 어쨌든 그 정도면 충분한 대화를 한 것 같다고 존 목사는 생각했다.

"우리가 어디를 여행하든, 그 이유가 뭐든 간에 나는 성경에 대한 지식이 있고 모험을 사랑하는 젊은이와 길동무가 된 것을 뜻밖의 행운이라고 생각한다. 그런데 있잖니, 우리의 여행을 보다 더 완벽하게 만들어줄 딱 한 가지가 빠진 것 같구나……."

목사가 잠시 말을 멈추었을 때 아이는 기대하는 표정으로 목사를 바라보았다.

"그건 우리가 대화를 나누며 시간을 보내면서 조금씩 먹을 수 있는 간단한 것일 텐데……."

존 목사는 아쉬워하는 미소를 지었다. 그리고 이번에는 그가 기대하는 표정으로 바라보았다.

그러나 아이는 눈을 깜빡이지 않았다.

흠, 존 목사는 생각했다. 이 어린 빌리가 말을 안 하고 시치미를 뗄 가능성이 있을까?

그렇지 않다. 이 아이는 그런 부류의 사람이 아니다. 아주 정직한 아이여서 만약 샌드위치가 있다면 나누어 먹을 것이다. 그러나 안타깝게도 아이는 분별력을 발휘하여 챙겨 온 샌드위치를 먹어버렸을 것이다. 가출한 아이들은 먹을 것을 챙기는 비상한 선견지명이 있는 반면, 그걸 조금씩 배분해서 먹는 자제력은 부족하기 때문이다.

존 목사는 얼굴을 찌푸렸다.

선한 주님께서 뻔뻔한 사람에게 자비를 베푸실 때는 실망의 형태로 베푸십니다. 이것은 존이 많은 천막 아래서 많은 사람에게 여러 차례 설교했던 교훈이었고, 효과도 아주 좋았다. 그렇다 하더라도 그 교훈의 증거가 그 자신과 타인의 상호 작용 과정에서 나타날 때마다, 그것은 항상 씁쓸한 놀라움을 안겨주는 것 같았다.

"네 손전등은 끄는 게 좋겠구나." 존 목사가 약간 시큰둥하게 말했다. "배터리를 낭비하지 않도록 말이야."

목사의 말에 지혜가 담겨 있다고 생각한 아이는 손전등을 집어들어 스위치를 껐다. 그러나 아이가 손전등을 집어넣기 위해 배낭에 손을 뻗었을 때 배낭에서 미묘한 소리가 새어 나왔다.

그 소리를 들은 존 목사는 조금 더 똑바로 앉았다. 그의 얼굴에서 찌푸린 표정이 사라졌다.

그것은 그가 아는 소리였을까? 그렇다, 그것은 너무 친숙하고, 너무 뜻밖이고, 너무 반가운 소리여서 가을 낙엽 속에서 들쥐가 바스락거리는 소리가 고양이를 자극하듯이 그라는 존재의 모든 신경섬

유를 자극했다. 배낭 속에서 난 소리는 분명히 동전이 쟁그랑거리는 소리였기 때문이다.

아이가 손전등을 배낭에 집어넣을 때 존 목사는 담배통의 맨 윗부분을 볼 수 있었으며, 그 통 안에서 동전이 음악적으로 움직이는 소리를 들을 수 있었다. 그것도 적절히 곤궁한 소리를 내서 자신의 정체를 알려주는 일반 동전 소리가 아니었다. 그 소리는 틀림없이 반 달러나 1달러짜리 은화가 쟁그랑거리는 소리였다.

이 상황에 고무된 존 목사는 히죽거리고 싶고, 웃고 싶고, 심지어 노래 부르고 싶은 충동을 느꼈다. 그러나 그는 무엇보다도 경험이 많은 사람이었다. 그래서 그런 충동을 표출하는 대신 그에게는 아주 익숙한 짓궂은 미소를 지어 보였다.

"저 안에 있는 게 뭐니, 빌리? 내가 본 게 담배야? 너, 설마 담배에 절어 있는 건 아니겠지?"

"아니에요, 목사님. 저는 담배 안 피워요."

"다행이구나. 그런데 왜 저런 담배통을 가지고 다니는지 말해주겠니?"

"제 수집품을 보관하는 통이에요."

"수집품이라! 아, 나도 정말 수집품 좋아하는데. 좀 볼 수 있을까?"

아이는 배낭에서 그 통을 꺼내긴 했지만, 손전등과 책은 기꺼이 보여주고 건네주었음에도 불구하고 수집품은 유난히 보여주기를 꺼렸다.

목사는 다시 한번 어린 빌리가 겉보기와는 달리 실제로는 그리 순진하지 않은 것은 아닌지 의심스러웠다. 그러나 거칠고 먼지 낀 화차 바닥을 응시하는 아이의 시선을 포착한 존 목사는, 아이가 망설인다면 그건 화차의 바닥이 수집품의 격에 맞지 않는다고 생각하기 때문이라는 것을 깨달았다.

훌륭한 도자기 수집가나 희귀한 원고 수집가가 자신의 소중한 수집품을 꺼내놓을 바닥 표면에 대해 까다롭게 구는 것은 지극히 자연스러운 일이라는 것을 존은 인정했다. 그러나 그게 금속 동전이라면 분명 표면이 이렇든 저렇든 문제 될 게 없었다. 어차피 일반적인 동전은 그 동전의 생애 동안 부호의 금고에서 거지의 손바닥으로, 그리고 다시 그 반대로, 여러 차례 돌고 돌 가능성이 많다. 그것은 포커 게임 테이블에 놓이기도 하고, 헌금 접시에 담기기도 한다. 어느 애국자의 신발 속에 있다가 전쟁터에 옮겨지기도 하고, 어떤 젊은 숙녀의 안방 벨벳 쿠션 사이에서 사라지기도 한다. 그렇다, 일반적인 동전은 세계를 일주하고, **또한** 바다를 일곱 번 항해한다.

그러므로 그토록 까다롭게 굴 필요가 전혀 없었다. 이 동전들은 주조되었던 날과 마찬가지로 이 유개화차의 바닥에 놓인 이후로도 자신들의 목적을 수행할 준비가 되어 있을 터이다. 이 아이에게 필요한 것은 얼마간 기분을 맞추어주는 것뿐이었다.

"자," 존 목사가 말했다. "내가 도와줄게."

그러나 존 목사가 손을 내밀었을 때, 아이는—여전히 손을 양철통에 얹고 있고 눈은 바닥을 내려다보고 있었다—뒤로 물러났다.

반사 신경이 그러하듯이, 아이가 갑자기 뒤로 물러나자 목사의 몸은 약간 균형을 잃고 앞으로 쏠렸다.

이제 그들 둘 다 양철통에 손을 얹게 되었다.

아이는 거의 감탄할 만한 투지를 보이며 양철통을 자기 가슴 쪽으로 끌어당겨지지만, 아이의 힘은 어른의 힘에 비할 바가 못 되었으므로 이내 그 통은 목사의 수중으로 들어갔다. 존은 오른손으로 그걸 잡은 채 팔을 옆으로 벌렸고, 왼손은 아이를 저지하기 위해 아이의 가슴에 갖다 댔다.

"조심해, 빌리." 그가 주의를 주었다.

그러나 알고 보니 그럴 필요도 없었다. 아이는 더 이상 양철통이나 통 안에 든 내용물을 되찾으려고 애쓰지 않았기 때문이다. 아이는 마치 주님의 영에 사로잡힌 사람처럼 고개를 저으면서 잘 알아들을 수 없는 말을 내뱉고 있었다. 주변을 의식하지 못하는 것처럼 보일 정도였다. 배낭을 무릎에 꼭 끌어당긴 채 앉아 있는 아이는 분명히 불안해했지만 동시에 참아내려 애쓰고 있었다.

"이제 안에 뭐가 들어 있는지 좀 볼까." 흡족한 표정의 존 목사가 말했다.

그는 뚜껑을 열고 내용물을 쏟았다. 양철통 속에서 움직일 때는 쟁그랑거리는 작고 고운 소리가 났지만, 단단한 나무 바닥에 내용물이 쏟아지자 그 소리는 리버티벨 머신*에서 동전이 쏟아지는 소리를 연상시켰다. 존 목사는 동전들을 손가락 끝으로 바닥에 부드럽게 펼쳐놓았다. 적어도 40개는 되었고, 모두 다 1달러 은화였다.

"오, 주님." 존 목사가 말했다.

이 포상금을 그의 손에 전달한 것은 명백히 신의 섭리였다.

빌리를 재빨리 흘끗 쳐다본 존은 여전히 빌리가 자제력을 발휘하고 있는 것을 보고 기뻐했다. 그 덕에 존은 이 뜻밖의 횡재에 온전

✦ 최초로 발명된 슬롯머신 명칭.

히 정신을 집중할 수 있었다. 1달러 동전 하나를 집어 든 그는 해치를 통해 들어오기 시작한 아침 햇빛에 그 동전을 비추어보았다.

"1886년." 목사가 나직이 말했다.

그는 재빨리 다른 동전을 집어 들었다. 그러고 나서 또 다른 동전을, 다시 또 다른 동전을 집어 들었다. 1898. 1905. 1909. 1912. 1882!

존 목사는 신선한 감사의 표정으로 아이를 바라보았다. 왜냐하면 양철통 속에 든 내용물을 수집품이라고 불렀을 때, 아이는 그냥 가볍게 말한 게 아니었기 때문이다. 이것은 단순히 한 시골 아이가 저축한 돈이 아니었다. 이것은 각기 다른 해에 주조된 미국의 1달러 은화를 인내심을 가지고 오랫동안 모은 견본품이었다. 이 가운데 일부는 1달러 이상의 가치가 있을 가능성이 높았다. 아마 1달러보다 **훨씬** 큰 가치가 있을 것이다.

이 작은 동전 더미가 어느 정도의 가치를 지니고 있을지 누가 알까?

존 목사는 당연히 알지 못했다. 그러나 일단 뉴욕에 도착하면 그는 그다지 어렵지 않게 알아낼 수 있을 것이다. 47가의 유대인들은 분명히 그 가치를 알 것이고, 아마도 그 동전들을 기꺼이 사려고 할 것이다. 그러나 그 사람들이 목사에게 정당한 값을 치를 거라고 믿기는 어려웠다. 아마도 동전의 가치에 관한 문헌이 어디엔가 있을 것이다. 그렇지, 바로 그거다. 수집가들이 수집하기 좋아하는 물품에 관한 문헌은 언제나 있게 마련이었다. 운 좋게도 뉴욕 공립 도서관의 주요 분관이 유대인들이 사업을 하는 구역의 모퉁이를 돌면 바로 보이는 곳에 있었다.

똑같은 말을 조용히 계속 반복하던 아이가 목소리를 높이기 시작했다.

"가만히 있어." 존 목사가 훈계조로 말했다.

그러나 아이를—집에서 멀리 떨어진 곳에서 잘못된 방향으로 가는 화차에 앉아 배낭을 무릎에 올려놓은 채 허기진 몸을 떨고 있는 아이를—바라보았을 때 존 목사는 기독교적 연민의 아픔에 휩싸였다. 그는 잠시 흥분해 있는 동안 하느님이 이 아이를 자기한테 보내주었다고 상상했었다. 그러나 그 반대라면 어쩔 것인가? 하느님이 **그를 이 아이한테** 보낸 거라면? 죄인의 이름을 부르기보다는 죄인을 서둘러 멸하시고자 하는 아브라함의 하느님이 아니라 그리스도의 하느님이 말이다. 나아가, 우리가 아무리 자주 길을 잃고 헤매었더라도, 우리의 발걸음을 선행의 길로 돌림으로써 용서받을 수 있고 심지어 구원까지도 찾을 수 있다고 우리에게 분명히 말씀해주신 그리스도 자신이 그를 이 아이한테 보낸 거라면 어쩔 것인가.

어쩌면 그는 이 아이를 도와서 아이의 수집품을 팔아줄 운명이었는지도 모른다. 아이를 그 도시로 안전하게 데려가서, 아이가 이용당하지 않도록 아이를 대신해서 유대인과 협상할 운명이었는지 모른다. 그런 다음 존은 아이를 펜실베이니아역으로 데리고 가서 캘리포니아행 열차에 태워준다. 그 대가로 존이 요구하는 것은 얼마 안 되는 헌금뿐이다. 아마 십일조를. 그러나 그 역의 높은 천장 아래서 아이는 함께 여행하게 될 사람들에게 둘러싸인 채 그 뜻밖의 횡재를 반반씩 나누어야 한다고 주장할 것이다!

존 목사는 그 생각을 하며 빙그레 웃었다.

그렇지만 만약 아이의 마음이 바뀐다면……?

47가의 한 상점에서 아이가 갑자기 그 수집품을 파는 데 반대한다면 어쩔 것인가? 아이가 지금 배낭을 꼭 붙잡고 있는 것처럼 양철통을 가슴에 꼭 붙이고서 자기 말을 들어주는 누군가에게 그 동전들은 **자기 것**이라고 공언하면 어찌 될 것인가? 아, 유대인들은 그걸 얼마나 좋아할 것인가! 그 사람들은 경찰을 부르고, 손가락으로 목사를 가리키고, 그리하여 그를 교도소에 처넣을 수 있는 그 기회를 얼마나 즐기며 음미할 것인가.

아니다. 선한 주님께서 개입하셨다면, 그것은 아이를 그에게 보내준 것이지 그 반대일 리는 없었다.

그는 거의 동정하는 듯한 표정으로 고개를 저으며 빌리를 바라보았다.

그러나 존 목사는 그렇게 바라보는 동안 아이가 얼마나 꽉 그 배낭을 움켜쥐고 있는지 주목하지 않을 수 없었다. 아이는 가슴에 꼭 끌어당긴 배낭을 두 팔로 감싼 채 무릎을 세웠으며 턱은 아래로 숙였다. 마치 배낭이 눈에 보이지 않게 하려는 것 같았다.

"이봐, 빌리. 그 배낭 안에는 또 뭐가 들어 있니……?"

아이는 일어서지 않은 채, 그리고 움켜쥔 것을 놓지 않은 채 화차의 거칠고 먼지 낀 바닥을 미끄러지듯 가로지르며 뒤로 물러나기 시작했다.

그래, 목사가 속으로 말했다. 뒤로 슬금슬금 물러나면서도 저걸 가슴에 꼭 끌어안고 있는 걸 봐. 저 배낭 안에는 분명 다른 무언가가 들어 있어. 그러니 주여, 도와주세요. 그게 무언지 알아야겠어요.

존 목사가 일어섰을 때, 그는 열차가 움직이기 시작하면서 금속 바퀴가 끼익하는 소리를 들었다.

좋았어, 목사는 생각했다. 그는 아이로부터 배낭을 해방시킬 것이고, 이 화차로부터 아이를 해방시킬 것이다. 그러고 나서 그는 100달러 이상의 돈을 가지고 달뜬 마음으로 안전하게 뉴욕으로 여행할 수 있을 것이다.

존 목사는 두 손을 뻗은 채 앞으로 한 걸음 내디뎠고, 아이는 벽을 등지게 되었다. 목사가 한 걸음 더 내디디자 아이는 오른쪽으로 움직이기 시작했다. 하지만 아이는 구석에 몰리게 되었을 뿐, 더 이상 갈 곳이 없다는 것을 깨닫지 않을 수 없었다.

존 목사는 책망하는 말투에서 설명하는 듯한 말투로 어조를 누그러뜨렸다.

"너는 내가 네 배낭을 들여다보는 걸 원치 않는구나, 빌리. 그렇지만 내가 배낭을 들여다봐야 한다는 것은 주님의 뜻이야."

여전히 고개를 젓고 있는 소년은 이제 피할 수 없는 사람이 접근해온다는 것을 인정하면서도 그걸 눈으로 보고 싶지는 않은 듯이 눈을 감았다.

존은 부드럽게 손을 아래로 뻗어 배낭을 잡고 들어 올리기 시작했다. 그러나 배낭을 놓치지 않으려는 아이의 손놀림은 빨랐다. 너무 빨라서 존이 배낭을 들어 올리기 시작했을 때 그는 배낭과 아이를 함께 들어 올리고 있다는 것을 깨달았다.

존 목사는 이 희극적인 상황에 가벼운 웃음을 터뜨렸다. 버스터 키턴의 영화에 나왔을 법한 상황이었다.

그러나 존 목사가 배낭에서 아이를 떼어내려 할수록 아이는 배낭을 더 꽉 붙잡았고, 아이가 배낭을 더 꽉 붙잡으려 할수록 배낭 안에 가치 있는 무언가가 숨겨져 있다는 게 더 분명해졌다.

"이제 놔." 존이 나름대로 참아온 인내심을 잃었음을 드러내는 어조로 말했다.

그러나 아이는 눈을 꼭 감은 채 고개를 저으며 주문 같은 말을 더 크고 더 또렷이 반복할 뿐이었다.

"에밋, 에밋, 에밋."

"여기에 에밋은 없어." 존이 달래는 목소리로 말했다. 그러나 아이는 손의 힘을 뺄 기미를 보이지 않았다.

존 목사는 선택의 여지가 없어서 아이를 때렸다.

그렇다, 그는 아이를 때렸다. 그러나 그는 엄격한 여선생이 학생의 행동을 바로잡고 주의를 기울이게 하려고 때리듯이, 그렇게 아이를 때린 것이었다.

약간의 눈물이 아이의 뺨을 타고 흘러내렸지만, 그럼에도 아이는 여전히 눈을 뜨고 손을 놓으려 하지 않았다.

존 목사는 한숨을 내쉬며 오른손으로 배낭을 꽉 잡고 왼손을 뒤로 뺐다. 이번에는 그의 아버지가 그를 때렸던 것처럼—손등으로 얼굴을 힘차게 가로지르며—아이를 때릴 작정이었다. 아버지가 즐겨 말했듯이, 때때로 아이에게 감명을 주기 위해서는 아이에게 깊은 인상을 남겨야 하는 법이니까. 그러나 존 목사가 왼손을 움직이기 전에 뒤에서 쿵 하는 커다란 소리가 났다.

존은 아이를 놓지 않은 채 고개를 돌려 뒤쪽을 보았다.

해치를 통해 뛰어내려 그 화차의 맞은편 끝에 서 있는 사람은 키가 6피트나 되는 흑인이었다.

"율리시스!" 목사가 소리쳤다.

잠시 율리시스는 움직이지도 않고 말도 하지 않았다. 햇빛 속에 있다가 갑자기 그늘로 들어온 탓에 눈앞에 펼쳐진 광경이 너무 침침해 보인 것이었다. 그러나 그의 눈은 이내 적응했다.

"아이를 놔줘." 그가 특유의 서두르지 않는 말투로 말했다.

그러나 존 목사의 손이 아이의 몸에 닿은 게 아니었다. 그의 손은 배낭을 잡고 있을 뿐이었다. 그래서 그는 손을 놓지 않고 이 상황에 대해 가능한 한 빨리 설명하기 시작했다.

"내가 깊이 잠들어 있을 때 이 조그만 도둑이 슬며시 이 화차에 들어왔지 뭐야. 다행히 난 이 자식이 내 배낭을 뒤지고 있을 때 잠에서 깼어. 그 뒤 서로 다투는 와중에 내가 모아둔 돈이 바닥에 쏟아진 거야."

"아이를 놔줘, 목사 양반. 다시 말하지 않을 거야."

존 목사는 율리시스를 쳐다본 다음 배낭을 잡고 있던 손을 천천히 놓았다.

"자네 말이 지당해. 이 아이를 더 훈계할 필요는 없지. 지금쯤은 틀림없이 교훈을 얻었을 테니까. 난 이 동전들을 쓸어 모아서 다시 내 배낭에 넣어두겠네."

뜻밖에도 아이는 반대하지 않았다.

그러나 그것은 두려움에서 비롯된 것이 아니라는 사실을 알고 존 목사는 조금 놀랐다. 두려워하기는커녕 아이는 이제 더 이상 눈을 감고 고개를 젓는 일 없이 깜짝 놀란 표정으로 율리시스를 응시하고 있었다.

아니, 얘는 흑인을 생전 처음 보나 봐, 존 목사는 생각했다.

그렇다면 오히려 다행스러운 일이었다. 왜냐하면 아이가 다시 제정신으로 돌아오기 전에 존 목사는 수집품 동전을 모아 담을 수 있을 테니까. 그러기 위해서 그는 무릎을 꿇고 앉아 동전을 쓸어 모으기 시작했다.

"그대로 놔둬." 율리시스가 말했다.

존 목사는 두 손을 여전히 그 뜻밖의 횡재의 몇 인치 위에서 꼼지락대면서 율리시스를 돌아다보며 분개한 기색으로 말했다.

"난 내 것을 정당하게 다시 회수하려고……."

"하나도 손대지 마." 율리시스가 말했다.

목사가 이성적인 말투로 어조를 바꾸었다.

"나는 탐욕스러운 사람이 아니야, 율리시스. 이 돈은 내가 땀 흘려 번 것이지만, 우리가 솔로몬의 조언에 따라 이 돈을 반씩 나누어 갖자고 제안해도 되겠나?"

존 목사는 이렇게 제안하면서도 좀 실망스럽게 자신이 그 교훈을 거꾸로 받아들였다는 것*을 깨달았다. 이왕 이렇게 되었으니 앞으로 더 밀고 나가야 했다.

"우린 이 돈을 셋으로 나눌 수도 있어. 자네가 좋다면 말이야. 자네, 나, **그리고** 이 아이, 이렇게 세 사람이 똑같은 몫으로."

그러나 존 목사가 이 제안을 하는 동안 율리시스는 화차의 문으로 몸을 돌리더니 걸쇠를 풀고 문을 요란스레 옆으로 밀어서 열었다.

"이곳이 네가 내릴 곳이야." 율리시스가 말했다.

존 목사가 아이의 배낭을 처음 손으로 잡았을 때는 기차가 거의 움직이지 않았지만, 그사이에 속도가 상당히 붙었다. 밖에서는 나뭇

✦ 솔로몬이 한 아기를 두고 서로 자신의 아기라고 주장하는 두 여자에게 아기를 반으로 나누어 가지라고 제안했고, 그 제안을 받아들인 여자가 친모가 아니었다는 성경 이야기를 언급하고 있다.

가지들이 흐릿한 형체로 휙휙 스쳐 갔다.

"여기서?" 그가 충격을 받은 목소리로 대꾸했다. "지금?"

"난 늘 혼자 타잖아, 목사 양반. 당신도 알잖아."

"맞아, 자넨 혼자 타고 다니는 걸 선호한다는 거, 기억해. 그렇지만 유개화차를 타고 가는 여행은 시간은 길고 통상적인 안락함은 부족하다네. 틀림없이 기독교인과 약간의 친목을 도모하며 함께……."

"나는 8년 이상을 기독교인과 친목을 도모하는 일 없이 혼자 타고 다녔어. 만약 어떤 이유에선가 내가 갑자기 그걸 필요로 한다 할지라도 난 분명히 당신과의 친목 도모를 원하지는 않을 거야."

존 목사는 아이의 자비심에 호소하는 눈빛으로, 그리고 아이가 자기를 변호해줄지 모른다는 기대감으로 아이를 바라보았지만, 아이는 여전히 놀란 표정으로 이 흑인을 응시하고 있었다.

"좋아, 좋아." 목사는 받아들였다. "모든 사람은 자신만의 우정을 쌓아갈 권리가 있고, 나는 자네에게 나와 동행하자고 강요할 생각은 없어. 나는 그저 저 사다리를 올라가 해치로 빠져나가서 다른 화차로 옮겨 가겠네."

"안 돼," 율리시스가 말했다. "당신이 나갈 곳은 이 문이야."

존 목사는 잠시 머뭇거렸다. 그러나 율리시스가 자신을 향해 다가오자 그는 문 쪽으로 걸음을 옮겼다.

바깥 지형은 좋아 보이지 않았다. 선로를 따라 자갈과 덤불로 덮인 경사면이 있고, 그 너머에는 오래된 빽빽한 숲이 있었다. 그들이 있는 곳이 가장 가까운 마을이나 도로에서 얼마나 멀리 떨어져 있는지 누가 알겠는가.

지금 율리시스가 자기 뒤에 있다는 것을 알아차린 존 목사는 애원하는 표정으로 뒤를 돌아보았지만, 흑인은 그의 시선을 받아주지 않았다. 율리시스도 획획 스쳐 지나가는 나무들을 보고 있었다. 회한의 감정 없이 보고 있었다.

"율리시스." 그는 다시 한번 애원했다.

"목사 양반, 내가 도와줄까, 아니면 내 도움 없이 할 텐가?"

"좋아, 좋아," 존 목사가 정당하게 분노를 표출하는 듯한 어조로 대답했다. "난 뛰어내릴 거야. 그러나 그러기 전에 최소한 나에게 기도할 시간을 허락해줄 수는 있겠지."

율리시스는 거의 알아차리지 못할 정도로 어깨를 으쓱했다.

"『시편』 23편이 적절할 것 같군." 존 목사가 신랄한 어투로 말했다. "그래, 『시편』 23편이 아주 좋을 것 같아."

목사는 두 손바닥을 붙이고 눈을 감은 다음 읊기 시작했다.

"**주님은 나의 목자, 아쉬울 것 없어라. 푸른 풀밭에 누워 놀게 하시고, 물가로 이끌어 쉬게 하시니, 지쳤던 이 몸에 생기가 넘친다. 그 이름 목자이시니 인도하시는 길, 언제나 곧은길이요.**"

목사는 겸손한 어조로 『시편』을 느리고 나직하게 암송하기 시작했다. 그러나 4절에 이르렀을 때 그의 목소리는 오직 주님의 군사들에게만 알려진 내면의 힘으로 높아지기 시작했다.

"**예.**" 그는 마치 신도들의 머리 위로 성경을 흔드는 것처럼 한 손을 치켜들고 읊었다. "**나 비록 음산한 죽음의 골짜기를 지날지라도 내 곁에 주님 계시오니 무서울 것 없어라. 막대기와 지팡이로 인도하시니 걱정할 것 없어라.**"

그 『시편』에는 이제 두 개의 절만 남았지만, 그 두 절의 내용은 더없이 적절했다. 잘 차려입은 존 목사가 자신의 낭송을 알맞은 음조로 높여서 멋들어지게 읊을 '**원수들 보라는 듯 상을 차려주시고**'라는 구절은 틀림없이 율리시스를 뼈아프게 찔러댈 것이다. 그리고 존 목사가 '**한평생 은총과 복에 겨워 사는 이 몸, 영원히 주님 집에 거하리이다!**'라는 구절로 끝을 맺으면 율리시스는 거의 벌벌 떨 지경이 될 것이다.

그러나 존 목사는 이 특별히 멋들어지고 웅변적인 구절을 읊을 기회를 갖지 못했다. 왜냐하면 그가 그 마지막 두 절을 막 읊으려 했을 때, 율리시스가 그를 공중으로 보내버렸기 때문이다.

율리시스

문에서 몸을 돌렸을 때 율리시스는 백인 아이가 두 팔로 배낭을 꼭 감싸 안은 채 자기를 올려다보고 있는 것을 보았다.

율리시스는 동전들을 향해 손을 저었다.

"네 동전을 챙기렴, 얘야."

그러나 아이는 율리시스가 말한 대로 행동하지 않았다. 아이는 겁먹은 기색 없이 계속 그를 응시할 뿐이었다.

이 아이는 여덟 살이나 아홉 살밖에 되지 않았을 거야, 율리시스는 생각했다. 어딘가에 있을 내 아들보다 많이 어리지는 않아.

"내가 목사한테 한 얘기를 너도 들었을 것 같구나." 율리시스는 더 부드럽게 말을 이었다. "나는 열차를 혼자 타고 다닌단다. 지금까지 그래왔고 앞으로도 계속 그럴 거야. 하지만 30분쯤 후에 급경사 구간이 나타날 것이고, 그러면 열차는 느려질 거다. 그곳에 이르렀을 때 나는 널 풀밭에 내려줄 것이고, 넌 아무 탈 없이 무사할 거야.

내 말 알아들었니?"

그러나 아이는 마치 한마디도 듣지 않은 것처럼 계속 그를 응시할 뿐이었다. 좀 모자라는 아이가 아닐까 하는 생각이 들기 시작했다. 그러나 그때 아이가 입을 열었다.

"전쟁에 참가했어요?"

그 질문에 율리시스는 깜짝 놀랐다.

"그래," 그가 잠시 후에 말했다. "난 전쟁에 참가했어."

아이가 한 발짝 앞으로 나왔다.

"바다를 항해했어요?"

"우리 모두 해외로 나갔지." 율리시스는 약간 방어적으로 대답했다.

아이는 잠시 생각에 잠겼다가 다시 한 발짝 앞으로 나왔다.

"아내와 아들을 남겨두고 떠난 거예요?"

어떤 사람에게서도 뒤로 물러서지 않는 율리시스가 이 아이에게서 물러섰다. 그가 너무 갑자기 뒤로 물러섰으므로 그걸 본 사람이 있다면 아이가 그의 맨살에 전기가 흐르는 전선을 갖다 댄 것처럼 보였을 것이다.

"우리, 서로 아는 사이니?" 그가 충격을 받은 목소리로 물었다.

"아니요. 우린 모르는 사이예요. 하지만 누구 이름에서 아저씨 이름을 따왔는지는 알 것 같아요."

"내 이름이 누구 이름에서 따온 것인지는 모든 사람이 다 안단다. 율리시스 S. 그랜트＊잖아. 링컨의 손에 들린 불굴의 검 같은 존재였

＊ 남북전쟁에서 북군의 총사령관을 맡아 북부를 승리로 이끈 명장. 후에 미국의 제18대 대통령이 되었다.

던 북군 총사령관 말이야."

"아니에요," 아이가 고개를 저으며 말했다. "아니에요, 그 율리시스가 아니에요."

"난 안다고 생각했는데."

아이는 계속해서 고개를 저었다. 그렇지만 반박하는 의미에서가 아니라 이해심과 연대감이 깃든 태도로 고개를 저었다.

"아니에요," 아이가 다시 말했다. "아저씨 이름은 율리시스**왕**의 이름에서 따왔을 거예요."

율리시스는 점점 아리송해지는 기분으로 아이를 바라보았다. 갑자기 자신이 세상과 동떨어진 곳에 있는 사람처럼 느껴졌다.

잠시 소년은 화차의 천장으로 눈길을 돌렸다. 그런 다음 다시 율리시스를 보았을 때, 아이의 눈은 어떤 생각에 크게 고무된 듯 휘둥그레졌다.

"내가 **보여줄** 수 있어요." 아이가 말했다.

아이는 바닥에 앉은 채로 배낭의 덮개를 열고 커다란 빨간 책을 꺼냈다. 그러고 나서 뒤에서 가까운 쪽의 페이지를 펼치고 읽기 시작했다.

오 뮤즈여, 나를 위해 노래하라.

위대하고 능수능란한 방랑자,

그 이름 오디세우스, 혹은 율리시스를 위해.

나는 키가 크고 마음이 유연한 사람,

전장에서 용맹함을 보여준 사람,

하나의 낯선 땅에서 다음 낯선 땅으로

이렇게 저렇게 여행할 운명을 타고난 사람…….

이번에는 율리시스가 한 걸음 앞으로 다가갔다.

"다 여기 있어요." 아이가 책에서 눈을 떼지 않은 채 말했다. "옛날 옛적에 율리시스왕은 트로이 전쟁에 나가 싸우기 위해 마지못해 아내와 아들을 떠나 바다를 항해했다. 율리시스는 그리스군을 승리로 이끈 다음 전우들과 함께 고향을 향해 출발했지만, 그의 배는 여러 차례 바람에 휩쓸려 항로를 이탈했다."

아이가 눈을 들었다.

"아저씨의 이름은 여기서 따온 거예요, 율리시스."

율리시스는 사람들이 자기 이름을 부르는 것을 지금껏 수만 번 들었지만, 지금 이 순간—자기가 가고자 하는 곳에서 서쪽에 있고 자기가 떠난 곳에서 동쪽 어딘가에 있는 이 화차 안에서—이 아이가 자기 이름을 말하는 것을 들으니 마치 그 이름을 생전 처음 듣는 것만 같았다.

아이는 율리시스가 내용을 더 또렷이 볼 수 있도록 책을 기울였다. 그런 다음 벤치에서 다른 사람이 옆에 앉을 수 있도록 자리를 만들어주듯이 몸을 오른쪽으로 약간 옮겼다. 그러자 율리시스가 옆으로 다가와 앉아 아이가 읽어주는 내용에 귀를 기울였다. 마치 아이가 전쟁에 단련된 노련한 여행자이고 율리시스 그가 아이인 것만 같았다.

그 후 몇 분 동안 아이는—이 빌리 왓슨은—율리시스왕이 배가 고향으로 향하도록 어떻게 돛을 손질하고 키의 손잡이를 다루는 법을 훈련했는지 읽어주었고, 바다의 신인 포세이돈의 외눈박이 아들

키클롭스의 눈을 멀게 함으로써 포세이돈을 화나게 한 탓에 관용을 베풀지 않는 바다를 떠돌도록 저주받은 이야기를 읽어주었다. 아이는 또 율리시스가 바람의 신 아이올로스로부터 배의 순항을 위한 바람 주머니를 받았는데, 그 주머니에 율리시스가 금을 숨기지 않았을까 의심한 부하 선원들이 그것을 열어버렸으며, 그 때문에 바람이 한꺼번에 쏟아져 나와—그가 그토록 고대했던 고향의 해안이 시야에 들어온 그 순간에—배가 목적지에서 아주 멀리 벗어나버렸다는 이야기도 읽어주었다.

율리시스는 그 이야기를 듣는 동안 처음으로 추모의 눈물을 흘렸다. 그는 자신과 이름이 같은 사람과 그 사람의 부하 선원을 위해 눈물을 흘렸다. 페넬로페*와 텔레마코스**를 위해 눈물을 흘렸다. 그는 전쟁터에서 전사한 자신의 전우들을 위해 눈물을 흘렸고, 참전하면서 뒤에 남겨두었던 아내와 아들을 위해 눈물을 흘렸다. 그러나 무엇보다도 그 자신을 위해 눈물을 흘렸다.

───

율리시스가 1939년 여름에 메이시를 만났을 때, 그들은 둘 다 혈혈단신이었다. 대공황의 깊은 수렁 속에서 둘 다 자기 부모님들을 장사 지냈고, 둘 다 자기들이 태어난 주—그녀는 앨라배마주, 그는 테네시주—를 떠나 세인트루이스로 갔다. 그 도시에 도착한 뒤 그들 모두 친구나 친척 하나 없이 하숙집을 전전하고, 여러 직업을 전

＊ 오디세우스, 즉 율리시스의 아내.
＊＊ 오디세우스와 페넬로페의 아들.

전했다. 상황이 그러했으므로 두 사람이 우연히 스타라이트 무도장 뒤쪽 가까이에 있는 바에서 나란히 서 있게—둘 다 춤추는 것보다 다른 사람의 얘기를 듣는 것을 더 좋아했다—되었을 무렵 그들은 자기 같은 사람들에게는 하늘이 고독한 삶만을 마련해주었다고 믿게 되었다.

그들은 그렇지 않을 수도 있다는 것을 알고 얼마나 기뻤던가. 그날 밤 서로 얘기를 나누면서 그들은 어떻게 웃었던가. 두 사람은 서로의 약점을 알았을 뿐만 아니라, 그들 자신의 환상과 허영심과 무모한 태도로 서로를 의도적으로 멋진 사람으로 빚어내려 하는 것을 지켜보았다. 그리고 그가 용기를 내서 그녀에게 춤을 청했을 때 그녀는 그를 따라 댄스 플로어로 나갔는데, 그것은 어떤 의미에서는 돌이킬 수 없는 일이 되었다. 3개월 후 그가 전화 회사의 가선공架線工으로 채용되어 주당 20달러를 벌게 되었을 때, 그들은 결혼하여 14가에 있는 방 두 개짜리 아파트로 이사했다. 그곳에서 새벽부터 황혼 녘까지, 그리고 몇 시간 더, 그들의 떼어놓을 수 없는 춤이 계속되었다.

그러나 그 후 해외에서 문제가 시작되었다.

율리시스는 만약 때가 온다면 1917년에 아버지가 그랬던 것처럼 자기도 조국의 부름에 응할 거라고 늘 생각했었다. 그러나 1941년 12월, 일본이 진주만을 폭격하고 수많은 청년들이 신병 모집 사무실로 모여들기 시작했을 때 메이시는—오랫동안 외롭게 혼자 지내면서 때를 기다려왔던 메이시는—눈을 가늘게 뜨고 그의 시선을 마주 바라보며 고개를 저었다. 그 눈은 이렇게 말하고 있었다. **율리시스 딕슨, 당신은 절대 안 돼.**

마치 미국 정부가 메이시의 확고한 눈초리에 설득당하기라도 한 것처럼 1942년 초에 정부는 경력 2년 이상의 모든 가선공은 매우 중요한 필수 인력이므로 군 입대를 권장하지 않는다고 발표했다. 그래서 전쟁에 기울이는 나라의 노력이 점점 더 커지고 있었음에도 불구하고 그와 메이시는 같은 침대에서 잠이 깨고, 같은 식탁에서 아침을 먹었으며, 같은 도시락을 손에 들고 각자의 일터로 나갔다. 그러나 시간이 지날수록 갈등을 피하고자 하는 율리시스의 마음은 날마다 심하게 시험당했다.

율리시스의 마음은 FDR⁺의 라디오 연설에 의해 시험당했다. 그는 라디오 연설을 통해 국민들에게, 우리는 온 국민의 단합된 의지로 악의 세력에 승리할 것이라고 확고히 말했다. 율리시스의 마음은 신문의 헤드라인에 의해 시험당했다. 전쟁에 참가하기 위해 자신들의 나이를 속이는 동네 남자애들에 의해 시험당했다. 무엇보다도 일터에 나가는 그를 곁눈질로 훔쳐보며, 온 세계가 전쟁 중인 이때 건강한 남자가 아침 8시에 전차에 앉아 도대체 무엇을 하고 있단 말인가 하고 의아해하는 60대 남자들에 의해 시험당했다. 그러나 그가 우연히 빳빳한 새 군복을 입은 신병 옆을 지나갈 때마다 거기에는 눈을 가늘게 뜨고 자기가 얼마나 오래 기다렸다가 그를 만났는지를 상기시키는 메이시가 있었다. 그래서 율리시스는 자존심을 꾹꾹 억누르곤 했다. 몇 달이 지났을 때는 눈을 내리깔고 전차를 탔으며, 한가한 시간에는 밖에 나가지 않고 그들의 아파트 안에서만 시간을 보냈다.

⁺ 미국 제32대 대통령인 프랭클린 델러노 루스벨트를 말한다.

그리고 1943년 7월, 메이시는 아이를 가졌다는 것을 알게 되었다. 몇 주가 지나자 어떤 전쟁 소식이 전해지든 그것과는 상관없이 그녀는 숨길 수 없는 내면의 빛을 발하기 시작했다. 그녀는 전차 정류장에서 율리시스를 만나서 집에 돌아가기 시작했다. 여름 드레스에 넓은 노란색 모자 차림의 그녀는 그의 팔에 자신의 팔을 걸고 천천히 걸음을 옮기면서 친구들에게도 낯선 사람에게도 똑같이 고개를 끄덕이며 아파트로 돌아가곤 했다. 그리고 11월 말경, 그녀는 얼마 전부터 그랬던 것처럼 그의 판단에 반대하며—그의 판단이 더 나았다—그를 설득해서 좋은 나들이옷으로 차려입고 할렐루야홀에서 열리는 추수감사절 무도회에 그녀를 데려가게 했다.

율리시스는 문을 지나자마자 자신이 끔찍한 실수를 했다는 것을 알았다. 그가 눈을 돌리는 곳마다 아들을 잃은 어머니의 눈이나 남편을 잃은 아내의 눈이나 아버지를 잃은 아이의 눈과 마주쳤기 때문이다. 그 하나하나의 시선들은 메이시의 행복과 대조되어 더욱 비통해 보였다. 더욱더 나쁜 것은 그와 비슷한 또래의 다른 남자들의 눈을 마주쳤을 때였다. 왜냐하면 그들은 댄스 플로어의 가장자리에 어색하게 서 있는 그를 보았을 때 그에게로 다가와서 그의 손을 잡고 흔들어주었기 때문이다. 그럴 때의 그들의 미소는 그들 자신의 비겁한 태도에 의해 묘하게 일그러졌고, 그들의 정신은 부끄러움의 형제애를 공유할 수 있는 또 다른 건강한 남자를 만나 안도하는 듯했다.

그날 밤 그와 메이시가 아파트로 돌아왔을 때, 율리시스는 외투도 벗기 전에 자신은 입대하기로 결정했다고 알렸다. 그는 메이시가 화를 내거나 울음을 터뜨릴 가능성에 대비해서 이 결정은 논쟁의 여지가 없는 필연적인 결론이라는 식으로 자신의 의도를 표현했다. 하지만 그가 말을 마쳤을 때 그녀는 몸을 떨거나 눈물을 흘리지 않았다. 그리고 이윽고 그의 말에 대답했을 때, 그녀는 언성을 높이지 않았다.

"꼭 전쟁에 나가야 한다면," 그녀가 말했다. "그래, 전쟁에 나가. 한쪽 팔을 등 뒤로 묶고서 히틀러와 도조*를 상대하든 말든, 그건 내가 알 바 아니야. 그렇지만 당신이 집에 돌아왔을 때 우릴 여기서 찾을 수 있을 거라고 기대하진 마."

다음 날 신병 모집 사무실로 걸어 들어갔을 때 그는 마흔두 살 먹은 남자라는 이유로 집으로 돌려보내지는 게 아닐까 우려했다. 하지만 10일 후 그는 캠프 펀스턴에 있었고, 그로부터 10개월 후에는 이탈리아에서 활동하는 제5군 휘하의 92 보병 사단에서 복무하기 위해 그곳으로 떠났다. 그 혹독한 복무 기간 동안 아내로부터 단 한 통의 편지도 받지 못했지만, 그럼에도 불구하고 자신이 집에 돌아갔을 때 그녀와 아들이 그를 기다리고 있지 않을 거라는 상상은 한 번도 하지 않았다(아니, 자신이 그런 상상을 하는 것을 용납하지 않았다).

그러나 1945년 12월 20일, 그가 탄 열차가 세인트루이스에 도착했을 때 아내와 아들은 역에 없었다. 14가의 아파트로 갔을 때 그들은 거기에도 없었다. 집주인과 이웃 사람들과 그녀의 직장 동료들을 찾아가 물어보았을 때, 그 사람들의 대답은 한결같았다. 메이시 딕슨은 예쁜 사내아이를 낳은 지 2주 후에 짐을 꾸려서 어디로 가

✦ 태평양전쟁을 주도한 일본의 군인이자 정치가 도조 히데키를 가리킨다.

는지 말하지도 않고 그 도시를 떠났다는 것이었다.

율리시스는 세인트루이스에 돌아온 지 24시간도 안 되어서 가방을 어깨에 메고 걸어서 유니언역으로 돌아갔다. 거기서 열차의 행선지는 개의치 않고 바로 다음 열차에 올라탔다. 그는 그 열차를 타고 최대한 멀리까지—조지아주 애틀랜타까지—간 다음, 그곳에서 역 밖으로 나가는 일 없이 다른 방향으로 가는 다음 열차를 타고 멀리 샌타페이까지 갔다. 그때가 벌써 8년도 더 되었다. 그 이후 그는 계속해서 그렇게 열차를 타고—돈이 있으면 여객열차를 타고, 돈이 다 떨어지면 화물열차를 탔다—전국을 오갔다. 그는 결코 어느 한 장소에서 이틀 밤을 연속해서 보내는 일이 없었다. 그 전에 열차의 행선지와는 무관하게 다음번 열차에 뛰어오르곤 했던 것이다.

━━

아이는 계속 책을 읽었다. 율리시스왕은 어느 땅에서 다른 땅으로, 하나의 시련에서 또 다른 시련으로 계속 옮아갔고, 율리시스는 그 이야기를 조용히 들었다. 그의 눈에서 염치없이 눈물이 주르륵 흘러내렸다. 그는 이름이 같은 사람이 사람을 동물로 바꾸어버리는 키르케의 마법에 직면하고, 세이렌의 무자비한 유혹에 직면하고, 이어 스킬라와 카리브디스를 맞닥뜨려야 하는 긴박한 위험에 직면하는 이야기를 귀 기울여 들었다. 그러나 아이가 율리시스의 굶주린 선원들이 예언자 티레시아스의 경고를 무시하고 태양신 헬리오스의 신성한 소를 도살해버린 이야기와, 그로 인해 분노한 제우스가 다시 한번 천둥과 사나운 파도로 그 영웅을 괴롭히는 내용을 읽고 있을 때, 율리시스는 아이의 책의 그 페이지에 손을 얹었다.

"이제 됐어." 그가 말했다.

아이는 놀란 표정으로 고개를 들었다.

"끝부분을 듣고 싶지 않아요?"

율리시스는 잠시 말이 없었다.

"끝은 없단다, 빌리. 전능하신 신을 화나게 한 사람들에게 고통의 끝은 없단다."

그러나 빌리는 다시 한번 연대감이 깃든 태도로 고개를 저었다.

"그렇지 않아요." 빌리가 말했다. "율리시스왕은 포세이돈과 헬리오스를 화나게 했지만, 그가 끝없이 헤맨 것은 아니에요. 아저씨는 언제 군대 생활을 마치고 미국으로 돌아오는 항해를 시작했어요?"

그게 무슨 문제가 될까 의아했지만, 그럼에도 율리시스는 아이의 질문에 대답했다.

"1945년 11월 14일."

아이는 율리시스의 손을 옆으로 살며시 밀치고 나서 페이지를 넘겨 한 구절을 가리켰다.

"애버네이스 교수님은 율리시스왕이 **10년이라는 긴 세월 뒤에** 이타카로 돌아와 아내와 아들과 재회했다고 썼어요."

아이는 고개를 들어 쳐다보았다.

"그건 아저씨의 방랑 생활이 거의 끝나가고 있고, 아저씨는 3년 안에 가족과 재회하게 될 거라는 것을 의미해요."

율리시스는 고개를 저었다.

"빌리, 난 아내와 아들이 어디에 있는지도 모르는걸."

"그건 괜찮아요." 아이가 대답했다. "그분들이 어디 있는지 안다면 찾을 필요도 없겠죠."

그러고 나서 아이는 책을 내려다보면서 틀림없이 그렇게 될 거라는 생각에 흡족해하며 고개를 끄덕였다.

그게 가능할까? 율리시스는 의문스러웠다.

그가 전쟁터에서 온갖 방식으로 주 예수그리스도의 가르침을 욕되게 한 것은 사실이었다. 그 시절 그는 교회의 문턱을 넘는 것을 양심상 다시는 상상하기 어려울 정도로 주님의 가르침을 욕되게 했었다. 그러나 그와 함께 싸웠던 모든 전우들도—그가 맞서 싸운 적들뿐 아니라—그 가르침을 욕되게 하고, 그 서약을 어기고, 그 계명을 무시했었다. 그래서 율리시스는 전쟁터에서의 죄악을 세대의 죄악으로 인식하면서 그 죄악과 얼마간 화해하게 되었다. 율리시스가 화해하지 못한 것은, 그의 양심을 무겁게 짓누른 것은, 자신이 아내를 배신했다는 사실이었다. 두 사람의 서약도 서약이었고, 그 서약을 배신했을 때, 그는 혼자 그걸 배신한 것이었다.

어둠침침한 그들의 낡은 아파트 복도에 군복을 차려입은 차림새로 서 있을 때도 그는 영웅이라기보다는 바보에 가까운 기분을 느끼면서 자신이 저지른 행동의 결과는 **결코** 돌이킬 수 없으리라는 것을 알았다. 바로 그것 때문에 그는 다시 유니언역으로 돌아가서 줄곧 방랑자의 삶—사람들과의 교유도 삶의 목적도 없이 살아가도록 운명 지워진 삶—을 살아온 것이었다.

그러나 어쩌면 이 아이의 말이 옳을지도 몰랐…….

그는 어쩌면 자신의 수치심을 그들의 신성한 결합보다 우위에 두었는지도 모른다. 그리하여 편리하게도 자신을 책망하며 고독한 삶으로 도피함으로써 아내를 두 번 배신했는지도 모른다. 아내와 아들을 말이다.

그가 이런 생각을 하고 있을 때 아이는 책을 덮고 은화를 줍기 시작했다. 아이는 은화를 소맷동으로 닦은 다음 다시 양철통에 집어넣었다.

"자," 율리시스가 말했다. "내가 도와줄게."

그도 동전을 주워서 소매로 닦은 다음 양철통 안으로 떨어뜨리기 시작했다.

그러나 아이는 마지막 동전을 담기 직전에 갑자기 무슨 소리를 들은 듯 율리시스의 어깨 너머를 쳐다보았다. 이어 재빨리 양철통과 커다란 빨간색 책을 배낭에 넣고 배낭끈을 조인 다음 획 돌려서 등에 짊어졌다.

"왜 그래?" 율리시스가 아이의 갑작스러운 동작에 약간 놀라며 물었다.

"열차가 느려졌어요." 아이가 일어서면서 말했다. "아저씨가 얘기한 그 구간에 다다른 것 같아요."

율리시스는 잠깐의 시간이 지난 후에야 아이가 무슨 말을 하고 있는지 이해했다.

"아니야, 빌리," 그가 문 쪽으로 아이를 뒤따라가면서 말했다. "너 갈 필요 없어. 넌 나랑 함께 있어야 해."

"정말이에요, 율리시스 아저씨?"

"정말이고말고."

빌리는 고개를 끄덕이며 율리시스의 뜻을 받아들였다. 그러나 문밖으로 빠르게 스쳐 지나가는 덤불을 응시하고 있는 아이를 보면서 율리시스는 아이에게 새로운 걱정거리가 생겼다는 것을 알 수 있었다.

"왜 그래, 빌리?"

"존 목사님은 열차에서 뛰어내렸을 때 다치지 않았을까요?"

"그 사람은 다쳐도 싸."

빌리는 율리시스를 쳐다보았다.

"그렇지만 그분은 설교자였잖아요."

"그 사람의 마음속에는," 율리시스가 화차의 문을 닫으며 말했다. "설교보다 배반이 더 많이 똬리를 틀고 있어."

두 사람은 다시 바닥에 앉으려고 화차의 맞은편 끝으로 걸어갔다. 그러나 그들이 앉으려고 했을 때, 율리시스는 조심스럽게 사다리를 내려온 누군가가 뒤에서 다가오는 듯한 소리를 들었다.

율리시스는 더 듣기 위해 지체하는 대신 곧장 몸을 휙 돌리며 팔을 뻗었다. 그 와중에 그의 부주의로 빌리를 바닥에 쓰러뜨리고 말았다. 다가오는 발소리를 들었을 때 율리시스의 뇌리를 스치고 지나간 것은, 어떤 식으론가 다시 열차에 올라탄 존 목사가 복수심에 휩싸여 그와 맞서 싸우기 위해 돌아왔다는 생각이었다. 그러나 그 사람은 존 목사가 아니었다. 타박상을 입은 단호한 표정의 백인 젊은이였다. 그의 오른손에는 훔친 물건이 든 자루가 들려 있었다. 그는 그 자루를 내려놓은 다음, 한 걸음 앞으로 나서며 팔을 뻗어 나름대로 싸울 자세를 취했다.

"난 아저씨와 싸우고 싶지 않아요." 젊은이가 말했다.

"나랑 싸우고 싶어 하는 사람은 아무도 없어." 율리시스가 말했다.

둘 다 한 걸음 앞으로 나섰다.

화차의 문을 닫지 말걸, 하는 생각이 율리시스의 머리에 떠올랐다. 문이 열려 있다면 일을 말끔히 처리할 수 있을 터였다. 그저 이 젊은이의 팔을 붙잡고 열차 밖으로 던져버리면 될 테니까. 그러나 문이 닫혀 있으니 그는 이 젊은이를 때려눕혀 의식을 잃게 만들거나, 아니면 그를 꽉 붙들고서 빌리에게 문을 열라고 해야 할 것이다. 그러나 율리시스는 이 젊은이의 손이 닿을 수 있는 거리 내에 빌리를 두고 싶지 않았다. 따라서 그는 기회를 잡아 한 방에 끝내야 할 것이다. 빌리와 젊은이 사이에 끼어들어서 조금 더 가까이 다가간 다음, 상대의 취약한 부분임이 틀림없는 타박상을 입은 얼굴 부위를 강타해야 할 것이다.

율리시스는 뒤에서 빌리가 일어서는 소리를 들었다.

"뒤로 물러나, 빌리." 그와 젊은이가 동시에 말했다.

그들은 어리둥절한 표정으로 서로를 쳐다보았지만 팔을 내리려 하지는 않았다.

율리시스는 빌리가 앞에 있는 사람을 보려는 듯 옆으로 한 걸음 내디디는 소리를 들었다.

"아, 에밋 형."

젊은이는 여전히 팔을 들고 한쪽 눈은 율리시스를 주시하면서 왼쪽으로 한 걸음 옮겼다.

"괜찮니, 빌리?"

"난 괜찮아."

"이 사람 알아?" 율리시스가 물었다.

"우리 형이에요." 빌리가 말했다. "형, 이분은 율리시스 아저씨야. 아저씨는 율리시스왕처럼 전쟁에 나가 싸웠어. 그 후로는 아내와 아들과 재회할 때까지 10년 동안 떠돌아다녀야 해. 그렇지만 형은

걱정할 필요 없어. 우린 아직 친구가 아니니까. 우린 그냥 아는 사이
일 뿐이야."

더치스

"이 집들 좀 봐." 울리가 놀란 표정으로 말했다. "이렇게 많은 집을 본 적 있어?"

"정말 집이 많구나." 나는 동의했다.

그날 몇 시간 전에 내가 탄 택시가 길모퉁이를 막 돌았을 때, 때마침 공원에서 나오는 울리를 보았다. 길 건너편에 울리가 세워둔 스튜드베이커가 있는 것도 보았다. 차는 소화전 앞에 세워져 있었는데, 조수석 쪽의 문이 열려 있고 시동이 걸려 있었다. 나는 또 주차 위반 딱지를 손에 든 경찰이 차 뒤쪽에 서서 번호판의 숫자를 적는 모습도 볼 수 있었다.

"여기서 세워주세요." 내가 택시 운전사에게 말했다.

울리가 경찰에게 뭐라고 설명했는지 모르지만, 내가 택시 운전사에게 요금을 지불할 즈음에 경찰은 주차 위반 딱지를 치우고 수갑을 꺼냈다.

나는 소도시의 인심 좋은 미소에 가장 가까운 미소를 띠고서 그곳으로 다가갔다.

"뭐가 문제인가요, 경관님?"

(그들은 경관님이라고 불러주면 좋아한다.)

"자네들 두 사람은 일행인가?"

"어떤 의미에서는요. 저는 저 친구의 부모님에게 고용되어 일하고 있거든요."

경찰과 나, 둘 다 울리를 바라보았다. 울리는 소화전을 더 자세히 보기 위해 이리저리 움직이고 있었다.

경찰이 울리가 운전면허증을 소지하고 있지 않은 것 같다는 사실을 포함하여 울리의 위반 사항을 설명해주었고, 나는 고개를 끄덕였다.

"저도 잘 알고 있습니다, 경관님. 저는 저 친구 부모님에게 만약 쟤를 다시 집에 데려오려 한다면 계속 지켜봐줄 사람을 고용하는 게 좋을 거라고 줄곧 얘기했어요. 하지만 제가 뭘 알겠습니까? 저는 정원 관리인일 뿐인걸요."

경찰은 다시 한번 울리에게 눈을 돌렸다.

"자네 말은 저 친구한테 무슨 문제가 있다는 뜻인가?"

"저 친구의 수신기는 경관님이나 제 수신기와는 다른 주파수에 맞춰져 있다고만 말해둘게요. 저 친구는 길을 배회하는 버릇이 있어요. 오늘 아침 저 친구의 어머니가 일어나서 차가 없어진 걸 보고서—또다시—저한테 저 친구를 추적해달라고 부탁하더군요."

"자넨 어디 가면 저 친구를 찾을 수 있다는 걸 어떻게 알았지?"

"쟤는 에이브러햄 링컨에 흠뻑 빠져 있어요."

경관은 뭔가 의심스럽다는 듯이 나를 쳐다보았다. 그래서 나는 경관에게 보여주었다.

"어이, 마틴. 왜 이 공원에 온 거야?"

울리는 잠시 생각하더니 빙그레 웃었다.

"링컨 대통령 조각상을 보려고."

이제 경찰은 약간 아리송한 태도로 나를 쳐다보았다. 그의 한 손에는 위반 사항 목록과 일리노이주의 법과 질서를 지키겠다는 서약이 들려 있었다. 하지만 그는 어찌해야 할 것인가? 정직한 에이브러햄에게 경의를 표하기 위해 슬쩍 집을 빠져나온, 약간 문제가 있는 아이를 체포한다?

경찰은 나에게서 울리로, 울리에게서 나로 번갈아 시선을 옮기며 쳐다보았다. 그런 다음 어깨를 쭉 펴고 허리띠를 조였는데, 그것은 경찰들의 평소 버릇이었다.

"좋아," 그가 말했다. "저 친구를 안전하게 집으로 데려다주겠나?"

"그럴 생각입니다, 경관님."

"그렇지만 자신만의 **주파수**를 가지고 있는 젊은이는 운전을 하면 안 돼. 저 친구의 가족이 차 열쇠를 더 높은 선반에 올려놓을 때인 것 같군그래."

"그 점을 그분들에게 알려드릴게요."

경찰이 차를 몰고 떠나고 우리가 다시 스튜드베이커로 돌아왔을 때, 나는 울리에게 '모두는 하나를 위해, 하나는 모두를 위해'의 의미에 대해 가볍게 얘기해주었다.

"네가 체포되면 어떻게 되겠어, 울리? 그래서 네 이름이 사건 기록부에 오른다면? 네가 알기도 전에 경찰은 우리 둘 모두를 버스에 태워 설라이나로 돌려보내겠지. 그러면 우린 너희 별장에 가지 못할 것이고, 빌리는 캘리포니아에 자신의 집을 짓지 못하게 될 거야."

"미안해." 울리는 진심으로 뉘우치는 표정으로—그리고 눈을 휘둥그레 뜨고—말했다.

"오늘 아침엔 약을 몇 방울이나 먹었니?"

……

"네 방울?"

"약이 몇 병 남았는데?"

……

"한 병?"

"한 병이라고? 맙소사, 울리. 그건 코카콜라가 아니야. 그리고 언제 더 구할 수 있을지 우린 전혀 모르잖아. 지금으로선 마지막 남은 한 병은 내가 간수하도록 맡겨두는 게 나을 것 같아."

울리는 양처럼 순하게 글러브박스를 열고 파란색 조그만 병을 건네주었다. 대신 나는 그 택시 운전사에게 돈을 주고 산 인디애나주 지도를 그에게 건넸다. 울리는 그걸 보더니 인상을 찌푸렸다.

"나도 알아. 그건 필립스 66 지도가 아니야. 그렇지만 나로선 최선을 다해 구한 거야. 내가 운전하는 동안 네가 그걸 보고 사우스벤드 로더덴드런로드 132번지로 가는 길을 알아봐줬으면 해."

"로더덴드런로드 132번지에 뭐가 있는데?"

"옛 친구."

———

1시 반쯤 사우스벤드에 도착한 우리는 이제 똑같은 땅에 똑같은 집들이 서 있는 새로운 구역의 한가운데에 있었다. 이 같은 집들에는 똑같은 사람들이 거주하고 있을 것 같았다. 그 모습을 보니 네브래스카의 길들이 그리워질 정도였다.

"마치 빌리의 책에 나오는 미로 같아." 울리가 경외감이 깃든 목소리로 말했다. "그곳에 들어간 사람은 아무도 살아서 나온 적이 없는, 다이달로스가 정말 독창적으로 설계한 미로 말이야."

"그렇기 때문에 더욱더 도로 표지판을 잘 살펴봐야 해." 내가 엄격하게 지적했다.

"그래, 그래. 알았어, 알았어."

울리는 지도를 잠깐 살펴보고 나서 우리가 어디로 가고 있는지 좀 더 주의를 기울이기 위해 앞 유리 쪽으로 몸을 기울였다.

"왼쪽은 타이거릴리레인," 그가 말했다. "오른쪽은 아마릴리스애비뉴……. 잠깐, 잠깐……. 저기다!"

나는 운전대를 돌려 로더덴드런로드로 들어갔다. 잔디는 다 푸르고 말끔히 깎여 있었으나, 진달래*는 아직은 기대에 훨씬 못 미쳤다. 누가 알겠는가. 어쩌면 항상 그럴는지도 모른다.

나는 울리가 번지수를 잘 볼 수 있도록 차를 천천히 몰았다.

"124…… 126…… 128…… 130…… 132!"

내가 그 집을 지나치자 울리는 어깨 너머로 돌아보았다.

✦ 로더덴드런rhododendron은 진달래라는 뜻이므로, 로더덴드런로드는 진달래가 많은 동네일 것으로 짐작된다.

"저 집이야." 울리가 말했다.

"알아."

나는 다음 교차로에서 모퉁이를 돌아 연석 옆에 차를 세웠다. 길 건너편에서 내의 차림의 뚱뚱한 연금 수급자가 호스로 잔디밭에 물을 뿌리고 있었다. 그 사람은 이미 필요한 양의 물을 다 뿌렸을 것 같았다.

"네 친구 집은 132번지 아니야?"

"맞아. 하지만 난 그 친구를 놀라게 해주고 싶어."

나는 이미 교훈을 얻었으므로 차에서 내릴 때 열쇠를 선바이저 위에 놓아두는 대신 가지고 나왔다.

"몇 분만 있다가 나올 거야." 내가 말했다. "넌 여기 가만히 있어."

"그럴게, 그럴게. 그런데 더치스……."

"울리, 왜?"

"이 스튜드베이커를 가능한 한 빨리 에밋에게 돌려주려고 애쓰고 있다는 거 나도 알아. 하지만 우리가 애디론댁으로 가기 전에 헤이스팅스온허드슨에 있는 세라 누나 집을 방문할 수 있지 않을까?"

대부분의 사람들은 습관적으로 무언가를 요구한다. 사람들은 망설이지 않고 불을 빌려달라고 하거나 시간을 묻는다. 차를 태워달라고 하거나 돈을 빌려달라고 한다. 도와달라고 하거나 나누어달라고 요구한다. 어떤 사람들은 용서해달라고 요구하기도 한다. 그러나 울리 마틴은 거의 아무것도 요구하지 않았다. 그러므로 그가 뭔가를 요청하면, 그건 중요한 문제라는 걸 알아야 했다.

"울리," 내가 말했다. "네가 우리를 이 미로에서 살아 나가게 해줄 수 있다면 네가 원하는 사람 어느 누구라도 방문할 수 있어."

10분 후, 나는 밀방망이를 손에 들고 그것이 효과가 있을까 궁금해하며 주방에 서 있었다. 그 모양과 무게를 고려할 때 밀방망이는 확실히 2x4인치 각목보다 느낌이 더 좋았다. 그러나 그것은 부엌 식탁을 빙빙 돌며 도망치는 불행한 남편을 뒤쫓는 가정주부 같은 사람이 자아내는 희극적 효과에 더 잘 쓰일 법한 도구라는 생각이 들었다.

나는 밀방망이를 다시 서랍에 넣고 다른 서랍을 열었다. 이 서랍에는 채소 다듬는 기구나 계량스푼 같은 작은 도구들이 어수선하게 들어차 있었다. 다음 서랍을 여니, 거기에는 주걱이나 거품기 같은 더 크고 얇은 도구들이 들어 있었다. 국자 밑에 있는 고기 망치가 눈에 띄었다. 나는 다른 도구들을 건드려서 쟁그랑거리는 소리가 나지 않도록 조심하며 고기 망치를 서랍에서 꺼냈다. 그 망치는 멋진 나무 손잡이와 후려치기 좋은 거친 표면을 가졌지만, 쇠고기의 한쪽 면을 두드리기보다는 돈가스를 납작하게 만드는 용도로 만들어진 듯 약간 연약한 면이 있었다.

싱크대 옆 조리대 위에는 흔히 볼 수 있는 다양한 문명의 이기들이 놓여 있었다. 깡통 따개, 토스터, 3단계 버튼 믹서 등이 놓여 있었는데, 누군가를 따버리고 싶거나 구워버리고 싶거나 갈아버리고 싶은 욕망이 있는 사람에게는 완벽하게 만들어진 기구들일 듯싶었다. 조리대 위쪽 캐비닛 안에는 방공호에 들어갔을 때 필요한 통조림 식품이 충분히 많이 들어 있었다. 앞쪽 중앙에는 캠벨 수프*가 적어도 열 캔은 있었다. 그뿐만이 아니라 쇠고기 스튜 통조림, 칠리 통조

✦ 미국의 식품 제조 회사 이름이자 그 회사에서 제조, 판매하는 수프 제품류의 명칭.

림, 프랭크앤드빈스 통조림도 있었다. 그것들을 보니 애컬리 가족이 정말 필요로 하는 유일한 도구는 깡통 따개뿐일 것만 같았다.

나는 애컬리의 캐비닛 안에 들어 있는 음식과 설라이나 소년원에서 먹었던 메뉴 사이의 유사성에 대해 언급하지 않을 수 없다. 우리는 주로 이런 종류의 음식이 나오는 이유를 언제나 효용성을 중시하는 기관의 성향 탓으로 돌렸지만, 아마도 그것은 원장의 개인적인 취향의 표현이었던 듯싶다. 순간 나는 프랭크앤드빈스 통조림을 시적 정의⁺를 위해 사용하고 싶은 유혹을 느꼈다. 그러나 만약 통조림으로 누군가를 때린다면, 상대의 두개골에 손상을 입힌 만큼 자신의 손가락도 손상을 입게 될지 모른다는 생각이 들었다.

나는 캐비닛을 닫고 샐리처럼 두 손을 엉덩이에 얹었다. 샐리라면 어디를 봐야 할지 알 텐데, 나는 생각했다. 그녀의 눈으로 이 상황을 보려고 하면서 부엌을 구석구석 살폈다. 그때 레인지 위에 놓인 배트맨의 망토처럼 새까만 프라이팬을 발견했다. 그 프라이팬을 집어 든 나는 디자인과 내구성에 감탄하며 손으로 무게를 가늠해보았다. 점점 가늘어지는, 모서리가 곡면인 손잡이는 손바닥에 착 달라붙어서 손에서 놓치는 일 없이 200파운드의 힘을 전달할 수 있을 것 같았다. 그리고 프라이팬의 바닥은 아주 넓고 평평한 스위트스폿⁺⁺이 있어서 눈을 감고도 상대에게 타격을 가할 수 있을 터였다.

그렇다, 이 주철 프라이팬은 현대적이거나 편리한 요소가 전혀 없음에도 불구하고 어느 모로 보나 완벽했다. 사실 이 프라이팬은

⁺ poetic justice, 문학작품에서, 등장인물이 결국 자신이 저지른 행위에 합당한 결과를 치러야 한다는 인과응보의 사상.
⁺⁺ 테니스 라켓이나 야구방망이 등에서 공을 가장 효과적으로 칠 수 있는 부위.

100년이 된 것일 수도 있었다. 애컬리의 증조할머니가 행렬을 이루어 서부로 가던 마차에서 사용했던 것을 4대에 걸쳐 물려받아 애컬리 가족들이 돼지갈빗살을 구워 먹은 것일 수도 있었다. 나는 서부 개척자들에게 경의를 표하며 그 프라이팬을 집어 들고 거실로 들어갔다.

벽난로가 있어야 할 자리에 텔레비전이 있는 예쁘고 아담한 방이었다. 커튼과 의자와 소파는 서로 어울리는 꽃무늬로 장식되어 있었다. 아마도 애컬리 부인은 동일한 꽃무늬 천으로 드레스를 지어 입었을 것이고, 그래서 부인이 아주 조용히 소파에 앉아 있으면 남편은 그녀가 거기 있다는 것을 모를 거라는 생각이 들었다.

애컬리는 여전히 내가 그를 발견했던 그 자리에 있었다. 바카로운저*에 몸을 뻗고 깊이 잠들어 있는 것이었다.

그의 얼굴에 나타난 미소에서 그가 이 안락의자를 좋아한다는 것을 알 수 있었다. 애컬리는 설라이나에 근무하는 동안 회초리로 소년들을 때릴 때마다 오후 2시에 잠에 빠질 수 있는 이런 안락의자를 갖게 되는 날을 꿈꾸었을 게 틀림없었다. 어쩌면 그토록 오랫동안 고대한 끝에 이제 정확히 그렇게 하고 있으면서도 아마 그는 **여전히** 바카로운저에서 잠드는 꿈을 꾸고 있을 것이다.

"잠이 들면, 아마 꿈을 꾸겠지."** 나는 프라이팬을 그의 머리 위로 치켜들면서 나직이 읊조렸다.

그때 조그만 테이블 위에 놓인 뭔가가 눈길을 끌었다. 그것은 두 어린 소년 사이에 애컬리가 서 있는 최근의 사진이었다. 두 소년의

---

* 상표명. 푹신한 안락의자.
** 『햄릿』에 나오는 구절.

얼굴은 애컬리와 닮아 보였다. 소년들이 리틀 리그[*] 유니폼을 입었고 애컬리는 그 야구단의 모자를 쓰고 있는 것으로 보아, 그는 손자들을 응원하기 위해 경기장에 찾아간 것 같았다. 당연히 애컬리는 얼굴 가득 미소를 지었고, 손자들도 할아버지가 계속 관중석에 있었다는 것을 알고 기뻐하는 것처럼 미소를 짓고 있었다. 나는 이 노친네에게 따스한 감정이 솟구치는 것을 느꼈다. 손에 땀이 날 정도였다. 그러나 성경에 아들들은 아버지들의 죄악을 떠맡을 필요가 없다고 쓰여 있다면, 아버지들은 아들들의 죄 없음을 떠맡아 누려서는 안 된다는 것 역시 당연한 논리이다.

그래서 나는 내리쳤다.

그를 내리쳤을 때 그의 몸은 한 차례 전기가 몸을 훑고 지나간 것처럼 요동을 쳤다. 안락의자에 비스듬히 누운 그의 몸은 조금 더 밑으로 내려가 있었고, 방광이 풀린 탓에 카키색 바지의 사타구니 부위가 검게 물들었다.

나는 이 프라이팬은 하나의 목적을 위해 신중히 설계된 물건이지만, 그럼에도 다른 목적에 완벽하게 들어맞았다고 생각하면서 감사의 뜻으로 프라이팬을 향해 고개를 끄덕였다. 이 프라이팬을 사용하는 것의 부가적인 이점은—고기 망치나 토스터나 프랭크앤드빈스 통조림에 비해서—내리칠 때 **텅** 하는 듣기 좋은 소리가 난다는 점이었다. 그 소리는 헌신적인 신도들에게 기도를 요청하는 교회 종소리 같았다. 사실, 그 소리가 너무 만족스러워서 그를 한 번 더 내리치고 싶은 유혹을 느꼈다.

✦ 12세 이하의 어린이들이 참가하는 야구 리그.

하지만 나는 신중히 계산하는 시간을 가졌었고, 애컬리가 나에게 진 빚은 정수리에 단단히 한 방 먹이는 것으로 만족스럽게 마무리 지을 수 있을 거라고 확신했다. 그를 두 번 내리친다면 내가 **그에게** 빚을 지는 꼴이 될 것이다. 그래서 나는 프라이팬을 다시 레인지 위에 내려놓고 슬그머니 부엌문을 빠져나왔다. **하나를 끝냈으니 두 개 남았군,** 나는 생각했다.

에밋

"아버지가 남긴 재산뿐 아니라 더 값진 보물인 시간을 탕진해버린 것을 깨달은 이 아라비아 청년은 얼마 남지 않은 재산을 다 팔아서 상선 소유자의 대열에 합류했으며, 거대한 미지의 세계로 항해를 시작……."

또 시작했구나, 에밋은 생각했다.

그날 오후—에밋이 풀먼 객차에서 구해 온 빵과 햄과 치즈를 늘어놓고 있을 때—빌리는 율리시스에게 바다를 여행한 사람에 대한 다른 이야기를 듣고 싶은지 물었다. 율리시스가 듣고 싶다고 말하자 빌리는 커다란 빨간색 책을 꺼내 그 흑인 옆에 앉아서 이아손과 아르고선 선원들 이야기를 읽어주었다.

그 이야기에서 테살리아의 합법적인 왕인 젊은 이아손은 왕좌를 찬탈한 숙부로부터, 그가 만약 콜키스 왕국으로 항해하여 황금 양털을 가지고 돌아온다면 왕좌를 돌려주겠다는 말을 듣는다.

50명의 모험가들과 함께—유명해지기 전의 테세우스와 헤라클레스도 거기 포함된다—이아손은 바람을 등에 업고 콜키스로 향한다. 이후 오랜 세월에 걸쳐 그와 그의 선원들은 많은 시련을 겪으며 여행한다. 청동으로 만들어진 거대한 조각상, 날개 달린 하르피아이, **스파르토이**—용을 죽이고 그 이빨을 뿌리자 완전히 무장한 모습으로 땅에서 솟아난 한 무리의 용사들—등과 같은 많은 시련에 맞닥뜨린다. 이아손과 그의 아르고선 선원들은 마법사 메데이아의 도움으로 마침내 적들을 물리치고 황금 양털을 구해서 안전하게 테살리아로 돌아간다.

빌리는 그 이야기를 해주느라 정신이 팔려 있고 율리시스는 그 이야기를 듣느라 넋이 빠져 있어서 에밋이 그들을 위해 만든 샌드위치를 건네주었을 때 그들은 자신들이 그걸 먹고 있다는 사실을 의식하지 못하는 것처럼 보였다.

에밋은 화차의 맞은편에 앉아 샌드위치를 먹으면서 빌리의 책에 대해 곰곰이 생각해보았다.

소위 교수라는 사람이 도대체 왜 갈릴레오 갈릴레이, 레오나르도 다빈치, 토머스 앨바 에디슨—과학 시대의 가장 위대한 인물에 속하는 세 사람—을 헤라클레스, 테세우스, 이아손 같은 사람과 함께 섞어놓았는지 에밋은 이해할 수 없었다. 갈릴레오, 다빈치, 에디슨은 전설의 영웅이 아니었다. 이들은 미신이나 편견 없이 자연현상을 증명할 수 있는 드문 능력의 소유자였다. 그들은 인내심과 정확성으로 무장하고 세상의 내적 작동 방식을 연구했으며, 고독 속에서 얻어낸 자신들의 지식을 인류에 봉사하는 실질적 발견으로 발전시킨 노력가들이었다.

무슨 장점이 있어서 이 사람들의 삶을 전설의 바다를 항해하며 환상적인 짐승들과 싸우는 신화 속의 영웅들의 이야기와 섞어놓은 것일까? 에밋이 보기에 애버네이스 교수는 이들을 서로 뒤섞음으로써 소년들로 하여금 위대한 과학적 발견자들이 정확히 실제 인물인 것은 아니고 전설의 영웅들이 정확히 상상으로 빚어낸 존재가 아니라는 것을 믿게 하려고 부추기는 것 같았다. 그리고 또 그들의 지능과 용기를 최대한 활용하면서, 또한 마법과 주술과 이따금씩 신들의 개입을 활용하면서 그들은 서로 어깨를 나란히 하고 알려진 영역과 미지의 영역을 여행한다는 것을 믿게 하려고 부추기는 것처럼 보였다.

인생을 살아오는 동안 사실과 공상을 구분하는 것이, 직접 본 것과 보고 싶어 하는 것을 구분하는 것이 무척 어렵지 않았던가? 아버지가 20년 동안 고생스럽게 일했음에도 불구하고 결국 파산하고 상실감에 빠지게 된 것도 이를 뚜렷하게 구분하는 것이 너무 어려웠기 때문이 아니었던가?

이제 하루가 저물어갈 무렵인 지금, 빌리와 율리시스는 일곱 번의 서로 다른 모험을 위해 일곱 번을 출항한 영웅 신드바드에게로 관심을 돌렸다.

"난 자야겠어요." 에밋이 말했다.

"알았어." 두 사람이 대답했다.

빌리는 형의 잠을 방해하지 않기 위해 목소리를 낮추었고, 율리시스는 고개를 숙였다. 두 사람은 서로 낯선 사람이라기보다는 공모자처럼 보였다.

웅얼웅얼 들리는 그 아라비아 선원의 모험 이야기를 듣지 않으려 애쓰면서 누웠을 때 에밋은 율리시스가 그들의 화차에 탄 것은 엄청난 행운이었음을 절실히 느꼈다. 그렇지만 한편으로는 자존심이 상하기도 했다.

빌리는 소개를 마친 뒤 존 목사가 나타난 때부터 아주 적절한 시점에 기차에서 쫓겨날 때까지 일어난 일들을 특유의 들뜬 태도로 시시콜콜 얘기해주었다. 에밋이 율리시스에게 고마움을 표하자 이 낯선 사람은 그런 공치사는 필요 없다고 무뚝뚝하게 말했다. 그러나 율리시스는 처음으로 얘기할 기회를 가졌을 때—빌리가 배낭에서 책을 꺼내고 있을 때—에밋을 한쪽으로 데리고 가서 철저히 교육했다. **어떻게 동생을 그렇게 혼자 내버려둘 정도로 어리석을 수가 있지? 화차에 천장이 있고 사면이 벽이라고 해서 안전한 것은 아니야. 전혀 그렇지 않아. 그리고 착각하지 마. 그 목사는 그저 빌리를 때리려고만 했던 게 아니야. 열차에서 던져버리려 했다고.**

율리시스가 몸을 돌려 빌리에게로 가서 그 옆에 앉아 이아손 이야기를 들을 준비를 할 때 에밋은 따가운 질책으로 얼굴이 화끈거리는 것을 느꼈다. 또한 화가 치미는 것도 느꼈다. 방금 전에 만난 사람이 무례하게도 부모가 아이를 꾸짖듯이 자기를 꾸짖은 데 화가 치민 것이었다. 그러나 동시에 에밋은 어린아이처럼 취급받은 것을 분하게 여기는 것 자체가 유치하다는 것을 알고 있었다. 빌리와 율리시스가 샌드위치를 음미하면서 천천히 먹지 않은 것에 분노감을 느끼거나 그들이 갑자기 한편이 된 것에 질투심을 느끼는 건 유치하다는 것을 알고 있었듯이 말이다.

심란한 마음을 진정시키기 위해 에밋은 그날 일어난 일에서 앞에 놓인 어려운 과제들로 관심을 돌렸다.

모건에서 그들 모두 부엌 테이블에 함께 앉았을 때, 더치스는 애디론댁에 가기 전 자기 아버지를 만나러 울리와 함께 맨해튼에 들를 예정이라고 말했었다.

그동안 더치스가 해준 이야기로 보아 휴잇 씨는 일정한 주소가 없는 게 확실했다. 그러나 타운하우스가 설라이나에서 보낸 마지막 날에 더치스는 타운하우스에게 자기 아버지의 예약 대행사 가운데 한 곳에 연락하여 아버지를 찾아봐달라고 부탁했었다. **비록 우리 아버지는 채권자들로부터 도망 다니고, 경찰 수배를 받고, 가명으로 살아가는 한물간 사람일 테지만, 언제나 대행사에는 자기를 어디서 찾을 수 있을지 얘기해둘 거야.** 더치스가 눈을 찡긋하며 말했었다. **그리고 뉴욕시에서는 사업 규모가 큰 한물간 사람들의 예약 대행업자들은 모두 타임스스퀘어 구석진 곳에 있는 같은 빌딩에 사무실을 가지고 있어.**

유일한 문제는 에밋이 그 빌딩의 이름을 기억하지 못한다는 점이었다.

에밋은 그 빌딩 이름이 S로 시작했다고 나름대로 확신했다. 그는 자리에 누운 채 그 알파벳으로 시작하는 빌딩 이름의 첫 세 글자의 가능한 모든 조합을 체계적으로 발음해봄으로써 기억을 환기하려고 노력했다. 먼저 Sa로 시작하는 단어를 속으로 중얼거렸다. 사브sab, 삭sac, 사드sad, 사프saf, 사그sag 등등. 그런 다음 글자의 조합은 Sc, Se, Sh로 시작하는 단어로 이어졌다.

그것은 빌리가 속삭이는 소리였거나 그 자신이 알파벳 세 글자 단어를 웅얼거리는 소리였을 것이다. 어쩌면 하루 종일 햇볕을 쮠 유개화차에서 나는 따뜻한 나무 냄새 때문이었는지도 모른다. 원인이 무엇이었든, 에밋은 타임스스퀘어 구석진 곳에 있는 빌딩 이름을 떠올리려 애쓰는 대신 갑자기 자기 집 다락방에 있는 아홉 살 아이가 되었다. 그는 해치가 열려 있는 다락방에서 부모님의 낡은 트렁크들—한때 파리와 베네치아와 로마를 여행했으나 그 이후로는 어디로도 여행한 적이 없는 트렁크들—로 요새를 짓고 있었다.

그 추억은 자연스레 애가 어디 갔을까 하고 이 방 저 방 다니면서 그의 이름을 부르는 어머니와 어머니의 목소리에 대한 기억을 불러일으켰다.

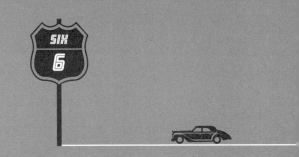

더치스

42호실 문을 두드리자 내 노크 소리에 그가 깊은 잠에서 깬 듯 쿵 하는 소리와 침대 위에서 부스럭거리는 소리가 들렸다. 정오가 다 되었으니, 예정한 시간에서 벗어나지 않았다. 잠시 후 숙취가 덜 풀린 그의 발이 바닥을 밟는 소리가 들렸다. 나는 그가 마치 이런 방에서 자신이 뭘 하고 있는지 모르겠다는 듯이, 수년 동안 그래왔으면서도 이 상황이 믿기지 않는다는 듯이, 환경에 적응하느라 방 안을 두리번거리면서 회반죽에 금이 간 천장과 벽지가 벗겨진 벽에 얼마간 당황스러워하는 소리를 들을 수 있었다.

아, 그렇지. 그가 그렇게 말하는 소리가 들리는 듯했다.

나는 아주 예의 바르게 다시 문을 두드렸다.

또다시 쿵 하는 소리—이번에는 힘을 내려고 애쓰는 소리였다—가 들렸고, 그가 일어서는 것과 동시에 침대 스프링 소리가 났으며, 뒤이어 문을 향해 느릿느릿 걸어오는 소리가 났다.

"잠깐만요." 잠긴 듯한 목소리가 들려왔다.

나는 기다리는 동안 그가 어떤 모습일지 진심으로 궁금해했다. 겨우 2년이 지났을 뿐이지만, 그의 나이와 생활 방식을 생각하면 2년이라는 세월은 그에게 적잖은 손상을 입힐 수 있었다.

그러나 문이 삐걱하고 열렸을 때, 그 사람은 내 아버지가 아니었다.

"무슨 일인가?"

42호실의 거주자는 점잖은 태도와 그 태도에 어울리는 말씨를 가진 70대쯤으로 보이는 노인이었다. 한때는 영주였거나, 아니면 그 영주를 섬기는 사람이었을 수도 있을 듯싶었다.

"나에게 용건이 있나, 젊은이?" 내가 그의 어깨 위를 흘깃 바라볼 때 그가 물었다.

"전에 여기서 살았던 사람을 찾고 있습니다만. 실은 제 아버지를요."

"아, 그렇군……."

노인은 낯선 사람에게 실망을 안긴 것이 진심으로 미안한 듯 숱이 많은 눈썹을 약간 늘어뜨렸다. 그러더니 그의 눈썹이 다시 올라갔다.

"어쩌면 아래층에 연락할 주소를 남기지 않았을까?"

"미납금이 있을 것 같은데, 아무튼 나가면서 물어볼게요. 고맙습니다."

노인은 동정하는 마음으로 고개를 끄덕였다. 그러나 내가 몸을 돌려 가려고 했을 때 노인이 다시 나를 불렀다.

"젊은이, 혹시 아버지가 배우였나?"

"아버지는 자칭 배우인 사람으로 알려졌어요."

"그럼 잠깐만. 그이가 뭘 남기고 간 것 같던데."

그 노신사가 발을 끌며 책상으로 가는 동안 나는 이 사람의 약점은 무엇일까 궁금해하며 방 안을 살펴보았다. 선샤인 호텔에서는 모든 방에 그 방 주인의 약점이 배어 있었다. 그리고 모든 약점에는 그 증거가 되는 물건이 있었다. 예컨대 침대 밑으로 굴러간 빈 병, 침대 옆 협탁에 놓인 한 벌의 낡은 카드, 옷걸이에 걸린 연분홍빛 기모노 같은 것들 말이다. 때로는 방 주인이 지나치게 갈망하고 만족할 줄 모를 만큼 흠뻑 빠져 있어서 다른 모든 것들에—심지어 가정이나 가족이나 인간 존엄성에 대한 욕구에도—그늘을 드리우는 약점의 증거들도 있었다.

노인이 아주 천천히 움직였기 때문에 방 안을 살펴볼 시간은 충분했다. 방은 가로 10피트, 세로 10피트 크기에 불과했지만, 노인의 약점의 증거가 어딘가 있다 해도 나로서는 도무지 그것을 찾을 수가 없었다.

"자, 여기 있네." 그가 말했다.

다시 발을 끌며 다가온 노인이 책상 맨 아래 서랍을 뒤져서 찾아온 것을 나에게 건넸다.

그것은 가로세로가 12인치인 정사각형에 높이가 3인치이고 조그만 황동 걸쇠가 달린 검은 가죽 케이스였다. 흡사 두 줄 진주 목걸이 케이스의 확대판 같은 모양이었다. 이 케이스가 진주 목걸이 케이스와 비슷하게 생긴 것은 우연의 일치가 아니었던 듯싶다. 왜냐하면 아버지의 명성이 무릎 높이 정도까지 올라갔을 때—아버지가 소규모 셰익스피어 공연단의 남자 주인공으로 관객이 반쯤 찬 극장에서 공연했을 때—아버지에게는 이런 케이스가 여섯 개나 있었고, 그것들은 아버지가 애지중지하는 물건이었기 때문이다.

이 케이스에 금박으로 돋을새김한 글자는 바스러지고 흐릿해졌지만, 그래도 여전히 '오셀로Othello'의 O는 알아볼 수 있었다. 나는 걸쇠를 벗기고 뚜껑을 열었다. 그 안에는 네 개의 물건—염소수염, 금귀고리, 흑인 분장 용품이 든 조그만 병, 단검—이 오목하게 파인 벨벳 안감에 아늑히 놓여 있었다.

케이스와 마찬가지로 단검도 주문 제작된 것이었다. 아버지의 손아귀에 꼭 들어맞도록 제작된 금빛 칼자루에는 루비 하나, 사파이어 하나, 에메랄드 하나, 이렇게 세 개의 커다란 보석이 일렬로 장식되어 있었다. 스테인리스 칼날은 피츠버그의 장인에 의해 단조되고 담금질되고 광이 나게 처리되었는데, 그 칼날로 아버지는 제3막에서 사과를 한 조각 베어냈으며 테이블 표면에 똑바로 단검을 꽂았다. 단검은 그가 데스데모나의 정절에 대해서 의심을 키워나가는 동안 불길하게 그 자리에 그대로 남아 있었다.

그렇지만 칼날의 강철이 진짜인 데 반해 칼자루는 금박 황동이고 보석은 모조품이었다. 그리고 엄지손가락으로 사파이어를 누르면 고정 장치가 풀리기 때문에 제5막 끝부분에서 아버지가 자기 배를 찌를 때에는 칼날이 자루 안으로 들어갔다. 그리하여 특별석에 앉은 여자들이 헉하며 놀랄 때, 아버지는 무대 앞의 각광을 받으며 앞뒤로 비틀비틀 걸음을 옮기면서 자신의 달콤한 시간을 즐기다가 이윽고 쓰러져 죽었다. 말하자면 그 단검은 아버지 자신만큼이나 속임수에 능한 물건이었다.

여섯 개의 케이스가 다 만들어졌을 때, 각 케이스의 뚜껑에는 돋을새김된 금박으로 각각의 라벨이 표시되었다. **오셀로, 햄릿, 헨리, 리어, 맥베스, 그리고—**농담이 아니다**—로미오**가 그것이었다. 각 케이스 안에는 오목하게 파인 벨벳 안감에 해당 연극에 필요한 소품이 담겨 있었다. 맥베스에는 자신의 손에 묻힐 가짜 피가 담긴 병이 포함되고, 리어에는 기다란 회색 수염이 포함되었다. 로미오에는 독약이 든 유리병과 함께 볼연지가 든 조그만 병이 포함되었다. 그러나 왕관이 리처드 3세의 신체적 결함을 가릴 수 없는 것처럼 연지도 아버지의 얼굴에 드러난 시간의 파괴적인 흔적을 가릴 수 없었다.

세월이 흐르면서 아버지의 케이스 소장품은 서서히 줄어들었다. 하나는 도난당했고, 하나는 어디에 두었는지 잊어버려서 찾지 못했고, 또 하나는 팔았다. 햄릿은 신시내티에 있을 때 파이브카드 스터드 게임[*]에서 킹 원페어에 져서 넘겨주었다. 하지만 그 여섯 개 중에서 오셀로가 마지막으로 남게 된 것은 우연이 아니라 아버지가 그것을 가장 애지중지했기 때문이다. 그것을 가장 소중히 여긴 까닭은 아버지가 그 무어인 연기로 얼마간 가장 좋은 평을 받았기 때문만은 아니었다. 그것 못지않게 중요한 이유는 흑인 분장 용품이 든 조그만 병이 여러 차례 그가 제때에 무사히 빠져나갈 수 있게 해주었기 때문이다. 아버지는 벨보이 제복을 입고 앨 졸슨[**] 얼굴을 한 채 자신의 짐을 들고 엘리베이터에서 나와 로비를 지나가곤 했다. 그런 식으로 로비에 있는 빚쟁이나 화가 치민 남편들, 또는 어떤 이유에선가 야자나무 화분들 사이에서 자신을 기다리는 사람들을

---

[*] 첫 장은 엎어서 주고 나머지 네 장은 한 장씩 젖혀서 나누어주며 내기를 하는 카드 게임.
[**] 러시아 태생의 미국 배우로, 세계 최초의 유성영화 〈재즈 싱어〉에서 흑인으로 분장하고 노래를 불렀다.

통과하곤 했던 것이다. 그런 오셀로 케이스를 두고 떠나다니, 그 양반이 꽤나 급했던 모양이로군…….

"맞아요." 나는 뚜껑을 닫으며 말했다. "이건 제 아버지 거예요. 실례지만, 선생님은 이 방에서 지내신 지 얼마나 되었나요?"

"아, 얼마 안 돼."

"좀 더 정확히 기억할 수 있다면 제게 큰 도움이 될 것 같습니다."

"어디 보자. 수요일, 화요일, 월요일……. 월요일부터인 것 같네. 맞아. 월요일부터였어."

다시 말하자면, 아버지는 우리가 설라이나를 떠난 다음 날 이곳을 떠나 다른 데로 거처를 옮긴 것이었다. 틀림없이 걱정스러운 상황에 빠진 원장으로부터 걱정이 가득한 전화를 받았을 것이다.

"아버지를 찾게 되기를 바라네."

"맹세코 꼭 찾을 겁니다. 어쨌든 폐를 끼쳐 죄송합니다."

"전혀 폐가 되지 않았네." 노신사는 그렇게 대답하며 자신의 침대 쪽을 가리켰다. "난 책을 좀 읽고 있었을 뿐이야."

아, 책의 한쪽 귀퉁이가 침대보에서 튀어나와 있는 것을 보고 나는 생각했다. 내가 미처 몰랐군. 이 가엾은 노인은 세상에서 가장 위험한 중독에 빠져 고통받고 있구나.

계단을 향해 걸어가다가 저편 복도 바닥에 한 조각 빛이 비치는 것을 보았다. 49호실 문이 열려 있다는 뜻이었다.

나는 잠시 망설이다가 계단통을 지나 계속 복도를 걸어갔다. 그 방에 다다른 나는 걸음을 멈추고 귀를 기울였다. 안에서 아무 소리도 들리지 않자 주먹으로 살그머니 문을 밀었다. 문틈으로 보니 침대는 비었고 정돈되어 있지 않았다. 나는 이 방 거주자가 복도 맞은 편 끝에 있는 화장실에 갔을 거라고 추측하면서 문을 끝까지 다 열었다.

1948년, 아버지와 내가 처음 선샤인 호텔에 왔을 때는 49호실은 이 호텔에서 가장 좋은 방이었다. 조용한 건물 뒤쪽으로 두 개의 창문이 나 있을 뿐만 아니라 천장 중앙에 빅토리아풍 조명과 선풍기가 설치되어 있었는데, 이는 이 호텔에서 유일한 편의 시설이었다. 그런데 지금 천장에 있는 거라곤 전선에 매달린 알전구뿐이었다.

한쪽 구석에는 조그만 나무 책상이 여전히 그대로 있었다. 선샤인 호텔에서는 30년이 넘도록 편지를 쓴 사람이 아무도 없었는데도 불구하고 그 책상은 입주자가 보기에는 이 방의 가치를 더해주는 또 하나의 편의 시설이었다. 책상 의자도 거기 있었는데, 그것은 조금 전의 복도 저편 노신사처럼 낡고 꼿꼿해 보였다.

그 방은 내가 보아온 방 중에서 가장 슬픈 방일 듯싶었다.

━━━

로비로 내려간 나는 울리가 여전히 창가 의자에 앉아 기다리고 있는 것을 확인했다. 그런 다음 프런트로 갔다. 성긴 콧수염을 기른 뚱뚱한 사내가 라디오로 야구 중계를 듣고 있었다.

"방이 있나요?"

"자고 갈 건가요, 아니면 잠시 놀다 갈 건가요?" 그가 알겠다는 표정으로 울리를 흘깃 쳐다보고 나서 물었다.

이런 곳에서 일하는 사람이 어떻게 자기는 뭐든 다 알고 있다고 생각할 수 있는지, 나로서는 놀라움을 금할 수 없었다. 내가 프라이 팬을 가지고 있지 않은 것이 그에게는 천만다행이었다.

"방 두 개," 내가 말했다. "자고 갈 겁니다."

"4달러 선불입니다. 수건이 필요하면 25센트 추가고요."

"수건도 주세요."

나는 주머니에서 에밋의 봉투를 꺼내 20달러짜리 지폐 다발을 엄지손가락으로 천천히 넘겨보았다. 그러자 프라이팬을 사용할 경우보다도 더 빨리 사내의 얼굴에서 능글맞은 웃음이 사라졌다. 호조 모텔에서 받은 거스름돈을 찾은 나는 5달러짜리 지폐를 꺼내 카운터 위에 놓았다.

"3층에 좋은 방이 두 개 있습니다." 그가 갑자기 봉사 정신이 투철한 사람처럼 말했다. "제 이름은 버니예요. 여기 계시는 동안 원하는 게 있으면—술이든, 여자든, 식사든, 뭐든—망설이지 말고 요청하세요."

"그런 것은 필요 없을 것 같습니다. 그렇지만 당신은 다른 방식으로 날 도와줄 수 있을 것 같네요."

나는 봉투에서 2달러를 더 꺼냈다.

"말씀만 하세요." 그가 혀로 입술을 핥으며 말했다.

"난 최근까지 여기서 지냈던 사람을 찾고 있습니다."

"어떤 사람이죠?"

"42호실에서 지냈던 사람."

"해리 휴잇 씨 말인가요?"

"맞습니다."

"그 사람은 이번 주 초에 체크아웃했어요."

"그런 것 같더군요. 어디로 간다고 말하지 않던가요?"

버니는 잠시 열심히 생각해보았다. 생각은 열심히 했지만, 소용이 없었다. 나는 봉투에서 꺼낸 지폐를 다시 집어넣기 시작했다.

"잠깐만," 그가 말했다. "잠깐만요. 해리가 어디로 갔는지 저는 몰라요. 그렇지만 전에 여기서 지냈던 사람 중에 그와 아주 친했던 사람이 있어요. 해리가 지금 어디 있는지 아는 사람이 있다면 바로 그 사람일 거예요."

"그 사람 이름이 어떻게 됩니까?"

"피츠윌리엄스."

"핏지 피츠윌리엄스 말인가요?"

"예, 그 사람이에요."

"버니, 핏지 피츠윌리엄스를 어디서 찾을 수 있는지 말해주면 5달러를 드리겠습니다. 그리고 오늘 밤 당신 라디오를 빌려주면 2달러를 더 드릴게요."

━━━━

1930년대에 아버지가 처음 패트릭 '핏지' 피츠윌리엄스와 친구가 되었을 때, 핏지는 보드빌 2차 순회공연의 삼류 공연자였다. 시낭송자인 그는 보통 막간에 떠밀리듯이 무대로 올라와 관객들이 자리를 뜨지 않도록 애국심을 자극하는 시구나 음란스러운 시구를— 때로는 둘 다를—읊어주곤 했다.

그러나 핏지는 진정한 문학가였고, 그의 첫사랑은 월트 휘트먼의 시였다. 1941년, 시인의 서거 50주기가 코앞에 다가왔다는 것을 깨달은 그는 그날에 휘트먼의 시를 낭송함으로써 자신이 그 기념일을 기릴 수 있게 해달라고 무대감독을 설득할 요량으로 수염을 기르고 챙이 넓은 모자를 구입하기로 마음먹었다.

수염에는 온갖 종류의 수염이 있다. 에롤 플린*과 푸맨추**의 수염이 있고, 지그문트 프로이트와 선량한 아미시*** 사람들의 목 밑 수염이 있다. 그러나 다행히도 핏지의 수염은 휘트먼의 수염처럼 희고 곱슬해서 챙이 넓은 모자를 쓰면 그의 희부연 푸른색 눈과 어우러져 영락없는 월트 휘트먼이었다. 그가 휘트먼으로 꾸미고 브루클린하이츠의 저예산 극장에서 초연했을 때—이주민들이 끊임없이 들어와 터를 잡고, 농부는 쟁기질을 하고, 광부는 광물을 캐고, 기계공들은 수많은 공장에서 땀 흘려 열심히 일하는 것에 대해 노래했다—핏지는 생애 처음으로 노동계급 관객들로부터 기립 박수를 받았다.

몇 주가 안 되어서 워싱턴에서 메인주 포틀랜드에 이르기까지 휘트먼의 기일을 추모하려는 계획을 가진 모든 기관들이 핏지를 원했다. 그는 북동부 회랑****을 경유하는 기차의 일등칸을 타고 여행하며 수많은 그레인지홀, 리버티홀, 도서관, 역사학회 등에서 휘트먼을 낭송함으로써 6개월 만에 휘트먼이 평생 번 돈보다 더 많은 돈을 벌었다.

그러던 중 1942년 11월 뉴욕 역사학회에서 앙코르 공연을 하기

---

* 호주 출신 배우.
** 영국 소설에 등장하는, 팔자수염을 기른 동양인 악당.
*** 문명의 이기를 거부하는 기독교의 일파. 결혼하고 나서부터 수염을 기르는데, 입 주위는 면도를 하고 목 부위 밑으로만 수염을 기른다.
**** 보스턴에서 뉴욕을 거쳐 워싱턴에 이르는 인구 조밀 지대.

위해 맨해튼으로 돌아갔을 때, 우연히 플로렌스 스키너라는 사람이 거기 참석했다. 스키너 부인은 저명한 사교계 명사로, 이 마을에서 사람들 입에 가장 많이 오르내리는 파티를 여는 것에 자부심을 느끼는 사람이었다. 그해 그녀는 12월 첫째 주 목요일에 화려한 파티를 여는 것으로 크리스마스 시즌을 시작할 계획을 세우고 있었다. 그녀가 핏지를 보았을 때, 무성한 흰 수염과 희부연 푸른색 눈을 가진 그는 완벽한 산타클로스가 될 거라는 생각이 번개처럼 뇌리를 강타했다.

아니나 다를까, 몇 주 후 핏지가 젤리가 가득 든 그릇을 들고 그녀의 파티에 나타나서 「크리스마스 전날 밤」*을 줄줄 낭송하자 청중은 크리스마스 시즌의 기쁨으로 한껏 달아올랐다. 핏지 안에 있는 아일랜드 기질은 그가 공연을 해야 할 때마다 술에 대한 갈증을 촉발하는 경향이 있었는데, 이는 연극계에서는 골치 아픈 문제가 아닐 수 없었다. 그러나 핏지 안에 있는 아일랜드 기질은 또한 술을 마시면 뺨을 붉게 물들였는데, 그 점은 스키너 부인의 파티에서는 이로운 점으로 드러났다. 왜냐하면 그것은 그의 분신인 올드 세인트 닉**에게 완벽한 광택을 제공했기 때문이다.

스키너 부인의 파티 다음 날, 네드 모슬리—핏지의 예약 대행업자—의 책상에 있는 전화기는 새벽부터 해 질 녘까지 계속 울려댔다. ○○ 모임도, □□ 단체도, △△ 동호회도 다들 크리스마스 시즌 파티를 계획했고, 그들은 모두 핏지를 **모셔야만** 했다. 모슬리는 그동안은 삼류 대행업자였을 테지만, 자신이 황금 거위에 앉아 있을 때

✦ 1822년 미국의 학자이자 문학가인 클레멘트 무어가 자신의 자녀를 위해 지은 시.
✦✦ Old Saint Nick, 산타클로스를 달리 부르는 이름.

는 그것이 황금 거위라는 것을 알았다. 크리스마스까지 3주밖에 남지 않은 상황에서 그는 핏지의 출연료를 가속도 수준으로 올려가며 책정했다. 12월 10일 출연료는 300달러였고, 그 뒤로는 날마다 50달러씩 늘어났다. 따라서 크리스마스이브에 그가 굴뚝을 통해 들어오게 하고 싶다면 지불해야 할 출연료는 무려 1000달러가 될 터였다. 그렇지만 추가로 50달러를 더 주면, 아이들의 성가신 의심을 잠재울 수 있도록 아이들이 그의 수염을 잡아당길 수 있게 해주었다.

말할 필요도 없이 이런 서클에서는 예수님의 탄생을 축하하는 일에 있어서만큼은 돈이 문제 되지 않았다. 핏지는 하룻밤에 세 곳으로부터 출연 예약을 받을 때도 많았다. 월트 휘트먼은 핏지의 뇌리에서 잊혀갔고, 그는 산타의 웃음을 날리며 큰돈을 모아갔다.

부유층 주택가의 산타로서 핏지의 위상은 해마다 높아져서 전쟁이 끝날 무렵―1년 중 12월에만 일을 했음에도 불구하고―그는 5번가+ 아파트에서 살고, 스리피스 정장을 입었으며, 은제 순록의 머리로 손잡이를 장식한 지팡이를 가지고 다녔다. 더군다나 올드 세인트 닉을 볼 때마다 맥박이 빨라지는 젊은 사교계 여성들이 전 계층에 걸쳐 적잖이 있었다. 그러므로 어느 날 파크애비뉴 파티에서 공연을 마쳤을 때 한 사업가의 맵시 있는 딸이 며칠 후 밤 시간에 그를 방문해도 되는지 물어본 것은 핏지에게는 특별히 놀라운 일이 아니었다.

그 여자가 핏지의 아파트에 나타났을 때, 그녀는 우아하면서도 도발적인 드레스를 입고 있었다. 그러나 알고 보니 그녀는 연애에

+ 뉴욕시의 번화가.

는 관심이 없었다. 그녀는 술을 사양하면서 자신은 '그리니치빌리지 진보 협회' 회원이며 자기들이 5월 1일 노동절을 위한 큰 행사를 계획하고 있다고 설명했다. 그녀가 핏지의 공연을 보았을 때, 무성한 흰 수염이 인상적인 그는 카를 마르크스의 저작에 나오는 몇 구절을 암송함으로써 행사의 시작을 알리기에 더없이 적합한 사람이라는 인상을 주었다고 했다.

의심할 나위 없이 핏지는 그 젊은 여자의 매력에 사로잡혔으며, 그녀의 아첨에 흔들렸고, 적지 않은 금액을 지불하겠다는 약속에 영향을 받았다. 그러나 그는 또한 철두철미 예술가였기에 그 오래 전의 철학자를 되살리는 도전을 투지만만하게 받아들였다.

이윽고 5월 1일이 되어 핏지가 무대 뒤에 서 있었을 때, 그것은 여느 무대와 달라 보이지 않았다. 그가 커튼 뒤에서 객석을 엿보기 전까지는 말이다. 강당은 수용할 수 있는 한도까지 자리가 꽉 찼을 뿐만 아니라, 고되게 일하는 남녀 노동자들로 가득했다. 그들은 배관공, 용접공, 항만 노동자, 재봉사, 가정부들이었다. 수년 전 브루클린하이츠의 그 우중충한 극장에서 핏지에게 생애 처음으로 기립 박수를 보내주었던 사람들이었다. 깊은 감사의 마음과 대중 영합적인 애정이 샘솟는 것을 느끼며 커튼을 헤치고 걸어 나온 핏지는 연단의 자기 자리에 당당히 서서 인생 연기를 펼쳤다.

그의 독백은 '공산당 선언'에 나오는 구절을 그대로 따온 것이었는데, 그는 청중의 영혼이 저릿저릿하도록 낭송을 했다. 그러므로 그가 맹렬한 결론에 도달했을 때 그들은 분명 벌떡 일어서서 우레와 같은 박수를 터뜨렸을 것이다. 그러니까 강당의 모든 문이 갑자기 벌컥 열리며 상당히 많은 수의 경찰이 들이닥쳐서 소방법 위반을 구실로 호루라기를 불며 곤봉을 휘둘러대는 일이 벌어지지 않았다면 말이다.

다음 날 아침 《데일리 뉴스》의 헤드라인은 이랬다.

파크애비뉴의 산타,
공산주의 선동가를 겸하다

그리고 그것이 핏지 피츠윌리엄스의 고품격 생활의 끝이었다.

핏지는 자신의 수염 끝에 걸려 넘어져 행운의 계단에서 굴러떨어졌다. 한때 크리스마스 무렵의 그의 뺨에 유쾌한 홍조를 만들어준 아이리시위스키는 그의 금고를 텅 비게 하고 말쑥한 차림새와 공손한 태도를 지닌 집단과의 관계를 단절시킴으로써 그의 전반적인 복지를 떠맡았다. 1949년 무렵, 핏지는 지하철에서 한 손에 모자를 든 채 외설스러운 5행 속요를 낭송했으며, 선샤인 호텔 43호실에 살았다. 복도를 사이에 두고 나와 아버지가 지내던 방 바로 맞은편에 있는 방이었다.

나는 그가 몹시 보고 싶었다.

에밋

늦은 오후, 열차가 서행하기 시작하자 율리시스는 잠시 해치 밖으로 고개를 내밀었다가 다시 사다리를 타고 내려왔다.

"우린 여기서 내려야 해." 그가 말했다.

에밋은 빌리가 배낭 메는 것을 도와준 후 그와 빌리가 들어왔던 문 쪽으로 한 걸음 내디뎠는데, 율리시스는 차량의 반대쪽 문을 가리켰다.

"이쪽이야."

에밋은, 자기들은 이 도시의 변두리 어딘가에 자리 잡은 드넓게 펼쳐진 화차 조차장—루이스에 있는 것과 비슷하지만 규모는 더 큰 화차 조차장—에 내릴 것이고, 지평선 대신 스카이라인이 눈에 들어올 거라고 생각했었다. 무사히 철도 종업원과 경비원을 지나가기 위해서는 화차에서 조심조심 내려야 할 거라고 생각했었다. 그러나 율리시스가 문을 열었을 때, 화차 조차장은 흔적도 찾아볼 수 없었다. 그뿐만이 아니라 다른 열차도, 다른 사람들도 없었다. 대신 눈에 가득 들어온 것은 도시 자체였다. 그들은 거리 위 3층 높이에서 죽 뻗어 있는 좁은 선로에 있는 것 같았다. 주위에는 상업용 빌딩들이 솟아 있고, 먼 곳에는 더 높은 빌딩들이 솟구쳐 있었다.

"여기가 어디예요?" 율리시스가 화차에서 뛰어내리자 에밋이 물었다.

"웨스트사이드 고가철도⁺야. 화물 노선이지."

율리시스는 손을 들어 빌리가 내리는 것을 도와주었지만, 에밋은 혼자 내리도록 가만두었다.

"아저씨가 말한 야영지는요?"

"여기서 멀지 않아."

율리시스는 고가철도 가장자리에 설치된 가드레일과 열차 사이의 좁은 공간을 걷기 시작했다.

"침목을 조심해." 그는 뒤돌아보지 않고 주의를 주었다.

여러 시와 노래에서 뉴욕시의 스카이라인에 대한 온갖 찬사를 들었음에도 불구하고 에밋은 걸음을 옮기면서 스카이라인에 거의 관심을 기울이지 않았다. 그는 여태껏 맨해튼에 가고 싶다는 꿈을 꾼 적이 없었다. 부러워하는 눈으로 맨해튼이 나오는 책을 읽거나 영화를 본 적이 없었다. 그는 한 가지 이유 때문에, 차를 찾아야 한다는 오직 한 가지 이유 때문에 뉴욕에 온 것이었다. 이제 뉴욕에 왔으니 에밋은 더치스의 아버지를 찾음으로써 더치스를 찾는 일에 주의를 집중할 수 있을 터였다.

⁺ 뉴욕시의 명물인 하이라인의 옛 이름.

그날 아침 깨어났을 때, 그의 입술에 붙은 첫 단어는 스타틀러였다. 마치 자고 있을 때도 그의 마음은 알파벳 글자를 계속 조합해보고 있었던 것만 같았다. 스타틀러 빌딩이 바로 더치스가 예약 대행사가 있는 곳이라고 말한 곳이었다. 에밋은 뉴욕에 도착하자마자 동생을 데리고 곧장 타임스스퀘어로 가서 휴잇 씨의 주소를 알아내야겠다고 생각했다.

에밋이 율리시스에게 자기 생각을 말했을 때, 율리시스는 얼굴을 찌푸렸다. 율리시스는 기차가 5시까지는 뉴욕에 도착하지 못할 것이기 때문에 그들이 타임스스퀘어에 당도했을 무렵에는 이미 대행사들이 문을 닫았을 거라는 점을 지적했다. 그렇다면 아침까지 기다리는 게 타당했다. 율리시스는 그날 밤 안전하게 잠을 잘 수 있는 야영지로 에밋과 빌리를 데려가주겠다고 말했다. 그리고 다음 날 아침 에밋이 타임스스퀘어에 갔다 오는 동안 빌리를 봐주겠다고도 했다.

율리시스는 해야 할 일을 마치 기정사실처럼 통고하듯 말하는 버릇이 있었다. 이 특성은 금세 에밋의 신경을 거슬렀다. 그러나 에밋은 그 추론에 반박할 수 없었다. 그들이 5시에 도착한다면 대행사 사무실을 찾아가기에는 너무 늦은 시간일 터였다. 그리고 다음 날 아침 타임스스퀘어에 갈 때 에밋 혼자 갈 수 있다면 훨씬 더 효율적일 것이었다.

고가철도에서 율리시스는 마치 이 도시에 긴급한 볼일이 있는 사람은 바로 자기인 것처럼 확고한 걸음걸이로 성큼성큼 걸었다.

에밋은 율리시스를 따라붙으려고 열심히 걸으면서 자기들이 어디로 가고 있는지 살펴보았다. 그날 이른 오후에 열차는 끌고 가던 화차의 3분의 2를 떨어뜨렸지만, 여전히 기관차와 마지막 차량 사이에는 70여 대의 화차가 있었다. 앞을 바라보았을 때 그의 눈에 들어온 거라곤 여전히 멀어져가는 유개화차들과 가드레일 사이의 똑같은 좁은 공간뿐이었다.

"여기서 어떻게 아래로 내려가요?" 그가 율리시스에게 물었다.

"우린 내려가지 않아."

"그럼 야영지가 이곳 선로에 있다는 말이에요?"

"그래."

"아니, 어디에?"

율리시스는 걸음을 멈추고 에밋을 돌아보았다.

"내가 그곳으로 데려가겠다고 하지 않았나?"

"데려가겠다고 했죠."

"그럼 내가 그렇게 하도록 가만 놔둬."

율리시스는 자신의 뜻을 확실히 각인시키기 위해 잠시 에밋에게 시선을 고정했다. 그러고 나서 에밋의 어깨 너머를 바라보았다.

"동생은 어디 있어?"

뒤를 돌아다본 에밋은 빌리가 거기 없다는 것을 알고 깜짝 놀랐다. 자기 생각에 너무 정신이 팔린 나머지, 그리고 율리시스에게 따라붙으려고 애쓴 나머지 동생의 소재에 대해서는 의식하지 못하고 있었던 것이다.

에밋의 표정을 본 율리시스의 표정도 경악으로 바뀌었다. 율리시스는 들리지 않게 뭐라고 퉁명스럽게 내뱉으며 에밋을 스쳐 지나가 왔던 길로 돌아가기 시작했다. 율리시스를 뒤따르는 에밋의 얼굴이 발갛게 달아올랐다.

그들은 빌리를 두고 온 바로 그 자리에서—그들이 타고 왔던 유개화차 옆에서—빌리를 찾았다. 에밋이 뉴욕의 모습에 황홀해하지 않았다고 해서 빌리도 그랬으리라고 말할 수는 없었다. 그들이 화차에서 내렸을 때, 빌리는 난간 쪽으로 두 걸음 내디딘 다음 낡은 나무 상자 위에 올라갔다. 그리고 그 굉장한 규모와 네모난 수직 건물들에 흠뻑 빠져든 채로 도시의 경관을 바라본 것이었다.

"빌리⋯⋯." 에밋이 말했다.

빌리는 에밋과 달리 자기들이 서로 떨어져 있었다는 걸 명확히 모르는 채로 고개를 들었다.

"형이 상상한 모습 그대로야?"

"빌리, 우린 계속 움직여야 해."

빌리는 율리시스를 쳐다보았다.

"엠파이어스테이트 빌딩은 어떤 거예요, 율리시스 아저씨?"

"엠파이어스테이트 빌딩?"

율리시스는 급해서라기보다는 습관적으로 튀어나오는 성마른 투로 그렇게 말했다. 그러나 자신의 목소리를 들은 그는 어조를 부드럽게 바꾸며 외곽 쪽을 가리켰다.

"첨탑이 있는 빌딩이야, 빌리. 그렇지만 네 형 말이 옳아. 우린 움직여야 해. 그리고 넌 우리와의 간격을 더 가까이 유지해야 해. 만약 어느 때든 네가 손을 뻗었을 때 우리 둘 중 한 사람에게 손이 닿지 않는다면, 그건 우리랑 충분히 가까이 있는 게 아닌 거야. 알겠니?"

"알았어요."

"자, 그럼 가자."

세 사람은 평평하지 않은 땅을 다시 걷기 시작했다. 그때 에밋은 세 번째로 열차가 몇 초 동안 앞으로 나아가다가 멈추는 것을 보았다. 왜 저러는 것일까, 에밋이 궁금해하고 있을 때 빌리가 그의 손을 잡고 빙그레 웃으며 그를 쳐다보았다.

"저게 그 답이었어." 빌리가 말했다.

"무슨 문제에 대한 답?"

"엠파이어스테이트 빌딩. 세계에서 가장 높은 빌딩이잖아."

길게 늘어선 유개화차들을 절반쯤 지나간 뒤, 에밋은 약 50야드 앞에서 고가철도가 왼쪽으로 굽이진 것을 보았다. 원근법의 장난 때문에 그 굽이 바로 뒤쪽에 있는 8층짜리 빌딩이 선로에서 곧바로 솟아오른 것처럼 보였다. 그러나 그곳에 가까이 갔을 때, 에밋은 그 것은 원근법의 장난이 아니었다는 것을 알 수 있었다. 빌딩이 실제로 선로 위로 똑바로 솟아오른 것이었다. 왜냐하면 철도가 빌딩 한가운데를 관통하기 때문이었다. 입구 위쪽 벽에 부착된 큼지막한 노란색 표지판에는 다음과 같이 쓰여 있었다.

사유지임
입장 불가

그곳에서 15피트쯤 떨어진 곳에 이르렀을 때 율리시스는 그들에게 멈추라는 신호를 보냈다.

그들은 서 있는 곳에서 열차의 반대편 앞쪽에서 나는 부산하게 움직이는 소리를 들을 수 있었다. 화차의 문이 열리는 소리, 작은 짐

수레가 끼익하는 소리, 사내들이 외치는 소리…….

"우린 저곳으로 갈 거야." 율리시스가 목소리를 낮추어 말했다.

"저 빌딩을 통과한다는 거예요?" 에밋이 나직이 말했다.

"우리 목적지로 갈 수 있는 유일한 방법이야."

현재 작업 구역에는 다섯 대의 화차가 있다고 율리시스가 설명했다. 인부들이 짐을 다 내리고 나면, 다음 다섯 차량의 짐을 내릴 수 있도록 열차가 그만큼 앞으로 나아갈 거라고 했다. 자기들은 그때 가야 한다고 했다. 그리고 유개화차 옆에 머물면서 열차와 같은 속도로 움직이는 한, 아무도 자기들을 보지 못할 거라고 했다.

이것은 에밋이 언뜻 생각하기에 나쁜 계획인 것 같았다. 그는 율리시스에게 자신의 우려를 표하고 다른 대안은 없는지 알아보고 싶었으나, 선로 저 앞에서 증기가 피어오르며 열차가 움직이기 시작했다.

"지금 가야 해." 율리시스가 말했다.

앞장서서 그들을 이끌며 빌딩 안으로 들어간 율리시스는 유개화차와 벽 사이의 좁은 공간을 열차와 정확히 같은 속도로 걸었다. 빌딩을 절반쯤 통과했을 때 열차가 갑자기 멈춰 섰고, 그에 따라 그들도 걸음을 멈추었다. 짐을 내리고 창고로 옮기는 부산한 소리는 이제 더욱 커졌고, 에밋은 유개화차와 화차 사이의 틈을 휙휙 스쳐 지나가는 인부들의 그림자를 통해 그들의 빠른 움직임을 감지할 수 있었다. 빌리가 뭔가를 물어보려는 듯 고개를 들었으나 에밋이 집게손가락을 입술에 갖다 대어 질문을 막았다. 이윽고 또다시 증기가 피어오르며 열차가 움직이기 시작했다. 세 사람은 조심조심 차량과 같은 속도로 움직여서 들키지 않고 빌딩 반대편으로 갔다.

밖으로 나오자 율리시스는 그들과 창고와의 거리를 떨어뜨리기 위해 걷는 속도를 높였다. 좀 전과 마찬가지로 그들은 유개화차와 가드레일 사이의 좁은 공간을 걸었다. 그러나 마침내 기관차를 지나가고 나니 오른쪽으로 멋진 경치가 펼쳐졌다.

빌리가 경탄스러워할 거라고 예상한 율리시스는 이번에는 걸음을 멈추었다.

"허드슨강이다." 그가 강물을 가리키며 말했다.

율리시스는 빌리에게 잠시 원양 여객선, 예인선, 바지선을 감상할 시간을 준 뒤, 에밋과 눈을 마주쳤다. 그러고 나서도 계속 눈을 떼지 않자, 율리시스의 뜻을 이해한 에밋은 동생의 손을 잡았다.

"배가 얼마나 많은지 좀 봐." 빌리가 말했다.

"자, 이제 가자." 에밋이 말했다. "걸어가면서 볼 수 있잖아."

에밋은 빌리가 따라오면서 혼잣말을 하며 배를 세는 소리를 들을 수 있었다.

조금 더 걸어가자 앞으로 나아가는 길이 높은 철망으로 막혔다. 철망이 이쪽 가드레일에서 저쪽 가드레일까지 고가철도를 가로지르며 설치된 것이었다. 율리시스는 선로 한가운데로 발을 들여놓은 다음, 잘려 나간 철망 부분을 붙잡고 에밋과 빌리가 그 구멍으로 빠져나갈 수 있도록 뒤로 젖혔다. 철망 저편에는 선로가 남쪽으로 계속 이어졌음에도 불구하고 잡초와 풀이 무성하게 자라나 있었다.

"선로의 이 구간은 어떻게 된 거예요?" 에밋이 물었다.

"이제 더 이상 사용하지 않아."

"왜요?"

"전에는 필요했지만 이젠 필요 없게 된 거지." 율리시스가 특유의 성마른 태도로 말했다.

몇 분 후, 마침내 에밋은 자기들이 어디로 가는지 알 수 있었다. 버려진 선로에 인접한 대피선 구역에 텐트와 간이 막사가 드문드문 들어선 임시 야영지가 있었던 것이다. 그곳으로 가까이 가는 동안 에밋은 따로 떨어진 두 군데 모닥불에서 피어오르는 연기와 팔다리가 홀쭉한 사람들이 움직이는 실루엣을 볼 수 있었다.

율리시스는 두 개의 모닥불 중에서 가까운 쪽으로 그들을 인도했다. 거기에는 침목에 앉아 양철 접시에서 뭔가를 먹고 있는 백인 부랑자 두 명과 무쇠 냄비의 내용물을 젓고 있는 깨끗이 면도한 흑인 남자 한 명이 있었다. 그 흑인은 율리시스를 보자 미소를 지었다.

"여, 이게 누구야."

"잘 있었나, 스튜." 율리시스가 말했다.

그러나 에밋과 빌리가 뒤에서 나타나자 그 요리사의 반가워하는 표정이 놀라는 표정으로 바뀌었다.

"내 일행이야." 율리시스가 설명했다.

"자네와 함께 **여행을** 하는 거야?" 스튜가 물었다.

"내가 금방 그렇게 말하지 않았나?"

"난 자네는……."

"자네 오두막 옆에 공간이 좀 있을까?"

"있을 거야."

"내가 가서 좀 알아봐야겠어. 그동안 먹을 걸 좀 준비해주겠어?"

"이 아이들 것도?"

"이 아이들 것도."

에밋이 보기에 스튜는 또다시 놀라움을 표하려다가 생각을 고쳐

먹은 것처럼 보였다. 두 부랑자가 잠시 식사를 멈추고 흥미로운 눈초리로 보고 있을 때, 율리시스가 호주머니에서 지갑을 꺼내 열었다. 에밋은 몇 초 후에야 율리시스가 그와 동생의 식사비를 내려고 한다는 것을 깨달았다.

"잠깐만요," 에밋이 말했다. "우리가 식사비를 낼게요, 율리시스 아저씨."

에밋은 파커가 셔츠 주머니에 슬쩍 넣어준 5달러짜리 지폐를 꺼낸 다음 몇 걸음 앞으로 걸어가서 스튜에게 내밀었다. 그렇게 하는 동안 에밋은 그 지폐가 5달러짜리가 아님을 알아차렸다. 50달러짜리였던 것이다.

스튜와 율리시스 둘 다 잠시 그 지폐를 빤히 쳐다보았다. 그런 다음 스튜는 율리시스에게 눈을 돌렸고, 이어서 율리시스는 에밋에게 눈을 돌렸다.

"그 돈 넣어둬." 율리시스가 단호하게 말했다.

얼굴이 다시 달아오르는 것을 느낀 에밋은 돈을 주머니에 도로 넣었다. 율리시스는 딱 한 번 그렇게 하고 나서 스튜에게 몸을 돌려 세 사람의 식사비를 지불했다. 그런 다음 특유의 예단하는 말투로 빌리와 에밋에게 말했다.

"나는 우리가 머물 공간을 좀 마련해야겠어. 너희 둘은 여기 앉아서 뭘 좀 먹고 있어. 금방 돌아올 테니까."

에밋은 멀어져가는 율리시스를 지켜보았다. 그는 자리에 앉고 싶지도 않았고 여기서 뭘 먹고 싶은 마음도 없었다. 그러나 빌리는 이미 칠리와 옥수수빵이 담긴 접시를 무릎 위에 올려놓았으며, 스튜는 이제 다른 음식을 준비하고 있었다.

"샐리 누나가 만든 것만큼 맛있어." 빌리가 말했다.

에밋은 음식을 먹어주는 것이 공손한 태도라고 속으로 중얼거리면서 접시를 받았다.

처음 한 입 베어 먹었을 때 그는 자기가 얼마나 굶주려 있었는지 깨달았다. 풀먼 객차에서 가져온 음식을 마지막으로 먹은 지도 꽤 많은 시간이 지났다. 그리고 빌리 말이 옳았다. 칠리는 샐리가 만든 것만큼이나 맛있었다. 더 맛있는 것 같기도 했다. 훈연의 맛이 배어 있는 것으로 보아 스튜가 베이컨을 많이 사용했다는 것을 알 수 있었다. 게다가 쇠고기는 놀라울 정도로 품질이 좋아 보였다. 스튜가 한 접시 더 주겠다고 했을 때, 에밋은 거절하지 않았다.

접시가 다시 오기를 기다리는 동안 에밋은 모닥불 건너편에 앉아 있는 두 부랑자를 조심스럽게 살펴보았다. 허름한 옷차림과 면도하지 않은 얼굴 때문에 그들이 몇 살쯤인지 가늠하기 어려웠지만, 에밋은 보기보다는 더 젊지 않을까 생각했다.

왼쪽에 있는 키가 크고 마른 사람은 에밋이나 동생에게 전혀—거의 의도적으로—주의를 기울이지 않았다. 그러나 이쪽을 향해 미소를 짓고 있던 오른쪽 사람이 갑자기 손을 흔들었다.

그에 응답하여 빌리도 손을 흔들었다.

"피곤한 나그네들, 안녕." 그가 모닥불 저편에서 큰 소리로 말했다. "어디서 오셨나?"

"네브래스카요." 빌리가 큰 소리로 대답했다.

"네브래스키*!" 그 부랑자가 말했다. "나도 여러 번 네브래스키에

✦ 시골 사람들이 네브래스카를 예스럽게 부르는 말.

갔었지. 그런데 빅애플에는 무슨 일로 오셨나?"

"에밋 형의 차를 찾으러 왔어요." 빌리가 말했다. "그걸 타고 캘리포니아로 가려고요."

차 얘기가 나오자 그들을 무시하던 키 큰 부랑자가 갑자기 관심을 보이며 고개를 들었다.

에밋은 동생의 무릎에 손을 얹었다.

"그냥 지나가는 길일 뿐이에요." 그가 말했다.

"그렇다면 자네들은 제대로 온 거야." 미소 띤 사람이 말했다. "지나가는 길에 들르기엔 세상에서 이보다 더 좋은 곳은 없지."

"그런데 왜 너희들은 이곳을 그냥 지나가지 못하는 것처럼 보이는 걸까?" 키 큰 사람이 말했다.

미소 띤 사람이 얼굴을 찡그리며 동료 부랑자를 바라보았지만, 그가 한마디 하기 전에 키 큰 사람이 빌리를 보고 말했다.

"차를 찾으러 왔다고 말했지?"

에밋이 막 끼어들려고 했을 때, 갑자기 나타난 율리시스가 모닥불 가장자리에 서서 키 큰 남자의 접시를 내려다보고 있었다.

"자네, 저녁을 다 먹은 것 같군." 율리시스가 말했다.

두 부랑자 다 율리시스를 올려다보았다.

"내가 다 먹었다고 말할 때까진 다 먹은 게 아냐." 키 큰 사람이 말했다.

그런 다음 그는 접시를 땅바닥에 던졌다.

"이제 다 먹었어."

키 큰 사람이 일어서자 미소 띤 사람도 빌리를 향해 눈을 찡긋해 보이며 일어섰다.

율리시스는 떠나가는 두 사람을 지켜본 뒤, 그들이 앉아 있었던 침목에 앉아 모닥불 너머로 에밋을 날카롭게 노려보았다.

"알았어요," 에밋이 말했다. "알았어요."

울리

만약 울리가 일정을 정할 수 있었다면 그들은 맨해튼에서 하룻밤을 보내지 않았을 것이다. 맨해튼을 지나가지도 않았을 것이다. 그들은 곧장 헤이스팅스온허드슨에 있는 누나 집으로 갔을 것이고, 거기서 애디론댁으로 갔을 것이다.

울리가 보기에 맨해튼의 문제는 너무나도 견고하고 빈틈이 없다는 점이었다. 화강암으로 지어진 고층 빌딩도 그렇고, 시야가 미치는 범위를 넘어서까지 길게 뻗은 포장도로도 그랬다. 날마다 수백만 명의 사람들이 쿵쾅거리거나 또각거리며 인도를 걷고 빌딩 로비의 대리석 바닥을 지나가지만, 그런 곳들에 흠집 하나 나지 않았다. 더군다나 맨해튼은 기대감으로 가득 차 있었다. 기대감이 너무 많아서 그들은 80층 높이로 빌딩을 지어야 했다. 한 층 한 층 자꾸자꾸 쌓아서 충분히 많은 방을 갖기 위해서 말이다.

그러나 더치스가 아버지를 보고 싶어 했기 때문에 그들은 링컨 하이웨이를 타고 링컨 터널로 갔으며, 허드슨강 아래 링컨 터널을 지나 지금 여기에 있는 것이었다.

맨해튼에 있으려면 적어도 이렇게 지내는 것도 한 가지 방법이지, 올리는 베개를 받친 채 엎드려서 생각했다. 그들이 링컨 터널을 빠져나왔을 때 더치스는 부유층 주택가 방향인 왼쪽으로 차를 돌리지 않았다. 대신 우회전하여 계속 달려서 올리는 한 번도 가본 적이 없는 동네인 바워리*까지 갔다. 올리는 들어본 적이 없는 조그만 호텔에 기거하는 더치스의 아버지를 찾아가기 위해서였다. 얼마 후, 올리가 로비에 앉아 거리의 모든 움직임을 내다보고 있을 때, 그는 우연히 신문 한 뭉치를 들고 지나가는 남자를 보게 되었다. 헐렁한 외투를 걸치고 축 처진 모자를 쓴 남자였다.

"새인간이다!" 올리는 창을 향해 소리쳤다. 얼마나 놀라운 우연인가!

그는 의자에서 벌떡 일어나 유리창을 두드렸다. 결국 그 남자가 고개를 돌렸을 때 새인간과는 비슷하지도 않다는 것을 알게 되었다. 그러나 올리가 유리창을 두드렸기 때문에 그 남자는 신문 뭉치를 든 채 로비로 들어와 우리가 앉아 있는 의자로 곧장 걸어왔다.

더치스가—그가 자주 말하듯—책에 알레르기가 있다면, 올리에게도 그와 유사한 증상이 있었다. 올리는 매일매일 접하는 뉴스에 알레르기가 있었다. 뉴욕시에는 항상 이런저런 일이 벌어졌다. 알고 있어야 한다고 생각되는 일뿐만 아니라, 자신의 의견을 가지고 있다가 어느 순간에든 즉석에서 말할 수 있어야 한다고 여겨지는 일

✦ 싸구려 술집과 하숙집이 많은 뉴욕의 허름한 지역.

들도 날마다 벌어졌다. 사실 너무 많은 일들이 너무 빠른 속도로 일어나고 있어서 그것들을 다 담기엔 하나의 신문으로는 턱없이 부족했다. 물론 뉴욕에는 기록의 신문인《타임스》가 있지만, 그것 말고도《포스트》《데일리 뉴스》《헤럴드 트리뷴》《저널아메리칸》《월드 텔레그램》《미러》가 있었다. 게다가 그것들은 울리가 즉석에서 머리에 떠올릴 수 있는 것들일 뿐이었다.

이들 각 신문사에는 저녁 식사 시간이 훨씬 넘은 시간까지 뉴스감을 찾아 돌아다니고, 취재원을 취재하고, 단서를 추적하고, 카피를 쓰는 많은 사람들이 있다. 각 신문사는 6시 42분 열차를 타기 위해 새벽에 일어난 구독자의 문 앞에 그날의 뉴스가 도착하도록 한밤중에 인쇄기를 돌리고, 배달 트럭들을 가능한 모든 방향으로 내달리게 했다.

그런 생각만 해도 울리는 등골이 오싹해졌다. 그래서 헐렁한 외투를 입은 남자가 신문 뭉치를 들고 다가왔을 때 울리는 그를 돌려보낼 준비가 되어 있었다.

그런데 알고 보니 헐렁한 옷을 입은 그 남자는 오늘 자 신문을 파는 게 아니었다. 그는 어제 신문을 팔고 있었다. 그리고 그저께 날짜 신문도 팔고, 그끄저께 신문도 팔았다!

"어제 날짜《타임스》는 3센트," 그가 설명했다. "이틀 전 것은 2센트, 사흘 전 것은 1센트예요. 세 부를 다 사면 5센트에 드리고요."

오, 그렇다면 이건 전혀 다른 문제지, 울리는 생각했다. 하루 전, 이틀 전, 사흘 전의 뉴스는 당일의 뉴스와는 비할 바 없이 긴박감이 떨어졌다. 사실 그런 뉴스는 뉴스라 부르기도 민망했다. 그리고 신문 세 부를 5센트에 산다면 아주 싸게 사는 것이라는 것쯤은 퀠런

벡 선생님의 수학 수업에서 A를 받을 필요도 없이 쉽게 알 수 있는 문제였다. 그러나 안타깝게도 울리는 돈이 없었다.

혹시 에밋의 아버지는…….

울리는 왓슨 씨의 바지로 갈아입은 이후 처음으로 그 바지의 호주머니에 손을 넣어보았다. 그런데 믿기지 않게도, 정말 믿기지 않게도 오른쪽 호주머니에서 구겨진 지폐 몇 장이 나오는 것이었다.

"세 부 다 주세요." 울리가 활기차게 말했다.

그 사람이 울리에게 신문을 건네자 울리는 1달러를 주면서 너그러운 어조로 잔돈은 가지라고 말했다. 그 사람은 더없이 기뻐했지만, 울리는 자기가 더 이익을 보았다고 확신했다.

간단히 얘기하면, 저녁이 되어 더치스가 아버지를 찾아 맨해튼을 돌아다니고 있을 때, 울리는 라디오를 켜놓은 채로 베개를 받치고 침대에 엎드려 누워 있었다. 조금 전 에밋의 책가방에 넣어둔 여분의 병에서 약을 두 방울 더 먹은 그는 사흘 전의 신문에 관심을 돌렸다.

그는 사흘이라는 시간이 얼마나 큰 차이를 만드는지 깨달았다. 뉴스의 긴박감이 훨씬 덜해 보일 뿐만 아니라, 헤드라인을 신중히 선택한다면 이야기가 종종 환상적인 분위기를 띠기도 했다. 지난 일요일 자 1면에 실린 다음과 같은 기사처럼 말이다.

시제품 원자력잠수함

유럽 항해 모의실험 실시

이 이야기는 첫 번째 원자력잠수함이 어떤 식으로 아이다호 사막 한가운데 어딘가에서 대서양을 횡단하는 것과 동등한 항해 실험을 마쳤는지에 대해 계속 설명했다! 울리는 그 모든 전제가 빌리의 커다란 빨간색 책에서 볼 수 있는 것들만큼이나 믿기 어렵다는 생각이 들었다.

그리고 이틀 전의 신문 1면에는 다음과 같은 기사가 있었다.

민방위 훈련
오늘 오전 10시

보통 **민방위**와 **훈련**은 울리를 불안하게 만드는 종류의 단어여서, 그런 단어가 나오면 울리는 대개 기사를 읽지 않고 넘어갔다. 그런데 이틀 전 《타임스》 기사는 이 훈련 중에 가상의 적기 비행단이 가상의 원자폭탄을 쉰네 개 도시에 투하하여 미국 전역을 파괴할 거라고 가정하는 설명을 이어갔다. 뉴욕시만 놓고 보면 서로 다른 세 개의 폭탄이 투하되는데, 그중 하나는 티파니 매장 바로 앞인 57가와 5번가의 교차로에 떨어진다고 가정했다. 민방위 훈련의 일부로서, 경보음이 울리면 쉰네 개 도시에서는 10분 동안 모든 일상 활동을 중단해야 했다.

"모든 일상 활동이 10분 동안 중단된다." 울리는 소리 내어 읽었다. "그게 상상이 돼?"

울리는 숨을 죽이고 어제 무슨 일이 일어났는지 보기 위해 어제 날짜 신문으로 눈을 돌렸다. 1면에—흔히들 말하는 1면 상단부에—타임스스퀘어 사진이 실렸는데, 두 명의 경찰관이 브로드웨이 거리를 살펴보고 있었다. 그들 말고 다른 사람은 아무도 보이지 않았다. 아무도 담배 가게의 창문을 들여다보지 않았다. 아무도 크라이테리언 극장에서 나오지 않았고, 아무도 애스터 호텔로 들어가지 않았다. 아무도 금전등록기를 사용하지 않았고, 아무도 전화를 걸지 않았다. 어느 누구도 서두르거나, 바삐 움직이거나, 택시를 부르거나 하지 않았다.

정말 낯설고 아름다운 광경이야, 올리는 생각했다. 뉴욕은 건국 이래 처음으로 고요하고, 움직임이 없고, 사실상 사람이 없으며, 아무것도 기대할 게 없는 완벽하게 무료한 도시였다.

더치스

울리에게 약을 몇 방울 먹이고 라디오 주파수를 광고에 맞추어서 울리가 자기 방에서 편안히 있을 수 있게 한 후, 나는 헬스키친 지역 웨스트 45가에 있는 앵커라는 술집으로 찾아갔다. 조명이 흐릿하고 손님들이 남에게 무관심한 그곳은 아버지가 좋아할 만한 곳이었다. 다시 말해서, 한물간 사람이 바에 앉아 누가 끼어들까 봐 두려워할 필요 없이 부당한 인생에 대해 마구 욕할 수 있는 장소였다.

버니에 따르면 핏지와 아버지는 매일 밤 8시쯤 여기서 만나 돈이 허락하는 한 자리를 뜨지 않고 오랫동안 술을 마시는 습관이 있었다고 한다. 아니나 다를까, 7시 59분에 문이 홱 열리더니 딱 시간에 맞추어 핏지가 허정허정 들어왔다.

모든 사람이 그를 무시하는 것으로 보아 그가 이곳의 단골이라는 것을 알 수 있었다. 전체적으로 볼 때 그는 아주 심하게 늙지는 않았다. 머리털은 약간 가늘어졌고 코는 조금 더 빨개졌지만, 눈을 충분히 가늘게 뜨고 보면 여전히 그 표면 아래 숨어 있는 올드 세인트 닉의 모습을 어렴풋이 볼 수 있을 것이다.

그는 바로 내 옆을 지나쳐 두 개의 의자 사이를 비집고 들어갔다. 그런 다음 바에 5센트짜리 동전을 몇 개 늘어놓으며 위스키 한 잔을 하이볼 잔에 달라고 주문했다.

하이볼 잔에 담긴 위스키 한 잔은 잔에 비해 양이 너무 적어 보여서 핏지가 잘못 요청한 것이 아닐까 하는 생각이 들게끔 했다. 그러나 그가 바에 놓인 잔을 들었을 때 나는 그의 손이 아주 조금 떨리는 것을 볼 수 있었다. 그는 틀림없이 위스키가 작은 유리잔에 담겨 나오면 술을 흘릴 가능성이 아주 높다는 것을 경험으로 배웠을 것이다.

핏지는 위스키를 안전하게 손에 들고서 의자가 두 개 있는 구석진 곳의 테이블로 물러났다. 그곳은 그와 아버지가 습관적으로 앉아서 술을 마시던 자리임이 분명했다. 왜냐하면 일단 편안히 자리를 잡고 나자 핏지는 빈 의자를 향해 잔을 들었기 때문이다. 그는 이 세상에서 마지막으로 아버지 해리 휴잇에게 잔을 들어 건배한 사람일 거라고 나는 생각했다. 핏지가 위스키를 입으로 가져가기 시작했을 때 나는 그의 테이블에 합석했다.

"안녕하세요, 핏지 아저씨."

핏지는 잠시 얼어붙은 듯 동작을 멈추고 잔 너머의 나를 응시했다. 그런 다음, 어쩌면 생애 처음으로 입으로 가져간 술을 마시지 않고 다시 테이블에 내려놓았다.

"안녕, 더치스." 그가 말했다. "너를 못 알아볼 뻔했지 뭐야. 덩치가 엄청 커졌구나."

"육체노동 덕분이에요. 아저씨도 언제 한번 육체노동을 해보세요."

핏지는 자신의 술을 내려다보았다. 그런 다음 바텐더를 바라보았고, 이어 문을 통해 거리를 내다보았다. 더 이상 눈을 돌릴 곳이 없어지자 그는 다시 나를 보았다.

"너를 만나니 반갑구나, 더치스. 무슨 일로 이 도시에 온 거냐?"

"아, 이런저런 일로요. 내일 할렘에서 친구 한 명을 만나야 해요. 그리고 아버지도 찾고 있어요. 아버지와 남은 볼일이 좀 있거든요. 불행히도 아버지는 선샤인 호텔에서 너무 급히 체크아웃을 하는 바람에 내게 어디로 간다는 말을 남기는 걸 잊어버렸어요. 그렇지만 저는 아버지가 어디로 갔는지 아는 사람이 뉴욕에 있다면, 그건 바로 아버지의 오랜 친구 핏지 아저씨일 거라고 생각했죠."

핏지는 내가 말을 마치기도 전에 고개를 저었다.

"아니," 그가 말했다. "네 아버지가 어디에 있는지 난 모른다, 더치스. 나도 몇 주 동안 네 아버지를 보지 못했어."

그런 다음 그는 마시지 않은 술을 풀 죽은 표정으로 바라보았다.

"이런, 제가 예의가 없네요." 내가 말했다. "술 한잔 사드릴게요."

"아니, 괜찮아. 아직 여기 술이 있잖아."

"그 정도 가지고요? 그건 아저씨에게 어울리지 않아요."

나는 일어나서 바텐더가 있는 바로 걸어가 지금 핏지가 마시고 있는 술을 한 병 달라고 했다. 그리고 자리로 돌아와 코르크 마개를 뽑고 그의 잔에 술을 가득 채웠다.

"이게 한결 더 아저씨답잖아요." 그가 웃음기 없는 표정으로 위스키를 내려다보고 있을 때 내가 말했다.

얼마나 잔인한 아이러니인가, 나는 속으로 생각했다. 그러니까 여기에 핏지가 반평생 꿈꿔왔던, 심지어 기도하기도 했던 것이 놓여 있었다. 하이볼 잔에 가득 찬 위스키가 말이다. 그것도 다른 사람이 돈을 낸 위스키가 말이다. 그러나 지금 그것이 자기 앞에 놓여 있는데도 그는 자기가 그걸 원하는지 확신하지 못하는 것이었다.

"드세요," 내가 재촉했다. "격식 차릴 필요 없어요."

그가 마지못한 듯 잔을 들어 내 쪽으로 약간 기울였다. 그 제스처는 조금 전에 그가 아버지의 빈 의자를 향해 잔을 들었을 때만큼 진심이 담기지는 않았지만, 그럼에도 나는 감사하다고 말했다.

이번에는 잔이 입술에 닿았을 때, 그는 마치 조금 전 잔을 입으로 가져가고도 마시지 못했던 것을 벌충하려는 듯 위스키를 벌컥벌컥 마셨다. 그런 다음 잔을 내려놓고 나를 쳐다보며 기다렸다. 그것이 한물간 사람들이 하는 행위였다. 기다리는 것 말이다.

기다리는 것에 관해서라면, 한물간 사람들은 많은 연습 경험이 있었다. 큰 성공을 기다리거나 일거리가 생기기를 기다렸던 경우 같은 거 말이다. 그런데 그런 일은 일어나지 않을 거라는 게 확실해지고 나면 그들은 다른 것을 기다리기 시작했다. 예컨대 술집이 문을 열거나 생활 보조금이 나오기를 기다렸다. 그로부터 얼마 지나지 않아 그들은 공원에서 잠을 자는 건 어떨지, 버려진 담배를 주워서 두 모금을 빠는 건 어떨지 보려고 기다렸다. 그들은 자신들이 어떤 새로운 모욕에 익숙해질 수 있는지 보려고 기다렸고, 그러는 동안 한때 그들이 소중히 여겼던 사람들에게서 잊히기를 기다렸다. 무엇보다도 그들은 끝을 기다렸다.

"우리 아버지는 어디 있어요, 핏지 아저씨?"

핏지는 고개를 저었다. 나에게 고개를 저었다기보다는 그 자신에게 고개를 저었다.

"더치스, 아까 말했듯이 난 몇 주 동안 네 아버지를 보지 못했어. 맹세해."

"보통 저는 아저씨 입에서 나오는 말은 뭐든 다 믿곤 했어요. 특히 아저씨가 **맹세**할 때는 말이에요."

이 말에 그가 움찔했다.

"제가 이 자리에 앉았을 때 아저씨는 절 보고도 별로 놀라는 것 같지 않았어요. 왜 그랬어요?"

"나도 모르겠어, 더치스. 속으로는 놀랐던 것 같은데?"

나는 소리 내어 웃었다.

"그랬을지도 모르죠. 그렇지만 저는 어떻게 생각하는지 알아요? 제가 찾아올 거라고 아버지가 아저씨한테 말해두었기 때문에 놀라지 않은 거라고 생각해요. 그런데 그랬으려면, 아버지는 지난 며칠 사이에 아저씨에게 말을 했어야 해요. 실은 아버지와 아저씨가 바로 이 자리에 앉아 있는 동안 그런 얘기를 나누었을 거예요."

나는 손가락으로 테이블을 두드렸다.

"만약 아버지가 이 도시에서 도망치겠다고 아저씨에게 말했다면, 틀림없이 어디로 가는지도 말해주었을 거예요. 아무튼 두 분은 도둑 패거리처럼 친하니까."

도둑 패거리라는 말에 핏지는 다시 움찔했다. 이제 그는 생각했던 것 이상으로 훨씬 더 풀이 죽어 보였다.

"미안하다." 그가 부드럽게 말했다.

"뭐가요?"

나는 잘 들리지 않는다는 듯이 몸을 앞으로 약간 기울였고, 그는 고통스러울 만큼 진심으로 후회하는 듯한 표정으로 나를 쳐다보았다.

"정말 미안해, 더치스." 그가 말했다. "그 진술서에 너에 관한 그런 내용을 넣은 거, 미안해. 내가 거기에 서명을 해서 미안해."

얘기하지 않으려 했던 사람이 갑자기 막을 수 없을 만큼 말이 많아졌다.

"나는 그 전날 밤 술을 많이 마셨어. 그리고 난 주위에 경찰이 있으면 정말 불안해. 특히 경찰이 나에게 질문을 하면 그래. 술에 취해서 내가 보고 듣는 게 평소와는 달리 정상이 아닌데도 불구하고 내가 뭘 보고 뭘 들었는지, 혹은 뭘 기억하는지 물으면 말이야. 그런데 경찰관들이 불만을 표출하기 시작했을 때, 네 아버지가 나를 한쪽으로 데려가서 내 기억을 새롭게 되살리려고 애썼지 뭐야……."

핏지가 말을 계속하는 동안 나는 위스키병을 집어 들고 흘끗 보았다. 라벨 중앙에 커다란 녹색 클로버가 있었다. 그걸 보자 미소가 떠올랐다. 위스키 한 잔이 어떤 행운을 가져다주는가 생각하니 미소가 떠오른 것이었다. 역시나 이것은 아이리시위스키였다.

손에 들린 병의 무게를 느끼며 앉아 있는 동안 문득 한 가지 목적을 위해 세심하게 만들어졌지만 다른 목적에도 완벽하게 어울리는 물건의 또 다른 멋진 예가 여기 있다는 생각이 들었다. 위스키병은 수백 년 전에 위스키를 담는 충분히 큰 몸체와 따르기 좋을 만큼 충분히 좁은 목을 가지도록 디자인되었다. 그러나 목을 잡고 병을 거꾸로 들면 그것은 돌연 어떤 녀석의 머리를 내리치도록 디자인된 것처럼 보였다. 어떤 면에서 위스키병은 지우개 달린 연필 같은 것이었다. 한쪽 끝은 뭔가를 말하는 용도로 쓰이고, 다른 쪽 끝은 그걸 거두어들이는 용도로 쓰이는 연필 말이다.

핏지가 갑자기 아주 조용해진 것으로 보아 그는 내 마음을 읽은 게 분명했다. 그의 얼굴에 나타난 표정에서 나는 그가 겁을 집어먹었다는 것을 알 수 있었다. 얼굴이 창백해졌으며 손이 떨리는 증상은 눈에 띄게 심해졌다.

누군가가 나를 무서워하게 된 것은 생전 처음인 것 같았다. 나도 얼마간 그걸 믿지 못했다. 왜냐하면 나는 핏지에게 위해를 가할 생각이 전혀 없었기 때문이다. 내가 뭐 하러 그러겠는가? 내가 핏지에게 위해를 가한다면 그가 모든 권리를 갖게 되는데 말이다.

그러나 이 상황에서는 그가 겁을 집어먹고 있다는 것이 나에게 유리하게 작용하리라는 생각이 들었다. 그래서 그가 그건 이미 지나간 일일 뿐이라고 여겨도 되겠느냐고 물었을 때, 나는 병을 천천히 테이블에 내려놓는 모습을 보여주었다.

"내가," 나는 생각에 잠긴 채 혼잣말처럼 말했다. "내가 시간을 되돌려서 당신으로 하여금 당신이 저지른 일을 되돌리도록 할 수 있을까요, 패트릭 피츠윌리엄스? 하지만 안타깝게도 그건 이미 지나간 일이 아니에요. 그 문제는 돌이킬 수 없는 문제가 아니란 말이에요. 그건 우리 주위에 있는 문제예요. 실은 바로 이 술집 안, 바로 여기에 있어요."

그가 너무 애처로운 표정을 지어서 내가 미안한 마음이 들 정도였다.

"핏지, 그런 일을 저지른 이유가 뭐든 간에 당신이 내게 빚을 지고 있다는 점에 동의할 수 있으리라 생각해요. 만약 우리 아버지가 어디 있는지 말해준다면 우린 빚이 다 해결된 걸로 여길 거예요. 그러나 만약 말해주지 않는다면 난 내 상상력을 사용해서 우리 두 사람의 채권 채무 관계를 해결할 수 있는 다른 어떤 방법을 생각해낼 겁니다."

샐리

북쪽 모퉁이에서 아버지가 보비, 미겔과 함께 울타리를 고치고 있는 것을 보았다. 그들의 말들은 옆에 한가로이 서 있고, 그 뒤로 몇백 마리의 소들이 방목장에서 풀을 뜯고 있었다.

차로에서 벗어나 갓길로 들어선 나는 그들이 일하고 있는 곳에서 끼익 트럭을 멈추고 운전석에서 내렸다. 그들은 먼지를 막으려고 눈을 가렸다.

언제나 익살스러운 보비가 그럴듯하게 기침을 하는 쇼를 했고, 아버지는 고개를 저었다.

"샐리," 아버지가 말했다. "거친 도로에서 계속 그렇게 트럭을 몰면 트럭이 멈춰 서버릴 거야."

"저도 이젠 베티를 어떻게 다루어야 하는지 알아요."

"변속기가 고장 났을 때 내가 그걸 교체해줄 거라고 기대하진 마라. 내가 할 말은 그것뿐이다."

"그건 걱정하지 마세요. 전 제 트럭에 뭘 기대할 것인지도 알지만, 아버지한테 뭘 기대할 것인지에 대해서는 훨씬 더 잘 아니까요."

아버지는 잠시 말이 없었다. 일꾼들을 이젠 돌려보내야 할지 말지 결정하려는 것 같았다.

"좋아," 아버지가 말했다. 자기 자신과 의견 일치를 본 것 같았다. "뭔가 이유가 있어서 쏜살같이 차를 몰고 온 거지? 난 네 속을 훤히 들여다볼 수 있다. 그게 뭔지 말해봐라."

나는 조수석 문을 열고 좌석에 놓인 '주택 매매' 표지판을 꺼내서 아버지가 충분히 오래 잘 볼 수 있도록 들어 보였다.

"이걸 쓰레기통에서 발견했어요."

아버지가 고개를 끄덕였다.

"내가 쓰레기통에 버렸어."

"이게 어디서 났는지 물어봐도 돼요?"

"왓슨네 집에서."

"아버지는 왜 왓슨네 집에서 '주택 매매' 표지판을 뗐어요?"

"그 집은 이제 더 이상 매매하지 않으니까."

"그걸 아버지가 어떻게 알아요?"

"내가 샀으니까."

아버지는 더 이상 묻지 말라는 듯이 퉁명스러운 태도로 말했다. 나름대로 참을 만큼 참았고, 자신은 이런 이야기를 할 시간이 없으며, 일꾼들과 해야 할 일이 있고, 나는 트럭을 타고 집으로 돌아가야 할 시간이라는 것을 보여주고자 하는 태도였다. 지금쯤이면 집에서 한창 저녁을 준비할 때가 아니냐고 나를 책망하는 듯한 태도였다. 그러나 아버지가 자신은 참을성에 대해 알고 있지만 나는 참을성을 모른다고 생각한다면, 아버지는 엉뚱한 사람에게 말을 하고 있는 셈이었다.

나는 잠시 말할 때를 기다렸다. 걸음을 떼지 않은 채 그 자리에 서서 생각에 잠긴 태도로 먼 곳을 바라보다가 다시 아버지에게로 시선을 돌렸다.

"아버지가 그 집을 산 속도를 보면…… 그 집을 사기 위해 얼마나 오랫동안 몰래 숨어서 기다렸는지 의심스러워요."

아버지는 목덜미를 긁었고, 그러는 동안 보비는 신발 끝으로 흙을 짓눌렀으며 미겔은 몸을 돌려 소 떼를 바라보았다.

"이보게," 잠시 후 아버지가 말했다. "자네들은 할 일이 좀 있는 것 같은데."

"알겠습니다, 랜섬 씨."

그들은 말에 올라타서 소들이 있는 곳으로 향했다. 할 일이 있는 사람치고는 서두르지 않는 모습이었다. 아버지는 고개를 돌려 그들이 가는 것을 지켜보지는 않았지만, 물러가는 말발굽 소리가 들릴 때까지 기다리고 나서야 다시 입을 열었다.

"샐리," 아버지가 특유의 딱 한 번만 이 얘기를 할게, 하는 투의 목소리로 말했다. "몰래 숨거나 기다리는 것 따위는 없었다. 찰리는 대출금을 갚지 못했고, 그래서 은행은 압류한 집을 팔려고 내놓았고, 그걸 내가 산 거야. 그게 전부다. 그건 은행 사람 누구에게도 놀라운 일이 아니었고, 이 카운티 주민 누구에게도 놀라운 일이 아닐 거야. 너에게도 놀라운 일이 아니어야 하고. 왜냐하면 그게 바로 목장주들이 하는 일이니까. 기회가 찾아오고 가격이 적당하면 목장주는 으레 자기 땅을 늘리려 하니까 말이야. 인접한 땅을."

"**인접한** 땅을." 내가 감명을 받은 어조로 말했다.

"그래," 아버지가 대답했다. "인접한 땅을."

우리는 서로를 쳐다보았다.

"그래서 왓슨 씨가 농장 일로 고생하고 몸부림치던 그 오랜 세월 동안 아버지는 너무 바빠 도와주지 못한 거로군요. 그런데도 기회가 **찾아온** 순간, 아버지의 일정은 비어 있었어요. 대충 그렇죠? 그런 걸 보면 내 눈에는 아버지가 몰래 숨어서 기다리고 있었던 것처럼 보인다고요."

처음으로 아버지가 언성을 높였다.

"젠장, 샐리. 내가 뭘 어떻게 했어야 한다는 거냐? 그 집 농장으로 가서 쟁기질을 해줘야 했을까? 씨앗을 심고 농작물을 수확해줘야 했을까? 다른 사람의 삶을 대신해서 살 순 없는 거야. 자존심이 조금이라도 있는 사람이라면 그런 걸 바라지 않으니까. 게다가 찰리 왓슨은 그다지 훌륭한 농부는 아니었다 해도 자존심이 높은 사람이었어. 대부분의 사람들보다 더 자존심이 높았다고."

나는 다시 생각에 잠긴 태도로 먼 곳을 바라보았다.

"그런데 재미있지 않아요? 은행이 그 부동산을 시장에 내놓으려고 준비하고 있을 때조차도 아버지는 현관 계단에 앉아서 그 집 아들에게 이제 다른 곳으로 이사를 가서 새 출발을 할 때인 것 같다고 얘기했다는 게 말이에요."

아버지는 잠시 나를 살펴보았다.

"이게 그런 말인 거야? 너와 에밋에 관한?"

"화제를 돌리지 마세요."

아버지는 내가 여기 막 도착했을 때처럼 다시 고개를 저었다.

"에밋은 절대 이곳에 머물지 않았을 거야, 샐리. 그 애는 자기 어머니보다도 더 그런 성향이 강해. 너도 직접 봤잖아. 에밋은 최대한 빨리 시내에서 일자리를 구했어. 그리고 돈을 모아 맨 처음 한 일이 뭐였니? 차를 샀잖아. 트럭이나 트랙터가 아니고 말이야, 샐리. 차를 샀어. 의심할 나위 없이 에밋은 아버지를 잃은 것에 대해 깊은 슬픔을 느꼈겠지만, 어쩌면 농장을 잃은 것에 대해서는 **안도감**을 느끼지 않았을까 싶다."

"에밋 왓슨을 아주 잘 아는 것처럼 내게 얘기하지 마세요. 아버지는 그가 마음속으로 뭘 가장 중요하게 여기는지 몰라요."

"그럴지도 모르지. 그렇지만 네브래스카에서 45년을 살고 나니, 나는 이곳에 정착할 사람과 떠날 사람을 구별할 수 있을 것 같다."

"그래요?" 내가 말했다. "그럼 이것도 말해주세요, 랜섬 씨. 나는 어느 쪽인가요?"

여러분은 내가 그 말을 했을 때의 아버지의 얼굴을 봤어야 했다. 잠시 아버지는 하얗게 질렸다. 그러고 나서 그 얼굴은 빠르게 발개졌다.

"어린 소녀에게 엄마를 잃는다는 건 쉽지 않은 일이라는 걸 안다. 어떤 면에선 아내를 잃은 남편보다 더 힘들 거야. 왜냐하면 아버지는 어린 소녀를 제대로 된 방식으로 키울 준비가 되어 있지 않으니까 말이다. 특히 그 소녀가 본질적으로 고집이 셀 땐 더욱 그렇지."

아버지가 나에 대해 말한 것이었는지는 확실치 않지만, 아무튼 아버지는 이 대목에서 나를 오랫동안 뚫어져라 바라보았다.

"나는 수많은 밤을 침대 곁에 무릎 꿇고 앉아서, 네 고집에 어떻게 반응하는 것이 최선일지 알려달라고 네 엄마에게 기도했다. 그런데 지금껏 네 엄마는—여보, 명복을 빌게요—한 번도 나에게 답을 주지 않았어. 그래서 난 네 엄마가 너를 어떻게 돌보았는지 떠올리며 그 기억에 의존해야만 했다. 엄마가 돌아가셨을 때 넌 겨우 열두 살이었지만, 이미 무척 고집이 셌어. 그래서 내가 그 점에 대해 걱정을 드러내면 네 엄마는 참을성 있게 대하라고 하더구나. 네 엄마는 이렇게 말하곤 했지. 에드, 우리 막내딸은 정신력이 강해. 그래서 나중에 크면 크게 도움이 될 거야. 우린 애한테 약간의 시간과 공간을 주기만 하면 돼."

이번에는 아버지가 아련하게 먼 곳을 바라보았다.

"음, 난 그때도 네 엄마의 조언을 믿었고 지금도 믿는다. 그래서 네가 알아서 멋대로 하도록 내버려둔 거야. 태도와 습관을 네가 알아서 정하게 내버려두었고, 네 성질대로 하도록, 무슨 말이든 다 하도록 내버려두었어. 그런데 말이다, 샐리—하느님, 저를 도와주세요—나는 내가 너에게 큰 잘못을 저질렀다는 걸 알게 되었다. 네 멋대로 하게 내버려둠으로써 널 고집불통 젊은 여자로 만들어버린 거야. 분노를 다스리지 못하고 마음속에 있는 말을 다 내뱉는 데 익숙한 사람, 그래서 십중팔구 결혼에 적합하지 않은 사람이 되게 만들어버린 거지."

오, 아버지는 그 옹졸한 연설을 하는 것을 즐겼다. 두 다리를 벌린 채 발을 땅에 단단히 박고 서 있는 아버지는 그 땅이 자기 땅이기 때문에 거기서 곧바로 힘을 끌어 올릴 수 있는 것처럼 행동했다.

잠시 후 아버지가 표정을 누그러뜨리더니 동정 어린 눈빛으로 나를 바라보았다. 그러나 그것은 나의 화를 돋우는 데 일조할 뿐이었다.

나는 표지판을 아버지의 발치에 던지고 나서 몸을 돌려 트럭 운전석에 올랐다. 기어를 넣고 시동을 건 다음 시속 70마일로 도로를 달렸다. 바퀴에 깔린 자갈들이 튀고 잔디가 뜯겨 나갔으며, 차대가 흔들리고 차 문과 차창이 덜컹거렸다. 운전대를 틀어 농장 입구로 휙 들어선 나는 잠시 후 현관 입구를 목표로 5피트를 남기고 브레이크를 밟아 트럭이 끼익 멈춰 서게 했다.

흙먼지가 날려 가고 나서야 나는 모자를 쓴 남자가 우리 집 현관에 앉아 있다는 것을 알아차렸다. 그리고 그 사람이 일어나서 햇빛속으로 걸어 들어왔을 때에야 나는 그가 보안관이라는 것을 알 수 있었다.

율리시스

율리시스는 왓슨 형제가 잠자리에 들 준비를 하려고 모닥불에서 물러가는 것을 지켜보고 있었다. 그때 스튜가 옆으로 다가왔다.

"저 애들은 내일 떠나지?"

"아니," 율리시스가 말했다. "형은 부유층 지역에서 볼일이 좀 있대. 오후에 돌아올 테니까 저 애들은 내일 밤도 여기서 보내게 될 거야."

"알았어. 내가 쟤들 침구를 챙겨줄게."

"내 것도 좀 챙겨줄 수 있겠나?"

스튜는 고개를 홱 돌려 율리시스를 쳐다보았다.

"자네가 하룻밤을 더 머문다고?"

율리시스도 스튜를 바라보았다.

"내가 방금 그렇게 말했잖아. 안 그래?"

"그렇게 말했지."

"그런데 무슨 문제라도 있나?"

"아니." 스튜가 말했다. "아무 문제 없어. 다만 자네는 같은 장소에서 연달아 이틀 밤을 보낸 적이 한 번도 없다고 언젠가 누군가가 했던 말이 생각나는 것 같아서 말이야."

"그렇다면," 율리시스가 말했다. "금요일이 되면 난 그 원칙을 깨게 되는 거로군."

스튜가 고개를 끄덕였다.

"불 위에 커피를 좀 올려놓았어." 잠시 후 스튜가 말했다. "가서 살펴봐야겠네."

"좋은 생각이야." 율리시스가 말했다.

스튜가 다시 모닥불로 돌아오는 것을 지켜본 뒤, 율리시스는 배터리파크에서 조지워싱턴 다리까지 죽 이어지는 도시의 불빛을 바라보았다. 그에게는 유혹하는 불빛도 아니고 편안함을 약속하는 불빛도 아니었다.

그렇지만 빌리는 형과 합의한 친구의 정의에 대해 그에게 얘기해주었고, 율리시스는 그게 타당하다고 생각했다. 자신은 맨해튼섬에서 이틀 밤을 묵게 될 것이다. 그와 빌리는 내일은 그냥 서로 아는 사람으로서 시간을 보내겠지만, 모레가 되면 친구로서 헤어질 수 있었다.

울리

차가 누나의 집 진입로에 들어섰을 때 울리는 집에 아무도 없다는 것을 알 수 있었다. 집이 비어 있을 때는 울리는 언제나 창문만 봐도 그걸 알 수 있었다. 때때로 창문을 볼 때면 그는 계단을 오르내리는 발소리나 부엌에서 셀러리 줄기를 자르는 소리 같은 집 안에서의 활동으로 일어나는 모든 소리를 들을 수 있었다. 때때로 그는 각기 다른 방에 혼자 앉아 있는 두 사람의 침묵 소리도 들을 수 있었다. 또 때로는, 지금처럼, 창문을 되돌아봄으로써 집에 아무도 없다는 것을 알 수 있었다.

울리가 엔진을 껐을 때 더치스는 휘파람을 불었다.

"여기서 몇 명이 산다고 했지?"

"누나와 매형 단둘이." 울리가 대답했다. "누나가 임신 중이긴 하지만."

"어떤 임신? 다섯 쌍둥이?"

울리와 더치스는 스튜드베이커에서 내렸다.

"노크를 해야 하나?" 더치스가 물었다.

"집 안에 아무도 없어."

"안으로 들어갈 수 있어?"

"보통 현관문은 잠그고 나가지만 차고 문은 열어두는 경우가 많아."

더치스를 뒤따라서 차고 문으로 간 울리는 더치스가 덜커덩거리는 소리를 내며 그 문을 끌어 올리는 것을 지켜보았다.

차고 안으로 들어가서 보니 첫 주차 구역 두 곳이 비어 있었다. 첫 번째 주차 구역은 누나가 주차했던 곳일 거라고 울리는 생각했다. 왜냐하면 콘크리트 바닥에 생긴 기름얼룩이 빌리의 책에 나오는 것 같은 커다란 풍선 모양을 하고 있었기 때문이다. 반면에 두 번째 구역의 기름얼룩은 신문 만화란에서 등장인물의 기분이 안 좋을 때 그 인물의 머리 위에 그려지는 조그만 먹구름처럼 보였다.

더치스가 다시 휘파람을 불었다.

"저건 뭐야." 그가 네 번째 주차 구역을 가리키며 말했다.

"캐딜락 컨버터블."

"네 매형 차?"

"아니," 울리가 다소 멋쩍어하며 말했다. "내 차야."

"네 차란 말이지!"

더치스가 과장되게 놀라는 표정을 지으며 울리 주위를 빙빙 돌았고, 울리는 그 모습을 보며 미소 지었다. 더치스는 여간해서는 놀라지 않았으므로 더치스가 놀라는 일이 생기면 울리는 언제나 미소를 짓게 되었다. 울리는 그 차를 더 잘 살펴보려고 차고를 가로질러 걷는 더치스를 뒤따랐다.

"이 차, 어디서 났어?"

"물려받았던 거 같아. 아버지에게서."

더치스는 존경스럽다는 표정을 근엄하게 지어 보였다. 그런 다음 기다란 검은색 덮개를 손으로 쓸면서 차의 옆면을 따라 걸었고, 이어 측면이 흰색인 타이어를 감탄 어린 눈으로 바라보았다.

올리는 더치스가 차를 빙 돌아 반대편으로 가지 않아서 기뻤다. 왜냐하면 반대편에는 올리가 운전을 하다 가로등에 부딪혔을 때 문짝에 생긴 찌그러진 자국이 있었기 때문이다.

'데니스'는 어느 토요일 저녁 올리가 차를 찌그러뜨리고 집에 돌아왔을 때 매우, 매우 짜증이 났다. 올리는 '데니스'가 매우, 매우 짜증이 났다는 것을 알았다. 왜냐하면 그가 얼마나 짜증이 나는지 표현하면서 정확히 그렇게 말했기 때문이다.

네가 무슨 짓을 했는지 봐. 그가 손상된 차를 노려보며 올리에게 말했다.

데니스, 누나가 끼어들었다. **당신 차가 아니잖아. 이건 올리 차라고.**

그것은 올리가 했어야 할 말이었다. 이렇게 말이다. **당신 차가 아니잖아, '데니스'. 이건 내 차라고.** 그러나 올리는 그렇게 말할 생각을 하지 못했다. 적어도 세라 누나가 그 말을 다 하기 전까지는 그렇게 말할 생각을 하지 못했다. 세라 누나는 항상 올리가 말하기 전에 상황에 꼭 맞는 말을 할 줄 알았다. 올리는 기숙학교나 뉴욕에서의 파티에서 대화를 하는 중에 종종 속으로 세라 누나가 그 자리에 있어서 자기를 대신하여 꼭 맞는 말을 해준다면 얼마나 대화가 쉬워질까 하는 생각을 했었다.

하지만 울리가 차의 문짝을 찌그러뜨린 채 집에 돌아온 그날 저녁 세라 누나가 '데니스'에게 그 차는 그의 것이 아니고 울리의 차라고 말했을 때, 그 말은 '데니스'를 더욱 짜증 나게 만들었을 뿐인 것 같았다.

이것은 그의 차라는 게 정확히 내가 말하고자 하는 요점이야. (울리의 매형은 항상 자신의 요점을 정확히 드러냈다. 그는 매우, 매우 짜증이 난 상태에서도 매우, 매우 정확했다.) 한 젊은이가 굉장히 가치 있는 것을 자신의 아버지로부터 물려받을 만큼 복을 받았다면, 그는 그걸 아주 소중히 다루어야 해. 만약 소중히 다루는 법을 모른다면 그는 그걸 가질 자격이 전혀 없는 거야.

오, 데니스, 세라가 말했다. 제길, 이건 마네 그림이 아니잖아. 이건 기계라고.

기계가 이 가족이 가진 모든 것의 토대잖아. '데니스'가 말했다.

이 가족이 갖지 못한 모든 것의 토대이기도 하고. 세라가 말했다.

또 시작이군, 울리는 빙긋 웃으며 생각했다.

"타봐도 돼?" 더치스가 차를 가리키며 물었다.

"뭘? 아, 그럼. 되고말고."

더치스는 운전석 문의 손잡이를 향해 손을 뻗었다가 머뭇거리더니 오른쪽으로 한 걸음 옮겨서 뒷문을 열었다.

"너 먼저 타." 그가 다소 과장된 동작을 지어 보이며 말했다.

울리가 뒷좌석으로 미끄러지듯 들어갔고, 뒤따라 더치스가 차에 올랐다. 더치스는 문을 닫은 다음 만족스러운 숨을 내쉬었다.

"스튜드베이커는 명함도 못 내밀겠어." 더치스가 말했다. "에밋은 이걸 타고 할리우드에 가야 하는데."

"빌리와 에밋은 샌프란시스코로 갈 거잖아." 울리가 지적했다.

"아무튼. 걔들은 캘리포니아주까지 이걸 타고 여행해야 하는데."

"빌리와 에밋이 이 캐딜락을 타고 캘리포니아주로 가고 싶어 한다면, 난 기꺼이 그렇게 해줄 수 있어."

"정말이야?"

"그보다 더 기쁜 일이 어디 있겠어." 울리가 단호히 말했다. "유일한 문제는 캐딜락이 스튜드베이커보다 훨씬 더 오래되었기 때문에 캘리포니아까지 가는 데 시간이 좀 더 걸릴 거라는 점이야."

"아마 그렇겠지." 더치스가 말했다. "그렇지만 이런 차를 타고 가는 거라면 서두를 필요가 뭐 있어?"

확인해본 결과 차고 안의 문은 잠겨 있었으므로 울리와 더치스는 다시 밖으로 나왔다. 울리는 화분 옆 현관 계단에 앉았고, 더치스는 트렁크에서 가방들을 꺼냈다.

"몇 시간 걸릴 거야." 더치스가 말했다. "너 혼자 있어도 괜찮겠지?"

"괜찮고말고," 울리가 말했다. "누나가 올 때까지 난 여기 앉아서 기다릴 거야. 누나는 틀림없이 오래지 않아 돌아올 거야."

울리는 더치스가 스튜드베이커에 올라 손을 흔들며 진입로를 빠져나가는 것을 지켜보았다. 혼자가 되자 울리는 책가방에서 여분의 약병을 꺼내어 점안기點眼器처럼 생긴 뚜껑을 열고 몇 방울을 짜서 혀끝에 떨어뜨렸다. 그러고 나서 잠시 정열적인 햇빛을 감탄스레 느껴보았다.

햇빛보다 더 정열적인 것은 없어, 그는 속으로 중얼거렸다. 그리고 초목보다 더 믿음직스러운 것은 없어.

'**믿음직스러운**'이라는 말에 울리는 갑자기 믿음의 또 다른 본보기인 세라 누나를 떠올렸다. 그는 약병을 호주머니에 넣은 다음 일어나서 화분을 들어 올렸다. 그리고 살펴보았다. 아니나 다를까, 누나 집의 열쇠가 화분 밑에서 참을성 있게 기다리고 있었다. 물론 모든 열쇠가 똑같아 보이긴 하지만, 이것이 누나 집 열쇠라는 것을 울리는 알 수 있었다. 왜냐하면 자물쇠가 열렸기 때문이다.

문을 열고 안으로 들어간 울리는 잠시 걸음을 멈추었다.

"여보세요?" 그가 소리쳤다. "여보세요, 여보세요?"

울리는 확실히 하기 위해 복도를 향해 네 번째로 여보세요를 외쳤고, 그 소리는 부엌으로 이어졌다. 그리고 또 한 번의 여보세요는 계단을 타고 올라갔다. 그런 다음 그는 누군가가 대답을 하는지 보려고 기다렸다.

기다리면서 귀를 기울이는 동안 울리는 우연히 계단 맨 밑에 있는 조그만 테이블에 전화기 한 대가 놓여 있는 것을 보았다. 윤이 나고 매끄러운 검은색 전화기는 캐딜락의 사촌 동생 같아 보였다. 전화기에서 윤이 나지 않고 매끄럽지 않고 검은색이 아닌 부분은 다이얼 한가운데에 있는 조그만 직사각형 종이였는데, 그 종이에는 섬세한 필체로 이 집의 전화번호가 쓰여 있었다. 그러므로 전화기는 그 필체의 주인공이 누구인지 정확히 알 거라고 울리는 생각했다.

울리의 여보세요에 아무도 대답하지 않자, 울리는 왼쪽의 햇빛이 비치는 커다란 방으로 걸음을 옮겼다.

"이곳은 거실이야." 그가 마치 자기 자신에게 안내를 하는 것처럼 말했다.

거실은 그가 마지막으로 여기 있었던 때 이후로 바뀐 게 별로 없었다. 할아버지의 대형 괘종시계는 여전히 태엽이 풀린 채로 창가에 놓여 있었다. 치는 사람이 없는 피아노는 여전히 구석에 있고, 읽는 사람이 없는 책들은 여전히 책꽂이에 꽂혀 있었다.

한 가지 다른 점은 마치 벽난로가 자신의 외양을 부끄러워하는 것처럼 지금은 커다란 동양식 부채*가 벽난로 앞에 놓여 있다는 점이었다. 울리는 그 부채가 항상 거기 있는 것인지, 아니면 누나가 불을 지피기 위해 겨울철에만 꺼내놓는 것인지 궁금했다. 만약 누나가 그걸 꺼내놓았다면, 원래는 어디에 두었을까? 그 부채는 너무 약하고 어색해 보였다. 어쩌면 일반 부채와 마찬가지로 접어서 서랍 속에 넣어두는지도 몰랐다.

울리는 이 생각에 만족해하며 잠시 괘종시계의 태엽을 감았다. 그런 다음 거실을 나와 탐방을 계속했다.

"이 방은 식당이야," 그가 말했다. "생일이나 공휴일 같은 때에 저녁을 먹는 곳……. 이 집에서 유일하게 문손잡이가 없고 앞뒤로 움직이는 문이지……. 여기는 부엌……. 그리고 여기는 뒤쪽 복도……. 그리고 여기는 '데니스'의 사무실인데, 아무도 들어가면 안 되는 방이야."

이런 식으로 방을 돌아다닌 울리는 순회 탐방을 마치고 다시 계단 발치에 이르렀다.

"그리고 이것은 계단." 그가 계단을 올라가면서 말했다. "여긴

---

* 접었다 폈다 하는 합죽선을 말한다.

복도. 여기는 누나와 '데니스'의 침실. 여기는 화장실. 그리고 여긴……."

울리는 약간 열려 있는 문 앞에서 걸음을 멈췄다. 그는 문을 가만히 열고 방 안으로 들어갔다. 방의 모습은 그가 예상했던 것과 같기도 하고 다르기도 했다.

왜냐하면 그의 침대가 여전히 거기 있긴 했으나 방 중앙으로 옮겨져 있었으며, 커다란 캔버스 천으로 덮여 있었기 때문이다. 우중충한 흰색 캔버스 천에는 푸른색과 회색 페인트가 쏟아지고 흩뿌려진 수많은 자국들이 마구 뒤섞여 있었다. '현대미술관'에 있는 그런 그림들과 비슷해 보이기도 했다. 울리의 와이셔츠와 재킷을 걸어두었던 옷장은 텅 비어 있었다. 옷걸이 하나 남아 있지 않았고, 위쪽 선반의 눈에 띄지 않는 곳에 숨겨둔 좀약 상자도 없었다.

그 방의 네 개의 벽 중 세 개의 벽은 여전히 흰색이었지만, 벽 하나—사다리가 서 있었던 벽—는 이제 푸른색이었다. 에밋의 차의 푸른색처럼 밝고 친근한 푸른색이었다.

그 방은 자기 방이기도 하고 아니기도 하기 때문에 울리는 옷장이 비어 있다는 사실이나 침대가 방수포로 덮여 있다는 사실을 문제 삼을 수 없었다. 어머니가 재혼하여 팜비치로 이사 갔을 때 세라 누나가 그에게 이 방을 사용하도록 해준 것이었다. 누나는 추수감사절과 부활절 휴교 기간 동안, 그리고 한 기숙학교에서 나왔으나 아직 다음 기숙학교로 전학 가기 전의 몇 주 동안 그 방을 쓰게 해주었다. 누나는 울리에게 그 방을 네 방이라고 생각하라고 따뜻하게 말해주었지만, 그는 적어도 그에게는 그 방은 영원한 방이 될 수 없다는 것을 늘 알고 있었다. 그 방은 다른 누군가의 영원한 방이 될 터였다.

방수포의 울룩불룩한 모양을 보고 울리는 침대 위에 상자 몇 개를 쌓고 나서 방수포를 덮었다는 사실을 알 수 있었다. 그래서 침대는 아주 작은 바지선 같은 외양을 하고 있었다.

울리는 먼저 그 페인트 자국이 다 말랐다는 것을 확인한 다음 방수포를 들추었다. 침대 위에는 그의 이름이 적힌 판지 상자 네 개가 놓여 있었다.

울리는 잠시 동작을 멈추고 그 필체를 감탄스레 바라보았다. 비록 그의 이름이 검은색 마커로 쓴 2인치 크기의 큼지막한 글자로 적혀 있었지만, 여전히 그것은 누나의 필체라는 것을 알 수 있었다. 전화기 다이얼에 있는 조그만 직사각형 종이에 조그만 숫자를 쓰는 데 사용된 것과 똑같은 필체였다. 사람의 필체는 크게 쓰든 작게 쓰든 똑같다는 게 재미있지 않아? 울리는 생각했다.

울리는 가장 가까이에 있는 상자를 열기 위해 손을 뻗다가 잠시 머뭇거렸다. 갑자기 물리학 수업 시간에 프릴리 선생님이 설명해주었던 '슈뢰딩거의 고양이'라는 골치 아픈 이론이 생각난 것이었다. 이 이론에서 슈뢰딩거라는 물리학자는, 상자 안에는 어떤 독극물과 함께 고양이 한 마리가 살았는지 죽었는지 모르는 불확실한 상태로 들어 있다고 상정했다(프릴리 선생님은 **'상정했다'**라는 단어를 사용했다). 그러나 관찰자가 그 상자를 열면 고양이는 살아서 그르렁거리거나 독극물로 인해 죽었거나 둘 중 하나일 것이다. 그러므로 누구든 상자를 열려는 사람은 주의해서 열어야 한다. 자기 이름이 적혀 있는 상자라 할지라도 말이다. 아니, 어쩌면 자기 이름이 적혀 있다면 더욱더 주의해야 할 것이다.

울리는 신경을 곤두세우고 상자 뚜껑을 연 다음 안도의 한숨을 내쉬었다. 상자 안에는 그의 것이기도 하고 아니기도 했던 서랍장 안에 있던 모든 옷들이 들어 있었다. 그 아래에 놓인 상자에서는 서랍장 위에 놓여 있었던 모든 것들을 발견했다. 오래된 시가 상자, 크리스마스 선물로 받았으나 한 번도 사용하지 않은 면도 후에 바르는 로션, 테니스 클럽에서 2등상으로 받은, 영원히 서브를 넣고 있을 조그만 금빛 남자가 새겨진 트로피 같은 것들이었다. 그 상자의 맨 밑에는 짙은 파란색 사전이 있었다. 울리가 맨 처음 기숙학교에 갈 때 어머니가 그에게 준 사전이었다.

울리는 사전을 꺼내서 두 손으로 마음을 든든하게 해주는 무게감을 느껴보았다. 그는 얼마나 이 사전을 사랑했던가. 왜냐하면 이것의 목적은 어떤 단어가 정확히 무슨 의미인지 말해주는 것이기 때문이었다. 단어를 골라 알맞은 페이지를 찾아가면 거기에 그 의미가 쓰여 있었다. 그리고 만약 단어의 정의 안에 모르는 단어가 나오면 그 단어를 찾아서 **그것이** 정확히 무슨 의미인지 알아낼 수 있었다.

어머니가 사전을 주었을 때, 그것은 한 세트의 일부였다. 짝을 이루는 동의어 사전과 함께 케이스에 들어 있었던 것이다. 울리는 이 사전을 좋아했던 것만큼이나 그 동의어 사전을 싫어했다. 그 사전은 생각만 해도 소름이 끼쳤다. 왜냐하면 동의어 사전의 목적은 일반 사전의 목적과 반대되는 것처럼 여겨졌기 때문이다. 그것은 단어의 정확한 의미를 말해주는 대신, 한 단어를 대신하여 쓸 수 있는 열 개의 다른 단어를 제공하기 때문이었다.

할 말이 있을 때 한 문장에 있는 각 단어에 대해 각각 열 개의 서로 다른 단어를 골라 쓸 수 있다면, 어떻게 다른 사람과 의사소통을 할 수 있을까? 가능한 경우의 수는 그로서는 상상도 못 할 정도로 많았다. 그래서 울리는 세인트폴 기숙학교에 도착한 직후 켈런벡 수학 선생님에게 가서 만약 열 단어로 된 어떤 문장이 있을 경우, 각 단어들은 다른 열 개의 단어로 대체될 수 있다고 한다면 얼마나 많은 문장이 존재할 수 있는지 물었다. 켈런벡 선생님은 1초도 망설이지 않고 칠판으로 가서 공식을 적은 다음, 재빨리 계산을 하여 울리의 질문에 대한 답이 100억이라는 것을 이론의 여지 없이 증명했다. 그러니 그런 것을 알고 나면 학기말시험의 논술 문제에서 어떻게 답을 쓰기 시작하는 것조차 가능하겠는가?

그럼에도 불구하고 세인트폴을 떠나 세인트마크 기숙학교에 입학했을 때 울리는 의무감을 느끼며 동의어 사전을 가지고 가서 책상에 내려놓았다. 그 사전은 케이스 안에 안락하게 자리 잡은 채 어떤 단어를 다른 단어로 대체할 수 있는 수만 개의 단어들로 그를 비웃었다. 이듬해 내내 그 사전은 그를 비웃고 놀리고 자극했다. 그래서 마침내 추수감사절 휴교를 코앞에 둔 어느 날 저녁에 울리는 동의어 사전을 케이스에서 꺼내어 미식축구 경기장으로 가지고 가서, 그 야비한 물건에 조정 코치의 보트에서 발견한 휘발유를 붓고 불을 붙였다.

돌이켜보면, 울리가 50야드 라인*에서 동의어 사전을 불태우겠다고 생각했다면 그것은 아주 좋은 생각이었을 것이다. 그러나 지금은 생각나지 않는 어떤 이유로 울리는 그 사전을 엔드 존**에 내

---

* 미식축구에서 골라인으로부터 50야드 떨어져 있는, 필드를 두 구역으로 나누는 선. 축구의 중앙선과 동일하다.
** 미식축구에서 엔드라인과 골라인 사이의 지역.

려놓았다. 그리고 그가 성냥을 그었을 때, 불길이 잔디밭으로 흘러
내린 휘발유 자국을 따라 번지면서 삽시간에 휘발유 통을 집어삼키
고 폭발을 일으켜 골대로 불이 옮겨 붙게 되었다.

20야드 라인까지 뒤로 물러선 울리는 처음에는 충격에 휩싸여,
그다음에는 놀라움으로 불길이 골대의 중앙 기둥으로 옮겨 붙고,
이어 두 개의 가로대로 동시에 번져나가고, 그런 다음 두 개의 골대
기둥을 타고 올라가는 것을 지켜보았다. 마침내 골대 전체가 불길
에 휩싸였다. 갑자기 그것은 전혀 골대로 보이지 않았다. 그것은 의
기양양한 모습으로 하늘을 향해 두 팔을 벌리고 서 있는 불의 정령
처럼 보였다. 그리고 그것은 매우, 매우 아름다웠다.

학교에서 징계 위원회를 열어 울리를 불렀을 때, 울리는 자기가
원했던 것은 시험을 더 잘 치르기 위해 동의어의 횡포로부터 자신
을 해방하는 것이었을 뿐이라는 점을 설명하고자 했다. 그러나 청
문회를 주재하는 학생처장은 울리에게 말할 기회를 주기 전에 울리
는 미식축구 경기장에 **불**을 지른 행위에 대해 소명하고자 참석했다
고 말했다. 잠시 후 교직원 대표 해링턴 씨는 그것을 **화마**라고 불렀
다. 그런 다음 학생회장인 던키 던클(그는 미식축구팀의 주장이기
도 했다)은 그것을 **화재**라고 불렀다. 울리는 바로 그 순간 그 자리에
서 자기가 무슨 말을 하든 그들은 모두 동의어 편을 들 것이라는 점
을 알았다.

울리는 사전을 다시 상자에 넣으면서 복도에서 조심조심 내딛는
발소리를 들었다. 몸을 돌렸을 때, 야구방망이를 들고 문간에 서 있
는 누나를 보았다.

"방을 저렇게 해놔서 미안해." 세라가 말했다.

울리와 누나는 부엌 싱크대 맞은편 구석에 있는 조그만 식탁에 앉아 있었다. 세라는 현관문이 열려 있는 것을 발견하고 야구방망이로 울리를 맞이했던 것에 대해 이미 사과했었다. 누나는 이제 울리의 방이기도 하고 아니기도 한 방을 빼앗은 것에 대해 사과하고 있었다. 세라는 울리의 가족 중에서 미안하다고 말하는, 그리고 그 말이 진심인 유일한 사람이었다. 울리가 보기에 누나의 유일한 문제는 미안하다고 말할 이유가 전혀 없는데도 종종 미안하다고 말하는 것이었다. 바로 지금처럼.

"아냐, 아냐," 울리가 말했다. "나한테 미안해할 필요는 없어. 그 방이 아기방이 되면 아주 좋을 거야."

"우린 네 물건을 뒤쪽 계단 옆에 있는 방으로 옮기는 게 좋겠다고 생각했어. 그 방을 쓰면 네 사생활이 더 많이 지켜질 것이고, 네가 원하는 대로 오가는 것도 한결 쉬워질 거야."

"알았어," 울리가 동의했다. "뒤쪽 계단 옆 방이면 아주 좋지."

울리는 웃는 얼굴로 두 번 고개를 끄덕인 다음 식탁을 내려다보았다.

2층에서 세라 누나는 울리를 안아준 뒤 배고프지 않느냐고 물었고, 샌드위치를 만들어주겠다고 했다. 그래서 지금 울리 앞에 두 개의 삼각형으로 자른 구운 치즈 샌드위치가 놓여 있었는데, 하나는 저쪽을 가리키고 하나는 이쪽을 가리켰다. 삼각형을 보고 있는 동안 울리는 누나가 자신을 바라보고 있다는 것을 알 수 있었다.

"울리," 누나가 잠시 후 말했다. "이곳에서 뭘 할 거니?"

울리는 고개를 들었다.

"어, 모르겠어." 그가 웃으며 말했다. "그냥 슬렁슬렁 돌아다니지 뭐. 여기저기 구경하면서. 있잖아 누나, 내 친구 더치스와 나는 설라이나 소년원에서 휴가를 얻었어. 그래서 우린 가볍게 여행하면서 몇몇 친구와 가족들을 만나보기로 했어."

"울리……."

세라는 한숨을 쉬었다. 하지만 한숨 소리가 너무 나직해서 울리는 거의 듣지 못했다.

"지난 월요일에 어머니에게서 전화를 받았어. 어머니는 원장님으로부터 연락을 받고 내게 전화하신 거야. 그러니 나는 네가 휴가를 받지 않았다는 걸 알고 있어."

울리는 다시 샌드위치를 내려다보았다.

"그렇지만 난 원장님과 직접 통화해보려고 전화를 걸었어. 그곳에서 넌 모범적인 원생이었다더구나. 네 형기가 5개월밖에 남지 않았다는 것을 알고는 만약 네가 자진해서 바로 돌아온다면 최대한 선처하겠다고 하셨어. 내가 원장님에게 전화해도 되겠니, 울리? 원장님에게 전화해서 네가 그곳으로 돌아가는 중이라고 말해도 돼?"

울리는 접시를 돌렸다. 그래서 저쪽을 가리키던 구운 치즈 삼각형은 이제 이쪽을 가리켰고, 이쪽을 가리키던 구운 치즈 삼각형은 이제 저쪽을 가리켰다. 원장은 어머니에게 전화를 했고, 어머니는 세라 누나에게 전화를 했고, 누나는 원장에게 전화를 했구나, 울리는 생각했다. 그리고 활짝 웃었다.

"이거 생각나?" 그가 물었다. "우리가 전화 놀이를 했던 때가 생각나? 별장 거실에서 우리 모두 함께 전화 놀이를 하곤 했잖아?"

잠시 세라는 무척 서럽고 슬픈 듯한 표정으로 올리를 바라보았다. 그러나 그것은 아주 잠깐일 뿐이었다. 그녀는 이내 특유의 미소를 떠올렸다.

"생각나."

올리는 의자에 똑바로 앉으며 그들 두 사람을 위해 기억을 떠올리기 시작했다. 그는 외우는 데는 소질이 없었지만 기억하는 데는 매우 뛰어났기 때문이다.

"가장 어린 내가 항상 맨 먼저 시작했어." 그가 말했다. "나는 다른 사람이 내 말을 듣지 못하게 손으로 입을 가린 채 누나 귀에 대고 이렇게 속삭였지. **그 선장들은 보트에서 재미있는 카드놀이를 즐겼대요.** 그러면 누나는 케이틀린 누나의 귀에 대고 그 말을 속삭였고, 케이틀린 누나는 아버지에게 속삭이고, 아버지는 사촌 퍼넬러피에게, 사촌 퍼넬러피는 루시 고모에게 속삭였어. 그런 식으로 한 바퀴 죽 돌아서 마지막으로 어머니에게 이르렀지. 그러면 어머니는 이렇게 말했어. **그 선생들은 부두에서 제일 먼저 그리운 노래를 불렀대요.**"

엉뚱한 대답을 하지 않을 수 없었던 어머니를 떠올리며 두 남매는 오래전 그 시절만큼이나 크게 웃음을 터뜨렸다.

그러고 나서 둘 다 조용해졌다.

"어떻게 지내셔?" 올리가 샌드위치를 내려다보며 물었다. "어머니는 어떻게 지내셔?"

"잘 지내고 계셔." 세라가 말했다. "내게 전화했을 때, 어머니는 이탈리아로 가는 중이었어."

"리처드와 함께."

"그분은 어머니의 남편이야, 울리."

"그래, 그래," 울리는 동의했다. "물론이지, 물론이지, 물론이지. 더 부유할 때나 더 가난할 때나. 아플 때나 건강할 때나. 그리고 죽음이 그들을 갈라놓을 때까지……. 그러나 1분도 지나지 않아서……."

"울리……. 그건 1분이 아니었어."

"알아, 알아."

"아버지가 돌아가신 지 4년 후였어. 그리고 넌 학교에 가 있고 케이틀린과 나는 결혼을 해버려서 어머니는 늘 혼자였단 말이야."

"알아." 그가 다시 말했다.

"리처드를 좋아할 필요는 없어, 울리. 그렇지만 어머니가 사람을 만나 안락하게 지내는 것을 못마땅해하면 안 돼."

울리는 누나를 바라보면서 생각했다. **어머니가 사람을 만나 안락하게 지내는 것을 못마땅해하면 안 돼.** 그리고 그는 만약 자기가 그 문장을 세라 누나에게 속삭이고, 세라 누나는 케이틀린 누나에게 속삭이고, 케이틀린 누나는 아버지에게 속삭이는 식으로 한 바퀴 빙 돌아서 마지막으로 어머니에게 이르면 어떤 문장이 되어 있을까, 하는 생각을 해보았다.

더치스

    법원 근처에서 만난 카우보이나 구약성경 애컬리의 경우에는 결산을 하는 것이 아주 쉬웠다. 그들은 1 빼기 1이나 5 빼기 5 같은 단순한 방식이면 되었다. 그러나 타운하우스의 경우에는 셈법이 좀 더 복잡했다.

    내가 〈혼도〉* 참사에 대해 타운하우스에게 빚을 지고 있다는 것은 의심할 여지가 없었다. 내가 그날 밤 비를 내리게 한 것도 아니고, 결코 경찰관한테서 차를 얻어 타려 한 것도 아니었지만, 그렇다고 해서 그 점이 내가 감자밭을 가로질러 걸어서 숙소로 돌아갔더라면 타운하우스는 팝콘을 먹으며 영화를 본 다음 들키지 않고 숙소로 들어올 수 있었을 거라는 사실을 바꾸지는 못했다.

    대견스러운 것은 타운하우스는 그걸 크게 문제 삼지 않았다는 사

---

* 소년원을 빠져나가 타운하우스와 함께 보려고 했던 존 웨인 주연의 영화 제목.

실이었다. 애컬리에게 회초리를 맞은 뒤에도 그랬다. 내가 사과하려 했을 때도 그는 어깨를 으쓱하며 대수롭지 않게 넘겼다. 마치 자신이 맞을 짓을 했든 안 했든 수시로 매를 맞을 거라고 생각하게 된 사람처럼 말이다. 그럼에도 나는 그가 갑자기 상황이 바뀐 그 일에 대해 별로 유쾌하게 여기지 않는다는 것을 알 수 있었다. 입장이 바뀌었다면 내가 그랬을 것처럼 그도 기분이 언짢았던 것이다. 그래서 그가 매를 맞은 대가로 나는 그에게 빚을 지고 있다는 것을 알았다.

그런데 토미 라듀와 관련된 일이 그 셈법을 복잡하게 만들었다. 1930년대에 오클라호마주를 떠날 만한 감각이 없었던 오클라호마주 출신 이동 농업 노동자[*]의 아들인 토미 라듀는 작업복을 입고 있지 않을 때조차도 작업복을 입고 있는 것처럼 보이는 부류의 남자였다.

타운하우스가 에밋의 옆 침대를 쓰는 동료로 우리 4호 숙소에 합류했을 때, 토미는 타운하우스를 별로 달가워하지 않았다. 그는 자신이 오클라호마 사람으로서 흑인은 흑인들만의 숙소에 별도로 수용되어야 하고, 그들만의 식탁에서 같은 흑인들과 함께 식사를 해야 한다는 생각을 가지고 있다고 했다. 농가 앞에서 찍은 토미의 가족사진을 보면 오클라호마의 라듀네 집안사람들은 흑인들이 떠나지 않도록 하려고 무슨 노력을 그리도 열심히 기울였을까 하는 생각이 들게 했지만, 토미에게는 그런 생각이 들지 않는 모양이었다.

그 첫날 밤, 타운하우스가 새로 지급받은 옷을 자신의 사물함에 넣고 있을 때 토미가 몇 가지 사항을 명확히 하고자 한다며 그에게

[*] 대공황기인 1930년대에 건조 지대인 오클라호마주는 긴 가뭄으로 고통을 겪었고, 이로 인해 많은 사람들이 이곳을 떠났다.

로 다가왔다. 토미는 다음과 같이 말했다. 타운하우스는 자기 침상으로 왔다 갔다 할 수는 있지만, 이 숙소의 서쪽 절반 구역에는 발을 들여놓지 않기를 바란다. 화장실에 네 개의 세면대가 있는데, 타운하우스는 문에서 가장 먼 쪽의 세면대만 사용해야 한다. 그리고 눈을 마주치는 것에 대해 말하자면, 가능한 한 눈을 마주치지 않는 것이 좋을 것이다.

타운하우스는 스스로를 돌볼 수 있는 사람으로 보였지만, 그럼에도 에밋은 그런 말을 참을 수 없었다. 에밋은 토미에게 입소자는 똑같은 입소자고, 세면대는 세면대이며, 타운하우스는 우리 모두와 마찬가지로 자유롭게 숙소를 돌아다닐 수 있다고 말했다. 만약 토미가 에밋보다 2인치쯤 키가 크고 20파운드쯤 체중이 더 나가고 두 배쯤 더 용기가 있었다면 그는 에밋을 향해 주먹을 날렸을지도 모른다. 그러나 그는 주먹을 날리는 대신 울화를 달래기 위해 숙소의 서쪽 절반 구역으로 돌아갔다.

교화 농장에서의 생활은 원생의 생각을 무디게 할 의도로 설계되었다. 원생들은 새벽에 깨어나 해 질 녘까지 일하고, 30분 동안 저녁을 먹고, 30분 동안 정리하고 준비하고 나면 소등과 함께 하루를 끝내게 된다. 센트럴파크의 곁눈 가리개를 한 말처럼 원생들은 자기 앞의 두 걸음 이상을 보지 못하도록 짜여 있었다. 그러나 순회공연단과 함께 생활하면서 자란 아이라면, 다시 말해서 소소하게 사기를 치고 좀도둑질을 하면서 자란 아이라면, 결코 자신을 **그렇게** 부주의하게 내버려두지 않을 것이다.

여기 적절한 사례가 있다. 나는 토미가 그와 생각이 비슷한 조지아주 메이컨 출신 경비원 보 핀레이와 친한 사이가 되었다는 것을 알아챘다. 나는 그들이 흑인들뿐 아니라 흑인들에게 우호적인 백인 들까지도 비난하는 것을 우연히 엿들었다. 어느 날 밤, 나는 보가 부 엌 뒤에서 두 개의 길쭉한 푸른색 상자를 토미의 손에 쥐어주는 것 을 보았다. 그리고 새벽 2시에 숙소 안에서 토미가 그것을 타운하우 스의 사물함에 넣기 위해 발끝으로 살금살금 걸어가는 것을 지켜보 았다.

그러므로 아침 사열 시간에 구약성경 애컬리가—그는 보와 다른 두 명의 경비원을 대동했다—누군가가 식품 저장실에서 물건을 훔 쳤다고 큰 소리로 알렸을 때, 나는 특별히 놀라지 않았다. 그가 곧장 타운하우스한테로 걸어가서 소지품을 깨끗이 정리된 침대 위로 꺼 내놓으라고 명령했을 때도 나는 놀라지 않았다. 그리고 타운하우스 의 사물함에서 나온 거라곤 그의 옷가지뿐이었을 때도 나는 당연히 놀라지 않았다.

놀란 사람은 보와 토미였다. 너무 놀란 나머지 그들은 서로 모른 척해야 한다는 분별력을 상실하고 서로를 쳐다보았다.

보는 자제력이 없는 우스꽝스러운 모습을 보이며 사실상 타운하 우스를 무시한 채 매트리스 밑에 무엇이 숨겨져 있는지 보려고 매 트리스를 뒤집었다.

"그 정도면 됐어." 원장이 별로 달갑지 않은 표정으로 말했다.

바로 그때 내가 입을 열었다.

"애컬리 원장님?" 내가 말했다. "식품 저장실의 물건이 도난당했 고, 어떤 무뢰한이 범인은 4호 숙소에 기거한다고 주장함으로써 우 리의 명예를 욕되게 했다면, 원장님께서는 우리의 사물함을 낱낱이 다 수색해야 한다고 생각합니다. 그것만이 우리의 명예를 회복하는 유일한 방법이니까요."

"무엇을 어떻게 할 것인지는 우리가 결정할 거야." 보가 말했다.

"무엇을 어떻게 할 것인지는 **내가** 결정해." 애컬리가 말했다. "다 열어봐."

애컬리의 지시에 따라 경비원들은 이 침상에서 저 침상으로 움직이면서 모든 사물함을 열고 내용물을 쏟아부었다. 그리고 자, 보시라. 그들이 토미 라듀의 사물함 바닥에서 발견한 것은 다름 아닌 새 오레오 쿠키 상자였다.

"넌 이것에 대해 무슨 말을 하겠니?" 애컬리가 꼼짝 못 할 증거물인 그 쿠키를 들고 토미에게 말했다.

현명한 청년이라면 자신의 입장을 고수하며 결코 그 연푸른색 상자를 본 적이 없다고 항변했을 것이다. 약삭빠른 청년이라면 자신감을 가지고서 기술적으로 솔직하게 딱 잘라 이렇게 말했을 것이다. **저는 그 쿠키를 제 사물함에 넣지 않았어요.** 그러나 그는 그런 식으로 대답하지 못했다. 토미는 박자에 맞추어 도리질을 하듯 원장과 보를 연신 번갈아 쳐다보면서 식식거리며 말했다.

"만약 제가 그 오레오를 훔친 사람이라면, **다른 하나의** 상자는 어디 있어요!"

오, 주여.

그날 밤, 토미가 형벌방에서 진땀을 흘리고 보가 거울을 들여다보며 뭐라고 중얼거리고 있을 때, 4호 숙소의 모든 아이들이 내 주위에 모여 도대체 무슨 일이 일어난 거냐고 물었다. 나는 그들에게 말해주었다. 토미가 보에게 접근하여 친한 사이가 된 것, 부엌 뒤에서 물건을 주고받는 두 사람의 수상쩍은 행동, 한밤중에 그 증거물을 사물함에 넣는 행위 등 내가 보았던 것을 그들에게 얘기해주었다.

"그런데 어떻게 타운하우스의 사물함에 있던 쿠키가 토미의 사물함으로 들어가게 되었을까?" 어떤 반편이가 때맞춰 그렇게 물었다.

나는 대답하는 대신 내 손톱을 들여다보았다.

"그냥 쿠키가 스스로 걸어가지는 않았다고만 해둘게."

이 말에 아이들이 모두 다 깔깔깔 웃었다.

그때 결코 과소평가할 수 없는 울리 마틴이 적절한 질문을 했다.

"보가 토미에게 쿠키를 두 상자 주었고 한 상자는 토미의 사물함에서 나왔다면, 다른 한 상자는 어떻게 된 거야?"

숙소의 벽 중앙에는 우리가 지켜야 할 모든 규칙과 규정을 적어놓은 커다란 녹색 칠판이 있었다. 나는 그 칠판 뒤로 손을 뻗어 길쭉한 푸른색 상자를 꺼내서 과장된 동작으로 그걸 보여주었다.

"자, 이걸 봐!"

그러고 나서 쿠키를 돌리고 식식거리며 말하던 토미의 모습과 매트리스를 뒤집던 보의 행동을 두고 신나게 웃으며 모두 함께 즐거운 시간을 가졌다.

그러나 웃음이 가라앉자 타운하우스는 고개를 저으며 내가 큰 모험을 한 거라고 말했다. 그 말에 모두들 호기심 어린 표정으로 나를 바라보았다. 그들은 내가 왜 그런 일을 했는지 갑자기 궁금해진 것이었다. 왜 잘 알지도 못하는 숙소 동료를 위해서 토미와 보를 화나게 하는 위험을 감수했을까? 그것도 흑인 동료를 위해서.

이어진 침묵 속에서 나는 칼자루에 손을 얹은 듯한 모습으로 동료들의 얼굴을 하나하나 살펴보았다.

"내가 모험을 했다고?" 내가 말했다. "친구들, 오늘 일은 내가 모험을 한 게 아니라, 모험이 나에게 **주어진** 거라네. 우리는 각기 다른 죄를 저지르고 각기 다른 형기를 보내기 위해 각기 다른 지역에서 왔어. 그러나 공동의 시련에 직면하면, 우리에게는 한마음으로 뭉치는 사람이 될 수 있는 기회가—흔치 않은 소중한 기회가—주어지지. 우리는 운명이 우리 발 앞에 내려놓는 것을 회피하면 안 돼. 우린 그걸 깃발처럼 들고서 난국을 뚫고 나아가야 해. 수년 뒤에 지금 이때를 돌이켜보면서, 비록 단조롭고 고된 나날을 보내야 하는 운명에 처해졌지만 우리는 거기에 굴하지 않고 어깨를 나란히 하며 용감하게 맞섰다고 말할 수 있도록 말이야. 몇 안 되는 우리, 행복한 소수인 우리, 우리는 한 형제들인 거야."✦

여러분은 그들을 보았어야 했다!

그들은 정말로 온전히 몰입하여 나의 한 마디 한 마디에 귀를 기울였다. 그리고 내가 옛 표현인 그 '**한 형제들**'이라는 말로 그들을 묘사하자 그들은 열렬한 환호성을 질렀다. 만약 아버지가 거기 있었다면 나를 자랑스러워했을 것이다. 아버지가 질투하는 성격만 아니었다면 말이다.

그들은 서로 등을 토닥이며 격려한 뒤 얼굴에는 미소를 띠고 배 속에는 쿠키를 담은 채로 각자의 침상으로 돌아갔다. 그러고 났을 때 타운하우스가 다가왔다.

"난 너에게 빚을 졌어." 그가 말했다.

그리고 그 말은 옳았다. 그는 나에게 빚을 졌다.

우리가 한 형제라 할지라도 말이다.

✦ 셰익스피어 『헨리 5세』 4막 3장에 나오는 구절.

그 이후 많은 시간이 흘렀지만 문제는 여전히 남아 있었다. 그는 나에게 **얼마나** 빚을 졌는가? 만약 애컬리가 그 쿠키를 타운하우스의 사물함에서 발견했다면 토미 대신 타운하우스가 형벌방에서 진땀을 흘렸을 것이다. 그것도 이틀 밤 대신 나흘 밤을 말이다. 그것은 내 계정의 대변貸邊에 속하는 게 맞지만, 그러나 대변이긴 해도 타운하우스가 등짝에 맞은 여덟 대의 회초리를 상쇄하기에는 충분치 않다는 것을 나는 알고 있었다.

그것이 바로 내가 헤이스팅스온허드슨에 있는 울리 누나의 집에 울리를 두고 떠나올 때 곰곰이 생각했던 것이고, 할렘까지 오는 동안 줄곧 생각했던 것이었다.

━━━

언젠가 타운하우스가 자기는 126가에 산다고 말했는데, 그곳을 찾아가는 것은 아주 쉬워 보였다. 그러나 나는 그 거리를 여섯 번이나 반복해서 운전하고 나서야 그를 찾을 수 있었다.

그는 적갈색 사암으로 지은 집의 현관 계단 꼭대기에 앉았고, 그의 똘마니들이 가까이에 모여 있었다. 길 건너편 연석 옆에 차를 세운 나는 앞 유리를 통해 그 모습을 지켜보았다. 타운하우스의 아래쪽 계단에는 크고 뚱뚱한 친구가 얼굴에 미소를 머금고 앉았고, 그 아래 계단에는 주근깨가 있는 희멀건 피부의 흑인이 앉았으며, 맨 밑 계단에는 10대 초반의 남자아이 두 명이 앉아 있었다. 조그만 소대처럼 배치되었다고 나는 생각했다. 대위인 소대장이 맨 위에 앉고, 그다음에 중위, 소위, 두 명의 사병 순으로 앉은 것처럼 보였다.

그러나 순서는 타운하우스가 맨 밑 계단에 있는 식으로 바뀔 수도 있을 것이고, 그렇다 해도 그는 여전히 나머지 사람들을 통솔하는 위치에 있을 것이다. 그 모습을 보자, 타운하우스가 캔자스주 설라이나에 있는 동안 그들은 무엇을 하며 지냈을까 하는 궁금증이 일었다. 아마도 그들은 손톱을 물어뜯으면서 타운하우스가 풀려나려면 얼마나 남았는지 계산하며 시간을 보냈을 것이다. 이제 타운하우스가 돌아와 다시 책임을 맡게 되자 그들은 짐짓 무관심한 태도를 보이며 지나가는 사람들에게 자기들은 날씨에 무관심한 것만큼이나 자신들의 미래에 대해서도 별 관심이 없다는 것을 광고하고 있었다.

길을 건너 다가가자 10대 초반의 아이 두 명이 일어나서 마치 나에게 암호를 대라고 할 것처럼 내 쪽으로 한 걸음 내디뎠다.

나는 그들의 얼굴 너머를 바라보면서 미소 띤 표정으로 타운하우스에게 말했다.

"그래, 이것이 내가 계속 들어온 가장 위험한 길거리 갱단인 거야?"

타운하우스는 나를 알아본 순간, 거의 에밋이 그랬던 것만큼이나 깜짝 놀란 것 같았다.

"이런이런." 그가 말했다.

"이 깐죽이 알아요?" 주근깨 얼굴이 물었다.

"여긴 웬일이야, 더치스?"

"널 만나러 왔지."

"왜?"

"이리로 내려오면 설명해줄게."

"타운하우스는 누가 오란다고 해서 현관 계단을 내려가지 않아."
주근깨가 말했다.

"닥쳐, 모리스." 타운하우스가 말했다.

나는 동정심을 느끼며 모리스를 바라보았다. 그는 의무를 다하는 충실한 조직원이고자 했을 뿐이었다. 그가 이해하지 못한 것은, 그가 **"타운하우스는 누가 오란다고 해서 현관 계단을 내려가지 않아"**라고 말하면 타운하우스는 내려가지 않을 수 없게 된다는 점이었다. 왜냐하면 타운하우스는 나 같은 사람의 지시는 받아들이지 않을 수도 있지만, 자신의 부하의 지시는 받아들일 수 없기 때문이다.

타운하우스가 일어서자 마치 모세를 위해 홍해가 열리듯이 소년들이 그를 위해 길을 터주었다. 그가 인도로 내려왔을 때 나는 그를 보게 되어 너무 좋다고 말했으나 그는 그저 고개를 젓기만 했다.

"무단이탈?"

"말하기 나름이지. 울리와 나는 북부에 있는 울리 가족의 집으로 가고 있는 중이야."

"울리가 너랑 함께 있어?"

"그래. 울리도 널 보고 싶어 할 거야. 우린 내일 저녁 6시 서커스를 보러 갈 거야. 너도 같이 가지 않을래?"

"서커스는 내 취향이 아니야, 더치스. 그렇지만 아무튼 울리에게 안부 전해줘."

"그럴게."

"자, 그럼," 타운하우스가 잠시 후에 말했다. "네가 날 보러 할렘까지 올 만큼 중요한 일이 뭔데?"

나는 뉘우치는 사람처럼 어깨를 으쓱해 보였다.

"〈혼도〉 참사 때문이야."

타운하우스는 내가 무슨 말을 하는지 모르겠다는 표정으로 쳐다보았다.

"너도 알잖아. 우리가 설라이나에서 비 오는 날 밤 보러 갔던 존 웨인 영화. 그 일로 네가 매질을 당했기 때문에 난 미안한 마음을 가지고 있어."

매질이라는 말에 타운하우스 부하들의 심드렁한 태도가 돌변했다. 마치 한 줄기 전기가 현관 계단을 타고 위로 뻗쳐 올라간 것만 같았다. 덩치 큰 친구는 조금 전에 자리를 옮겼기 때문에 방전이 되어서 다시 온전히 충전된 느낌을 가질 수 없는 것 같았지만, 모리스는 벌떡 일어났다.

"매질?" 덩치 큰 친구가 웃으며 물었다.

타운하우스가 덩치 큰 친구에게도 닥치라고 말하고 싶어 한다는 걸 알 수 있었지만, 그는 계속 나에게 시선을 고정하고 있었다.

"더치스, 내가 매질을 당했든 안 당했든 네가 걱정할 문제는 아닌 것 같은데."

"넌 독립적인 사람이야, 타운하우스. 내가 이런 말 하는 게 처음인 것 같다. 하지만 사실을 직시하기로 하자. 네가 매질을 당했든 안 당했든, 내가 경찰관이 모는 차를 얻어 타지 않았다면 넌 얻어맞을 필요가 없었을 거야."

이 말이 또다시 한 줄기 전기를 현관 계단 위로 쏘아 보냈다.

타운하우스는 크게 심호흡을 하고 나서 마치 지금보다 단순했던 시절을 돌아보듯 회상에 잠긴 표정으로 거리를 가만히 응시했다. 그러나 내 말을 반박하지는 않았다. 반박할 것이 없었기 때문이다.

라자냐를 구운 사람은 나였고, 설거지를 한 사람은 그였다. 아주 단순한 사실이었다.

"이제 어떻게 할 거야?" 잠시 후 그가 물었다. "설마 사과하려고 여기까지 온 건 아니겠지?"

나는 웃었다.

"아니, 난 사과엔 큰 관심이 없어. 사과는 늘 동작이 너무 굼떠서 쓸모없는 것 같아서 말이야. 내가 생각하는 것은 좀 더 구체적인 거야. 예컨대 빚 정산하기 같은 거."

"빚 정산하기?"

"그래."

"어떻게 하는 건데?"

"그 영화만의 문제라면 네가 매질당한 것만큼 나한테 되갚아주면 될 거야. 8 빼기 8을 하면 우리의 정산은 끝나는 거지. 문제는 너도 나한테 그 오레오 사건으로 빚을 지고 있다는 점이야."

"오레오 사건?" 덩치 큰 친구가 더욱더 큰 미소를 띠고 말했다.

"매질과 동등한 가치를 지니지는 않겠지만, 그것도 어느 정도는 계산해줘야 할 거야." 나는 말을 계속했다. "8 빼기 8 같은 상황은 아닐 테고, 그보다는 8 빼기 5 정도가 더 적절할 것 같아. 그러니까 네가 나를 세 대 때리면 우린 수지 균형을 맞추게 될 거야."

계단에 있는 모든 남자애들은 다양한 모습으로 믿지 못하겠다는 표정을 지으며 나를 쳐다보고 있었다. 명예로운 행동은 그렇게 하는 방법이 있다는 것을 평범한 사람들에게 알려준다.

"너, 싸우고 싶은 거야?" 타운하우스가 말했다.

"아니," 나는 손사래를 치며 말했다. "**싸움**이 아니야. 싸움은 나도 반격할 거라는 의미를 내포하고 있어. 내가 하려는 것은 여기 가만히 서서 네가 날 때리게 하는 거야. 대항하지 않고."

"내가 널 **때리게** 할 거란 말이지."

"세 대." 내가 강조했다.

"젠장, 뭐 하자는 거지?" 모리스가 말했다. 그의 불신감은 일종의 적대감으로 바뀌었다.

그러나 덩치 큰 친구는 몸을 부르르 떨면서 소리 없이 크게 웃었다. 잠시 후 타운하우스가 그에게로 고개를 돌렸다.

"어떻게 생각해, 오티스?"

오티스는 눈가의 눈물을 닦으며 고개를 저었다.

"모르겠어요, 티*. 한편으론 미친 짓으로 보여요. 그렇지만 달리 생각하면 백인 사내가 형님한테 자기를 때려달라고 부탁하기 위해 캔자스주에서 여기까지 왔다면, 형님은 저 사람이 원하는 대로 해 줘야 한다고 생각해요."

오티스가 자기 식으로 다시 소리 없이 웃기 시작하자 타운하우스는 그냥 고개를 젓기만 했다. 그는 그러고 싶어 하지 않았다. 나는 그걸 알 수 있었다. 여기에 우리 둘만 있다면 그는 일을 매듭짓지 않은 채로 나를 돌려보냈을 것이다. 그러나 모리스는 이제 그것이 자기 일인 양 분개한 표정으로 나를 노려보고 있었다.

"형이 저 사람을 때리지 않겠다면 내가 때릴게요." 모리스가 말했다.

이 자식, 또 시작이군, 나는 생각했다. 모리스는 명령 계통을 이해

✦ 타운하우스를 이니셜 T로 부르고 있다.

하지 못하는 것 같았다. 게다가 나를 때리겠다고 자청했을 때 그는 허세를 부린 것이었다. 타운하우스가 그를 제지한 이유도 그는 그럴 깜냥이 안 되기 때문인 것 같았다.

타운하우스는 아주 천천히 모리스에게 고개를 돌렸다.

"모리스," 그가 말했다. "네가 내 사촌이라서 함부로 입을 놀려도 봐줄 거라 생각한다면 오판이다."

그 말에 모리스의 얼굴이 화끈 달아올라서 그의 주근깨가 거의 보이지 않게 되었다. 모리스는 이제 지금보다 더 단순했던 시절을 동경하듯 거리를 응시했다.

모리스가 나머지 사람들 앞에서 그토록 굴욕을 당하는 모습을 보게 되자 나는 조금 안쓰러운 생각이 들었다. 하지만 나는 또한 그가 지각없는 행동으로 타운하우스의 화를 돋웠다는 사실도 알 수 있었다.

나는 타운하우스를 향해서 턱을 내밀고 손가락으로 그 턱을 가리켰다.

"여길 치기만 하면 돼, 티. 넌 잃을 게 없잖아."

내가 그를 티라고 부르자 타운하우스는 예상한 대로 얼굴을 찡그렸다.

타운하우스를 무례하게 대할 생각은 전혀 없었지만, 내 앞에 놓인 도전 과제는 그로 하여금 첫 번째 주먹을 휘두르게 하는 것이었다. 그가 일단 첫 주먹을 휘두르게 되면 나머지 주먹을 휘두르는 것은 어렵지 않으리라는 것을 나는 알고 있었다. 그가 비록 매질을 당한 것에 대해 불평하지는 않았지만, 그렇다 해도 약간의 분한 감정은 남아 있을 거라고 확신했기 때문이다.

"자, 어서." 나는 그렇게 말하면서 한 번 더 그를 티라고 불러야겠다고 마음먹었다.

그러나 내가 그렇게 부르기 전에 그가 주먹을 날렸다. 주먹은 예상했던 자리에 정확히 꽂혔으나, 그가 주먹에 온 힘을 싣지 않은 듯 겨우 나를 두세 걸음 뒤로 물러나게 했을 뿐이었다.

"잘했어," 내가 격려하듯이 말했다. "꽤 괜찮았어. 그렇지만 이번엔 조 루이스*처럼 크게 한 방 날려보지 그래."

그는 바로 그렇게 했다. 말하자면, 나는 주먹이 날아오는 것도 보지 못했다. 한순간 나는 그를 부추기며 서 있었는데, 다음 순간 길바닥에 쓰러진 채 이상한 냄새가 나는 것을 느끼고 있었다. 두개골이 덜컹였을 때에만 맡게 되는 냄새였다.

나는 두 손을 콘크리트 바닥에 대고 몸을 일으켜 세웠다. 그런 다음 다시 주먹이 정확히 꽂힐 자리로 돌아갔다. 전에 에밋이 그랬던 것처럼.

10대 초반의 아이들은 거의 펄쩍펄쩍 뛰고 있었다.

"한 방 더 먹여요, 타운하우스." 그들이 소리 질렀다.

"저 사람이 그걸 부탁했잖아요." 모리스가 웅얼웅얼 말했다.

"오, 성모님." 오티스가 여전히 불신감이 깃든 표정으로 말했다.

비록 네 사람이 다 한꺼번에 말했지만 나는 그들이 하는 말을 각기 혼자서 말하는 것처럼 또렷이 들을 수 있었다. 그러나 타운하우스는 그러지 못했다. 그는 지금 126가에 있지 않았기 때문에 그들의 말을 전혀 듣지 못했다. 그는 설라이나로 돌아가 있었다. 두 번

✦ 오랫동안 세계 헤비급 챔피언으로 군림한 미국의 권투 선수.

다시 생각하지 않겠다고 맹세했던 그 순간으로 돌아가 있었다. 우리들이 지켜보는 가운데 등짝에 애컬리의 회초리를 맞았던 그때로 돌아가 있었다. 지금 타운하우스를 불타오르게 하는 것은 정의의 불길이었다. 상처 입은 영혼을 달래고 기록을 바로잡는 정의의 불길이었다.

세 번째 주먹은 어퍼컷이었는데, 나를 길바닥에 납작하게 때려눕혔다.

정말 아름다운 펀치였다.

타운하우스는 크게 힘을 쓴 탓에 몸을 약간 들썩이며 두 걸음 뒤로 물러섰다. 그의 이마에서 땀이 흘러내렸다. 그러더니 그는 꼭 필요한 조처라는 듯이 한 걸음 더 뒤로 물러났다. 마치 나와 가까이 있으면 나를 때리고 때리고 또 때려서 결국 때리는 걸 멈출 수 없게 될까 봐 걱정하는 듯한 모습이었다.

나는 우호적인 모습으로 손을 흔들어 이제 끝났다는 것을 나타냈다. 그런 다음 머리에서 피가 급격히 쏠리지 않도록 조심스럽게 시간을 끌다가 다시 일어났다.

"바로 그거였어." 나는 길바닥에 피를 좀 뱉고 난 뒤 빙긋 웃으며 말했다.

"이제 우린 셈이 다 끝난 거야." 타운하우스가 말했다.

"이제 우린 셈이 다 끝났어." 내가 동의했다. 그러고 나서 손을 내밀었다.

타운하우스는 잠시 그 손을 응시했다. 그런 다음 내 손을 꽉 잡고 내 눈을 마주 보았다. 마치 우리는 몇 세대에 걸친 불화 끝에 막 휴전협정에 서명한 두 나라의 대통령 같은 모습이었다.

그 순간 우리 둘 다 나머지 남자애들보다 더 뛰어난 사람이 되었고, 그들도 그것을 알았다. 오티스와 10대 초반 아이들의 얼굴에 나타난 존경의 표정과 모리스의 얼굴에 나타난 낙담한 표정에서 그걸 알 수 있었다.

나는 모리스가 안쓰러웠다. 남자다운 남자도 아니고 아이 같은 아이도 아니고 온전한 흑인도 아니고 온전한 백인도 아닌 모리스는 이 세상에서 자기 자리를 찾을 수 없을 것만 같았다. 그래서 나는 손으로 친근하게 그의 머리를 헝클어뜨리며 언젠가는 모든 게 다 잘될 거라고 확실히 말해주고 싶었다. 그러나 이제 가봐야 할 시간이었다.

나는 타운하우스의 손을 놓으며 고맙다는 표정을 지어 보였다.

"나중에 보자, 친구." 내가 말했다.

"물론 그래야지." 타운하우스가 말했다.

카우보이나 애컬리와 수지 균형을 맞추었을 때도 나는 정의의 저울의 균형을 맞추는 데 작은 역할이나마 하고 있다는 것을 알고 상당히 기분이 좋았다. 그러나 그런 기분은 타운하우스로 하여금 나에 대한 앙금을 청산하게 한 뒤에 느꼈던 만족감에 비하면 아무것도 아니었다.

아그네스 수녀는 선행은 습관성이 될 수 있다고 늘 얘기했다. 수녀의 말이 옳은 것 같았다. 왜냐하면 샐리의 잼을 세인트니컬러스 소년의 집 아이들에게 주었던 나는 타운하우스의 현관 계단을 막 떠나려 하면서 나도 모르게 뒤돌아섰기 때문이다.

"이봐, 모리스." 내가 소리쳐 불렀다.

그는 아까와 똑같은 낙담한 얼굴로 쳐다보았으나, 약간 불안스러운 표정도 배어 있었다.

"저기 연푸른색 스튜드베이커 보이지?"

"예?"

"네가 사용해."

나는 그에게 차 열쇠를 던졌다.

모리스가 열쇠를 잡았을 때 그의 얼굴에 나타난 표정을 보았더라면 좋았을 것이다. 그러나 이미 몸을 돌린 나는 해를 등진 채 126가 한복판을 성큼성큼 걸어가면서 속으로 이런 말을 되뇌고 있었다. **해리슨 휴잇, 내가 갑니다.**

에밋

저녁 8시 15분 전, 에밋은 맨해튼 변두리의 낡은 술집에 앉아 있었다. 앞에는 맥주 한 잔과 해리슨 휴잇의 사진 한 장이 놓여 있었다. 에밋은 술을 마시면서 그 사진을 흥미롭게 들여다보았다. 먼 곳을 바라보는 잘생긴 마흔 살 남자의 옆모습을 찍은 사진이었다. 더치스는 아버지가 정확히 몇 살인지 말한 적이 없지만, 그가 들려준 이야기를 통해 유추해보면 휴잇 씨의 경력이 1920년대 초로 거슬러 올라간다는 느낌이 들었다. 그리고 아그네스 수녀는 1944년 그가 더치스를 고아원에 데려왔을 때 쉰 살쯤 되어 보였다고 추측하지 않았던가? 그렇다면 휴잇 씨의 나이는 이제 예순 살쯤 되었을 것이고, 따라서 이 사진은 약 20년 전에 찍은 것일 터였다. 그것은 또한 이 사진이 더치스가 태어나기 전에 찍은 것일 수도 있음을 의미했다.

아주 오래전, 젊은 배우 시절에 찍은 사진이라 에밋은 아버지와 아들이 닮았다는 것을 어렵지 않게 알아볼 수 있었다. 더치스의 말에 따르면 그의 아버지는 존 베리모어의 코와 턱과 식욕을 가졌다고 했다. 더치스는 아버지의 식욕은 물려받지 않았을지라도, 코와 턱은 아버지에게서 물려받은 게 분명했다. 피부색은 더치스가 더 밝았는데, 그것은 어쩌면 어머니에게서 물려받은 것인지도 몰랐다.

휴잇 씨가 아무리 잘생겼다고 해도 에밋은 여덟 살 된 아들을 고아원에 팽개쳐둔 채 컨버터블 조수석에 젊고 예쁜 여자를 태우고 떠나간 쉰 살 된 남자를 역겨운 감정 없이 떠올릴 수가 없었다.

에밋의 차를 몰고 가버린 더치스에게 화가 났을 거라던 아그네스 수녀의 말은 옳았다. 그리고 더치스에게 무엇보다도 필요한 것은 때때로 그의 그릇된 의도로부터 그를 구해줄 수 있는 친구라고 수녀가 말했을 때, 에밋은 그 말도 옳다는 것을 알고 있었다. 에밋이 그 과제를 수행할 수 있을지는 두고 볼 일이었다. 어느 쪽이든 우선 더치스를 찾아야만 할 것이다.

━━━

그날 아침 7시에 에밋이 일어났을 때 스튜는 이미 일어나서 돌아다니고 있었다.

에밋을 본 스튜는 뒤집어놓은 나무 상자를 가리켰다. 상자 위에는 그릇, 뜨거운 물이 담긴 냄비, 비누, 면도기, 수건이 놓여 있었다. 에밋은 상의를 벗고 윗몸을 씻은 뒤 면도를 했다. 그러고 나서 아침으로―자신의 비용으로―햄에그를 먹은 다음 율리시스에게서 빌리를 잘 지켜보며 돌보겠다는 확약을 받은 후, 스튜의 지시에 따라 철망에 난 구멍을 통과해서 철제 계단을 내려갔다. 계단은 선로에서 13가로 이어졌다. 8시가 조금 지난 시간에 그는 하루의 일과로 뛰어든 것 같은 기분을 느끼며 10번가 모퉁이에 서서 동쪽을 바라보고 있었다.

그러나 에밋은 앞으로 이어질 일의 모든 양상을 과소평가했다. 그는 7번가까지 걸어가는 데 걸리는 시간을 과소평가했다. 지하철 입구를 찾는 것이 퍽 어려우리라는 것을 모르고 과소평가해서 두 번이나 그냥 지나쳤다. 지하철역 안으로 들어가면 어지럽게 이어지는 통로와 계단들로, 그리고 단호한 걸음걸이로 부산하게 움직이는 사람들로 역이 무척 혼란스러우리라는 것을 모르고 과소평가했다.

통근자들의 물결이 한바탕 휩쓸고 지나간 후 에밋은 매표소를 찾았고, 지하철 노선도를 찾았으며, 7번가 노선을 확인하고는 42가까지 다섯 개의 정거장이 있다는 사실을 알아냈다. 이 과정에서 각각의 단계는 제 나름의 어려움과 제 나름의 좌절감과 제 나름의 겸손의 원인을 안겨주었다.

에밋이 계단을 내려와 승강장에 이르렀을 때 열차가 탑승을 시작했다. 그는 재빨리 밀고 들어가는 사람들 무리에 합류했다. 문이 닫힌 뒤, 자신이 어떤 사람들과 어깨를 맞대고 있고 다른 어떤 사람들과 얼굴을 마주하고 있다는 것을 의식한 에밋은 남의 시선이 느껴지기도 하고 무시당하는 듯한 느낌도 들고 해서 영 어색하고 불편했다. 열차 안의 모든 사람들이 고정된 지점을 골라 정확히 그곳을 무관심하게 응시하고 있는 것처럼 보였다. 에밋은 남들이 하는 대로 럭키스트라이크 담배 광고에 시선을 고정하고 정거장 수를 세기 시작했다.

처음 두 정거장에서는 에밋이 보기에 거의 같은 수의 사람이 내리고 타는 것처럼 보였다. 그러나 세 번째 정거장에서는 내리는 사람이 더 많았다. 그리고 네 번째 정거장에 이르자 너무 많은 사람이 내려서 에밋은 거의 텅 빈 열차에 있게 되었다. 몸을 기울여 좁은 창문을 통해 승강장을 내다본 그는 이 역이 월스트리트라는 것을 보았고, 그러자 약간 불안한 마음이 들었다. 14가에서 노선도를 살펴보았을 때 그는 그럴 필요가 없다고 생각하여 중간 정거장 이름에는 별로 주의를 기울이지 않았다. 그렇지만 중간에 월스트리트역이 없었던 것만은 확실하다는 생각이 들었다.

월스트리트는 남부 맨해튼에 있지 않나……?

에밋은 재빨리 차량 벽에 붙은 노선도로 달려가서 손가락을 대고 7번가 노선을 따라 내려갔다. 월스트리트 정거장을 찾은 에밋은 자기가 너무 서두른 나머지 북쪽으로 가는 일반 열차 대신 남쪽으로 가는 급행열차를 탔다는 것을 알게 되었다. 이 사실을 깨달았을 때 문은 이미 닫혀 있었다. 지도를 다시 들여다본 에밋은 얼마 후면 열차는 이스트강 아래 어딘가에서 브루클린으로 향하고 있으리라는 것을 알았다.

에밋은 이제는 텅텅 빈 좌석에 앉아 눈을 감았다. 그는 또다시 180도 다른 방향으로 가고 있었지만, 이번에는 자기 자신 외에는 탓할 사람이 아무도 없었다. 걸음걸음마다 그가 도움을 요청할 수 있는 사람들이 주위에 있었다. 올바른 계단으로, 올바른 승강장으로, 올바른 열차로 그를 안내함으로써 그가 좀 더 쉽게 길을 찾게 도와줄 수 있는 사람들이 있었다. 그런데도 그는 누구에게도 묻지 않았다. 에밋은 아버지가 주변의 더 경험 많은 농부들에게 조언을 구하기 꺼렸던—마치 조언을 구하면 남자답지 못하기라도 한 것처럼—것에 대해 자기가 얼마나 비판적이었는지를 떠올리며 엄숙한 마음으로 스스로를 반성했다. 자기신뢰*는 바보짓이야, 에밋은 생각했다.

브루클린에서 맨해튼으로 돌아가는 동안 에밋은 같은 실수를 되풀이하지 않겠다고 결심했다. 타임스스퀘어역에 도착했을 때 그는 매표소에 있는 남자에게 시내로 가려면 어느 출구로 나가야 하는지 물어보았다. 42가 길모퉁이에서는 뉴스 가판대에 있는 사람에게 스타틀러 빌딩을 찾으려면 어디로 가야 하는지 물어보았다. 이윽고 스타틀러 빌딩에 이르렀을 때, 그는 프런트에 있는 제복 차림의 남자에게 어느 대행사가 이 빌딩 안에서 규모가 가장 큰지 물어보았다.

에밋이 13층에 있는 트리스타 탤런트 대행사에 도착했을 때 조그만 대기실에는 이미 여덟 명이 모여 있었다. 네 남자는 개를 데리고 있고, 두 남자는 고양이를, 한 여자는 목줄을 맨 원숭이를 데리고 있었으며, 조끼까지 갖춘 정장에 중산모 차림의 한 남자는 어깨에 앉은 이국적인 새를 데리고 있었다. 그가 중년의 접수원과 얘기를 나누고 있었다. 그 사람이 일을 다 보았을 때 에밋이 데스크로 다가갔다.

"뭐죠?" 접수원이 물었다. 마치 에밋이 무슨 말을 하든 이미 싫증을 낼 준비가 되어 있는 듯한 투였다.

✦ 아버지가 높이 평가했던 랠프 월도 에머슨의 책을 떠올리며 하는 생각.

"렘버그 씨를 만나러 왔습니다."

그녀는 펜꽂이에서 연필을 꺼내 메모장 위로 가져갔다.

"이름은?"

"에밋 왓슨."

연필이 움직였다.

"동물은?"

"예?"

그녀는 메모장에서 고개를 들어 자신의 인내심을 과장되게 드러내 보이며 말했다.

"어떤 동물을 데리고 왔냐고요?"

"저는 동물이 없어요."

"당신 연기에 동물이 없다면 당신은 잘못 온 거예요."

"전 연기를 하는 사람이 아니에요." 에밋이 설명했다. "렘버그 씨와 다른 문제에 관해 얘기하려고 온 겁니다."

"이 사무실에선 한 번에 한 가지 일만 하거든요. 그러니 렘버그 씨와 다른 문제에 관해 이야기하고 싶다면 다른 날에 다시 와야 해요."

"1분도 안 걸릴 텐데요……."

"앉아, 맥." 발치에 불도그를 데리고 있는 남자가 말했다.

"렘버그 씨를 볼 필요가 없을지도 모르겠어요." 에밋이 물러나지 않고 계속 얘기했다. "당신이 저를 도와주실 수 있을 것 같아요."

접수원은 심각하게 미심쩍은 표정으로 에밋을 쳐다보았다.

"저는 렘버그 씨의 고객이었을 사람을 찾고 있어요. 공연자예요. 전 그분의 주소를 알고 싶을 뿐입니다."

에밋의 말이 끝나자 접수원의 얼굴이 어두워졌다.

"내가 전화번호부로 보여요?"

"아닙니다."

에밋 뒤에 있는 몇 명의 공연자들이 웃었고, 에밋은 얼굴이 달아오르는 것을 느꼈다.

접수원은 연필을 다시 펜꽂이에 넣고 전화기를 들어 다이얼을 돌렸다.

그녀가 렘버그 씨에게 전화를 걸고 있는지도 모른다는 생각에 에밋은 데스크에 그대로 남아 있었다. 그러나 전화가 연결되었을 때 접수원은 글래디스라는 여자와 전날 밤의 텔레비전 쇼 프로에서 있었던 일에 대해 이야기하기 시작했다. 에밋은 기다리고 있는 공연자들과 눈을 마주치지 않으려 애쓰면서 몸을 돌려 복도로 나갔다. 바로 그때 엘리베이터의 문이 닫히고 있는 것이 눈에 들어왔다.

그러나 문이 완전히 닫히기 전에 우산 끝부분이 문틈 사이로 삐져나왔다. 잠시 후 문이 다시 열리고, 어깨 위에 새를 앉힌 중산모 남자의 모습이 보였다.

"고맙습니다." 에밋이 말했다.

"천만에." 남자가 말했다.

그날 아침은 비가 올 것 같은 날씨가 아니었기 때문에 에밋은 그 우산도 연기의 일부인가 보다고 생각했다. 우산에서 시선을 뗀 에밋은 이 신사가 뭔가 기대감이 어린 표정으로 자신을 쳐다보고 있다는 것을 깨달았다.

"로비로 가나?" 그가 물었다.

"아, 죄송해요. 아닙니다."

에밋은 잠시 더듬거리며 호주머니를 뒤져서 아래층 안내원이 준 목록을 꺼냈다.

"5층 부탁합니다."

"아."

신사는 해당 버튼을 눌렀다. 그런 다음 호주머니에 손을 넣어 땅콩 한 알을 꺼내더니, 어깨 위의 새에게 건넸다. 새는 한 발로 선 채 다른 쪽 발로 땅콩을 가져갔다.

"고마워요, 모턴 씨." 새가 말했다.

"천만에, 윈슬로 씨."

에밋은 새가 놀라운 솜씨로 땅콩 껍질을 벗기는 모습을 지켜보았고, 모턴 씨가 에밋의 관심에 호응했다.

"회색앵무라네." 그가 생긋 웃으며 말했다. "모든 날개 달린 친구 중에서 가장 영리한 품종에 속하지. 예를 들어 이 윈슬로는 162개의 어휘를 구사한다네."

"163개." 새가 말했다.

"그런가, 윈슬로 씨. 그럼 163번째 단어는 뭐였어?"

"ASPCA✦."

신사가 당황하며 기침을 했다.

"그건 단어가 아니야, 윈슬로 씨. 그건 두문자어야."

"두문자어," 새가 말했다. "164!"

신사가 에밋을 쳐다보며 약간 슬픈 듯한 미소를 지어 보였을 때에야 에밋은 이 짧은 대화도 연기의 일부였다는 것을 알아차렸다.

✦ 미국동물학대방지협회American Society for the Prevention of Cruelty to Animals.

5층에 이르자 엘리베이터가 멈추고 문이 열렸다. 에밋이 고맙다고 말하며 문밖으로 걸음을 내디디자 문이 닫히기 시작했다. 그러나 다시 한번 모턴 씨가 우산 끝부분을 문틈에 밀어 넣었다. 이번에는 문이 열리자 그가 엘리베이터에서 나와 복도에 있는 에밋에게로 다가왔다.

"젊은이, 끼어들고 싶진 않지만, 램버그 씨 사무실에서 자네가 하는 말을 듣지 않을 수 없었네. 자네, 지금 혹시 맥긴리앤드컴퍼니로 가고 있는 거 아닌가?"

"맞습니다." 에밋이 깜짝 놀라며 말했다.

"내가 적절한 조언 하나 해줄까?"

"그의 조언은 훌륭하고 가치 있어."

모턴 씨가 그 새를 향해 비굴한 표정을 지어 보이자 에밋은 웃음을 터뜨렸다. 그렇게 크게 웃어본 것은 아주 오랜만이었다.

"주시는 조언은 뭐든 다 감사히 듣겠습니다, 모턴 씨."

신사는 미소를 지으며 우산 끝으로 복도를 가리켰다. 거기에는 똑같이 생긴 문들이 늘어서 있었다.

"맥긴리 씨 사무실에 들어가면 접수원인 크래비츠 양 또한 자네가 버크 부인에게서 보았던 것만큼이나 도움을 주지 않는다는 걸 알게 될 거야. 이 빌딩의 접수 데스크에서 일하는 여자들은 원래 말을 잘 안 해. 도움을 주지 않으려는 경향이 있다고도 할 수 있지. 이런 성향은 속 좁은 모습으로 보일지 모르나, 우린 이들이 미팅 약속을 잡으려고 꼬드기고 구슬리는 설득의 달인들에게 아침부터 밤까지 포위되어 있다는 걸 이해해야 해. 스타틀러 빌딩에서는 크래비츠든 버크든 모든 접수원들은 얼마간 질서가 있어 보이는 곳과 싸움터 사이에 서 있는 거나 다름없지. 그런데 이 여자들이 공연자들을 나름의 기준으로 엄격하게 대해야 한다면, 이름과 주소를 묻는 사람들에겐 훨씬 더 엄격해야 한다네."

모턴 씨는 우산 끝부분을 바닥에 대고 손잡이에 몸을 약간 의지했다.

"이 빌딩에 있는 대행사의 대리인이 관리하는 공연자들 한 사람 한 사람마다, 그들을 열심히 추적하는 채권자들이 적어도 다섯 명은 있어. 화가 잔뜩 난 관객, 전처, 속아 넘어간 식당 주인 등등. 문지기라 할 수 있는 이들 접수원이 최소한의 예의라도 보이는 사람은 딱 한 부류의 사람, 즉 돈줄을 쥐고 있는 사람이지. 브로드웨이 쇼든 어떤 연회나 의식이든 간에 공연자들을 고용하려는 사람들 말이야. 그러니까 자네가 맥긴리 씨 사무실에 들어간다면 자네를 프로듀서라고 소개하는 게 좋을 거야."

에밋이 이 조언을 곰곰이 생각하고 있을 때 신사가 에밋을 유심히 살펴보았다.

"자네 표정을 보니 다른 사람으로 사칭하는 건 자네 성미에 맞지 않는다는 걸 알겠어. 하지만 젊은이, 이 스타틀러 빌딩에서는 자신을 거짓으로 꾸며서 표현하는 데 능숙한 사람이 자신을 가장 잘 표현하는 사람이라네. 그걸 생각하며 용기를 내게."

"고맙습니다." 에밋이 말했다.

모턴 씨가 고개를 끄덕였다. 그러나 그는 손가락 하나를 추켜들고 다시 생각에 잠겼다.

"자네가 찾고 있는 공연자는…… 그 사람의 전문 분야가 뭔지 아나?"

"그분은 연극배우예요."

"흠."

"뭐가 잘못됐어요?"

모턴 씨가 모호한 손짓으로 에밋을 가리켰다.

"자네 외모. 자네 나이와 복장. 자네 모습은 연극 프로듀서에게 기대할 법한 이미지와 충돌한다고만 말해두지."

모턴 씨가 에밋을 좀 더 노골적으로 살펴본 후 빙그레 웃었다.

"로데오 운영자의 아들 행세를 하는 게 낫겠어."

"제가 찾고 있는 사람은 셰익스피어 연극배우인데요……."

모턴 씨가 웃었다.

"그렇다면 더 좋지." 그가 말했다.

그가 다시 웃기 시작했을 때 앵무새가 그와 함께 웃었다.

맥긴리앤드컴퍼니 사무실에 들어간 에밋은 매 단계마다 정확히 모턴 씨가 해준 조언에 따라 일을 처리하고자 노력했고, 그 결과는 실망스럽지 않았다. 젊은 어머니들과 머리털이 붉은 소년들로 붐비는 대기실로 들어섰을 때, 접수원은 그가 트리스타 탤런트 대행사에서 본 것과 같은 성마른 표정으로 그를 맞았다. 그러나 에밋이 공연자를 고용하려는 로데오 순회 경기 운영자의 아들이라고 자신을 소개하자마자 그녀의 표정이 밝아졌다.

그녀는 일어나서 치마를 단정하게 매만진 다음 에밋을 두 번째 대기실로 안내했다. 더 작지만 더 좋은 의자와 냉수기가 있고 다른 사람은 아무도 없는 대기실이었다. 10분 후 에밋은 맥긴리 씨 사무실로 안내되었다. 그곳에서 맥긴리 씨는 오랜 지인을 대하듯이 따뜻하게 그를 맞이하며 술을 권했다.

"자," 맥긴리 씨가 책상 뒤쪽 자기 자리에 다시 앉으며 말했다. "앨리스 말로는, 당신이 로데오 경기에 필요한 사람을 찾고 있다더 군요!" 모턴 씨가 로데오 경기에 캐스팅할 셰익스피어 배우를 찾는 편이 **더 좋다**고 말했을 때 에밋은 회의적이었다. 그래서 에밋은 맥 긴리 씨에게 그 얘기를 할 때 약간 주저하듯이 말했다. 그러나 그가 얘기를 끝내자마자 맥긴리 씨는 만족해하며 손뼉을 쳤다.

"내가 감히 말하자면, 멋진 반전이네요! 자기들은 이런저런 고정 관념에 짜 맞춰져왔다고 불평하는 공연자들은 많아요. 그렇지만 프 로듀서들이 실제로 거듭하는 실수는 자신들의 배우를 고정관념에 맞추는 것이 아니라, 자신들의 **관객**을 고정관념에 맞추는 것이지요. 이 그룹은 이것만 원하고 저 그룹은 저것만 원해, 라고 그들은 말할 거예요. 그렇지만 십중팔구 당신의 연극 애호가가 갈망하는 것은 좀 더 많은 떠들썩한 놀이일 것이고, 반면에 당신의 로데오 팬이 갈 망하는 것은 좀 더 많은 **극적인 재치**일 겁니다!"

맥긴리 씨는 활짝 웃었다. 그러더니 갑자기 진지한 얼굴로 책상 에 쌓인 파일 더미에 손을 얹었다.

"당신의 문제는 해결된 거나 다름없다고 확신해도 됩니다, 왓슨 씨. 왜냐하면 나는 내 마음대로 부릴 수 있는 훌륭한 셰익스피어 배 우를 아주 많이 두고 있고, 그중 네 명은 말을 탈 줄 알고, 그중에서 또 두 명은 총을 쏠 줄 아니까요!"

"고맙습니다, 맥긴리 씨. 하지만 저는 **특별한** 셰익스피어 배우를 찾고 있어요."

맥긴리 씨가 솔깃해하며 몸을 숙였다.

"어떤 면에서 특별한 배우 말인가요? 영국인? 고전적으로 훈련받은 배우? 비극 배우?"

"저는 제 아버지가 수년 전에 공연을 보고 절대 잊지 못한 독백 연기자를 찾고 있어요. 해리슨 휴잇이라는 독백 연기자요."

맥긴리 씨가 책상을 조용히 세 번 두드렸다.

"휴잇?"

"그렇습니다."

맥긴리 씨는 마지막으로 한 번 더 책상을 두드린 다음 인터폰 버튼을 눌렀다.

"앨리스? 음…… 해리슨 휴잇의 파일을 가져다줘."

몇 분 후 앨리스가 들어와 서류철을 맥긴리 씨에게 건넸다. 서류가 두 장 이상은 들어 있지 않을 정도로 얇은 서류철이었다.

맥긴리 씨는 안을 재빨리 살펴본 후 책상에 내려놓았다.

"해리슨 휴잇은 훌륭한 선택입니다, 왓슨 씨. 당신 아버지가 왜 그이를 절대 잊지 못했는지 알겠네요. 그는 예술적 도전을 즐기는 사람이죠. 그러니 틀림없이 당신의 풍자극에서 공연할 기회를 잡게 될 겁니다. 그런데 분명히 하기 위해 말하자면, 우리는 협조적인 기반에서 휴잇 씨를 대리한다는 점을 참고해주기 바랍니다."

모턴 씨의 추정에 따르면, 맥긴리 씨가 정확히 이렇게 말할 확률은 50퍼센트 이상이었다.

"만약 대리인이 협조적인 기반에서 공연자를 대리한다고 말한다면 그건 그 대리인이 공연자를 전혀 대리하지 않는다는 의미라네." 모턴 씨가 설명했었다. "그렇지만 걱정하지 말게. 스타틀러 빌딩의 대리인들은 새를 손에 넣기 위해서라면 기꺼이 그 숲에 10퍼센트를 내는 데 대체로 동의하니까 말이야. 그 결과, 그들 모두 자신들의 경쟁자와 일하는 현역 공연자 명단을 가지고 있고, 적절한 수수료를 받기 위해 이해 당사자를 위층이나 아래층으로 보낼 수 있다네."

에밋의 경우, 그것은 11층에 있는 코언 씨에게로 올라가는 것이었다. 맥긴리 씨가 미리 전화를 해두었기 때문에 에밋은 문 앞에서 인사를 받고 곧바로 내부에 있는 다른 대기실로 들어갔다. 10분 후 그는 코언 씨 사무실로 안내되었고, 그곳에서 따뜻한 환영을 받으며 또다시 술 한잔을 권유받았다. 또다시 로데오에 셰익스피어 배우를 도입하는 아이디어는 독창적이라는 찬사를 받았다. 코언 씨는 인터폰 버튼을 눌러 서류철을 가져오게 했고, 이번에 가지고 온 서류철의 두께는 거의 2인치나 되었다. 서류철에는 누렇게 빛바랜 신문 기사 스크랩, 연극 프로그램 소책자, 오래된 얼굴 사진 더미—그중 하나를 에밋에게 주었다—등이 들어 있었다.

코언 씨는 에밋에게 (윌 로저스[*]의 친한 친구였던) 휴잇 씨가 이번 기회를 몹시 기뻐할 거라고 자신 있게 말한 뒤, 이제 어떻게 일을 성사시킬 것인지 물었다.

에밋은 모턴 씨가 가르쳐준 대로 자기는 다음 날 아침에 이 도시를 떠나야 하기 때문에 바로 그 자리에서 모든 세부 사항을 타결해야 한다고 말했다. 이에 따라 계약 사항에 대해 합의하고 계약서를 작성하느라 갑자기 사무실이 분주해졌다.

"만약 그 사람들이 실제로 계약서를 준비한다면 저는 계약서에 서명하는 것에 동의해야 하나요?" 에밋은 모턴 씨에게 그렇게 물어

[*] 카우보이이기도 했던 미국의 연극배우이자 해학가.

봤었다.

"그 사람들이 자네 앞에 내미는 것에 다 서명하게, 젊은이! 그리고 그 대리인도 반드시 서명하게 해. 그런 다음 계약서 두 부를 자네가 보관할 테니 다 달라고 주장해서 받도록 해. 왜냐하면 대리인은 일단 상대의 서명을 받고 나면 상대에게 간이고 쓸개고 다 빼줄 수 있을 정도가 되니까 말이야."

코언 씨가 건네준 해리슨 휴잇의 주소는 맨해튼 시내의 우중충한 거리에 있는 우중충한 호텔로 에밋을 이끌었다. 42호실 문을 열어준 점잖은 태도의 노인으로부터 실망스럽게도 휴잇 씨는 더 이상 그곳에서 지내지 않는다는 것을 알게 되었다. 그렇지만 에밋은 또한 전날 아침에 휴잇 씨의 아들이 거기 왔으며, 그 호텔에서 하룻밤을 묵은 것으로 보인다는 사실도 알게 되었다.

"그 젊은이가 아직 이곳에 있는지도 모르지." 그 노신사가 말했다.

로비 프런트에서 성기고 가는 콧수염을 기른 직원은 에밋이 누구에 대해 말하고 있는지 안다고 했다. 해리 휴잇의 아들이잖아요, 하고 그가 말했다. 그는 이곳에 와서 자기 아버지의 행방에 대해 물었으며, 방을 두 개 잡아서 하룻밤을 묵었다고 했다. 그러나 그는 이제 이곳에 없었다. 그는 몽상에 잠긴 친구와 함께 정오쯤에 떠났다는 것이었다.

"내 소중한 라디오와 함께." 그 직원이 덧붙였다.

"혹시 어디로 간다는 얘기는 않던가요?"

"어쩌면."

"어쩌면?" 에밋이 물었다.

직원은 몸을 뒤로 젖혀 의자에 등을 기댔다.

"당신 친구가 아버지를 찾도록 도와주었더니 그 친구는 내게 10달러를 주더군요……."

호텔 직원 말에 따르면, 매일 밤 8시 이후 웨스트사이드의 한 술집에서 술을 마시는 더치스 아버지의 친구와 얘기를 하면 그 아버지를 찾을 수 있을 거라고 했다. 아직 시간 여유가 있었으므로 에밋은 브로드웨이 거리를 걷다가 이윽고 붐비고 깨끗하고 조명이 밝은 커피숍을 발견했다. 에밋은 커피숍 한쪽 구석에 앉아 특가로 파는 커피와 파이 한 조각을 주문했다. 그는 세 잔의 커피와 함께 식사를 마쳤으며, 웨이트리스에게서 담배 한 대를 얻어 피웠다. 웨이트리스는 모린이라는 아일랜드계 여자였는데, 버크 부인보다 열 배는 더 바빴지만 버크 부인보다 열 배는 더 우아했다.

에밋은 호텔 직원이 알려준 정보를 따라 다시 타임스스퀘어로 왔는데, 그곳은 해가 지기 한 시간 전부터 이미 담배, 자동차, 가전제품, 호텔, 극장 등을 알리는 밝게 빛나는 간판들로 눈이 부시도록 환했다. 그 규모와 화려함에 압도된 탓에 에밋은 광고되고 있는 것들 가운데 어느 하나도 구입하고 싶은 마음이 없었다.

에밋은 42가 길모퉁이에 있는 뉴스 가판대로 돌아갔다. 거기서 그날 아침에 보았던 가판대 주인을 보았다. 그에게 길을 물으니, 가판대 주인은 이번에는 타임스스퀘어 북쪽 끝을 가리켰다. 그곳에는 거리 위 10층 높이에서 밝게 빛나는 거대한 캐나다클럽 위스키 간판이 있었다.

"저 간판 보이지? 바로 그 너머야. 좌회전해서 45가로 간 다음 맨해튼이 끝나는 곳까지 계속 걸어가야 해."

하루를 보내는 동안 에밋은 무시당하는 것에 익숙해졌다. 지하철 통근자들에게, 인도를 걸어가는 보행자들에게, 그리고 대기실의 공연자들에게 계속 무시당했으며, 그는 그것을 유해한 도시 생활 탓으로 돌렸다. 그래서 그는 8번가를 지나고부터 자신이 더 이상 무시당하지 않는 것을 깨닫고는 조금 놀랐다.

9번가 모퉁이에서는 순찰 중이던 경찰이 그를 유심히 살펴보았다. 10번가에서는 어떤 젊은 사람이 그에게 접근하여 약을 팔려고 했고, 다른 젊은 사람은 그에게로 다가와서 자기 회사를 팔겠다고 제안했다. 11번가에 이르렀을 때는 늙은 흑인 거지가 손짓으로 그를 불렀으며, 그가 걸음을 빨리하여 그 거지를 피하고 나니 얼마 못 가서 이번에는 늙은 백인 거지를 마주치게 되었다.

에밋은 그날 아침의 익명성과 무관심함에 실망스러운 감정을 느꼈지만, 이제는 그걸 바라게 되었다. 그는 뉴욕 시민이 왜 그렇게 단호한 걸음걸이로 바삐 걷는지 이해할 수 있을 것 같았다. 그것은 부랑자와 떠돌이와 타락자들에게 다가오지 말라고 보내는 신호였던 것이다.

에밋은 강에 인접한 곳에서 호텔 직원이 알려준 앵커라는 술집을 찾았다. 이름*과 위치를 고려할 때, 이곳은 선원이나 상선 승무원의 취향에 맞춘 장소일 거라고 에밋은 생각했었다. 그러나 설령 그랬다 할지라도, 그런 관련성은 이미 오래전에 소멸되었다. 왜냐하면

✦ 앵커Anchor는 '닻' 혹은 '닻을 내리다'라는 뜻.

이 술집 안에는 항해를 떠올리게 할 만한 사람이 아무도 없었기 때문이다. 에밋이 보기에 이들은 모두 그가 길에서 피하고자 했던 늙은 거지들보다 고작 한 단계 정도 더 나아 보일 뿐이었다.

모턴 씨로부터 대리인들이 공연자의 행방을 공유하는 것을 얼마나 꺼리는지 알게 된 터라 에밋은 바텐더 역시 입을 꾹 다물지 않을까 걱정했다. 혹은 선샤인 호텔의 그 직원처럼 이 바텐더도 꽤 많은 돈을 대가로 요구하지 않을까 걱정했다. 그러나 에밋이 피츠윌리엄스라는 사람을 찾는다고 얘기하자 바텐더는 제대로 찾아왔다고 말했다. 그래서 에밋은 바에 자리를 잡고 맥주를 주문했다.

━━━

8시가 막 지났을 때 앵커의 문이 열리고 60대 남성이 들어오자 바텐더가 에밋에게 끄덕 고갯짓을 했다. 에밋은 의자에 앉아 노인이 천천히 바 쪽으로 걸어가서 잔 하나와 반쯤 남은 위스키병을 들고 구석에 있는 테이블로 물러나는 것을 지켜보았다.

혼자 술을 따르는 피츠윌리엄스를 보며 에밋은 더치스가 이 사람의 융성과 쇠퇴에 대해 들려준 이야기를 떠올렸다. 발을 끌며 걷는 이 마르고 쓸쓸해 보이는 남자가 한때는 산타클로스를 연기하며 아주 많은 돈을 벌었다는 것이 얼른 상상이 되지 않았다. 에밋은 약간의 돈을 바에 내려놓은 다음 늙은 공연자의 테이블로 걸어갔다.

"실례합니다만, 선생님이 피츠윌리엄스 씨죠?"

에밋이 '씨'라는 말을 했을 때 피츠윌리엄스는 약간 놀라는 표정으로 고개를 들었다.

"맞아," 그가 잠시 후 시인했다. "내가 피츠윌리엄스 씨라네."

에밋은 빈 의자에 앉아서 자기는 더치스의 친구라고 말했다.

"그 친구가 어젯밤 선생님과 얘기하려고 여기 온 것 같더군요."

늙은 공연자는 마치 이제는 이해한다는 듯이, 자기가 그걸 알았어야 했다는 듯이 고개를 끄덕였다.

"맞아," 그가 자백하는 듯한 어조로 말했다. "여기 왔었네. 걔는 자기 아버지를 찾으려 애쓰고 있었어. 둘 사이에 남은 볼일 때문에 말이야. 그러나 해리는 이미 시내를 떠났고, 더치스는 아버지가 어디로 갔는지 알지 못했지. 그래서 걔가 이 펏지를 만나러 온 거라네."

피츠윌리엄스는 에밋을 향해 어정쩡한 미소를 지어 보였다.

"있잖아, 난 그 가족들의 오랜 친구라네."

에밋도 미소를 지으며 피츠윌리엄스에게 휴잇 씨가 어디로 갔는지 더치스에게 말해주었느냐고 물었다.

"말해줬지," 늙은 공연자는 처음에는 고개를 끄덕이며, 그러고 나서는 고개를 저으며 말했다. "해리가 어디로 갔는지 더치스에게 말해줬어. 시러큐스에 있는 올림픽 호텔로 갔다고 말이야. 아마 더치스도 거기로 가겠지. 자기 친구를 만나고 나서."

"어떤 친구요?"

"아, 더치스가 누구라고는 말하지 않았어. 그렇지만…… 할렘에 있는 친구라던데."

"할렘?"

"그래. 그게 우스운가?"

"아니요, 완벽하게 이해가 됩니다. 고맙습니다, 피츠윌리엄스 씨. 많은 도움이 됐어요."

에밋이 의자를 뒤로 밀치며 일어서려 하자 피츠윌리엄스가 놀란 표정으로 쳐다보았다.

"자네, 가는 거 아니겠지? 휴잇 가족의 오랜 친구인 우리 두 사람은 그들을 위해 한잔해야 하지 않겠나?"

더치스가 무엇을 알아내러 왔는지 알게 된 데다 빌리는 틀림없이 형이 지금 어디서 무얼 하는지 궁금해할 거라는 생각에 에밋은 이 앵커 술집에 더 이상 있고 싶은 마음이 없었다.

그러나 처음에는 방해받고 싶지 않은 눈치였던 이 늙은 공연자가 갑자기 혼자 있고 싶지 않은 것처럼 보였다. 그래서 에밋은 바텐더에게서 새 잔을 받아 테이블로 돌아왔다.

피츠윌리엄스는 각자의 잔에 위스키를 따른 다음 자신의 잔을 치켜들었다.

"해리와 더치스를 위해."

"해리와 더치스를 위해." 에밋이 따라 했다.

두 사람 모두 술을 마시고 잔을 내려놓았을 때, 피츠윌리엄스가 쓸쓸하면서도 달콤한 추억에 가슴이 뭉클한 듯 얼마간 슬픔이 어린 미소를 지었다.

"자네, 왜 그 친구를 그렇게 부르는 줄 아나? 더치스라고 부르는 거 말이야."

"더치스 카운티에서 태어났기 때문이라고 말했던 것 같아요."

"아니야," 피츠윌리엄스가 고개를 저으며, 그리고 건성으로 미소 지으며 말했다. "그게 아니야. 걔는 이곳 맨해튼에서 태어났어. 그날 밤을 난 기억해."

피츠윌리엄스는 말을 계속하기 전에 꼭 필요한 과정이기라도 한 것처럼 한 잔 더 마셨다.

"걔 어머니인 델핀은 아름답고 젊은 파리 출신 여자였고, 피아프◆ 스타일로 사랑 노래를 부르는 가수였지. 그녀는 더치스가 태어나기 전 수년 동안 수많은 훌륭한 만찬 클럽에서 공연을 했어. 엘모로코, 스토크클럽, 레인보룸 같은 곳에서. 그렇게 아프지만 않았다면 틀림없이 아주 유명해졌을 거야. 적어도 뉴욕에서는 말이지. 결핵이었던 거 같아. 그렇지만 확실히 기억나진 않아. 끔찍하지 않나? 내 친구였던 그처럼 아름다운 여자가 한창 전성기 때 죽었는데도 기억조차 잘 나지 않는다는 거 말이야."

피츠윌리엄스는 자조적으로 고개를 저으며 술잔을 들었으나, 마치 술을 마시면 그녀의 기억에 대한 모욕이라는 것을 알아차렸다는 듯이 다시 내려놓았다.

휴잇 부인의 죽음에 대한 이야기는 에밋의 허를 찔렀다. 왜냐하면 더치스는 몇 차례 자기 어머니에 대해 언급할 때마다 항상 어머니가 자기들을 버린 것처럼 얘기했기 때문이다.

"어쨌든 델핀은 어린 아들을 애지중지했어." 피츠윌리엄스가 말을 계속했다. "돈이 생기면 아들에게 새 옷을 사주려고 해리 몰래 돈을 조금씩 숨겨두곤 했지. 그 귀엽고 작은 옷을 뭐라더라……. 레더호젠◆◆! 델핀은 아들의 머리를 어깨까지 내려오도록 길러서 화려한 옷을 입히곤 했어. 하지만 아파서 자리에 눕게 되자, 그녀는 해리를 집으로 데려오도록 아들을 술집으로 보내곤 했지. 그러면 해리는……."

◆ 프랑스의 대표적 샹송 가수 에디트 피아프를 말한다.
◆◆ 독일 바이에른 등지에서 입는 무릎까지 오는 가죽 반바지.

피츠윌리엄스는 고개를 저었다.

"음, 해리는 말이지, 술이 몇 잔 들어가고 나면 어디가 셰익스피어 말이고 어디가 해리 말인지 알기가 어렵다네. 아들이 술집 문을 열고 들어오면 해리는 의자에서 일어나 과장된 동작을 하며 이렇게 말하곤 했지. **신사 숙녀 여러분, 여러분에게 앨바 공작 부인을 소개합니다.** 그리고 다음번엔 아들을 켄트 공작 부인이나 트리폴리 공작 부인으로 소개하곤 했어. 얼마 안 가서 몇몇 사람들은 그의 아들을 더치스＊로 부르기 시작했지. 나중엔 우리 모두 걔를 더치스라고 불렀어. 한 사람도 빠짐없이. 걔의 원래 이름이 무엇인지 아무도 기억하지 못할 정도로."

피츠윌리엄스는 다시 잔을 들고, 이번에는 기분 좋게 죽 들이켰다. 그가 잔을 내려놓았을 때, 에밋은 이 늙은 공연자가 우는 것을 보고 깜짝 놀랐다. 그는 눈물이 뺨을 타고 흘러내리는데도 닦으려 하지 않고 가만 내버려두었다.

피츠윌리엄스가 병을 가리켰다.

"걔가 이걸 사주었다네. 더치스가 말이야. 그 모든 일에도 불구하고. 걔와 나 사이에 있었던 그 모든 일에도 불구하고 어젯밤 여기 찾아와서 내가 가장 좋아하는 위스키를 떡하니 새것으로 한 병 사주었어."

피츠윌리엄스가 숨을 깊이 들이쉬었다.

"있잖아, 걔는 캔자스주에 있는 노동 교화소로 보내졌어. 열여섯 살 때."

＊ 더치스Duchess는 '공작 부인'을 뜻한다.

"알아요," 에밋이 말했다. "우리가 거기서 만났는걸요."

"아, 알겠네. 그런데 그곳에 함께 있는 동안 그 애가 말했는지 모르겠군……. 어떻게 그곳으로 가게 되었는지 더치스가 말한 적 있나?"

"아니요," 에밋이 말했다. "한 번도 말한 적 없어요."

에밋은 실례를 무릅쓰고 노인의 위스키를 각자의 잔에 조금 더부은 다음 그의 말을 기다렸다.

율리시스

    아이가 이야기를 이미 처음부터 끝까지 한 번 읽어주었지만, 율리시스는 아이에게 그걸 다시 읽어달라고 부탁했다.

    10시를 막 지났을 때―해는 졌지만 달은 아직 뜨지 않았고 나머지 사람들은 각자의 텐트로 물러났다―빌리는 책을 꺼내어 율리시스에게, 거대한 흰 고래를 추격하는 외발 선장의 배에 탑승한 이슈미얼 이야기*를 듣고 싶은지 물었다. 율리시스는 이슈미얼 이야기를 들어본 적은 없으나 훌륭한 이야기일 거라는 것을 믿어 의심치 않았다. 아이가 읽어준 이야기는 하나하나가 다 좋았다. 그러나 빌리가 이 새로운 모험 이야기를 읽어주겠다고 제안했을 때, 율리시스는 약간 난처한 기색을 보이며 그것 대신 자기와 이름이 같은 사람의 이야기를 읽어주지 않겠느냐고 부탁했다.

✦ 허먼 멜빌의 『모비 딕』을 말한다.

아이는 망설이지 않았다. 스튜의 이울어가는 모닥불 불빛 옆에 앉아 책의 뒷부분을 펼친 다음, 손전등 불빛으로—어둠의 바다 안의 둥근 모닥불 불빛 안의 둥근 손전등 불빛으로—그 페이지를 비추었다.

빌리가 읽기 시작했을 때 율리시스는 아이가 이미 한 번 이 이야기를 읽어주었기 때문에 내용을 다른 표현으로 바꾸어 얘기하거나 문장을 건너뛸지도 모른다는 걱정을 잠시 했으나, 아이는 다시 읽을 가치가 있는 이야기는 책에 쓰인 대로 정확히 읽을 가치가 있다는 것을 이해하는 듯했다.

아이는 그 이야기를 유개화차에서 읽어주었던 것처럼 그대로 정확히 읽었지만, 율리시스는 그때와 같은 식으로 듣지 않았다. 이번에는 다음에 무슨 일이 일어날지 알고 있기 때문이었다. 그는 이제 어느 부분을 기대해야 하는지, 어느 부분이 두려운지 알고 있었다. 율리시스가 양 밑에 부하들을 숨김으로써 키클롭스를 따돌리는 부분을 기대했고, 탐욕스러운 선원들이 아이올로스의 바람 주머니를 열어버려서 그의 고향이 시야에 들어온 바로 그 순간에 선장인 그의 배를 목적지에서 벗어나게 하는 대목을 두려워했다.

이야기가 끝난 후 빌리는 책을 덮고 손전등을 끄고 율리시스는 잉걸불을 덮기 위해 스튜의 삽을 집어 들었을 때, 빌리가 그에게 이야기를 하나 해줄 수 있는지 물었다.

율리시스는 빙긋 웃으며 빌리를 내려다보았다.

"난 이야기책이 없어, 빌리."

"꼭 책에 있는 이야기를 해줄 필요는 없어요." 빌리가 대답했다. "아저씨 자신의 얘기를 해주면 돼요. 바다 건너에서 벌어진 전쟁 이야기 같은 거. 그런 거 없어요?"

율리시스는 손에 든 삽을 돌렸다.

전쟁 이야기가 없냐고? 당연히 있었다. 기억하기 버거울 정도였다. 왜냐하면 그의 이야기는 시간의 안개에도 뿌예지지 않고 시인의 수사에도 밝아지지 않았기 때문이다. 그것은 여전히 생생하고 혹독하게 남아 있었다. 너무나 생생하고 혹독해서 그 이야기가 마음속에서 수면 위로 떠오를 때마다 율리시스는 방금 전에 이 잉걸불의 불씨들을 묻으려 했던 것처럼 그걸 묻어버리곤 했다. 율리시스가 그 기억을 자기 자신과 공유하는 것조차 참지 못했다면, 여덟 살 아이와 그 기억을 공유하고 싶지 않은 것은 너무도 당연했다.

그러나 빌리의 요청은 온당한 것이었다. 아이는 책을 활짝 펼쳐서 신드바드, 이아손, 아킬레우스, 그리고 자기와 이름이 같은 율리시스의 이야기를 두 번씩 읽어주었다. 아이는 분명 그 대가로 이야기를 요청할 권리가 있었다. 그래서 율리시스는 삽을 한쪽으로 치우고 모닥불에 통나무 하나를 더 던지고 나서 다시 침목에 앉았다.

"너에게 해줄 이야기가 하나 있어." 그가 말했다. "내가 바람의 왕과 맞닥뜨린 이야기야."

"검붉은 포도주 빛깔 바다*를 항해하던 때의 이야기?"

"아니," 율리시스가 말했다. "먼지 많은 건조한 땅을 걸어가고 있었을 때의 이야기."

이야기는 1952년 여름 아이오와주의 한 시골길에서 시작되었다.

---

* 호메로스의 『오디세이아』에 나오는 바다.

며칠 전 율리시스는 유타주에서 기차에 올랐다. 로키산맥을 넘고 평원을 지나서 시카고로 가려는 것이었다. 그러나 아이오와주를 반쯤 지났을 때 그가 탄 유개화차가 다른 기관차를 기다리기 위해 측선으로 옮겨졌다. 기관차가 언제 도착할지 그로서는 도무지 알 수 없었다. 그곳에서 40마일 떨어진 디모인에는 교차로가 있는데, 그곳으로 가면 동쪽으로 가는 열차나 북쪽의 호수 쪽으로 가는 열차나 남쪽의 뉴올리언스로 가는 열차를 쉽게 탈 수 있었다. 율리시스는 그 생각을 하며 유개화차에서 내려 목적지를 향해 시골길을 걷기 시작했다.

옛 시골길을 10마일쯤 걸어갔을 때 그는 무언가 잘못되었다는 것을 느끼기 시작했다.

첫 번째 신호는 새였다. 아니, 새라기보다는 새가 없다는 것이었다. 온 나라를 오고 갈 때 한 가지 변함없는 현상은 늘 새들과 함께한다는 점이란다, 율리시스가 설명했다. 마이애미에서 시애틀이나 보스턴이나 샌디에이고 등지로 갈 때 풍경은 항상 변해. 그러나 어딜 가든 새들은 항상 그곳에 있어. 비둘기, 대머리수리, 콘도르, 홍관조, 어치, 찌르레기……. 길 위에서 살다 보면 새벽에 새들이 노래하는 소리에 잠이 깨고, 해 질 녘 새들이 지저귀는 소리에 몸을 눕힌단다.

그런데…….

율리시스가 시골길을 걷는 동안 새들이 한 마리도 보이지 않았다. 들판 위를 맴도는 새도 없었고 전깃줄에 앉아 있는 새도 전혀 눈에 띄지 않았다.

두 번째 신호는 차량 행렬이었다. 오전 내내 율리시스를 지나간 차량이라곤 간간이 보이는 시속 40마일로 달리는 픽업트럭이나 세단뿐이었다. 그런데 갑자기 검은색 리무진을 포함한 열다섯 대의 차량이 뒤쪽에서 그가 가고 있는 방향으로 쏜살같이 달려오는 것이었다. 차량들의 속도가 너무 빨라서 그는 바퀴에 튀는 자갈들을 피하기 위해 갓길에서 내려와야 했다.

차량들이 질주하며 지나가는 것을 지켜본 뒤 율리시스는 몸을 돌려 그들이 왔던 방향을 바라보았다. 그때 그는 동쪽 하늘이 파란색에서 녹색으로 변하고 있는 것을 보았다. 빌리도 잘 알겠지만, 그것은 이 시골 지역에서는 오직 한 가지 사실을 의미할 뿐이었다.

율리시스 뒤로 보이는 거라곤 무릎 높이의 옥수수밭뿐이었지만, 반 마일 앞에는 농가가 한 채 있었다. 하늘이 시시각각 어두워지자 율리시스는 달리기 시작했다.

그곳이 가까워졌을 때 농가는 이미 창문이나 출입구를 단단히 고정하여 막아놓았다는 것을 알 수 있었다. 문과 덧문은 닫혀 있었다. 율리시스는 주인이 헛간을 점검하고 나서 아내와 아이들이 기다리고 있는 대피소*의 해치로 달려가는 것을 볼 수 있었다. 그 농부가 가족들이 있는 곳에 이르렀을 때 율리시스는 어린 남자아이가 손가락으로 자기 쪽을 가리키고 있는 것을 보았다.

그들 네 사람이 자기를 쳐다보는 것을 보고 율리시스는 달리는 속도를 줄인 다음 두 손을 옆에 붙인 자세로 걸어갔다.

농부는 아내와 아이들에게 대피소 안으로 들어가라고 지시했다. 아이들이 들어오는 것을 도울 수 있도록 먼저 아내가 안으로 들어갔

✦ 땅속에 만들어놓은 토네이도 대피소.

다. 그다음 딸이 들어갔고, 그다음 어린 남자아이가 들어갔다. 남자아이는 시야에서 사라지는 순간까지 계속 율리시스를 쳐다보았다.

율리시스는 그 아버지도 가족을 따라 사다리를 타고 내려갈 거라고 예상했다. 그러나 그는 몸을 숙여 가족들에게 뭐라고 한마디 하고 나서 해치를 닫은 다음, 율리시스 쪽으로 몸을 돌려 그가 다가오기를 기다렸다. 어쩌면 대피소의 해치에 자물쇠가 없을지도 모른다는 생각이 들었다. 그래서 농부는 만약 다툼을 해야 한다면 지금, 땅위에 있는 동안에 다투는 게 더 낫다고 생각하는지도 몰랐다. 혹은 다른 사람을 안으로 들이는 것을 거부하려면 남자답게 얼굴을 맞대고 얘기해야 한다고 생각하는지도 몰랐다.

율리시스는 그를 존중한다는 표시로 여섯 걸음쯤 떨어진 곳에서 멈췄다. 서로의 말이 잘 들릴 만큼 가깝지만 아무런 위협이 되지 않을 정도로 충분히 떨어진 거리였다.

두 사람은 서로를 살펴보았다. 그들의 발 주변의 먼지가 바람에 날리기 시작했다.

"저는 이 지역 사람이 아닙니다." 잠시 후 율리시스가 말을 꺼냈다. "저는 기독교인으로, 기차를 타려고 디모인으로 가던 중이었어요."

농부는 고개를 끄덕였다. 그는 율리시스가 기독교인이고 기차를 타려고 디모인으로 가는 중이라는 것을 믿지만, 이 상황에서는 그러한 것들은 중요하지 않다고 말하는 듯한 태도로 고개를 끄덕인 것이었다.

"저는 당신을 몰라요." 농부가 간단히 말했다.

"물론 그렇죠." 율리시스가 동의했다.

잠시 동안 율리시스는 농부가 자기를 아는 데 도움이 되도록 농부에게 자기 이름을 말하고, 자기는 테네시주에서 자란 참전 용사이며 한때는 아내와 자식이 있었다고 말해줄까 하는 생각을 해보았다. 이 생각이 율리시스의 머리를 스치고 지나갔지만, 그는 그런 것을 말하는 것 또한 중요하지 않으리라는 것을 알았다. 원망하는 감정 없이 그걸 알았다.

입장을 바꿔 생각해보면 알 수 있었다. 만약 율리시스가 자기 가족의 안전을 위해 자기 손으로 땅을 파서 만든, 창문도 없는 지하 대피소로 내려가려 하는데 키가 6피트나 되는 백인이 갑자기 나타난다면 율리시스 역시 그 사람을 환영하지 않았을 것이다. 그 사람을 가던 길로 가도록 보내버렸을 것이다.

인생의 전성기에 캔버스 백 하나만 어깨에 걸치고 걸어서 전국을 돌아다니는 남자는 도대체 어떤 존재인 것일까? 그런 사람은 분명 어떤 선택을 했을 것이다. 그 사람은 뭔가 다른 것을 추구하기 위해 가족과 마을과 교회를 버리는 선택을 한 것이다. 방해받지 않는 삶, 해답이 없는 삶, 고독한 삶을 추구하기 위해서 말이다. 글쎄, 그것이 그가 그동안 열심히 추구한 삶이라고 한다면, 왜 그는 이 같은 순간에 그와 다른 사람으로 취급받기를 기대한단 말인가?

"알겠습니다." 농부가 별다른 말을 하지 않았는데도 율리시스는 그렇게 말했다.

농부는 잠시 율리시스를 쳐다보더니 오른쪽으로 눈을 돌리고 나무숲에서 솟아오른 길쭉한 흰색 첨탑을 가리켰다.

"저 유니테리언 교회는 여기서 1마일도 되지 않아요. 저곳에 지하실이 있습니다. 뛰어가면 늦지 않게 거기로 갈 수 있는 가능성이 충분합니다."

"고맙습니다." 율리시스가 말했다.

둘이 서로 마주 보고 서 있을 때 율리시스는 농부의 말이 옳다는 것을 알았다. 그 교회까지 늦지 않게 갈 수 있는 가능성이 있다면, 그것은 그가 최대한 빨리 가는 것에 달려 있었다. 그러나 율리시스는 농부의 충고가 아무리 훌륭하다 해도 다른 남자 앞에서 뛰어가는 모습을 보일 생각은 없었다. 그것은 품위의 문제였다.

잠시 기다리고 있던 농부는 이를 이해한 듯 해치를 열고 가족이 모여 있는 곳으로 내려갔다. 내려가면서 농부는 고개를 저었는데, 그것은 그 자신을 포함하여 어느 누구를 탓하는 동작은 아니었다.

첨탑을 흘끗 쳐다본 율리시스는 길로 가기보다는 곧장 밭을 가로질러 가는 것이 교회로 가는 가장 짧은 경로라는 것을 알 수 있었다. 그래서 그는 그렇게 했다. 까마귀가 날아가듯 내달렸다. 오래지 않아 그는 그것이 실수라는 사실을 깨달았다. 옥수수는 키가 1피트 반에 불과하고 심긴 간격은 넓고 줄은 가지런했지만 땅 자체가 무르고 울퉁불퉁해서 앞으로 나아가는 데 방해가 되었다. 그가 이탈리아에서 들판을 가로지르며 힘겹게 나아갔던 그 모든 경험을 고려할 때 그는 이 상황을 더 잘 알았어야 했다. 그러나 이제는 길로 돌아가기엔 너무 늦은 것 같아서 그는 첨탑을 바라보며 최선을 다해 나아갔다.

교회까지 반쯤 갔을 때 멀리 2시 방향에서 토네이도가 나타났다. 시커먼 손가락 하나가 하늘에서 내려온 것이었다. 그것은 색깔 면에서도 의도 면에서도 첨탑의 반대였다.

이제 율리시스의 걸음은 느려지고 있었다. 땅에서 올라오는 먼지와 잔해들이 너무 많아서 그는 눈을 보호하기 위해 얼굴 앞에 한 손을 대고 나아가야 했다. 그런 다음에는 두 손을 대고 시선을 약간 돌린 채로 첨탑을 향해 뒤뚱거리며 울퉁불퉁한 밭길을 나아갔다.

손가락 사이의 틈과 뿌옇게 피어오른 장막 같은 먼지를 통해서 율리시스는 자신의 주변 땅에서 생겨난 흐릿한 직사각형을 알아보게 되었다. 그것은 한편으로는 가지런하면서도 다른 한편으로는 어지러워 보이는 어렴풋한 직사각형이었다. 잠시 손을 내리고 살펴본 그는 자기가 묘지에 들어와 있다는 것을 깨달았고, 그때 첨탑에서 종이 울리기 시작하는 것을 들을 수 있었다. 마치 어떤 보이지 않는 손에 의해 종이 울리는 것만 같았다. 이제 교회까지 거리는 50야드가 채 되지 않을 터였다.

그러나 지금은 분명 그 50야드가 너무 먼 거리일 것이다.

왜냐하면 토네이도가 시계 반대 방향으로 회전하고 있어서 바람이 율리시스를 목표 지점 쪽으로 밀어주는 것이 아니라 목표 지점에서 밀어내고 있었기 때문이다. 우박이 떨어지기 시작하자 그는 마지막으로 힘껏 나아갈 준비를 했다. **난 할 수 있어.** 그는 혼잣말을 했다. 그런 다음 온 힘을 다해 자신과 교회와의 거리를 좁히려고 했지만, 나지막한 묘비에 발이 걸려 넘어지면서 땅바닥에 쓰러지고 말았다. 버림받은 자의 쓰라린 체념이 가슴에 피어올랐다.

"누구에게서 버림받았어요?" 빌리가 물었다. 무릎 위에 놓인 책을 꼭 붙잡고 있는 빌리의 눈이 휘둥그레졌다.

율리시스는 미소를 지었다.

"그건 잘 몰라, 빌리. 행운이나 운명에 버림받았거나 나 자신의 분별력에 버림받았겠지. 가장 크게는 하느님에게 버림받았을 테고."

아이는 고개를 저었다.

"괜한 말 하지 마세요, 율리시스 아저씨. 하느님에게서 버림받았
다는 괜한 말은 하지 마세요."

"그렇지만 난 정확히 그렇게 생각하는걸, 빌리. 내가 전쟁에서 배
운 게 있다면, 완전한 포기의 순간은—그러니까 너를 도와줄 사람
은 아무도 없다는 것을, 심지어 조물주도 너를 돕지 않으리라는 것
을 깨닫게 된 순간은—네가 계속 나아가는 데 필요한 힘을 발견할
수 있는 순간이라는 것이야. 선하신 주님은 천사의 찬송가와 가브
리엘의 나팔 소리로 우리를 일어서게 하지 않아. 주님은 우리를 고
독하고 망각된 존재로 느끼게 함으로써 우릴 일어서게 하는 거야.
우리가 **정말로** 버림받았다는 걸 알았을 때에만 우리는 다음에 일어
날 일은 우리 손에, 오직 우리의 손에만 달려 있다는 사실을 받아들
일 것이기 때문이지."

묘지 바닥에 누운 채 그 포기의 감정을 느끼고, 그 감정의 본질을
알아차린 율리시스는 손을 뻗어 가장 가까이에 있는 묘비의 윗부분
을 잡았다. 그는 몸을 일으켜 세우면서 자기가 잡고 있는 묘비가 풍
화되거나 닳은 돌이 아니라는 것을 깨달았다. 소용돌이치는 먼지와
잔해 속에서도 바로 얼마 전에 세운 돌이 내는 진회색 빛을 볼 수
있었던 것이다. 완전히 일어선 율리시스는 묘비 너머로 파낸 지 얼
마 안 된 묘지를 내려다보았다. 묘지의 바닥에 놓인 검게 빛나는 관
의 윗부분이 눈에 들어왔다.

이곳이 바로 그 차량 행렬이 시작된 곳이었어, 율리시스는 깨달
았다. 그들은 틀림없이 매장 작업을 하는 도중에 토네이도가 접근
하고 있다는 경보를 받았을 것이다. 목사는 망자의 영혼을 천국으

로 인도하기에 충분하다고 여기는 구절을 서둘러 읊었을 것이고, 그런 다음 모두가 자신들의 차로 내달렸을 것이다.

보아하니 그 관의 주인은 부유한 사람인 듯싶었다. 단순한 소나무 관이 아니었기 때문이다. 견고한 황동 손잡이가 달린 윤이 나는 마호가니 관이었다. 관 뚜껑에는 망자의 이름이 적힌 황동 명판이 부착되어 있었다. 망자의 이름은 노아 벤저민 일라이어스였다.

관과 무덤 벽 사이의 좁은 틈새로 미끄러져 내려간 율리시스는 몸을 숙여 관의 걸쇠를 풀고 뚜껑을 열었다. 안에는 정장에 조끼까지 갖춰 입은 일라이어스 씨가 두 손을 가슴 위에 가지런히 포갠 위엄 있는 모습으로 누워 있었다. 그의 신발은 관처럼 검고 윤이 났으며, 조끼에는 가느다란 금빛 회중시계 체인이 드리워져 있었다. 일라이어스 씨의 키는 5피트 6인치 정도밖에 되지 않았지만, 그의 신분에 걸맞게 호사스러운 식사를 한 탓에 몸무게는 200파운드가 넘을 것 같았다.

일라이어스 씨의 세속적인 성공의 본질은 무엇이었을까? 그는 은행 소유주이거나 목재 집하장의 주인이었을까? 근성과 결단력이 있는 사람이었을까, 아니면 탐욕스럽고 기만적인 사람이었을까? 그가 누구였든 간에 이제는 더 이상 생전의 그가 아니었다. 율리시스에게 중요한 것은 키가 겨우 5피트 6인치 정도밖에 안 되는 사람이 6피트 길이의 관에 묻힐 만큼 자기 자신에 대한 감각이 충분히 컸다는 사실뿐이었다.

율리시스는 밑으로 손을 뻗어서 일라이어스의 옷깃을 움켜쥐었다. 누군가를 정신 차리게 해주려고 몸을 흔들고자 할 때처럼 옷깃을 꽉 쥐었다. 관에서 그를 끌어낸 율리시스는 그를 선 자세로 세웠다. 두 사람은 거의 얼굴을 마주 보고 있는 형국이 되었다. 이제 율리시스는 장의사가 망자의 뺨에 볼연지를 바르고 그의 몸에서 치자나무 향이 나게 한 탓에 어딘지 모르게 매춘부와 비슷한 느낌을 준다는 것을 알 수 있었다. 율리시스는 시신의 무게를 이겨내기 위해 무릎을 구부리고 그를 무덤에서 끌어 올린 다음, 무덤 옆에 그를 내려놓았다.

율리시스는 왼쪽으로 오른쪽으로 요동을 치면서 자신을 향해 돌진해오는 그 거대한 시커먼 손가락을 마지막으로 한 번 더 바라본 다음, 빈 관의 안감으로 쓰인 주름 잡힌 하얀 비단에 등을 대고 누운 뒤 위로 손을 뻗어서⋯⋯.

존 목사

주님의 복수가 우리에게 찾아올 때, 그것은 불타면서 떨어지는 유성우처럼 하늘에서 쏟아져 내리지 않는다. 그것은 천둥소리를 동반하는 번개처럼 내리치지 않는다. 그것은 먼바다에서 해일처럼 한데 모여서 해안으로 몰려와 덮치지 않는다. 아니다, 그런 것이 아니다. 주님의 복수가 우리에게 찾아올 때, 그것은 광야에서의 숨결로 시작한다.

부드러우면서도 결연한 이 작은 숨결이 굳어진 땅 위에서 세 번 돌면서 조용히 먼지와 산쑥 향을 살랑살랑 나부낀다. 그러나 그것이 세 번 더 돌고 다시 세 번 더 돌면, 이 작은 회오리바람이 사람 크기로 자라서 움직이기 시작한다. 그것은 나선형을 그리며 땅을 가로질러 나아가면서 속도와 부피를 늘려가고, 이윽고 거대한 조각상 크기로 자라 요동치며 몰려가면서 지나가는 길 안에 놓인 모든 것들을—처음에는 모래와 돌, 관목과 들짐승을, 그다음에는 인간이 만든 것들을—그 소용돌이 안에 쓸어 담는다. 그리하여 마침내 100피트 높이로 우뚝 솟은 그것은 시속 100마일로 움직이며 소용돌이치고 빙글빙글 돌고

휘몰아치면서 가차 없이 죄인을 찾아간다.

존 목사는 율리시스라는 흑인의 정수리를 후려치기 위해 어둠 속에서 걸어 나와 그의 참나무 지팡이를 힘껏 휘둘렀고, 그럼으로써 그의 생각은 끝을 맺었다.

———

방치된 채 죽어갔다. 그것이 바로 존 목사의 상태였다. 그는 오른쪽 무릎 힘줄이 찢어지고, 뺨의 살갗이 벗겨지고, 오른쪽 눈이 부어올라 감긴 상태로 덤불과 가시나무 사이에 누워 자신의 죄를 사해달라고 빌 준비를 하고 있었다. 그러나 그가 죽어가는 바로 그 순간에 주님이 선로 옆에 있는 그를 발견하셔서 그의 팔다리에 새로운 생명을 불어넣으셨다. 그는 자갈과 덤불에 놓인 몸을 일으켜 세워, 아픈 몸을 이끌고 졸졸 흐르는 시원한 시냇물의 가장자리로 걸어갔다. 거기서 목을 축여 갈증을 풀고, 상처를 씻고, 지팡이로 쓸 오래된 참나무 가지를 손에 넣었다.

그 이후로 존 목사는 자기가 어디로 가고 있는지, 어떻게 갈 것인지, 무슨 목적으로 가는지에 대해 한 번도 궁금해하지 않았다. 왜냐하면 그는 주님의 영이 자기를 도구로 삼아 자기를 통해 일하신다는 것을 느낄 수 있었기 때문이다. 주님의 영은 강둑에서 다시 숲을 지나 10량의 빈 유개화차가 감시자 없이 정차해 있는 대피선으로 그를 이끄셨다. 그가 무사히 화차 안으로 들어가자 주님의 영은 화차를 끌고 갈 기관차를 가져와서 그를 동쪽으로 데려가 뉴욕시에 이르게 하셨다.

존 목사가 펜실베이니아역과 허드슨강 사이에 위치한 거대한 조차장에 내렸을 때 주님의 영은 철도 경비원들의 눈으로부터 그를 지켜주셨고, 그를 붐비는 거리가 아닌 고가철도로 인도하셨다. 존 목사는 아픈 무릎을 아끼기 위해 지팡이에 체중을 싣고 자신의 그림자를 거리 위로 드리우며 고가철도를 따라 걸어갔다. 해가 지자 주님의 영은 그를 앞으로 인도하셨다. 목사가 빈 창고를 지나 철망에 난 구멍을 통과하고, 키가 큰 풀들이 듬성듬성 자라는 풀밭을 지나고, 어둠 자체를 통과하고 나니, 이윽고 멀리서 별처럼 빛나는 모닥불이 눈에 들어왔다.

그곳으로 가까이 다가간 존 목사는 무한한 지혜를 지니신 선한 주님께서 자신을 인도하기 위해서뿐 아니라 그 흑인과 아이의 얼굴을 비춰줄 목적으로도 모닥불을 피우셨다는 것을 알았다. 게다가 그 불은 존 목사의 존재는 그들에게 보이지 않게 해주었다. 존 목사는 모닥불이 비치는 둥그런 원 바깥 어둠 속에 멈춰 서서 아이가 이야기를 끝내는 것을 들었고, 이어 흑인에게 그 자신의 이야기를 해줄 수 없느냐고 묻는 소리를 들었다.

오, 존 목사는 율리시스가 자신의 오싹한 토네이도 경험에 대해 지껄이는 소리를 들으면서 얼마나 웃음이 나왔던가. 왜냐하면 그 작은 토네이도는 주님의 복수인 점점 커지는 회오리바람에 비하면 아무것도 아니기 때문이다. 저 녀석은 진심으로 보복에 대한 두려움 없이 달리는 기차에서 목사를 던질 수 있다고 생각했을까? 자신의 행동이 신의 눈과 심판의 손길을 피할 수 있을 거라고 생각했을까?

주 하느님은 모든 것을 보고 모든 것을 다 아시지, 존 목사는 속으로 중얼거렸다. **하느님은 당신의 악행을 목격했어, 율리시스. 당신의 오만과 무단 침입을 목격했어. 그래서 하느님은 자신의 응징을 실현하기 위해 나를 여기로 데려오신 거야!**

주님의 영이 그 같은 분노로 존 목사의 팔다리에 숨을 불어넣었을 때, 그는 참나무 지팡이로 그 흑인의 머리를 내리쳤다. 얼마나 세게 내리쳤는지, 지팡이가 두 동강이 났다.

율리시스가 땅바닥에 풀썩 쓰러지고 존 목사가 빛 속으로 걸어 나왔을 때, 그 흑인과 여러모로 연루된 아이는 느닷없이 일어난 경악스러운 사태의 소리 없는 공포에 두 손을 앞으로 내밀었다.

"네 불 옆으로 가도 되겠니?" 목사가 호탕하게 웃으며 물었다.

그의 지팡이가 짧아져서 존 목사는 어쩔 수 없이 절뚝거리며 소년에게 다가가야 했지만, 그 점이 우려스럽지는 않았다. 왜냐하면 아이는 어디로도 가지 않을 것이며 아무 말도 하지 않으리라는 것을 알고 있었기 때문이다. 오히려 아이는 껍데기 안으로 숨어들어가는 달팽이처럼 자기 안으로 기어들어갔다. 아니나 다를까, 존 목사는 아이의 셔츠 옷깃을 잡고 들어 올렸을 때 아이가 눈을 꼭 감고 예의 그 주문을 외고 있는 것을 볼 수 있었다.

"여기에 에밋은 없다." 목사가 말했다. "널 도우러 올 사람은 없어, 빌리 왓슨."

그런 다음 존 목사는 소년의 옷깃을 꽉 움켜쥔 채 자신의 부러진 지팡이를 치켜들고 이틀 전 율리시스가 도중에 끼어들어서 전하지 못했던 교훈을 전할 준비를 했다. 재미있게 교훈을 전할 준비를 했다!

그러나 막 지팡이로 때리려 했을 때 아이가 눈을 떴다.

"나는 정말로 버림받았다." 아이가 신비한 기세를 띠고 말했다.

그런 다음 아이가 목사의 상처 입은 무릎을 발로 찼다. 존 목사는 짐승처럼 울부짖으며 옷깃을 움켜쥔 손을 놓고 지팡이를 떨어뜨렸다. 성한 한쪽 눈에서 고통의 눈물이 뚝뚝 떨어졌다. 제자리에서 폴짝폴짝 뛰는 존 목사의 머릿속에서 아이에게 쉽사리 잊히지 않을 교훈을 가르쳐주겠다는 생각이 더욱 확고해졌다. 그러나 두 손을 앞으로 쭉 뻗은 그는 아이가 사라지고 없다는 것을 눈물을 통해 볼 수 있었다.

아이를 뒤쫓고 싶은 마음이 간절했던 존 목사는 부러진 지팡이를 대신할 무언가를 찾기 위해 미친 듯이 두리번거렸다.

"아하!" 그가 탄성을 질렀다.

땅 위에 삽이 놓여 있었던 것이다. 삽을 집어 든 존 목사는 날을 땅에 대고 손잡이에 몸을 의지하면서 아이가 사라진 어둠을 향해 천천히 움직이기 시작했다. 몇 걸음 나아간 뒤 그는 야영지의 실루엣을 알아볼 수 있었다. 방수포로 덮인 조그만 장작더미, 임시로 만든 세면대, 한 줄로 늘어선 빈 침낭 세 개, 그리고 텐트 하나.

"빌리," 그가 부드럽게 불렀다. "어디 있니, 빌리?"

"거기 무슨 일 있나?" 텐트 안에서 목소리가 들려왔다.

존 목사는 숨을 죽이고 옆으로 한 걸음 비켜서서 다부진 체구의 흑인이 나타날 때까지 기다렸다. 목사를 보지 못한 그는 몇 걸음 걸어오다가 멈춰 섰다.

"율리시스?" 그 흑인이 물었다.

그때 존 목사가 삽의 납작한 부분으로 그를 쳤다. 그는 신음 소리를 내며 땅바닥에 쓰러졌다.

이제 존 목사는 그의 왼쪽에서 다른 목소리가 나는 것을 들었다. 이 소동을 들었을 법한 두 남자의 목소리였다.

"아이는 내버려두자." 그는 혼잣말을 했다.

삽을 목발로 사용한 목사는 절뚝거리며 최대한 빨리 걸어서 모닥불로 돌아간 다음, 아이가 앉아 있었던 곳으로 갔다. 땅바닥에 책과 손전등이 있었다. 그러나 그 빌어먹을 배낭은 어디 있단 말인가?

존 목사는 자기가 방금 지나온 쪽을 돌아보았다. 침낭 옆에 있는 걸까? 아니야. 배낭은 분명히 책과 손전등이 있는 곳에 있었어. 조심스럽게 몸을 숙인 존 목사는 삽을 놓고 손전등을 집어서 스위치를 켰다. 그는 한 발로 깡충깡충 뛰면서 선로 침목 뒤쪽을 향해 손전등 불빛을 비추었고, 그런 다음 오른쪽에서 왼쪽으로 불빛을 움직이기 시작했다.

저기 있다!

존 목사는 다친 다리를 앞으로 뻗은 자세로 침목에 앉은 다음 배낭을 집어 들어 무릎에 올려놓았다. 그렇게만 했는데도 배낭 속에서 쟁그랑거리는 음악 소리가 새어 나왔다.

그는 흥분이 고조되는 것을 느끼며 배낭끈을 풀고 안에 든 물건들을 꺼내서 한쪽으로 던지기 시작했다. 셔츠 두 벌. 바지 한 벌. 수건 하나. 맨 밑에서 양철통을 발견했다. 양철통을 배낭에서 꺼낸 그는 자축하는 의미로 통을 흔들었다.

그는 내일 아침 47가의 유대인을 방문할 작정이었다. 오후에는 백화점에 가서 새 옷을 살 계획이었다. 그리고 내일 밤엔 멋진 호텔에 방을 잡고 뜨거운 물로 오랫동안 목욕을 하고 나서 굴과 와인 한 병을 룸서비스로 주문할 생각이었다. 어쩌면 잠시 친교를 맺을 여자도 부를 수 있을 것이다. 그러나 지금은 떠날 시간이었다. 목사는 손전등과 양철통을 다시 배낭에 넣고 끈을 단단히 맨 다음 어깨에 걸쳤다. 이윽고 떠날 준비를 마친 존 목사는 삽을 집으려고 몸을 왼쪽으로 기울였다. 그러나 그는 그가 놓아둔 곳에 삽이 없다는 것을 알아차렸……

율리시스

먼저 인식할 수 없는 어둠이 있었다. 그런 다음 천천히 그걸 인식하게 되었다. 그것은 춥고 광대한 머나먼 우주의 어둠이 아니라는 인식이었다. 그것은 가깝고 따뜻한 어둠이었다. 벨벳 덮개처럼 그를 덮어주고 감싸주는 어둠이었다.

기억의 모퉁이에서 자기는 여전히 그 뚱뚱한 사람의 관 속에 있다는 생각이 기어 나왔다. 그는 어깨 부위에서 안감으로 쓰인 주름 잡힌 비단과 그 비단 너머의 견고한 마호가니 널을 느낄 수 있었다.

그는 뚜껑을 열고 싶었다. 그러나 시간이 얼마나 지났을까? 토네이도는 사라졌을까? 그는 숨을 죽이고 귀를 기울였다. 주름 잡힌 비단과 윤이 나는 마호가니 너머에서 나는 소리를 들으려고 귀를 기울였지만, 아무 소리도 들리지 않았다. 휘파람 같은 바람 소리도, 관 뚜껑에 우박이 떨어지는 소리도, 종탑에 매달린 종이 종지기도 없이 홀로 바람에 흔들려 울리는 소리도 들리지 않았다. 그는 확실히 알아보기 위해 관을 조금만 열어보기로 마음먹었다. 손바닥으로 뚜껑을 밀었지만 꿈쩍도 하지 않았다.

배고픔과 피로로 그가 쇠약해진 걸까? 분명 그리 많은 시간이 흐르지 않은 것 같았다. 아니, 많은 시간이 흐른 걸까? 갑자기 공포스러운 생각이 떠올랐다. 토네이도의 여파로 그가 의식을 잃어버린 상태에 있을 때 누군가가 이 봉하지 않은 무덤에 와서, 옆에 쌓아놓은 흙을 삽으로 퍼서 관에 뿌리지 않았을까, 그리하여 무덤 조성 작업을 끝내지 않았을까, 하는 생각이었다.

그는 다시 시도해야만 했다. 팔다리의 혈액순환을 촉진하기 위해 어깨를 좌우로 움직이고 손가락을 오므렸다 폈다 한 다음, 심호흡을 하며 다시 한번 손바닥을 뚜껑의 안쪽 표면에 대고 있는 힘껏 밀었다. 이마에 맺힌 땀방울이 눈으로 흘러들었다. 천천히 뚜껑이 열리기 시작하면서 시원한 공기가 관 안으로 밀려들었다. 안도감을 느낀 율리시스는 오후의 하늘이 눈에 들어올 거라고 예상하며 힘을 그러모아 뚜껑을 끝까지 밀었다.

그러나 오후가 아니었다.

한밤중인 것 같았다.

손을 허공으로 살며시 치켜든 그는 자신의 피부가 흐릿하게 너울대는 불빛을 반사하는 것을 보았다. 가만히 귀를 기울이니, 마치 자신이 바다 어딘가에 있는 것처럼 길고 횡한 뱃고동 소리와 갈매기 소리가 들렸다. 그런데 그때 가까운 거리에서 어떤 목소리가 들려왔다. 자기는 정말로 버림받았다고 단호히 말하는 아이의 목소리였다. 빌리 왓슨의 목소리였다.

갑자기 율리시스는 자기가 어디 있는지 깨달았다.

바로 이어서 분노로, 혹은 고통으로 울부짖는 어른의 목소리가 들렸다. 율리시스는 아직 자신에게 무슨 일이 일어났는지 이해하지 못했지만, 자기가 무엇을 해야 하는지는 알게 되었다.

모로 돌아누운 그는 굉장한 노력을 기울인 끝에 더디게나마 무릎을 꿇은 자세로 몸을 일으켜 세울 수 있었다. 눈가의 땀을 닦은 뒤, 모닥불 불빛을 통해 그것이 땀이 아니라 피라는 것을 알았다. 누군가가 그의 머리를 내리친 것이었다.

율리시스는 일어서서 모닥불 주위를 둘러보며 빌리와 울부짖었던 남자를 찾았지만, 그곳에는 아무도 없었다. 그는 빌리를 소리쳐 부르고 싶었으나, 그건 알 수 없는 적에게 자신이 의식을 찾았다는 신호를 보내는 행위나 다름없다는 것을 알고 있었다.

그는 모닥불에서 벗어나야 했다. 불빛의 원 밖으로 나가야 했다. 어둠의 장막 뒤에서 자신의 지혜와 힘을 모을 수 있을 터이고, 빌리를 찾을 수 있을 터이고, 그런 다음 적을 사냥하는 작업을 시작할 수 있을 터였다.

그는 선로 침목 하나를 넘어간 뒤 어둠 속으로 다섯 걸음 걸어가며 방향을 파악했다. 저기에 강이 있어, 그는 제자리에서 옆으로 돌면서 생각했다. 저기엔 엠파이어스테이트 빌딩이 있고. 그리고 저기는 야영지. 스튜의 텐트 쪽을 바라보던 그는 뭔가가 움직이는 것을 보았다고 생각했다. 빌리를 부르는 남자의 목소리가 너무 여려서 들리지 않을 정도로 나직이 들려왔다. 남자의 목소리는 너무 여려서 들리지 않을 정도이긴 했으나, 알아차리지 못할 정도로 여리지는 않았다.

율리시스는 어둠 속에서 모닥불을 피해가며 조심스럽게, 소리 나지 않게, 당연히 그 설교자를 향해 움직이기 시작했다.

율리시스는 스튜가 자기 이름을 부르는 것을 들었을 때 우뚝 걸음을 멈추었다. 잠시 후 텅 하는 쇳소리를 들었고, 이어 쿵 하고 사람의 몸이 땅바닥에 쓰러지는 소리를 들었다. 율리시스는 너무 조심스럽게 행동한 자기 자신에게 분노가 이는 것을 느꼈다. 그는 어둠 속에서 나온, 절뚝거리며 움직이는 실루엣을 보았을 때 야영지로 뛰어들 준비를 했다.

그 사람은 스튜의 삽을 목발로 사용하는 설교자였다. 그가 삽을 땅에 내려놓고 아이의 손전등을 들더니 스위치를 켜고 뭔가를 찾기 시작했다.

율리시스는 설교자에게서 눈을 떼지 않은 채 모닥불 가장자리로 살금살금 다가가서 선로 침목 너머로 손을 뻗어 삽을 회수했다. 설교자가 찾던 것을 발견하고 탄성을 질렀을 때 율리시스는 어둠 속으로 물러서서, 빌리의 배낭을 집어 든 그가 침목에 앉아 무릎 위에 배낭을 올려놓는 모습을 지켜보았다.

설교자는 동전이 든 양철통을 찾는 동안 배낭에서 빌리의 소지품을 꺼내 땅에 던지며 흥분한 목소리로 호텔이니 굴이니 여자와의 친교니 하는 얘기를 혼자서 중얼거렸다. 그가 그러고 있는 동안 율리시스는 앞으로 나아가기 시작했고, 드디어 설교자 바로 뒤에 이르렀다. 설교자가 그 배낭을 어깨에 걸치고 몸을 왼쪽으로 기울였을 때 율리시스는 삽을 내리쳤다.

이제 설교자는 웅크린 모습으로 그의 발치에 누워 있었고, 율리시스는 숨이 가쁜 느낌이 들었다. 율리시스 자신이 입은 상처를 고려했을 때, 그는 설교자를 제압하기 위한 노력에 지금 당장 쓸 수 있는 모든 힘을 쏟아부은 것이었다. 그 자신도 기절할 것만 같다는 생각이 든 율리시스는 삽을 땅에 꽂고 손잡이에 몸을 의지한 채 발밑을 내려다보며 설교자가 움직이지 않는 것을 확인했다.

"죽었어요?"

빌리였다. 빌리도 그 옆에 서서 설교자를 내려다보고 있었다.

"아니." 율리시스가 말했다.

놀랍게도 아이는 안도하는 것 같았다.

"아저씨는 괜찮아요?" 빌리가 물었다.

"그래," 율리시스가 말했다. "너도 괜찮아?"

빌리가 고개를 끄덕였다.

"아저씨가 말한 대로 했어요. 존 목사가 너는 혼자라고 말했을 때 전 모든 사람에게서 버림받았다고 상상했어요. 조물주도 포함해서. 그래서 저는 목사를 발로 찬 뒤 장작에 덮어놓은 방수포 밑으로 들어가 숨었어요."

율리시스가 빙그레 웃었다.

"잘했다, 빌리."

"도대체 무슨 일이 벌어진 거야?"

빌리와 율리시스는 소리 나는 쪽을 쳐다보았다. 그들 뒤에 스튜가 손에 고기 자르는 칼을 들고 서 있었다.

"아저씨도 피를 흘리고 있네요." 빌리가 걱정스럽게 말했다.

스튜는 머리 옆쪽을 맞아서 귀에서 흘러내린 피가 속옷의 어깨 부위로 스며들어 있었다.

율리시스는 갑자기 기분이 더 나아지고 머리가 더 맑아지고 발에 힘이 더 생겼다.

"빌리," 그가 말했다. "저쪽으로 가서 물 한 대야하고 수건 몇 장 가져오지 않으런?"

스튜는 칼을 허리띠에 꽂고 율리시스 옆으로 다가와서 땅을 내려다보았다.

"이 사람 누구야?"

"마음이 사악한 사람." 율리시스가 말했다.

스튜는 율리시스의 머리로 시선을 돌렸다.

"그 상처, 내가 좀 봐야겠는걸."

"더 심한 부상도 당해봤는데 뭐."

"우린 다 그랬지."

"난 괜찮을 거야."

"알아, 알아," 스튜가 고개를 저으며 말했다. "자네는 크고 건장한 남자니까."

빌리가 대야와 수건을 가지고 왔다. 두 사람은 얼굴을 씻고 나서 상처를 조심스럽게 토닥거렸다. 씻고 난 뒤 율리시스는 빌리를 자기 옆자리 침목에 앉혔다.

"빌리," 그가 입을 열었다. "오늘 밤 우린 굉장히 짜릿한 일을 겪었어."

빌리가 고개를 끄덕여 동의했다.

"맞아요, 율리시스 아저씨, 에밋 형은 얘기해줘도 믿지 못할 거예요."

"내가 너에게 하고 싶은 말이 그거야. 네 형은 차를 찾아야 하고, 또 7월 4일 이전에 너를 데리고 캘리포니아로 가야 하니까 마음이 몹시 바쁠 거야. 오늘 밤 여기서 일어난 일은 우리끼리만 알고 있는 게 좋을 것 같구나. 적어도 지금은 말이야."

빌리는 고개를 끄덕였다.

"그러는 게 좋을 것 같아요." 빌리가 말했다. "에밋 형은 마음이 무척 바쁘니까."

율리시스는 빌리의 무릎을 토닥여주었다.

"언젠가는 형에게 얘기해줘." 그가 말했다. "형에게도 얘기하고, 네 자식들한테도 네 책 속의 영웅들처럼 네가 어떻게 설교자를 이 겼는지 얘기해줘."

빌리의 표정에서 이해했다는 것을 알아차린 율리시스는 스튜와 얘기를 나누기 위해 일어섰다.

"아이를 자네 텐트로 데리고 가주겠나? 먹을 것도 좀 주면 좋겠 는데."

"알았어. 그런데 자넨 뭐 하려고?"

"난 이 설교자를 처리할게."

뒤에서 얘기를 듣고 있던 빌리가 걱정스러운 얼굴로 율리시스를 돌아서 앞으로 왔다.

"그게 무슨 말이에요, 율리시스 아저씨? 설교자를 처리하겠다는 게 무슨 뜻이에요?"

아이를 바라보던 율리시스와 스튜는 서로를 쳐다보았고, 이어 다 시 아이를 보았다.

"이자를 여기에 둘 순 없어." 율리시스가 설명했다. "내가 그랬듯 이 이자도 정신을 차릴 거야. 그러고 나면 머리를 맞기 전에 이자의 마음속에 있었던 사악함이 여전히 거기 있을 거란 말이야. 아마 더 심해져 있겠지."

빌리는 찌푸린 얼굴로 율리시스를 쳐다보았다.

"그래서 나는," 율리시스가 말을 계속했다. "이자를 둘러메고 계단을 내려가서……."

"경찰서에?"

"맞아, 빌리. 경찰서에 내려놓을 거야."

빌리는 고개를 끄덕여서 그것이 올바른 행동이라는 것을 나타냈다. 그때 스튜가 율리시스에게 고개를 돌렸다.

"갠스보트로 내려가는 계단 알지?"

"알아."

"누가 그곳 철망을 뒤로 젖혀놓았어. 자네가 둘러멜 것을 감안하면 그쪽 길이 조금 더 쉬울 거야."

율리시스는 스튜에게 고맙다고 말한 다음, 빌리가 자신의 물건을 챙기고 스튜가 모닥불을 끄고 두 사람이 스튜의 텐트로 돌아갈 때까지 기다렸다가 그 설교자에게 주의를 돌렸다.

율리시스는 그의 겨드랑이를 잡고 들어 올려 어깨에 둘러멨다. 설교자는 생각했던 것보다 무겁지 않았지만, 몸이 여위고 흐느적거리는 편이어서 둘러메기가 불편했다. 율리시스는 그 몸뚱이를 조금씩 앞뒤로 움직여서 중심을 맞추었고, 그런 다음에야 걷기 시작했다. 그는 보폭을 짧게 해서 일관된 걸음걸이로 걸었다.

계단에 이르렀을 때 만약 율리시스가 걸음을 멈추고 생각했다면, 그는 설교자를 계단 아래로 굴러떨어뜨려서 자신의 힘을 덜 소모했을 것이다. 그러나 그는 계속 움직이고 있었고 또한 설교자의 체중이 어깨 위에 고르게 분산되어 있어서, 만약 걸음을 멈춘다면 균형이나 추진력을 잃어버릴까 봐 걱정이 되었다. 그런데 지금 그에게는 균형도 추진력도 다 필요했다. 왜냐하면 계단 맨 밑에서 강까지는 좋이 200야드는 되기 때문이었다.

더치스

울리의 누나가 유령처럼 부엌으로 들어왔다. 기다란 흰 가운을 입고 문간에 나타나 불 꺼진 방을 소리 없이 걸어가는 모습은 마치 발이 바닥에 닿지 않고 나아가는 것만 같았다. 그러나 그녀가 유령이라 해도 그녀는 울부짖고 신음하면서 등골을 오싹하게 만드는, 그런 끔찍한 유령이 아니었다. 그녀는 외롭고 쓸쓸한 부류의 유령이었다. 이런 부류의 유령은 아무도 기억조차 하지 못하는 사물이나 사람을 찾아 대대로 빈집의 복도를 배회한다. 사람들은 이런 것을 '방문'이라고 부르는 것 같다.

맞다, 그거다.

방문.

그녀는 전등불을 켜지 않은 채 주전자에 물을 채우고 버너를 켰다. 이어 캐비닛에서 머그잔과 티백을 꺼내 조리대에 올려놓았다. 그녀는 가운 호주머니에서 조그만 갈색 병을 꺼내 머그잔 옆에 놓았다. 그런 다음 싱크대로 돌아가 창밖을 바라보며 가만히 서 있었다.

여러분은 그녀가 창밖을 바라보기 좋아한다는 느낌을 받았을 것이다. 이런 경우가 아주 많은 것처럼 보일 것이다. 그녀는 몸을 꼼지락거리지도 않았고 발로 바닥을 톡톡 두드리지도 않았다. 실제로 그녀는 창밖을 바라보는 것을 아주 좋아하고 생각에 잠기는 것도 아주 잘해서, 주전자가 휘파람 소리를 내는 순간 마치 애초에 자기가 버너를 켰던 것을 기억하지 못하는 듯 놀라는 모습을 보였다. 그녀는 마지못한 태도로 천천히 창이 있는 자기 자리를 떠나서 주전자의 물을 부은 다음 한 손에는 머그잔을, 다른 손에는 조그만 갈색 병을 들고서 식탁을 향해 몸을 돌렸다.

"불면증이 있나요?" 내가 물었다.

그녀는 갑자기 허를 찔렸으나 소리치지도 않았고 차가 든 머그잔을 떨어뜨리지도 않았다. 단지 주전자에서 휘파람 소리가 났을 때 보였던 것과 같은 약간 놀라는 표정을 지었을 뿐이다.

"네가 거기 있는 걸 보지 못했어." 그녀가 조그만 갈색 병을 가운 호주머니에 다시 넣으며 말했다.

그녀는 불면증이 있느냐는 내 질문에 대답하지 않았지만, 대답할 필요가 없었다. 어둠 속에서 움직이는—방을 가로질러 걷고, 주전자에 물을 채우고, 버너를 켜는—그녀의 모습 전체가 이것은 일상적인 일이라는 것을 암시했다. 그녀는 이틀에 한 번꼴로 새벽 2시에, 남편이 아무것도 모르고 깊이 잠든 사이에 부엌으로 내려온다는 것을 내가 알았다 해도 내게는 그 사실이 조금도 놀랍지 않았을 것이다.

그녀는 뒤쪽 버너를 향해 손짓하면서 차를 한잔하겠냐고 나에게 물었다. 나는 앞에 놓인 잔을 가리켰다.

"거실에서 위스키가 조금 있는 걸 발견했어요. 마셔도 괜찮겠죠?"

그녀가 살포시 웃었다.

"괜찮고말고."

그녀는 내 맞은편 의자에 앉아서 내 왼쪽 눈을 응시했다.

"좀 어떠니?"

"한결 좋아졌어요. 고마워요."

나는 너무 기분 좋게 할렘을 떠나왔기 때문에 울리의 누나 집으로 돌아왔을 때 내가 주먹으로 세게 맞았다는 사실을 까맣게 잊어버리고 있었다. 그녀는 문을 열어주면서 헉하며 놀랐고, 그 모습에 나도 헉하고 놀랐다.

그러나 일단 울리가 나를 소개하고 내가 기차역에서 넘어져 다쳤다는 설명을 하고 나자 그녀는 약장에서 조그맣고 귀여운 구급상자를 꺼내 나를 이곳 부엌 식탁에 앉히고 입술의 피를 닦아주었다. 그런 다음 눈에 대고 있으라며 냉동 완두콩 한 봉지를 주었다. 헤비급 복싱 챔피언처럼 차가운 생고기를 사용하는 편이 더 좋았을 터이지만, 나로서는 이것저것 따질 처지가 아니었다.

"아스피린 하나 더 줄까?" 그녀가 물었다.

"아니에요, 이제 괜찮을 거예요."

잠시 우리 둘 다 아무 말이 없었다. 나는 그녀 남편의 위스키를 한 모금 마셨고, 그녀는 차를 한 모금 마셨다.

"넌 울리의 옆 침상을 쓰는 친구……?"

"맞아요."

"아버지가 연극을 하신다는?"

"연극을 안 할 때가 연극을 할 때만큼이나 많았어요." 내가 웃으며 말했다. "그렇지만 예, 아버진 연극을 했어요. 셰익스피어 배우로 시작했지만 결국엔 보드빌을 하게 되었죠."

그녀는 **보드빌**이라는 말에 미소를 지었다.

"울리가 편지에 네 아버지와 함께 공연했던 몇몇 공연자들에 대해 써 보냈어. 탈출 곡예사, 마술사……. 울리는 그 사람들에게 흠뻑 빠졌더구나."

"울리는 잠잘 때 들려주는 동화 같은 멋진 이야기를 좋아해요."

"맞아. 그 애는 그런 이야기를 좋아해."

그녀는 내게 뭔가 물어보고 싶은 게 있는 것처럼 나를 바라보더니 시선을 자신의 찻잔으로 돌렸다.

"왜요?" 내가 물어보도록 부추겼다.

"개인적인 질문인데."

"그게 좋은 질문이죠."

그녀는 내 말이 진심인지 알아보려고 이쪽을 잠시 살피더니, 진심이라는 판단을 내린 것 같았다.

"설라이나 소년원에는 왜 가게 된 거야, 더치스?"

"오, 얘기하자면 길어요."

"난 이제 겨우 차에 입을 댔을 뿐이야……."

그래서 나는 위스키를 한 모금 더 마시고 나서, 울리 가족들은 전부 다 잠잘 때 들려주는 동화 같은 이야기를 좋아하나 보다 생각하며 나의 코미디 같은 이야기를 시작했다.

1952년 봄, 내 열여섯 번째 생일이 지난 지 몇 주 후였다. 우리는 선샤인 호텔 42호실에서 지냈다. 아버지는 침대에서, 나는 바닥에서 잤다.

그 당시 아버지는 아버지의 표현으로 '**이도 저도 아닌 상태**'에 놓여 있었는데, 그것은 한 일터에서 해고당했지만 어차피 해고당하게 될 다음 일터를 아직 구하지 못했다는 뜻이었다. 아버지는 호텔 복도 맞은편에서 살고 있는 오랜 친구 핏지와 함께 매일매일 시간을 보내고 있었다. 이른 오후가 되면 그들은 공원 벤치, 과일 수레, 신문 가판대, 그리고 누가 동전을 떨어뜨리고도 구태여 다시 주우려 들지 않을 법한 다른 장소들을 뒤지기 위해 어슬렁어슬렁 밖으로 나갔다. 그런 다음에는 지하철로 내려가 손에 모자를 들고 감상적인 노래를 부르곤 했다. 청중을 잘 알고 있는 그들은 3번가 라인에서는 아일랜드 사람들을 위해 〈대니 보이〉를, 스프링스트리트역에서는 이탈리아 사람들을 위해 〈아베마리아〉를 부르며 가사 하나하나에 공감한다는 듯이 눈시울을 붉히곤 했다. 그들은 심지어 커넬스트리트 정거장의 승강장에 있을 때 불러줄 유대인 촌+ 시절에 관한 이디시어 노래도 준비해두고 있었다. 그리고 저녁이 되면—나에게 25센트를 쥐여주어 나를 동시 상영관으로 보낸 뒤—그들은 힘들게 번 돈을 가지고 엘리자베스스트리트로 가서 한 푼도 남김없이 술을 마셨다.

두 사람은 정오가 될 때까지 일어나지 않았기 때문에 나는 아침에 일어나면 먹을 것을 찾아, 또는 이야기할 사람을 찾아 호텔 안을

+ 과거 동유럽, 러시아 등지에 있었던 소규모 유대인 마을.

돌아다니곤 했다. 그 시간에는 얻을 게 별로 없었지만, 일찍 일어나는 사람들이 몇 명은 있었고 그중에서 최고는 의심할 나위 없이 마르셀린 모파상이었다.

1920년대에 마르셀린은 유럽에서 가장 유명한 광대 중 한 명으로, 파리와 베를린 공연에서 매진 행렬을 이어가고 있었다. 공연이 끝나면 기립 박수가 터져 나왔으며, 그를 기다리는 여자들이 뒷문에 줄지어 섰다. 마르셀린은 분명히 평범한 광대가 아니었다. 그는 얼굴에 칠을 하고 뿔 나팔을 불면서 과장되게 큰 신발을 신은 채로 성큼성큼 돌아다니는 사람이 아니었다. 그는 진짜 광대였다. 시인이자 댄서였다. 채플린과 키턴처럼 세상을 자세히 관찰하고 세상사를 깊이 느끼는 사람이었다.

그의 가장 위대한 연기 가운데 하나는 도시의 붐비는 거리에서 걸인 역을 한 것이었다. 막이 오르면 무대 위에 그가 있고, 그는 대도시의 사람들에게 다가가곤 했다. 그는 살며시 고개 숙여 인사하며 신문 가판대에서 머리기사를 놓고 논쟁을 벌이는 두 남자의 주의를 끌고자 애썼다. 그는 삐뚤어진 모자를 벗으며 돌보는 아기가 경기를 일으키는 것에 신경 쓰고 있는 유모에게 말을 걸려고 애썼다. 모자를 벗어도 고개를 숙여도 그가 주의를 끌고자 노력하는 모든 이들은 마치 그가 거기에 없는 것처럼 자신들의 일을 계속했다. 그런 다음 마르셀린이 우울한 표정의 소심한 젊은 여자에게 다가가려 할 때, 근시인 학자가 그와 부딪쳐 그의 모자를 머리에서 떨어뜨렸다.

마르셀린은 모자를 잡으러 뒤쫓았다. 그러나 그가 모자를 붙잡으려 할 때마다 주의가 산만한 보행자가 모자를 미끄러뜨려서 반대 방향으로 보내곤 했다. 모자를 잡으려는 시도를 몇 차례 하고 났을 때, 마르셀린은 참으로 실망스럽게도 한 토실토실한 경찰관이 자기도 모르게 모자를 밟기 직전이라는 것을 깨달았다. 다른 선택의 여지가 없게 된 마르셀린은 공중에서 엄지손가락에 가운뎃손가락을 대고 튕겨서 딱 소리를 냈다. 그러자 모든 사람이 제자리에 얼어붙었다. 즉 마르셀린을 제외한 모든 사람이 말이다.

이제 마법이 일어났다.

몇 분 동안 마르셀린은 무대 위를 미끄러지듯 움직이면서 마치 아무런 걱정이 없는 사람처럼 고운 미소를 지으며 움직이지 않는 보행자 사이를 날렵하게 오갔다. 꽃 장수에게서 줄기가 긴 장미꽃을 가져와서 우울한 젊은 여자에게 수줍게 선물했다. 신문 가판대 옆에서 논쟁을 벌이는 두 남자 사이에 끼어들어 한두 개의 요점을 전달했다. 유모차에 탄 아기에게 웃기는 표정을 지어 보였다. 그는 웃고 의견을 얘기하고 조언을 했는데, 이 모든 것을 소리 내지 않고 행했다.

그러나 마르셀린이 한 차례 더 사람들 사이를 오가며 하던 일을 계속 수행하고자 했을 때 은은한 차임벨 소리가 들렸다. 무대 중앙에 멈춰 선 그는 허름한 조끼에 손을 넣어 그의 인생의 다른 시절의 자취임이 분명한 순금 회중시계를 꺼냈다. 뚜껑을 열고 시간을 들여다본 그는 슬픈 표정을 지으며 자신의 소소한 게임이 충분히 오래 계속되었다는 것을 깨달았다. 마르셀린은 회중시계를 집어넣고 토실토실한 경찰관의 발—그 발은 그동안 내내 공중에 떠 있었는데, 그것은 그 자체로 일종의 체조 묘기였다—아래에서 자신의 삐뚤어진 모자를 조심스럽게 빼냈다. 그가 손으로 모자를 털어서 머리에 얹은 다음 관객을 바라보며 다시 손가락으로 딱 소리를 내면 동료들의 모든 활동이 재개되었다.

그것은 두 번 이상 볼 가치가 있는 연기였다. 왜냐하면 그 쇼를 처음 보았을 때는 마르셀린이 마지막에 손가락을 튕겨 딱 소리를 내면 세상이 원래의 상태로 돌아간 듯 보일 것이기 때문이다. 그러나 두 번 또는 세 번을 보면 세상은 **정확히** 원래의 상태로 돌아간 게 아니라는 것을 깨닫기 시작할 것이다. 소심한 젊은 여자가 걸어갈 때, 그녀는 손에 줄기가 긴 장미꽃이 들려 있는 것을 발견하고 미소를 짓는다. 신문 가판대에서 논쟁을 하던 두 남자는 갑자기 자신들의 입장에 대한 확신이 사그라드는 것을 느끼고 논쟁을 중단한다. 우는 아기를 달래려고 엄청 애를 쓰던 유모는 아기가 까르르거리는 것을 보고 깜짝 놀란다. 마르셀린의 공연을 두 번 이상 보러 갔다면 이 모든 것을 막이 내려지기 전 아주 짧은 시간 동안에 알아차릴 수 있을 것이다. 1929년 가을, 유럽에서 그의 명성이 최고조에 달했을 때, 마르셀린은 곡마장에서 6개월 동안 공연하는 조건으로 몇십만 달러 계약을 맺겠다는 약속에 이끌려 뉴욕에 오게 되었다. 그는 예술가의 열정에 휩싸여 이 자유의 땅에 더 오래 머물 작정으로 짐을 꾸렸다. 그러나 우연히도 그가 독일 브레멘에서 증기선에 탑승한 그 순간에 월스트리트의 주식시장에서는 급격한 폭락이 시작되었다.

그가 웨스트사이드 부두에 도착하여 하선할 무렵 그의 미국 제작자들은 파산했고, 곡마장은 문을 닫았으며, 그의 계약은 취소되었다. 호텔에서 그를 기다리고 있던, 파리에 있는 그의 은행가들이 보낸 전보는 그 역시 대폭락으로 모든 것을 잃었다는 것을 알려주었다. 집으로 안전하게 돌아갈 만큼의 여비조차도 남아 있지 않다는 것이었다. 그가 다른 제작자들의 문을 두드렸을 때, 그는 유럽에서의 자신의 명성에도 불구하고 미국에서는 사실상 아무도 그가 누구인지 알지 못한다는 것을 깨닫게 되었다.

이제 마르셀린의 머리에서 떨어진 것은 그의 자존심이었다. 그가 몸을 기울여 그 자존심을 주우려 할 때마다 지나가는 행인이 그걸 발로 차서 손이 닿지 않는 곳으로 보내버리곤 했다. 그는 자존심을 되찾으려고 노력하면서 이곳저곳 초라한 장소를 전전했고, 그리하여 오랜 시간이 흐른 후 결국엔 길모퉁이에서 팬터마임을 공연하게 되었으며 선샤인 호텔에서 살게 되었다. 복도 저편에 있는 49호실에서 말이다.

마르셀린은 자연스럽게 술꾼이 되었다. 그러나 핏지나 내 아버지 같은 술꾼은 아니었다. 그는 옛 영광을 되새기고 해묵은 불평을 늘어놓을 수 있는 싸구려 술집 같은 곳에 발을 들여놓지 않았다. 대신 저녁이면 값싼 레드 와인 한 병을 사서 방문을 잠근 채 방에서 혼자 술을 마셨으며, 잔이 비면 마치 연기의 일부인 것처럼 부드럽고 섬세한 동작으로 잔을 채우곤 했다.

그러나 아침에는 문을 조금 열어두었다. 그래서 내가 문을 똑똑 두드리면 그는 이제는 가지고 있지 않은 그 모자를 벗는 시늉을 하며 나를 반갑게 맞이했다. 가끔 수중에 약간의 돈이 있을 때면 나에게 심부름을 시켜서 우유, 밀가루, 달걀을 사 오게 한 다음 전기다리미 바닥에 우리가 먹을 조그만 크레이프를 요리하곤 했다.

우리가 바닥에 앉아 아침을 먹을 때면 그는 자신의 과거에 대해 얘기하기보다는 나의 미래에 대해 물어보곤 했다. 어디를 가고 싶은지, 뭘 하고 싶은지 다 얘기하게 했다. 그것은 하루를 시작하는 우리의 오래된 방식이었다.

그러던 어느 날 아침 내가 복도를 걸어서 그 방 앞으로 갔을 때, 그의 방문은 열려 있지 않았다. 문을 똑똑 두드렸으나 응답이 없었다. 나무 문짝에 귀를 대니 희미하게 삐걱거리는 소리가 들렸다. 누군가가 침대 스프링 위에서 몸을 뒤척이는 소리 같기도 했다. 나는 그가 아프지나 않은지 걱정이 되어 문을 살짝 열었다.

"마르셀린 아저씨?" 내가 말했다.

그가 대답하지 않자 나는 문을 끝까지 다 열었다. 그러나 내가 발견한 것은 침대에 누워 있는 사람은 없고, 의자는 방 한가운데에 넘어져 있고, 마르셀린은 천장 선풍기에 매달려 있다는 사실이었다.

삐걱거리는 소리는 침대 스프링에서 난 소리가 아니었다. 앞뒤로 천천히 돌면서 움직이는 그의 몸의 하중에서 비롯된 소리였다.

내가 아버지를 깨워서 그 방으로 데리고 갔을 때, 아버지는 마치 줄곧 예상했던 일이었던 것처럼 담담하게 고개를 끄덕일 뿐이었다. 잠시 후 아버지는 나를 프런트로 내려보내서 호텔 직원을 시켜 경찰에 전화하게 했다.

30분 뒤 그 방에는 세 명의 경찰관—순찰 경찰관 두 명, 그리고 나와 아버지를 비롯하여 자신들의 방문 밖으로 빼꼼히 고개를 내밀고 있는 이웃 입주자들로부터 진술을 받는 형사 한 명—이 있었다.

"그 사람, 물건을 도둑맞지는 않았나요?" 한 입주자가 물었다.

이에 대한 반응으로 한 순찰 경찰관이 마르셀린의 책상을 가리켰다. 거기에는 5달러 지폐 한 장과 동전 몇 개를 포함하여 그의 주머니에서 나온 내용물이 놓여 있었다.

"시계는 어디 있어요?"

"무슨 시계요?" 형사가 물었다.

모든 사람이 한꺼번에 얘기하기 시작했다. 그 늙은 광대의 연기
활동에서 매우 중요한 역할을 했으며, 빈털터리였을 때조차도 절대
로 자신의 수중에서 떠나보내지 않으려 한 순금 회중시계에 관해
떠들썩하게 설명하는 것이었다.

형사는 두 순찰 경찰관을 쳐다보았고, 두 경찰관은 고개를 저었
다. 이어 형사는 아버지를 쳐다보았다. 그러자 아버지는 나를 쳐다
보았다.

"더치스," 아버지는 한 팔을 내 어깨에 걸쳤다. "이건 매우 중요한
일이다. 너한테 질문을 하나 할 건데, 사실대로 얘기해주길 바란다.
마르셀린을 발견했을 때 그 사람 시계를 보았니?"

나는 조용히 고개를 저었다.

"그게 바닥에 떨어져 있는 걸 보았을 수도 있어." 아버지가 도움
을 주려는 듯이 말했다. "그래서 넌 깨지지 않도록 그걸 주운 거야."

"아니에요," 내가 다시 한번 고개를 저으며 말했다. "전 마르셀린
아저씨의 시계를 본 적이 없어요."

아버지는 동정하는 듯한 태도로 내 어깨를 토닥이고 나서 형사를
향해 자기로서는 최선을 다했다는 뜻으로 어깨를 으쓱해 보였다.

"수색해봐." 형사가 말했다.

호주머니에 든 것을 꺼내보라는 순찰 경찰관의 말에 따라 내용물
을 꺼냈을 때 껌 포장지 사이에 기다란 황금 체인에 연결된 황금 회
중시계가 있는 것을 보고서 내가 얼마나 놀랐을지 상상해보라.

내가 얼마나 놀랐을지 상상해보라고 말하는 것은 내가 놀랐기 때

문이다. 어리둥절했기 때문이다. 아연실색했기 때문이다. 그렇지만 단 2초 동안만.

2초 후, 나는 무슨 일이 벌어졌는지 명명백백하게 알 수 있었다. 아버지는 시신의 옷을 뒤져 그 시계를 훔치려고 나를 프런트로 내려보낸 것이었다. 그런데 그 후 참견하기 좋아하는 이웃 입주자가 시계에 대해 언급하자, 아버지는 몸수색을 당하기 전에 시계를 내호주머니에 넣으려고 내 어깨에 팔을 걸치며 몇 마디 말을 건넨 것이었다.

"오, 더치스." 아버지가 몹시 실망한 어조로 말했다.

한 시간도 안 되어서 나는 경찰서에 있게 되었다. 나는 미성년자인 데다 초범이었으므로 아버지가 보살핀다는 조건으로 풀려나기에 적합한 후보였다. 그러나 늙은 광대의 회중시계의 가치를 고려했을 때, 그 범죄는 사소한 절도죄가 아니었다. 중절도죄였다. 설상가상으로 선샤인 호텔에서 다른 절도 사건이 몇 건 일어났다는 보고가 있었고, 핏지는 선서를 하고 나서 한 진술에서 내가 들어갈 이유가 없는 방 한두 곳에서 나오는 것을 보았다고 주장했다. 그것만으로는 충분치 않았던 것인지, 아동부 직원들은 내가 5년 동안 학교에 다니지 않았다는 것—아버지에게는 충격적인 사실이었다—을 알아냈다. 내가 소년 법원 판사 앞에 출두했을 때, 아버지는 열심히 일하는 홀아비로서 나를 유흥가의 나쁜 영향으로부터 보호할 처지가 못 된다는 것을 인정해야만 했다. 나 자신을 위해서 나는 소년원에서 18세까지 청소년 교화 프로그램을 받아야 한다는 데 모두가 동의했다.

판사가 판결을 내린 뒤 아버지는 내가 소년원으로 송치되기 전에 외고집쟁이 아들에게 몇 마디 조언을 해주어도 되겠느냐고 물었다. 판사는 받아들였다. 아마 아버지가 나를 한쪽으로 데려가서 재빨리 필요한 조언을 해줄 거라고 생각한 모양이었다. 그러나 아버지는 양 엄지손가락을 바지 멜빵 안에 찔러 넣은 채 가슴을 내밀고 판사와 법정 경위와 방청석과 속기사를 향해 읊었다. 특히 속기사를 향해서!

"내 아들아," 아버지가 그들 모두에게 말했다. "우리가 헤어져 있는 동안 내 축복이 너와 함께하기를 바란다. 그러나 내가 없을 때 다음 몇 가지 교훈을 늘 마음에 담아두어라. 스스럼없되, 절대 경박하지는 말아라. 귀는 모두에게 열어주되, 입은 극소수에게만 열어라. 모든 이의 비판은 받아들이되, 네 판단은 유보하라. 그리고 무엇보다도 너 자신에게 진실하라. 그러면 밤이 낮을 따르듯 자연스레 너는 다른 누구에게도 거짓되지 않을 것이기 때문이다. 내 아들아, 안녕."[*] 아버지가 말을 맺었다. "안녕."

그리고 그들이 나를 데리고 법정을 나갈 때 아버지는 실제로 눈물을 흘렸다. 그 교활한 영감탱이가 말이다.

"아, 끔찍해." 세라가 말했다.

나는 그녀의 얼굴에서 진심으로 하는 말이라는 것을 알 수 있었다. 그녀의 표정에는 동정심과 분노와 보호 본능이 담겨 있었다. 그녀 자신의 삶에서 행복을 찾게 되든 그렇지 못하든 간에, 그녀는 틀림없이 훌륭한 엄마가 되리라는 것을 대번에 알 수 있었다.

"괜찮아요." 나는 애통해하는 그녀의 마음을 가볍게 해주려고 그

---

[*] 셰익스피어의 『햄릿』 1막 3장에서 오필리아의 아버지 폴로니우스가 프랑스로 떠나는 아들 레어티스에게 해주는 말.

렇게 말했다. "설라이나 소년원은 그렇게까지 나쁘진 않았어요. 하루 세끼 식사와 매트리스 깔린 침상이 있으니까요. 그리고 내가 거기 가지 않았다면 누나의 동생을 만나지 못했을 거잖아요."

내가 세라를 따라 싱크대로 가서 잔을 씻자 그녀는 나에게 고맙다고 말하며 특유의 따뜻한 표정으로 미소 지었다. 그런 다음 잘 자라고 말하며 돌아서서 걸음을 옮겼다.

"세라 누나." 내가 말했다.

그녀가 돌아서서 왜, 하는 표정으로 눈썹을 추켜세웠다. 그녀는 내가 그녀의 가운 호주머니에 손을 넣어 조그만 갈색 병을 꺼내는 모습을 방금 전과 똑같은 소리 없이 놀라는 표정으로 지켜보았다.

"내 말 들어요," 내가 말했다. "이건 누나에게 아무 도움이 안 돼요."

그런 다음 그녀가 부엌을 나갔을 때 나는 그 병을 향신료 선반 바닥에 올려놓았다. 그날의 두 번째 선행을 한 것 같은 기분이 들었다.

울리

금요일 오후 1시 30분, 울리는 그 가게에서 그가 가장 좋아하는 곳에 서 있었다. 그건 정말 기분 좋은 일이 아닐 수 없었다! 왜냐하면 파오슈워츠⁺에는 서 있고 싶은 멋진 장소들이 아주 많았기 때문이다. 이곳에 오기 위해 그는 커다란 동물 봉제 인형 컬렉션을 지나쳐 와야 했다. 그 컬렉션에는 매혹적인 눈을 가진 호랑이와 머리가 거의 천장에 닿을 정도인 실물 크기의 기린도 있었다. 그는 또 모터스포츠 코너도 지나쳐 와야 했다. 거기서는 남자아이 두 명이 조그만 페라리를 몰며 8자 모양의 트랙을 도는 경주를 벌이고 있었다. 에스컬레이터 위쪽에서는 마술 세트 코너를 지나쳐 와야 했다. 거기서는 한 마술사가 다이아몬드 잭 카드를 사라지게 하는 마술을 펼치고 있었다. 그러나 그 모든 볼거리에도 불구하고 이 가게에서

⁺ 뉴욕의 관광 명소였던 미국 최장수 장난감 가게. 2015년에 문을 닫았다.

인형의 집 가구들이 담긴 커다란 유리 상자만큼 울리를 행복하게 만드는 곳은 없었다.

여덟 개의 유리 선반이 있는 20피트 길이의 유리 상자는 세인트 조지 기숙학교 체육관에 있는 트로피 상자보다 훨씬 더 컸으며, 맨 아래에서 맨 위쪽까지, 왼쪽 끝에서 오른쪽 끝까지 완벽한 모양의 조그만 복제품들이 빼곡히 놓여 있었다. 상자의 왼쪽에는 전부 다 치펀데일 양식⁺의 가구를 배치했다. 높다란 치펀데일 양식 서랍장과 치펀데일 양식 책상들, 그리고 치펀데일 식탁 하나와 그 주위에 가지런히 놓인 열두 개의 치펀데일 의자로 꾸며진 식당용 가구 세트가 있었다. 식탁은 그들이 살았던 86가 적갈색 사암 집의 식당에 있었던 식탁과 똑같았다. 물론 날마다 치펀데일 양식 식탁에서 식사를 한 것은 아니었다. 그 식탁은 생일이나 명절 같은 특별한 날에만 사용했다. 그런 날이면 그들은 최고급 자기 그릇으로 상을 차리고 나뭇가지 모양의 촛대에 꽂은 모든 양초에 불을 밝혔다. 적어도 울리의 아버지가 돌아가시기 전까지는 그랬다. 어머니가 재혼하여 팜비치로 가기 전까지는, 그 식탁을 여성의 가게⁺⁺에 기부하기 전까지는 그랬다.

케이틀린 누나는 식탁을 기부하는 것에 몹시 화가 났다!

어떻게 그럴 수가 있어요, 그 식탁 세트를 나르려고 이삿짐 인부들이 나타났을 때 케이틀린 누나는 어머니에게 그렇게 말했다(소리쳤다는 표현이 더 적절할 것이다). **그건 증조할머니 것이었어요!**

⁺ 우아한 곡선을 이용한 장식적인 가구 양식.
⁺⁺ Women's Exchange, 사교계 여성들이 운영하는, 자선기금을 모으기 위해 중고 물품을 판매하는 가게.

오, 케이틀린, 어머니가 대꾸했다. 넌 저런 식탁에 뭘 바라는 거니? 열두 명이 앉을 수 있는 케케묵은 물건일 뿐이야. 게다가 이젠 아무도 디너파티를 열지 않아. 안 그러니, 울리야?

당시에 울리는 사람들이 디너파티를 여는지 열지 않는지 몰랐다. 지금도 모른다. 그래서 그는 아무 말도 하지 않았다. 그러나 케이틀린 누나는 한마디 했다. 이삿짐 인부가 그 치펀데일 식탁을 문밖으로 나를 때 울리에게 말했다.

잘 봐둬, 울리, 누나가 말했다. **저런 식탁은 다시는 볼 수 없을 테니까.**

그래서 그는 그 식탁을 잘 눈여겨봐두었다.

그러나 결과적으로 케이틀린 누나가 틀렸다. 왜냐하면 울리는 그런 식탁을 다시 보았기 때문이다. 바로 여기 파오슈워츠에 진열된 유리 상자에서 그걸 보았으니까 말이다.

유리 상자 안에 있는 가구들은 연대순으로 배열되어 있었다. 왼쪽에서 오른쪽으로 눈을 옮기면 베르사유 궁전에서부터 오늘날의 아파트 거실에 이르기까지, 축음기, 커피 테이블, 미스 반데어로에✦의 의자 한 쌍 등을 쭉 볼 수 있었다.

울리는 치펀데일 씨와 미스 반데어로에 씨는 의자 디자인 분야에서 최고의 존경을 받는다는 사실을 알고 있었다. 그렇지만 울리가 보기에는 이 완벽한 모양의 조그만 복제품들을 만든 사람들도 최소한 그들만큼은 존경받아야 할 것 같았다. 그 이상은 아닐지라도 말이다. 왜냐하면 치펀데일 의자나 미스 반데어로에 의자를 이처럼 작은 크기로 만드는 것은 우리가 실제로 앉을 수 있는 의자를 만드

✦ 독일 태생의 미국 건축가. 1920년대의 가장 창조적인 건축가로 명성을 떨쳤다.

는 것보다 더 어려울 게 분명하기 때문이었다.

하지만 울리가 유리 상자에서 가장 좋아하는 부분은 오른쪽 끝 부분, 일련의 부엌이 있는 곳이었다. 맨 위에는 '프레리 부엌'이라고 부르는 것이 있었는데, 거기에는 단순한 나무 식탁과 버터 교반기와 주철 난로 위에 놓인 주철 프라이팬이 있었다. 그다음은 '빅토리아풍 부엌'이었다. 이곳은 요리사가 요리를 하는 부엌이라는 것을 알 수 있었다. 거기에는 앉아서 저녁 식사를 할 식탁과 의자가 없었기 때문이다. 대신 기다란 목재 아일랜드 테이블이 있고, 그 위에는 여섯 개의 구리 냄비가 크기가 큰 것에서 작은 것의 순으로 걸려 있었다. 그리고 마지막으로 오늘날의 온갖 놀라운 것들을 갖춘 '오늘의 부엌'이 있었다. 밝은 흰색 레인지와 밝은 흰색 냉장고 외에도 붉은색 포마이카 상판으로 된 4인용 식탁과, 앉는 자리를 붉은색 플라스틱으로 만든 크롬 의자 네 개가 놓여 있었다. 거기에는 또 키친 에이드 믹서 하나, 조그만 검정 레버가 달린 토스터 하나, 조그만 토스트 두 개가 있었다. 그리고 조리대 위 캐비닛 안에는 온갖 조그만 시리얼 상자와 조그만 수프 통조림이 들어 있는 것을 볼 수 있었다.

"네가 여기 있을 줄 알았어."

울리는 고개를 돌려 누나가 옆에 서 있는 것을 보았다.

"그걸 어떻게 알았어?" 그가 놀란 표정으로 물었다.

"어떻게 알다니!" 세라 누나가 웃으며 대꾸했다.

울리도 웃었다. 왜냐하면, 물론, 물론, 그는 누나가 어떻게 알았는지 정확히 알고 있었기 때문이다.

그들이 어렸을 때 월콧 할머니는 매년 12월에 그들을 파오슈워츠에 데리고 갔고, 그들은 각자의 크리스마스 선물을 고를 수 있었다. 어느 해에 가족들이 큼지막한 빨간 가방들을 전부 가득 채운 뒤 다들 코트의 단추를 채우고 떠날 준비를 하고 있을 때, 그들은 붐비는 명절 분위기 속에서 어린 울리가 어디론가 사라지고 없다는 것을 깨달았다. 가족들은 울리를 찾으러 각각 다른 층으로 흩어졌고, 마침내 세라가 여기서 그를 찾았었다.

"그때 누나는 몇 살이었어?"

그녀가 고개를 저었다.

"잘 모르겠어. 할머니가 돌아가시기 1년 전이었으니 나는 열네 살이고 넌 일곱 살이었던 것 같아."

울리가 고개를 저었다.

"그게 무척 어려웠어. 안 그래?"

"뭐가 무척 어려웠다는 거야?"

"여기서 크리스마스 선물을 고르는 거. 다른 곳이 아닌 이곳에서!"

울리는 두 팔을 놀리며 이 건물 안에 있는 모든 기린과 페라리와 마술 세트를 포함하려는 동작을 해 보였다.

"맞아." 그녀가 말했다. "선물을 고르는 게 너무 어려웠어. 그렇지만 네가 유난히 더 어려워했던 거야."

울리는 고개를 끄덕였다.

"그리고 그 후에," 울리가 말했다. "우리가 고른 선물 가방들을 할머니가 운전사를 시켜서 집으로 보낸 후에, 할머니는 차를 마시러 우리를 플라자 호텔로 데리고 갔잖아. 기억나?"

"기억나."

"우리는 야자나무가 있는 커다란 방에 앉곤 했어. 그러면 그들은 낮은 층에 작은 물냉이와 오이와 연어 샌드위치가 있고, 위층에 작은 레몬 타르트와 초콜릿 에클레르가 있는 그 탑처럼 생긴 것을 가지고 왔지. 할머니는 우리에게 샌드위치를 먹고 나서 에클레르를 먹게 하셨어."

"천국으로 올라가는 방향으로 먹어야 해."

울리가 웃었다.

"맞아, 그랬어. 할머니는 그렇게 말씀하시곤 했어."

울리는 세라 누나와 함께 에스컬레이터를 타고 1층으로 내려오면서 인형의 집 의자를 만든 사람들은 치펀데일 씨와 미스 반데어로에 씨보다 더 많은 존경을 받지는 않는다 해도 적어도 그들만큼은 존경받아야 한다는 자신의 새로운 생각을 설명하고 있었다. 그런데 그들이 현관문으로 걸어가고 있을 때 누군가가 뒤에서 다급하게 소리쳤다.

"잠깐만요! 잠깐만요, 선생님!"

울리와 누나가 무슨 일로 시끄러운지 알아보려고 뒤를 돌아보았을 때, 관리자 같은 외모의 남자가 한 손을 허공에 흔들며 그들 뒤를 쫓아오고 있는 게 보였다.

"잠깐만요, 선생님." 소리치는 남자는 명백히 울리 쪽으로 달려오고 있었다.

울리는 익살스럽게 놀라는 표정을 지을 생각으로 누나에게 얼굴을 돌렸다. 그렇지만 세라는 약간 두려운 듯한 표정으로—하지만 한편으로는 가슴이 철렁 내려앉는 듯한 표정으로—남자가 가까이 오는 것을 여전히 지켜보고 있었다.

그들에게 다다른 남자는 잠시 멈추어 숨을 고른 다음 울리에게
말했다.

"소리를 질러서 정말 죄송합니다. 그렇지만 고객님이 곰을 잊어
버리고 그냥 가버리셔서."

울리의 눈이 휘둥그레졌다.

"곰!"

그는 누나에게 얼굴을 돌렸고, 세라는 의아해하면서도 안도하는
표정이었다.

"내가 곰을 깜빡 잊고 있었어." 그가 싱긋 웃으며 말했다.

관리자를 쫓아오던 젊은 여자가 그제야 나타났는데, 그녀는 거의
자신의 몸집만큼이나 큰 판다를 품에 안고 있었다.

"두 분 모두 고맙습니다." 울리가 두 팔로 그 곰을 건네받으며 말
했다. "정말 정말 고맙습니다."

두 직원이 자기 자리로 돌아가자 세라가 울리에게 고개를 돌렸다.

"네가 그 큰 판다를 산 거야?"

"아기에게 줄 거야!"

"울리." 그녀가 미소 띤 얼굴로 고개를 한 번 흔들며 말했다.

"회색곰이나 북극곰을 살까 생각했었어." 울리가 설명했다. "그렇
지만 그 곰들은 둘 다 좀 사나워 보였어."

울리는 사나운 모습의 실례를 보여주기 위해 앞발을 치켜들 듯
두 손을 세우고 이빨을 드러내고 싶었을 테지만, 그러나 그는 두 팔
가득 판다를 안고 있었다.

그는 두 팔 가득 판다를 안고 있어서 회전문을 통과할 수가 없었
다. 그래서 항상 파오슈워츠 입구에서 보초를 서는 선홍색 제복의

남자가 행동에 돌입했다.

"제가 해드리겠습니다." 그가 씩씩하게 말했다.

그러고 나서 그는 동생과 누나와 곰이 5번가와 이 장난감 가게를 가르는 조그만 테라스로 나갈 수 있도록 회전문 대신 회전하지 않는 문을 열어주었다.

센트럴파크 가장자리를 따라 늘어선 모든 마차와 핫도그 수레에 햇볕이 내리쬐는 아름다운 날이었다.

"저기 가서 잠깐 좀 앉자." 세라가 진지한 대화를 암시하는 태도로 말했다.

울리는 조금 마지못한 태도로 누나를 따라 벤치로 가서 판다를 사이에 두고 앉았다. 그러나 세라가 판다를 들어서 그녀 옆에 놓았으므로 그들 사이에는 아무것도 없었다.

"울리," 그녀가 말했다. "너한테 묻고 싶은 게 있어."

세라가 울리를 바라보고 있는 동안, 울리는 그녀의 얼굴에서 걱정스러운 표정뿐 아니라 혼란스러워하는 표정도 볼 수 있었다. 마치 갑자기 그녀가 울리에게 묻고 싶었던 것—그게 무엇이든 간에—을 과연 정말로 묻고 싶은 건지 확신하지 못하는 듯한 표정이었다.

울리는 손을 뻗어 누나의 팔에 얹었다.

"나한테 뭘 물어볼 필요 없어, 세라 누나. 나한테 아무것도 물어볼 필요 없어."

세라의 얼굴을 쳐다본 울리는 걱정스러운 느낌이 혼란스러운 느낌과 계속 싸우고 있다는 것을 알 수 있었다. 그래서 그는 누나를 안심시키고자 최선을 다했다.

"질문은 아주 곤란한 상황을 초래할 수가 있어." 그가 말했다. "갈

림길처럼 말이야. 아주 멋진 대화를 하고 있는 중에 누가 질문을 하는 경우가 있겠지. 그러면 다음 순간, 우린 완전히 새로운 방향으로 가고 있다는 걸 알게 돼. 대개의 경우, 이 새로운 길은 우리를 엄청 기분 좋은 곳으로 인도할 테지만, 때로는 새 방향이 아니라 이미 가고 있던 방향으로 갔더라면, 하고 바라는 수도 있어."

둘 다 잠시 말이 없었다. 그때 다른 새로운 생각이 떠오른 울리가 흥분한 표정으로 누나의 팔을 꽉 쥐었다.

"누나, 이거 알아차린 적 있어?" 그가 말했다. "이거 알아차린 적 있어? 아주 많은 질문들이 W로 시작한다는 거?"

울리는 손가락을 꼽으며 세었다.

"누구Who. 무엇What. 왜Why. 언제When. 어디서Where. 어떤Which."

세라는 이 사소하지만 매혹적인 사실에 미소를 지었고, 그것을 본 울리는 잠시나마 누나의 걱정과 혼란스러움이 사라졌다는 것을 알 수 있었다.

"재미있지 않아?" 울리가 말을 이었다. "어떻게 이런 일이 일어났을까? 오래전 단어들이 처음 만들어질 때, 무엇이 그 단어들을 만든 사람들로 하여금 W를 모든 질문에 사용하게 했을까? 이를테면 왜 T나 P가 아니고? 그걸 보면 W에게 좀 미안한 마음이 들어. 안 그래? 그러니까 내 말은, W가 무척 무거운 짐을 짊어졌다는 거야. 특히 누가 W로 시작하는 질문을 할 때, 그것은 정말로 물어보는 게 아닌 경우가 아주 많으니까 말이야. 예를 들면, 예를 들면⋯⋯."

울리는 어머니의 말본새와 말투를 흉내 냈다.

"**언제When 너는 철이 들 거야! 그리고 왜Why 그런 짓을 하는 거야! 그리고 또 대체 무슨What 생각을 하고 있었어!**"

세라 누나가 웃었다. 누나가 웃는 모습을 보니 좋았다. 누나는 원래 잘 웃는 사람이었기 때문이다. 누나는 분명 울리가 아는 사람 중에 가장 잘 웃는 사람이었다.

"알았어, 울리. 너한테 물어보지 않을게."

이번에는 그녀가 손을 뻗어 울리의 팔을 잡았다.

"대신 나에게 약속해줘. 네가 방문할 곳을 다 방문한 후엔 돌아가겠다고 약속해줘."

울리는 고개를 숙여 발을 내려다보고 싶었지만, 그의 팔에서 누나의 손가락을 느낄 수 있었다. 그는 누나의 얼굴에서 비록 걱정스러운 표정은 남았지만 혼란스러워하는 표정은 사라진 것을 볼 수 있었다.

"약속할게." 그가 말했다. "약속할게…… 돌아가겠다고."

그러자 세라는 조금 전에 울리가 그녀의 팔을 꽉 쥔 것처럼 그의 팔을 꽉 쥐었다. 그녀는 어깨에서 커다란 짐을 덜어낸 것처럼 보였다. 세라가 벤치에 등을 기댔다. 그래서 그도 그렇게 했다. 그렇게 판다 옆에 앉아 있는 동안 그들은 문득 자기들이 5번가 맞은편인 플라자 호텔을 정면으로 바라보고 있다는 것을 알아차렸다.

울리가 환하게 웃으며 일어나 누나에게 고개를 돌렸다.

"저기로 차 마시러 가자." 그가 말했다. "옛 추억을 위해."

"울리," 세라가 어깨를 축 늘어뜨리고 말했다. "벌써 2시가 넘었어. 난 드레스를 찾으러 버그도프 가게에 가야 하고, 머리를 손질한 다음 아파트로 돌아가야 해. 그래야 옷을 갈아입고 나가서 제때에 르파비용에서 데니스를 만날 수 있어."

"아, 어쩌고저쩌고, 어쩌고저쩌고." 울리가 말했다.

세라는 다른 측면에 대해 말하려고 입을 열었으나, 울리는 판다를 집어 들고 누나 앞에서 이리저리 흔들었다.

"아, 어쩌고저쩌고, 어쩌고저쩌고." 그가 판다의 목소리로 말했다.

"알았어." 세라가 웃으며 말했다. "옛 추억을 위해 플라자에서 차를 마시자꾸나."

더치스

금요일 오후 1시 30분, 나는 울리 누나의 식당에 있는 장식장 앞에 서서 질서 정연하게 놓인 자기들을 감탄 어린 눈으로 바라보았다. 왓슨 집안처럼 울리의 누나도 다음 세대로 전할 가치가 있는, 어쩌면 이미 윗세대로부터 전해 받았을 식기들을 가지고 있었다. 그러나 여기에는 기우뚱 쌓아놓은 커피 잔도 없고, 먼지가 옅게 낀 자기도 없었다. 세라 누나의 자기들은 수직으로 완벽하게 가지런히 쌓아 올린 형태로 배열되어 있었고, 각각의 그릇에는 바로 위에 놓인 그릇으로부터 표면을 보호하기 위해 작은 원 모양의 펠트 천이 들어 있었다. 자기 아래 선반에는 길쭉한 검은 상자가 있었다. 그 안에는 역시 질서 정연하게 정리된, 집안의 유물인 식탁용 은제 날붙이가 들어 있었다.

나는 장식장의 아래쪽 캐비닛을 잠근 다음, 열쇠를 발견했던 원래 자리에—가운데 선반의 한가운데에 진열된 뚜껑이 있는 움푹한 그릇 안에—다시 열쇠를 넣어두었다. 이 집의 안주인은 훌륭한 대칭 감각을 지닌 게 분명했고, 그래서 해독하기 쉽다는 점에서 그 대칭 감각은 칭찬할 만했다.

식당을 나와 복도를 거닐면서 나는 1층에 있는 모든 방을 둘러보았다는 만족감을 느끼며 뒷계단을 올라갔다.

———

아침 식사 시간에 세라는 그녀와 데니스가 주말 이틀 밤 모두 저녁 약속이 있어서 시내에 있는 그들의 아파트에서 주말을 보낼 거라고 얘기했다. 그녀가 몇 가지 일이 있어서 정오 전까지 아파트에 들어가야 한다는 말을 덧붙였을 때 울리가 자기도 누나를 따라가고 싶다고 했고, 그러자 세라는 나를 쳐다보았다.

"괜찮겠어?" 그녀가 물었다. "울리가 몇 시간 동안 시내에서 나랑 함께 있어도?"

"안 될 게 뭐 있겠어요?"

그래서 그러기로 했다. 울리는 세라의 차를 타고 가고, 나는 나중에 울리와 서커스를 보러 가기 위해 캐딜락을 몰고 나가서 울리를 태우기로 했다. 내가 울리에게 어디서 만날지 물었더니, 당연히 울리는 유니언스퀘어에 있는 에이브러햄 링컨 동상 앞이 좋겠다고 말했다. 11시가 조금 지났을 때 그들은 차를 몰고 진입로를 빠져나가 시내로 향했고, 나는 집을 자유로이 사용해도 된다는 허락과 함께 혼자 남겨졌다.

나는 우선 거실로 들어갔다. 스카치위스키를 한 모금 마시고 나서 시내트라를 하이파이 전축에 올려놓은 다음, 두 다리를 뻗고 느긋이 감상했다. 음반은 내가 처음 듣는 것이었지만, 올 블루 아이스는 〈아이 겟 어 킥 아웃 오브 유I Get a Kick Out of You〉와 〈데이 캔트 테이크 댓 어웨이 프롬 미They Can't Take That Away from Me〉를 포함한, 관현악단이 참여한 다양한 구색을 갖춘 경쾌한 사랑 노래를 좋은 컨디션으로 불렀다.

앨범 표지에는 두 쌍의 연인이 산책을 하고, 시내트라는 홀로 가로등에 기댄 모습이 담겨 있었다. 어두운 회색 정장 차림에 중절모를 약간 비딱하게 쓴 시내트라는 담배를 마치 떨어뜨릴 것처럼 두 손가락 사이에 아주 느슨하게 끼우고 있었다. 그 사진은 보는 것만으로도 담배를 피우고 싶게 만들고, 모자를 쓰고 싶게 만들고, 외로이 홀로 가로등 기둥에 기대고 싶게 만들었다.

잠시 나는 이 음반을 울리의 매형이 산 게 아닐까, 하고 생각했다. 그러나 잠시 그렇게 생각했을 뿐이었다. 왜냐하면, 당연히, 세라가 샀을 것이기 때문이다.

나는 두 번째로 음반을 틀고, 두 번째로 위스키를 한 모금 마신 다음 천천히 복도를 걸었다. 울리의 말에 따르면 그의 매형은 월스트리트에서 나름대로 크게 성공한 사람이었다. 그렇지만 이 집에 있는 그의 사무실에서는 그 사실을 알 수 없을 거라고 했다. 거기에는 티커 테이프*도 없고, 요즘은 무엇을 사용하는지 모르지만 아무튼 무슨 주식을 사고 무슨 주식을 팔아야 하는지를 알려주는 것이 없다고 했다. 거기에는 장부도 없고 계산기도 없고 계산자**도 없었

---

* 증권 시세 표시기 등에서 정보가 찍혀 나오는 수신용 테이프.
** 복잡한 수학 함수들을 수행하는 데 사용되는 기계장치.

다. 이곳에는 스포츠 생활을 즐긴다는 것을 보여주는 많은 증거가 있었다.

책상 바로 맞은편 선반에는—데니스가 쉽게 볼 수 있는 곳이었다—영원히 낚싯바늘을 향해 주둥이를 돌리고 있을 박제된 물고기가 기둥 위에 놓여 있었다. 물고기 위 선반에는 막 골프 라운딩을 끝낸 남자 네 명의 최근 사진이 있었다. 다행히도 컬러사진이어서 우리 같은 사람들은 결코 입고 싶지 않을 모든 옷들을 잘 볼 수 있었다. 골퍼들의 얼굴을 훑어보면서 나는 유난히 젠체하는 것처럼 보이는 얼굴 하나를 고르며 그가 데니스일 거라고 생각했다. 선반 왼쪽에는 벽에서 튀어나온, 비어 있는 두 개의 J자 모양의 물품걸이 위쪽으로 또 다른 사진이 걸려 있었다. 이 사진은 2피트짜리 트로피를 잔디밭에 내려놓고 찍은 대학 야구팀 사진이었다.

거기에 없는 것은 울리 누나의 사진이었다. 벽에도 없었고, 선반에도 없었으며, 크게 성공한 그 남자의 책상 위에도 없었다.

부엌에서 위스키 잔을 씻고 나서 사람들이 식료품 저장실이라고 부르는 곳인 듯한 장소를 발견했다. 그러나 이곳은 밀가루 부대와 토마토 통조림이 바닥에서 천장까지 가득 쌓인 세인트니컬러스 소년의 집에 있던 식료품 저장실과는 달랐다. 이곳에는 조그만 구리 싱크대와 구리 조리대가 있고, 상상할 수 있는 온갖 색깔과 크기의 꽃병이 있었다. 그래서 세라는 모든 꽃다발을 완벽하게 진열할 수 있을 테지만, 데니스는 절대 그녀에게 꽃다발을 선물하지 않을 것이다. 좀 더 긍정적인 면을 보자면, 데니스는 확고한 뜻을 가지고 추진하여 수백 병의 와인을 보관할 수 있도록 특별히 제작된 캐비닛을 이 식료품 저장실에 마련했다.

부엌에서 나와 식당으로 갔다. 그곳에서는 앞서 얘기했듯이 자기와 은 식기를 살펴보았다. 나는 거실에 들러서 코르크 마개로 위스키를 다시 봉하고 전축을 끈 다음 위층으로 향했다.

울리와 내가 하룻밤을 보낸 방을 건너뛰고 또 다른 손님방에 고개를 들이밀었다. 그런 다음 바느질방으로 보이는 곳을 지나서 페인트칠이 덜 끝난 방을 발견했다.

누군가가 방 중앙에 놓인 침대와 침대 위에 쌓아둔 상자를 덮은 방수포를 들추어서 그것들을 밝은 푸른색 페인트의 위험에 노출시켰다. 울리의 누나가 그런 짓을 한 것 같지는 않았으므로 나는 자발적으로 방수포를 원래대로 다시 덮어주었다. 그때 침대에 기대어 세워놓은 루이빌슬러거*를 발견했다.

저건 틀림없이 데니스의 사무실에 있는 두 개의 J자 모양 물품걸이 위에 놓여 있던 것일 거야, 나는 속으로 생각했다. 데니스는 아마 15년 전에 홈런을 쳤을 테고, 물고기를 보고 있지 않을 때마다 그 사실을 떠올릴 수 있도록 그 야구방망이를 벽에 걸어놓았을 것이다. 그런 야구방망이를 누군가가 어떤 이유로 여기에 가져온 것이었다.

나는 그것을 집어 들고 손으로 그 무게를 느껴보면서 믿지 못하겠다는 듯이 고개를 저었다. 내가 왜 진작 이 생각을 못 했지?

모양과 원리 면에서 루이빌슬러거는 우리 선조들이 살쾡이와 늑대를 제압할 때 썼던 곤봉과 크게 다르지 않았다. 그런데도 이 야구방망이는 왠지 마세라티**처럼 매끈하고 현대적으로 보인다. 무게를 완벽하게 분산시켜주는 부드럽게 가늘어지는 손잡이……. 손

✦ 물푸레나무의 오래된 부분을 건조시켜 만든 유명한 야구방망이 상표명.
✦✦ 이탈리아산 고급 승용차.

바닥의 불룩한 끝부분을 잡아줌으로써 방망이가 손에서 미끄러지는 일 없이 최대한의 힘으로 휘두를 수 있게 해주는 돌출된 끝부분…… 바이올린이나 배를 제작할 때 들이는 공력과 똑같은 공력으로 깎고 사포질하고 윤을 내서 만든 루이빌슬러거는 아름다움과 목적성을 동시에 지닌 물건이다.

나는 여기서 여러분에게 졸틴 조[*]의 경우보다, 그러니까 졸틴 조가 방망이의 타격면을 어깨에 붙이고 있다가 시속 90마일의 속도로 날아오는 발사체를 맞이하기 위해 갑자기 몸을 움직여서 딱 하는 만족스러운 소리와 함께 그것을 반대 방향으로 거침없이 날려 보내는 경우보다 기능적으로 더 완벽한 예를 들어보라는 도전을 신청하는 바이다.

그래, 나는 속으로 생각했다. 2x4인치 각목이나 프라이팬이나 위스키병은 잊어버려도 돼. 정의를 구현하는 데는 훌륭한 미국 야구 방망이 하나만 있으면 돼.

나는 휘파람을 불며 복도를 걸어가서 야구방망이의 끝으로 커다란 안방 문을 밀어 열었다.

침대뿐 아니라 뒤로 젖혀지는 긴 의자와 발판이 달린 등받이가 높은 의자, 짝을 이루는 그의 책상과 그녀의 책상이 있는 햇빛 가득한 아름다운 방이었다. 그 방에는 또 짝을 이루는 그와 그녀의 옷장한 쌍이 있었다. 왼쪽 옷장 안에는 드레스가 긴 줄을 이루었다. 대부분의 드레스는 그 주인처럼 밝고 우아했다. 그렇지만 한쪽 구석에는 노출이 심한 옷들이 몇 벌 걸려 있었는데, 나는 그걸 보기가 좀

---

[*] Joltin' Joe, '세게 때리는 조'라는 뜻으로, 뉴욕 양키스팀의 전설적인 타자 조 디마지오의 별명.

민망했고, 그녀도 분명 너무 민망해서 그것들은 자주 입지 않았을 것이다.

두 번째 옷장 안에는 옥스퍼드 셔츠를 깔끔하게 개어서 쌓아놓은 선반이 있었고, 옷걸이 봉에는 조끼를 갖춘 정장이 황갈색, 회색, 푸른색, 검은색의 순으로 죽 걸려 있었다. 정장 위쪽 선반에는 중절모가 정장과 비슷한 색깔 순서대로 한 줄로 늘어서 있었다.

의복이 사람을 만든다, 라는 속담이 있다. 그러나 죽 늘어선 중절모만 봐도 그 말이 얼마나 헛소리인지 알 수 있다. 모든 계층의 사람—유력 인사에서부터 별 볼 일 없는 얼간이에 이르기까지—을 한데 모아 그들의 중절모를 한자리에 던지게 하면, 누구의 모자가 누구 것인지 알아내려고 애쓰는 데 평생을 보내게 될 것이다. 왜냐하면 중절모가 사람을 만드는 게 아니고, 사람이 중절모를 만들기 때문이다. 그러니까 내 말은 조 프라이데이 형사가 쓴 모자보다는 프랭크 시내트라가 쓴 모자를 쓰는 게 더 낫지 않겠는가, 하는 것이다. 당연히 그래야 할 것이다.

데니스는 다 합치면 중절모 열 개, 정장 스물다섯 벌, 셔츠 마흔 벌 정도를 가지고 있는 것 같았다. 이것들을 섞어 입거나 깔 맞춤으로 입을 터였다. 나는 굳이 가능한 모든 복장의 조합을 계산하지는 않았다. 한 벌이 없어진다 해도 아무도 알아차리지 못할 것임은 육안으로 봐도 분명했다.

에밋

금요일 오후 1시 30분, 에밋은 126가의 적갈색 사암 집으로 다가가고 있었다.

"또야?" 현관 계단 꼭대기의 난간에 몸을 기대고 있던 희멀건 피부의 흑인 남자아이가 말했다.

희멀건 피부의 남자애가 말을 하자 맨 아래 계단에 앉은 덩치 큰 청년이 반가운 놀라움이 담긴 표정으로 에밋을 쳐다보았다.

"당신도 맞으려고 여기 온 거야?" 그가 물었다.

그가 몸을 떨면서 소리 없이 웃기 시작했을 때 그 집의 문이 열리면서 타운하우스가 나왔다.

"이거, 이거," 타운하우스가 밝게 웃으며 말했다. "에밋 왓슨 씨 아닌가."

"안녕, 타운하우스."

타운하우스는 잠시 멈춰 서서 길 한편을 막고 있는 희멀건 피부의 남자애를 빤히 쳐다보았다. 남자애가 마지못한 듯 비켜서자 타운하우스는 계단을 내려와 에밋의 손을 잡았다.

"만나서 반가워."

"나도 만나서 반갑다."

"그 사람들이 널 몇 달 일찍 내보냈다는 것 같던데."

"아버지 때문에."

타운하우스가 동정하는 표정으로 고개를 끄덕였다.

희멀건 피부의 남자애가 그들의 대화를 뚱한 표정으로 듣고 있었다.

"그런데 이 사람은 누구예요?" 남자애가 물었다.

"친구." 타운하우스가 뒤돌아보지 않고 대답했다.

"설라이나에선 다들 사이좋게 지내는 모양이네요."

이번에는 타운하우스가 뒤돌아보았다.

"입 닥쳐, 모리스."

모리스는 잠시 타운하우스의 시선을 맞받았고, 그러고 나서야 여전히 뚱한 얼굴로 거리를 쳐다보았다. 유쾌해 보이는 친구는 고개를 저었다.

"자," 타운하우스가 에밋에게 말했다. "우리 산책 좀 하자." 둘이 함께 거리를 걸을 때 타운하우스는 아무 말도 하지 않았다. 에밋은 그가 다른 애들과 적당한 거리를 두게 될 때까지 기다리고 있다는 것을 알 수 있었다. 그래서 에밋도 모퉁이를 돌 때까지 아무 말도 하지 않았다.

"넌 나를 보고도 별로 놀라지 않는 것 같네."

"그래, 맞아. 더치스가 어제 여기 왔거든."

에밋은 고개를 끄덕였다.

"더치스가 할렘에 갔다는 얘기를 듣고 너를 보러 갔구나 생각했지. 걘 뭐 하러 왔대?"

"내가 자기를 때리게 하려고."

에밋은 걸음을 멈추고 타운하우스에게로 몸을 돌렸고, 그러자 타운하우스도 걸음을 멈추고 몸을 돌렸다. 두 사람은—인종과 성장 환경은 달랐지만 마음씨는 비슷한 두 젊은이는—잠시 말없이 마주 보았다.

"네가 자길 때려주기를 원했단 말이야?"

타운하우스는 엿들을 수 있는 거리 안에 아무도 없었음에도 마치 비밀스럽게 이야기하듯 목소리를 낮추어 대답했다.

"더치스가 원한 게 바로 그거야, 에밋. 걘 내가 애컬리 원장에게서 회초리질을 당한 일 때문에 나한테 빚을 졌다는 생각을 마음에 품고 있었던 거야. 그래서 내가 자기를 몇 대 때리면 우린 빚을 청산하게 된다는 거였어."

"넌 어떻게 했어?"

"때렸지."

에밋은 약간 놀란 표정으로 친구를 쳐다보았다.

"더치스는 나에게 선택의 여지를 거의 주지 않았어. 그 셈을 끝내기 위해 멀리 여기까지 왔다면서 말이야. 셈이 끝나기 전엔 떠나지 않겠다고 분명하게 말했어. 그래서 내가 한 대 때렸더니, 나에게 또 때리라고 우기더라고. 두 번 더. 걘 얼굴에 총 세 대를 맞았지. 방어도 하지 않고. 우리가 조금 전에 서 있었던 현관 계단 발치에서, 우리 애들 앞에서 말이야."

에밋은 생각에 잠긴 채 타운하우스에게서 눈을 돌렸다. 에밋의 머릿속에 닷새 전 자신이 비슷하게 구타당함으로써 자신의 빚을 갚았던 일이 떠올랐다. 에밋은 미신을 믿지 않는 편이었다. 그는 특별히 네잎클로버를 좋아한다거나 검은 고양이를 무서워한다거나 하지 않았다. 그러나 더치스가 사람들이 보는 앞에서 주먹을 세 대 맞았다는 생각을 하니 왠지 이상한 예감이 들었다. 하지만 그것이 그가 해야 할 일을 바꾸지는 못했다.

에밋은 다시 타운하우스를 쳐다보았다.

"더치스가 어디에 머무를지 말하던?"

"아니."

"어디에 갈 거라는 말은 했어?"

타운하우스는 잠시 생각에 잠겼다가 고개를 저었다.

"아니, 안 했어. 그렇지만 들어봐, 에밋. 네가 더치스를 찾으려고 마음먹고 있다면, 걔를 찾고 있는 사람이 너 혼자만은 아니란 사실을 알아야 해."

"그게 무슨 말이야?"

"어젯밤에 경찰관 두 명이 여기 왔었어."

"그와 울리가 소년원을 빠져나간 것 때문에?"

"아마 그렇겠지. 그런 말을 하지는 않았지만. 하지만 그들은 분명히 울리보다 더치스에게 더 관심이 많았어. 그래서 나는 소년원을 탈출한 두 명의 아이를 잡는 것 이상으로 큰일이 있는 것 같다는 느낌을 받았어."

"알려줘서 고마워."

"고맙긴 뭘. 그런데 네가 분명 보고 싶어 할 게 있으니, 그걸 보고 가."

타운하우스는 에밋을 여덟 블록 떨어진 거리로 안내했다. 흑인보
다 히스패닉계 사람이 더 많은 거리였다. 식품 잡화점이 하나 있고,
세 남자가 보도에 나와 도미노 놀이를 하고 있었으며, 라디오에서
는 라틴 댄스곡이 흘러나왔다. 그 블록의 끝에 이르렀을 때 타운하
우스는 자동차 수리소 건너편에서 걸음을 멈추었다.

에밋이 그에게 고개를 돌렸다.

"저게 그 수리소야?"

"맞아."

문제의 그 수리소는 전쟁 후에 캘리포니아 남부에서 뉴욕으로 이
사한 곤살레스라는 남자 소유의 수리소였다. 곤살레스에게는 아내
와 두 아들이 있었다. 두 아들은 쌍둥이로, 이웃 사람들은 그들을 파
코와 피코로 알고 있었다. 곤살레스는 쌍둥이가 열네 살이었을 때
부터 학교가 파한 후에는 수리소에서 연장 닦기, 바닥 쓸기, 쓰레기
버리기 같은 일을 하게 했다. 두 아들이 정직하게 돈을 벌기 위해서
는 뭐가 필요한지에 대해 얼마간 이해할 수 있게 하려는 뜻이었다.
파코와 피코는 잘 이해했다. 그리하여 열일곱 살 때 매주 주말에 수
리소 문을 닫는 책임이 그들에게 주어졌을 때, 쌍둥이는 그들 자신
의 작은 사업을 시작했다.

수리소에 있는 대부분의 차들은 펜더가 헐거워졌거나 문이 움푹
패었기 때문에 거기 있게 된 것일 뿐, 그런 문제를 제외하고는 정상
적으로 운전할 수 있는 상태였다. 그래서 토요일 밤이면 쌍둥이 형
제는 시간당 몇 달러를 받고 수리소에 있는 차를 이웃 소년들에게

빌려주기 시작했다. 타운하우스는 열여섯 살 때 11학년에서 가장 예쁜 여학생일 듯싶은 클래리스라는 여자애에게 데이트 신청을 했다. 그녀가 데이트 신청을 받아주자 타운하우스는 형에게서 5달러를 빌려 쌍둥이로부터 자동차를 빌렸다.

그의 계획은 먹을 것을 좀 싸서 클래리스를 태우고 그랜트 장군의 묘까지 드라이브한 다음, 그곳 느릅나무 아래 차를 세우고 허드슨 강을 바라보는 것이었다. 그런데 운 좋게도 그날 밤 쌍둥이가 빌려줄 수 있는 차는 크롬으로 마감 처리된 뷰익 스카이라크 컨버터블뿐이었다. 그 차는 너무 멋져 보여서 클래리스 같은 여자애를 앞자리에 앉히고 강물을 거슬러 오르는 바지선을 쳐다보며 저녁을 보내는 것은 아무래도 큰일 날 일일 것만 같았다. 그래서 타운하우스는 그러는 대신 지붕을 내리고 라디오 볼륨을 올린 채 125가를 오르내리며 데이트 상대를 드라이브시켜주었다.

"네가 우리를 봤어야 하는데." 설라이나에서의 어느 날 밤, 어둠 속에서 침상에 누워 있을 때 타운하우스는 그렇게 말했었다. "난 부활절에 입는 신사복을 차려입었어. 그 차와 비슷한 파란색 정장이었지. 그리고 그녀는 밝은 노란색 드레스를 입었는데, 척추의 절반이 보일 만큼 등이 깊게 파인 옷이었어. 그 스카이라크는 4초 안에 0에서 시속 60마일까지 도달할 수 있었지만, 나는 시속 20마일로 운전했어. 그래서 우리는 우리가 아는 모든 사람에게, 그리고 우리가 모르는 많은 사람에게도 손을 흔들 수 있었지. 우린 테리사 호텔과 아폴로 극장과 쇼맨 재즈 클럽 앞에 있는 멋지게 차려입은 사람들을 지나치며 125가를 내려갔고, 브로드웨이에 도착하면 차를 돌려서 왔던 길 그대로 돌아오곤 했어. 그 길을 한 번씩 왕복할 때마다 클래리스는 내게로 조금씩 더 가까이 움직였고, 나중엔 더 가까이 움직일 여지가 없을 만큼 가까워지게 되었어."

결국 그랜트의 묘로 가서 느릅나무 아래 차를 세우자고 제안한 사람은 클래리스였다. 그래서 그들은 거기로 갔고, 가장 어두운 곳에다 차를 세웠다. 그러나 얼마 안 가서 두 명의 순찰 경찰관의 손전등이 차 안을 비추었다.

나중에 알고 보니, 스카이라크의 주인은 아폴로 극장 앞에 있었던 멋지게 차려입은 사람 중 한 명이었다. 타운하우스와 클래리스가 그토록 많은 사람들에게 손을 흔들었기에 경찰관이 그들을 공원에서 찾아내는 데는 오랜 시간이 걸리지 않았다. 젊은 커플의 엉킨 몸을 푼 뒤 경찰관 한 명은 클래리스를 그대로 스카이라크에 태우고 그녀의 집으로 데려갔고, 다른 한 명은 타운하우스를 순찰차의 뒷좌석에 앉혀서 경찰서로 데려갔다.

타운하우스는 말썽을 일으킨 적이 없는 미성년자였으므로 그가 쌍둥이를 포기했다면 그 자신은 엄한 훈계로 끝났을지 모른다. 그러나 타운하우스는 고자질쟁이가 아니었다. 경찰이 어떻게 해서 그의 소유가 아닌 차의 운전대를 잡게 되었는지 물었을 때, 타운하우스는 몰래 곤살레스 씨의 사무실로 들어가서 열쇠고리에 걸려 있던 차 열쇠를 슬쩍 가지고 나와 아무도 보지 않을 때 수리소에서 차를 몰고 나왔다고 말했다. 그래서 타운하우스는 엄한 훈계 대신 설라이나에서 12개월을 보내야 했다.

"자, 가자." 그가 말했다.

두 사람은 길을 건너서 곤살레스 씨가 통화를 하고 있는 사무실을 지나 수리 구역으로 들어갔다. 첫 번째 구역에는 뒤쪽이 움푹 파인 쉐보레가 있었고, 두 번째 구역에는 후드가 찌그러진 로드마스터가 있었다. 마치 두 차가 동일한 추돌 사고를 당한 차량인 것처럼 뒤쪽과 앞쪽이 망가져 있었다. 보이지 않는 어딘가에 있는 라디오에서 댄스곡이 흘러나왔다. 에밋의 귀에는 그 곡이 조금 전에 도미노 놀이를 하는 사람들을 지나칠 때 들었던 것과 같은 곡인 것처럼 들렸다. 그럴 가능성이 별로 없다는 것을 알고 있었지만 말이다.

"파코! 피코!" 타운하우스가 음악을 뚫고 소리쳐 불렀다.

형제는 더러운 점프 슈트를 입은 모습으로 헝겊에 손을 닦으며 쉐보레 뒤에서 나타났다.

파코와 피코는 쌍둥이라 해도 한눈에 그렇다는 걸 짐작하기는 어려울 듯싶었다. 파코는 키가 크고 마르고 털이 많았고, 피코는 체격이 다부졌으며 머리를 바싹 짧게 잘랐다. 그들이 하얀 이를 드러내며 활짝 웃을 때만 서로 닮은 가족이라는 것을 알 수 있었다.

"이 사람이 내가 너희들에게 얘기했던 친구야." 타운하우스가 말했다.

에밋에게 고개를 돌린 형제는 방금 전과 같이 이빨을 드러내며 웃는 웃음으로 그를 맞았다. 그러고 나서 파코는 고갯짓으로 차고 맨 끝 쪽을 가리켰다.

"저기 있어."

에밋과 타운하우스는 형제를 따라 로드마스터를 지나서 마지막 구역으로 갔다. 거기에는 방수포에 덮인 차 한 대가 있었다. 형제가 함께 방수포 덮개를 당기자 연푸른색 스튜드베이커가 모습을 드러냈다.

"내 차잖아." 에밋이 깜짝 놀라며 말했다.

"그래 맞아." 타운하우스가 말했다.

"이게 어떻게 여기 있어?"

"더치스가 두고 갔어."

"다 잘 작동되나?"

"별문제 없어." 파코가 말했다.

에밋은 고개를 저었다. 더치스가 언제 어디서 뭘 어떻게 하려고 이런 짓을 했는지 도무지 이해할 수가 없었다. 그러나 차가 다시 에밋의 품에 들어오고 정상적으로 잘 작동되는 한 더치스가 선택한 짓을 이해하려 할 필요는 없었다.

재빨리 한 바퀴 돌면서 살펴본 에밋은 그가 차를 구입했을 때 있었던 흠집 이상의 흠집은 없다는 것을 알게 되어 기뻤다. 그러나 트렁크를 열었을 때 여행 가방은 거기 없었다. 더 중요한 것은, 스페어 타이어를 덮고 있는 펠트 천을 젖혔을 때 봉투 역시 그곳에 없는 것을 발견했다는 사실이었다.

"다 괜찮아?" 타운하우스가 물었다.

"응." 에밋이 트렁크를 조용히 닫으면서 말했다.

차 앞쪽을 향해 걸어가던 에밋은 운전석 창문을 통해 흘깃 안을 들여다보고 나서 파코에게 몸을 돌렸다.

"차 열쇠 가지고 있어?"

그러나 파코는 타운하우스에게 시선을 돌렸다.

"열쇠는 우리가 가지고 있어." 타운하우스가 말했다. "그렇지만 네가 알아야 할 다른 문제가 있어."

타운하우스가 말을 꺼내기 전에 차고 반대편에서 화난 목소리가 들려왔다.

"이런 젠장, 이게 뭐야!"

에밋은 그 목소리의 주인공이 두 아들이 일을 하지 않는 것에 화가 난 곤살레스 씨일 거라고 생각했지만, 고개를 돌렸을 때 그는 모리스라는 녀석이 그들을 향해 단호한 걸음걸이로 다가오는 것을 보았다.

"이런 젠장, 이게 뭐야!" 모리스가 반복해서 말했다. 이번에는 더 천천히 말했지만 단어 하나하나에 힘을 주어 발음했다.

타운하우스는 에밋에게 이 녀석은 자기 사촌이라고 나직이 말한 뒤 모리스가 다가오기를 기다렸다가 못마땅한 어조로 대꾸했다.

"이런 젠장 이게 뭐야는 뭐야, 모리스?"

"오티스 말로는 형이 차 열쇠를 줘버릴 거라던데, 난 그걸 믿을 수가 없어요."

"음, 이제 네가 줘도 돼."

"그렇지만 이건 내 차예요."

"이 차와 관련해서 네 것은 아무것도 없어."

모리스는 놀란 표정으로 타운하우스를 바라보았다.

"그 또라이가 나한테 열쇠를 줬을 때 형도 거기 있었잖아요."

"모리스," 타운하우스가 말했다. "너, 보자 보자 하니 일주일 내내 나한테 기어오르는데, 이제 좀 지겹다는 생각이 든다. 내가 네 일에 신경 쓰기 전에, 네가 먼저 남의 일에는 신경 끄는 것이 어떻겠냐?"

모리스는 이를 악물고 타운하우스를 노려보더니, 잠시 후 몸을 돌려 단호한 걸음걸이로 떠났다.

타운하우스는 고개를 저었다. 그는 사촌에 대한 마지막 무시로서 곧장 사촌의 하잘것없는 방해로 중단되기 전에 하려고 했던 중요한 말을 기억해내려는 표정을 지었다.

"차에 대해 말하려고 했잖아." 파코가 기억을 일깨워주었다.

타운하우스는 기억이 났다는 듯이 고개를 끄덕이며 에밋에게 눈을 돌렸다.

"내가 어제저녁 경찰에게 더치스를 보지 못했다고 말했을 때 그 경찰들은 내 말을 믿지 않은 게 틀림없어. 왜냐하면 오늘 아침 그들이 다시 돌아와서 동네 여기저기를 돌아다니며, 우리 집 현관 계단에서 어슬렁거리는 백인 청년 두 명을 본 사람이 없느냐, 연푸른색 스튜드베이커를 타고 동네를 돌아다니는 백인 청년을 보지 못했느냐 따위를 사람들에게 캐묻곤 했으니까."

에밋은 눈을 감았다.

"그래," 타운하우스가 말했다. "더치스가 무슨 문제를 일으켰는지 모르지만, 아무튼 그 일을 일으켰을 때 네 차를 타고 다녔던 것 같아. 그리고 만약 네 차가 연관되었다면 경찰은 결국 너도 연관되어 있다고 생각하게 될 거란 말이지. 내가 차를 길거리에 놔두지 않고 여기로 가져와 감춰둔 이유 중 하나가 바로 그거야. 그리고 또 다른 이유는, 도색 작업에 관한 한 곤살레스 형제가 예술가 수준이라는 사실이야. 이봐 친구들, 그렇지 않아?"

"피카소급이지." 피코가 처음으로 입을 열어 대답했다.

"**우리** 손을 거치고 나면," 파코가 말했다. "이 차를 만든 사람도 차를 알아보지 못할 거야."

두 형제는 껄껄 웃기 시작했다. 그러나 에밋도 타운하우스도 웃음에 동참하지 않는 것을 보고 이내 멈추었다.

"시간이 얼마나 걸릴까?" 에밋이 물었다.

형제는 서로를 쳐다보더니 파코가 어깨를 으쓱했다.

"내일 시작해서 작업이 순조롭게 진행되면 아마…… 월요일 아침까진 출고 준비를 마칠 수 있을 거야."

"**시⁺**," 피코가 고개를 끄덕여 동의했다. "**엘 루네스⁺⁺**."

또 늦어지는군, 에밋은 생각했다. 그러나 돈 봉투가 없어졌기 때문에 어쨌든 더치스를 찾을 때까지는 뉴욕을 떠날 수 없게 되었다. 그리고 차에 대해서는 타운하우스의 생각이 옳았다. 만약 경찰이 적극적으로 연푸른색 스튜드베이커를 찾고 있다면 그런 차를 운전할 수는 없었다.

"좋아, 월요일 아침까지." 에밋이 말했다. "그리고 고마워, 너희 둘다."

차고 밖으로 나왔을 때 타운하우스가 에밋을 지하철역까지 걸어서 바래다주겠다고 제안했다. 그러나 에밋은 우선 뭔가를 알고 싶어 했다.

"우리가 너희 집 현관 계단에 있었을 때, 내가 더치스는 어디로 간다고 하더냐고 물으니까 넌 머뭇거렸어. 뭔가를 알고 있는데 모르는 척하고 싶은 사람처럼. 만약 더치스가 어디로 갈 것인지 네게 말했다면, 나한테 말해줬으면 좋겠다."

타운하우스가 후우 하고 숨을 내쉬었다.

"이봐," 그가 말했다. "네가 더치스를 좋아하는 건 나도 알아, 에밋. 나도 더치스를 좋아하고. 걔는 성격이 유별나긴 하지만 성실한 친구고, 그동안 내가 즐겁게 만났던 사람 중에서도 가장 재미있는

⁺ Sí, '그래'라는 뜻의 스페인어.
⁺⁺ El lunes, '월요일에'라는 뜻의 스페인어.

떠버리 친구야. 하지만 더치스 역시 주변 시야를 갖지 못하고 태어난 사람이야. 개는 자기 앞에 있는 것은 전부 다 볼 수 있고, 나아가 대부분의 사람들보다 더 선명하게 볼 수 있어. 하지만 어떤 것이 왼쪽이나 오른쪽으로 1인치쯤 이동하는 순간, 개는 그것이 거기에 있다는 것조차 알지 못해. 그 점이 온갖 종류의 문제로 이어질 수 있지. 그를 위해서, 그리고 가까이 있는 사람들을 위해서 내가 말하고 싶은 것은, 에밋, 이제 차를 찾았으니 더치스를 그냥 내버려두는 게 좋을 것 같다는 거야."

"나도 더치스를 그냥 내버려두고 싶은 마음이 간절해." 에밋이 말했다. "하지만 문제가 그렇게 간단하지 않아. 4일 전, 빌리와 내가 캘리포니아로 떠나기 직전에 그는 울리와 함께 스튜드베이커를 타고 가버렸는데, 그것만으로도 내겐 심각한 문제였어. 그런데 우리 아버지가 돌아가시기 전에 3000달러를 봉투에 담아 차의 트렁크에 넣어두었어. 더치스가 차를 몰고 갈 땐 그 돈이 거기 있었는데, 지금은 없어졌어."

"제기랄." 타운하우스가 말했다.

에밋이 고개를 끄덕였다.

"날 오해하진 마. 나는 차를 찾게 되어 기뻐. 그렇지만 난 그 돈이 **꼭** 필요해."

"알았어." 타운하우스가 수긍하는 의미로 고개를 끄덕이며 말했다. "더치스가 어디에 머무는지는 나도 몰라. 그렇지만 어제 떠나기 전에 더치스가 자기랑 울리랑 함께 서커스를 보러 가자고 날 설득하려 했어."

"서커스?"

"그래. 레드훅에 있는. 강 근처 코노버스트리트에 있대. 더치스는 오늘 밤 6시 쇼를 보기 위해 거기로 갈 거라고 했어."

자동차 수리소에서 지하철역까지 걸어가는 동안 타운하우스는 에밋에게 랜드마크를 보여주기 위해서—할렘의 랜드마크가 아니라 그들 대화 속의 랜드마크를 보여주기 위해서—먼 길을 돌아서 갔다. 들판에서 나란히 일하거나 밤에 침상에 누웠을 때 얘기를 나누면서 언급했던, 설라이나에서 둘이 함께 시간을 보내는 동안 나왔던 장소들이었다. 예컨대 그의 할아버지가 지붕에서 비둘기를 길렀던 레녹스가의 아파트 건물 같은 곳이었다. 무더운 여름밤이면 그가 형과 함께 지붕에서 자는 것이 허락되었던 그 아파트였다. 타운하우스가 스타 유격수로 활약했던 시절의 고등학교도 보여주었다. 그리고 에밋은 125가에서는 타운하우스와 클래리스가 불운한 토요일 밤에 차를 몰고 왔다 갔다 왕복 주행을 했던 그 활기찬 도로도 잠시 엿볼 수 있었다.

에밋은 네브래스카를 떠날 때 후회되는 것이 거의 없었다. 그는 집이나 물건들을 두고 떠나는 것을 후회하지 않았다. 아버지의 꿈이나 아버지의 묘를 두고 떠나는 것을 후회하지 않았다. 링컨 하이웨이를 타고 처음 몇 마일을 달렸을 때 그는, 비록 잘못된 방향으로 달리고 있긴 했지만, 자신이 고향으로부터 멀어지고 있다는 느낌을 즐거이 음미했었다.

그러나 할렘을 걸으면서 타운하우스가 그의 젊음의 랜드마크를 보여주자 에밋은 자신 역시 단 하루만이라도 모건으로 돌아가서 친한 친구와 함께 거닐며 그 자신의 랜드마크를—그가 시간을 보내기 위해 들려주었던 이야기 속의 랜드마크를—친구에게 보여줄 수 있다면 얼마나 좋을까 하는 생각이 들었다. 예컨대 그가 아주 공들여 조립했으며, 지금도 여전히 빌리의 침대 위에 매달려 있는 비행기 같은 것 말이다. 그리고 그가 슐트 씨 밑에서 일하면서 처음으로 슐트 씨를 도와서 지었던 매디슨에 있는 이층집도 보여주고 싶고, 아버지는 버거웠겠지만 그의 눈에는 결코 그 아름다움을 잃지 않는 드넓고 거친 땅도 보여주고 싶었다. 그리고 또 타운하우스가 실패와 곤경을 안겨준 활기찬 도로를 부끄러움이나 망설임 없이 에밋에게 보여주었듯이, 그는 타운하우스에게 풍물 장터도 보여주고 싶었다.

지하철역에 도착했을 때 타운하우스는 에밋을 따라 안으로 들어가서 개찰구 바로 앞까지 에밋과 함께 있었다. 헤어지기 전에 타운하우스는 문득 생각이 나서 그날 저녁에—에밋이 더치스를 찾으러 갈 때—자신이 같이 가주기를 원하는지 에밋에게 물었다.

"괜찮아." 에밋이 대답했다. "더치스가 날 곤란하게 할 거라고는 생각하지 않아."

"물론 그렇지 않을 거야." 타운하우스가 동의했다. "적어도 일부러 그러지는 않겠지."

잠시 후 타운하우스는 고개를 저으며 미소를 지었다.

"더치스는 머릿속에 뭔가 이상한 생각을 품고 있긴 하지만 한 가지 것에 대해선 그가 옳았어."

"그게 뭔데?" 에밋이 물었다.

"개를 때리고 나니까 기분이 한결 좋아지더라."

샐리

남자의 도움이 필요해서 찾을 때면 그중 절반은 어디에서도 남자를 찾을 수 없다. 그는 이런저런 것들을 보려고 밖에 나간 것이다. 오늘 쉽게 볼 수 있는 것처럼 내일도 쉽게 볼 수 있으며, 멀리 있는 것도 아니고 주변 가까이에 있는 것을 보려고 말이다. 하지만 막상 그가 다른 곳으로 가주었으면 하고 바랄 때면 그는 껌딱지처럼 붙어서 나가려 하지 않는다.

바로 지금 이 순간의 우리 아버지처럼 말이다.

지금은 금요일 12시 30분이고, 아버지는 마치 외과 의사처럼 치킨프라이드스테이크*를 자르고 있다. 아버지의 환자 목숨은 칼이 닿을 때마다 점점 더 꺼져갔다. 마침내 접시를 다 비우고 커피 두 잔을 마셨을 때, 아버지는 극히 드물게 세 잔째의 커피를 요청한다.

---

* 닭고기 튀김옷을 입혀서 기름에 튀긴 쇠고기 요리.

"커피를 또 끓여야 하는데요." 내가 경고하듯 말한다.

"시간이 있으니 괜찮아." 아버지가 말한다.

그래서 나는 커피 찌꺼기를 쓰레기통에 버리고, 커피 메이커를 물로 씻고, 거기에 다시 커피를 채운 다음 레인지 위에 올려서 끓기를 기다린다. 기다리는 동안, 이 냉혹한 세상에서 요청 한마디에 많은 시간을 얻을 수 있다면 얼마나 멋질까 하는 생각이 든다.

———

내가 기억하는 한 아버지는 금요일 오후엔 으레 시내로 일을 보러 가셨다. 점심 식사를 끝내자마자 중요한 일이 있다는 듯한 표정으로 트럭에 올라 철물점과 사료 가게와 약국을 향해 떠났다. 그리고 7시 쯤—저녁 식사 시간에 딱 맞춰서—치약 한 통, 귀리 열 부셸*, 새 펜치 하나를 가지고 진입로로 들어서곤 했다.

도대체 어떻게 해서 아버지 같은 사람은 20분짜리 일을 다섯 시간짜리 소풍으로 바꾸는 걸까, 하는 온당한 의문이 들 수 있다. 음, 그건 쉬운 일이다. 수다 떨기가 그 비결이다. 아버지는 의심의 여지 없이 철물점의 부르텔 씨, 사료 가게의 호초 씨, 약국의 댄지거 씨와 수다를 떤다. 그러나 아버지의 수다는 가게 주인들과의 수다에만 국한되지 않는다. 왜냐하면 금요일 오후에는 이들 각각의 장소에 용무를 보러 다니는 것에 익숙한 사람들이 모여서 날씨나 수확이나 총선거 결과를 예측하는 이야기에 끼어들기 때문이다.

---

* 용량의 단위. 약 35리터.

내가 보기에 아버지는 각각의 가게에서 그런 것들을 예측하는 수다를 떠는 데 한 시간씩 보내지만, 그 세 시간으로는 성에 차지 않는 것 같다. 왜냐하면 그날 언급된 알 수 없는 온갖 것들의 결과에 대한 예측이 끝난 후, 그렇게 모인 나이 많은 사람들은 매카퍼티 술집으로 몰려가서 맥주병을 앞에 놓고 모여 두 시간 더 얘기를 나누기 때문이다.

아버지는 습관의 노예나 다름없으므로, 앞에서 말했듯이 이 일은 내가 기억하는 한 줄곧 그렇게 계속되어왔다. 그랬는데 갑자기 6개월 전쯤 아버지가 점심 식사를 마친 후 의자를 뒤로 밀치고 일어나서 곧장 문밖의 트럭으로 가는 대신 위층으로 올라가 깨끗한 흰색 셔츠로 갈아입는 것이었다.

어떤 여자가 어떤 식으론가 아버지의 일상에 끼어들었다고 내가 생각하게 되기까지는 오래 걸리지 않았다. 특히 이 여자는 향수를 무척 좋아했으며, 아버지의 옷을 빨아야 하는 사람은 나였으니까 말이다. 그러나 의문은 남았다. 이 여자는 누구지? 도대체 아버지는 어디서 이 사람을 만났을까?

그녀는 교회 신도는 아닌 것 같다고 나는 거의 확신했다. 왜냐하면 일요일 아침에 예배를 마치고 예배당 앞 작은 잔디밭으로 줄지어 나갔을 때 아버지에게 진중한 인사나 어색한 눈길을 보내는 여자—기혼자든 미혼자든—는 한 사람도 없었기 때문이다. 그리고 사료 가게의 경리 일을 보는 에스터일 리도 없었다. 에스터는 하늘에서 향수병이 떨어져 그녀의 머리를 맞힌다 해도 그게 향수병이라는 것을 알지 못할 사람이니까. 나는 종종 매카퍼티 술집에 들른다고 알려진 여자들 중 한 명일 거라고 생각할 수도 있었을 테지만,

그러나 아버지가 셔츠를 갈아입기 시작한 이후로는 집에 돌아온 아버지의 입에서 맥주 냄새가 나지 않았다.

흠, 아버지가 그녀를 교회나 가게나 술집에서 만나는 게 아니라면 나로서는 알 도리가 없었다. 그래서 아버지를 따라가볼 수밖에 없었다.

3월 첫 주 금요일에 나는 저녁 식사에 대해 걱정할 필요가 없도록 미리 칠리 요리를 만들었다. 아버지에게 점심을 차려드린 후, 나는 아버지가 깨끗한 흰색 셔츠를 입고 문밖으로 나가 트럭을 몰고 진입로를 빠져나가는 것을 살그머니 지켜보았다. 아버지의 트럭이 도로를 반 마일쯤 달렸을 때, 나는 옷장에서 챙이 넓은 모자를 꺼낸 다음 베티에 뛰어올라 시동을 걸고 출발했다.

여느 때와 마찬가지로 아버지는 먼저 철물점에 들러 일을 본 뒤, 생각이 비슷한 사람들과 어울리며 한 시간을 보냈다. 다음에는 사료 가게로, 그러고 나서는 약국으로 갔는데, 그 두 곳에서는 일이 조금 더 많았고 수다도 조금 더 많았다. 이들 각각의 가게에 몇 명의 여자들이 나타나 이런저런 사소한 용무를 보았지만, 아버지가 그 여자들과 한 마디 이상의 말을 주고받았다고는 하나 눈에 띌 정도는 아니었다.

하지만 5시에 약국에서 나와 트럭에 오른 아버지는 매카퍼티 술집으로 가는 도로인 제퍼슨로를 타지 않았다. 대신 도서관을 지나간 후 사이프러스로에서 우회전하고 애덤스로에서 좌회전했으며, 이윽고 파란색 덧문이 달린 조그만 하얀 집 건너편에 트럭을 세웠다. 아버지는 잠시 앉아 있다가 트럭에서 내려 길을 건넌 다음, 망을 친 문을 똑똑 두드렸다.

1분이 안 되어서 아버지의 노크에 대한 응답이 왔다. 문틀에 나타나 서 있는 여자는 앨리스 톰슨이었다.

내가 계산한 바에 따르면 앨리스는 스물여덟 살을 넘었을 리 없었다. 그녀는 언니보다 3학년 위였고 감리교 신자였으므로 내가 그녀에 대해 잘 알 까닭이 없었다. 그렇지만 다른 사람들이 모두 알고 있는 사실은 나도 알고 있었다. 그녀는 캔자스주립대를 졸업한 뒤 토피카 출신의 동료와 결혼했다는 것, 그 남편이 한국에서 전사했다는 것 정도는 알고 있었다. 아이가 없는 과부인 앨리스는 1953년 가을에 모건으로 돌아와 저축대부조합에서 일자리를 얻어 창구 직원으로 일하고 있었다.

거기서 일이 벌어진 게 틀림없었다. 은행에 가는 것은 아버지의 금요일 일과의 일부가 아니었다. 아버지는 일꾼들의 급료를 받아오려고 격주 목요일에 은행에 들렀다. 어느 날 아버지는 그녀의 창구에서 일을 보게 되었고, 그녀의 슬픈 표정에 마음이 끌렸을 것이다. 그다음 주에 아버지는 에드 파울러의 창구가 아닌 그녀의 창구에서 용무를 보려고 신중하게 자리를 골라서 줄을 섰고, 그녀가 현금을 세는 동안 짧게나마 말을 붙이려고 최선의 노력을 기울였을 것이다(나는 그런 아버지의 모습을 상상할 수 있었다).

내가 베티에 앉아서 그 집을 응시하고 있을 때, 여러분은 우리 아버지가 어머니에 대한 추억을 벗어던지고 자기 나이의 절반밖에 안 되는 여자와 연애하는 것을 보면서 내가 불안해하거나 화가 났거나 분하게 여길 거라고 생각할지도 모른다. 흠, 마음대로 상상하시라. 상상하는 데 돈이 드는 건 아니니까. 그러나 그날 밤, 아버지에게 저녁 식사로 칠리 요리를 차려주고, 부엌 청소를 하고, 불을 다 끈 후에 나는 내 침대 옆에 무릎을 꿇고 앉아 두 손 모아 기도했다. **주님,** 나는 말했다. 제발 우리 아버지에게 품위를 지키는 지혜를 주시고, 관대한 마음씨를 주시고, 이 여자에게 거룩한 청혼을 할 수 있는 용기를 주세요. 나 아닌 다른 사람이 아버지의 요리를 만들고 아버지가 갈아입을 옷을 세탁할 수 있도록 말이에요.

다음 4주 동안 나는 밤마다 비슷한 기도를 했다.

그러나 4월 첫째 주 금요일에 아버지는 7시 저녁 식사 시간에 맞춰 집에 들어오지 않았다. 내가 부엌 청소를 하고 있을 때도 오지 않았고, 침대에 들어갔을 때도 오지 않았다. 거의 자정이 다 되어서야 나는 아버지의 트럭이 진입로로 들어서는 소리를 들었다. 커튼을 살짝 젖히고 밖을 내다보니 45도 각도로 주차된 아버지의 트럭과 전조등도 끄지 않은 채 비틀거리며 문을 향해 걸어오는 아버지의 모습이 눈에 들어왔다. 이어 내가 차려놓은 저녁 식사를 그냥 지나치고서 비틀비틀 계단을 올라오는 아버지의 발소리가 들렸다.

주님은 모든 기도에 응답하시며, 가끔씩만 응답하지 않을 뿐이라고 사람들은 말한다. 그런데 주님은 내 기도에는 응답하지 않았던 것 같다. 왜냐하면 다음 날 아침 빨랫감 바구니에서 아버지의 셔츠를 꺼내보았을 때, 거기서 풍기는 냄새는 향수 냄새 대신 위스키 냄새였기 때문이다.

━━━

마침내 2시 15분 전에 아버지는 커피 잔의 바닥을 본 뒤 의자를 뒤로 밀치고 일어섰다.

"음, 이제 나가는 게 좋을 것 같구나." 아버지가 말했고, 나는 논쟁하지 않았다.

아버지가 트럭에 올라 진입로를 빠져나가자 나는 시계를 쳐다보았고, 나에게 45분이 조금 넘는 시간적 여유가 있다는 것을 알았다. 그래서 설거지를 하고 부엌을 정리하고 식탁을 차렸다. 그러고 나니 2시 20분이었다. 앞치마를 벗은 나는 이마를 닦으며 맨 아래 계단에 앉았다. 오후에는 언제나 기분 좋은 산들바람이 부는 곳이었다. 그리고 거기서는 아버지의 사무실에서 전화가 울리면, 아무 문제 없이 그 전화벨 소리를 들을 수 있었다.

나는 거기서 30분을 앉아 있었다.

나는 일어나서 스커트를 매만진 뒤 부엌으로 돌아갔다. 엉덩이에 손을 붙이고 부엌을 둘러보았다. 부엌은 아주 깔끔했다. 의자는 안으로 들어가 있고 조리대는 닦여 있고 접시는 캐비닛 안에 가지런히 쌓여 있었다. 그래서 나는 닭고기 냄비 파이를 만들었다. 그 일이 끝나자 다시 부엌을 청소했다. 그런 다음, 토요일이 아니었음에도 옷장에서 진공청소기를 꺼내 거실과 서재의 카펫을 청소했다. 위층 침실도 청소하려고 진공청소기를 들고 막 올라가려다가 청소기의 소음 때문에 위층에서는 전화벨 소리를 듣지 못할 수도 있다는 생각이 떠올랐다. 그래서 나는 진공청소기를 다시 옷장에 넣었다.

잠시 거기 서서 옷장 바닥에 웅크리고 있는 진공청소기를 바라보며 진공청소기와 나, 둘 중에서 누가 상대에게 봉사하도록 만들어진 걸까, 속으로 생각해보았다. 그런 다음 옷장 문을 쾅 닫고 아버지의 사무실로 들어간 나는 아버지의 의자에 앉아서 아버지의 전화번호부를 꺼내어 콜모어 신부님의 전화번호를 찾았다.

에밋

캐럴스트리트에 있는 역에서 나왔을 때 에밋은 동생을 데려온 것은 자신의 실수였음을 깨달았다.

그의 본능은 동생을 데리고 가지 말아야 한다고 그에게 속삭였다. 타운하우스는 서커스장의 정확한 주소를 기억하지 못했기에 서커스장을 찾는 데 발품이 좀 들 것 같았다. 서커스장 안으로 들어간 뒤에도 에밋은 관객들 속에서 더치스를 찾아야만 했다. 그리고 더치스를 찾고 나서도 문제는 또 있었다. 더치스가 돈이 든 봉투를 건네주지 않고 뭔가 엉뚱한 수작을 부릴 가능성이―아무리 희박하다 해도―있었던 것이다. 전반적으로 보아서 빌리를 안전하게 율리시스에게 맡기는 게 더 현명했을 것이다. 그러나 평생 서커스를 보러 가고 싶어 했던 여덟 살 아이한테 어떻게 같이 가지 않을 거라고 말할 수 있었겠는가? 그래서 5시에 그들은 함께 선로에서 철제 계단을 내려와 지하철역으로 걸어갔다.

에밋은 처음에는 비록 실수가 있긴 했지만 이미 한 번 브루클린에 가보았으므로 자기가 가야 할 올바른 역을 알고 있고, 올바른 승강장을 알고 있고, 올바른 기차를 알고 있다는 사실에서 위안을 얻었다. 그렇지만 전날 브루클린행 열차에서 맨해튼행 열차로 갈아탔을 때 그는 지하철역 밖으로 나간 적이 없었다. 그래서 그들이 캐럴 스트리트역에서 나왔을 때에야 에밋은 브루클린의 이 지역이 얼마나 황량한 곳인지 알게 되었다. 게다가 고와너스를 지나 레드훅으로 갈수록 상황은 점점 더 안 좋아지는 것 같았다. 풍경은 이내 창문 없는 긴 창고가 주를 이루고 주변에 드문드문 싸구려 여인숙이나 술집이 있는 풍경으로 바뀌었다. 부두에 천막을 치지 않는 한 서커스장이 있을 만한 동네가 아닌 것 같았다. 그러나 강이 시야에 들어왔을 때도 대형 천막이나 깃발의 흔적은 어디에서도 찾아볼 수 없었다.

에밋이 돌아가려고 할 때, 빌리가 한 조그만 창에서 밝은 불빛이 흘러나오는 별 특징 없는 길 건너편 건물을 가리켰다.

알고 보니 그곳은 70대 노인이 자리를 지키고 있는 매표소였다.

"서커스 공연장이에요?" 에밋이 물었다.

"쇼는 시작됐어." 노인이 말했다. "그렇지만 똑같이 1인당 2달러야."

에밋이 돈을 지불하자 노인은 평생토록 카운터 위에 입장권을 놓고 밀어서 건네준 사람의 무관심한 태도로 카운터 위의 입장권을 밀었다.

에밋은 한결 자신의 기대에 부합하는 로비의 모습을 보고 안도했다. 바닥에는 어두운 빨간색 카펫이 깔려 있고, 벽에는 곡예사와 코끼리와 입을 크게 벌린 사자가 그려져 있었다. 팝콘과 맥주를 파는 구내매점도 있고, 주요 행사를 홍보하는—'텍사스주 샌안토니오에서 온 믿기 어려운 서터 자매!'—대형 이젤도 있었다.

에밋은 파란색 제복을 입은 여성 좌석 안내원에게 입장권을 주며 어디에 앉아야 하는지 물었다.

"아무 데나 앉고 싶은 자리에 앉으세요."

그녀는 빌리에게 눈을 찡긋해 보인 뒤 문을 열어주며 쇼를 즐겁게 감상하라고 말해주었다.

내부는 타원형 방벽과 스무 줄의 스타디움 좌석으로 둘러싸인 흙바닥이 있는 소규모 실내 로데오 경기장 같았다. 에밋이 보기에 좌석은 4분의 1밖에 차지 않았지만, 타원형 공연장을 비추는 조명 때문에 관객의 얼굴을 알아보기는 쉽지 않았다.

형제가 벤치에 앉았을 때 조명이 희미해지면서 스포트라이트가 서커스 단장을 비추었다. 전통에 따라 서커스 단장은 사냥의 달인 같은 복장을 했다. 즉 가죽 승마 부츠에 선홍색 재킷을 입고 실크해트를 쓴 차림새를 하고 나온 것이었다. 그가 말을 시작했을 때에야 에밋은 그 사람이 실은 가짜 콧수염을 붙인 여자라는 사실을 알아차렸다.

"자, 이제," 그 사람이 붉은색 메가폰을 통해 알렸다. "인도의 왕을 매료시키고 시암*의 왕을 위해 춤춘 그녀가 그곳 동방에서 돌아왔습니다. 우리 서커스단의 자랑, 유일무이한 곡예사 딜라일라를 소개합니다!"

✦ 타이의 전 이름.

서커스 단장이 손을 뻗자 스포트라이트가 타원형 공연장을 가로질러 방벽에 있는 문으로 옮겨 갔고, 그 문을 통해 분홍색 튀튀[*]를 입은 거구의 여성이 아이들이 타는 세발자전거를 타고 나타났다.

관객들이 웃음을 터뜨리고 왁자한 함성을 지를 때 구식 경찰 헬멧을 머리에 끈으로 묶은 물개 두 마리가 나타나 짖기 시작했다. 물개들이 그녀를 뒤쫓자 딜라일라는 세발자전거의 페달을 부리나케 밟으며 공연장 주위를 돌면서 도망쳤고, 관객들은 환호성을 지르며 뒤쫓는 물개를 부추겼다. 두 마리 물개는 딜라일라를 성공적으로 문밖으로 몰아낸 다음, 몸을 돌려 머리를 까딱거리고 지느러미로 박수를 침으로써 관객들의 호응에 감사를 표했다.

다음은 두 명의 카우걸이 말을 타고 공연장에 등장했다. 한 명은 흰 가죽옷에 흰 모자 차림으로 흰말을 타고 나타났고, 다른 한 명은 온통 다 검은색이었다.

"믿기 어려운 서터 자매." 서커스 단장이 메가폰으로 소리치자 두 자매가 관중들의 환호에 모자를 벗어 흔들면서 말을 타고 공연장을 돌았다.

공연장을 한 바퀴 돌고 나서 두 자매는 일련의 곡예를 수행하기 시작했다. 그들은 적당한 속도로 말을 타면서 안장의 한쪽에서 다른 쪽으로 몸을 흔들었는데, 두 사람의 동작이 완벽하게 일치했다. 그런 다음, 말이 더 빠른 속도로 달리는 동안 검은 말을 탄 서터가 자기 말에서 언니의 말로 뛰어올랐으며, 그러고 나서 다시 자기 말로 뛰어올라 돌아왔다.

[*] 발레를 할 때 입는, 주름이 많이 잡힌 스커트.

빌리가 공연장을 가리키며 놀란 표정으로 형을 쳐다보았다.

"저거 봤어?"

"봤어." 에밋이 빙긋 웃으며 말했다.

그러나 빌리가 다시 곡예로 주의를 돌렸을 때 에밋은 관객들에게 주의를 돌렸다. 자매의 곡예를 위해 공연장의 조명을 더 밝게 했으므로 에밋은 관객의 얼굴을 더 쉽게 알아볼 수 있었다. 처음 죽 훑어보았던 시도가 소득 없이 끝나자 에밋은 자신의 자리 바로 왼쪽을 바라보며 줄에서 줄로, 통로에서 통로로 타원형 관객석을 보다 체계적으로 살펴보기 시작했다. 에밋은 여전히 더치스를 찾지 못했지만, 그러나 대부분의 관객이 남자라는 것을 깨닫고 약간 놀랐다.

"저길 봐!" 빌리가 자매를 가리키며 탄성을 질렀다. 이제 자매는 말 위에 서서 나란히 나아가고 있었다.

"그래," 에밋이 말했다. "정말 대단하구나."

"아니," 빌리가 말했다. "말 탄 사람 말고. 저기 관객석 말이야. 울리 형이 있어."

에밋은 빌리의 손가락이 가리키는 곳을 따라 공연장 건너편을 바라보았고, 거기 여덟 번째 줄에 울리가 있었다. 그는 혼자 앉아 있었다. 에밋은 더치스를 찾는 데만 정신이 팔려서 울리를 찾을 생각은 미처 하지 못한 것이었다.

"잘했어, 빌리. 자, 가자."

에밋과 빌리는 넓은 중앙 통로를 따라 관객석을 죽 돌아서 울리가 앉아 있는 곳으로 갔다. 울리는 무릎에 팝콘 한 봉지를 내려놓은 채 얼굴 가득 미소를 띠고 있었다.

"울리 형!" 빌리가 마지막 계단을 뛰어가면서 소리쳐 불렀다.

자기 이름을 부르는 소리에 울리가 고개를 들었다.

"**미라빌레 딕투**[*]! 난데없이, 에밋과 빌리 왓슨이 나타나는구나. 어찌 이런 행운이! 상황이 완전히 바뀌었어! 앉아, 앉아."

형제가 앉을 공간이 충분했음에도 울리는 벤치에서 조금 옮겨 앉아 더 넓은 공간을 만들어주었다.

"굉장한 쇼 아니에요?" 빌리가 배낭을 벗으면서 물었다.

"맞아." 울리가 동의했다. "정말 정말 굉장해."

"저길 봐요." 빌리가 공연장 한가운데를 가리키며 말했다. 거기서는 네 명의 광대가 네 대의 소형차를 운전했다.

에밋은 동생 뒤로 움직여서 울리의 오른쪽 빈자리에 앉았다.

"더치스는 어딨어?"

"저건 뭐지?" 울리가 자매에게서 눈을 떼지 않은 채 물었다. 자매는 이제 그 소형차로 뛰어올라 광대들을 흩어놓았다.

에밋이 더 가까이 몸을 기울였다.

"더치스는 어딨어, 울리?"

울리는 아무 생각도 나지 않는 듯이 고개를 들었다. 그러고 나서 기억해냈다.

"더치스는 거실에 있어! 친구들을 만나려고 거실에 간 거야."

"거기가 어디야?"

울리는 타원형 실내의 끝 쪽을 가리켰다.

"계단을 올라가서 파란 문을 통과해."

---

[*] Mirabile dictu, '이상한 말이지만' '멋지게 말해서'란 뜻의 라틴어. 라틴어를 배우는 미국 사립 고등학교 학생들에게 널리 알려진 표현이다. 다음에 말하는 난데없이Out of nowhere 가 이상한 표현이라는 뜻.

"난 더치스를 만나러 갈 거야. 그동안 빌리를 지켜봐줄 수 있어?"

"물론이지." 울리가 말했다.

에밋은 자신이 방금 부탁한 일의 중요성을 강조하기 위해 잠시 울리의 시선을 붙잡았다. 울리는 빌리에게 눈을 돌렸다.

"에밋은 더치스를 만나러 가야 해, 빌리. 그래서 너와 나는 서로를 지켜봐야 해. 알았지?"

"알았어요, 울리 형."

울리는 다시 에밋에게 눈을 돌렸다.

"봤지?"

"그래, 알았어." 에밋이 웃으며 말했다. "어쨌든 아무 데도 가지 마."

울리가 손짓으로 공연장을 가리켰다.

"우리가 왜 다른 데로 가겠어?"

울리 뒤쪽으로 올라간 에밋은 중앙 통로를 돌아서 타원형 관객석의 맨 위쪽에 있는 계단으로 갔다.

에밋은 서커스를 좋아하는 사람이 아니었다. 마술 쇼나 로데오를 좋아하는 사람도 아니었다. 그는 심지어 마을 사람들 거의 모두가 참석하는, 그의 고등학교에서 열리는 미식축구 경기를 보러 가는 것도 좋아하지 않았다. 그는 군중 속에 앉아서 그 자신이 하고 있는 것보다 더 재미있는 뭔가를 하는 사람을 구경한다는 생각을 결코 좋아하지 않았다. 그래서 계단을 오르기 시작했을 때 장난감 권총의 총소리가 거의 동시에 두 번 울리고 관객의 환호성이 터져 나왔지만, 굳이 뒤돌아보려 하지 않았다. 그리고 계단 꼭대기에 이르러 파란 문을 열었을 때 또다시 두 발의 총소리가 울리고 훨씬 더 큰 환호성이 뒤따랐지만, 이번에도 뒤돌아보지 않았다.

에밋이 뒤돌아보았다면, 그는 서터 자매가 6연발 권총을 뽑아서 손에 든 채 말을 타고 서로 반대 방향에서 마주 보고 달려가는 모습을 보았을 것이다. 두 사람이 서로를 지나칠 때, 각자 총을 겨누고 쏘아서 상대의 머리에서 모자를 벗겨내는 광경을 보았을 것이다. 두 사람이 두 번째로 서로를 지나칠 때, 그들이 총을 쏘아서 상대의 셔츠를 등에서 벗겨내는 모습을 보았을 것이다. 그리하여 그들의 횡격막과 레이스 브래지어—하나는 검은색이고, 다른 하나는 흰색 브래지어였다—가 드러난 모습을 보았을 것이다. 그리고 그가 그 문을 열고 들어가기 전에 몇 분만 더 기다렸다면, 그는 서터 자매가 권총을 빠르게 연달아 발사하여 둘 다 레이디 고다이바*처럼 벌거 벗은 채 말을 타고 달리는 모습을 보았을 것이다.

계단 꼭대기에 있는 문이 뒤에서 획 닫혔을 때 에밋은 자신이 길고 좁은 복도의 끝에 있다는 것을 알았다. 복도 양편에는 각각 문이 여섯 개씩 있었는데, 모두 닫혀 있었다. 에밋이 긴 복도를 걸어가자 약해진 관객의 환호성이 서서히 물러나기 시작하는 동시에 클래식 음악을 연주하는 피아노 소리를 들을 수 있었다. 그 소리는 복도 끝에 있는 문 뒤에서 들려오고 있었다. 전화 회사의 마크와 비슷한 커다란 종이 그려진 문이었다.** 그가 손잡이에 손을 올렸을 때 클래식곡이 느려지는가 싶더니 음악이 매끄럽게 살롱 스타일의 래그타임***으로 바뀌었다.

---

* 알몸으로 말을 타는 영주의 아내를 그린 영국 화가 존 콜리어의 그림.
** 미국 전화 전신 회사 AT&T의 마크가 종bell이어서 이 회사의 애칭은 벨 아줌마라는 뜻의 Ma Bell이다. 뒤에 나오지만, 이 방의 주인 이름이 마 벨Ma Belle인 것이 문에 종 그림이 그려진 이유이다.
*** 1900년대 초에 미국 흑인들에 의해 연주되기 시작한 초기 피아노 재즈.

에밋은 문을 열고 넓고 호화스러운 거실 입구에 섰다. 최소한 네 개의 분리된 휴식 공간으로 이루어진 이 방은 고급스러운 짙은 빛 깔의 천을 씌운 소파와 의자를 갖추고 있었다. 간이 테이블 위에는 술 달린 갓을 씌운 램프가 있고, 벽에는 배를 그린 유화가 걸려 있었다. 서로 마주 보는 소파에는 얇은 슈미즈만 입고서 몸을 길게 뻗고 있는 빨간 머리와 흑갈색 머리 백인 여자가 있었는데, 둘 다 톡 쏘는 냄새가 나는 담배⁺를 피우고 있었다. 방 뒤쪽, 정교하게 조각된 바 근처에는 실크 숄을 두른 금발 여자가 피아노에 기댄 채 음악에 맞추어 손가락을 두드리고 있었다.

화려한 가구, 유화, 옷을 제대로 입지 않은 여자들, 눈에 보이는 거의 모든 요소가 에밋을 놀라게 했다. 그러나 무엇보다도 에밋을 놀라게 한 것은 피아노를 치고 있는 사람이 더치스라는 사실이었다. 그는 빳빳한 흰색 셔츠를 입고 머리에는 중절모를 뒤로 젖혀서 쓰고 있었다.

피아노 옆에 있는 금발 여자가 누가 문을 열고 들어왔는지 보려고 눈길을 던지자, 더치스가 그 눈길을 뒤따랐다. 에밋을 본 그는 손가락으로 건반을 길게 한 번 쓸고 나서 마지막으로 피아노 코드 하나를 쾅 내리친 다음 관대한 미소를 지으며 벌떡 일어섰다.

"에밋!"

세 여자가 더치스를 쳐다보았다.

"저 사람 알아?" 금발 여자가 거의 아이 같은 목소리로 물었다.

"내가 얘기한 친구야!"

⁺ 마리화나를 암시한다.

세 여자 모두 시선을 다시 에밋에게 돌렸다.

"노스다코타주 출신 친구?"

"네브래스카." 흑갈색 머리 여자가 고쳐주었다.

빨간 머리 여자가 갑자기 생각났다는 표정을 짓더니 느릿느릿 손에 든 담배로 에밋을 가리켰다.

"당신한테 차를 빌려준 사람."

"맞아." 더치스가 말했다.

여자들은 모두 에밋의 관대함을 인정한다는 듯이 그를 향해 미소를 지었다.

더치스는 성큼성큼 걸어와서 에밋의 두 팔을 잡았다.

"네가 여기 있다는 게 믿기지 않는다. 오늘 아침에도 울리와 나는 네가 없는 것을 안타까워하면서 우리가 다시 너를 보게 될 날을 헤아려보았어. 아, 잠깐! 내가 예의가 없군그래."

더치스는 에밋의 어깨에 팔을 걸치고 여자들에게로 그를 이끌었다.

"나의 세 도우미를 소개할게. 내 왼쪽 이 사람은 헬렌. 역사상 두 번째로 1000척의 배를 띄운 사람이지."✦

"만나서 기뻐요." 빨간 머리가 손을 내밀며 에밋에게 말했다.

에밋은 그 손을 잡기 위해 손을 뻗었을 때 그녀의 슈미즈가 아주 얇아서 유두 주위의 거무스름한 유륜이 옷감을 통해 보인다는 것을 알아차렸다. 그는 볼이 빨개지는 것을 느끼며 눈길을 돌렸다.

✦ 셰익스피어와 동시대에 활동한 영국 극작가인 크리스토퍼 말로는 아름다운 트로이의 헬레네(헬렌)를 '1000척의 배를 띄운 얼굴'로 묘사한 시를 남겼는데, 더치스는 이름이 같은 헬렌을 그 뒤를 이은 두 번째 헬렌으로 익살스럽게 소개하고 있다.

"피아노 옆에 있는 사람은 채리티*. 그녀가 어떻게 해서 이 이름을 갖게 되었는지에 대해선 내가 말해줄 필요가 없겠지. 그리고 여기 내 오른쪽은 버너뎃."

헬렌과 똑같은 옷을 입은 버너뎃이 손을 내밀지 않자 에밋은 안도했다.

"벨트 버클이 멋있네요." 그녀가 웃으며 말했다.

"만나서 반가워요." 에밋이 그 여자에게 다소 어색하게 말했다.

더치스가 싱긋 웃으며 에밋에게 얼굴을 돌렸다.

"정말 반갑고 기쁘다." 더치스가 말했다.

"그래." 에밋이 약간 심드렁하게 말했다. "이봐, 더치스, 할 얘기가 있는데. 단둘이……."

"좋아."

더치스는 에밋을 여자들에게서 멀찍이 떨어진 곳으로 데려갔지만, 그러나 둘이 은밀히 얘기할 수 있는 복도로 데리고 간 것이 아니라 15피트쯤 떨어진 그 거실의 한쪽 구석으로 데리고 갔다.

더치스는 잠시 에밋의 얼굴을 살펴보았다.

"너 화났구나." 그가 말했다. "난 알 수 있어."

에밋은 어디서 말을 시작해야 할지 몰랐다.

"더치스," 에밋이 말을 꺼냈다. "난 너에게 차를 **빌려주지** 않았어."

"네 말이 맞아." 더치스가 항복한다는 듯이 두 손을 들어 올리며 대답했다. "네 말이 전적으로 맞아. 내가 빌렸다고 말하는 게 한결 더 정확했을 거야. 그렇지만 내가 세인트니컬러스 소년의 집에서

✦ Charity, '자애'라는 뜻.

빌리에게 말했듯이, 우린 뉴욕주 북부에서 그 용무를 처리하는 데만 차를 사용하려고 했어. 우리는 네가 미처 알기도 전에 차를 모건으로 다시 가져다 놓았을 거야."

"네가 차를 1년 동안 가져갔든 하루를 가져갔든 간에 그게 내 돈이 들어 있었던 내 차라는 사실을 바꾸진 못해."

더치스가 잠시 그의 말을 이해하지 못한 것처럼 에밋을 쳐다보았다.

"아, 트렁크에 들어 있던 그 봉투 말하는 거구나. 그건 걱정할 필요 없어, 에밋."

"그럼 네가 가지고 있는 거야?"

"물론이지. 그렇지만 지금 가지고 있는 건 아냐. 이곳은 아무튼 대도시잖아. 그 돈은 네 여행 가방과 함께 울리 누나의 집에 있어. 그곳에 둬야 안전할 테니까 말이야."

"그럼 그걸 가지러 가자. 가면서 경찰들에 대한 얘기도 다 해줘."

"무슨 경찰?"

"타운하우스를 만났는데, 걔 말로는 오늘 아침에 경찰들이 와서 내 차에 대해 묻고 다니더라는 거야."

"경찰이 왜 그랬는지 나로선 상상이 안 가는데." 더치스가 정말로 어리둥절한 표정으로 말했다. "한 가지……."

"한 가지 뭐?"

더치스는 이제 고개를 끄덕이고 있었다.

"여기 오는 길에 내가 한눈을 팔고 있는 동안 울리가 소화전 앞에 주차했어. 나중에서야 순찰 경찰관이 운전면허증이 없는 울리에게 면허증을 보여달라고 요구했다는 걸 알게 됐지. 나는 울리가 이러

저러한 상태라는 걸 얘기하고는 딱지를 끊지 않도록 경찰을 설득했어. 그렇지만 경찰이 그 차에 대한 기재 사항을 시스템에 입력했을 수도 있어."

"그건 잘했네." 에밋이 말했다.

더치스가 진지한 표정으로 고개를 끄덕이더니 갑자기 손가락을 튕겨 딱 소리를 냈다.

"있잖아, 에밋, 그건 문제가 안 돼."

"왜?"

"어제 난 세기의 거래를 했어. 구슬을 주고 맨해튼을 얻은 것*만큼 좋은 거래는 아니겠지만, 그것에 상당히 가까운 거래였지. 너에게 낡은 스튜드베이커 하드톱 대신 새것이나 다름없는 1941년형 캐딜락 컨버터블을 줄 수 있게 되었어. 1000마일도 안 탄 거야. 그리고 출처가 확실한 차고."

"캐딜락이 어디서 났든 네 캐딜락은 필요 없어, 더치스. 타운하우스가 스튜드베이커를 나한테 다시 줬다. 새로 도색 작업 중인데, 월요일에 찾으러 갈 거야."

"오," 더치스가 손가락으로 딱 소리를 내며 말했다. "그렇다면 더욱 좋지. 이제 우리에겐 스튜드베이커와 캐딜락이 있는 거네. 애디론댁에 갔다 온 다음, 우린 캘리포니아까지 두 차로 열을 지어 갈 수 있게 되었어."

"우," 채리티가 방 저쪽에서 말했다. "열을 지어서!"

에밋은 열을 지어 캘리포니아로 가는 것에 대한 이들의 생각을

✦ 1626년에 네덜란드인이 아메리카 인디언에게 24달러어치의 구슬과 소형 장신구를 주고 맨해튼섬을 사들였다는 것을 말한다.

몰아내려 했는데, 그러기 전에 피아노 뒤쪽의 문이 열리면서 세발자전거를 탔던 여자가 지금은 테리직*으로 만든 커다란 가운을 입고서 느릿느릿 안으로 들어왔다.

"어, 어," 그녀가 탁한 목소리로 말했다. "여기 있는 분은 또 누구신가?"

"에밋." 더치스가 말했다. "내가 얘기했던 사람."

그녀가 눈을 가늘게 뜨고 에밋을 쳐다보았다.

"신탁자금이 있는 사람?"

"아니. 내가 차를 빌린 사람."

"당신 말이 맞군." 그녀가 약간 실망한 어조로 말했다. "게리 쿠퍼**를 닮았어."

"난 이 사람과 함께 갇혀 있는다 해도 싫어하지 않을 거야." 채리티가 말했다.

에밋을 빼고 모든 사람이 다 웃었다. 그중에서도 커다란 체구의 여자가 가장 크게 웃었다.

에밋은 또다시 볼이 빨개지는 것을 느꼈다. 그때 더치스가 그의 어깨에 손을 얹었다.

"에밋 왓슨, 뉴욕시에서 가장 왕성하게 정신을 고쳐시키는 사람, 마 벨을 소개할게."

마 벨이 다시 웃었다.

"당신은 당신 아버지보다 더 나빠."

잠시 모든 사람이 말을 않고 있을 때 에밋은 더치스의 팔꿈치를

✦ 수건처럼 고리 모양의 보풀이 있는 면직물.
✦✦ 할리우드를 대표했던 미국의 미남 배우.

잡았다.

"여러분 모두 만나서 반가웠습니다." 그가 말했다. "더치스와 저는 이만 가봐야 해요."

"이렇게 빨리 가면 안 되는데." 채리티가 눈살을 찌푸리며 말했다.

"기다리는 사람들이 있어서요." 에밋이 설명했다.

그러고 나서 더치스의 팔꿈치 안쪽 부드러운 부분을 손가락으로 꾹 눌렀다.

"아야." 더치스가 가벼운 신음 소리를 내며 팔꿈치를 뺐다. "그렇게 바쁘면 미리 말하지 그랬어? 마 벨과 채리티와 얘기 좀 하게 잠깐만 내게 시간을 줘. 그러고 나서 가자."

더치스는 에밋의 등을 토닥인 뒤 두 여자와 상의하러 갔다.

"그래," 빨간 머리가 말했다. "당신은 틴슬타운＊으로 가려는 거로군요."

"틴슬타운이 뭐예요?" 에밋이 물었다.

"더치스가 당신네 일행 모두 할리우드로 갈 거라고 말해줬어요."

에밋이 이 말에 대해 언급하기 전에 더치스가 돌아와서 손뼉을 쳤다.

"자, 숙녀 여러분, 아주 멋진 시간이었어요. 하지만 나와 에밋은 떠날 시간이 되었네요."

"떠날 때 떠나더라도," 마 벨이 말했다. "한잔은 하고 가야지."

더치스는 에밋을 쳐다보았다가 마 벨에게로 시선을 옮겼다.

"우린 시간이 없는 것 같아, 마."

＊ Tinseltown, '반짝거리는 도시'라는 뜻으로 할리우드의 별칭.

"바보 같은 소리." 그녀가 말했다. "술 한잔 마실 시간은 누구에게나 있어. 게다가 당신들은 우리에게 당신들의 행운을 빌어주는 건배를 허락하지 않고는 캘리포니아로 떠날 수 없어. 안 그래, 숙녀 여러분?"

"예, 건배!" 숙녀들이 동의했다.

더치스는 에밋에게 체념의 뜻으로 어깨를 으쓱해 보이고 바 쪽으로 걸어갔다. 그는 얼음 위에 놓여 있던 샴페인병의 코르크 마개를 딴 다음 여섯 개의 잔에 샴페인을 채우고 돌아가면서 잔을 건넸다.

"나는 샴페인 안 마실 거야." 더치스가 다가왔을 때 에밋이 조용히 말했다.

"널 위해 하는 건배에 네가 빠지는 건 무례한 거야, 에밋. 게다가 불운이 따를 수도 있어."

에밋은 잠시 눈을 감았다. 그런 다음 잔을 받았다.

"먼저 우리에게 이 사랑스러운 샴페인을 제공한 우리 친구 더치스에게 감사드려요." 마 벨이 말했다.

"건배, 건배!" 더치스가 모두를 향해서 절을 하자 숙녀들이 환호했다.

"좋은 친구와 이별하는 것은 언제나 씁쓸하면서도 달콤해요." 마 벨이 이어서 말했다. "그러나 우리는 우리의 손실이 할리우드의 이익이라는 사실에서 힘을 얻네요. 끝으로 위대한 아일랜드 시인 윌리엄 버틀러 예이츠의 시구절을 인용하도록 할게요. 이빨을 지나고 잇몸을 넘어, 위장을 조심하면서, 자, 들어간다✦."

✦ 음식을 먹거나 마실 때 유머러스하게 하는 말. 윌리엄 버틀러 예이츠의 시와는 아무 상관이 없다.

그런 다음 마 벨이 단숨에 잔을 비웠다.

숙녀들도 모두 웃으면서 잔을 비웠다. 에밋도 선택의 여지가 없어서 그렇게 했다.

"에밋," 더치스가 미소를 띠며 말했다. "그렇게 맛이 없어?"

채리티가 양해를 구하고 방에서 나갔고, 더치스는 한 여자에게서 다른 여자에게로 옮겨 가며 의례적인 말로 길게 작별을 고하기 시작했다.

에밋은 그 순간의 분위기를 고려하여 침착함을 유지하기 위해 최선을 다했지만, 인내심은 거의 바닥을 드러내고 있었다.

설상가상으로 그 모든 몸뚱이와 쿠션과 술 장식 때문인지 방 안이 너무 더워진 것 같았고, 여자들의 달착지근한 담배 냄새도 영 거슬렸다.

"더치스." 그가 말했다.

"알았어, 에밋. 난 마지막 작별 인사를 하고 있을 뿐이야. 복도에서 좀 기다리면 어떨까? 금방 나갈게."

에밋은 잔을 내려놓고 기꺼운 마음으로 복도로 나가 기다렸다.

시원한 공기가 에밋에게 약간의 안도감을 주었지만, 복도는 갑자기 조금 전에 보았던 것보다 더 길고 더 좁아진 것처럼 보였다. 문도 더 많아진 듯 보였다. 왼쪽 문도 더 많아지고 오른쪽 문도 더 많아졌다. 게다가 정면을 똑바로 바라보고 있는데도 불구하고 문의 배열이 현기증을 일으키기 시작했다. 마치 건물의 축이 기울어져서 그의 몸이 복도의 길이 방향으로 떨어져, 맞은편 끝에 있는 문을 부수고 들어가버릴 것만 같았다.

분명 샴페인 탓일 거야, 에밋은 생각했다.

그는 고개를 저으며 몸을 돌려 거실 안을 돌아보았다. 그러나 그의 눈에 들어온 광경은 더치스가 이제 빨간 머리의 소파 가장자리에 앉아 그녀의 잔을 다시 채워주는 모습이었다.

"젠장." 그가 나직이 뱉었다.

에밋은 필요하다면 더치스의 목덜미를 끄집고라도 나올 준비를 하고 다시 거실로 향했다. 그러나 두 걸음을 걷기도 전에 마 벨이 문지방에 나타나 그가 있는 쪽으로 걸어오기 시작했다. 그녀의 허리둘레를 고려했을 때 복도는 그녀가 걸어가기에 비좁아 보일 정도였고, 당연히 에밋을 지나쳐 갈 수 있을 만한 공간이 못 되었다.

"이런," 그녀가 짜증스럽게 손을 저으며 말했다. "길 좀 비켜줘요."

그녀가 자신을 향해 돌진해 오자 뒷걸음질 치던 에밋은 방문 하나가 열려 있다는 것을 깨닫고 그녀가 지나갈 수 있도록 안으로 걸음을 옮겼다.

그러나 그녀는 에밋이 있는 곳에 이르렀을 때 계속 복도를 걸어가는 것이 아니라 걸음을 멈추고 살집이 있는 두툼한 손으로 그를 떠밀었다. 그가 휘청거리며 방 안으로 들어서자 그녀는 문을 잡아당겨 닫아버렸고, 에밋은 자물쇠 안에서 열쇠가 돌아가며 내는 것이 분명한 소리를 들었다. 에밋은 앞으로 튀어 나가 손잡이를 잡고 문을 열려고 했다. 문이 열리지 않자 문을 두드리기 시작했다.

"문 열어요!" 그가 소리쳤다.

그는 계속 그렇게 소리치면서 닫힌 문 밖 어디에선가 한 여자가 자신을 향해 같은 말을 외쳤던 듯한 기억을 떠올리고 깜짝 놀랐다. 그때 에밋 뒤에서 다른 여자의 목소리가 들려왔다. 더 부드럽고 더 유혹적인 목소리였다.

"왜 그렇게 서둘러요, 네브래스카?"

에밋은 채리티라는 여자를 발견했다. 그녀는 호화로운 침대 위에 모로 누워서 섬세한 손으로 이불을 두드리고 있었다. 주위를 둘러본 에밋은 방 안에 창문은 없고, 더 많은 배 그림이 걸려 있는 것을 보았다. 그중에서 서랍장 위에 걸린 커다란 그림은 돛을 다 올리고 강풍과 싸우며 나아가는 범선을 그린 것이었다. 채리티가 어깨에 두르고 있던 실크 숄은 이제 팔걸이의자 등받이에 걸쳐져 있고, 그녀는 가장자리를 상아색으로 장식한 복숭아색 네글리제*를 입고 있었다.

"더치스는 당신이 좀 긴장한 것 같다고 생각하더군요." 그녀가 이제는 아이처럼 들리지 않는 목소리로 말했다. "하지만 긴장할 필요없어요. 이 방에서는. 나와 함께 있는 동안은."

에밋은 문 쪽으로 몸을 돌렸지만, 그녀가 **그쪽이 아니고 이쪽**이라고 말해서 다시 돌아섰다.

"이리 와서 내 옆에 누워요." 그녀가 말했다. "당신에게 뭐 좀 물어보고 싶으니까. 아니면 내가 당신에게 뭔가 얘기를 해줄 수도 있고. 그도 아니라면 우린 아무 말도 하지 않아도 돼요."

에밋은 그녀를 향해 어렵게 한 걸음 내디뎠다. 방바닥을 밟는 그의 발걸음은 느리고 무거웠다. 그런 다음 그는 암적색 이불이 있는 침대 가장자리에 서 있었다. 어느 틈엔가 그녀가 두 손으로 그의 손을 잡고 있었다. 아래를 내려다본 에밋은 그녀가, 집시가 그러듯이, 손바닥이 위로 향하도록 그의 손을 잡고 있는 것을 볼 수 있었다.

✦ 얇은 천으로 원피스처럼 만든 잠옷.

에밋은 잠시 약간 홀린 듯한 기분으로 그녀가 자신의 손금을 보고 운명을 점치려 하는 게 아닐까 생각했다. 그러나 그녀는 그의 손을 자신의 가슴에 얹었다.

그는 부드럽고 시원한 실크로부터 천천히 손을 빼냈다.

"여기서 나가야겠어요." 그가 말했다. "내가 여기서 나갈 수 있게 도와줘요."

그녀는 그가 자신의 감정을 상하게 했다는 듯이 입을 약간 삐죽였다. 그는 그녀의 감정을 상하게 한 것에 대해 기분이 언짢았다. 기분이 너무 언짢아서 그는 손을 뻗어 그녀를 안심시켜주고 싶은 마음이 일었다. 하지만 그러는 대신 다시 한번 문을 향해 몸을 돌렸다. 그러나 이번에 몸을 돌렸을 때, 그는 돌고 돌고 또 돌았다.

더치스

  나는 기분이 너무 좋았다. 그게 나의 변명이다.

  하루 종일 나는 하나의 기분 좋은 놀라움에서 다음번 기분 좋은
놀라움으로 옮겨 다녔다. 처음에는 울리 누나의 집을 둘러볼 기회
를 얻었고, 결국 멋진 복장 한 벌을 챙길 수 있었다. 그 뒤 마 벨과
그곳 여자애들을 방문하여 즐거운 시간을 보냈다. 그런 다음 정말
생각지도 않았던 에밋이 나타나서 나에게 요 사흘 동안 세 번째로
(채리티의 도움으로) 선행을 베풀 기회를 주었다. 그리고 지금 나는
1941년형 캐딜락의 운전대 뒤에 앉아 지붕을 내린 채 맨해튼을 향
해 달리고 있었다. 오늘의 일에서 유일하게 꼬인 것은 울리와 내가
빌리를 데리고 다니게 된 것뿐이었다.

  에밋이 마 벨의 거처에 나타났을 때 그가 동생을 데리고 왔을 거
라는 생각은 단 1초도 들지 않았으므로 빌리가 울리 옆에 있는 것
을 보았을 때 나는 다소 놀랐다. 오해는 하지 말기 바란다. 빌리는

아이치고는 착한 아이였다. 그러나 빌리는 만물박사이기도 했다. 그리고 만물박사가 눈꼴사나운 사람에게는 어린 만물박사만큼 눈꼴사나운 만물박사는 없다.

　우리가 함께한 지 한 시간도 채 안 되었는데 아이는 이미 나에게 세 번이나 지적질을 했다. 첫째, 서터 자매는 서로를 진짜 총으로 쏘지 않았다는 점을 지적했다. 마치 내가 연출 기법의 요소에 대해 배워야 할 사람이나 되는 것처럼 말이다! 그다음, 물개는 따뜻한 피와 등뼈를 가지고 있고, 또 이러이러하고 저러저러하기 때문에 물고기가 아니라 포유동물이라는 점을 지적했다. 그때 우리는 스카이라인이 우리 앞에 눈부시게 아름다운 모습을 펼쳐 보이는 브루클린 다리를 달리고 있었다. 그래서 기분이 무척 들떠 있던 나는, 강을 건너는 인류의 역사에서 그 순간의 시정詩情과 강이 들려주는 영혼의 소리를 조용히 음미하기보다는 오히려 변혁의 힘을 느꼈던 하나의 예를 생각해낼 수 있는 사람이 있을까 하는 질문을 던지게 되었는데, 그러자—어린 백만장자처럼 뒷좌석에 앉아 있던—아이는 이 말에 끼어들지 않을 수 없다고 느꼈다.

　"난 그런 예를 생각할 수 있어요." 아이가 말한다.

　"그 질문은 수사의문문이었어." 내가 말한다.

　하지만 이제 아이의 대답에 올리가 흥미를 느낀다.

　"네 예는 어떤 거야, 빌리?"

　"조지 워싱턴이 델라웨어강을 건너면서 느꼈던 거. 1776년 크리스마스 밤에 워싱턴 장군은 헤센인 용병+ 부대에 몰래 접근하기 위

+ 미국 독립 전쟁 때 영국이 고용한 독일 용병.

해 차디찬 강물을 건넜어요. 그들을 기습적으로 공격한 워싱턴의 군대는 적을 쳐부수고 1000명을 포로로 잡았지요. 그 사건을 기념하기 위해 그린 에마누엘 로이체의 유명한 그림*이 있어요."

"그 그림, 나도 본 것 같아!" 울리가 탄성을 질렀다. "워싱턴 장군이 보트의 뱃머리에 서 있지 않아?"

"아무도 보트의 뱃머리에는 서지·않아." 내가 지적했다.

"에마누엘 로이체의 그림에서는 워싱턴 장군이 보트의 뱃머리에 서 있어요." 빌리가 말했다. "원한다면 그림을 보여줄 수 있어요. 애버네이스 교수님의 책에 있거든요."

"물론 그렇겠지."

"그거 잘됐다." 언제나 역사에는 얼마간 관심을 보이는 울리가 말했다.

금요일 밤이었으므로 차가 좀 막혔고, 우리는 다리 위에서 멈춰 서게 되었다. 그 때문에 우리는 조용히 경치를 감상할 수 있는 완벽한 기회를 얻었다.

"난 다른 예도 알아요." 빌리가 말했다.

울리는 웃으며 뒷좌석을 향해 고개를 돌렸다.

"어떤 예?"

"카이사르가 루비콘강을 건넜을 때."

"그때 무슨 일이 있었는데?"

빌리가 앉아서 몸을 똑바로 세우는 소리가 귀에 들릴 정도였다.

"기원전 49년, 카이사르가 갈리아 지방 총독이었을 때, 그의 야망

✦ 〈델라웨어강을 건너는 워싱턴〉이라는 그림으로, 뉴욕 메트로폴리탄 미술관이 소장하고 있다.

을 경계하게 된 원로원은 그를 수도 로마로 불러들였어요. 그러면서 그의 군대는 루비콘강 강둑에 남겨두라는 지시를 내렸죠. 하지만 카이사르는 자신의 병사들을 이끌고 강을 건너 이탈리아로 향했고, 곧바로 로마로 진격했어요. 로마에서 그는 곧 권력을 잡았고, 제국의 시대를 열었어요. 루비콘강을 건너다, 라는 표현이 거기서 나온 거예요. 돌이킬 수 없는 지점을 지나갔다는 뜻이잖아요."

"또 하나의 훌륭한 예구나!" 울리가 말했다.

"스틱스강*을 건넌 율리시스도 있고요."

"우린 이제 이해한 것 같다." 내가 말했다.

그러나 울리는 끝나지 않았다.

"모세는 어때?" 울리가 물었다. "모세도 강을 건너지 않았어?"

"그건 홍해였어요." 빌리가 말했다. "그것은 모세가……."

의심할 나위 없이 빌리는 우리에게 모세에 대한 자세한 얘기를 해주려고 했을 것이나, 이번에는 스스로 말을 끊고 화제를 돌렸다.

"저길 봐요!" 그가 먼 곳을 가리키며 말했다. "엠파이어스테이트 빌딩!"

우리 셋 모두 하늘을 찌를 듯이 높이 솟은 그 건물로 관심을 돌렸고, 그때 그 생각이 떠올랐다. 그 생각은 조그만 벼락처럼 내 머리 꼭대기에 떨어져 등뼈를 타고 흐르면서 등골을 오싹하게 했다.

"저 빌딩에 그 사람 사무실이 있는 거 아니야?" 내가 백미러로 빌리를 흘깃 보면서 물었다.

"누구 사무실?" 울리가 물었다.

✦ 그리스 신화에서, 저승으로 가는 길목에 있는 강.

"애버크롬비 교수."

"애버네이스 교수를 말하는 거야?"

"그래그래. 그게 어떻게 되더라, 빌리? 저는 맨해튼섬의 34가와 5번
가가 교차하는 곳에 위치한 엠파이어스테이트 빌딩에 있는 제 사무실에서 여
러분에게 편지를 씁니다……."

"맞아요." 빌리가 눈을 휘둥그레 뜨고 말했다. "그렇게 쓰여 있어
요."

"그럼 우리, 그 교수님을 찾아가는 건 어떨까?"

나는 곁눈질을 통해 울리가 내 제안에 당황스러워한다는 것을 알
수 있었다. 그러나 빌리는 그렇지 않았다.

"우리가 교수님을 찾아갈 수 있어요?" 빌리가 물었다.

"찾아가지 못할 이유가 어디 있겠어."

"더치스……." 울리가 말했다.

나는 울리를 무시했다.

"교수님이 서문에서 너를 뭐라고 부르지, 빌리? 친애하는 독자 여러
분? 어떤 작가가 자신의 친애하는 독자 가운데 한 명이 찾아오는 걸
맞아들이고 싶지 않겠어? 작가는 배우보다 두 배는 더 열심히 일해
야 하잖아. 그렇지? 그렇지만 작가들은 기립 박수나 커튼콜도 받지
못하고, 무대 뒷문 밖에서 기다리는 사람도 없어. 게다가 만약 애버
네이스 교수님이 독자의 방문을 받고 싶지 않다면 왜 책의 첫 페이
지에 자신의 주소를 써놓았겠어?"

"아마 이 시간엔 그분이 거기 없을 거야." 울리가 반박했다.

"늦게까지 일할지도 모르잖아." 내가 곧바로 재반박했다.

차가 다시 움직이기 시작하자, 나는 속으로 만약 로비가 열리지

않는다면 우리는 킹콩처럼 그 빌딩을 타고 올라갈 거라고 생각하면서 업타운 출구로 빠져나가기 위해 오른쪽 차선을 탔다.

35가에서 서쪽으로 달리다가 좌회전하여 5번가로 진입한 다음 그 빌딩 입구 바로 앞에 차를 세웠다. 잠시 후 수위 한 명이 나에게 다가왔다.

"여기에 주차할 수 없습니다."

"잠깐이면 돼요." 나는 그렇게 말하면서 그에게 5달러를 슬쩍 건넸다. "그사이에 아저씨와 링컨 대통령은 서로에 대해 알 수 있을 거예요."[*]

이제 그는 나에게 주차할 수 없다는 말을 하는 대신 울리 쪽 문을 열어준 뒤 모자를 벗어 감사 표시를 하며 우리를 빌딩 안으로 안내했다. 이런 것을 사람들은 자본주의라고 부른다.

로비에 들어섰을 때 빌리는 긴장되고 흥분된 표정을 지었다. 그는 우리가 어디에 있는지, 우리가 무엇을 하려고 하는지 도무지 믿기지 않는 듯했다. 제멋대로인 꿈에서조차 상상하지 못한 일이었다. 반면에 울리는 전혀 그답지 않은 찡그린 얼굴로 나를 쳐다보았다.

"왜?" 내가 말했다.

울리가 대답하기 전에 빌리가 내 소매를 끌었다.

"어떻게 교수님을 찾아요, 더치스 형?"

"어디서 찾아야 할지 네가 알잖아, 빌리."

"내가 알아요?"

---

[*] 5달러 지폐에는 링컨 대통령이 그려져 있다.

"네가 나에게 읽어줬잖아."

빌리의 눈이 커졌다.

"55층."

"맞아."

나는 웃으면서 손으로 엘리베이터가 있는 쪽을 가리켰다.

"우리, 엘리베이터를 타는 거예요?"

"당연히 계단으로 올라가진 않을 거니까."

우리는 고속 엘리베이터에 올랐다.

"저는 아직까지 엘리베이터를 타본 적이 없어요." 빌리가 엘리베이터 운전원에게 말했다.

"즐겁게 타길 바랄게." 운전원이 대답했다.

그러고 나서 그는 레버를 당겨 우리를 빌딩 안으로 쏘아 올렸다.

평소 같으면 이런 탈것에서 콧노래를 흥얼거리는 사람은 울리였을 테지만, 오늘 밤 콧노래를 흥얼거린 사람은 나였다. 그리고 빌리는 엘리베이터가 각 층을 지날 때마다 계속해서 해당 층을 조용히 세고 있었다. 입술의 움직임으로 그걸 알 수 있었다.

"51." 그가 소리 내지 않고 입 모양을 지었다. "52, 53, 54."

55층에 이르렀을 때 운전원이 문을 열어주었고, 우리는 내렸다. 여러 대의 엘리베이터가 있는 구역을 벗어나 복도로 들어선 우리는 왼쪽과 오른쪽에 문들이 길게 늘어서 있는 것을 보았다.

"이제 뭘 해요?" 빌리가 물었다.

나는 가장 가까운 문을 가리켰다.

"우린 저기서부터 시작해서 그분을 찾을 때까지 이 층을 계속 돌 거야."

"시계 방향으로?" 빌리가 물었다.

"어느 방향이든 네가 좋을 대로."

그래서 우리는 이 문에서 다음 문으로—시계 방향으로—나아가기 시작했고, 빌리가 엘리베이터 안에서 해당 층을 계속 읽었던 것처럼 조그만 황동 명판에 새겨진 이름들을 읽어나갔다. 다만 이번에는 빌리가 소리 내어 읽었다는 점이 달랐다. 사무직 종사자들의 행렬이 이어졌다. 변호사와 회계사 외에도 부동산, 보험, 주식 중개인 등이 있었다. 대기업 사람들이 아니란 뜻이다. 이것들은 대기업에 들어가지 못한 사람들이 운영하는 가게나 사무실인 것이었다. 전화벨이 울리기를 기다리면서 구두창을 갈거나 신문의 연재만화를 보는 사람들이 운영하는 사무실이었다.

빌리는 처음 스무 개의 간판은 하나하나가 즐겁고 경이로운 것이라도 되는 양 씩씩하고 쾌활한 태도로 읽었다. 다음 스무 개는 약간 덜 열정적으로 읽었다. 그 후에는 읽는 태도가 시들해지기 시작했다. 마음속에 존재하는 젊은 열정이 샘솟는 바로 그 지점을 현실이라는 엄지손가락이 꽉 누르기 시작했다는 것을 거의 귀로 들을 수 있을 정도였다. 오늘 저녁, 현실은 빌리 왓슨에게 씁쓸한 흔적을 남길 게 거의 확실했다. 그 흔적은 아마 앞으로 평생토록 유익한 기억으로 빌리에게 남아 있을 것이다. 즉 이야기책 속의 영웅들은 대개 상상으로 빚어낸 허구이지만, 마찬가지로 그 이야기를 쓰는 사람도 대부분 상상으로 꾸며낸 허구의 인물이라는 것을 일깨우는 기억으로 남아 있게 될 것이다.

네 번째 모퉁이를 돌았을 때, 우리가 시작했던 지점으로 이어지는 마지막 문들이 눈에 들어왔다. 빌리의 움직임은 점점 더 굼떠졌고, 빌리의 말은 점점 더 힘을 잃어갔다. 마침내 마지막에서 두 번째 문 앞에 이르렀을 때 빌리는 걸음을 멈추고 아무 말도 하지 않았다. 그때까지 빌리는 조그만 명판을 쉰 개쯤 읽었을 것이다. 나는 빌리 뒤에 서 있었지만 빌리의 자세를 보고 그가 넌더리가 날 만큼 지쳤다는 것을 알 수 있었다.

잠시 후 빌리가 울리를 쳐다보았는데, 울리의 얼굴에 갑자기 동정 어린 표정이 나타난 것으로 보아 빌리는 실망스러운 표정을 지었을 게 틀림없었다. 이어서 빌리는 고개를 돌려 나를 쳐다보았다. 그런데 그의 표정은 실망의 표정이 아니었다. 놀라서 눈이 휘둥그레진 표정이었다.

빌리는 그 조그만 황동 명패로 눈을 돌리더니 손가락을 뻗어 거기에 새겨진 글자를 소리 내어 읽었다.

"애버커스 애버네이스 교수(현대어문학협회, 박사) 사무실."

놀란 표정으로 울리에게 눈을 돌린 나는 울리의 얼굴에 나타난 동정 어린 표정은 빌리를 향한 게 아니라는 것을 깨달았다. 그 표정은 나에게 지은 것이었다. 다시 한번 내 꾀에 내가 당한 셈이었기 때문이다. 이 아이와 며칠을 함께 보낸 뒤로 내가 좀 더 철이 들었을 거라고 생각하는 사람이 있었을지 모르겠다. 그러나 내가 말했듯이, 나는 너무 기분이 좋아서 이 일을 획책한 것이었다.

아무튼 예상치 못한 반전으로 상황이 신중하게 꾸민 계획을 망치는 쪽으로 흘러갈 때, 우리가 할 수 있는 가장 좋은 일은 가능한 한 빨리 공을 가로채는 것이다.

"내가 뭐랬어, 빌리."

빌리는 나에게 미소를 지어 보였다. 그러나 그는 자기한테 과연 손잡이를 돌릴 만한 용기가 있는지 확신하지 못하는 아이처럼 그 손잡이를 약간 불안한 눈길로 바라볼 뿐이었다.

"내가 열게!" 울리가 외쳤다.

울리가 앞으로 걸어 나와 손잡이를 돌리고 문을 열었다. 안으로 들어서니, 그곳은 간이 테이블과 의자 몇 개가 있는 조그만 응접실이었다. 안문 위쪽의 열려 있는 채광창으로 들어오는 희미한 빛마저 없었더라면 실내는 캄캄했을 것이다.

"네 말이 맞는 것 같아, 울리." 나는 귀에 들릴 정도로 한숨을 내쉬며 말했다. "사무실에 아무도 없는 것 같아."

그러나 울리는 손가락을 입술에 갖다 댔다.

"쉿. 저 소리 들었어?"

울리가 채광창을 가리키자 우리 모두 고개를 들고 쳐다보았다.

"또 들린다." 그가 나직이 말했다.

"무슨 소리?" 내가 나직이 물었다.

"펜이 사각거리는 소리." 빌리가 말했다.

"펜이 사각거리는 소리." 울리가 빙그레 웃으며 말했다.

울리가 응접실을 살금살금 걸어가서 두 번째 문의 손잡이를 부드럽게 돌렸다. 빌리와 나는 울리를 뒤따랐다. 그 문 뒤에 훨씬 더 큰 방이 있었다. 책이 바닥에서 천장까지 열을 지어 쌓여 있는 기다란 직사각형 방이었다. 방 안에는 지구본 하나, 소파 하나, 등받이가 높은 의자 두 개, 커다란 목재 책상 하나가 있었고, 그 책상 뒤에 덩치가 작은 노인이 앉아 녹색 갓을 씌운 램프 불빛 속에서 낡아 보이는 조그만 장부에 뭔가를 적고 있었다. 머리숱이 많지 않은 백발의 노인은 주름진 시어서커* 양복 차림이었으며 독서용 안경을 코끝에 걸치고 있었다. 다시 말해서, 노인은 여러모로 교수다워 보였지만, 그러나 여러분은 책장에 있는 모든 책들은 전시용이라고 생각해야 할 것이다.

우리가 들어서는 소리에 노인은 하던 일을 멈추고 놀라거나 당황한 기색 없이 고개를 들었다.

"무슨 일이죠?"

우리 셋이 함께 몇 걸음 걸어간 뒤, 울리가 팔꿈치로 빌리를 쿡 찔러서 한 걸음 더 앞으로 나가게 했다.

"네가 물어봐." 그가 빌리를 부추겼다.

빌리는 목소리를 가다듬었다.

"할아버지가 애버커스 애버네이스 교수님이에요?"

노인은 독서용 안경을 머리 위로 올려 쓴 뒤 우리 세 사람을 좀 더 잘 보기 위해 램프의 갓을 기울였다. 그렇지만 노인은 아이가 바로 우리가 이곳에 온 이유라는 것을 즉시 이해하고 주로 빌리에게 눈길을 보냈다.

"내가 애버커스 애버네이스야." 그가 대답했다. "뭘 도와줄까?"

빌리가 알고 있는 것은 끝이 없어 보였지만, 그러나 애버커스 애버네이스가 자신을 위해 무엇을 해줄 수 있는지에 대해서는 모르는 것 같았다. 왜냐하면 빌리는 노인의 말에 대답하지 못하고 자신 없는 표정으로 울리를 돌아보았기 때문이다. 그래서 울리가 빌리 대신 말했다.

"교수님, 방해해서 죄송합니다만 이 아이는 네브래스카주 모건에

◆ 물결 같은 줄무늬가 있는 인도산 직물.

서 온 빌리 왓슨이랍니다. 뉴욕에 온 것은 이번이 처음이에요. 이 아
이는 여덟 살밖에 되지 않았지만 교수님의 모험가『개요서』를 스물
네 번이나 읽었답니다."

울리의 말을 흥미롭게 듣고 있던 교수가 시선을 다시 빌리에게
돌렸다.

"얘야, 정말이니?"

"정말이에요." 빌리가 말했다. "그렇지만 스물네 번이 아니라 스
물다섯 번 읽었어요."

"흠," 교수가 말했다. "내 책을 스물다섯 번이나 읽었고, 네브래스
카주에서 뉴욕까지 그 먼 길을 와서 그 얘길 해주었으니, 너에게 앉
으라고 의자를 권하는 게 내가 할 수 있는 최소한의 도리겠구나."

그는 손을 펴서 빌리에게 책상 앞에 있는 등받이가 높은 의자에
앉으라고 권했다. 울리와 나에게는 책장 옆에 있는 소파에 앉으라
고 손짓했다.

그것은 아주 좋은 소파였다고 말해두자. 빛나는 황동 리벳을 꼼
꼼히 박아서 짙은 갈색 가죽을 씌운 소파였는데, 거의 자동차만큼
이나 컸다. 만약 방에 들어온 세 사람이 자리에 앉으라는 다른 사람
의 제안을 받아들인다면, 그 세 사람 중 누구도 금방 자리에서 일어
나서 떠나려 하지 않을 것이다. 그것이 인간 본성이다. 많은 고생 끝
에 편안함을 누리게 되었으므로 사람들은 오래 담소를 나누고 싶
어 할 것이다. 최소한 30분은 말이다. 만약 20분 후에 할 말이 다 떨
어졌다 해도, 그들은 의례적인 말을 지어내며 이야기를 이어갈 것
이다. 그래서 교수가 우리에게 자리를 권했을 때, 나는 지금은 시간
이 많이 늦었고 우리 차는 연석에 세워져 있다는 것을 분명히 말해

야겠다는 생각으로 입을 열었다. 그러나 내가 말을 꺼내기도 전에 빌리는 등받이가 높은 의자에 오르고 있었고 울리는 소파에 자리를 잡고 있었다.

"자, 말해보렴, 빌리." 교수가—우리 모두 돌이킬 수 없을 만큼 편 안하게 자리를 잡았을 때—말했다. "뉴욕에는 무슨 일로 온 거야?"

교수의 말은 대화의 전형적인 서두였다. 뉴욕 사람들 누구나 자 연스럽게 한두 마디의 대답을 기대하면서 방문객에게 묻는, 그런 종류의 질문이었다. '이모를 만나러 왔어요'나 '공연 티켓이 있어서요' 같 은 의례적인 대답을 기대하면서 말이다. 그러나 이 아이는 빌리 왓 슨이었고, 그래서 교수가 듣게 된 대답은 한두 마디가 아니라 장황 한 설명이었다.

빌리는 1946년 여름밤에 어머니가 그들을 떠나버린 일에서부터 이야기를 시작했다. 그는 에밋이 설라이나에서 소년원 생활을 한 것과 아버지가 암으로 돌아가신 것, 그리고 7월 4일 샌프란시스코 에서 열리는 불꽃놀이 행사에서 엄마를 찾을 수 있도록 엄마가 보 낸 한 뭉치 엽서의 자취를 따라가려는 형제의 계획에 대해 설명했 다. 그는 심지어 울리의 신탁자금을 찾으려는 우리의 모험과 울리 와 내가 스튜드베이커를 빌렸던 일, 그래서 그와 에밋은 뉴욕행 선 셋이스트호를 몰래 타야 했던 일에 대해서도 설명했다.

"허허," 빌리의 이야기를 한 마디도 놓치지 않은 교수가 말했다. "화물열차를 타고 이 도시까지 왔다고 했지?"

"화물열차 안에서 교수님의 책을 스물다섯 번째로 읽기 시작했어 요." 빌리가 말했다.

"유개화차 안에서?"

"그곳엔 창문도 없었지만, 저는 군용 잉여 손전등을 가지고 있었어요."

"그건 좀 뜻밖이구나."

"우리가 캘리포니아로 가서 새롭게 출발하기로 결정했을 때, 에밋 형은 여행 가방 안에 넣을 수 있는 물건만 가지고 떠나야 한다는 교수님 말씀에 동의했어요. 그래서 저는 저에게 필요한 모든 것을 배낭에 넣었어요."

미소를 지으며 의자에 등을 기대고 있던 교수가 갑자기 다시 몸을 앞으로 기울였다.

"혹시 『개요서』가 지금 네 배낭 안에 들어 있니?"

"예," 빌리가 말했다. "항상 배낭 안에 가지고 다녀요."

"그럼 내가 너를 위해 책에다 헌사를 써줘도 될까?"

"그거 정말 엄청 좋겠다!" 울리가 탄성을 질렀다.

교수의 제안에 빌리는 높은 등받이 의자에서 내려와 배낭을 벗고, 끈을 풀고, 커다란 빨간 책을 꺼냈다.

"그걸 이리 가져오렴." 교수가 손짓을 하며 말했다. "이리로 가져오렴."

빌리가 책상을 돌아서 왔을 때 교수는 책을 받아서 마모 상태를 감상하기 위해 불빛 아래로 가져갔다.

"작가의 눈에는 아주 잘 읽힌 흔적이 보이는 자신의 책보다 더 아름다운 것은 별로 없단다." 그가 빌리에게 고백했다.

책을 내려놓은 교수는 펜을 들고 표제지를 펼쳤다.

"아, 선물받은 책이로구나."

"예, 매시슨 선생님에게서요." 빌리가 말했다. "그 선생님은 모건

공립 도서관 사서예요."

"사서의 선물이라, 역시." 교수가 더욱더 만족스러운 표정으로 말했다.

교수는 빌리의 책에 다소 긴 글을 쓴 후, 서명을 굉장히 연극적으로 멋들어지게 적어 넣었다. 왜냐하면 뉴욕에서는 개요서 따위를 쓴 늙은이도 시골뜨기에게 뭔가를 과시적으로 보여주려 하니까 말이다. 교수는 책을 돌려주기 전에 마치 책장이 다 제대로 붙어 있는지 확인이라도 하려는 것처럼 책장을 한 번 획 넘겨보았다. 그러더니 약간 놀라는 표정을 지으며 빌리를 바라보았다.

"넌 '**당신**'이라는 장에 아무것도 쓰지 않았구나. 왜 그런 거야?"

"왜냐하면 **인 메디아스 레스**로 시작하려고요." 빌리가 설명했다. "그런데 저는 아직 어디가 중간인지 잘 모르겠어요."

나에게는 괴상한 대답으로 들렸지만, 교수는 그 말을 듣고 환하게 웃었다.

"빌리 왓슨," 그가 말했다. "경험이 많은 역사학자이자 전문 이야기꾼으로서 나는 네가 이미 너의 이야기를 시작하기에 충분한 모험을 겪었다고 자신 있게 말할 수 있어! 하지만……."

이 대목에서 교수는 서랍을 열고 우리가 도착했을 때 뭔가를 적고 있었던 장부와 동일한 검은색 장부를 하나 꺼냈다.

"네 이야기를 전부 다 기록하기에 『개요서』에 있는 8페이지만으로 부족하다면—틀림없이 부족할 거라고 생각하는데—이 노트에 계속 이어 쓰도록 해. 그래도 페이지가 부족하면 나에게 편지를 쓰렴. 그러면 내가 기꺼이 또 다른 노트를 보내줄 테니까."

그러고 나서 교수는 노트 두 권을 건넨 다음, 빌리와 악수를 하며 너를 만나서 정말 영광이었다고 말했다. 그것으로 끝이어야 했다.

그러나 빌리는 조심스럽게 노트를 배낭에 넣고 끈을 묶은 다음 출구를 향해 몇 걸음 걸어가더니, 갑자기 멈추고 몸을 돌려 이맛살을 찌푸리며 교수를 마주 보았다. 빌리 왓슨의 그런 모습이 뜻하는 의미는 한 가지밖에 없었다. 질문할 게 더 있다는 뜻이었다.

"우린 교수님의 시간을 너무 많이 빼앗은 것 같아." 내가 빌리의 어깨에 손을 얹으며 말했다.

"괜찮아." 애버네이스가 말했다. "무슨 일이야, 빌리?"

빌리는 잠시 바닥을 내려다보고 나서 고개를 들어 다시 교수를 쳐다보았다.

"영웅들은 다시 돌아온다고 생각하세요?"

"나폴레옹이 파리로 돌아오고, 마르코 폴로가 베네치아로 돌아오는 것 같은 걸 말하는 거니?"

"아니에요." 빌리가 고개를 저으며 말했다. "어떤 장소로 돌아오는 걸 말한 게 아니에요. 제 말은 때가 되면 예전의 상태로 돌아오는지 묻는 것이었어요."

교수는 잠시 아무 말이 없었다.

"왜 그걸 묻는 거니, 빌리?"

이 늙은 떠버리 삼류 작가는 자신이 예상했던 것보다 더 많은 것을 얻은 게 틀림없었다. 왜냐하면 빌리는 자리에 앉지도 않고 첫 번째 이야기보다 더 길고 더 엉뚱한 이야기를 시작했기 때문이다. 선셋이스트호 열차에서 에밋이 먹을 것을 찾아 다른 데로 가고 없을 때, 어떤 목사가 빌리가 있는 유개화차 안으로 들어와서는 빌리가 수집한 은화를 빼앗아 가려 했고, 빌리를 기차 밖으로 던져버리려고도 했다고 설명했다. 그 아슬아슬한 순간에 때맞춰 커다란 흑인 남자가 해치를 통해 쿵 소리를 내며 뛰어내렸고, 그래서 결국 밖으로 내던져진 사람은 그 목사였다고 했다.

그러나 목사나 은화나 아슬아슬한 구출은 이야기의 요점이 아닌 것 같았다. 요점은 율리시스라는 이름의 흑인 남자였는데, 그 사람은 전쟁에 나가 싸우기 위해 아내와 아들을 남겨둔 채 대서양을 건넜고, 고향에 돌아온 이후 지금까지 화물열차에 몸을 싣고 전국을 떠돌아다니고 있다고 했다.

여덟 살짜리 아이가 이 같은 이야기―흑인 남자가 천장에서 쿵 뛰어내렸다는 둥, 목사가 기차 밖으로 내던져졌다는 둥―를 장황하게 늘어놓으면, 그런 이야기는 자발적으로 불신을 유예하고 믿어주려는 상대방의 의지의 한계를 시험하는 것이라고 생각할 수도 있을 것이다. 특히 교수라는 사람들은 더욱더 그럴 것이다. 그러나 애버네이스는 전혀 그렇게 생각하지 않았다.

빌리가 이야기를 할 때 그 착한 교수는, 마치 아이의 이야기나 그 이야기에 귀 기울이는 자신의 주의력에 방해되는 갑작스러운 소리나 움직임을 일으키고 싶지 않은 것처럼 천천히 자신의 자리로 돌아가서 조심스럽게 앉은 다음 살그머니 의자에 등을 기댔다.

"그 아저씨는 자기 이름 율리시스가 율리시스 S. 그랜트에서 따온 거라고 생각했어요." 빌리가 말했다. "하지만 저는 그 이름은 틀림없이 율리시스왕의 이름에서 따왔을 거라고 설명해주었지요. 그런 다음 이미 8년이 넘도록 아내와 아들을 찾지 못한 채 떠돌아다녔으니 10년간의 방랑 생활이 끝나면 분명히 가족과 재회하게 될 거라고 말해주었어요. 그러나 영웅들이 때가 되어도 예전 상태로 돌아오는 것이 아니라고 한다면 전 그 아저씨에게 그런 말을 하지 않았어야 했을 거예요." 빌리는 걱정스러운 어조로 말을 맺었다.

빌리가 말을 멈추자 교수는 잠시 눈을 감았다. 에밋이 화를 참으려 할 때처럼 눈을 감은 것이 아니라 음악 애호가가 무척 좋아하는 협주곡의 마지막 부분을 들었을 때처럼 눈을 감았다. 잠시 후 다시 눈을 뜬 교수는 빌리를 바라보고 있던 시선을 돌려 벽을 따라 죽 늘어선 책장 속의 책들을 멍하니 바라보더니, 다시 빌리에게로 눈을 돌렸다.

"나는 영웅들이 때가 되면 예전의 상태로 돌아온다는 것을 믿어 의심치 않는다." 그가 빌리에게 말했다. "그리고 네가 그 사람한테 한 말은 전적으로 옳다고 생각한다. 그렇지만 나는……."

이제 주저하는 태도로 빌리를 바라보는 사람은 교수였고, 계속 얘기하라고 부추기는 사람이 빌리였다.

"저, 그 율리시스라는 사람, 아직 이곳 뉴욕에 있을까?"

"예," 빌리가 말했다. "그 아저씨는 여기 뉴욕에 있어요."

교수는 마치 이 여덟 살짜리 아이에게 두 번째 질문을 할 용기를 끌어모으려는 것처럼 잠시 가만히 앉아 있었다.

"지금은 시간이 너무 늦었지." 이윽고 교수가 입을 열었다. "그리고 너와 네 친구들이 다른 곳에 가야 한다는 것도 알아. 내가 이런 부탁을 할 타당한 이유는 없지만, 혹시 나를 그 사람에게 데려가줄 수는 없을까?"

울리

울리가 처음으로 목록—사람들이 보아야 할 모든 장소를 항목별로 적은 것—의 존재를 알게 된 것은 1946년 어머니와 함께 간 그리스 여행에서 파르테논 신전의 먼발치에 서 있었을 때였다. **저기 있구나,** 아테네가 내려다보이는 먼지투성이 정상에 이르렀을 때 어머니가 손에 든 지도로 부채질을 하면서 말했다. **저 장엄한 파르테논 신전을 봐.** 파르테논 신전 외에도 베네치아의 산마르코 광장, 파리의 루브르 박물관, 피렌체의 우피치 미술관이 있다는 것을 울리는 곧 알게 되었다. 또한 시스티나 성당, 노트르담 대성당, 웨스트민스터 사원도 있었다.

목록이 어디에서 왔는가 하는 점은 울리에게는 일종의 수수께끼였다. 그가 태어나기 훨씬 전에 여러 학자들과 저명한 역사학자들이 편찬한 것 같았다. **왜** 목록에 있는 모든 장소를 보아야 하는지 울리에게 제대로 설명해준 사람은 없었지만, 그런 곳을 보는 게 중요하다는 것은 분명했다. 왜냐하면 울리가 그런 장소를 보았다고 하면 집안 어른들이 틀림없이 그를 칭찬할 것이고, 그가 그런 장소에 무관심한 태도를 보이면 그에게 눈살을 찌푸릴 것이고, 그가 우연히 그런 장소 근처에 있었는데도 그곳을 찾아가서 보지 못했다면 따끔하게 꾸짖을 것이기 때문이다.

목록에 나오는 항목을 살펴보고 대비하는 것에 관한 한 울리 월콧 마틴이 안성맞춤의 인물이라고만 말해두자! 울리는 여행할 때마다 적절한 가이드북을 입수하기 위해서, 그리고 적절한 시간에 적절한 관광지로 그를 데려다줄 적절한 운전사를 갖춘 서비스를 확보하기 위해서 각별히 신경 썼다. **기사님, 콜로세움으로요. 빨리 가주세요!** 그는 그렇게 말하곤 했고, 그러면 운전사는 도둑 떼를 뒤쫓는 경찰관처럼 다급하게 로마의 구불구불한 거리를 쏜살같이 달렸다.

울리는 목록에 있는 장소 가운데 한 곳에 도착할 때마다 항상 똑같은 3중 반응을 보였다. 첫 번째는 경외감이었다. 왜냐하면 이런 곳들은 우리가 평범하게 오가는 곳이 아니기 때문이었다. 이런 곳은 크고 정교했으며, 대리석이나 마호가니나 청금석 같은 온갖 인상적인 재료로 만들어졌기 때문이다. 두 번째는 선조들에 대한 감사의 마음이었다. 이런 물건들을 한 세대에서 다음 세대로 물려주기 위해 선조들이 온갖 수고를 다했기 때문이다. 그러나 세 번째이자 가장 중요한 것은 안도감이었다. 가방을 호텔에 내려놓은 다음 택시를 타고 뒷좌석에 앉아 시내를 황급히 내달린 덕에 목록에 있는 또 하나의 것을 확인할 수 있었다는 안도감이었다.

그러나 자기 자신을 열두 살 때 이래로 부지런히 조사하고 확인해온 사람이라고 생각하는 울리는 그날 이른 저녁 시간에 차를 타고 서커스장에 가면서 불현듯 어떤 깨달음이 뇌리를 스치는 것을 느꼈다. 그 목록은 월콧 가문에—말하자면 맨해튼 주민에게—5대에 걸쳐 일관되게, 그리고 정성스럽게 전해 내려왔는데, 어떤 알 수 없는 이유로 뉴욕시의 관광지는 하나도 포함하지 않았다. 그래서 울리는 그동안 충실히 버킹엄 궁전, 라스칼라 극장, 에펠탑 등을 방문했지만, 뭔가를 감상하러 가려고 브루클린 다리를 건넌 적은 한 번도 없었다.

울리는 어퍼이스트사이드에서 자랐기 때문에 그 다리를 건널 필요가 없었다. 애디론댁이나 롱아일랜드에 가거나, 또는 뉴잉글랜드에 있는 그 좋은 기숙학교들에 가려면 퀸스버러 다리나 트라이버러 다리를 지나서 가야 했다. 그래서 더치스가 운전하는 차가 브로드웨이를 지나고 이어 시청을 한 바퀴 돈 뒤, 갑자기 브루클린 다리를 향해 나아가고 있으며 그 다리를 건널 게 분명해 보인다는 것을 깨달았을 때 울리는 저릿한 흥분에 휩싸였다.

그 구조물은 얼마나 장엄한가, 울리는 생각했다. 대성당 같은 지지대와 공중으로 치솟은 케이블은 얼마나 멋지고 고무적인가. 특히나 천팔백 몇십몇 년에 지어진 후로 하루도 빠짐없이 강의 이쪽에서 저쪽까지, 그리고 저쪽에서 이쪽까지 수많은 사람들의 이동을 지원해왔으니 그 공학적 위업은 얼마나 굉장한가. 당연히 브루클린 다리는 목록에 오를 만했다. 그것은 비슷한 시기에 비슷한 재료로 만들어졌지만 어떤 사람도 다른 어떤 곳으로 데려다주지 못하는 에펠탑 이상의 업적을 이룬 게 명백했다.

사람들이 그걸 못 보고 지나친 게 틀림없어, 울리는 생각했다.

케이틀린 누나와 유화 그림들처럼.

울리의 가족이 루브르 박물관과 우피치 미술관을 방문했을 때 케이틀린 누나는 벽을 따라 늘어선 금빛 액자 속의 그 모든 그림들에 최고의 감탄과 존경심을 표했다. 전시실을 걸어 다닐 때면 케이틀린 누나는 매번 초상이나 풍경을 그린 어떤 그림을 똑바로 가리키면서, 울리에게 조용히 감상하며 존경심을 표해야 한다는 뜻으로 쉿 소리를 냈다. 그러나 재미있는 것은 86가에 있는 그들의 집에도 금빛 액자에 담긴 초상화와 풍경화가 가득 있었다는 사실이다. 그렇지만 울리가 그 집에서 자랐던 그 오랜 세월 동안 케이틀린 누나가 집 안의 그림 앞에 멈춰 서서 그 그림의 장엄한 아름다움을 감상하는 것은 한 번도 본 적이 없었다. 울리가 못 보고 지나쳤다고 말한 것은 그런 이유 때문이었다. 케이틀린 누나는 그림이 바로 코앞에 있는데도 그 유화 그림들을 제대로 알아보지 못했기 때문이다. 그 점이 바로 목록을 물려준 우리 맨해튼 주민이 뉴욕의 관광지를 하나도 포함시키지 못한 이유임이 틀림없었다. 그 생각은 울리로 하여금 우리 집안사람들이 잊어버리고 지나친 것으로는 또 뭐가 있을까, 하는 생각을 하게 했다.

그리고 또.

그리고 또!

그로부터 두 시간 뒤, 그들이 그날 저녁에만 두 번째로 브루클린 다리를 건너고 있을 때, 빌리는 말을 하다 말고 손가락으로 먼 곳을 가리켰다.

"저길 봐요!" 빌리가 탄성을 질렀다. "엠파이어스테이트 빌딩!"

음, 저건 분명히 목록에 있어야 해, 울리는 생각했다. 그것은 세계에서 가장 높은 빌딩이었다. 그 빌딩은 너무 높아서 실제로 한번은 비행기가 빌딩 꼭대기에 충돌한 적도 있었다. 그렇지만 맨해튼 한복판에 빌딩이 자리 잡고 있는데도 불구하고 울리는 한 번도 그 건물 안에 발을 들여놓은 적이 없었다.

그러므로 더치스가 애버네이스 교수를 방문하러 그곳에 가자고 제안했을 때, 여러분은 울리가 브루클린 다리를 차로 건넌다는 것을 알았을 때 느꼈던 것과 똑같은 흥분을 느꼈으리라고 예상했을지 모른다. 그러나 그가 느낀 것은 심한 불안감이었다. 조그만 엘리베이터를 타고 성층권으로 올라간다는 생각에서 비롯된 불안감이 아니라 더치스의 어조에서 비롯된 불안감이었다. 왜냐하면 울리는 그같은 어조를 전에도 들었기 때문이다. 세 명의 교장 선생과 두 명의 성공회 목사와 '데니스'라는 매형으로부터 그 같은 어조를 들었다. 그것은 사람들이 네 생각을 바로잡아주겠다는 태도로 상대를 대하려 할 때 쓰는 어조였던 것이다.

때때로 울리는 일상생활을 하는 중에 어떤 생각에 휩싸이는 경향이 있었다. 예를 들어, 지금은 8월 중순이고, 당신은 노 젓는 보트를 타고서 호수 한가운데에 한가로이 떠 있으며, 주위에서는 잠자리들이 물을 스치듯이 날아다니는데, 그때 갑자기 이런 생각이 당신 머리에 떠오른다고 하자. 왜 여름방학이 9월 21일까지 계속되지 않는 걸까? 어쨌든 여름 **시즌**은 노동절◆ 주말에 마무리되지 않는다. 봄 시즌이 하지까지 계속되는 것처럼, 여름 시즌은 추분까지 계속되는 것이다. 그리고 여름방학이 한창인 때에 모든 사람들이 얼마나 걱정 없이 지내는지 보라. 아이들뿐만 아니라 어른들도 그렇다. 이 시

◆ 미국의 노동절은 9월 첫 번째 월요일이고, 학생들의 여름방학은 대개 이 무렵에 끝난다.

기에 어른들은 10시에 테니스를 치고, 정오에 수영을 하고, 저녁 6시 정각에 진토닉을 마시는 즐거움을 누린다. 만약 우리 모두가 여름방학이 추분까지 계속되게 해야 한다는 것에 동의한다면, 세상은 훨씬 더 행복한 곳이 되리라는 것은 누가 봐도 온당한 생각이다.

이런 생각이 떠오를 때, 당신은 이 생각을 함께 공유할 사람을 고르는 것에 **매우** 신중해야만 한다. 왜냐하면 어떤 특정한 사람이—교장 선생이나 목사나 '데니스' 매형 같은 사람이—그 생각을 알게 되면, 그들은 당신을 자리에 앉히고 당신 생각을 바로잡아주는 것이 자신들의 도덕적 책임이라고 느낄 가능성이 많기 때문이다. 그들은 당신에게 손짓하여 자기 앞에 있는 커다란 의자에 앉게 한 뒤, 당신 생각이 얼마나 잘못된 것인지뿐 아니라 당신이 스스로 이 사실을 인식한다면 얼마나 더 나은 사람이 될지에 대해 설명할 것이다. 더치스가 빌리에게 사용한 어조가 바로 그런 어조였다. 환상을 없애주겠다는 어조였던 것이다.

여러분은 엘리베이터를 타고 55층까지 올라가고 나서 그 모든 복도를 터벅터벅 걸으며 눈을 가늘게 뜨고 조그만 명판을 빠짐없이 살펴보고 난 뒤, 마침내 마지막 두 개의 명판만 남겨놓은 시점에서 '애버커스 애버네이스 교수(무슨 무슨 협회, 박사) 사무실'이라고 쓰인 명판을 보게 되었을 때 울리가 느꼈을 만족감을, 나아가 희열감을 상상할 수 있을 것이다.

가엾은 더치스, 울리는 연민의 미소를 지으며 생각했다. 오늘 밤 교훈을 얻게 될 사람은 더치스일 거야.

교수의 내실에 들어서자마자 울리는 교수가 세심한 사람이고 다정한 사람이라는 것을 알 수 있었다. 그리고 또 울리는 교수의 커다란 참나무 책상 앞에 등받이가 높은 의자가 있긴 했지만, 교수는 상대를 자리에 앉혀서 상대의 생각을 바로잡아주고 싶어 하는 부류의 사람이 아니라는 것을 알 수 있었다. 게다가 교수는 시간이 돈이라거나 시간이 아깝다는 이유로, 또는 제때 한 시간을 아끼면 나중에 아홉 시간을 벌 수 있다는 등의 이유로 상대를 재촉하는, 그런 부류의 사람도 아니었다.

우리는 질문을 받으면—겉보기에는 비교적 간단하고 쉬워 보이는 질문이라 할지라도—우리의 답변을 이해시키는 데 필요한 모든 세부 사항을 제공하기 위해 이전의 상황에 대한 이야기로 돌아가지 않을 수 없을 것이다. 그럼에도 불구하고 많은 질문자들은 우리가 이런 필수적인 세부 사항을 제공하기 시작하자마자 얼굴을 찌푸릴 것이다. 이런 질문자들은 자리에 가만히 앉아 있지 못한다. 이들은 중간에 있는 모든 문자를 생략하고 곧장 A 지점에서 Z 지점으로 건너뛰도록 압박하면서 우리를 재촉하기 위해 온갖 노력을 기울일 것이다. 그러나 애버네이스 교수는 그렇지 않았다. 그가 빌리에게 엄청 단순한 질문을 던지고 빌리는 종합적으로 답변하기 위해 실마리가 되는 지점까지 돌아가서 얘기했을 때, 교수는 의자에 등을 기대고서 솔로몬처럼 세심한 주의를 기울이며 경청했다.

그래서 하룻밤에 이 도시에 있는 세계적으로 유명한 장소 두 곳을 방문한 뒤(확인! 확인!) 이윽고 그곳을 떠나기 위해 울리와 빌리와 더치스가 자리에서 일어났고, 이로써 애버커스 애버네이스 교수의 존재를 반박할 수 없도록 확실히 증명했을 때, 여러분은 아마 그 밤이 그 이상으로 더 좋을 수는 없을 거라고 생각했을 것이다.

그러나 그 생각은 틀렸다.

30분 후 그들 모두는—교수도 포함하여—캐딜락을 타고 울리는 들어본 적이 없는 또 하나의 장소인 웨스트사이드 고가철도를 향해 9번가를 달렸다.

"다음번 모퉁이에서 우회전하세요." 빌리가 말했다.

빌리의 말에 따라 더치스는 차를 오른쪽으로 돌려서 트럭과 정육 시설이 늘어선 자갈길로 들어섰다. 그것들이 정육 시설임을 울리가 알게 된 것은 한 하역장에서 기다란 흰색 코트를 입은 두 남자가 트럭에서 소의 옆구리 살을 옮기고 있고, 다른 하역장 위에 소 모양의 커다란 네온사인이 있었기 때문이다.

잠시 후 빌리는 더치스에게 다시 우회전하라고 말했고, 이어 좌회전하게 했다. 그런 다음 빌리는 거리에서 높이 솟아 있는 어떤 철망을 가리켰다.

"저기예요." 빌리가 말했다.

더치스는 차를 세웠으나 곧장 시동을 끄지는 않았다. 이 조그만 구역에는 더 이상 정육 시설도 없고 네온사인도 없었다. 대신 빈터에는 바퀴도 없는 차 한 대가 서 있었다. 그 블록의 끝에서 땅딸막한 사람의 실루엣 하나가 가로등 밑을 지나가 어둠 속으로 사라졌다.

"여기가 확실해?" 더치스가 물었다.

"확실해요." 빌리가 배낭을 메면서 말했다.

그런 다음 그는 망설임 없이 차에서 내려 철망을 향해 걸음을 옮겼다.

울리는 놀라서 눈썹을 추켜세우며 애버네이스 교수에게 고개를 돌렸는데, 교수는 이미 빌리를 따라잡기 위해 걸음을 놀리고 있었다. 그래서 울리는 교수를 따라잡기 위해 차에서 뛰어내렸고, 이어더치스가 울리를 따라잡기 위해 차에서 내렸다.

철망 안에는 머리 위로 길게 뻗어나가는 철제 계단이 있었다. 이제는 교수가 울리를 바라보며 눈썹을 추켜세웠다. 그것은 놀라움이라기보다는 흥분감에서 비롯된 동작이었다.

빌리는 손을 뻗어서 철망의 한 부분을 잡고 뒤로 젖히기 시작했다.

"자," 울리가 말했다. "내가 할게, 내가 할게."

울리는 철망에 손가락을 넣어 모두가 다 통과할 수 있도록 그것을 잡아당겼다. 이제 그들은 빙빙 돌아서 철제 계단을 올랐다. 여덟개의 발이 낡은 철제 계단 발판을 밟는 소리가 시끄럽게 울렸다. 이윽고 계단 꼭대기에 이르렀을 때, 이번에도 울리가 모두가 다 빠져나갈 수 있도록 또 다른 철망 조각을 잡아당겼다.

철망을 벗어나 탁 트인 공간으로 나오자 울리는 놀랍고 감탄스러운 기분을 느꼈다. 남쪽으로는 월스트리트의 고층 빌딩들이 보였고, 북쪽으로는 미드타운의 고층 빌딩들이 보였다. 그리고 남남서 방향을 매우 주의 깊게 보면 자유의 여신상도 알아볼 수 있었다. 자유의 여신상은 명백히 목록에 포함되어야 할 뉴욕시의 또 다른 랜드마크일 것인데, 울리는 거기에 가본 적이 한 번도 없었다.

"아직 한 번도 가본 적이 없어!" 울리는 다른 사람이 아닌 자기자신에게 화를 내며 말했다.

그러나 고가철도와 관련해서 놀라운 것은 월스트리트나 미드타운의 전망이 아니었다. 허드슨강 너머로 지고 있는 커다란 여름 태양도 아니었다. 정말 놀라운 것은 식물이었다.

애버네이스 교수의 사무실에 있는 동안 빌리는 이제 자기들은 3년 전에 사용을 멈춘 고가철도의 한 구역으로 갈 거라고 설명했다. 그러나 울리의 눈에 이 구역은 수십 년 동안 버려져 있었던 것처럼 보였다. 눈을 돌리는 곳마다 야생화와 관목이 있었으며, 철로 침목 사이의 풀들은 거의 무릎 높이까지 자랐다.

3년 만에 이렇게 되다니, 울리는 생각했다. 아니, 그건 기숙학교에 다니는 기간보다 더 짧고, 대학 학위를 따는 기간보다 더 짧은 시간이잖아. 대통령 임기보다도 짧고, 올림픽이 열리는 주기보다도 짧잖아.

겨우 이틀 전에 울리는, 맨해튼은 날마다 수백만 명의 사람들이 오가는데도 불구하고 얼마나 끔찍하도록 변함없이 그대로 계속되는가, 하는 생각을 혼자서 해보았다. 그러나 도시의 종말을 초래하는 것은 분명 수백만 명의 사람들이 오가는 것이 아니라, 그와 반대로 그런 오가는 활동이 없는 것이었다. 사람이 떠나고 홀로 남겨진 뉴욕의 모습을 엿보게 해주는 이곳을 보면 그걸 알 수 있었다. 이곳은 사람들이 잠시 등을 돌린 도시의 한 구역인데, 그새 자갈 사이로 관목과 담쟁이덩굴과 풀들이 엄청 올라왔다. 이 모습이 겨우 몇 년 동안 사용하지 않고 내버려둔 결과라면, 몇십 년을 방치한다면 어떤 모습이 될지 상상해보라고 울리는 속으로 생각했다.

자신이 관찰한 것을 일행과 공유하려고 식물에서 눈을 들었을 때, 울리는 그들이 자기를 버려두고 저 멀리 보이는 모닥불을 향해 앞으로 계속 나아가고 있다는 것을 깨달았다.

"기다려." 그가 소리쳤다. "기다려!"

울리가 일행에 다시 합류했을 때, 빌리는 율리시스라는 이름의 키 큰 흑인을 교수에게 소개하고 있었다. 그 두 사람은 서로 만난 적이 없었지만 둘 다 빌리를 통해 서로에 대해 어느 정도 알고 있었으므로, 울리가 보기에 두 사람은 악수를 할 때 엄숙하게, 부러울 정도로 무척 엄숙하게 악수를 하는 것 같았다.

"앉으시죠." 율리시스가 손으로 모닥불 주변의 철로 침목을 가리키며 말했다. 그 모습은 교수가 그의 사무실에서 소파와 의자를 가리켰던 모습을 연상시켰다.

다들 자리에 앉자 잠시 모두가 침묵을 지켰고, 그사이 모닥불이 타닥거리며 불꽃을 일으켰다. 울리의 눈에 자신과 빌리와 더치스는 두 부족장의 만남을 직접 볼 수 있는 특권을 부여받은 젊은 전사들처럼 보였다. 그러나 결국 율리시스에게 그의 이야기를 해달라고 맨 먼저 부추긴 사람은 빌리였다.

율리시스는 빌리에게 고개를 끄덕인 뒤, 교수에게 눈을 돌려 이야기하기 시작했다. 그는 먼저 둘 다 혈혈단신이었던 그와 메이시라는 이름의 여자가 세인트루이스의 무도장에서 어떻게 만났고 어떻게 사랑에 빠졌으며 어떻게 신성한 결혼에 이르게 되었는지 설명했다. 전쟁이 시작되었을 때, 그의 신체 건강한 이웃들이 전쟁에 참여하는 상황에서 메이시가 어떻게 그를 그녀 곁에 붙잡아두었는지 설명했고, 그녀가 임신으로 얼굴이 빛나기 시작한 뒤로는 어떻게 그를 더욱더 꼭 붙잡아두려 했는지 설명했다. 그는 그녀의 경고에도 불구하고 어떻게 입대를 해서 유럽에서 싸우게 되었는지 설명했으며, 몇 년 후 집에 돌아와서 보니—그녀의 말대로—그녀와 아들은 자취를 남기지 않고 사라져버렸다는 이야기를 들려주었다. 마지막으로 율리시스는 그날 바로 유니언역으로 돌아가서 열차의 행선지와 상관없이 첫 열차에 올랐으며, 이후 계속해서 열차를 타고 떠돌고 있다는 이야기를 해주었다. 그것은 울리가 지금껏 들어온 이야기 중에서 가장 슬픈 이야기에 속했다.

잠시 아무도 말을 하지 않았다. 심지어 늘 다른 사람의 이야기에 자신의 이야기를 덧붙이고 싶어 하는 더치스도 침묵을 지켰다. 아마 더치스도 울리가 그런 것처럼 눈앞에서 뭔가 중대한 일이 펼쳐지고 있음을 감지했을 것이다.

율리시스는 자신을 추스르기 위해 잠깐 동안 침묵의 시간이 필요했던 것처럼 잠시 후에 말을 이었다.

"교수님, 나는 인생의 가치 있는 모든 것은 노력해서 얻어야 한다고 생각해요. **반드시** 노력해서 얻어야 한다고 말이에요. 왜냐하면 가치 있는 어떤 것을 열심히 노력해서 얻지 않고 거저 받은 사람은 그걸 낭비하기 마련이니까요. 난 존경심은 노력해서 얻어야 한다고 믿어요. 신뢰도 노력해서 얻어야 합니다. 여자의 사랑도, 자기 자신을 남자라고 부를 수 있는 권리도 노력해서 얻어야 하고요. 희망할 수 있는 권리도 노력해서 얻어야 해요. 한때 나는 희망의 샘을—내가 노력해서 얻은 게 아닌 샘을—가졌죠. 그래서 난 그게 얼마나 가치 있는 것인지 몰랐고, 아내와 아이를 떠나던 날 나는 그걸 낭비한 겁니다. 그리하여 지난 8년 반 동안 나는 희망 없이 사는 법을 배웠습니다. 카인이 놋 땅*에 들어간 뒤로 희망 없이 살았던 것처럼 말이에요."

✦ 구약성경 『창세기』에서, 카인이 동생 아벨을 죽이고 나서 간 에덴 동쪽의 땅.

희망 없이 살았던 것처럼, 울리가 고개를 끄덕이고 눈물을 닦으며 속으로 중얼거렸다. 낯 땅에서 희망 없이 살았던 것처럼.

"그러니까 이 아이를 만나기 전까지는 그랬어요." 율리시스가 말했다.

율리시스는 교수에게서 시선을 떼지 않은 채 빌리의 어깨에 손을 얹었다.

"빌리가 율리시스라는 이름을 가진 사람처럼 나도 아내와 자식을 다시 만날 운명을 가졌을지 모른다고 말했을 때, 나는 마음속에서 동요가 이는 것을 느꼈습니다. 그리고 아이가 교수님의 책에서 그 부분을 내게 읽어주었을 때, 난 마음의 동요가 훨씬 더 강렬하게 이는 것을 느꼈답니다. 마음의 동요가 너무도 강렬해서 나는 감히, 이 오랜 세월 동안 온 나라를 혼자 떠돌아다니는 고생을 한 후 마침내 나는 다시 희망할 수 있는 권리를 얻었을지 모른다는 생각을 하게 되었어요."

율리시스가 이 말을 할 때 울리는 더 똑바로 앉았다. 그날 이른 오후에 울리는 세라 누나에게, 질문인 것처럼 위장한 진술이 얼마나 심술궂은 말일 수 있는지에 대한 감각을 일깨워주려고 노력했었다. 그런데 모닥불 옆에서 율리시스가 애버네이스 교수에게 **'마침내 나는 다시 희망할 수 있는 권리를 얻었을지 모른다'**라고 말했을 때, 울리는 여기에는 진술인 것처럼 위장한 질문이 있다는 것을 이해했다. 그리고 그것은 아름다운 말이라고 울리는 생각했다.

애버네이스 교수도 이 점을 이해하는 것 같았다. 잠시 침묵이 흐른 뒤에 교수가 대답을 했기 때문이다. 교수가 말을 하자 율리시스는 교수가 그에게 보여준 것과 같은 존경심 어린 태도로 교수의 말에 귀 기울였다.

"율리시스 씨, 내 인생은 여러 면에서 당신의 인생과 반대였어요. 난 전쟁에 참여한 적이 한 번도 없답니다. 전국을 돌며 여행한 적도 없어요. 사실 나는 지난 30년 동안 대부분의 시간을 맨해튼섬에서 지냈답니다. 그중에서도 지난 10년 동안은 대부분 저기서 지냈고요."

교수는 몸을 돌려 엠파이어스테이트 빌딩을 가리켰다.

"폭력과 연민의 손길이 미치지 않을 뿐만 아니라 귀뚜라미 소리, 갈매기 소리와도 단절된, 책에 둘러싸인 저곳 사무실에 앉아서 말이에요. 당신 말이 옳다면—난 가치 있는 것은 노력해서 얻어야 하고, 그렇지 않으면 낭비하기 마련이라는 당신 말이 옳다고 생각하는데—나는 틀림없이 낭비자에 속할 겁니다. 자신의 삶을 3인칭으로, 그리고 과거형으로 살아온 그런 낭비자일 거예요. 그러니 우선, 내가 당신에게 하는 말은 모두 지극히 주제넘은 말일 수 있다는 걸 인정하는 것으로 얘기를 시작할게요."

교수는 율리시스에게 고개를 숙여 의례적인 인사를 했다.

"하지만 나는 책을 통해 인생을 살아왔다고 고백한 바 있는데, 나는 적어도 확신을 가지고 그렇게 했다고 말할 수 있어요. 율리시스 씨, 그 말은 내가 책을 무척 많이 읽었다는 뜻이에요. 그중에는 두 번 이상 읽은 책도 많아요. 역사책과 소설, 과학 분야와 시집을 많이 읽었지요. 이 모든 책을 읽으면서 내가 배운 한 가지는, 뉴욕만큼이나 큰 도시의 모든 개개인이 자신의 경험은 유일무이한 거라고 자신 있게 말할 수 있을 만큼 인간의 경험에는 무수히 많은 다양성이 존재한다는 거예요. 그리고 이건 아주 멋진 일이죠. 왜냐하면 우리가 앞으로도 계속해서 열망하고, 사랑에 빠지고, 비틀거리며 나아가기 위해서는, 우린 어느 정도까지는 앞으로 겪게 될 일이 **우리**가 이미 경험했던 것과는 달리 한 번도 경험하지 않은 것일 거라고 믿어야 하기 때문이에요."

교수는 율리시스로부터 시선을 돌려, 울리를 포함하여 둘러앉은 사람들 모두와 눈을 마주쳤다. 그런 다음 다시 율리시스에게 눈을 돌리며 허공에 손가락 하나를 들어 보였다.

"하지만," 교수가 말을 이었다. "뉴욕만큼이나 넓은 장소에서도 우리의 개별성을 유지할 수 있을 만큼 인간의 경험에는 무수히 많은 다양성이 존재한다는 것을 관찰한 후로 내 머릿속에 과연 그 같은 무수히 많은 다양성**만** 있을까, 하는 강한 의구심이 들었어요. 왜냐하면 우리가 동서고금의 수많은 도시와 마을에서 개개인이 경험했던 모든 이야기를 다 모을 수 있는 능력이 있다면, 도플갱어[+]가 아주 많을 거라는 것을 난 조금도 의심하지 않으니까요. 그의 삶이 ―여기저기서 변주된 형태로 나타나긴 하지만―모든 내용 면에서 우리 자신의 삶과 똑같았던 그런 사람 말이에요. 우리가 사랑했을 때 그도 사랑했고, 우리가 울었을 때 그도 울었고, 우리가 성취한 것을 그도 성취했고, 우리가 실패했을 때 그도 실패한 그런 사람, 우리와 똑같이 논쟁하고 판단하고 웃었던 그런 사람 말이에요."

교수가 다시 주위를 둘러보았다.

"그런 일은 있을 수 없다고 생각하나요?"

그러나 아무도 입을 열지 않았다.

[+] 누군가와 똑같이 생긴 사람, 분신 같은 사람을 이르는 말.

"무한의 가장 기본적인 원칙 하나는, 무한이란 것은 정의에 따라 모든 것이 하나씩 있는 것뿐 아니라 둘씩 있는 것, 셋씩 있는 것도 다 포함해야 한다는 거예요. 사실, 우리 자신의 분신 같은 존재가 인간의 역사에 드문드문 산재해 있다고 상상하는 것이 그런 존재가 전혀 없다고 상상하는 것보다 실질적으로 덜 이상해요."

교수는 다시 율리시스에게 눈을 돌렸다.

"그래서 나는 당신의 삶이 율리시스왕의 삶의 메아리가 될 수 있으며, 그리하여 10년 후에는 아내와 아들과 다시 결합할 수 있는 가능성이 있다고 생각하는 걸까요? 예, 나는 그걸 확신합니다."

율리시스는 교수가 한 말을 더없이 진지하게 받아들였다. 이제 율리시스가 일어섰고, 교수도 일어섰고, 두 사람은 서로 손을 맞잡았다. 그들은 서로 상대로부터 예기치 않은 위안을 찾은 듯했다. 그러나 두 사람이 손을 놓고 율리시스가 돌아섰을 때 교수가 다시 율리시스의 팔을 잡고 끌어당겼다.

"하지만 율리시스 씨, 당신이 알아야 할 게 있어요. 내가 빌리의 책에 쓰지 않은 게 있습니다. 여행 도중 율리시스왕이 지하 세계를 방문하여 테이레시아스의 혼령을 만났을 때, 그 늙은 예언자는 율리시스에게 제물을 바치는 행위를 통해 신들을 달래기 전까지는 바다를 떠돌아다닐 운명이라고 말해주었답니다."

울리가 율리시스의 입장이었다면 교수가 덧붙인 이 이야기를 들었을 때 굉장히 낙담했을 것이다. 하지만 율리시스는 낙담한 것처럼 보이지 않았다. 대신 그는 당연한 일이라는 듯 교수를 향해 고개를 끄덕였다.

"어떤 제물을 바치는 행위였나요?"

"테이레시아스가 율리시스에게 한 말은 어깨에 노를 메고 바닷길에 대해서 익숙지 않은 내륙에 이를 때까지 계속 시골길을 걸어가야 한다는 것이었어요. 바다에 무지한 한 행인이 걸음을 멈추고 **'당신 어깨에 둘러멘 것이 뭐요?'** 하고 물어볼 때까지 말이에요. 그러면 율리시스왕은 바로 그 지점의 땅에 포세이돈을 기리는 뜻으로 그 노를 심어야 하고, 그러면 그 이후 그는 자유로워질 거라고 했답니다."

"노……." 율리시스가 말했다.

"그래요." 교수가 흥분한 어조로 말했다. "율리시스왕의 경우는 노였어요. 그러나 당신의 경우는 다른 것이겠지요. **당신의** 이야기에 적절한 어떤 것, 오랜 세월에 걸친 당신의 방랑 생활에 적절한 어떤 것이어야겠지요. 예를 들면……."

교수는 주위를 둘러보기 시작했다.

"예를 들면 저런 것!"

율리시스는 몸을 숙여서 교수가 가리킨 무거운 쇠붙이를 집어 들었다.

"침목용 대못이군요." 율리시스가 말했다.

"예," 교수가 말했다. "철도 침목용 대못. 당신은 그걸 들고 다니다가 철도가 너무 생소한 사람이 도대체 그게 뭐냐고 물어보는 장소에 이르렀을 때, 그 지점의 땅에 망치로 그걸 박아야 해요."

울리와 빌리와 더치스가 떠날 준비를 했을 때 애버네이스 교수는 율리시스와 얘기를 더 나누기 위해 남기로 작정했다. 그래서 몇 분

뒤에 세 사람만 캐딜락에 몸을 실었고, 빌리와 더치스는 잠에 빠져들었다. 그래서 울리가 누나의 집을 향해 웨스트사이드 고속도로를 타고 달릴 때 그는 자신만의 시간을 가지게 되었다.

솔직하게 말하자면 울리는 대부분의 시간에는 혼자 있는 것을 좋아하지 않았다. 다른 사람과 함께 있을 때가 혼자 있을 때보다 웃음과 놀라움이 가득할 가능성이 훨씬 더 높다는 것을 그는 알고 있었다. 그리고 혼자 있을 때면 애당초 하고 싶지 않은 어떤 생각을 향해 꿈틀꿈틀 나아갈 가능성이 더 높았다. 그러나 울리는 이번에는, 이번에는 자기 혼자만의 시간을 갖게 된 것을 알고 기뻐했다.

왜냐하면 이 시간이 그날 있었던 일들을 되돌아볼 수 있는 기회를 주었기 때문이다. 그는 파오슈워츠에 가는 것으로 하루를 시작했고, 그곳에서 그가 가장 좋아하는 장소에 서 있을 때 갑자기 누나가 나타났다. 얼마 후 옛 추억을 위해 길 건너편 플라자 호텔로 갔으며, 거기서 그들은 판다 인형과 함께 차를 마시며 시리도록 아름다운 옛이야기를 나누었다. 누나와 헤어지고 나서는 너무 아름다운 날이라는 것을 깨닫고 에이브러햄 링컨에게 경의를 표하기 위해 유니언스퀘어까지 걸어갔다. 그런 다음 서커스장에 갔고, 나중에 브루클린 다리를 건너게 되었고, 이어 엠파이어스테이트 빌딩을 찾아갔다. 그곳에서 애버네이스 교수는 빌리에게 빈 노트를 주고 거기에 그의 모험을 적으라고 했다. 그런 다음 빌리는 그들을 풀과 관목이 무성한 고가철도로 데려갔으며, 거기서 그들은 모닥불 주위에 앉아 율리시스와 교수가 주고받는 비범한 대화에 귀를 기울였다.

그러나 그 뒤, 모든 것이 다 끝난 뒤, 마침내 떠날 시간이 되어 율리시스가 빌리와 악수를 하며 그의 우정에 고마움을 표했을 때, 빌리는 가족을 찾고자 하는 율리시스의 소망이 잘 이루어지기를 바라면서 목에 걸고 있던 펜던트 목걸이를 벗었다.

"이것은 여행자의 수호성인인 성 크리스토퍼 메달이에요." 빌리가 율리시스에게 말했다. "우리가 뉴욕으로 출발하기 전에 아그네스 수녀님이 저에게 준 건데, 이젠 아저씨가 이걸 가져야 할 것 같아요."

그러자 율리시스는 빌리가 그 메달 목걸이를 자기 목에 걸어줄 수 있도록, 마치 원탁의 기사가 작위를 받기 위해 아서왕 앞에서 무릎을 꿇은 것처럼 빌리 앞에서 무릎을 꿇었다.

"모든 걸 종합해볼 때," 울리가 눈가의 눈물을 훔치며 혼잣말을 했다. "그 모든 걸 종합해볼 때, 하루의 시작이 시작다웠고, 중간이 중간다웠고, 끝이 끝다웠던 오늘 하루는 아주 특별한 날이었다는 걸 부인할 수가 없어."

울리

"코리앤더[+]!" 울리가 들뜬 표정으로 혼자 중얼거렸다.

더치스가 빌리에게 소스를 적절히 젓는 방법을 보여주는 동안 울리는 향신료 선반을 알파벳순으로 정리했다. 선반을 정리하기 시작한 지 얼마 되지 않아서 울리는 C로 시작하는 향신료가 얼마나 많은지 알게 되었다. 전체 선반에서 A로 시작하는 향신료는 뭔지는 모르지만 올스파이스Allspice 하나뿐이었다. 그리고 올스파이스에 이어 B로 시작하는 향신료는 바질Basil과 베이 리브스Bay Leaves 둘뿐이었다. 그러나 울리가 C로 시작하는 향신료로 넘어가자, 그것들은 끝이 없어 보였다! 지금까지만 해도 카르다몸Cardamom, 카옌Cayenne, 칠리 파우더Chili Powder, 차이브스Chives, 시나몬Cinnamon, 클로브스Cloves, 커민Cumin이 있었고, 지금 보고 있는 것은 코리앤더였다.

[+] Coriander. 고수. 산형과의 한해살이풀이다.

그것은 분명 놀라운 사실이었다.

어쩌면, 울리는 생각했다. 어쩌면 그것은 질문을 시작할 때 W로 시작하는 것과 비슷한 문제일지도 몰라. 고대의 어느 시기에 C라는 문자가 향신료의 이름에 유독 적합해 보였던 게 틀림없어.

아니면 고대의 어느 **장소**에서 일어난 일일 수도 있었다. C라는 문자가 알파벳에 더 큰 영향력을 행사한 어느 장소에서 말이다. 갑자기 울리의 머릿속에 오래전 역사 수업 시간에 '향신료 길'이라는 것이 있었다는 걸 배웠던 기억이 떠오르는 듯했다. 그것은 동양의 향신료를 서양의 부엌으로 가져오기 위해 상인들이 개척한 길고 험난한 길이었다. 울리는 심지어 고비사막과 히말라야산맥을 가로질러 베네치아나 그 비슷한 지점에 무사히 다다를 때까지 완만하게 이어지는 화살표가 있는 지도도 기억났다.

C로 시작하는 향신료는 지구 반대편에서 유래되었을 가능성이 아주 높다는 생각이 들었다. 왜냐하면 C로 시작하는 향신료의 절반은 울리가 맛도 알지 못했기 때문이다. 물론 시나몬은 알고 있었다. 사실 시나몬은 울리가 가장 좋아하는 맛 가운데 하나였다. 시나몬은 애플파이나 호박파이를 만드는 데 사용될 뿐 아니라 시나몬 빵의 필수 재료이기도 하다. 하지만 카르다몸, 커민, 코리앤더는? 이 신비한 단어들은 명백히 동양적인 울림을 지니고 있다는 생각이 들었다.

"아하!" 울리가 선반 끝 두 번째 줄에서 로즈마리 뒤에 숨겨진 카레Curry병을 발견하고는 탄성을 질렀다.

왜냐하면 카레는 명명백백하게 동양의 맛이기 때문이었다.

울리는 공간을 좀 벌린 다음 카레를 커민 옆에 집어넣었다. 그러고 나서 맨 마지막 줄로 눈을 돌려 오레가노와 세이지의 라벨을 손가락으로 어루만진 다음…….

'넌 도대체 거기서 뭐 하는 거야?' 울리는 속으로 중얼거렸다.

그러나 울리가 자신의 질문에 대답하기 전에 더치스가 다른 것을 묻고 있었다.

"얘는 어디 갔어?"

향신료 선반에서 눈을 떼고 고개를 든 울리는 더치스가 두 손을 엉덩이에 붙인 채 문간에 서 있는 것을 보았다. 빌리는 보이지 않았다.

"잠깐 등을 돌렸더니 얘가 자리를 비우고 나갔네."

정말이네, 울리는 생각했다. 빌리는 소스를 젓는 책임을 맡았음에도 불구하고 부엌을 나가버렸다.

"또 그 빌어먹을 시계가 있는 곳으로 간 건 아니겠지?" 더치스가 물었다.

"내가 가서 보고 올게."

울리는 조용히 복도를 걸어가서 거실을 들여다보았다. 정말로 빌리가 괘종시계가 있는 그곳에 있었다.

그날 아침 빌리가 언제 에밋 형이 오느냐고 물었을 때, 더치스는 에밋이 저녁 먹을 시간—정각 8시에 먹을 예정이었다—에 맞추어 올 거라고 아주 자신 있게 대답했다. 이런 경우, 보통 때라면 빌리는 이따금씩 그의 군용 잉여 시계를 들여다보았겠지만, 그 시계는 화물열차에 있을 때 에밋이 망가뜨렸다. 그래서 빌리는 이따금씩 시간을 보러 거실로 가는 수밖에 없었는데, 지금 거실의 괘종시계 시곗바늘은 분명히 7시 42분을 가리키고 있었다.

울리는 더치스에게 이 사실을 말하려고 부엌을 향해 살금살금 되돌아가고 있었는데, 그때 전화벨이 울렸다.

'전화!' 울리가 속으로 소리쳤다. '에밋일지도 몰라.'

재빨리 매형의 사무실로 들어간 울리는 급히 책상을 돌아서 전화벨이 세 번째로 울릴 때 수화기를 집어 들었다.

"여보세요, 여보세요!" 그가 웃는 얼굴로 말했다.

울리의 다정한 인사는 잠시 침묵과 맞닥뜨렸다. 그런 다음 날카로운 목소리라고밖에 표현할 수 없는 목소리로 묻는 말이 들려왔다.

"거기 누구야?" 전화선 저편의 여자가 물었다. "너니, 울리?"

울리는 전화를 끊었다.

그는 잠시 전화기를 응시했다. 그런 다음 수화기를 수화기대에서 꺼내어 책상 위에 내려놓았다.

울리가 전화 놀이를 좋아했던 것은 마지막에 나온 말은 처음 시작한 말과 아주 다를 수 있다는 사실 때문이었다. 그것은 신비로울 수 있었다. 놀라울 수 있었다. 재미있을 수 있었다. 그러나 큰누나 케이틀린 같은 사람이 **실제** 전화로 말을 할 때면 전혀 신비롭거나 놀랍거나 재미있게 들려오지 않았다. 그때는 전화선 저편에서 시작하는 목소리와 마찬가지로 전화선 이편으로 들려오는 목소리도 똑같이 날카로웠다.

책상 위에 내려놓은 수화기에서 한밤중에 침실에서 들리는 모기 소리처럼 윙윙거리는 소리가 나기 시작했다. 울리는 전화기를 책상 서랍에 쓸어 넣고 전화선이 삐져나온 채로 최대한 서랍을 닫았다.

"누구였어?" 울리가 부엌으로 돌아갔을 때 더치스가 물었다.

"잘못 걸려 온 전화였어."

역시 에밋이 건 전화이기를 바랐을 게 틀림없는 빌리가 걱정스러운 표정으로 더치스에게 눈을 돌렸다.

"8시가 거의 다 됐어요." 빌리가 말했다.

"그래?" 더치스가 한 시간쯤 차이 나는 것은 대수롭지 않다는 듯한 태도로 말했다.

"소스는 어떻게 돼가는데?" 울리가 화제를 바꾸려는 생각으로 물었다.

더치스가 소스를 저었던 스푼을 빌리에게 내밀었다.

"네가 한번 맛을 보렴."

잠시 후 빌리는 스푼을 받아서 냄비에 담갔다.

"굉장히 뜨거워 보인다." 울리가 조심하라고 경고했다.

빌리는 고개를 끄덕인 뒤 입으로 조심스럽게 불었다. 그가 스푼을 입에 넣자 울리와 더치스는 동시에 몸을 앞으로 기울이며 빌리의 평가를 듣고 싶어 했다. 그러나 그들이 들은 것은 빌리의 말이 아니라 딩동 하는 초인종 소리였다.

세 사람은 서로를 쳐다보았다. 그런 다음 더치스와 빌리는 쏜살같이 달려나갔다. 더치스는 복도로, 빌리는 식당 문을 통해 뛰어갔다.

울리는 그 모습을 보며 잠시 미소를 지었다. 그러나 뒤이어 걱정스러운 생각이 들었다. 이것이 '슈뢰딩거의 고양이'의 또 다른 사례라면 어떻게 되는 거지? 벨이 울리는 것이 서로 다른 두 개의 잠재적 현실을 야기하는 것이어서, 만약 빌리가 문을 연다면 그 사람은 현관 계단에 서 있는 에밋이고, 반면 더치스가 문을 연다면 그 사람은 방문판매원이라면 어찌 되는 거지? 올리는 과학적 불확실성과 고조된 불안 상태에서 서둘러 복도를 걸어갔다.

더치스

세인트니컬러스 소년의 집에 새 아이들이 들어오면 아그네스 수녀는 그들에게 일을 시키곤 했다.

우리는 우리 앞에 없는 것에 대해 열중하라는 말을 들었을 때보다 우리 앞에 있는 것에 열중하라는 말을 들었을 때 한결 덜 불안할 거야. 아그네스 수녀는 그렇게 말하곤 했다. 그래서 새 아이들이 약간 충격을 받은 모습으로, 약간 겁을 먹고 금방이라도 울음을 터뜨릴 것 같은 모습으로 문간에 나타나면 아그네스 수녀는 그 아이들을 식당으로 보내서 점심 식사에 쓸 접시나 나이프, 포크 등을 꺼내는 일을 하게 했다. 식탁을 다 차리고 나면 수녀는 아이들을 예배당으로 보내서 성가집을 신도석에 놓아두게 했다. 그리고 성가집을 자리에 놓아두는 일이 끝나면 수건을 모으고, 이부자리를 정리하고, 낙엽을 갈퀴로 긁어모으는 일 등이 뒤따랐다. 새로 온 아이들이 더 이상 새로 온 아이들이 아닐 때까지 그런 일들을 하게 했다.

내가 빌리에게 한 것이 바로 그것이었다.

왜? 왜냐하면 빌리는 아침 식사가 끝나기도 전에 그의 형이 언제 오느냐고 물었으니까.

개인적으로 나는 에밋이 정오 이전에 나타나는 일은 없을 거라고 예상했다. 나는 채리티를 잘 알고 있었으므로 에밋은 새벽 2시까지는 정신없이 바쁘게 시간을 보낼 거라고 생각했다. 그가 아침 11시까지 자고 이불 속에서 뭉그적거릴 거라고 가정하면, 그는 오후 2시 무렵에 헤이스팅스온허드슨에 도착할 수 있을 것이다. 빠르면 그럴 것이다. 나는 만약의 경우를 대비해서 넉넉하게, 에밋은 저녁 먹을 시간에 맞추어 여기 올 거라고 빌리에게 말했다.

"저녁은 언제 먹어요?"

"8시."

"정각 8시?" 울리가 물었다.

"그래, 정각." 내가 확인해주었다.

빌리는 고개를 끄덕이고 나서 점잖게 잠깐 실례한다고 말한 뒤 거실에 있는 괘종시계를 보러 갔다. 그리고 돌아와서는 지금 시간은 10시 2분이라고 알려주었다.

그렇게 알려준 뜻은 명백했다. 지금부터 형이 도착할 거라고 약속한 시간까지는 598분이 남았다는 뜻이었고, 빌리는 그 모든 시간을 1분, 1분 셀 작정인 것이었다. 그래서 울리가 아침 식사 후 설거지를 시작하자마자 나는 빌리에게 나를 좀 도와달라고 부탁했다.

나는 먼저 시트, 타월, 식탁보 같은 리넨 용품을 넣어두는 장으로 빌리를 데려갔다. 우리는 거기서 멋진 식탁보 하나를 골라서 식당의 식탁에 깔았는데, 식탁보의 끝부분이 한쪽으로 쏠리지 않고 같은 길이로 식탁을 덮도록 주의를 기울이며 깔았다. 빌리와 나는 네 군데에 리넨 냅킨을 깔았다. 각기 다른 꽃이 수놓아진 냅킨이었다. 우리가 장식장으로 주의를 돌렸을 때, 빌리는 장식장이 잠겨 있다고 말했다. 나는 열쇠가 열쇠 구멍에서 멀리 떨어진 곳에 있는 경우는 거의 없다고 말한 뒤, 뚜껑이 있는 그 움푹한 그릇 안에 손을 넣었다.

"자, 이거 봐."

장식장의 문이 열리자 우리는 전채 요리용과 주요리용과 디저트용 고급 도자기 접시들을 꺼냈다. 크리스털 물 잔과 와인 잔도 꺼냈다. 이어 나뭇가지 모양의 촛대 두 개와 납작한 검은 상자를 꺼냈다. 상자 안에는 집안의 유물인 식탁용 은제 날붙이가 들어 있었다.

빌리에게 식탁용 날붙이를 배치하는 법을 가르쳐준 뒤, 나는 일단 빌리가 그 일을 마치고 나면 내가 제대로 바로잡아야겠다고 생각했다. 그러나 바른 자리에 똑바로 놓는 문제에 관한 한 빌리는 타고난 자질이 있다는 것을 알게 되었다. 각각의 포크와 나이프와 스푼은 빌리가 그의 자와 나침반으로 재서 내려놓은 것처럼 보였다.

우리가 뒤로 물러서서 우리의 작품을 감탄스레 바라볼 때, 빌리가 오늘 밤에는 특별한 저녁 식사를 하게 될 것인지 물었다.

"그렇고말고."

"왜 특별한 저녁 식사를 해요, 더치스 형?"

"왜냐하면 재회하는 자리니까, 빌리. 사총사의 재회."

이 말에 빌리는 환하게 미소 지었다. 그러나 이내 인상을 찌푸렸다. 빌리 왓슨이 미소와 찌푸림 사이를 오가는 시간적 간격은 1분이 채 안 되었다.

"특별한 저녁 식사라면, 뭘 먹을 거예요?"

"아주 좋은 질문이다. 울리 마틴의 요청으로 우린 **페투치네 미오 아 모레**라는 걸 먹게 될 거야. 그리고 친구여, 그건 더할 나위 없이 특별한 거라네."

우리는 필요한 모든 재료의 쇼핑 목록을 빌리에게 쓰게 한 후 차를 타고 아서애비뉴로 떠났는데, 차는 시간당 300개의 질문이 쏟아지는 정도의 속도로 달렸다.

"아서애비뉴는 어떤 곳이에요, 더치스 형?"

"브롱크스에 있는 이탈리아 구역의 중심가야, 빌리."

"이탈리아 구역은 뭐예요?"

"모든 이탈리아인이 모여 사는 곳."

"왜 모든 이탈리아인이 한곳에 모여 살아요?"

"그래야 서로의 일에 대해 신경 쓸 수 있으니까."

"트라토리아는 뭐예요, 더치스 형?"

"파이사노는 뭐예요?"

"아티초크는 뭐고 판체타는 뭐고 티라미수는 뭐예요?"

몇 시간 후 집에 돌아왔을 때는 요리를 시작하기에는 너무 이른 시간이었다. 그래서 나는 빌리의 수학 실력이 상당하다는 것을 이미 알고 있었으므로 빌리를 데리고 울리 매형의 사무실로 들어가서 약간의 계산을 하게 했다. 빌리에게 메모장과 연필을 주고 책상 앞에 앉힌 다음, 나는 카펫 위에 누워서 세인트니컬러스 소년의 집을 떠난 이후 울리와 내가 쓴 모든 비용을 줄줄이 읊었다. 휘발유를 가득 넣은 것 6회, 하워드존슨 모텔에서의 식사 포함 숙박 2회, 선샤인 호텔 방 두 개와 수건 추가, 2번가에 있는 식당에서의 식사 2인분. 나는 빌리에게 만일의 경우를 대비해서 앞으로 있을 수 있는 지출을 위해 20달러를 더 추가하게 한 뒤, '운영비'라는 항목 아래 전체 내역의 총계를 내게 했다. 우리가 애디론댁에서 울리의 신탁자금을 찾게 되면 이 경비는 그 돈을 분배하기 전에 에밋에게 변제할 작정이었다.

'개인 경비'라는 별도의 항목 아래 나는 빌리에게 다음과 같은 내역을 적게 했다. 설라이나 소년원에 건 장거리전화 요금, 선샤인 호텔에서 버니에게 쓴 10달러, 핏지에게 사준 위스키 한 병, 마 벨의 거처에서 쓴 샴페인값과 교제비, 엠파이어스테이트 빌딩 수위에게 준 팁. 이 지출 중 어느 것도 우리의 공동의 노력에 필수적인 것이 아니었기 때문에 나는 이들 비용은 내 몫에서 나가야 한다고 생각했다.

마지막 순간에 아서애비뉴에서 쓴 비용이 생각났다. 이것들은 우리 모두 함께 먹을 것이므로 '운영비'에 해당된다고 주장할 수도 있을 것이다. 그러나 알게 뭐람, 나는 빌리에게 내 개인 경비 항목에 그걸 넣으라고 말했다. 오늘 저녁엔 내가 한턱낼 것이다.

빌리가 모든 숫자를 다 적고 계산한 내용을 다시 확인했을 때, 나는 빌리에게 깨끗한 종이를 꺼내서 그 두 항목을 기록해두기를 권했다. 대부분의 아이들은 그 같은 권유를 받으면 왜 한번 한 일을 다시 해야 하느냐고 물을 것이다. 그러나 빌리는 그렇지 않았다. 본능적으로 깔끔한 것을 선호하는 빌리는 새 종이를 꺼내서, 얼마 전에 포크와 나이프를 식탁에 놓아둔 것과 같은 정확함으로 그가 써놓은 것을 신중하게 다시 쓰기 시작했다.

그 일을 마쳤을 때 빌리는 고개를 세 번 끄덕임으로써 그 계산을 그 스스로 승인했음을 보여주었다. 그러나 잠시 후 빌리가 인상을 찌푸렸다.

"제목이 있어야 하지 않아요, 더치스 형?"

"마음에 떠오르는 제목이 있어?"

빌리는 연필 끝을 깨물면서 잠시 그에 대해 생각했다. 그러더니 커다란 대문자로 제목을 쓰고 나서 그걸 읽어주었다.

"모험."

여러분은 이 제목이 마음에 드는가?

경비 명세서 작성이 끝났을 때 시간은 요리를 시작하기 적절한 시간인 6시가 지나 있었다. 요리 재료를 늘어놓은 다음, 나는 레오넬로 식당의 주방장 루가 나에게 가르쳐준 모든 것을 빌리에게 가르쳐주었다. 먼저, 토마토 통조림과 소프리토(**소프리토가 뭐예요, 더치스 형?**)로 기본적인 토마토소스를 만드는 방법을 가르쳐주었다. 그것을 레인지 위에 올려놓은 다음, 베이컨을 적당히 네모꼴로 써는 법과 양파를 적절히 써는 법을 보여주었다. 이어 냄비를 꺼내서 베이컨과 양파를 월계수잎과 함께 적당히 볶는 방법을 보여주고, 그것을 화이트 와인에 오레가노와 고춧가루를 함께 넣어서 끓이는 법을 보여주었다. 마지막으로, 더도 말고 딱 한 컵 분량의 토마토소스를 젓는 법을 가르쳐주었다.

"이제 중요한 것은," 내가 설명했다. "주의 깊게 지켜보는 거야, 빌리. 나는 화장실에 다녀와야 하니까 네가 그 자리에 서서 가끔씩 저

어쥐. 알았지?"

"알았어요, 더치스 형."

나는 빌리에게 스푼을 건네며 잠깐 실례한다고 말한 뒤 데니스의 사무실로 향했다.

나는 에밋이 2시까지 오지는 않을 것 같다고 말했지만, 6시까지는 틀림없이 여기 올 거라고 생각했었다. 조용히 사무실 문을 닫은 다음 마 벨에게 전화를 걸었다. 전화벨이 스무 번 울리고 나서야 그녀가 전화를 받았다. 그러나 그녀는 한창 목욕을 하고 있는 사람에게 전화할 때의 예절에 대해 한바탕 긴 잔소리를 늘어놓고 나서야 나에게 상황을 얘기해주었다.

"어이쿠." 나는 그렇게 말하며 전화를 끊었다.

빌리와 함께 한 가지 계산을 한 나는 나 혼자 또 다른 계산을 하고 있었다는 걸 깨달았다. 에밋이 스튜드베이커 문제로 이미 얼마간 화가 나 있었으므로 나는 채리티와의 밤을 제공함으로써 에밋에게 보상하고 싶었지만, 그 일은 계획대로 되지 않은 게 분명했다. 울리의 약이 그렇게 강한지 내가 어떻게 알았겠는가? 그런 데다 설상가상으로 이 집 주소를 남기는 것을 깜빡했다. 그래서 나는 에밋이 여기 도착할 땐 기분이 나빠 있을 가능성이 아주 높다고 혼자 생각했다. 그가 여기를 찾아올 수나 있을지 모르겠지만…….

부엌으로 돌아오니, 울리는 향신료 선반을 쳐다보고 있었고 소스 앞에는 아무도 없었다. 바로 그때 많은 일이 빠르게 일어나기 시작했다.

먼저, 울리는 빌리가 어디 있는지 알아보러 부엌을 나갔다.

그러고 나서 전화벨이 울렸고 빌리가 다시 나타났다.

그런 다음 울리가 나타나 잘못 걸려 온 전화였다고 말했다.

빌리가 8시가 거의 다 됐다고 말했고, 잠시 후에 초인종이 울렸다.

제발, 오 제발, 오 제발, 복도를 뛰어가면서 속으로 중얼거렸다. 나는 숨을 헐떡였고, 빌리가 내 뒤를 바짝 쫓아왔다. 나는 문을 홱 열었다. 거기, 깨끗한 옷을 입었으나 얼굴은 다소 초췌해 보이는 에밋이 있었다.

그들 중 누가 말을 꺼내기 전에 거실에 있는 괘종시계가 8시를 알리는 종을 울리기 시작했다.

빌리에게 몸을 돌린 나는 두 팔을 뻗으며 말했다.

"거봐, 내가 뭐랬니?"

에밋

고등학교 3학년이 시작되었을 때, 에밋의 새 수학 선생님인 니커슨 선생님은 제논의 역설에 대해 알려주었다. 고대 그리스에서 제논이라는 철학자는 A 지점에서 B 지점으로 가기 위해서는 먼저 그 절반을 가야 한다고 주장했다. 그러나 그 절반 지점에서 B 지점으로 가기 위해서는 그 거리의 절반을 가야 할 것이고, 그런 다음 다시 그 거리의 절반을 가야 할 것이고, 이런 식으로 계속 반복해야 할 것이다. 그리하여 한 지점에서 다른 지점으로 가기 위해 필요한 모든 절반의 절반들을 모았을 때, 거기서 도출되는 유일한 결론은 A 지점에서 B 지점으로 가는 것은 불가능하다는 것이라고 했다.

니커슨 선생님은 이것은 역설적 추론의 완벽한 예라고 말했다. 에밋은 이것은 학교에 가는 것이 시간 낭비일 수 있는 완벽한 예라고 생각했다.

이 역설을 공식화하는 데 사용된 정신 에너지뿐 아니라 그 오랜 시대를 거쳐 이것이 전해 내려오게 하는 데 들어간 정신 에너지를 한번 상상해봐, 에밋은 생각했다. 척 예거가 모하비사막 상공에서 음속 장벽을 돌파하는 데 성공한 지 5년 후인 1952년 미국 학교의 칠판에 그 내용이 적힐 수 있도록 시대를 거치고 언어의 번역을 통해서 전해 내려오게 하는 데 소비된 그 정신 에너지를 한번 상상해보란 말이야.

니커슨 선생님은 교실 뒤편에 앉은 에밋의 표정을 알아차린 게 분명했다. 왜냐하면 벨이 울렸을 때 선생님은 에밋에게 자리에 남아 있으라고 요청했기 때문이다.

"오늘 수업 시간의 그 주장을 네가 이해했는지 확인하고 싶구나."

"이해했어요." 에밋이 말했다.

"어떤 생각이 들었어?"

에밋은 자신의 견해를 말해야 하는지 확신이 서지 않아서 잠시 창밖을 내다보았다.

"얘기해봐." 니커슨 선생님이 재촉했다. "네 의견을 듣고 싶어."

좋아, 말하지 뭐, 에밋은 생각했다.

"제가 보기에는 저의 여섯 살짜리 동생이 자신의 두 발로 몇 초 만에 그 주장이 틀렸다는 것을 입증할 수 있는 걸 길고 복잡한 방식으로 증명한 것 같았습니다."

그러나 에밋이 이 말을 했을 때 니커슨 선생님은 조금도 반박할 마음이 없는 것 같았다. 오히려 에밋이 이제 곧 제논의 발견만큼이나 중요한 발견을 할 거라고 생각하는 것처럼 열심히 고개를 끄덕였다.

"에밋, 네 말은, 내가 이해하기로는, 제논이 실질적인 가치를 위해서라기보다는 논쟁을 위해서 자신의 증거를 밀고 나간 것처럼 보인다는 거로구나. 그런데 그렇게 보는 사람이 너 혼자만은 아니야. 사실, 그런 논법에 대한 용어도 있단다. 거의 제논만큼이나 오래된 용어인데, 그걸 **궤변**Sophistry이라고 해. 그리스어 **소피스테스**sophistes에서 나온 말인데, 기발하거나 설득력은 있지만 반드시 현실에 근거한 것만은 아닌 주장을 펼칠 수 있는 기술을 가르친 철학 및 수사학 교사들을 일컬어 소피스테스라고 했지."

니커슨 선생님은 심지어 칠판으로 가서 A에서 B로 가는, 무한히 이등분된 여정을 그린 자신의 도해 바로 밑에 그 단어를 쓰기까지 했다.

완벽하지 않니, 에밋은 생각했다. 학자들은 제논의 가르침을 대대로 전수하는 것에 더하여 전문적인 용어도 대대로 전수해왔는데, 그 유일한 목적은 허튼소리를 그럴듯한 이론으로 가르치는 관행을 인정하는 것일 뿐이었다.

에밋은 적어도 니커슨 선생님의 교실에 서 있는 동안은 그렇게 생각했었다. 그러나 나무들이 줄지어 늘어선 헤이스팅스온허드슨 마을의 구불구불한 거리를 걷고 있자니, 어쩌면 제논이 그렇게까지 이상한 사람은 아니었을지도 모른다는 생각이 머릿속에 절로 떠올랐다.

그날 아침, 에밋은 붕 뜨는 듯한 기분으로 의식을 회복했다. 마치 더운 여름날 넓은 강에서 떠내려가는 사람 같은 기분이었다. 눈을

뜬 그는 자신이 낯선 침대의 이불 아래 있다는 것을 알아차렸다. 침대 옆 간이 테이블에 놓인 빨간 갓을 씌운 등이 방 안을 장밋빛으로 물들였다. 그러나 침대도 등불도 그의 두통을 진정시킬 만큼 부드럽지 않았다.

에밋은 끙, 신음 소리를 내며 몸을 일으키려고 노력했으나 방 저편에서 누가 맨발로 걸어오는 소리가 들리더니 손 하나가 부드럽게 그의 가슴을 눌렀다.

"그냥 누워 있어요. 말하지 말고."

여자는 지금 흰색 블라우스를 입고 머리를 뒤로 넘긴 모습이었지만, 에밋은 자기를 간호하는 이 여자가 어젯밤 자기가 지금 누워 있는 그 자리에 네글리제 차림으로 누워 있었던 젊은 여자라는 것을 알아보았다.

복도 쪽으로 몸을 돌린 채리티가 "깨어났어요" 하고 소리쳤고, 잠시 후 커다란 꽃무늬 실내복을 입은 마 벨이 문간에 나타났다.

"깨어났군." 그녀가 말했다.

에밋은 다시 몸을 일으켰다. 이번에는 한결 성공적이었다. 그러나 그가 몸을 일으켰을 때 이불이 가슴에서 떨어져 내렸고, 그는 자신이 발가벗고 있다는 것을 깨닫고 깜짝 놀랐다.

"내 옷." 그가 말했다.

"내가 당신이 그 더러운 옷을 입은 채 내 침대에 눕게 놔두었을 것 같아?" 마 벨이 말했다.

"내 옷은 어디에……?"

"저 서랍장 위에서 당신을 기다리고 있어. 자, 이제 침대에서 나와서 뭘 좀 먹으러 가지 그래."

마 벨이 채리티에게 고개를 돌렸다.

"자, 우린 나가 있자. 너의 밤샘 간호는 이제 끝났어."

두 여자가 문을 닫고 나가자 에밋은 이불을 밀치며 조심스럽게 일어났다. 걸어가는 걸음걸이가 조금 불안하게 느껴졌다. 서랍장으로 다가간 그는 자신의 옷이 깨끗이 세탁되어 가지런히 개어져 있고, 허리띠가 돌돌 말린 모양으로 옷 위에 놓여 있는 것을 보고 놀랐다. 에밋은 셔츠의 단추를 채우면서 전날 밤에 얼핏 보았던 그림을 쳐다보았다. 그러나 이제 보니 돛대가 비스듬히 기울어진 것은 배가 강풍과 싸우며 나아가고 있기 때문이 아니라 바위에 부딪쳐 좌초되었기 때문이라는 것을 알 수 있었다. 몇몇 선원들은 삭구에 매달려 있고, 다른 선원들은 앞다투어 소형 어선으로 달려들고 있었다. 그중 한 명은 하얀 빛깔의 높은 파도에 휩쓸려 머리만 보였는데, 그 사람은 바야흐로 바위에 부딪히거나 바다로 쓸려 나가기 직전이었다.

맞아, 나는 더치스처럼 중얼거렸다.

침실을 나온 에밋은 연달아 이어지는 현기증 나는 문들을 일부러 보지 않은 채 왼쪽으로 돌았다. 라운지에서 등받이가 높은 의자에 앉은 마 벨과 그 옆에 서 있는 채리티를 보았다. 커피 테이블 위에는 아침 식사로 먹는 케이크와 커피가 놓여 있었다.

에밋은 소파에 털썩 주저앉으며 손으로 눈을 가렸다.

마 벨이 커피포트 옆에 있는 접시에 놓인 분홍색 고무 팩을 가리켰다.

"아이스 팩이 있어. 하고 싶으면 이거 해."

"사양할게요."

마 벨이 고개를 끄덕였다.

"나도 이게 왜 여기 있어야 하는지 모르겠어. 난 멋진 밤을 보낸 후에 아이스 팩이 내 가까이에 있는 걸 결코 원치 않을 거야."

멋진 밤이라, 에밋은 고개를 저으며 생각했다.

"어떻게 된 거죠?"

"그들이 당신에게 약물을 탄 술을 준 거예요." 채리티가 짓궂은 미소를 지으며 말했다.

마 벨이 얼굴을 찡그렸다.

"약물을 탄 술이 아니었어, 채리티. 그리고 **그들**은 없었어. 그저 더치스가 더치스다운 짓을 했을 뿐이야."

"더치스?" 에밋이 말했다.

마 벨이 손짓으로 채리티를 가리켰다.

"그는 당신에게 작은 선물을 주고 싶어 했어. 당신이 그 교화 농장에서의 생활을 끝낸 것을 축하하는 의미로. 하지만 그는 당신이 긴장하고 불안해할까 봐 걱정스러웠나 봐. 당신이 기독교인인 데다 숫총각이어서 말이야."

"기독교인이거나 숫총각인 것은 전혀 문제 될 게 없어요." 채리티가 말을 보탰다.

"글쎄, 그건 잘 모르겠어." 마 벨이 말했다. "어쨌든 나는 분위기를 띄우려고 건배를 제안하려 했는데, 더치스가 당신 술에 긴장을 풀어줄 뭔가를 넣었어. 그런데 그 뭔가가 그가 생각했던 것보다 더 강했던 게 틀림없어. 왜냐하면 우리가 당신을 채리티의 방에 넣었을 때, 당신은 두 바퀴 돌고 나서 필름이 끊겼으니까. 그렇지, 채리티?"

"당신이 내 무릎에 쓰러진 것은 잘한 일이에요." 채리티가 눈을 찡긋하며 말했다.

둘 다 이것을 재미있는 반전이라고 생각하는 것 같았다. 그걸 보고 에밋은 이를 갈았다.

"오, 우리한테 그렇게 화내진 마." 마 벨이 말했다.

"내가 화를 내고 있다면, 당신들에게 그런 게 아닙니다."

"더치스에게도 화내지 마."

"더치스는 나쁜 뜻으로 그런 게 아니었어요." 채리티가 말했다. "단지 당신이 즐거운 시간을 보내길 바란 거예요."

"그게 사실이야." 마 벨이 말했다. "그것도 그의 비용으로."

에밋은 더치스가 즐거운 시간을 보내길 바라며 쓴 비용은—전날 밤의 샴페인과 마찬가지로—자신의 돈에서 지불한 것이라는 사실을 굳이 지적하지 않았다.

"더치스는 어렸을 때도 항상 다른 사람이 즐거운 시간을 보내길 바라며 꼼꼼히 챙겼어요." 채리티가 말했다.

"어쨌든," 마 벨이 말을 이었다. "당신에게 해줄 말이 있는데, 더치스와 당신 동생과 또 한 친구……."

"울리." 채리티가 말했다.

"맞아, 울리." 마 벨이 말했다. "그 셋 모두 울리의 누나 집에서 당신을 기다리고 있을 거래. 그렇지만 그 전에 당신은 뭘 좀 먹어야 해."

에밋은 다시 손으로 눈을 가렸다.

"배가 고픈 것 같지 않아요." 그가 말했다.

마 벨이 얼굴을 찌푸렸다.

채리티가 몸을 숙이며 얼마간 소리 죽여 말했다.

"마 벨은 보통 아침을 대접하지 않아요."

"네 말이 맞아. 난 원래 아침을 대접하지 않는 사람이야."

예의를 차리기 위해 커피 한 잔과 커피 케이크 한 조각을 받아들인 후 에밋은 예절을 지키는 것은 대부분 자기 자신의 이익을 위해서라는 사실을 새삼 떠올렸다. 왜냐하면 커피와 케이크는 그에게 딱 필요한 것이었기 때문이다. 그래서 그는 더 먹겠느냐는 제안을 흔쾌히 받아들였다.

에밋은 커피를 마시고 케이크를 먹으면서 그 숙녀들이 어린 시절의 더치스를 어떻게 알게 되었는지 물었다.

"그의 아버지가 여기서 일했으니까요." 채리티가 말했다.

"더치스의 아버지는 배우였던 걸로 알고 있는데요."

"맞아, 배우였어." 마 벨이 말했다. "그리고 무대 일이 전혀 없을 땐 웨이터나 웨이터 주임으로 일하기도 했어. 하지만 전쟁이 끝난 후 몇 달 동안은 우리 서커스 단장 행세를 했지. 해리는 무슨 일이든 다 할 수 있는 사람인 것 같아. 그렇지만 대부분의 경우, 그이는 그 자신의 최악의 적처럼 행동했지."

"어떤 점에서요?"

"해리는 매력적인 사람인데, 술이 그이의 큰 약점이야. 그래서 상대를 말로 설득해서 몇 분 안에 일자리를 얻을 수 있지만, 그놈의 술 때문에 거의 그만큼이나 빨리 일자리를 잃을 수도 있는 사람이지."

"그렇지만 그가 서커스단에서 일할 땐 더치스를 우리한테 맡기곤 했지요." 채리티가 끼어들었다.

"더치스 아버지가 더치스를 이곳에 데리고 왔어요?" 에밋이 약간 놀라며 물었다.

"맞아." 마 벨이 말했다. "당시에 더치스는 아마 열한 살 정도였을 거야. 아버지가 아래층에 있는 동안 더치스는 여기 이 라운지에서 일했지. 손님들의 모자를 맡아주고 술이나 음료를 따라주는 일 따위를 했어. 돈도 꽤 벌었고. 그 돈을 더치스가 관리하도록 아버지가 내버려두지는 않았지만."

에밋은 실내를 둘러보며 열한 살의 더치스가 매음굴에서 모자를 받고 술을 따르는 모습을 상상해보았다.

"그땐 지금과는 달랐어." 마 벨이 에밋의 시선을 따라가며 말했다. "그 당시엔 토요일 밤이면 서커스장은 입석만 남아 있을 정도로 꽉 찼고, 우리가 일하는 이곳엔 열 명의 여자가 있었어. 해군이 운영하는 공장에서 복무하는 사내들만 여기 오는 게 아니었어. **상류층** 인사들도 있었다니까."

"심지어 시장님도 왔었죠." 채리티가 말했다.

"그런데 어떻게 된 거예요?"

마 벨이 어깨를 으쓱했다.

"시대가 변했어. 동네도 변했고, 사람들 취향도 변했어."

그런 다음 그녀는 약간 향수에 젖은 눈으로 실내를 둘러보았다.

"나는 전쟁이 우리 일자리를 앗아 갈 거라 생각했는데, 나중에 보니 변두리로 전락한 동네가 우릴 그렇게 만들어버린 거였어."

정오가 되기 직전에 에밋은 떠날 준비를 마쳤다. 채리티가 그의 뺨에 살짝 키스를 해주었고, 마 벨이 악수를 해주었다. 그는 옷을 깨끗이 세탁해준 것과 아침 식사와 친절을 베풀어준 것에 대해 고마움을 표했다.

"이제 주소를 주면 난 이만 가볼게요."

마 벨이 에밋을 쳐다보았다.

"무슨 주소?"

"울리 누나의 집 주소요."

"내가 왜 그 집 주소를 가지고 있겠어?"

"더치스가 당신한테 남기지 않았어요?"

"나한테 안 남겼는데. 혹시 너에게 주소를 남겼니, 채리티?"

채리티가 고개를 젓자 에밋은 눈을 감았다.

"전화번호부에서 찾아보는 건 어때요?" 채리티가 밝은 목소리로 제안했다.

채리티와 마 벨, 둘 다 에밋을 바라보았다.

"나는 울리 누나의 결혼 후 성이 뭔지 몰라요."

"젠장, 당신은 지지리도 운이 없나 보군."

"마." 채리티가 나무라듯이 말했다.

"좋아, 좋아. 생각을 좀 해볼게."

마 벨은 잠시 어딘가 딴 곳을 보았다.

"당신 친구, 울리. 어떤 내력을 가진 사람이지?"

"뉴욕 출신에……."

"그래서 우리가 모인 거지. 그런데 어느 자치구야?"

에밋은 그 말을 이해하지 못하고 다시 쳐다보았다.

"어느 **동네**냐는 거야. 브루클린? 퀸스? 맨해튼?"

"맨해튼."

"그게 시작이야. 그 친구, 학교는 어디 다녔는지 알아?"

"기숙학교에 다녔어요. 세인트조지…… 세인트폴…… 세인트마크……."

"가톨릭 신자네!" 채리티가 말했다.

마 벨이 눈을 굴렸다.

"가톨릭 학교가 아니야, 채리티. 그것들은 와스프WASP✦ 학교야. 훌륭한 학교들이지. 그 학교 졸업생들을 내가 아주 많이 알고 있어서 하는 말인데, 당신 친구 울리는 어퍼이스트사이드 출신이라는데 블루블레이저 칵테일 한 잔을 걸겠어. 그런데 그중 어느 학교를 다녔지? 세인트조지? 세인트폴? 아니면 세인트마크?"

"셋 다요."

"셋 다?"

울리가 두 학교에서 쫓겨났다고 에밋이 설명하자 마 벨은 몸을 흔들며 웃었다.

"세상에나." 이윽고 그녀가 말했다. "그 학교 중 한 곳에서 쫓겨났는데 그와 같은 또 다른 학교에 들어가려면 꽤나 유서 깊은 집안 출신이어야 할 거야. 그런데 그런 학교 두 곳에서 쫓겨나고 세 번째 학교에 들어간다? 그러려면 **메이플라워호**를 타고 도착한 사람의 집안 정도는 되어야겠지! 그래, 이 울리라는 인물의 **정식** 이름은 뭐야?"

"월러스 월콧 마틴."

"그렇구나. 채리티, 내 사무실로 가서 책상 서랍 속에 있는 검은

✦ White Anglo-Saxon Protestant, 앵글로색슨계 백인 신교도.

책 좀 가져다줄래?"

채리티가 피아노가 있던 방의 뒤쪽 방에서 돌아왔을 때 에밋은 그녀가 조그만 주소록을 가지고 왔을 거라고 예상하고 있었다. 그러나 그녀는 암적색 제목이 눈에 띄는 검정 책을 들고 있었다.

"『사교계 명사 인명록』." 마 벨이 설명했다. "모든 사람이 등재되어 있지."

"모든 사람?" 에밋이 물었다.

"나의 모든 사람이란 뜻이 아니야. 『사교계 명사 인명록』에 관한 한, 나는 그 위에도 있어봤고 그 아래에도 있어봤고 그 앞에도, 그 뒤에도 있어봤지만, 그 안에 등재된 적은 한 번도 없어. 왜냐하면 이 책은 **다른** 모든 사람을 등재하려고 만들어졌기 때문이야. 여길 봐, 게리 쿠퍼가 있네."

마 벨이 에밋이 앉은 소파의 옆자리에 털썩 앉았을 때, 에밋은 소파의 쿠션이 몇 인치쯤 가라앉는 것을 느낄 수 있었다. 책 표지를 힐끗 본 에밋은 이 책이 1951년판이라는 것을 알아차렸다.

"좀 오래된 거네요." 그가 말했다.

마 벨이 그를 보며 얼굴을 찌푸렸다.

"이 책을 손에 넣는 게 쉬울 거라고 생각하는 거지?"

"이 친구는 잘 몰라요." 채리티가 말했다.

"그래, 잘 모르겠지. 자, 들어봐. 미국에 이민 온 조부모가 엘리스 섬*에 도착했던 폴란드인 친구나 이탈리아인 친구를 찾는다고 가정해봐. 이 경우, 첫 번째 문제는 찾아볼 책이 없다는 점일 거야. 그렇

_____

✦ 뉴욕시 가까이에 있는 작은 섬으로, 1892~1943년에 미국 이민자들이 입국 심사를 받던 곳이다.

지만 설령 책이 있다 해도 문제는 그런 부류의 사람들은 복장을 바꾸듯이 자신의 이름이나 주소를 바꾼다는 점이겠지. 애초에 그들이 미국으로 온 이유가 바로 그것일 테니까. 선조들이 그들을 집어넣은 판에 박힌 틀에서 벗어나고자 하는 거 말이야."

마 벨은 소중히 여긴다는 표시로 무릎 위에 놓인 책에 손을 얹었다.

"그러나 여기 기재된 이 사람들은 아무것도 바뀌지가 않아. 이름이 안 바뀌고, 주소도 안 바뀌고, 어느 것 하나도 안 바뀌지. 그 점이 바로 **이 사람**들이 누구인지 말해주는 핵심이야."

마 벨이 찾고자 했던 것을 찾는 데는 5분이 걸렸다. 울리는 어렸으므로 그 자신의 이름이 인명록에 개별 항목으로 등재되지는 않았지만, 미시즈 리처드 코브의 세 자녀 중 한 사람으로 수록되어 있었다. 울리 어머니에 대한 소개는 이러했다. 미시즈 리처드 코브, 결혼 전 성은 월콧, 토머스 마틴의 미망인, 콜로니 클럽 및 DAR* 회원, 이전 맨해튼 거주, 현재 팜비치 거주, 두 딸 케이틀린과 세라는 결혼하여 각각의 남편과 함께 다음 항목으로 등재되어 있음. 미스터 앤드 미시즈 루이스 월콕스(뉴저지주 모리스타운). 미스터 앤드 미시즈 데니스 휘트니(뉴욕주 헤이스팅스온허드슨).

더치스는 그들이 어느 누나 집에 있을 것인지 말해주지 않았다.

"어느 쪽이든," 마 벨이 말했다. "기차를 타려면 당신은 맨해튼으로 돌아가야 해. 내가 당신이라면 먼저 세라 집부터 가볼 거야. 왜냐하면 헤이스팅스온허드슨은 거리가 더 짧은 데다가 뉴저지주에 있

---

* Daughters of the American Revolution, 미국 독립 전쟁 참가자 자손의 부인들로 이루어진 단체.

는 게 아니라는 이점도 있으니까."

———

에밋이 마 벨의 집을 떠났을 때는 이미 12시 30분이었다. 그는 시간을 절약하기 위해 손을 흔들어 택시를 세웠다. 그러나 그가 운전사에게 맨해튼에 있는 기차역으로 가달라고 말했을 때, 운전사는 어느 역으로 갈 것인지 물었다.

"맨해튼에 기차역이 또 있어요?"

"두 개가 있다네, 친구. 펜역과 그랜드센트럴역. 어느 역으로 갈 건가?"

"어느 역이 더 커요?"

"둘 다 커."

에밋은 그랜드센트럴역은 들어본 적이 없었지만, 루이스에서 만난 걸인이 펜실베이니아 철도가 우리 나라에서 가장 큰 철도라고 말했던 것이 기억났다.

"펜역으로 가주세요." 그가 말했다.

그곳에 도착한 에밋은 역의 정면에 4층 높이의 대리석 기둥이 가로수보다 높게 솟아 있고, 높다란 유리 천장 아래 펼쳐진 거대한 내부 공간은 수많은 여행객들로 붐볐기 때문에 자기가 잘 선택했다고 생각했다. 그러나 안내소를 찾아갔을 때 에밋은 펜역에서 헤이스팅스온허드슨으로 가는 열차는 없다는 것을 알게 되었다. 그곳으로 가는 열차는 그랜드센트럴역의 허드슨리버 노선에 있었다. 그래서 에밋은 세라의 집으로 가는 대신 뉴저지주 모리스타운행 1시 55분 열차를 탔다.

마 벨이 알려준 주소에 도착했을 때 에밋은 택시 운전사에게 문을 두드리고 기다릴 동안 잠시 기다려달라고 부탁했다. 네, 하고 대답한 여자는 자기가 케이틀린 윌콕스라고 상당히 친절한 태도로 말했다. 그러나 에밋이 그녀의 남동생 울리가 그곳에 있는지 묻자마자 그녀는 거의 화를 내듯 응대했다.

"갑자기 모든 사람이 내 동생이 여기 있는지 알고 싶어 하는군그래. 한데 그 애가 왜 여기 있겠어? 이게 다 무슨 일이지? 당신도 그여자와 한패인 거야? 그 여자와 당신, 둘이서 뭘 하는 거야? 당신은누구지?"

빠른 걸음으로 택시로 돌아가면서 에밋은 그녀가 현관문 앞에서한 번 더 당신은 누구냐고 외치며 묻는 소리를 들을 수 있었다.

그리하여 모리스타운역으로 돌아간 에밋은 거기서 4시 20분 열차를 타고 펜역으로 간 다음, 다시 택시를 잡아타고 그랜드센트럴역으로 갔다. 알고 보니, 그랜드센트럴역 또한 대리석 기둥이 있고, 높은 천장이 있고, 수많은 여행객들로 붐볐다. 거기서 그는 30분을기다려서 6시 15분에 헤이스팅스온허드슨으로 가는 열차를 탔다.

7시가 조금 지나서 도착했을 때 에밋은 그날 네 번째로 택시에올랐다. 그러나 택시를 탄 지 10분 만에 5센트씩 올라가는 미터기에 1달러 95센트가 찍히는 것을 보고, 요금을 낼 돈이 충분치 않을수도 있다는 생각이 들었다. 지갑을 열어본 그는 그날 여러 차례 기차와 택시를 탄 탓에 남은 돈이 2달러뿐이라는 것을 확인했다.

"차를 세워주시겠어요?" 그가 말했다.

의아해하는 눈초리로 백미러를 통해 에밋을 흘깃 훔쳐본 택시 운전사가 나무들이 늘어선 도로의 갓길에 차를 세웠다. 에밋은 지갑을 들어 보이며 지금 미터기에 찍힌 금액밖에 돈이 남아 있지 않다고 말했다.

"돈이 다 떨어졌으면 택시에서 내리는 수밖에."

에밋은 이해한다는 표시로 고개를 끄덕인 후, 택시 운전사에게 2달러를 건네며 잘 타고 왔다는 감사의 말을 하고 나서 차에서 내렸다. 다행히도 택시 운전사는 떠나기 전에 조수석 창문을 내리고 에밋에게 길을 가르쳐주는 친절을 베풀었다. **2마일쯤 계속 직진하다가 포리스트에서 우회전하게. 그런 다음 1마일쯤 가서 스티플체이스로드가 나오면 그쪽으로 좌회전해야 해.** 택시가 떠나자 에밋은 걷기 시작했고, 그의 마음은 무한히 이등분된 여정의 괴로움에 얽매여 들었다.

미국 땅은 가로 폭이 3000마일이지, 그는 속으로 생각했다. 5일 전에 그와 빌리는 차를 몰고 캘리포니아까지 서쪽으로 1500마일을 달릴 생각으로 출발했다. 그러나 그들은 뜻하지 않게 동쪽으로 1500마일을 이동하여 뉴욕까지 왔다. 뉴욕에 도착해서는 타임스스퀘어에서 남부 맨해튼까지 왔다 갔다 하며 이 도시를 돌아다녔다. 브루클린에도 갔고 할렘에도 갔다. 그리고 마침내 목적지가 사정권에 들어온 것처럼 보였을 때 에밋은 기차를 세 번 타고 택시를 네 번 탔으며, 지금은 걸어서 이동하고 있었다.

에밋은 니커슨 선생님이 이 상황을 어떻게 도해로 나타냈을지 상상할 수 있었다. 칠판 왼쪽에 샌프란시스코가 있고 오른쪽은 에밋이 지그재그로 나아가는 것을 그렸을 텐데, 여정의 매 구간이 그 이전 구간보다 더 짧아져갈 것이다. 다만, 에밋이 씨름해야 하는 역설은 제논의 역설이 아니었다. 그것은 더치스로 알려진, 언변이 좋고,

제멋대로이고, 계획을 뒤집어엎는 역설이었다.

그러나 이 상황이 짜증스럽기는 했지만, 왔다 갔다 하면서 오후 시간을 보내야 했던 것이 어쩌면 가장 좋은 일이었는지도 모른다는 생각이 들었다. 왜냐하면 좌절감으로 후끈 달아오른 채 그날 이른 오후에 마 벨의 집을 걸어 나왔을 때 만약 더치스가 거리에 서 있었다면, 그는 더치스를 땅바닥에 때려눕혔을 것이기 때문이다.

그러나 그러는 대신 그는 기차를 탔고 택시를 탔으며 지금은 남은 거리 3마일을 걷고 있었는데, 이것이 그에게 그 모든 분노의 이유―스튜드베이커, 봉투에 든 돈, 약물을 탄 술―를 다시 떠올리는 시간을 주었을 뿐 아니라 자제해야 할 이유를 떠올리는 시간도 주었다. 에밋이 빌리와 아그네스 수녀에게 했던 약속이나, 더치스에 대한 마 벨과 채리티의 변호 같은 것 말이다. 그러나 무엇보다도 에밋으로 하여금 진지하게 생각하고, 다소간 균형 있는 판단을 해보도록 이끈 것은 핏지 피츠윌리엄스가 그 막다른 술집에서 위스키를 마시며 그에게 들려준 이야기였다.

거의 10년 동안 에밋은 농업의 꿈에 대한 아버지의 일편단심, 도움을 청하는 것을 싫어하는 태도, 아버지를 지탱하는 비현실적인 이상주의, 그로 인해 농장과 아내를 잃게 된 것까지, 아버지의 그 같은 어리석음에 대한 비난의 감정을 조용히 품어왔다. 그러나 아버지 찰리 왓슨은 그 모든 결점에도 불구하고 해리 휴잇이 더치스를 저버린 것처럼 에밋을 저버리는 행동을 한 적이 없었을 뿐 아니라 그 비슷한 기미도 보이지 않았다.

게다가 해리 휴잇은 무엇 때문에 그랬는가?

하찮은 장신구 때문이 아니었던가.

광대의 시신에서 훔친 회중시계 때문에.

그 늙은 공연자의 이야기에 숨겨진 아이러니는 에밋의 마음에서 잠시도 사라지지 않았다. 그것은 크고 또렷한 소리로 에밋을 힐책했다. 에밋은 설라이나 소년원에서 알았던 모든 아이들 가운데 자신의 편의를 위해 규칙이나 진실을 왜곡할 가능성이 가장 높은 사람의 한 명으로 더치스를 꼽곤 했었다. 그러나 알고 보니 더치스는 결백한 아이였다. 아무것도 하지 않았는데 설라이나 소년원으로 보내진 사람이었다. 타운하우스와 울리는 차를 훔쳐 탔고, 에밋 왓슨 자신은 다른 사람의 목숨을 앗았지만 말이다.

자신이 무슨 권리로 더치스에게 그의 잘못을 속죄하라고 요구하겠는가? 자신이 무슨 권리로 누군가에게 잘못을 속죄하라고 요구하겠는가?

휘트니가의 초인종을 울린 지 몇 초 지나지 않아서 에밋은 집 안에서 후다닥 달리는 소리가 나는 것을 들을 수 있었다. 그러고 나서 문이 홱 열렸다.

에밋은 더치스가 얼마간 뉘우치는 모습으로 나타나기를 기대했음이 분명했다. 왜냐하면 더치스가 승리한 사람이나 되는 것처럼 미소를 지으며 서서 빌리에게 몸을 돌리고—마치 왓슨가의 헛간 문간에 나타났을 때처럼—두 팔을 뻗으며 뭐라고 말을 지껄였을 때 에밋은 짜증이 확 솟구치는 것을 느꼈기 때문이다.

"거봐, 내가 뭐랬니?" 더치스는 그렇게 지껄였다.

빌리는 활짝 웃으며 더치스를 돌아 앞으로 나와서 에밋을 안아주었다. 그런 다음 말을 마구 쏟아냈다.

"에밋 형, 형은 무슨 일이 있었는지 믿지 못할 거야! 우리가 서커스장을 나온 후—형이 친구들과 함께 있는 동안—더치스 형은 차를 운전해서 우리를 엠파이어스테이트 빌딩으로 데려다줬어. 우리가 애버네이스 교수님 사무실을 찾을 수 있도록 말이야. 우린 고속엘리베이터를 타고 55층까지 올라갔는데, 교수님의 사무실을 찾았을 뿐 아니라 애버네이스 교수님도 만났어! 그리고 교수님은 나한테 노트도 한 권 주었어. 빈 페이지가 부족할 경우에 쓰라고 말이야. 그리고 내가 교수님에게 율리시스 얘기를 했더니……."

"잠깐만." 에밋이 자기도 모르게 웃으며 말했다. "네 얘기를 전부 다 듣고 싶어, 빌리. 정말 듣고 싶다. 그렇지만 우선 나는 잠시 더치스와 단둘이 얘기를 좀 해야겠어. 알았지?"

"알았어, 에밋 형." 빌리가 다소 미심쩍은 목소리로 말했다.

"나랑 같이 안으로 들어가자." 울리가 빌리에게 말했다. "너한테 보여주고 싶은 것도 있으니까!"

에밋은 빌리와 울리가 계단을 올라가는 것을 지켜보았다. 이윽고 두 사람이 복도로 사라졌을 때에야 얼굴을 돌려 더치스를 마주 보았다.

에밋은 더치스가 할 말이 있다는 것을 알 수 있었다. 발 앞쪽에 실린 체중, 금방이라도 손짓을 할 태세가 되어 있는 두 손, 달뜨고 진지한 표정 등 뭔가 말을 하려는 징후가 한둘이 아니었던 것이다. 그러나 더치스는 단순히 말할 준비가 되어 있는 것만이 아니었다. 그는 심혈을 기울여서 다른 설명을 할 작정이었다.

그래서 에밋은 더치스가 말을 꺼내기 전에 그의 멱살을 잡고 주먹을 당겨서 한 방 먹일 자세를 취했다.

울리

누군가가 다른 누군가와 단둘이 얘기하고 싶다고 말했을 때 울리 자신은 어떻게 하는 게 좋은지 알기 어렵다는 것은 울리의 경험상 사실이었다. 그러나 에밋이 더치스와 단둘이 얘기하고 싶다고 했을 때, 울리는 무엇을 해야 할지 정확히 알고 있었다. 사실, 그는 7시 42분께부터 그것에 대해 계속 생각해왔다.

"나랑 같이 안으로 들어가자." 그가 빌리에게 말했다. "너한테 보여주고 싶은 것도 있으니까!"

빌리를 위층으로 안내한 울리는 자기 방이기도 하고 아니기도 한 침실로 빌리를 데리고 갔다.

"들어와, 들어와." 그가 말했다.

빌리가 안으로 들어가자 울리가 문을 닫았다. 문을 닫았으나 다 닫지는 않고 약간 열어두었다. 에밋이 더치스에게 하는 말이 그들 귀에는 들리지 않게, 그러나 에밋이 다시 그들을 부를 때면 그 소리는 들을 수 있을 정도로만 문을 열어둔 것이었다.

"이 방은 누구 방이에요?"

"예전에는 내 방이었어." 울리가 빙그레 웃으며 말했다. "하지만 아기가 누나랑 더 가까이 있을 수 있도록 내가 이 방을 양보했어."

"그래서 이제 울리 형은 뒤쪽 계단 옆에 있는 방을 쓰는구나."

"그게 훨씬 더 나아." 울리가 말했다. "내가 한결 편하게 오고 갈 수 있으니까."

"난 푸른색이 좋아요." 빌리가 말했다. "에밋 형의 차 색깔과 비슷하잖아요."

"나도 그 생각을 했어!"

일단 방의 푸른 빛깔을 감상한 뒤 울리는 방 한가운데에 있는, 방수포에 덮인 더미로 주의를 돌렸다. 방수포를 들추고 찾고자 했던 상자를 찾은 후 위쪽 덮개를 열었다. 이어 테니스 트로피를 한쪽으로 치운 다음, 시가 상자를 꺼냈다.

"여기 있구나." 그가 말했다.

침대가 울리의 물건으로 덮여 있었으므로 그와 빌리는 바닥에 앉았다.

"그거 수집품이에요?" 빌리가 물었다.

"맞아," 울리가 말했다. "네 1달러 은화나, 네브래스카에서 보았던 네 병뚜껑 같은 것은 아니지만 말이야. 왜냐하면 이건 같은 물건의 다른 버전들을 수집한 게 아니기 때문이지. 이것은 같은 버전의 다른 물건들을 수집한 거야."

울리는 뚜껑을 열고 빌리를 향해 상자를 기울였다.

"보이지? 이것들은 평소에는 거의 사용하지 않는 물건들이야. 하지만 갑자기 필요할 때 어디에 있는지 정확히 알 수 있도록 한곳에 안전하게 보관해야 하는 것들이지. 예를 들어, 이것은 갑자기 턱시 도를 입어야 할 경우를 대비해서 보관해둔 아버지의 셔츠 장식 단 추와 커프스단추야. 저건 내가 프랑스에 가게 될 경우를 대비한 프 랑스 화폐. 그리고 저것은 내가 지금까지 발견한 것 중에서 가장 큰 유리 몽돌. 그런데 여기……."

울리는 아버지의 낡은 지갑을 한쪽으로 살며시 밀고 나서 상자의 맨 밑에 있던 손목시계를 꺼내 빌리에게 건넸다.

"문자판이 검은색이네." 빌리가 깜짝 놀라며 말했다.

울리가 고개를 끄덕였다.

"숫자는 흰색이고. 아마 네가 생각했던 것과는 정반대일 거야. 이 걸 장교 시계라고 부르지. 장교가 전쟁터에서 시계를 볼 필요가 있 을 때, 적군 저격수가 눈에 잘 띄는 흰색 문자판을 겨냥할 수 없도 록 하기 위해 이런 식으로 만들었어."

"형의 아버지 것이었어요?"

"아니," 울리가 고개를 저으며 말했다. "할아버지가 쓰시던 거였 어. 제1차 세계대전 중에 프랑스에서 착용했대. 그러고 나서 할아버 지는 그걸 내 외삼촌 월러스에게 주었어. 나중에 월러스 삼촌은 내 가 너보다 더 어렸을 적에 그 시계를 크리스마스 선물로 내게 주었 어. 내가 이름을 따서 지은 그 월러스 삼촌이."

"울리 형 정식 이름이 월러스예요?"

"그래, 맞아."

"형을 울리라고 부르는 이유가 그거예요? 사람들이 형과 형의 삼 촌이 함께 있을 때 두 사람을 헷갈리지 않게 하려고?"

"아니야." 울리가 말했다. "월러스 삼촌은 몇 년 전에 돌아가셨어. 우리 아버지처럼 전쟁에서. 다만 세계대전에 참전했다가 돌아가신 건 아니고, 스페인 내전에서 돌아가셨어."

"왜 형의 삼촌은 스페인 내전에 참전한 거예요?"

울리가 재빨리 눈물을 훔치며 고개를 저었다.

"나도 잘 모르겠어, 빌리. 누나 말로는, 자기는 사람들이 자기에게 기대한 아주 많은 것들을 해왔으니, 이제 아무도 자기에게 기대하지 않은 한 가지 일을 하고 싶어 했다는 거야."

두 사람은 빌리가 조심스럽게 손에 들고 있는 손목시계를 바라보았다.

"보다시피," 울리가 말했다. "거기엔 초침도 있어. 그런데 네 시계에 있는 초침처럼 큰 문자판을 도는 큰 초침 대신 별도의 조그만 자판을 도는 아주 작은 초침이 있다는 점이 다르지. 내 생각엔 전쟁에서는 초침이 아주 중요할 것 같아."

"맞아요." 빌리가 말했다. "나도 그렇게 생각해요."

그런 다음 빌리는 시계를 앞으로 내밀며 돌려주려 했다.

"아니야, 아니야," 울리가 말했다. "너한테 주려는 거야. 그걸 주고 싶어서 상자에서 꺼냈어."

빌리는 고개를 저으며 이런 시계는 남에게 주기엔 너무 소중한 물건이라고 말했다.

"그렇지는 않아." 울리가 열을 내며 반박했다. "그것은 남에게 주기엔 너무 소중한 시계가 아니야. 그건 보관하고 있기엔 너무 소중한 시계인 거야. 그 시계는 할아버지가 삼촌에게 물려주었고, 삼촌은 나에게 물려주었어. 이제 나는 그걸 너에게 물려주는 거야. 그리고 어느 날—지금으로부터 많은 세월이 흐른 후—넌 그걸 다른 사람에게 물려줄 수 있어."

울리는 자신이 말하고자 하는 바를 완벽하게 설명하지 못했을지 모르나, 빌리는 이해한 것 같았다. 그래서 울리는 빌리에게 태엽을 감으라고 말했다. 그러나 그 전에 그는 이 시계의 유일하게 별난 점에 대해 설명해주었다. 그것은 바로 하루에 한 차례 **정확히** 열네 번 태엽을 감아야 한다는 것이었다.

"만약 태엽을 열두 번만 감으면," 울리가 말했다. "그날 하루가 끝나는 시점에서는 5분이 느려질 거야. 반면 태엽을 열여섯 번 감으면 5분이 빨라질 것이고. 그렇지만 정확히 열네 번 감으면 시간이 정확하게 유지될 거야."

이 말을 들은 뒤 빌리는 속으로 조용히 수를 세면서 시계태엽을 정확히 열네 번 감았다.

울리가 빌리에게 말하지 않은 것은 어떤 때는—예컨대 처음 세인트폴 기숙학교에 들어갔을 때는—그의 시간이 다른 사람들보다 30분 빠르게 하려고 일부러 6일 연속 시계태엽을 열여섯 번 감았고, 또 어떤 때는 그의 시간이 다른 사람들보다 30분 늦도록 6일 연속 태엽을 열두 번 감았다는 것이었다. 어느 쪽이든—태엽을 열여섯 번 감았든 열두 번 감았든—그것은 앨리스*가 거울을 통해서, 또는 페벤시 남매들**이 옷장을 통해서 다른 세계로 갔을 때, 그들이 자기들의 세계이기도 하고 자기들의 세계가 아닌 것 같기도 한 세

＊ 루이스 캐럴의 『거울 나라의 앨리스』에 나오는 주인공.
＊＊ C. S. 루이스의 『나니아 연대기 : 사자, 마녀, 그리고 옷장』에 나오는 페벤시 집안의 네 남매를 말한다.

계에 있는 듯한 느낌을 받았던 것과 얼마간 비슷했다.

"어서 차봐." 울리가 말했다.

"지금 내가 시계를 차도 된다는 거예요?"

"그렇고말고." 울리가 말했다. "그렇고말고, 그렇고말고. 그게 핵심이야!"

그래서 빌리는 울리의 도움 없이 혼자서 시계를 손목에 찼다.

"멋진걸." 울리가 말했다.

그렇게 말한 다음 울리는 강조하기 위해 그 말을 다시 한번 반복했을 텐데, 그때 아래층 어디에선가 갑자기 총소리 비슷한 소리가 들려왔다. 울리와 빌리는 휘둥그레진 눈으로 서로를 쳐다보며 벌떡 일어나 문밖으로 뛰어나갔다.

더치스

에밋은 기분이 좋지 않았다. 에밋은 그 감정을 숨기려 노력했다. 그는 원래 그런 사람이니까.

하지만 나는 그걸 알 수 있었다. 특히 그가 빌리의 말을 중간에 끊고 나와 단둘이 얘기하고 싶다고 말했을 때 그랬다.

하긴 내가 에밋이라도 나와 단둘이 얘기하고 싶었을 것이다.

아그네스 수녀가 좋아하는 또 다른 말은 **'현명한 사람은 자백한다'**라는 것이었다. 수녀의 요점은 물론 당신이 뭔가 나쁜 일을 저질렀다면—정비 창고 뒤에서 저질렀든, 아니면 한밤중에 저질렀든—그녀는 결국 알게 될 거라는 것이었다. 자신은 단서를 모은 뒤 셜록 홈스처럼 편안하게 안락의자에 앉아 그걸 추론해낼 거라고 했다. 혹은 당신의 태도에서 그걸 알아차릴 거라고 했다. 아니면 하느님의 입을 통해서 직접 듣든지. 그 무엇을 통해서든 간에 자기는 당신이 저지른 잘못을 알게 될 것이고, 그것은 의심할 여지가 없다는 것이었다. 그래서 시간을 절약하기 위해 스스로 자백하는 것이 최선이었다. 당신이 지나쳤다고 인정하고 뉘우치는 모습을 보이며 보상하겠다고 약속하는 것—이상적으로는 다른 사람이 끼어들어 참견하기 전에—이 최선이었다. 그래서 에밋과 내가 두 번째로 단둘이 있게 되었을 때, 나는 준비가 되어 있었다.

나중에 알고 보니, 에밋은 다른 생각을 가지고 있었다. 훨씬 더좋은 생각이었다. 왜냐하면 내가 말을 꺼내기도 전에 나를 때리려고 내 멱살을 잡았기 때문이다. 나는 눈을 감고 앙갚음의 주먹을 기다렸다.

그러나 아무 일도 일어나지 않았다.

오른쪽 눈으로 슬쩍 훔쳐본 나는 그가 이를 갈면서 자신의 본능과 싸우고 있는 것을 보았다.

"때려." 내가 말했다. "네 기분이 좋아질 거야! 내 기분도 좋아질테고!"

그러나 내가 부추겼는데도 그의 손아귀의 힘이 느슨해지고 있는 것을 느낄 수 있었다. 그러고 나서 그는 나를 1피트나 2피트쯤 뒤로 떠밀었다. 그래서 결국 내가 사과를 하는 것으로 끝냈다.

"정말 미안해." 내가 말했다.

그런 다음 나는 숨을 돌리지도 않고 손가락을 꼽으며 내가 실수한 것들을 늘어놓기 시작했다.

"난 묻지도 않고 스튜드베이커를 빌렸어. 그래서 루이스에서 널오도 가도 못하게 만들었지. 나는 캐딜락에 대한 너의 관심을 오판했어. 게다가 마 벨의 집에서는 네 밤을 망치고 말았지 뭐야. 내가무슨 할 말이 있겠니? 내 판단력이 형편없었어. 그렇지만 난 네게

다 보상해줄 거야."

에밋은 두 손을 허공에 들어 올렸다.

"나는 너한테 아무런 보상도 바라지 않아, 더치스. 네 사과는 받아줄게. 이제 더 이상 그 얘기는 하고 싶지 않다."

"좋아." 내가 말했다. "네가 기꺼이 이번 일을 지나간 일로 여기고 넘어가려는 것에 감사한다. 그렇지만 해야 할 일은 해야 하니까……."

나는 뒷주머니에서 돈이 든 봉투를 꺼내서 약간 격식을 차려 그에게 돌려주었다. 봉투를 손에 쥔 그는 눈에 띄게 안도하는 모습이었다. 안도의 한숨을 내쉬는 것 같기도 했다. 그러나 동시에 그 내용물의 무게를 가늠하고 있다는 것을 알 수 있었다.

"네 돈이 다 거기 있는 건 아냐." 나는 시인했다. "그렇지만 너에게 보여줄 게 또 있어."

나는 다른 호주머니에서 경비 명세서를 꺼냈다.

에밋은 그 종이를 받아 들었을 때 약간 당황한 것처럼 보였는데, 그것을 한 번 보고 나서는 더 당황스러워했다.

"이거, 빌리의 필체 아니야?"

"빌리의 필체 맞아. 정말이지, 그 애는 셈에 무척 밝은 것 같더라."

나는 에밋의 옆으로 다가가서 그 숫자들을 손으로 대충 가리켰다.

"거기 다 적어놓았어. 기름값이나 호텔 비용 같은 필수 경비는 우리가 찾은 총액에서 너에게 돌려줄 거야. 거기엔 또 내가 개인적으로 쓴 비용도 많이 있는데, 그 돈은 내 몫에서 나가게 될 거야. 애디론댁에 도착하자마자 줄게."

에밋은 다소 불신감이 깃든 표정으로 종이에서 눈을 떼고 쳐다보왔다.

"더치스, 난 애디론댁에 가지 않을 거라고 몇 번을 말해야 하니? 스튜드베이커가 준비되는 대로 빌리와 나는 캘리포니아를 향해 떠날 거야."

"알았어," 내가 말했다. "빌리가 7월 4일까지는 그곳에 도착하기를 바라니까 서둘러 떠나는 게 타당해. 그렇지만 월요일까지는 네 차가 준비되지 않을 거라고 말했잖아. 그렇지? 그리고 넌 지금 틀림없이 배가 고플 거야. 그러니 오늘 밤 우리 넷이서 맛있는 식사를 하자. 그리고 내일, 울리와 나는 캐딜락을 몰고 별장으로 가서 돈을 찾을 거야. 이후, 우린 내 아버지를 만나러 잠깐 시러큐스에 들러야 해. 하지만 그러고 나서 곧 하이웨이를 타고 출발할 작정이다. 절대 너보다 며칠 이상은 늦지 않을 거야."

"더치스……." 에밋이 슬픈 표정으로 고개를 저으며 말했다.

그는 심지어 약간 패배한 사람처럼 보이기도 했는데, 그것은 체질적으로 포기를 모르는 사내치고는 의외의 모습이었다. 분명 그 계획에 대한 뭔가가 그에게 납득이 되지 않은 모양이었다. 아니면 내가 모르는 어떤 새로운 문제가 생겼거나. 그런 것들을 내가 물어보기도 전에 거리에서 작은 폭발음이 들려왔다. 에밋은 천천히 몸을 돌려서 잠시 현관문을 응시했다. 그러더니 눈을 감았다.

샐리

만약 언젠가 나에게 아이를 갖는 축복이 주어진다면 아이를 성공회 신자로 키우자마자 나는 가톨릭 신자가 되고 싶다. 성공회 신자들은 지정된 바에 따르면 개신교도일 듯싶지만, 예배 의식—그 모든 제의祭衣와 영국 찬송가 등을 보라—에서는 그것을 알 수 없을 것이다. 그들은 그걸 고교회파✦라고 즐겨 부르는 것 같다. 나는 그것을 최고교회파라고 부르겠다.

성공회 교회로부터 기대할 수 있는 한 가지는, 그들은 기록 문서를 엄격히 보관한다는 점이다. 그들은 거의 모르몬교처럼 기록 문서를 충실히 간수한다. 그래서 에밋이 약속과 달리 금요일 2시 30분에 전화를 하지 않자, 나로서는 세인트루카 교회의 콜모어 신부님과 연락을 취하지 않을 도리가 없었다.

✦ high church, 종교개혁 뒤에 생긴 영국 국교회의 한 파.

일단 신부님과 전화 연결이 되자 나는 맨해튼에 있는 성공회 교회의 신도 한 사람을 찾고 있다고 설명하고 나서, 내가 찾을 수 있는 방법에 대해 어떤 좋은 생각이 있는지 물었다. 신부님은 더 생각하지 않고 곧바로 세인트바살러뮤 교회의 교구 신부인 해밀턴 스피어스 신부에게 연락해야 할 거라고 말해주었다. 콜모어 신부님은 심지어 전화번호도 내게 알려주었다.

세인트바살러뮤 교회는 틀림없이 거창한 교회일 듯싶었다. 왜냐하면 내가 전화를 걸었을 때 스피어스 신부가 받는 대신 안내원이 전화를 받아서 잠깐 기다리라고 내게 말했고(장거리전화인데도 불구하고 말이다), 그다음에는 보좌 신부에게 전화를 연결해주었는데, 이번에는 그가 무슨 이유로 내가 스피어스 신부와 통화를 하려고 하는지 알고 싶어 했기 때문이다. 나는 그 교회 신도 중 한 가족의 먼 친척이라고 말한 뒤, 어젯밤 아버지가 돌아가셔서 그 사실을 뉴욕에 사는 사촌들에게 알려야 하는데 아무리 찾아봐도 아버지의 주소록을 찾을 수가 없어서 전화를 하게 된 거라고 설명했다.

엄밀한 의미에서 이것은 정직한 요구가 아니었다. 그러나 기독교는 일반적으로 독한 술을 마시는 것에 대해서는 눈살을 찌푸리는 반면, 적포도주 한 모금 정도는 용인할 뿐만 아니라 성찬식에서 필수적인 역할을 하기도 한다. 그래서 나는 교회가 일반적으로 거짓말을 하는 것에 대해서는 눈살을 찌푸리지만 가벼운 선의의 거짓말은, 하느님을 섬기면서 하는 거라면, 주일날의 포도주 한 모금처럼 기독교적인 것일 수 있다고 생각한다.

그 가족의 이름은 뭐예요? 보좌 신부가 물었다.

내가 울리 마틴 가족이라고 대답하자 그는 다시 기다려달라고 말했다. 몇 니클⁺에 해당하는 시간이 흐른 뒤, 스피어스 신부와 연결되었다. 그는 먼저 나의 부친상에 깊은 애도를 표하며 아버지가 천국에서 안식을 누리기를 기원했다. 이어 울리의 가족인 월콧 가문에 대해 설명했다. 월콧 가문은 세인트바살러뮤 교회가 설립된 1854년 이래로 이 교회의 신도였는데, 자신은 그 가문 사람 중 네 명의 혼인성사를 집전했고 열 명에게 세례를 베풀었다고 했다. 장례미사를 집전한 경우는 분명 그보다 더 많을 거라고 했다.

몇 분 지나지 않아서 나는 플로리다에 사는 울리 어머니와, 결혼하여 뉴욕 지역에 사는 두 누나의 전화번호와 주소를 알게 되었다. 나는 먼저 케이틀린이라는 누나에게 연락해보았다.

월콧 가문은 1854년에 세인트바살러뮤 교회가 설립된 이래로 이 교회의 신도였을지 모르나, 케이틀린 월콧 윌콕스는 이 교회의 가르침에 별로 관심을 기울이지 않은 게 틀림없었다. 왜냐하면 내가 그녀의 남동생을 찾고 있다고 말했을 때 그녀는 경계하는 기색을 보였고, 내가 남동생이 그녀와 함께 있을지 모른다는 얘기를 들었다고 말했을 때는 노골적으로 불친절해졌기 때문이다.

"내 동생은 캔자스주에 있어." 그녀가 말했다. "걔가 왜 여기 있겠어? 누가 당신한테 걔가 여기 있을지 모른다고 말했지? 당신은 누구야?"

등등.

그다음으로 세라에게 전화했다. 이번에는 전화벨이 따르릉 따르릉 따르릉 계속 울리기만 했다.

⁺ 5센트짜리 동전.

마침내 전화를 끊은 나는 잠시 거기 앉아서 손가락으로 아버지의 책상을 두드렸다.

아버지의 사무실에서.

아버지의 집 지붕 아래서.

부엌으로 들어간 나는 지갑을 꺼내 장거리전화 비용으로 5달러를 세서 전화기 옆에 내려놓았다. 그런 다음 방으로 들어가 옷장 뒤에서 여행 가방을 꺼내 짐을 싸기 시작했다.

———

모건에서 뉴욕까지 하루 반 동안의 여행에 꼬박 20시간이 걸렸다.

그것은 어떤 사람에게는 부담스럽고 고된 운전처럼 보일 것이다. 그러나 나는 지금까지 평생토록 20시간을 끊임없이 생각해본 적이 없었던 것 같다. 이번에 나는, 당연한 말일 테지만, 계속 생각하는 것이 움직여 나아가려는 우리의 의지의 신비라는 점을 깨달았다.

모든 증거들이 움직여 나아가려는 의지는 우리 인류만큼이나 오래되었음을 보여주는 것 같다. 구약성경에 나오는 사람들 중에서 예를 들어보자. 그들은 항상 움직이고 있었다. 첫째, 아담과 이브가 에덴동산 밖으로 나갔다. 그다음, 저주를 받아 끊임없이 방랑하는 카인이 있고, 대홍수 때 물 위를 떠다닌 노아가 있으며, 이스라엘 민족을 이끌고 이집트를 탈출하여 약속의 땅을 향해 나아간 모세가 있었다. 이 사람들 중 일부는 하느님의 은총을 받지 못했고 일부는 은총을 받았지만, 아무튼 그들 모두 움직이고 있었다. 그리고 신약

성경에 따르면, 우리 주 예수그리스도는 이른바 돌아다니는 사람—**항상** 이 장소에서 저 장소로 옮겨 다니는 사람—이었다. 걸어서든 당나귀를 타고서든 천사의 날개를 타고서든 항상 이동하는 사람이었다.

그러나 움직여 나아가려는 의지에 대한 증거는 성경 페이지에 국한되지 않는다. 열 살 먹은 아이라면 누구나 일어나서 움직여 나아가는 것이 인간의 노력의 기록에서 가장 중요한 주제라는 것을 알 수 있다. 빌리가 항상 가지고 다니는 그 커다란 빨간 책을 예로 들어보자. 그 책에는 오랜 세월을 거쳐 전해 내려온 스물여섯 개의 이야기가 들어 있는데, 거의 모든 이야기가 어떤 사람이 어디론가 가는 것에 관한 이야기이다. 정복에 나선 나폴레옹이나 성배를 찾아 떠나는 아서왕이 다 그렇다. 그 책에 나오는 사람들 중 일부는 역사 속의 인물이고, 일부는 허구적인 인물이지만, 실제 인물이든 가상 인물이든 거의 모든 사람들이 그가 출발한 곳과는 다른 어떤 장소로 가고 있다.

그런데 움직여 나아가려는 의지가 우리 인류만큼이나 오래되었고 모든 아이들이 그걸 알 수 있다면, 우리 아버지 같은 사람에게는 어떤 일이 일어난 걸까? 아버지의 마음의 복도에서 어떤 스위치가 작동해서 하느님이 주신 움직여 이동하려는 의지를 꺼버리고, 그것을 머물러 있으려는 의지로 바꾸어버린 걸까?

기력이 떨어져서 그런 것은 아니다. 왜냐하면 그렇게 바뀌는 것은 우리 아버지 같은 사람이 늙고 쇠약해질 때 찾아오는 것이 아니기 때문이다. 그것은 그런 사람들이 건강하고 원기 왕성하고 활력이 최고에 이르렀을 때 찾아온다. 만약 그들에게 무엇이 그런 변화를 초래했는지 묻는다면, 그들은 미덕의 언어로 포장할 것이다. 그들은 말할 것이다, 아메리칸드림은 정착해서 가정을 꾸리고 정직한 삶을 사는 것이라고. 그들은 교회, 로터리클럽, 상공회의소, 그리고 다른 모든 형태의 머물러 있게 하는 기관을 통해서 지역사회와 맺고 있는 자신들의 유대 관계를 자랑스럽게 얘기할 것이다.

그러나 어쩌면, 어쩌면 머물러 있으려는 의지는 인간의 미덕이 아니라 악덕에서 비롯된 것인지도 모른다, 나는 차를 몰고 허드슨 강 위를 지나가면서 생각했다. 결국 식탐, 태만, 탐욕은 다 머물러 있는 것과 관련이 있는 것 아닌가? 그것들은 더 많이 먹을 수 있고, 더 게으름을 피울 수 있고, 더 많은 것을 원할 수 있는 의자에 깊숙이 눌러앉아 있는 것과 상응하지 않는가? 어떤 면에서는 자존심과 시기심도 머물러 있는 것과 관련이 있다. 자존심이 자기 주위에 쌓아 올린 것에 기초하는 것처럼 시기심은 자신의 이웃이 길 건너편에 쌓아 올린 것에 기초하기 때문이다. 사람의 집은 자신의 성이라 할 수 있을 텐데, 그 해자*는 내가 보기엔 사람을 안으로 들어오지 못하게 하는 데 유용한 것만큼이나 밖으로 나가지 않게 하는 데도 유용하다.

나는 인자하신 하느님께서는 우리들 각자에 대한 사명—우리의 약점을 용서하시고, 우리의 강점에 맞추시고, 오직 우리만을 염두에 두고 설계하신 사명—을 가지고 계신다고 믿는다. 그러나 하느님께서는 아마도 우리의 문을 노크하고 들어와 케이크에 온통 아이싱을 입히듯 그런 식으로 그 사명을 우리에게 주지는 않으실 것이다. 어

* 성 주위에 둘러 판 못.

쩌면, 어쩌면 하느님이 우리에게 요구하는 것은, 우리에게 기대하는 것은, 우리에게 바라는 것은—그분의 독생자와 마찬가지로—우리가 세상으로 나가서 우리 스스로 그것을 찾는 것인지도 모른다.

내가 베티에서 내렸을 때 에밋, 울리, 빌리가 모두 집에서 쏟아져 나왔다. 빌리와 울리는 둘 다 얼굴에 함박웃음을 짓고 있었고, 에밋은 여느 때와 마찬가지로 미소가 귀한 자원인 것처럼 행동했다.

바르게 자란 게 틀림없는 울리는 나에게 가져온 짐은 없느냐고 물어보았다.

"물어봐줘서 정말 고마워." 나는 에밋을 보지 않고 대답했다. "트럭 뒤에 내 여행 가방이 있어. 그리고 빌리, 뒷좌석에 바구니가 하나 있는데, 괜찮다면 좀 들어줄래? 훔쳐보지는 말고."

"우린 없는 게 없겠네요." 빌리가 말했다.

빌리와 울리가 내 짐을 들고 안으로 들어갈 때 에밋은 고개를 저었다.

"샐리." 그가 화난 기색으로 말했다.

"왓슨 씨, 왜?"

"여긴 **웬일**이야?"

"여기에 웬일이냐고? 글쎄, 어디 보자, 내 일정에 특별히 다급한 일이 별로 없었어. 그리고 난 늘 대도시를 보고 싶었지. 그리고 어제 오후엔 주위에 앉아서 전화벨이 울리기를 기다리는 사소한 일이 있었어."

내 말에 그의 화가 한풀 꺾였다.

"미안해." 그가 말했다. "실은 너에게 전화해야 한다는 걸 완전히 잊고 있었어. 모건을 떠난 후 계속해서 문제가 생겼거든."

"우리 모두 각자의 어려움이 있게 마련이지." 내가 말했다.

"맞아. 굳이 변명하진 않겠어. 내가 전화했어야 해. 그렇지만 내가 전화를 안 했다고 해서 네가 정말 트럭을 몰고 여기까지 올 필요가 있었을까?"

"올 필요가 없었을지도 모르지. 거기 앉아서 너와 빌리가 무사하기를 빌었을 수도 있었겠지. 하지만 난 왜 보안관이 나를 찾아왔는지 네가 알고 싶어 할 거라고 생각했어."

"보안관?"

내가 설명하기 전에 빌리가 다가와 내 허리에 팔을 두르고 에밋을 쳐다보았다.

"샐리 누나가 쿠키와 설탕 절임을 많이 가져왔어."

"내가 훔쳐보지 말라고 말한 것 같은데." 내가 말했다.

그러면서 나는 빌리의 머리카락을 마구 흐뜨렸는데, 빌리는 내가 마지막으로 본 이후로 머리를 감지 않은 게 분명했다.

"누나가 그렇게 말했다는 거 알고 있어요. 그렇지만 정말로 훔쳐보지 말라는 뜻은 아니었잖아요. 그렇죠?"

"맞아, 진심으로 한 말은 아니었어."

"**딸기** 설탕 절임을 가져온 거야?" 울리가 물었다.

"그래. 그리고 산딸기 설탕 절임도 가져왔어. 설탕 절임 얘기가 나와서 하는 말인데, 더치스는 어디 있어?"

모두들 마치 더치스가 없어진 사실을 방금 알아차린 것처럼 약간 놀란 표정으로 쳐다보았다. 하지만 바로 그 순간, 더치스가 셔츠와 넥타이 차림 위에 깨끗한 흰색 앞치마를 두른 모습으로 현관문에서 나와 말했다.

"저녁 식사가 준비되었습니다!"

울리

오, 얼마나 멋진 밤을 보내고 있었던가!

그러니까 8시를 알리는 시계 종소리가 울렸을 때 더치스가 현관문을 열었더니 에밋이 문 앞에 모습을 드러냈는데, 그 자체가 축하해야 할 일이었다. 그로부터 15분이 채 지나기 전에—울리가 삼촌의 시계를 빌리에게 준 직후에—작은 폭발음이 들려왔고, 궁금해하는 그들의 눈앞에 나타난 사람은 바로 네브래스카주에서 그 먼 길을 운전하여 달려온 샐리 랜섬이었다. 그리고 그들이 샐리가 온 것을 축하할 새도 없이 더치스가 나타나 문간에 서서 저녁 식사가 준비되었다고 알렸다.

"이쪽으로." 모두 집 안으로 들어갈 때 더치스가 말했다.

그러나 더치스는 부엌으로 가는 대신 그들을 이끌고 식당으로 들어갔다. 식탁에는 생일이나 공휴일이 아닌데도 불구하고 도자기 식기와 크리스털 잔과 나뭇가지 모양의 촛대 두 개가 놓여 있었다.

"오, 세상에." 샐리가 문 안으로 들어서면서 말했다.

"미스 랜섬, 여기 앉아요." 더치스가 그녀가 앉을 의자를 끌어당기며 말했다.

그러고 나서 더치스는 빌리를 샐리 옆에 앉히고, 울리는 식탁 맞은편에 앉히고, 에밋은 맨 위쪽 자리에 앉혔다. 더치스 자신은 에밋의 맞은편 끝자리를 자기 자리로 잡아두었다. 그 자리는 부엌문에서 가장 가까운 자리였는데, 더치스는 부엌문을 통해 곧바로 사라졌다. 그러나 반회전문인 그 문의 흔들림이 멈추기도 전에 그는 팔에 냅킨을 두르고 한 손에 와인병을 들고서 돌아왔다.

"**비노 로소**[+] 없이 맛있는 이탈리아식 저녁 식사를 음미할 순 없지." 그가 말했다.

더치스는 식탁을 돌면서 모두에게 와인을 따라주었다. 빌리에게도 따라주었다. 그러고 나서 병을 내려놓은 다음 다시 부엌문으로 들어갔다가 잠시 후에 나왔다. 이번에는 요리가 담긴 접시 네 개를 동시에 들고 왔다. 양손에 하나씩, 그리고 양팔 안쪽에 하나씩 균형 있게 놓인 네 개의 접시를 들고 온 것이었다. 상황에 정확히 어울리는 세트로군, 울리는 생각했다. 왜냐하면 밀면 열렸다가 지나가면 저절로 닫히는 반회전문의 용도는 바로 그거니까!

더치스는 식탁을 한 바퀴 돌며 그들 모두에게 요리를 서빙한 뒤, 부엌으로 들어갔다가 자기 것을 들고 다시 나타났다. 그런데 이번에 부엌문을 통해 나타났을 때는 앞치마는 보이지 않고 대신 조끼를 입었는데, 조끼의 모든 단추는 채워져 있었다.

[+] Vino Rosso, 이탈리아 레드 와인을 말한다.

더치스가 자기 자리에 앉자 샐리와 에밋은 자신들의 접시를 내려다보았다.

"도대체 이건 뭐지?" 샐리가 말했다.

"속을 채운 아티초크." 빌리가 말했다.

"이건 내가 만들지 않았어." 더치스가 고백했다. "빌리와 내가 오늘 오전에 아서애비뉴에 가서 사 왔지."

"거긴 브롱크스에 있는 이탈리아 구역의 중심가예요." 빌리가 말했다.

에밋과 샐리 둘 다 당혹스러운 표정으로 더치스에게서 빌리로, 빌리에게서 다시 자신들의 접시로 시선을 옮겼다.

"이파리 안쪽 부드러운 부분을 아랫니로 긁어 먹는 거야." 울리가 설명했다.

"어떻게 먹는다고?" 샐리가 말했다.

"이렇게!"

울리는 시범을 보이기 위해 잎을 하나 떼서 이빨로 긁어 먹은 다음 접시 위에 내려놓았다.

몇 분 지나지 않아 모두들 잎을 떼서 긁어 먹고 와인을 홀짝이면서, 그리고 인류 역사상 처음으로 아티초크를 먹으려는 대담한 생각을 한 사람에 대해 마땅히 존경하는 마음으로 이야기를 나누면서 아주 즐거운 시간을 보냈다.

모두가 전채 요리를 다 먹었을 때 샐리는 냅킨을 무릎에 깔고 다음에는 무엇을 먹을 것인지 물었다.

"페투치네 미오 아모레." 빌리가 말했다.

에밋과 샐리는 자세한 설명을 듣고 싶어서 더치스를 쳐다보았지만, 더치스는 접시를 치우고 있었기 때문에 울리에게 설명을 부탁했다.

그래서 울리는 그들에게 전부 얘기해주었다. 레오넬로 식당에 대해서—예약도 받지 않고 메뉴판도 제공하지 않는 그 식당에 대해서—얘기해주었다. 그는 주크박스와 갱스터와 매릴린 먼로에 대해 얘기했다. 테이블에서 테이블로 옮겨 다니면서 손님들에게 인사를 하고 술을 한 잔씩 돌리는 식당 주인 레오넬로에 대해서도 얘기했다. 울리는 마지막으로 웨이터가 테이블에 왔을 때, 웨이터는 **페투치네 미오 아모레**에 대해서는 언급도 하지 않는다는 얘기를 해주었다. 손님이 그걸 물어볼 만큼 그 요리에 대해 잘 알고 있지 않다면, 그 손님은 그걸 먹을 자격이 없기 때문이라고 설명해주었다.

"내가 이거 만드는 거 도와주었어요." 빌리가 말했다. "더치스 형이 양파를 적절히 써는 법을 가르쳐줬어요."

샐리가 약간 놀란 듯한 얼굴로 빌리를 빤히 쳐다보았다.

"적절히?!"

"예," 빌리가 말했다. "적절히."

"어떻게 써는 건지 설명해줄래?"

빌리가 미처 설명하기 전에 문이 휙 열리면서 더치스가 다섯 접시의 음식을 다 들고 나타났다.

울리는 레오넬로 식당 얘기를 할 때 에밋과 샐리가 다소간 회의적이라는 것을 알 수 있었지만, 그들을 탓할 수는 없었다. 왜냐하면 더치스는 이야기를 할 때면 눈은 항상 10피트쯤 쌓이고 강은 언제나 바다처럼 넓은 폴 버니언* 같은 사람이 되기 때문이었다. 그러나 처음 한 입을 먹고 난 후, 식탁에 앉은 모든 사람은 자신의 의심을 떨쳐버릴 수 있었다.

"정말 맛있다." 샐리가 말했다.

"너희 둘에게 건배해야겠다." 에밋이 말했다. 그런 다음 잔을 들고 덧붙였다. "두 요리사에게 건배."

그 말에 울리가 답했다. "건배, 건배!"

이어서 건배, 건배, 모두가 외쳤다.

저녁 식사가 너무 맛있어서 모두 다 한 그릇 더 달라고 요청했고, 더치스는 와인을 조금 더 따랐다. 샐리의 뺨이 붉어지자 에밋의 눈이 반짝이기 시작했다. 촛농은 촛대의 팔을 타고 보기 좋게 흘러내렸다.

그러고 나서 모두가 다른 사람에게 어떤 것에 관한 얘기를 해달라고 부탁했다. 먼저 에밋이 빌리에게 엠파이어스테이트 빌딩에 찾아갔던 이야기를 해달라고 요청했다. 그런 다음 샐리가 에밋에게 화물열차를 타고 온 얘기를 해달라고 요청했다. 그다음에는 울리가 더치스에게 무대에서 본 적이 있는 마술에 대해 얘기해달라고 부탁했다. 그리고 마지막으로 빌리가 더치스에게 **형**이 할 줄 아는 마술이 있냐고 물었다.

"오랫동안 보아온 덕에 몇 가지 마술을 익힌 것 같아."

"우리한테 보여줄 수 있어요?"

더치스는 와인을 한 모금 마시고 나서 잠시 생각하더니 말했다. "못 할 거 없지."

✦ 미국 설화에 나오는 거인 나무꾼. 여기서는 과장적인 요소가 많다는 뜻이다.

더치스는 자신의 접시를 뒤로 밀친 후, 조끼 호주머니에서 코르크 마개뽑이를 꺼내서 코르크를 뽑아 식탁에 내려놓았다. 이어 와인병을 들고 조금 남아 있던 와인을 다 쏟아낸 다음 코르크를 다시 병 안으로 밀어 넣었다. 평소 코르크가 위치해 있던 병 모가지께까지만 집어넣은 것이 아니라 모가지를 **지나서** 병 밑바닥까지 떨어지도록 밀어 넣었다.

"보다시피 코르크 마개를 병 안에 넣었습니다."

그러고 나서 더치스는 병이 단단한 유리로 만들어졌으며 코르크가 진짜로 안에 들어 있다는 것을 모두가 돌아가면서 차례로 확인할 수 있도록 그 병을 건넸다. 울리는 심지어 모두가 원칙적으로 다 알고 있는 사실, 즉 코르크 마개를 병 안에 끝까지 밀어 넣는 것이 쉽지 않다면, 그 코르크 마개를 흔들어서 다시 밖으로 **빼는** 것은 불가능하다는 점을 증명하기 위해 병을 뒤집어서 흔들어 보이기까지 했다.

병이 한 바퀴 돌았을 때 더치스는 소매를 걷어 올리고 손을 들어서 손에 아무것도 없다는 것을 보여준 다음, 빌리에게 카운트다운을 해줄 수 있는지 물었다. 빌리는 그 임무를 받아들였을 뿐만 아니라 정확히 카운트다운을 하기 위해 그의 새 시계의 조그만 자판에 있는 아주 작은 초침을 이용했는데, 그걸 보고 울리는 무척 흡족해했다.

열. 더치스가 병을 집어 든 뒤 그 병을 다른 사람들 눈에 보이지 않게 무릎에 내려놓았을 때 빌리가 말했다. **아홉······ 여덟······** 더치스가 숨을 들이마셨다가 내쉬었을 때 빌리가 말했다. **일곱······ 여섯······ 다섯······** 더치스는 어깨를 앞뒤로 움직이기 시작했다. **넷······ 셋······**

둘…… 더치스는 이제 눈꺼풀이 너무 아래로 내려가서 눈을 감은 것처럼 보였다.

10초는 얼마나 긴 시간일까? 울리는 빌리가 카운트다운을 하는 동안 그런 생각을 했다. 10초는 헤비급 권투 선수가 시합에서 졌다는 것을 확인하기에 충분한 시간이었다. 또 다른 새해가 시작되었다는 것을 알리기에 충분한 시간이었다. 그렇지만 병 바닥에 있는 코르크를 빼내기에는 전혀 충분치 않은 시간일 것 같았다. 그렇지만, 그렇지만, 빌리가 **하나,** 라고 말한 바로 그 순간에 더치스는 한 손으로 빈 병을 쿵, 소리 나게 식탁 위에 내려놓았고, 다른 손으로는 코르크를 병 옆에 똑바로 세웠다.

샐리는 헉하고 놀라며 빌리와 에밋과 울리를 바라보았다. 빌리는 울리와 샐리와 에밋을 바라보았다. 에밋은 빌리와 울리와 샐리를 바라보았다. 다시 말해서 모두가 모두를 바라본 것이었다. 더치스를 빼고는. 더치스는 스핑크스의 헤아리기 어려운 미소를 띤 채 똑바로 앞을 응시하고 있었다.

잠시 후, 이제는 모두가 한꺼번에 말을 했다. 빌리는 그걸 마술이라고 했다. 샐리는 **난 절대 못 해!** 라고 했다. 울리는 **놀라워, 놀라워, 놀라워,** 라고 말했다. 에밋은 병을 보고 싶어 했다.

그래서 더치스는 돌아가면서 병을 보게 했고, 모두가 병이 비어 있는 것을 보게 되었다. 그러자 에밋은 미심쩍어하면서 두 개의 병과 두 개의 코르크가 있었는데, 더치스가 이것들을 자기 무릎에서 슬쩍 바꿨을 거라고 말했다. 그래서 모두가 식탁 밑을 살펴보았으며 더치스는 두 팔을 뻗은 채 뒤돌아섰지만, 두 번째 병은 발견되지 않았다.

이제 모두가 다시 이야기를 나누면서 더치스에게 어떻게 했는지 보여달라고 부탁했다. 더치스는 마술사는 절대로 마술의 비밀을 누설하지 않는다고 대답했다. 그러나 **적절한** 정도의 애원과 촉구가 있은 뒤, 더치스는 그렇다면 어쩔 수 없이 그렇게 하겠노라고 말했다.

"어떻게 하냐면," 그가 코르크를 다시 병 밑바닥으로 밀어 넣은 다음 설명했다. "냅킨의 접은 모서리 부분을 병의 모가지 안으로 살며시 집어넣는 거야. 이렇게. 그러고 나서 코르크가 그 접혀서 골이 진 부분에 자리 잡을 때까지 병을 흔들어줘야 해. 그런 다음 냅킨을 부드럽게 빼는 거야."

정말로 더치스가 부드럽게 당기자 코르크를 감싼 냅킨의 접힌 모서리 부분이 병목을 통해 당겨져 나왔고, 마침내 펑 하는 기분 좋은 소리를 내며 병에서 완전히 해방되었다.

"나도 해볼게." 빌리와 샐리가 동시에 말했다.

"모두 다 해보자!" 울리가 제안했다.

의자에서 뛰쳐나온 울리는 부엌을 지나 '데니스'가 와인을 보관하고 있는 식료품 저장실로 달려갔다. **비노 로소** 세 병을 움켜쥔 그는 그걸 가지고 부엌으로 왔고, 더치스는 울리가 내용물을 배수구에 쏟아버릴 수 있도록 부엌에서 코르크 마개를 뽑았다.

식당에서 빌리, 에밋, 샐리, 울리는 각각 자신들의 코르크 마개를 병 속에 밀어 넣은 다음, 자신들의 냅킨을 접었다. 그러는 동안 더치스는 식탁을 돌면서 도움이 되는 말들을 해주었다.

"모서리 부분을 조금 더 접어. 이렇게……. 코르크를 조금 더 흔들어. 그렇지……. 골이 진 부분에 좀 더 깊이 자리 잡게 해. 자, 이제 당겨, 부드럽게."

펑, 펑, 펑, 샐리와 에밋과 빌리의 코르크가 빠져나왔다.

그러자 모두가 울리를 바라보았고, 대개의 경우 울리는 이런 상황에서는 일어나서 방을 나가고 싶어 했다. 그러나 가장 친한 친구들 네 명과 함께 저녁 식사로 아티초크와 **페투치네 미오 아모레**를 먹은 후에 그래선 안 되었다. 오늘 밤은 그래선 안 되었다!

"잠깐만, 잠깐만." 그가 말했다. "알았어, 알았어."

울리는 혀끝을 깨물며 병을 흔들고 달랜 다음 아주아주 부드럽게 냅킨을 잡아당기기 시작했다. 그가 당길 때 식탁 주위의 모든 사람은, 더치스조차도, 숨을 멈추고 지켜보았다. 이윽고 울리의 코르크가 **펑** 하며 빠져나온 순간 그들 모두 한바탕 환호성을 질렀다!

바로 그때, 반회전문이 휙 열리더니 '데니스'가 들어오는 것이 아닌가.

"맙소사, 오, 맙소사." 울리가 말했다.

"도대체 이게 무슨 일이야?" '데니스'가 대답을 기대하는 것이 아닌, 그 W로 시작하는 질문을 사용하여 다그쳐 물었다.

그때 반회전문이 다시 열리더니 걱정 어린 표정의 세라가 모습을 드러냈다.

'데니스'가 불쑥 앞으로 나서며 울리 앞에 있는 병을 집어 든 뒤 식탁을 둘러보았다.

"샤토 마고⁺ 1928! 너희들이 1928년산 샤토 마고 네 병을 마셨단 말이지?!"

"우린 한 병만 마셨어요." 빌리가 말했다.

⁺ 프랑스 보르도산 최고 등급 와인.

"사실이에요." 울리가 말했다. "나머지 세 병은 배수구에 쏟아서 버렸어요."

이 말을 하고 나서 울리는 곧바로 하지 말았어야 할 말이었다는 것을 깨달았다. 왜냐하면 '데니스'의 얼굴이 갑자기 샤토 마고처럼 붉어졌기 때문이다.

"그걸 쏟아부었다고!"

열린 부엌문을 손으로 붙잡고 남편 뒤에 조용히 서 있던 세라가 이제 방 안으로 들어섰다. 이 식당은 세라 누나가 꼭 해야 할 말을 하곤 했던 곳이었지, 하고 울리는 생각했다. 나중에 울리 자신이 그 말을 할 수 있을 만큼 침착했더라면 좋았을 텐데 하는 생각이 들게 만드는, 그런 말들을 누나가 하곤 했던 방이었다. 그러나 세라가 '데니스' 주위를 걸으며 전체 장면을 보게 되었을 때, 그녀는 울리의 접시 옆에 놓인 냅킨을 집어 들었다. 그 냅킨은 식탁 위에 있는 다른 모든 냅킨과 마찬가지로 커다란 붉은 와인 자국으로 얼룩져 있었다.

"오, 울리." 그녀가 유난히 힘없이 말했다.

가슴 아프도록 유난히 힘없이.

이제 모두가 침묵했다. 잠시 다들 눈을 어디에 두어야 할지 모르는 것 같았다. 왜냐하면 그들은 서로를 쳐다보거나, 병이나 냅킨을 바라보고 싶지 않았기 때문이다. 그러나 '데니스'가 빈 샤토 마고 병을 식탁에 내려놓았을 때 마치 주문이 깨진 것처럼 그들 모두 울리를, 특히 '데니스'를 똑바로 쳐다보았다.

"월러스 마틴," 그가 말했다. "우리 따로 얘기 좀 할까?"

울리가 매형을 따라 사무실로 들어갔을 때 나쁜 상황이 더 악화

되었다는 것을 알 수 있었다. 왜냐하면 '데니스'가 자신이 없을 때 다른 사람이 자기 사무실에 들어오는 것을 좋아하지 않는다고 평소 분명히 밝혔음에도 불구하고 지금 그의 전화기가 전화선이 빠져나온 채로 책상 서랍 속에 처박혀 있었기 때문이다.

"앉아." '데니스'가 전화기를 원래 자리에 텅 소리 나게 내려놓으며 말했다.

그런 다음 그는 한참 동안이나 울리를 쳐다보았는데, 그것은 책상 뒤에 앉은 사람이 종종 써먹는 것처럼 보이는 수법이었다. 뒤로 미루지 않고 당장 말하겠다고 몰아붙였으면서도 자리에 앉아서는 꽤 오랫동안 한마디 말도 하지 않는 것 말이다. 그러나 꽤 오랜 그 시간도 끝나게 마련이다.

"왜 네 누나와 내가 여기 오게 되었는지 궁금하겠지?"

실은 울리는 그건 전혀 궁금하지 않았던 것 같았다. 그러나 지금 '데니스'가 그렇게 말하는 것을 듣고 보니, 그건 궁금해할 가치가 있는 것처럼 보였다. 왜냐하면 그들 두 사람은 시내에서 밤을 보내기로 되어 있었으니까 말이다.

알고 보니 금요일 오후에 케이틀린은 한 젊은 여자로부터 울리가 그 집에 있는지 묻는 전화를 받았다는 것이다. 그리고 오늘 이른 오후에는 한 젊은 남자가 케이틀린의 현관문 앞에 나타나서 똑같은 질문을 했다고 했다. 케이틀린으로서는, 울리는 지금 형기를 마치기 위해 설라이나 소년원에 있어야 하는데 왜 사람들이 울리가 거기 있냐고 묻는지 이해할 수 없었던 것이다. 당연히 케이틀린은 걱정이 되었고, 그래서 동생 세라에게 전화를 하기로 했다. 세라의 집에 전화를 했더니 울리가 전화를 받았는데, 울리는 곧장 전화를 끊었을 뿐만 아니라 수화기를 내려놓은 게 분명해 보였다. 케이틀린이 계속 전화를 했는데도 들리는 소리라곤 통화 중 신호음뿐이었기 때문이다. 상황이 심상치 않았으므로 케이틀린은 세라와 '데니스'의 행방을 추적하여—그들은 윌슨네서 저녁을 먹고 있었음에도 불구하고—연락을 취하는 수밖에 달리 도리가 없었다.

울리가 어렸을 때, 구두법은 항상 그를 난처하게 만드는 적대적인 존재였다. 스파이 활동을 통해서나 또는 압도적인 힘으로 그의 해안을 기습함으로써 그를 패배시키고자 몰두하는 적대적인 힘이었다. 7학년 때, 울리가 친절하고 참을성 많은 페니 선생님에게 이 사실을 털어놓았을 때, 선생님은 울리가 반대로 알고 있다고 설명해주었다. 구두법은 그의 적이 아니라 아군이라고 말했다. 그 작은 구두점들—마침표, 쉼표, 콜론—은 그가 말하고자 하는 바를 다른 사람들이 분명히 이해하도록 그를 도와주기 위해 쓰이는 거라고 했다. 그러나 '데니스'는 자기가 하는 말을 상대가 이해할 거라고 너무도 확신했기 때문에 구두점을 전혀 필요로 하지 않았다.

"우릴 초대한 집주인에게 사과하고 그 먼 길을 운전해서 헤이스팅스 우리 집까지 왔더니 눈에 들어온 것은 진입로를 막고 있는 픽업트럭에다 엉망진창으로 어질러진 부엌에다 식당에서 우리 와인을 마시고 있는 낯선 녀석들이라니 나 원 참 그리고 식탁용 냅킨 맙소사 네 외할머니가 네 누나에게 준 그 식탁용 냅킨들은 이제 심하게 얼룩이 져서 다시 쓸 수 없게 되었어 그 이유는 바로 네가 다른 모든 사람을 대하는 것과 마찬가지로 다른 모든 것을 취급하는 것과 마찬가지로 그것들을 취급했기 때문이야 다시 말해서 최소한의 존중도 없이 취급했기 때문이란 말이야"

‘데니스’는 마치 자신이 진정으로 올리를 이해하려 애쓰고 있는 것처럼, 진정으로 올리의 도량을 헤아리려 애쓰고 있는 것처럼 잠시 올리를 살펴보았다.

"네가 열다섯 살일 때 네 가족은 이 나라에서 가장 훌륭한 학교 가운데 한 곳으로 널 보냈어 그런데 너는 난 기억도 나지 않는 이유로 그 학교에서 쫓겨났지 그리고 나서 세인트마크 학교로 갔는데 거기서도 하필 골대를 불태운 탓에 다시 쫓겨났잖아 그래서 평판이 좋은 학교는 널 입학시키는 것을 고려하지 않고 있을 때 네 엄마는 너를 받아들이도록 세인트조지 학교를 설득했어 그 학교의 뛰어난 학생이었을 뿐 아니라 나중에는 학교 이사회에서 활동하기도 한 네 월러스 삼촌의 기억을 상기시키기까지 하면서 말이다 그리고 네가 거기서도 쫓겨나고 결국 학교 징계 위원회 앞이 아니라 법원 판사 앞에 서게 되었을 때 네 가족은 어떻게 했니 네가 성인으로 재판받지 않도록 네 나이를 속였잖아 그리고 설리번앤드크롬웰✦ 소속 변호사를 고용했고 아니나 다를까 그 변호사는 판사를 설득해서 너를 캔자스주에 있는 어느 특별 소년원으로 보내게 만들었지 넌 거기서 1년 동안 작물을 재배하면 되는 거였어 그런데도 너는 거기서 형기를 마칠 때까지 불편함을 견뎌낼 의지조차 없는 것 같구나"

‘데니스’는 말을 멈추고 무거운 침묵에 빠졌다.

올리도 잘 알고 있듯이, 무거운 침묵은 누군가와 따로 얘기할 때의 필수적인 부분이었다. 그것은 말하는 사람이나 듣는 사람 모두에게 다음에 올 말이 가장 중요한 말이라는 것을 알리는 신호였다.

✦ 뉴욕에 본사가 있는 명성 높은 미국 법률 회사.

"세라에게서 들으니 네가 설라이나로 돌아가면 그 사람들이 네가 몇 달 안에 형기를 마칠 수 있게 해줄 거라는 거야 그러면 넌 대학에 지원하여 네 인생을 계속해나갈 수 있어 그렇지만 대단히 명백해진 사실 하나는 월러스 넌 아직 교육을 가치 있게 여기지 않는다는 점이야 그런 사람이 교육의 가치를 배우는 가장 좋은 방법은 몇 년 동안 학력이 필요치 않은 일을 해보는 것이지 그러니 그 점을 염두에 두고 나는 내일 증권거래소에서 일하는 내 친구에게 연락해볼 참이다 그 친구는 항상 잔심부름을 해줄 젊은이를 구하고 있는데 어쩌면 먹고살기 위해 일을 한다는 것의 의미를 너한테 가르쳐주는 데는 그 친구가 우리들보다 좀 더 나을 것 같다"

바로 그 순간에 울리는 전날 밤에—고조된 흥분감 속에서 야생화와 무릎 높이의 풀 사이에 서 있었을 때—알았어야 했던 것, 즉 그는 결코 자유의 여신상을 방문하게 되지 않을 거라는 것을 확실히 알았다.

에밋

휘트니 씨는 울리에게 할 얘기를 다 끝내고 나서 위층 자신의 침실로 올라갔고, 몇 분 뒤 그의 아내도 뒤따라 올라갔다. 울리는 별의 움직임을 확인하고 싶다면서 현관문 밖으로 나갔고, 울리가 괜찮은지 보려고 몇 분 후 더치스가 뒤따라 나갔다. 샐리는 빌리를 다독여주려고 위층으로 올라갔다. 그래서 마구 어질러진 부엌에 에밋 혼자 남게 되었다.

에밋은 그게 좋았다.

휘트니 씨가 식당의 문을 열고 들어왔을 때 에밋의 감정은 순식간에 즐거움에서 부끄러움으로 바뀌었다. 두 사람은 그들 다섯 명을 어떻게 생각했을까? 다른 사람의 집에서 와인을 마시고 흥청대면서 유치한 게임을 즐기느라 그의 아내의 식탁용 냅킨을 얼룩지게 한 행동을 어찌 생각했을까? 에밋의 머릿속에 음식이 너저분하게 널려 있고 진이 반쯤 든 병이 옆으로 누워 있었던 풀먼 객차의 파커와 패커에 대한 기억이 갑자기 떠올라서 그의 당혹감을 더 키웠다. 에밋은 파커와 패커 두 사람을 얼마나 빨리 판단했던가. 자기들 주변을 난장판으로 만든 그들의 경망스럽고 무감각한 태도를 얼마나 비난했던가.

그래서 에밋은 휘트니 씨의 분노를 못마땅해하지 않았다. 그는 충분히 화낼 만했다. 모욕을 당했으므로. 능욕당했으므로. 에밋이 놀란 것은 휘트니 부인의 반응이었다. 울리와 휘트니 씨가 식당을 나갔을 때 그녀는 괜찮다고, 그건 어쨌든 몇 장의 냅킨과 몇 병의 와인일 뿐이라고 특유의 부드러운 어조로 그들에게 말했으며, 가정부가 와서 치울 테니 모든 걸 그대로 놔두라고—화난 기색 없이—역설했는데, 그 자태가 참으로 우아했다. 그러고 나서 그녀는 어느어느 방에서 잘 수 있는지, 그리고 어느 어느 옷장에 여분의 담요와 베개와 수건이 있는지 그들에게 말해주었다. 그 태도에 대해서는 우아하다는 말밖에 달리 표현할 말이 없었다. 우아함이 에밋의 부끄러운 감정을 증폭시켰다.

그래서 에밋은 혼자가 되었을 때 기뻤다. 조그만 뉘우침의 표시로 식탁을 치우고 식기를 설거지하는 기회를 갖게 된 것이 기뻤던 것이다.

에밋이 접시 씻는 일을 막 끝내고 나서 이제 와인 잔과 물 잔을 씻으려 할 때 샐리가 돌아왔다.

"빌리는 잠들었어." 그녀가 말했다.

"고마워."

샐리는 더 이상 아무 말도 하지 않은 채 마른행주를 꺼내 들고 에

맛이 크리스털 잔들을 씻는 동안 접시의 물기를 닦기 시작했다. 그러고 나서 에밋이 냄비를 씻는 동안 크리스털 잔의 물기를 닦았다. 이 일을 하는 것이, 둘 다 말을 할 필요를 느끼지 않고 샐리와 함께 이 일을 하는 것이 위안이 되었다.

에밋은 샐리도 그와 마찬가지로 부끄러워한다는 것을 알 수 있었고, 그 점도 위안이 되었다. 다른 사람도 비슷하게 비난의 아픔을 느끼고 있다는 것을 아는 데서 오는 위안이 아니었다. 그보다는 옳고 그름에 대한 자신의 감각이 다른 사람과 공유되었고, 그래서 더 진실에 부합한다는 것을 알게 된 데서 오는 위안이었다.

더치스

보드빌에 관해서 말하자면, 가장 중요한 것은 설정이었다. 그 점은 저글링 곡예사와 마술사에게 있어 사실인 것처럼 코미디언에게도 사실이었다. 관객들은 그들 자신의 취향, 그들 자신의 편견, 그들 자신의 기대감을 가지고 극장에 입장했다. 그러므로 공연자는 관객이 깨닫지 못하는 사이에 그러한 취향, 편견, 기대감을 제거하고 새로운 기대감—공연자가 더 유리한 위치에서 예상하고 조작하고 궁극적으로 만족시킬 수 있는 일련의 기대감—으로 대체할 필요가 있었다.

'굉장한 맨드레이크'를 예로 들어보자. 매니*는 이른바 위대한 마술사가 아니었다. 그는 공연 전반부에서는 소매에서 꽃다발을 꺼내고 귀에서 색 리본을 뽑아내고 난데없이 백통전을 만들어내는 마술

✦ 맨드레이크의 애칭.

을 펼쳤다. 기본적으로 열 살짜리 아이의 생일 파티에서 볼 수 있는 정도의 마술이었다. 그러나 매니는 카잔티키스처럼 공연 전반부의 부족한 부분을 피날레에서 만회했다.

맨드레이크가 대부분의 동료들과 다른 점 한 가지는 그는 다리가 늘씬한 금발 미녀를 옆에 데리고 다니는 대신 루신다라는 이름의 커다란 흰 앵무새를 데리고 다닌다는 점이었다. 수년 전 아마존을 여행하던 중에—매니는 관객들에게 설명하곤 했다—둥지에서 숲속 바닥에 떨어진 아기 새를 발견했다. 그는 그 아기 새의 건강을 회복시킨 뒤에도 계속 돌보며 어른 새로 키웠고, 이후 그들은 늘 함께였다. 공연이 진행되는 동안 루신다는 금빛 스탠드에 앉아 발톱으로 열쇠 뭉치를 쥐거나 부리로 한 벌의 트럼프 카드를 세 번 쪼는 등의 행동으로 그를 거들었다.

하지만 공연이 끝나갈 무렵에 매니는 전에는 해본 적이 없는 마술을 시도해보겠다고 발표하곤 했다. 그러면 무대 담당자가 커다란 붉은 용이 그려진 검은 에나멜 궤가 놓인 받침대를 밀고 나왔다. 매니는 최근 동양으로 여행을 갔을 때 벼룩시장에서 그 물건을 발견했다고 말하곤 했다. 그걸 본 순간 그는 그것이 무엇인지 알아챘다. 만다린 마술 상자였던 것이다. 매니는 중국어를 아주 조금밖에 할 줄 몰랐지만, 그 진기한 물건을 파는 노인은 매니가 생각한 그 물건이 맞는다는 것을 확인해주었을 뿐만 아니라 매니에게 그 상자를 작동시키는 주문도 가르쳐주었다.

오늘 밤, 매니는 말하곤 했다. **저는 미 대륙에서 처음으로 만다린 상자를 이용하여 제가 신뢰하는 앵무새를 바로 여러분의 눈앞에서 사라지게 했다가 다시 나타나게 할 겁니다.**

매니는 부드럽게 루신다를 궤에 넣고 문을 닫았다. 그는 눈을 감고 지팡이로 궤를 톡톡 두드리며 그가 지어낸 중국어 주문을 외우곤 했다. 그가 다시 문을 열었을 때 그 새는 사라지고 없었다.

매니는 고개 숙여 절을 하며 관객의 박수에 답한 뒤, 새가 다시 나타나게 하는 주문은 새가 사라지게 했던 주문보다 훨씬 더 복잡하다고 설명하면서 조용히 해줄 것을 요청하곤 했다. 그는 심호흡을 한 다음 엉터리 중국어 주문을 두 배로 늘리고 적절한 음높이로 높여서 읊었다. 그런 다음 눈을 뜨고 지팡이로 궤를 가리켰다. 어디선가 난데없이 불덩어리가 나타나 터지면서 그 궤를 집어삼켰다. 관객들은 헉하고 숨이 막히는 소리를 냈고, 매니는 두 걸음 뒤로 물러섰다. 그러나 연기가 걷히고 나면 만다린 상자는 긁힌 자국 하나 없이 거기 그대로 있었다. 매니는 머뭇머뭇 앞으로 걸어가서 궤의 문을 열고…… 두 손을 안으로 넣어서…… 완벽하게 구워진 새가 놓인 접시를 꺼냈다. 새 주위에는 여러 가지 요리가 곁들여져 있었다.

잠시 마술사와 관객은 망연자실한 침묵을 공유했다. 이윽고 매니는 접시에서 눈을 떼고 극장 안을 바라보며 말하곤 했다. **에구머니나.** 그렇게 해서 만장의 박수갈채를 받았다.

자, 다음은 6월 20일 일요일에 일어난 일이다…….

울리의 주장에 따라 동이 틀 무렵에 일어난 우리는 짐을 싸서 뒤쪽 계단을 살금살금 내려간 뒤 소리 나지 않게 슬며시 문을 빠져나갔다.

캐딜락의 기어를 중립에 놓고 밀어서 진입로를 벗어난 다음, 시동을 걸고 기어를 넣었다. 10분 후, 우리는 마법 양탄자를 탄 알리바바처럼 타코닉스테이트파크웨이를 부드럽게 달렸다.

도로에 있는 차들은 모두 반대 방향으로 달리고 있는 것 같았으므로 우리는 가뿐한 기분으로 라그레인지빌을 7시에, 올버니를 8시에 지나갔다.

울리는 매형에게 크게 혼난 뒤로 밤새도록 뒤척였으며 내가 본적이 없을 만큼 축 처진 모습으로 일어났다. 그래서 나는 지평선 위로 솟은 푸른색 첨탑이 눈에 들어오자 차의 깜빡이를 켰다.

다시 밝은 오렌지색 부스로 들어온 것이 그의 기운을 북돋운 것 같았다. 울리는 이제는 종이 깔개에 관심이 없어 보였지만, 그의 팬케이크의 거의 절반과 내 베이컨 전부를 먹었다.

조지호湖를 지난 지 얼마 되지 않아 울리는 나에게 고속도로를 벗어나 운전하게 했고, 우리는 목가적인 풍경의 드넓은 황야 지대를 구불구불 달렸다. 뉴욕주 땅덩어리의 90퍼센트를 차지하지만 명성은 전혀 없는 황야 지대였다. 읍이 점점 멀어지고 나무들이 도로에 점점 더 가까워질 무렵, 울리는 라디오가 켜져 있지 않은데도 불구하고 광고를 따라 흥얼거리는 것처럼 보였다. 그가 좌석 끝부분에 앉아 숲속에 난 틈새를 가리켰을 때는 11시쯤이었을 것이다.

"저기서 우회전해야 해."

흙길로 들어선 뒤, 차는 내가 본 나무들 가운데 가장 키가 큰 나무들이 자라는 숲을 구불구불 나아가기 시작했다.

아주 솔직히 얘기하자면 울리가 가족 별장의 금고에 보관된 15만 달러에 대해 처음 얘기했을 때, 나는 의심했다. 나로서는 그저 숲속의 어떤 통나무 오두막집에 그 많은 돈이 있다는 것을 상상할 수 없었다. 그러나 차가 나무숲을 빠져나왔을 때 우리 앞에 솟아 있는 집은 록펠러 가문이 소유한 사냥용 숙소처럼 보였다.

울리가 그 집을 보았을 때 그는 마치 그 자신도 의심했던 것처럼 나보다 더 크게 안도의 한숨을 내쉬었다. 마치 이 모든 장소가 그의 상상의 산물일지 모른다고 생각했던 것처럼.

"집에 온 것을 축하해." 내가 말했다.

그가 그날 들어 처음으로 미소를 지어 보였다.

차에서 내린 다음 나는 울리를 따라 빙 돌아서 집 앞까지 갔고, 이어 잔디밭을 가로질러서 드넓은 수면이 햇빛에 반짝이는 곳까지 걸어갔다.

"호수야." 울리가 말했다.

나무들이 호숫가까지 곧장 내려가 있고, 다른 주거 공간은 눈에 띄지 않았다.

"이 호숫가엔 집이 몇 채나 있니?" 내가 물었다.

"하나……?" 그가 되물었다.

"알았어." 내가 말했다.

이제 그가 나에게 지형지물을 알려주기 시작했다.

"부두." 그가 부두를 가리키며 말했다.

그리고 보트하우스, 그가 보트하우스를 가리키며 말했다. 그리고 깃대, 그가 깃대를 가리키며 말했다.

"관리인은 아직 여기 오지 않았어." 그가 다시 한번 안도의 한숨을 쉬며 말했다.

"그걸 네가 어떻게 알아?"

"왜냐하면 호수에 뗏목이 없고, 부두에 보트가 없기 때문이야."

우리는 뒤돌아서서 잠시 그 집을 감상했다. 집은 미국의 역사가 시작된 이래로 계속 거기 있었던 것처럼 호수를 내려다보고 있었다. 어쩌면 정말 그랬는지도 몰랐다.

"우리, 짐을 옮겨야 하지 않을까……?" 올리가 제안했다.

"내게 맡겨!"

나는 리츠 호텔의 벨보이처럼 깡충거리며 차로 달려가서 트렁크를 열었다. 루이빌슬러거를 옆으로 밀치고 우리 두 사람의 책가방을 꺼낸 뒤 올리를 따라 집의 좁다란 끝 쪽까지 갔다. 그곳에는 흰색으로 칠한 두 줄의 돌들이 문으로 이어져 있었다.

현관 계단 꼭대기에 쓰러진 화분 네 개가 있었다. 틀림없이 뗏목이 호수에 있고 보트가 부두에 있었을 때, 이들 와스프들이 화려하지는 않지만 관상용으로 적합하다고 여긴 꽃들을 심은 화분일 터였다.

세 번째 화분 밑을 살펴본 뒤에 올리는 열쇠를 찾아내서 문을 열었다. 그런 다음 도무지 올리답지 않은 침착한 태도를 보이며 열쇠를 찾아낸 자리에 다시 열쇠를 갖다 놓은 후에야 나를 데리고 안으로 들어갔다.

우리는 먼저 조그만 방에 들어갔다. 그곳에 있는 보관함과 물건걸이와 바구니에는 대자연 속에서 옥외 활동을 하는 데 필요한 모든 것—외투, 모자, 막대기, 낚싯대와 릴, 활과 화살 등—이 가지런히 정돈된 상태로 놓여 있었다. 네 개의 소총을 전시해놓은 유리 장식장 앞에는 여러 개의 커다란 하얀 의자가 여러 겹으로 포개진 채 놓여 있었다. 잔디밭의 그림 같은 곳에 놓여 있던 의자들을 안으로 끌고 온 것일 터였다.

"흙실*이야." 울리가 말했다.

마치 윌콧 사람들의 신발에는 늘 흙이 들러붙어 있는 것처럼!

소총 장식장 위에는 설라이나 소년원 숙소에 있는 것과 비슷한 자체적인 규칙과 규정을 적어놓은 커다란 녹색 게시판이 있었다. 그곳 이외의 다른 벽에는 대부분 V자 형태의 검붉은 널빤지들이 거의 천장 높이까지 다닥다닥 걸려 있었다. 그 널빤지들에는 사람의 이름이 흰색으로 적혀 있었다.

"우승한 사람들이야." 울리가 설명했다.

"무슨 우승?"

"7월 4일에 열리곤 했던 토너먼트에서 우승한 사람들."

울리가 하나하나 가리키며 말했다.

"소총 사격, 활쏘기, 수영, 카누 경주, 20야드 달리기."

내가 그 널빤지들을 쳐다보았을 때 울리는 틀림없이 내가 그의 이름을 찾고 있다고 생각했을 것이다. 왜냐하면 그가 자기 이름은 거기 없다고 자진해서 말했기 때문이다.

"난 우승하는 데는 젬병이야." 그가 고백했다.

"그건 지나친 평가야." 내가 다독였다.

흙실을 나온 후 울리는 나를 이끌고 복도를 걸어가면서 각각의 방이 어떤 방인지 알려주었다.

"다실…… 당구실…… 게임 용품 보관실……."

복도가 끝나는 곳에 이르자 넓은 생활공간이 눈앞에 펼쳐졌다.

"우린 여기를 거실이라고 불러." 울리가 말했다.

✦ mudroom, 흙 묻은 레인코트나 장화 등을 벗어놓는 곳.

농담이 아니라 정말 큰 방이었다. 큰 호텔의 로비처럼 소파와 안락의자와 전기스탠드가 갖춰진 별도의 휴게 구역이 여섯 곳이나 되었다. 녹색 모직 천을 씌운 카드 테이블도 있고, 성城에나 있을 법한 멋진 벽난로도 있었다. 모든 것이 제자리에 있었는데, 다만 바깥으로 통하는 출입문 옆에 삼삼오오 모여 있는 짙은 녹색의 흔들의자들은 예외였다.

흔들의자를 본 울리가 실망스러운 듯한 표정을 지었다.

"왜 그래?"

"저것들은 현관에 있어야 하는데."

"그럼 지금 당장 옮기지 뭐."

우리의 책가방을 내려놓고 내 모자를 의자 위에 던져놓은 다음 나는 울리를 도와 흔들의자를 현관으로 옮겼으며, 울리의 지시에 따라 의자들의 간격이 일정하도록 조심스럽게 배치했다. 흔들의자가 모두 다 자리를 잡고 나자 울리가 나에게 집 안의 나머지 부분을 보고 싶은지 물었다.

"당연히 보고 싶지." 내가 말했다. 그러자 그의 얼굴에 훨씬 더 큰 미소가 번졌다. "나는 이 집의 모든 걸 다 보고 싶어, 울리. 그렇지만 우리가 여기 온 이유를 잊으면 안 돼."

잠시 의아한 표정으로 나를 쳐다보던 울리는 알았다는 표시로 손가락 하나를 허공에 치켜들었다. 그러고 나서 나를 이끌고 거실의 반대편 쪽으로 걸어가서 그곳의 문을 열었다.

"우리 증조할아버지의 서재." 그가 말했다.

우리가 그 집을 구경하면서 거니는 동안, 내가 과연 이곳에 돈이 숨겨져 있을지 의심한 적이 있었다는 것이 우스워 보였다. 방들의 규모와 가구의 품질로 볼 때 하녀 방의 매트리스 밑에 5만 달러가 처박혀 있고 소파 쿠션 사이에 또 다른 5만 달러가 방치되어 있을 수 있을 것만 같았다. 그러나 이 집의 위엄이 나의 확신을 높여주긴 했지만, 그것은 증조할아버지의 이 서재와 비교하면 아무것도 아니었다. 이 서재는 돈을 버는 방법뿐만 아니라 돈을 지키는 방법도 아는 사람의 방이었다. 사실 돈을 버는 것과 돈을 지키는 것은 전혀 다른 두 가지인 것이다.

어느 면에서 이 서재는 거실에 있는 것과 동일한 나무 의자와 빨간 카펫과 또 하나의 벽난로가 있는, 거실의 축소형 같은 곳이었다. 그러나 이곳에는 엄청 큰 책상과 책장, 그리고 책을 좋아하는 사람들이 책장의 위쪽에 꽂힌 책들을 꺼낼 때 사용하는 작은 사다리도 있었다. 한쪽 벽에는 꽉 끼는 바지 차림에 흰색 가발을 쓴 한 무리의 식민지 시대 동료들이 책상 주위에 모여 있는 그림이 걸려 있었다. 그러나 벽난로 위에는 하얀 피부에 잘생기고 단호해 보이는 얼굴의 50대 후반 남자의 초상화가 걸려 있었다.

"네 증조할아버지?" 내가 물었다.

"아니," 울리가 대답했다. "할아버지."

나는 그 말을 듣고 다소 안심이 되었다. 서재 벽난로 위에 자신의 초상화를 걸어두는 것은 그다지 월콧다운 일이 아닌 것 같았기 때문이다.

"그건 할아버지가 증조할아버지의 제지 회사를 물려받았을 무렵에 그려진 거야. 그로부터 얼마 지나지 않아 할아버지가 돌아가시자 증조할아버지가 그 그림을 이리로 옮기셨지."

울리와 그 그림을 번갈아 보았더니 가족 간의 닮은 점이 눈에 띄었다. 물론 단호한 부분은 닮지 않았지만.

"그 제지 회사는 어떻게 됐어?" 내가 물었다.

"할아버지가 돌아가신 뒤 월러스 삼촌이 물려받았지. 삼촌의 나이는 당시 겨우 스물다섯이었어. 삼촌은 서른 살쯤까지 그 회사를 운영했지만 그 뒤 삼촌도 돌아가셨지."

나는 월콧 제지 회사의 사장 자리는 피해야 할 직업이라는 말을 굳이 하지 않았다. 울리도 이미 알고 있을 것 같았다.

울리는 몸을 돌려 식민지 시대 인물들을 그린 그림이 있는 곳으로 걸어가더니 손을 내밀며 말했다.

"독립선언서 발표."

"설마."

"아니야, 진짜야." 울리가 말했다. "저기에 존 애덤스, 토머스 제퍼슨, 벤 프랭클린, 존 핸콕이 있어. 그분들이 다 있단 말이야."

"그럼 월콧은 어디 있는데?" 내가 장난스러운 미소를 지으며 물었다.

그러나 울리는 한 걸음 더 나아가더니 무리들 뒤쪽에 있는 조그만 머리를 가리켰다.

"올리버 월콧." 그가 말했다. "그분은 연합규약*에도 서명했고, 당시 코네티컷주 총독이셨어. 7세대 전의 일이긴 하지만."

우리 둘 다 몇 초 동안 고개를 끄덕이며 울리의 오래전 조상인 올리버에게 합당한 존경심을 표했다. 그러고 나서 울리는 마치 그림이 캐비닛 문인 것처럼 손을 뻗어 그 그림을 열었고, 오, 세상에나,

---

✦ 영국으로부터 독립한 뒤 1781년 북부 13주가 제정한 미국 최초의 헌법.

거기에 증조할아버지의 금고가 있는 게 아닌가. 금고는 전함에 사용하는 금속으로 만들어진 것처럼 보였다. 니켈 도금 손잡이와 네 개의 작은 다이얼이 있는, 가로와 세로가 각각 1.5피트 정도인 정사각형 금고였다. 만약 깊이도 1.5피트라면 휘잇 가문이 70대를 이어서 먹고살 만큼의 돈을 보관할 수 있는 큰 금고였다. 엄숙한 상황만 아니었다면 나는 휘파람을 불었을 것이다.

증조할아버지의 시각에서 보면 금고의 내용물은 과거의 표현일 터였다. 이 웅장한 고택에는 이 유서 깊은 오래된 그림 뒤에 오래전에 서명한 문서들과 대대로 전해진 보석과 몇 세대에 걸쳐 모은 현금이 들어 있었다. 그러나 이제 잠시 후면 이 금고의 내용물 일부는 미래를 나타내는 것으로 바뀌어 있을 것이다.

에밋의 미래. 울리의 미래. 나의 미래.

"여기 있어." 울리가 말했다.

"여기 있군." 내가 동의했다.

우리 둘 다 숨을 내쉬었다.

"자, 그럼 네가……?" 나는 손짓으로 다이얼을 가리키며 물었다.

"저게 뭐지? 아니야, 네가 해."

"좋아." 내가 두 손을 비비고 싶은 유혹을 참아내며 말했다. "비밀번호를 알려줘. 그럼 내가 해볼게."

잠시 침묵이 흐른 뒤 울리가 진심으로 놀란 표정으로 나를 바라보았다.

"비밀번호?" 그가 물었다.

그 말에 나는 웃었다. 콩팥이 아플 때까지, 눈에서 눈물이 쏟아질 때까지 웃었다.

내가 말했듯이, 보드빌에 관해서 말하자면 가장 중요한 것은 설정이다.

에밋

"아주 잘했어." 휘트니 부인이 말했다. "어떻게 감사해야 할지 모르겠다."

"제가 좋아서 한 건데요 뭐." 에밋이 말했다.

그들은 아기방의 문턱에 서서 에밋이 막 페인트칠을 끝낸 벽을 바라보았다.

"이 일을 다 했으니 틀림없이 배가 고플 거야. 이제 내려갈까? 내가 샌드위치 만들어줄게."

"그래주시면 고맙겠습니다, 휘트니 부인. 그렇지만 잠깐 씻고 내려갈게요."

"그렇게 하렴." 그녀가 말했다. "그런데 있잖아, 날 세라라고 불러줘."

그날 아침 에밋이 아래층으로 내려갔을 때, 그는 더치스와 울리가 사라지고 없다는 것을 알았다. 그들은 이른 새벽 시간에 일어나서 쪽지만 남겨둔 채 캐딜락을 타고 떠난 것이었다. 휘트니 씨도 떠나고 없었다. 아침을 먹을 새도 없이 시내에 있는 그들의 아파트로 돌아간 것이었다. 그리고 휘트니 부인은 머리를 뒤로 넘겨서 스카프로 묶고 작업복을 입은 모습으로 부엌에 서 있었다.

"난 아기방의 페인트칠을 마지막으로 다 끝내기로 약속했어." 그녀가 당혹스러운 표정으로 말했다.

에밋은 그리 어렵지 않게 자기한테 그 일을 맡겨달라고 그녀를 설득할 수 있었다.

휘트니 부인의 동의 아래 에밋은 울리의 물건이 든 상자들을 차고로 옮겨서 캐딜락이 있던 자리에 쌓아두었다. 지하실에서 발견한 도구들로 침대를 분해한 다음 그 조각들을 상자 옆에 두었다. 방이 텅 비게 되자 그는 가장자리에 테이프를 붙이고 바닥에 방수포를 깔았다. 그런 다음 페인트를 젓고 나서 일을 시작했다.

방을 깨끗이 치우고, 가장자리를 테이프로 붙이고, 바닥을 보호하는 등 작업 준비를 올바르게 했을 경우, 페인트칠은 평화로운 작업이었다. 거기에는 생각을 조용히 내려놓게 하거나 완전히 침묵하게 하는 리듬이 있었다. 궁극적으로 의식하게 되는 것은 앞뒤로 움직이는 붓 놀림과 애벌칠을 한 흰색 벽이 새로이 푸른색으로 바뀌는 것뿐이었다.

에밋이 일하는 것을 보고서 샐리는 찬동한다는 뜻으로 고개를 끄덕였다.

"도움이 필요해?"

"됐어."

"저기 창가 쪽 방수포에 페인트를 흘렸잖아."

"그렇군."

"그래," 그녀가 말했다. "그냥 그렇다는 거야."

그러고 나서 샐리는 약간 찡그린 얼굴로 복도 이쪽저쪽을 살펴보았다. 마치 페인트칠이 필요한 또 다른 방이 없는 것이 실망스러운 듯한 표정이었다. 그녀는 한가한 것에 익숙지 않았고, 더군다나 다른 여자의 집에 초대받지 않은 손님으로 한가로이 있는 것에는 더더욱 익숙지 않았다.

"빌리를 데리고 시내에 나갈까 봐." 그녀가 말했다. "점심도 해결할 수 있는 소다수 판매점을 찾아볼까 해."

"좋은 생각인 것 같아." 에밋이 동감을 표하며 붓을 페인트 통의 테두리에 내려놓았다. "내가 돈을 좀 줄게."

"나도 네 동생에게 햄버거 하나쯤은 사줄 수 있어. 게다가 휘트니 부인이 지금 가장 꺼리는 건 네가 페인트 자국을 남기며 집 안을 돌아다니는 거야."

―――――

휘트니 부인이 샌드위치를 만들기 위해 아래층으로 내려가자 에밋은 작업에 사용했던 모든 물건들을 가지고 뒷계단을 통해 내려갔다(신발 밑창에 페인트가 묻지 않았는지 확인하기 위해 두 번이나 신발을 살펴보았다). 차고에서 붓과 페인트 트레이와 자신의 손을 테레빈유로 씻었다. 그런 다음 휘트니 부인이 있는 부엌으로 갔다. 햄샌드위치와 우유 한 잔이 식탁 위에 놓여 있었다.

에밋이 자리에 앉자 휘트니 부인은 먹을 것은 없이 차 한 잔만 들고 그의 맞은편 의자에 앉았다.

"나는 남편과 함께 있어야 해서 시내로 가봐야 해." 그녀가 말했다. "그런데 네 동생한테서 들으니 네 차는 수리소에 있어서 내일까지는 사용하지 못할 것 같던데."

"맞아요." 에밋이 말했다.

"그렇다면 오늘 밤은 여기서 너희들 셋이 지내는 게 좋을 것 같구나. 저녁 식사는 냉장고에 있는 걸 알아서 챙겨 먹으면 될 거야. 내일 아침 나갈 때는 문을 잠그고 가면 되고."

"그렇게 말해주시니 정말 감사합니다."

에밋의 머릿속에 데니스 휘트니 씨는 이런 배려를 결코 환영하지 않을 거라는 생각이 들었다. 오히려 그는 아내에게, 이들이 일어나자마자 곧바로 집을 나갔으면 한다고 말해두었을 것이다. 휘트니 부인이 나중에 문득 생각이 난 듯 전화벨이 울려도 받지 말고 그냥 놔둬야 한다고 덧붙였을 때, 에밋은 자신의 그런 생각이 확인되었다고 느꼈다.

에밋은 샌드위치를 먹으면서 식탁 한가운데, 소금 통과 후추 통 사이에 종이쪽지 하나가 몇 겹으로 접힌 채 반듯이 세워져 있다는 것을 알아차렸다. 그의 시선을 따라간 휘트니 부인이 그것은 울리가 남긴 쪽지라고 말해주었다.

아침에 처음으로 이곳에 내려온 에밋을 보고 휘트니 부인이 그에게 울리가 떠났다는 말을 했을 때, 그녀는 울리가 떠났다는 데 안도하는 것처럼 보였으나 동시에 약간 걱정하는 것 같기도 했다. 그와 똑같은 감정이 지금 쪽지를 바라보는 그녀의 얼굴에 다시 나타났다.

"읽어볼래?" 그녀가 물었다.

"제가 읽는 건 실례되는 일 같아요."

"괜찮아. 울리는 분명 개의치 않을 거야."

평소 성격이라면 에밋은 다시 한번 이의를 제기했을 것이다. 그러나 그는 휘트니 부인이 그가 쪽지를 읽어주기를 바라고 있다는 것을 알아차렸다. 그는 샌드위치를 내려놓고 소금 통과 후추 통 사이에 끼인 쪽지를 꺼내 들었다.

받는 사람이 **누나**로 된, 울리의 필체로 쓰인 쪽지에서 울리는 물건들을 마구 어질러서 미안하다고 썼다. 식탁용 냅킨과 와인에 대해 미안하다, 전화기를 서랍 속에 넣어둔 것에 대해 미안하다, 제대로 된 작별 인사를 할 기회도 없이 새벽에 일찍 떠나게 되어 미안하다고 썼다. 그러나 누나는 걱정할 필요가 없다고 했다. 잠시도 걱정하지 말라고 했다. 한순간도 걱정하지 말라고 했다. 모든 게 다 잘될 거라고 했다.

그는 쪽지의 글을 맺으면서 암호 같은 추신을 덧붙였다. **콤프턴 부부는 부엌에서 양배추를 먹었다!**

"그럴까?" 에밋이 쪽지를 식탁에 내려놓을 때 휘트니 부인이 물었다.

"뭐가요?"

"모든 게 다 잘될까?"

"그럼요." 에밋이 대답했다. "전 모든 게 잘될 거라고 믿어요."

휘트니 부인이 고개를 끄덕였다. 그러나 그것은 그의 대답에 대한 동의의 표현이라기보다는 자신을 안심시켜준 것에 대한 감사의 표시라는 것을 에밋은 알 수 있었다. 그녀는 잠시 자신의 차를 내려다보았다. 차는 이제 미지근해져 있을 터였다.

"내 동생에게 항상 문제가 있었던 것은 아니야." 그녀가 말했다. "물론 여전히 울리는 울리였지만, 아무튼 전쟁 기간 동안 울리가 좀 바뀌었어. 어찌 된 건지 아버지가 해군 복무를 받아들였을 때 정작 혼란의 바다에 빠진 사람은 울리였어."

그녀는 자신의 위트 있는 말에 약간 슬픈 미소를 지어 보였다. 그런 다음 자기 동생이 설라이나 소년원으로 보내진 이유를 아느냐고 에밋에게 물었다.

"언젠가 우리에게 다른 사람의 차를 몰고 갔다고 말했어요."

"맞아," 그녀가 가볍게 웃으며 말했다. "대체로 맞는 말이야."

울리가 3년 사이에 세 번째로 들어간 기숙학교인 세인트조지 학교에 다닐 때 일어난 일이었다.

"어느 봄날, 울리는 수업을 빼먹고 아이스크림콘을 찾아 시내로 나가기로 마음먹었단다." 그녀가 설명했다. "학교에서 몇 마일 떨어진 조그만 쇼핑센터에 도착했을 때 울리는 연석 옆에 소방차가 주차되어 있는 것을 보았어. 주위를 둘러보았지만 어디에도 소방관이 보이지 않자 울리는 소방차를 세워두고 잊어버린 게 틀림없다고 확신하게 되었어. 내 동생만이 확신할 수 있는 방식으로 말이야. 그러니까—오, 실은 난 잘 몰라—의자 등받이에 세워둔 우산이나 버스 좌석에 놓아둔 책을 깜빡 잊어버린 것처럼 소방차를 잊어버린 거라고 생각한 거지."

그녀는 애정이 깃든 미소를 지으며 고개를 저었다. 그런 다음 말을 이었다.

"소방차를 제 주인에게 돌려주고 싶은 충동이 인 울리는 운전석에 올라 운전대를 잡고 소방서를 찾아 나섰어. 나중에 보고된 바에 따르면 울리는 머리에 소방관 모자를 쓰고 운전했는데, 아이들을 지나칠 때마다 걔들을 위해 경적을 울리면서 마을을 돌아다녔대. 얼마나 오래 돌아다녔는지는 모르지만 아무튼 울리는 얼마 안 가 소방서를 찾아냈고, 그래서 소방차를 주차한 후 다시 한참을 걸어서 학교로 돌아갔어."

휘트니 부인이 짓고 있었던 애정이 깃든 미소는 이제 뒤따라 일어난 모든 일들이 그녀의 마음속에 한꺼번에 밀려들면서 사라지기 시작했다.

"알고 보니 소방차가 쇼핑센터 주차장에 서 있었던 건 소방관 몇 명이 식료품점에 있었기 때문이었어. 울리가 소방차를 몰고 돌아다니는 동안 마구간에 불이 났다는 전화가 왔었대. 이웃 마을 소방차가 도착했을 때는 마구간은 이미 다 타버린 뒤였어. 다행히 다친 사람은 없었어. 하지만 혼자 당번을 선 젊은 마구간 일꾼은 모든 말들을 마구간 밖으로 대피시킬 수 없었고, 결국 그중 네 마리가 불에 타 죽어버렸어. 그래서 경찰이 울리를 추적해 학교로 찾아갔고, 그후 일이 그렇게 진행된 거야."

잠시 후 휘트니 부인이 에밋의 접시를 가리키며 다 먹었는지 물었다. 그가 그렇다고 대답하자 그녀는 자신의 컵과 함께 접시를 챙겨 들고 싱크대로 갔다.

그녀는 상상하지 않으려 애쓰고 있다고 에밋은 생각했다. 네 마리 말이 마구간에 갇힌 채 불길이 점점 더 가까워지는 것을 보며 히힝히힝 울면서 뒷다리로 일어서는 모습을 상상하지 않으려 애쓰고 있었다. 상상도 할 수 없는 것을 상상하지 않으려 애쓰고 있었다.

세라는 이제 에밋에게 등을 돌리고 있었지만, 에밋은 팔의 움직임으로 그녀가 눈물을 닦고 있다는 것을 알 수 있었다. 에밋은 그녀를 혼자 가만히 내버려두어야겠다고 마음먹고 올리의 쪽지를 원래의 자리에 집어넣은 다음 조용히 의자를 뒤로 밀쳤다.

"내가 너무 이상하다고 생각하는 게 뭔지 아니?" 휘트니 부인이 여전히 등을 돌린 채 싱크대 앞에 서서 물었다.

그가 대답하지 않자 그녀가 슬픈 미소를 띤 채 뒤돌아섰다.

"우린 젊을 때 우리의 악과 분노, 시기심, 자존심을 억누르는 것의 중요성을 우리 자신에게 가르치는 데 아주 많은 시간을 소비하지. 하지만 주위를 둘러보면, 내가 보기엔 우리 삶의 많은 부분이 결국 생각과 달리 미덕에 의해 저해되는 것 같아. 만약 어느 모로 보나 장점인 특성을 받아들여서—그러니까 목사와 시인이 칭송하는 특성, 우리 친구들에게서 발견하고 존경하게 되는 특성, 우리 자녀에게 길러주고 싶은 특성을 받아들여서—그 특성을 어느 가엾은 영혼에게 풍성하게 준다면, 그것은 거의 틀림없이 그 사람의 행복에 장애가 될 거야. 자신의 이익을 위해 너무 영리하게 구는 사람이 있는 것처럼 자신의 이익을 너무 참고 인내하는 사람도 있어. 자신의 이익을 위해 너무 열심히 일하는 사람도 있고."

휘트니 부인은 고개를 저은 뒤 잠시 천장을 쳐다보았다. 그녀가 다시 고개를 내렸을 때 에밋은 또다시 눈물이 뺨을 타고 흘러내리는 것을 볼 수 있었다.

"너무 자신만만한 사람도 있고…… 너무 조심스러운 사람도 있고…… 너무 친절한 사람도 있고……."

에밋은 휘트니 부인이 그와 공유하고자 하는 것은 마음씨 넓은 자기 동생의 실패의 원인을 공감하고 설명하고 이해시키려는 그녀의 노력임을 깨달았다. 동시에 에밋은 휘트니 부인이 열거한 말에는 자신의 이익을 위해 너무 영리하거나, 너무 자신만만하거나, 너무 열심히 일하는—아마 이 셋 모두에 해당될 듯싶은—그녀의 남편에 대한 사과의 의미도 담겨 있을 거라고 생각했다. 그러나 에밋 자신이 궁금해한 것은 휘트니 부인은 어떤 미덕을 너무 많이 가지고 있을까 하는 점이었다. 그 답은—그는 비록 인정하고 싶지 않은 마음이었지만 직감적으로 알았다—아마 용서일 것이다.

울리

"그리고 이건 내가 가장 좋아하는 흔들의자." 울리가 혼잣말을 했다.

더치스가 잡화점에 간 지 얼마 지나지 않았을 때 울리는 현관에 서 있었다. 그는 흔들의자를 한 번 흔든 뒤, 의자가 앞뒤로 흔들리면서 내는 삐걱거리는 소리에 귀를 기울였다. 앞뒤로 흔들리는 움직임이 점점 더 작아지면서 각각의 삐걱거림 사이의 간격도 점점 더 가까워지다가 이윽고 그 움직임과 소리가 완전히 멈추는 것을 유심히 지켜보았다.

울리는 흔들의자를 다시 한번 흔들고 나서 호수를 바라보았다. 지금은 호수가 무척 고요해서 하늘의 모든 구름이 호수 표면에 비치는 것을 볼 수 있었다. 그러나 한 시간 정도 지나면, 그러니까 5시 무렵이 되면, 오후의 바람이 일기 시작할 것이고 호수 표면에는 물결이 일 것이며 호수에 비친 모든 것들은 사라질 것이다. 그때가 되면 창문의 커튼이 살랑거리기 시작할 것이다.

때때로, 울리는 생각했다. 때때로 여름의 끝 무렵에 허리케인이 대서양 지역을 휩쓸고 다닐 때면 오후의 바람이 너무 강해져서 침실 문들이 모두 다 쾅 닫히고 흔들의자들이 저절로 흔들리곤 했어.

울리는 가장 좋아하는 흔들의자를 마지막으로 한 번 더 흔든 다음 쌍여닫이문을 통해 거실로 들어갔다.

"그리고 이 방은 거실." 그가 중얼거렸다. "이 방에서 우린 비 오는 오후에 파치시 게임*을 하고 조각 그림 맞추기를 완성하곤 했었지……. 그리고 이곳은 복도……. 이곳은 부엌……. 이 부엌에서 도러시는 프라이드치킨과 그 유명한 블루베리 머핀을 만들었어. 그리고 저건 우리가 너무 어려서 식당에서 식사를 하기 어려웠을 때 음식을 먹곤 했던 식탁."

울리는 증조할아버지의 책상에 앉아 쓴 쪽지가 든 봉투를 호주머니에서 꺼내 소금 통과 후추 통 사이에 깔끔하게 집어넣었다. 그러고 나서 밀면 열렸다가 놓으면 저절로 닫히는, 이 집에서 유일한 반회전문을 통해 부엌을 떠났다.

"그리고 여기는 식당." 그가 긴 식탁을 가리키며 말했다. "사촌과 고모, 삼촌들이 빙 둘러앉곤 했던 식탁이야. 일단 여기 앉아 음식을 먹을 수 있는 나이가 되면," 울리가 설명했다. "식탁 끝자리만 아니라면 원하는 자리 어디에나 앉아도 돼. 식탁 끝자리는 증조할아버지가 앉는 자리이기 때문에 안 되는 거야. 그리고 저기 말코손바닥사슴의 머리가 있어."

다른 쪽 문을 통해 식당을 나온 울리는 다시 거실로 들어가서 그

✦ 인도의 보드게임에서 유래한 일종의 주사위 보드게임.

곳의 구석구석을 감탄 어린 눈으로 바라본 뒤, 에밋의 책가방을 들고 계단을 세면서 오르기 시작했다.

"둘, 넷, 여섯, 여덟, 누구에게 감사해야 할까."✦

계단 꼭대기에 이르자 복도가 동쪽과 서쪽 두 방향으로 뻗어 있고, 양쪽 복도에 침실 문들이 있었다.

남쪽 벽에는 아무것도 걸려 있지 않지만, 북쪽 벽에는 눈이 가는 모든 곳에 사진이 걸려 있었다. 가문의 전설에 따르면, 위층 복도에 맨 처음 사진을 건 사람은 울리의 할머니였다. 할머니는 어린 네 자녀 사진을 계단 반대편 쪽 간이 테이블 바로 위에 걸어놓았다. 그 이후 얼마 지나지 않아서 두 번째 사진과 세 번째 사진이 첫 번째 사진의 왼쪽과 오른쪽에 걸렸다. 그 뒤 네 번째 사진과 다섯 번째 사진이 위아래로 걸렸다. 오랜 세월에 걸쳐 사진들이 왼쪽으로 오른쪽으로, 위로 아래로 추가되면서 사방으로 퍼지게 되었다.

울리는 책가방을 내려놓고 첫 번째 사진으로 다가갔다. 이어 다른 모든 사진들을 걸어놓은 순서대로 보기 시작했다. 그곳에는 조그만 세일러복을 입은 어린 시절의 윌러스 삼촌의 사진이 있었다. 부두에 나와 있는 할아버지 사진도 있었다. 팔에 범선 문신을 새긴 할아버지가 평소 12시에 하곤 했던 수영을 하려고 준비하는 사진이었다. 아버지가 1941년 7월 4일에 열린 소총 사격 대회에서 우승한 후 블루리본을 들고 찍은 사진도 있었다.

"아버지는 소총 사격 대회에서 항상 우승하셨지." 울리가 뺨으로 흘러내리는 눈물을 손바닥으로 훔치며 말했다.

✦ 미국 학교의 스포츠 경기에서 자주 부르는 응원가.

그리고 간이 테이블에서 한 걸음 떨어진 곳에 어머니, 아버지와 함께 카누에 탄 울리의 사진이 있었다.

이 사진을 찍은 시기는—어, 울리는 확실히 알지는 못했다—아마 일곱 살 무렵이었을 듯싶었다. 분명한 것은 항공모함과 진주만 공격 이전이었다. 리처드와 '데니스' 이전이었다. 세인트폴, 세인트마크, 세인트조지 이전이었다.

이전이었다, 이전이었다, 이전이었다.

사진의 재미있는 점은 사진이 찍힌 그 순간까지 일어난 모든 일을 아는 데 반해 다음에 무슨 일이 일어날지에 관해서는 아무것도 모른다는 점이라고 울리는 생각했다. 그럼에도 일단 사진이 액자에 담겨 벽에 걸리고 난 뒤에는 그 사진을 자세히 들여다보면 **막** 일어나려고 했던 모든 것들뿐 아니라 일어나지 않은 것들, 예상하지 못한 것들, 의도하지 않은 것들, 그리고 되돌릴 수 없는 것들을 볼 수 있었다.

울리는 다시 뺨의 눈물을 훔치며 그 사진을 벽에서 떼어낸 다음 책가방을 집어 들었다.

식당에서 식탁의 자리와 마찬가지로 복도에는 증조할아버지 방이기 때문에 자는 것이 허락되지 않았던 침실이 하나 있었다. 증조할아버지를 제외한 다른 사람들은 나이, 결혼 여부, 여름철 가족 모임에 일찍 도착했는지 늦게 도착했는지 등에 따라 서로 다른 시간에 서로 다른 방에서 잠을 자곤 했다. 긴 세월에 걸쳐 울리는 이 방들 가운데 많은 방에서 잠을 잤다. 그렇지만 그와 사촌 프레디가 가장 오랜 시간 동안—적어도 울리가 느끼기에는 가장 오랫동안—잤던 방은 왼쪽 끝에서 두 번째 방이었다. 그래서 울리는 그 방으로 갔다.

방 안에 들어선 울리는 책가방을 내려놓고 그와 부모님이 함께 찍은 사진을 책상 위, 물 주전자와 물 잔들 뒤에 기대어놓았다. 잠시 주전자를 바라보던 울리는 그걸 들고 복도로 나와서 화장실로 간 다음, 물을 채워 다시 방으로 가져왔다. 물 잔 하나를 골라 물을 따른 후, 그 잔을 침대 옆 협탁으로 옮겼다. 그런 다음 5시 이후에 바람이 방으로 들어올 수 있도록 창문을 열고 짐을 풀기 시작했다.

먼저 그는 라디오를 꺼내 책상 위 물 주전자 옆에 내려놓았다. 이어 사전을 꺼내 라디오 옆에 놓았다. 그런 다음 같은 버전의 다른 물건들을 수집해서 보관해둔 시가 상자를 꺼내 사전 옆에 놓았다. 그러고 나서 여분의 약병과 누나 집 향신료 선반에서 그를 기다리고 있던, 그가 발견한 조그만 갈색 병을 꺼내 침대 옆 협탁 위, 물 잔 옆에 내려놓았다.

울리가 신발을 벗고 있을 때 진입로로 들어서는 차 소리가 들렸다. 더치스가 잡화점에서 돌아온 것이었다. 문간으로 걸어간 울리는 망으로 된 흙실의 문이 열렸다 닫히는 소리를 들었다. 이어 거실을 지나가는 발소리가 들렸다. 그런 다음 서재의 가구를 옮기는 소리가 들렸고, 마지막으로 텅 하는 소리가 들렸다.

그 소리는 샌프란시스코의 케이블카 소리 같은 얌전한 소리가 아니었다고 울리는 생각했다. 그 소리는 대장장이가 모루 위에 놓인 벌겋게 달아오른 편자를 두드리는 것 같은, 힘차게 내리치는 소리였다.

아니, 편자를 두드리는 소리라기보다는……, 울리는 고통스럽게 생각했다.

대장장이가 다른 것을 두드리는 소리 같았다고 하는 게 더 나을 것이다. 뭐랄까, 뭐랄까, 칼 같은 거. 그래, 그게 낫겠다. 그 텅 하는 소리는 고대의 대장장이가 엑스칼리버*의 칼날을 망치로 두드리는 소리처럼 들렸다.

더 행복한 그 이미지를 마음에 떠올리며 울리는 문을 닫고, 라디오를 켜고, 왼쪽 침대로 가서 누웠다.

골디락스와 곰 세 마리 이야기에서 골디락스는 세 개의 다른 침대에 올라가보고 나서야 자기한테 딱 맞는 침대를 찾게 된다. 그러나 울리는 세 개의 다른 침대에 올라가볼 필요가 없었다. 왜냐하면 왼쪽에 있는 침대가 자기한테 딱 맞으리라는 것을 이미 알고 있었기 때문이다. 그가 더 어렸을 때와 마찬가지로 그 침대는 너무 딱딱하지도 너무 부드럽지도 않았고, 너무 길지도 너무 짧지도 않았다.

베개에 몸을 기댄 채 울리는 여분의 약병 속 약을 재빨리 털어 넣고 편안한 자세로 누웠다. 천장을 바라보는 동안 그의 생각은 비 오는 날 완성하곤 했던 조각 그림 맞추기로 돌아갔다.

모든 사람의 삶이 조각 그림 맞추기의 조각 같다면 멋지지 않을까, 울리는 생각했다. 그렇다면 어떤 사람의 삶도 다른 사람의 삶에 불편을 초래하는 것으로 존재하지 않을 것이다. 어떤 사람의 삶도 특별히 설계된 자신의 자리에 딱 들어맞을 것이고, 그렇게 함으로써 복잡한 전체 그림이 완성될 수 있게 할 것이다.

울리가 이런 멋진 생각을 하고 있을 때 광고가 끝나고 추리물 방송이 시작되었다. 울리는 침대에서 다시 내려가서 라디오 볼륨을

✦ 아서왕의 마법의 검.

2.5로 줄였다.

라디오에서 추리물을 들을 때 알아야 할 중요한 점은 청취자를 불안하게 만들기 위해 고안된 모든 요소들은—암살자의 속삭임, 나뭇잎이 바스락거리는 소리, 계단이 삐걱거리는 소리 같은 것들은—상대적으로 조용했다는 점이라는 것을 울리는 잘 알고 있었다. 반면에 청취자의 마음을 편안하게 해주기 위해 고안된 요소들은—주인공의 갑작스러운 깨달음, 주인공 차의 타이어 표면이 벗겨지는 일, 주인공이 쏜 권총의 요란한 총소리 같은 것들은—상대적으로 소리가 컸다. 그러므로 라디오 볼륨을 2.5로 줄인다면 청취자를 불안하게 하기 위해 고안된 요소들은 거의 들을 수 없고, 반면에 청취자의 마음을 편안하게 해주려고 고안된 모든 요소들은 여전히 들을 수 있을 것이다.

침대로 돌아온 울리는 조그만 갈색 병에 들어 있던 조그만 분홍색 알약들을 협탁 위에 다 쏟았다. 그는 그 알약들을 손가락 끝으로 밀어서 손바닥 안에 넣으며 읊조렸다. **감자 하나, 감자 둘, 감자 셋, 넷. 감자 다섯, 감자 여섯, 감자 일곱, 더 많이.⁺** 그런 다음 그 알약들을 물과 함께 꿀꺽 삼킨 후 다시 편안한 자세로 누웠다.

베개를 적절히 받쳐 베고, 라디오 볼륨을 적절히 낮추고, 조그만 분홍색 알약들을 적절히 삼킨 뒤라서 여러분은 울리가 무슨 생각을 해야 할지 모를 거라고 생각할 수도 있을 것이다. 울리는 아무튼 울리이고, 그 모든 예전의 울리 방식이 나타나기 십상일 테니까 말이다.

그러나 울리는 무슨 생각을 해야 할지 정확히 알았다. 울리는 그

✦ 미국에서 아이들이 숫자 세기 놀이를 하면서 부르는 노래.

렇게 자리에 눕자마자 그것에 대해 생각하게 되리라는 것을 알았다.

"나는 파오슈워츠의 진열장 앞에서 시작할 거야." 그가 빙그레 웃으며 혼잣말을 했다. "그리고 누나가 오면 우린 플라자 호텔에서 판다와 함께 차를 마실 거야. 그런 다음 에이브러햄 링컨 동상 앞에서 더치스를 만나 그와 함께 서커스장에 갈 것이고, 그곳에 빌리와 에밋이 갑자기 다시 나타날 거야. 그런 다음 우린 브루클린 다리를 건너 엠파이어스테이트 빌딩을 가게 되고, 거기서 애버네이스 교수를 만나게 되겠지. 그러고 나서 우린 풀이 무성한 기차선로로 가서 모닥불 옆에 앉아 두 명의 율리시스와 노교수의 이야기를 듣게 될 거야. 교수는 그들이 어떻게 다시 집으로 돌아갈 수 있는지, 10년이라는 긴 세월 후에 어떻게 집으로 돌아갈 수 있는지 설명하셨어."

그러나 서두르면 안 되지, 창문 커튼이 살랑거리고 풀이 바닥 널의 틈새로 돋아나기 시작하고 담쟁이덩굴이 책상 다리를 타고 올라올 때 울리는 생각했다. 왜냐하면 매일매일이 특별한 날이어서 가능한 한 가장 느린 속도로 반추될 가치가 있기 때문이야. 모든 순간, 모든 우여곡절, 모든 반전을 아주 세부적인 내용까지 다 기억하면서 말이지.

애버커스

여러 해 전에 애버커스는 가장 위대한 영웅 이야기는 옆에서 본 다이아몬드 형태를 띠고 있다는 결론에 이르렀다. 영웅의 삶은 작은 한 점에서 시작하여, 자신의 강점과 취약점, 자신의 우정과 적대감을 확립하기 시작하면서 젊음을 통해 외연을 넓힌다. 그는 세상으로 나아가 위엄 있는 사람들 앞에서 공을 세우면서 명예와 찬사를 쌓는다. 그러나 어느 미지의 순간에 씩씩한 동지들과 가치 있는 모험으로 이루어진, 이 확장되는 세계의 외연을 규정하는 두 줄기 빛이 동시에 모퉁이를 돌아 한 점으로 모이기 시작한다. 우리의 영웅이 여행하는 지형, 그가 만나는 인물의 등장, 오랫동안 그를 앞으로 나아가게 했던 목적의식 등, 이 모든 것이 좁아지기 시작한다. 그의 운명을 규정하는 변경할 수 없는 고정된 지점을 향해 좁아지기 시작한다.

아킬레우스를 예로 들어보자.

네레이드 테티스는 그녀의 아들을 천하무적으로 만들고자 하는 바람에서 갓 태어난 아들의 발뒤꿈치를 잡고 스틱스강에 담근다. 그 한순간의 짧은 시간에서, 그리고 그녀의 손가락이 닿은 작은 부분에서 아킬레우스의 이야기는 시작된다. 건장한 젊은이로 자란 그는 켄타우로스*인 케이론에게서 역사, 문학, 철학을 교육받는다. 그리고 운동경기 분야에서 힘과 민첩성을 기른다. 그는 친구인 파트로클로스와 가장 깊은 유대감을 형성한다.

젊은 시절 아킬레우스는 세계를 향해 모험을 떠나고, 자신의 명성이 널리, 멀리 퍼질 때까지 온갖 형태의 적들을 물리치며 공을 세워나간다. 그런 다음 명성이 절정에 이르고 신체적 기량이 정점에 다다랐을 때 트로이를 향해 출항하여 아가멤논, 메넬라오스, 율리시스, 아이아스 같은 인물들처럼 인간이 치른 가장 큰 전투에 참여한다.

그러나 이 지점 어딘가에서, 에게해의 한가운데 어딘가에서 아킬레우스는 알지 못한 채로 확장되어가던 그의 인생의 빛줄기들이 모퉁이를 돌아 밖이 아닌 안을 향한 궤도로 가차 없이 나아가기 시작한다.

10년이라는 긴 세월 동안 아킬레우스는 트로이 들판에 머무르게 될 것이다. 그 10년 동안, 전선戰線이 포위된 도시의 성벽에 점점 더 가까워짐에 따라 분쟁 지역은 점점 더 작아질 것이다. 한때는 셀 수 없이 많았던 그리스와 트로이의 병사들은 사망자가 계속 늘어남에 따라 그 수가 줄어들 것이다. 그리고 10년째 되는 해에 사랑하는 파

✦ 그리스 신화에서, 상반신은 인간이고 하반신은 말인 종족.

트로클로스를 트로이의 왕자 헥토르가 죽였을 때 아킬레우스의 세계는 더욱더 작아질 것이다.

그 순간부터 아킬레우스의 마음속에는 그 모든 병력을 거느린 적이 친구의 죽음에 책임이 있는 한 사람으로 축소된다. 무질서하게 펼쳐진 전장은 그와 헥토르가 맞서게 될 몇 제곱피트의 땅으로 축소된다. 그리고 한때 의무, 명예, 영광을 포함하던 목적의식은 이제 복수를 위한 단 하나의 불타는 욕망으로 축소된다.

그러므로 아킬레우스가 헥토르를 죽이는 데 성공한 지 단 며칠 뒤에 허공을 뚫고 날아온 독화살이 아킬레우스의 몸에서 유일하게 보호받지 못하는 부위—어머니가 스틱스강에 그를 담글 때 손으로 잡았던 발뒤꿈치 부분—를 관통한 것은 놀라운 일이 아닐 것이다. 그리고 바로 그 순간에 그의 모든 기억과 꿈, 그의 모든 감각과 정서, 그의 모든 미덕과 악덕은 엄지와 검지로 눌러 끈 초의 불꽃처럼 꺼지고 만다.

그렇다, 애버커스는 오랫동안 위대한 영웅 이야기는 옆에서 본 다이아몬드 형태와 비슷하다는 것을 알고 있었다. 그러나 최근에 그의 생각 속에 자리 잡은 것은 이 기하학적 형태를 따르는 것은 단지 유명한 사람들의 삶만이 아니라는 깨달음이었다. 왜냐하면 광부와 부두 노동자도 이 형태를 따르기 때문이다. 웨이트리스와 아이 보는 여자의 삶도 이 형태를 따른다. 잡역부와 익명의 사람, 보잘것없는 사람과 잊힌 사람의 삶도 그렇다.

모든 삶이 그렇다.

그의 삶도 그렇다.

그의 삶도 한 점에서 시작했다. 1890년 5월 5일 샘이라는 이름의 남자아이가 마서스비니어드섬*에 있는 페인트칠을 한 조그만 집의 침실에서 보험 사정인과 재봉사의 외아들로 태어났을 때 시작했다.

여느 아이들과 마찬가지로 샘의 첫 몇 해는 가족의 사랑을 받는 따뜻한 환경 속에서 이어졌다. 그러나 일곱 살이 된 해의 어느 날, 허리케인의 여파로 샘은 보험 회사를 대리하여 손해 사정을 해야 하는 아버지를 따라 난파선으로 가게 되었다. 포르토프랭스**에서 출항하여 먼 길을 여행한 이 배는 웨스트촙*** 앞바다의 모래톱에서 좌초되어 거기에 그대로 처박혀 있었다. 선체는 파손되고, 돛은 너덜너덜해지고, 럼주 화물은 파도에 휩쓸려 해안가로 밀려와 있었다.

그 순간부터 샘의 삶의 벽은 밖으로 확장되기 시작했다. 폭풍이 휩쓸고 갈 때마다 아버지와 함께 범선, 소형 구축함, 요트 같은 난파선을 보러 가겠다고 우겼다. 바위에 부딪힌 배든 격랑에 휩쓸린 배든, 샘은 단순히 조난당한 배 자체를 보는 것이 아니었다. 그는 그 배가 구현하는 세계를 보았다. 암스테르담, 부에노스아이레스, 싱가포르의 항구를 보았다. 향신료와 직물과 도자기를 보았다. 전 세계 수많은 해양 국가에서 온 선원들을 보았다.

난파선에 대한 샘의 강한 호기심과 흥미는 신드바드나 이아손 이야기 같은 환상적인 바다 이야기로 그를 이끌었다. 그런 환상적인 이야기는 그를 위대한 탐험가들의 역사로 이끌었고, 그런 책들을 계속 읽어감에 따라 그의 세계관은 넓어졌다. 결국 나날이 커져

---

* 미국 매사추세츠주에 속하는 섬.
** 아이티의 수도.
*** 마서스비니어드섬의 북쪽 끝에 있는 티즈버리 마을의 주거 지역.

가는 역사와 신화에 대한 사랑 덕분에 샘은 담쟁이덩굴로 뒤덮인 하버드대학에 다닐 수 있게 되었다. 대학 졸업 후 뉴욕으로 간 그는 그곳에서—이름을 애버커스라고 개명하고 자신을 작가라고 공언한 뒤—음악가, 건축가, 화가, 금융가들을 만났으며, 범죄자와 부랑자 들도 만났다. 그리고 마침내 그에게 기쁨과 동지애와 딸 하나와 아들 하나를 가져다준 경이로운 사람, 폴리를 만났다.

맨해튼에서의 처음 몇 년은 얼마나 굉장한 시기였던가! 애버커스가 실로 대단한 것들과 어디에나 존재하는 여러 가지 것들을 한껏 직접 경험했을 때, 그것이 인생이었다.

더 정확히 말하면, 그것이 인생의 전반부였다.

변화는 언제 왔던가? 그의 세계의 외연이 모퉁이를 돌아 종착점을 향해 가차 없이 나아가기 시작했던 때가 언제였던가?

애버커스는 알지 못했다.

아마도 자식들이 자라서 분가한 지 얼마 되지 않은 때였을 것이다. 폴리가 죽기 전이었던 것은 확실하다. 그렇다, 알지 못하는 사이에 폴리의 시간이 끝나가기 시작했을 때의 그 몇 년 사이 어느 시점이었을 것이다. 그런데도 그는 소위 말하는 인생의 전성기여서 자신의 일을 즐거이 계속하고 있을 때였다.

한 점으로의 수렴이 우리를 깜짝 놀라게 하는 방식, 그것이 가장 잔인한 부분이다. 그렇지만 그것은 거의 피할 수가 없다. 왜냐하면 방향 전환이 시작되는 순간, 서로 반대편에 위치한 우리 인생의 두 줄기 빛이 서로 간에 너무 멀리 떨어져 있어서 우리는 그것들의 궤도 변화를 결코 알아차릴 수 없기 때문이다. 그리고 그처럼 두 빛줄기가 밖이 아닌 안을 향한 궤도로 나아가기 시작하는 처음 몇 해 동안은 세상이 여전히 활짝 열려 있는 것 같아서 우리는 세상이 축소되고 있는 게 아닐까 하고 의심할 이유가 없다.

그러나 한 점으로의 수렴이 시작된 지 몇 해 후의 어느 날, 우리는 벽의 궤도가 안쪽을 향해 나아간다는 것을 감지할 수 있을 뿐만 아니라 그 종착점이 머지않았다는 것도, 심지어 우리 앞에 남아 있는 지형이 가속도로 줄어들기 시작한다는 것도 알아차릴 수 있을 것이다.

뉴욕에 도착한 직후 20대 후반의 황금기에 애버커스는 세 명의 훌륭한 친구를 사귀었다. 두 남자와 한 여자였는데, 그들은 가장 강한 동지이자 마음과 영혼의 모험을 추구하는 동료였다.

그들은 합리적인 근면함과 적절한 침착성을 유지하며 인생의 바다를 함께 항해했다. 그러나 최근 5년 사이에 첫 번째 친구는 시력을 잃어 앞을 못 보게 되었고, 두 번째 친구는 폐공기증에 걸렸고, 세 번째 친구는 치매에 걸렸다. 그들의 다양한 운명을 '시력 상실, 폐활량 상실, 인지 능력 상실'로 표현하고 싶은 사람도 있을 것이다. 그런데 실은 그 세 가지 질환은 다음과 같은 동일한 문장에 해당한다. 다이아몬드 형태의 저 끝 점에서의 삶의 협소함. 이 친구들의 활동 영역은 세계 그 자체에서 자기 나라로, 이어 자기 카운티로, 자기 집으로, 그리고 마침내 자신의 방 한 칸으로 단계적으로 줄어들어서, 그들은 눈멀고, 숨이 가쁘고, 기억하지 못하는 육신으로 그 방에서 생을 마감할 운명을 맞는다.

애버커스는 아직 이렇다 할 질환은 없었지만 그의 세계 역시 줄어들고 있었다. 그 역시 자신의 삶의 외연이 넓은 세상에서 맨해튼섬으로, 맨해튼섬에서 책이 가득한 사무실로 좁아지는 것을 지켜보았고, 그 사무실에서 그는 철학적인 체념으로 자신의 종말을 기다렸다. 그런데 그때 이…….

이 반전이!

이 놀라운 반전이 일어났다.

네브래스카주에서 온 어린 소년이 점잖은 태도로 사무실에 나타나 환상적인 이야기를 들려주었다. 그것은 가죽 장정의 책에서 나온 이야기가 아니었다. 지금은 사용하지 않는 언어로 쓰인 서사시에서 나온 이야기가 아니었다. 기록 보관소나 도서관 서고에서 나온 이야기가 아니었다. 그것은 삶 자체에서 나온 이야기였다.

우리—스토리텔링 분야에서 활동하는 우리—가 너무 쉽게 잊어버리는 것은 언제나 삶이 핵심이라는 것이다. 사라진 어머니, 실패한 아버지, 마음이 굳센 형. 유개화차를 타고 율리시스라는 방랑자와 함께 대초원에서 도시로 온 여정. 발할라*가 구름 속에 떠 있는 것처럼 명백히 도시 위에 떠 있는 고가철도. 그리고 거기서 그 아이와 율리시스와 그는 인간의 역사만큼이나 오래된 모닥불 옆에 앉아…….

"시간이 됐어요." 율리시스가 말했다.

"무슨 시간?" 애버커스가 말했다.

"교수님이 계속 함께 가시겠다면."

"가고말고!" 그가 말했다. "자, 가세!"

캔자스시티에서 서쪽으로 20마일 떨어진 잡목림 숲에서 일어선 애버커스는 어둠 속에서 덤불을 헤치며 허정허정 나아갔다. 덤불에

✦ 북유럽 신화에서, 오딘 신을 위해 싸우다가 죽은 전사들이 머무는 궁전.

걸려 시어서커 재킷의 호주머니가 찢어졌다. 그는 숨을 헐떡이며 율리시스의 뒤를 따라 나무들 사이를 걷고, 경사면을 오르고, 잠시 후 유개화차로 들어갔다. 그들을 미지의 장소로 데려다줄 화차였다.

빌리

에밋 형은 잠들어 있었다. 형이 코를 골고 있었기 때문에 빌리는 형이 잠들었다는 것을 알 수 있었다. 형은 아버지처럼 크게 코를 골지는 않았지만, 잠이 들었다는 것을 알 수 있을 만큼은 코를 골았다.

빌리는 조용히 이불 속에서 빠져나와 카펫 위로 내려갔다. 침대 밑으로 손을 뻗어 배낭을 빼낸 뒤, 위쪽 덮개를 열고 군용 잉여 손전등을 꺼냈다. 빌리는 조심스럽게 빛이 카펫을 향하도록—형을 깨우지 않도록—겨눈 채 손전등을 켰다. 그런 다음 애버네이스 교수의 『영웅, 모험가 및 다른 용감한 여행자 개요서』를 꺼내서 25장을 펼친 후 연필을 집어 들었다.

빌리가 그의 이야기를 시간순으로 맨 처음부터 쓰려고 한다면 그는 에밋 형이 태어난 날인 1935년 12월 12일로 돌아가서 쓰기 시작할 것이다. 그때는 아버지와 어머니가 보스턴에서 결혼해서 네브래스카주로 이주한 지 2년 후였다. 대공황의 시기였고, 프랭클린 루스벨트가 대통령이었으며, 샐리 누나는 그때 거의 한 살이었다.

그러나 빌리는 맨 처음부터 시작하지 않을 작정이었다. 그는 **인메디아스 레스,** 즉 중간에서 시작할 생각이었다. 어려운 점은, 빌리가 루이스 기차역에서 에밋 형에게 설명했듯이, 어디가 중간인지를 아는 것이었다.

빌리가 생각한 한 가지 아이디어는 그와 에밋 형과 어머니와 아버지가 불꽃놀이를 보러 수어드에 간 날인 1946년 7월 4일에서 시작하는 것이었다.

빌리는 그때 갓난아이였기 때문에 수어드 여행이 어땠는지 기억할 수 없었다. 그러나 어느 날 오후, 에밋 형이 그 여행에 대해 다 얘기해주었다. 형은 빌리에게 불꽃놀이에 대한 어머니의 사랑을 얘기해주었고, 다락방에 있었던 소풍용 가방, 플럼크리크 공원 한가운데 잔디밭에 펼쳤던 격자무늬 테이블보에 대해서도 얘기해주었다. 그러므로 빌리는 형이 들려준 이야기를 이용하여 그날의 일을 정확히 묘사할 수 있을 것이다.

그리고 또 그에게는 사진이 있었다.

배낭 안으로 손을 뻗은 빌리는 가장 안쪽 주머니에 넣어둔 봉투를 꺼냈다. 봉투 덮개를 열고 사진을 꺼내 손전등 불빛 가까이에 댔다. 에밋, 요람 속에 있는 빌리, 어머니, 그리고 소풍용 가방이 격자무늬 테이블보 위에 나란히 늘어선 사진이었다. 사진 속에 아버지는 없었으므로 아버지가 이 사진을 찍은 게 틀림없었다. 사진 속의 모든 사람이 웃고 있었다. 비록 아버지는 사진 속에 없었지만, 빌리는 아버지도 분명 웃고 있었으리라는 것을 알 수 있었다.

빌리는 그 사진을 아버지의 책상 맨 아래 서랍에 있던 금속 상자에서 링컨 하이웨이 그림엽서들과 함께 발견했다.

그러나 에밋 형이 설라이나에서 집으로 돌아오면 엽서들을 형에게 보여주기 위해 그것들을 마닐라 봉투에 넣었을 때, 그 수어드 사진은 따로 다른 봉투에 넣었다. 그 사진을 다른 봉투에 넣은 이유는 수어드 여행의 기억이 형을 화나게 한다는 것을 알고 있었기 때문이다. 빌리가 그걸 알고 있는 이유는 형이 빌리에게 수어드 여행 이야기를 해줄 때 화가 나 있었기 때문이다. 그리고 형은 다시는 빌리에게 그 이야기를 하지 않았다.

빌리는 에밋 형이 언제까지나 어머니에게 화가 나지는 않을 거라는 걸 알고 있었으므로 그 사진을 보관해두었다. 그들이 샌프란시스코에서 어머니를 찾게 되면, 그리하여 어머니가 그들이 헤어져 있었던 세월 동안 생각해온 모든 것을 그들에게 얘기할 기회를 갖게 되면, 형은 더 이상 어머니에게 화가 나지 않을 것이다. 그때 빌리는 형에게 그 사진을 줄 것이고, 그러면 형은 빌리가 자신을 위해 사진을 보관해둔 것을 기뻐할 것이다.

그러나 빌리는 이야기를 거기서 시작하는 건 이치에 맞지 않는다고 생각하며 사진을 다시 봉투에 집어넣었다. 왜냐하면 1946년 7월 4일은 어머니가 아직 집을 떠나지도 않은 때였으니까. 그러므로 그 날 밤은 이야기의 중간이라기보다는 시작에 더 가까웠다.

빌리가 생각한 또 하나의 아이디어는 에밋 형이 지미 스나이더를 때린 날 밤에서 시작하는 것이었다.

그날 밤을 기억하는 데는 사진이 필요하지 않았다. 왜냐하면 그는 에밋 형과 함께 거기 있었고, 이제는 충분히 나이를 먹어서 그걸 기억할 수 있었으니까.

그날은 1952년 10월 4일 토요일, 풍물 시장 마지막 날 저녁이었다. 전날 밤 그들과 함께 풍물 시장에 다녀온 아버지는 토요일에는 그냥 집에 있겠다고 했다. 그래서 에밋과 빌리는 스튜드베이커를 타고 함께 그곳에 갔다.

어떤 해에는 풍물 장터의 기온이 가을의 시작인 것처럼 느껴지기도 하지만, 그해에는 여름의 끝처럼 느껴졌다. 빌리가 그걸 기억하는 이유는 풍물 장터에 가는 동안 차창을 내리고 있었고, 거기 도착해서는 그들의 재킷을 차에 두고 나가기로 마음먹었기 때문이다.

그들은 오후 5시, 이른 시간에 풍물 장터를 향해 출발했으므로 먹을 것을 사 먹고 놀이 기구도 몇 개 탈 수 있었다. 그러고도 바이올린 경연 대회장 앞자리 근처에 자리를 잡을 수 있는 시간이 있었다. 에밋과 빌리 모두 바이올린 경연 대회를 좋아했다. 특히 앞자리 가까이에 자리 잡았을 때가 좋았다. 그러나 그 특별한 날 밤, 시간이 충분히 남아 있었음에도 그들은 결국 그 바이올린 대회를 보러 가지 못했다.

회전목마를 타는 곳에서 바이올린 경연 무대를 향해 걸어가고 있을 때, 지미 스나이더가 야비한 말을 하기 시작했다. 처음에는 에밋 형이 지미의 말에 신경 쓰지 않는 것 같았다. 그러나 잠시 후 형은 화가 나기 시작했고, 빌리는 에밋 형을 끌고 그곳을 벗어나려 했지만 형은 가려고 하지 않았다. 그리고 지미가 아버지에 대해 마지막으로 야비한 말을 했을 때, 에밋 형은 지미의 코를 향해 주먹을 날렸다.

지미가 뒤로 넘어져 머리를 부딪힌 이후 몇 분 동안의 일은 빌리의 기억에 남아 있지 않은 것으로 보아 빌리는 눈을 감고 있었던 게 틀림없었다. 빌리가 기억하는 것은 주변에서 나는 소리뿐이었다. 지미의 친구들이 헉하고 내뱉는 숨소리, 이어 도와달라고 부르짖는 소리, 그런 다음 사람들이 주위에 모여들면서 에밋 형을 향해 외치는 소리. 잠시 후 에밋 형은 빌리의 손을 한 번도 놓지 않은 채로 이 사람 저 사람에게 무슨 일이 일어났는지 설명하려 애썼고, 이윽고 앰뷸런스가 도착했다. 그러는 동안에도 계속해서 회전목마의 증기 오르간에서는 음악이 흘러나오고, 소총 사격장에서는 소총 소리가 **펑, 펑, 펑** 울렸다.

그러나 거기서 이야기를 시작하는 것도 이치에 맞지 않는다고 빌리는 생각했다. 왜냐하면 풍물 장터에서의 그 밤은 에밋 형이 설라이나로 보내져 교훈을 얻기 전이었으니까. 그러므로 그것 또한 이야기의 시작에 해당했다.

중간이 되기 위해서는 이미 일어난 중요한 일들이 아직 일어나지 않은 중요한 일들만큼이나 많이 있어야 한다고 빌리는 생각했다. 에밋 형의 경우, 그것은 형이 이미 수어드에 가서 불꽃놀이를 보았어야 한다는 것을 의미했다. 어머니는 이미 링컨 하이웨이를 따라 샌프란시스코에 갔어야 했다. 에밋 형은 이미 농장 일을 그만두고 목수가 되었어야 했다. 그리고 형은 이미 저축한 돈으로 스튜드

✦ 빌리는 소총 소리를 와인병에서 코르크 마개가 빠져나오는 소리와 동일시하고 있다.

베이커를 구입했어야 했다. 형은 이미 풍물 장터에서 화가 나서 지미 스나이더의 코를 향해 주먹을 날렸어야 했고, 그로 인해 설라이나 소년원으로 보내져서 교훈을 얻었어야 했다.

그러나 더치스 형과 울리 형의 네브래스카주 도착, 뉴욕행 열차 타기, 스튜드베이커 찾기, 샐리 누나와의 재회, 그리고 그들이 곧 하려고 하는, 7월 4일에 어머니를 찾기 위한 타임스스퀘어에서부터 리전오브아너 미술관까지의 여행……. 이런 모든 일들은 아직 일어나지 않았어야 했다.

바로 그런 이유 때문에 25장을 펼친 뒤 연필을 손에 들고 몸을 기울인 빌리는, 에밋의 모험 이야기를 시작하기에 더없이 좋은 곳은 형이 원장의 차 앞좌석에 앉아 설라이나에서 집으로 돌아오는 그 시점이라고 판단했다.

에밋

아침 9시, 에밋은 125가 기차역에서 웨스트할렘으로 혼자 걸어
가고 있었다.

두 시간 전에 샐리는 아래층 휘트니 씨네 부엌으로 내려와서 빌
리가 깊이 잠들었다는 얘기를 들었다.

"무척 피곤했나 봐." 에밋이 말했다.

"나도 그렇게 생각해." 샐리가 말했다.

에밋은 잠시 샐리의 말은 자신을 향한 것이라고 생각했다. 요 며
칠 동안 빌리를 너무 많은 시련에 노출시킨 것에 대한 따끔한 일침
이라고 생각한 것이었다. 그러나 샐리의 표정을 본 후 그녀는 단지
에밋 자신의 생각—빌리는 너무 지쳐 있다는 생각—에 공감하고
있을 뿐이라는 것을 알 수 있었다.

그래서 두 사람은 빌리를 계속 자도록 내버려두기로 했다.

"게다가," 샐리가 말했다. "난 침대 시트를 세탁하고 다른 침대를

정리하려면 시간이 좀 필요할 것 같아."

그러는 동안 에밋은 기차를 타고 할렘으로 가서 스튜드베이커를 찾기로 했다. 빌리는 타임스스퀘어에서 그들의 여행을 시작하기를 몹시 원하고 있기 때문에 에밋은 샐리에게 그들 세 사람이 10시 30분에 거기서 만나는 게 어떻겠느냐고 제안했다.

"좋아." 샐리가 말했다. "그런데 서로를 어떻게 찾지?"

"거기 먼저 도착한 사람이 캐나다클럽 간판 아래서 기다리면 될 거야."

"그곳이 어디에 있는데?"

"걱정할 거 없어." 에밋이 말했다. "그곳을 찾는 데 아무 문제 없을 거야."

에밋이 자동차 수리소에 도착했을 때 타운하우스는 거리에서 그를 기다리고 있었다.

"네 차, 다 준비됐어." 그가 악수를 하고 나서 말했다. "돈 봉투는 돌려받았어?"

"돌려받았어."

"잘됐다. 이제 너와 빌리는 캘리포니아로 떠날 수 있겠구나. 하마터면 늦을 뻔했어……."

에밋은 친구를 쳐다보았다.

"어젯밤에 경찰이 또 왔어." 타운하우스가 말을 이었다. "그런데 이번엔 순찰 경찰관이 아니라 두 명의 형사였어. 더치스에 관해 전에 물었던 것과 똑같은 걸 물어봤는데, 이번엔 너에 대해서도 물어보는 거야. 그런 다음 너나 더치스에게서 소식을 듣고도 자기들에게 알려주지 않으면 호된 어려움을 겪을 거라고 단단히 일러두더라고. 네 스튜드베이커의 생김새와 일치하는 차가 구약성경 애컬리의 집 근처에서 목격되었기 때문이라는 거야. 누군가가 애컬리를 병원으로 보내버린 그날 오후에 말이지."

"병원?"

타운하우스가 고개를 끄덕였다.

"한 명인지 여러 명인지는 모르지만, 어떤 알 수 없는 사람이 인디애나주에 있는 애컬리의 집에 들어가서 둔기로 그의 머리를 내리친 것 같아. 그들은 애컬리가 괜찮을 거라고 생각하나 보던데, 아무튼 아직 의식이 돌아오진 않았대. 그사이에 경찰이 시내의 어떤 값싼 숙박업소로 더치스의 아버지를 찾아갔나 봐. 더치스의 아버지는 거기 없었지만 더치스는 그곳을 다녀갔다는 거야. 또 다른 백인 청년과 함께, 연푸른색 차를 몰고 말이지."

에밋이 손으로 자신의 입을 가렸다.

"맙소사."

"나도 깜짝 놀랐어. 내 입장에선 그 빌어먹을 애컬리의 상태가 얼마나 심한지는 모르겠지만 그렇게 당해도 싸다고 생각해. 하지만 넌 당분간 뉴욕시에서 벗어나 있는 게 좋을 것 같아. 그동안 더치스와도 거리를 두는 게 좋을 테고. 자, 쌍둥이가 안에 있어."

에밋을 데리고 앞장서서 걸어간 타운하우스는 수리 구역을 지나 곤살레스 형제와 오티스라는 녀석이 기다리고 있는 곳으로 갔다. 스튜드베이커가 방수포에 덮인 채 뒤에 있었고, 파코와 피코가 흰이를 드러낸 채 커다란 미소를 짓고 있었다. 두 숙련공은 자기들의 작품을 보여주고 싶어 안달이 나 있었다.

"다 됐지?" 타운하우스가 물었다.

"다 됐어." 파코가 말했다.

"그럼 보여줘."

형제가 방수포를 당겨서 벗겼을 때 타운하우스, 에밋, 오티스는 잠시 아무 말도 하지 않았다. 잠시 후에야 오티스가 몸을 떨며 웃어 댔다.

"노란색?" 에밋이 믿기지 않는다는 듯이 물었다.

형제는 에밋을 쳐다보다가 눈을 돌려 서로를 바라보았고, 그러다 다시 에밋을 쳐다보았다.

"노란색이 어때서?" 파코가 방어적인 태도로 물었다.

"노란색은 겁쟁이의 색이지." 오티스가 또다시 웃으며 말했다.

피코가 쌍둥이 형에게 스페인어로 뭐라고 빠르게 말했다. 그의 말이 끝나자 파코가 나머지 사람들을 향해 고개를 돌렸다.

"피코 말로는 이건 겁쟁이의 노란색이 아니래. 이 색은 말벌의 노란색이라는 거야. 게다가 이 차는 말벌처럼 보일 뿐만 아니라 말벌처럼 **쏘기도** 한다는 거야."

파코가 새 모델의 특징을 강조하는 세일즈맨처럼 차를 가리키며 말했다.

"우린 도색 작업 외에도 움푹 파인 곳을 수리했고, 크롬 광택을 복원했고, 변속기를 플러싱했어. 그뿐만 아니라 후드 아래에 몇 마력을 추가하기도 했단 말이야."

"흠," 오티스가 말했다. "적어도 경찰은 이제 이 차를 알아보지 못하겠군."

"만약 그렇다면," 파코가 말했다. "경찰은 이 차를 붙잡을 수도 없겠지."

곤살레스 형제는 만족스러운 기분을 함께 나누며 웃었다.

에밋은 처음에 자신이 보인 반응을 후회하면서 꽤 길게 감사를 표했다. 특히 두 형제가 작업을 해낸 속도를 고려하면 더욱더 감사했다. 그러나 그가 뒷주머니에서 현금 봉투를 꺼냈을 때 두 형제 모두 고개를 저었다.

"이 일은 타운하우스를 위해 한 거야." 파코가 말했다. "우린 타운하우스에게 빚진 게 있거든."

에밋이 타운하우스를 차에 태우고 126가까지 가는 동안 두 사람은 곤살레스 형제에 대해, 그리고 에밋의 차와 새로운 말벌 모델에 대해 얘기하며 웃었다. 적갈색 사암 집 앞에 차를 세웠을 무렵, 그들은 말이 없었으며 아무도 차 문손잡이로 손을 가져가지 않았다.

"왜 하필 캘리포니아야?" 잠시 후 타운하우스가 물었다.

에밋은 처음으로 아버지가 남겨준 돈에 대한 자신의 계획을 소리내어 설명했다. 즉 낡은 집을 사서 수리하고, 그걸 팔아서 두 채를 사는 식으로 돈을 불릴 계획인데, 그러려면 인구가 많은 데다 계속 늘어나는 주에서 살아야 한다는 설명을 해주었다.

"그건 딱 들어도 에밋 왓슨다운 계획이군." 타운하우스가 싱긋 웃으며 말했다.

"넌 어때?" 에밋이 물었다. "이제 뭐 할 거야?"

"잘 모르겠어."

타운하우스는 조수석 창문으로 자기 집 현관 계단을 내다보았다. "어머니는 내가 학교로 돌아가길 원하셔. 장학금을 받고 대학 구기팀에서 활약하는 몽상을 하고 계시지. 둘 다 일어나지 않을 일인데 말이야. 그리고 아버지는 내가 우체국에서 일하기를 원하시고."

"네 아버지는 그 일을 좋아하시잖아. 그렇지?"

"오, 좋아하는 정도가 아니야, 에밋. 아버지는 그 일을 사랑하셔."

타운하우스가 가벼운 미소를 머금고 고개를 저었다.

"우편집배원이 되면 우체국에서 담당 구역을 정해줘. 그건 알지? 그 구역을 우편낭을 둘러메고 매일 오르내려려 해. 마치 짐 나르는 노새가 길을 가듯이 말이야. 그런데 아버지에겐 그게 일처럼 느껴지지 않는 것 같아. 왜냐하면 아버지는 자기 구역의 모든 사람을 알고 있고, 또 모든 사람은 아버지를 알고 있으니까. 나이 많은 할머니, 아이들, 이발사, 식료품 가게 사람들……."

타운하우스는 다시 고개를 저었다.

"6년 전 어느 날 밤, 아버지는 몹시 풀 죽은 모습으로 집에 돌아오셨어. 전에 본 적이 없는 모습이었지. 어머니가 무슨 일이냐고 묻자 아버지는 울음을 터뜨렸어. 우린 누가 죽기라도 한 줄 알았지. 그런데 알고 보니 아버지가 그 구역에서 15년을 근무했는데, 우체국 당국자들이 아버지의 담당 구역을 바꿔버린 것이었어. 그들이 아버지의 구역을 남쪽으로 여섯 블록, 동쪽으로 네 블록 옮긴 것인데, 그 일이 아버지를 이루 말할 수 없이 슬프게 한 거야."

"그래서 어떻게 됐어?" 에밋이 물었다.

"아버지는 다음 날 아침 일어나서 힘없이 터벅터벅 문밖으로 걸어 나가셨지. 그리고 그해 연말 무렵엔 아버지는 그 구역도 몹시 좋아하게 되었어."

두 친구는 함께 웃었다. 그때 타운하우스가 손가락 하나를 허공에 치켜들었다.

"하지만 아버지는 첫 번째 구역을 결코 잊지 않으셨어. 매년 전몰 장병 추모일*이면 아버지가 비번인 경우, 아버지는 옛 구역을 걸어 다니셨어. 당신을 알아보는 모든 사람에게 인사를 하고, 당신을 알지 못하는 사람 가운데 태반의 사람에게도 인사를 하며 걸어 다니신 거야. 아버지 말에 따르면, 우편집배원이라는 직업은 미국 정부가 친구를 사귀라고 돈을 주는 직업인 거야."

"네 말을 들으니, 그 직업이 나빠 보이지 않네."

"그래, 나쁘지 않을 거야." 타운하우스가 동의했다. "아마 나쁘지 않을 거야. 하지만 그런 아버지를 무척 사랑하긴 해도, 나로서는 그렇게 사는 것을 상상할 수가 없어. 매일매일, 매주 매주, 매년 매년 같은 땅을 걸어 다니는 걸 말이야."

"알았어. 대학도 아니고 우체국도 아니라면, 그럼 뭘 하고 싶어?"

"군대에 들어갈까 생각하고 있어."

"군대?" 에밋이 놀라며 물었다.

"그래, 군대." 타운하우스가 마치 그 소리를 자기 자신에게 들려주려는 듯한 어조로 말했다. "안 될 거 없잖아. 지금은 전쟁이 없어. 보수도 괜찮고 오래도록 할 수 있는 일이기도 해. 운이 좋으면 해외에 배치되어 세상의 다른 어떤 것들을 볼 수도 있을 테고."

"넌 막사로 되돌아가려 하는구나." 에밋이 지적했다.

"난 그런 생각은 별로 하지 않았는데." 타운하우스가 말했다.

"집합…… 명령 복종…… 제복 착용……."

✦ 5월 마지막 월요일이다.

"바로 그거야, 에밋. 우리 흑인들은 우편낭을 메고 돌아다니든, 엘리베이터 운전원이 되든, 주유소에서 기름 넣는 일을 하든, 아니면 감옥 생활을 하든, 아무튼 제복을 입게 될 거야. 그러니 나에게 어울리는 제복을 고르는 편이 나을 것 같아. 내가 자중하고 책임을 다한다면 진급할 수 있을 거라고 생각해. 장교가 될 수도 있겠지. 나로서는 그게 올바른 방향이지 싶다."

"이해가 간다." 에밋이 말했다.

"그렇지?" 타운하우스가 말했다. "나도 그래."

이윽고 타운하우스가 차에서 내리자 에밋도 따라 내렸다. 에밋은 차의 앞을 돌아 인도에서 타운하우스와 마주했고, 거기서 그들은 서로 통하는 사람끼리의 무언의 애정을 담아 악수했다.

지난주에 빌리가 엽서를 펼쳐놓고 자기들이 캘리포니아주에서 가장 큰 독립기념일 행사에 참석함으로써 어머니를 찾는 방법에 대해 에밋에게 설명했을 때, 에밋은 동생의 생각을 기껏해야 상상의 산물일 뿐이라고 여겼었다. 그런데도, 지금 에밋과 타운하우스는 어디에 정착할지에 대한 실질적인 확신 없이 서로 다른 방향으로 막 가려고 하는 두 젊은이라는 사실에도 불구하고, 타운하우스가 헤어지면서 **'다음에 봐'**라고 말했을 때 에밋은 그 말이 거짓 아닌 진실이라는 것을 조금도 의심하지 않았다.

━━━

"헉, 이게 뭐야." 샐리가 말했다.

"내 차야." 에밋이 말했다.

"차가 마치 여기 있는 광고판들처럼 보이는데."

그들은 타임스스퀘어 북쪽 끝에 서 있었다. 에밋은 스튜드베이커를 그곳에, 베티 바로 뒤에 주차했다.

샐리가 에밋의 차를 그들 주변에 있는 광고판들에 비교한 데는 충분한 이유가 있었다. 차가 광고판만큼이나 시선을 사로잡았기 때문이다. 그런 까닭에 차는 한둘씩, 두셋씩 지나가는 행인들의 눈을 끌기 시작했다. 에밋은 그 행인들과 눈을 마주치지 않으려 했으므로 그들이 걸음을 멈추고서 킥킥거리는지, 아니면 감탄 어린 눈으로 바라보는지 알지 못했다.

"노란색이잖아!" 빌리가 근처의 신문 가판대에서 돌아오면서 외쳤다. "옥수수의 노란색 같은 노란색이야."

"실은 말벌의 노란색이야." 에밋이 말했다.

"네가 그렇다면 그렇다고 해야지 뭐." 샐리가 말했다.

에밋은 화제를 바꾸고 싶어서 빌리의 손에 들린 가방을 가리켰다.

"거기에 뭐가 들어 있니?"

샐리가 자신의 트럭으로 돌아갔을 때 빌리는 그가 구입한 것을 가방에서 조심스럽게 꺼내 에밋에게 건넸다. 타임스스퀘어 그림엽서였다. 사진 맨 위쪽은 빌딩 뒤로 보이는 조그마한 한 조각 하늘이었다. 그 하늘은 빌리가 모은 다른 엽서들에 있는 하늘과 똑같이 티없이 푸르렀다.

빌리는 에밋 옆에 서서 그림엽서 속의 랜드마크들을 가리켰다.

"알아보겠어? 여기 크라이테리언 극장이 있어. 여기가 본드 의류 매장. 그리고 캐멀 담배 간판. 여기 캐나다클럽 간판도 있어."

빌리는 실제 건물들을 보기 위해 주위를 둘러보았다.

"신문 가판대에 있는 사람이 말하길, 밤이 되면 간판들이 불을 밝힌댔어. 하나도 빠짐없이 다. 형은 상상이 돼?"

"정말 굉장하네."

빌리의 눈이 휘둥그레졌다.

"형은 간판들이 환하게 불을 밝혔을 때 여기 온 적이 있어?"

"아주 잠깐 여기 있었어." 에밋이 시인했다.

"안녕, 친구." 흑갈색 머리 여자의 어깨에 팔을 걸친 한 선원이 말했다. "우릴 차에 좀 태워주면 안 될까?"

에밋은 그 사람을 무시한 채 동생과 더 가까이 얘기하기 위해 쭈그리고 앉았다.

"여기 타임스스퀘어에 있는 게 즐겁고 신난다는 거 나도 알아, 빌리. 하지만 우린 갈 길이 멀어."

"그리고 우린 이제 곧 출발하는 거야."

"맞아. 그럼 마지막으로 한 번 주위를 둘러보자. 그러고 나서 샐리에게 작별 인사를 하고 출발할 거다."

"알았어, 에밋 형. 그게 좋을 것 같아. 난 마지막으로 한 번 주위를 둘러볼 거야. 그런 다음 우린 출발하는 거야. 그렇지만 샐리 누나에게 작별 인사를 할 필요는 없어."

"왜?"

"베티 때문에."

"베티가 어떻게 됐는데?"

"완전히 맛이 간 것 같아." 샐리가 말했다.

에밋이 고개를 들어 쳐다보니 샐리가 한 손에는 여행 가방을, 다른 손에는 바구니를 든 채 에밋의 차 조수석 쪽 문 옆에 서 있었다.

"샐리 누나가 모건에서 여기까지 오는 동안 이 트럭이 두 번이나 과열되었대." 빌리가 설명했다. "그리고 우리가 여기 타임스스퀘어에 도착했을 땐 커다란 증기구름이 피어오르고 딸깍거리는 소리가 났었어. 그러고 나서 트럭이 멎어버린 거야."

"내가 베티를 본래의 능력보다 조금 더 과하게 부린 것 같아." 샐리가 말했다. "그렇지만 베티는 우리를 필요한 곳까지는 데려다주었어. 베티에게 신의 가호가 있기를."

에밋이 다시 일어났을 때 샐리는 시선을 그에게서 스튜드베이커로 옮겼다. 잠시 후 에밋은 샐리를 위해 뒷문을 열어주려고 앞으로 나섰다.

"우리 셋 다 앞좌석에 타야 해." 빌리가 말했다.

"그럼 조금 좁을 텐데." 에밋이 말했다.

"그건 그렇겠지." 샐리가 말했다.

그녀는 여행 가방과 바구니를 뒷좌석에 내려놓고 뒷문을 닫은 다음, 앞문을 열었다.

"네가 먼저 타, 빌리." 그녀가 말했다.

빌리가 배낭을 가지고 차에 오른 뒤 샐리가 뒤따라 올라탔다. 그런 다음 그녀는 두 손을 무릎에 얹고 앞 유리창을 통해 정면을 똑바로 바라보았다.

"고마워." 에밋이 문을 닫을 때 그녀가 말했다.

에밋이 운전석에 앉았을 때 빌리는 이미 지도를 펼쳐놓고 있었다. 이어 빌리는 지도에서 눈을 떼고 앞을 바라보며 창문을 통해 방향을 가리켰다.

"내가 두 번째로 말을 건넨 경찰관인 윌리엄스 경관님이 링컨 하이웨이의 공식적인 출발점은 42가와 브로드웨이가 만나는 길모퉁이라고 했어. 거기서 우회전해서 강 쪽으로 가야 해. 경관님 말로는, 링컨 하이웨이가 처음 개통되었을 땐 페리를 타고 허드슨강을 건너야 했지만 지금은 링컨 터널을 이용하면 된대."

에밋은 지도를 가리키면서 샐리에게, 링컨 하이웨이는 미국 최초의 대륙 횡단 도로라고 설명해주었다.

"나에게 말해주지 않아도 돼." 그녀가 말했다. "나도 다 알고 있거든."

"맞아." 빌리가 말했다. "샐리 누나는 다 알고 있어."

에밋은 차에 기어를 넣었다.

그들이 링컨 터널에 들어섰을 때 빌리는 당황한 표정의 샐리에게 차가 허드슨강 아래를 달리고 있다고 설명해주었다. 그 강은 며칠 전 저녁에 몇 대의 전함✦이 항해하는 것을 빌리 자신이 보았을 정도로 깊은 강이라고 덧붙였다. 그런 다음 빌리는 그녀를 위해 고가철도와 스튜와 모닥불에 대해 얘기하기 시작했고, 그러는 동안 에밋은 자신의 생각에 빠져들었다.

이제 그들은 차를 타고 달리고 있었으므로 에밋이 나중에 생각하려고 미루어두었던 것, 생각하고 싶었던 것들이 길 앞에 놓여 있었다. 곤살레스 형제가 후드 아래에 몇 마력을 추가했다고 말했을 때, 그들은 농담을 한 게 아니었다. 에밋은 가속페달을 밟을 때마다 그걸 느

✦ 빌리가 기억을 왜곡하고 있다.

낄 수—그리고 들을 수—있었다. 그러므로 필라델피아와 네브래스카주 사이의 고속도로가 별로 막히지만 않는다면 평균 시속 50마일 정도로, 어쩌면 60마일로 달릴 수 있을 거라는 생각이 들었다. 그러면 다음 날 오후 늦게쯤 샐리를 모건에 내려주고, 마침내 서쪽을 향해서 갈 길을 갈 수 있을 것이다. 그들 앞에 펼쳐질 와이오밍주와 유타주와 네바다주, 그리고 1600만 명에 육박해가는 인구가 사는 그들의 목적지 캘리포니아주의 풍경을 감상하면서 말이다.

그러나 차가 링컨 터널에서 빠져나와 뉴욕시를 뒤에 두게 되었을 때, 에밋은 자기도 모르게 앞에 있는 길을 생각하기보다는 타운하우스가 그날 아침에 했던 말, 즉 더치스와 거리를 두는 게 좋을 거라는 말을 돌이켜 생각하고 있었다.

그것은 에밋 자신의 직감과도 일치하는 좋은 충고였다. 유일한 문제는 애컬리를 공격한 사건이 공개적인 문제라고 한다면, 경찰은 더치스뿐 아니라 **그도** 찾으려 할 거라는 점이었다. 애컬리가 회복될 거라는 가정 아래서 그렇다는 것이다. 만약 애컬리가 의식을 회복하지 못하고 죽는다면 경찰 당국은 그들 둘 중 한 명을 구금할 때까지 추적을 멈추지 않을 터였다.

에밋은 오른쪽으로 흘끗 눈을 돌려 빌리가 다시 지도를 들여다보고 있고 샐리는 길을 응시하고 있는 것을 보았다.

"샐리······."

"응?"

"왜 피터슨 보안관이 널 보러 온 거야?"

지도를 들여다보던 빌리가 고개를 들었다.

"보안관이 누나를 보러 왔어, 샐리 누나?"

"아무것도 아니었어." 그녀가 두 사람을 안심시키려 했다. "그 얘기 꺼내는 것조차 어리석다는 생각이 들어."

"이틀 전에는 그 일이 트럭을 몰고 국토의 절반을 가로질러 달려왔어야 할 만큼 중요한 일이라고 생각했잖아." 에밋이 지적했다.

"그건 이틀 전이고."

"샐리."

"알았어, 알았어. 그건 네가 제이크 스나이더에게 말려들어서 겪어야 했던 그 일과 관련이 있었어."

"시내에서 제이크가 에밋 형을 때렸던 일 말이에요?" 빌리가 물었다.

"제이크와 나는 뭔가 개운치 않은 문제를 해결했던 것일 뿐이야." 에밋이 말했다.

"나도 그렇게 생각해." 샐리가 말했다. "어쨌든, 너와 제이크가 개운치 않은 문제를 해결하고 있을 때 그곳에 제이크의 친구인 다른 사람이 있었나 봐. 그리고 얼마 후, 그 친구가 비주 뒷골목에서 머리를 얻어맞은 거야. 너무 심하게 얻어맞아서 그 친구는 앰뷸런스에 실려 병원으로 가야 했어. 피터슨 보안관은 폭력을 행사한 사람이 네가 아니라는 걸 알고 있어. 넌 그때 보안관과 함께 있었으니까. 그런데 나중에 그날 시내에 한 낯선 청년이 있었다는 얘기를 보안관이 들은 거야. 그 때문에 날 보러 온 거였어. 너를 찾아온 손님들이 있었는지 물어보려고 말이야."

에밋은 샐리를 쳐다보았다.

"난 당연히 없었다고 말했지."

"없었다고 말했어요, 누나?"

"그래, 빌리, 없었다고 했어. 거짓말이었지. 그렇지만 그건 **하얀** 거짓말이었어. 게다가 네 형의 친구 가운데 한 사람이 비주 뒷골목에서 일어난 일에 관련되어 있다는 생각은 말도 안 돼. 울리는 애벌레를 밟지 않기 위해 1마일쯤 벗어나서 걸어갈 사람이야. 그리고 더치스는? 음, 페투치네 뭐라는 요리를 만들고 완벽하게 식탁을 차려서 대접할 줄 아는 사람은 절대 2x4인치 각목으로 다른 사람의 머리를 내리칠 수 없어."

설교가 끝났군, 에밋은 생각했다.

그러나 에밋은 확신이 서지 않았다…….

"빌리, 내가 시내에 간 날 아침에 더치스와 울리가 너랑 함께 있었지?"

"응, 함께 있었어."

"내내 계속해서?"

빌리는 잠시 생각에 잠겼다.

"울리 형은 내내 계속 나랑 함께 있었어. 그리고 더치스 형은 대부분의 시간 동안 우리랑 함께 있었어."

"더치스가 너랑 함께 있지 않았던 때는 언제야?"

"더치스 형이 산책 갔을 때."

"시간이 얼마나 걸렸어?"

빌리는 다시 생각에 잠겼다.

"『몬테크리스토 백작』『로빈 후드』『테세우스』『조로 이야기』를 다 끝낼 만큼 걸렸어. 다음에 좌회전이야, 형."

링컨 하이웨이 표지판을 본 에밋은 다른 차선으로 옮긴 다음, 잠시 후 좌회전했다.

뉴어크를 향해 차를 모는 동안 에밋은 네브래스카에서 무슨 일이 일어났는지를 마음의 눈으로 볼 수 있었다. 더치스는 에밋에게서 남의 눈에 띄지 않도록 하라는 요청을 받았음에도 시내로 나간 것이었다. (틀림없이 그랬을 것이다.) 그는 시내에서 에밋이 제이크와 맞서고 있는 것을 우연히 발견했을 테고, 그 지저분한 일을 다 목격했을 것이다. 하지만 그렇다 해도 왜 군이 제이크의 친구를 때린 걸까?

에밋은 스튜드베이커에 몸을 기대고 있던, 큰 키에 카우보이모자를 쓴 낯선 녀석을 떠올리면서 그의 거만스러운 태도와 우쭐해하는 표정을 기억해냈다. 다툼이 벌어지는 동안 녀석이 제이크를 부추기던 모습을 기억해냈다. 그리고 마지막으로 그 낯선 녀석이 처음 지껄였던 **"왓슨, 여기 제이크가 네게 아직 남은 볼일이 있는 것 같은데"** 라는 말을 기억해냈다.

녀석은 그런 표현을 썼어, 에밋은 생각했다. '**남은 볼일**'이라는. 그런데 그 늙은 공연자 피츠윌리엄스에 따르면, '**남은 볼일**'은 정확히 더치스가 자기 아버지에 관해서 쓴 말이 아니었던가…….

에밋은 갓길에 차를 세우고 두 손을 운전대에 얹은 채 가만히 앉아 있었다.

샐리와 빌리가 호기심 어린 눈으로 그를 쳐다보았다.

"왜 그래, 형?" 빌리가 물었다.

"더치스와 울리를 찾으러 가야 할 것 같아."

샐리가 놀란 표정을 지었다.

"둘은 설라이나로 돌아가고 있다고 휘트니 부인이 말했잖아."

"걔들은 설라이나로 돌아가고 있지 않아." 에밋이 말했다. "걔들은 애디론댁에 있는 월콧 가족의 별장으로 가고 있어. 유일한 문제는 그곳이 어디인지 내가 모른다는 거야."

"난 그곳이 어디인지 알아." 빌리가 말했다.

"네가 알아?"

빌리는 아래를 내려다보며 손가락 끝을 뉴저지주의 뉴어크에서 시작하여 링컨 하이웨이를 따라가다가 잠시 후 위로 방향을 틀더니, 누군가가 커다란 빨간색 별을 그려놓은 뉴욕주 북부의 가운데 지점으로 천천히 움직였다.

샐리

우리가 뉴저지주의 별 볼 일 없는 지역을 달릴 때도, 에밋이 차를 갓길에 세우고 더치스와 울리를 찾으러 뉴욕주 북부로 가야 한다고 말했을 때도 나는 한마디도 하지 않았다. 네 시간 후, 하룻밤을 묵기 위한 곳이라기보다는 기부한다는 마음으로 들르는 곳처럼 보이는 길가 모텔에 차를 세웠을 때도 나는 한마디도 하지 않았다. 그리고 모텔의 허름하고 비좁은 사무실에서 에밋이 슐트 씨 이름으로 숙박부를 작성했을 때도 나는 한마디도 하지 않았다.

그러나…….

방을 잡고 나서 빌리가 목욕을 하도록 내가 빌리를 욕실로 들여보냈을 때, 에밋은 나에게 주의를 집중했다. 그는 짐짓 심각한 표정을 지으며 그가 더치스와 울리를 찾는 데 시간이 얼마나 걸릴지 알 수 없다고 말했다. 몇 시간이 걸릴 수도 있고 그 이상이 걸릴 수도 있다고 했다. 그러나 일단 그가 돌아오면 우리 세 사람은 먹을 것을 좀 먹고 푹 잘 수 있을 거라고 했다. 그리고 다음 날 아침 7시에 우리가 다시 길을 나선다면, 수요일 저녁에는 자기들이 가는 길에서 크게 벗어나는 일 없이 모건 근처에 나를 내려줄 수 있을 거라고 말했다.

그때 그동안 한마디도 하지 않았던 나의 말이 한꺼번에 터져 나왔다.

"너희가 가는 길에서 벗어나게 될 걱정은 하지 마." 내가 말했다.

"괜찮아." 그가 나를 안심시켰다.

"저기, 아무튼 그건 별로 중요하지 않아. 왜냐하면 나는 모건 근처에서 내릴 생각이 없으니까."

"알았어." 그가 약간 머뭇거리며 말했다. "그럼 어디서 내리고 싶은 거야?"

"샌프란시스코라면 괜찮을 것 같아."

에밋은 잠시 나를 쳐다보았다. 그런 다음 눈을 감았다.

"에밋, 네가 눈을 감는다고 내가 여기 없는 것은 아니야." 내가 말했다. "전혀 그렇지 않아. 실은 네가 눈을 감으면 내가 여기 있을 뿐만 아니라 빌리도 여기 있고, 이 앙증맞은 모텔도 여기 있고, 온 세상이 여기 있는 거야. 네가 두고 간 바로 그 자리에 말이야."

에밋이 다시 눈을 떴다.

"샐리," 그가 말했다. "내가 너에게 무슨 기대감을 주었는지, 또는 네가 스스로 어떤 기대감을 품게 되었는지 모르겠지만……."

이건 또 뭐람? 나는 의아했다. 그가 나에게 무슨 기대감을 주었는지? 내가 스스로 어떤 기대감을 품었는지? 나는 한마디도 놓치지 않으려고 조금 더 가까이 몸을 기울였다.

"……빌리와 나는 올해 아주 많은 일을 겪었어. 아버지와 농장을 잃었고……."

"계속해." 내가 말했다. "열심히 듣고 있어."

에밋이 목청을 가다듬었다.

"그러니까…… 우리가 겪은 모든 일을 고려하면…… 빌리와 내가 지금 당장 해야 할 일은…… 둘이 함께 새 출발을 하는 거라고 생각해. 빌리와 나 둘이서만."

나는 잠시 그를 빤히 쳐다보았다. 그런 다음 휴 하고 한숨을 내쉬었다.

"어쩐지." 내가 말했다. "너는 내가 네 가정의 일원이 될 생각으로 네 차를 타고 함께 샌프란시스코로 가려 한다고 생각하는구나."

그는 조금 불편해 보였다.

"샐리, 내 말은 단지……."

"아, 네가 무슨 말을 하고 있는지 알아. 네가 방금 전에 말했으니까. 네가 우물거리고 쭈물거리며 말했지만, 네 말뜻은 크고 또렷하게 전달되었어. 그러니 이제 내가 크고 또렷하게 대답해줄게. 에밋 왓슨 씨, 예측할 수 있는 가까운 장래에 내가 꾸리고자 하는 유일한 가정은 나 혼자만의 1인 가정이야. 내가 하는 모든 요리와 청소가 나 자신을 위한 곳인 그런 가정이란 말이야. **내** 아침 식사, **내** 점심 식사, **내** 저녁 식사를 만들 거야. **내** 식기를 설거지하고, **내** 옷을 세탁하고, **내** 방바닥을 쓸 거란 말이야. 그러니 내가 너의 새 출발에 찬물을 끼얹을 거란 걱정은 하지 마. 지난번에 확인해보니까 새로 시작할 것들이 많더구나."

에밋이 문을 나가 밝은 노란색 차에 오르는 것을 지켜보면서 나는 미국에는 정말 커다란 것이 많다고 속으로 생각했다. 엠파이어 스테이트 빌딩과 자유의 여신상은 크다. 미시시피강과 그랜드캐니언은 크다. 대초원 위의 하늘은 크다. 그러나 인간의 자기 과대평가보다 더 큰 것은 없다.

나는 고개를 저으며 문을 획 닫은 다음, 빌리가 잘하고 있는지 알아보려고 욕실의 문을 노크했다.

━━━

나는 빌리 왓슨을 그의 형을 제외하고는 누구보다도 더 잘 안다고 생각한다. 빌리가 어떻게 닭고기와 완두콩과 으깬 감자를 먹는지 안다(닭고기로 시작해서 완두콩으로 옮겨 가며 감자는 마지막에 먹는다). 나는 빌리가 어떻게 숙제를 하는지 안다(부엌 테이블에 똑바로 앉아서 숙제하며, 실수의 흔적은 연필 끝에 달린 조그만 고무지우개를 사용하여 지운다). 나는 빌리가 어떻게 기도하는지 안다(언제나 잊지 않고 그의 아버지, 어머니, 형, 그리고 나를 포함한다). 그러나 나는 그가 어떻게 곤란한 상황에 빠지게 되는지도 안다.

5월 첫 번째 목요일이었다.

그걸 기억하는 것은 내가 교회 친교 모임을 위해 레몬머랭 파이를 만들고 있을 때 그 전화를 받았기 때문이다. 나에게 학교로 와줄 것을 요청하는 전화였다.

교장실로 들어갔을 때, 나는 이미 약간 화가 나 있었다는 것을 인정한다. 머랭을 만들려고 달걀흰자를 젓는 일을 막 끝냈을 때 전화를 받았기 때문에 나는 오븐을 끄고 달걀흰자를 싱크대에 버려야 했었다. 그러나 교장실 문을 연 뒤 헉슬리 교장의 책상 앞 의자에 앉은 빌리가 고개를 숙이고 자기 신발을 응시하고 있는 모습을 보았을 때는 얼굴이 화끈 달아올랐다. 빌리 왓슨은 지금까지 한 번도 고개를 숙이고 자기 신발을 내려다보아야 했던 적이 없었다는 사실을 나는 알고 있다. 그러므로 그가 고개를 숙이고 신발을 내려다보고 있다면, 그것은 누가 그로 하여금 그렇게 하지 않을 수 없도록 느끼게 했기 때문이다.

"저기, 교장 선생님," 내가 헉슬리 교장에게 말했다. "선생님께서 우리를 여기 선생님 앞에 불러 모았습니다. 무슨 문제가 있는지요?"

알고 보니, 점심시간 직후에 학교에서는 이른바 핵 공격 대피 훈련을 실시했었다. 수업 도중에, 아이들이 정상적으로 수업을 받고 있는 동안에, 학교 종이 연속 다섯 번 울리면 아이들은 곧바로 책상 밑으로 들어가서 몸을 숙인 채 두 손을 머리에 꼭 얹고 있어야 했다. 그러나 학교 종이 울리고 쿠퍼 선생님이 아이들에게 해야 할 일을 상기시켰을 때, 빌리는 그렇게 하기를 거부했다.

빌리는 거부하는 경우가 별로 없다. 그러나 일단 거부하기로 마음먹으면 아주 강하게 거부했다. 쿠퍼 선생님이 아무리 달래고 강요하고 꾸짖어도 빌리는 다른 친구들처럼 책상 밑으로 들어가려 하지 않았다.

"나는 빌리에게 이 훈련의 목적은 너 자신의 안전을 위한 거라고 설명해주었어." 헉슬리 교장이 나에게 말했다. "그리고 이 훈련에 참여하기를 거부하면 빌리는 자신을 위험에 빠뜨릴 뿐만 아니라, 혼란이 다른 사람들에게 엄청난 피해를 입힐 수 있는 그 순간에 혼란을 초래하게 된다는 점도 설명해주었네."

세월은 헉슬리 교장에게 다정하지 않았다. 그의 정수리 부위 머리숱은 듬성듬성했고, 마을에서는 교장의 부인이 캔자스시티에 **남자 친구를** 두고 있다는 소문이 돌았다. 그래서 나는 동정심이 좀 필요하지 않을까 생각했다. 그러나 나는 모건초등학교 학생이었을 때 헉슬리 교장을 별로 좋아하지 않았고, 지금도 그를 좋아할 이유가 별로 없었다.

나는 빌리에게 고개를 돌렸다.

"사실이야?"

빌리는 신발을 내려다보고 있는 눈을 들지 않고 고개를 끄덕였다.

"왜 쿠퍼 선생님의 지시를 따르지 않았는지 우리에게 말해줄 수 있을 거야." 교장이 부드럽게 말했다.

처음으로 빌리가 고개를 들어 나를 쳐다보았다.

"『개요서』의 서문에서 애버네이스 교수님은 영웅은 결코 위험에 등을 돌리지 않는다고 했어요. 영웅은 항상 위험에 맞선다고 했단 말이에요. 그런데 책상 밑으로 들어가서 두 손을 머리에 얹고 있다면 어떻게 위험에 맞설 수 있겠어요?"

솔직하고도 상식적인 말이었다. 내가 가진 책에는 그런 말이 없었다.

"빌리," 내가 말했다. "밖에 나가서 기다리렴."

"알았어요, 샐리 누나."

교장과 나는 빌리가 여전히 고개를 숙이고 신발을 내려다보며 교장실을 나가는 모습을 지켜보았다. 문이 닫히자 나는 교장이 나를 마주 볼 수 있도록 그에게 얼굴을 돌렸다.

"헉슬리 교장 선생님," 나는 부드러운 태도를 잃지 않기 위해 최선을 다하며 말했다. "미합중국이 전 세계 파시즘 세력을 물리친 지 9년이나 지난 시점에 여덟 살 된 아이가 모래밭의 타조처럼 책상 밑에 머리를 처박는 것을 거부했다고 해서 교장 선생님께서 지금 그 아이를 꾸짖고 있다고 제게 말씀하시는 건가요?"

"랜섬 양⋯⋯."

"저는 과학도라고 주장한 적이 한 번도 없어요." 나는 계속했다. "사실, 고등학교 때 저는 물리학에서 C를 받았고, 생물학에서는 B 마이너스를 받았답니다. 그렇지만 제가 이들 과목에서 배운 내용들은, 책상이 핵폭발로부터 아이를 보호할 가능성은 선생님의 머리 위로 빗어 넘긴 머리털이 햇볕으로부터 선생님의 두피를 보호할 가능성만큼이나 희박하다는 걸 암시합니다."

나도 안다. 그것은 기독교인으로서 할 말이 아니었다. 그러나 나는 잔뜩 화가 나 있었다. 게다가 나에겐 돌아가서 다시 오븐을 데우고, 파이를 다 만들고, 그걸 교회에 전달하기까지 남은 시간이 두 시간밖에 없었다. 그러므로 교장 선생님을 상냥하고 온화하게 대할 때가 아니었던 것이다.

그리고 이런 일이 일어났다. 내가 5분 후 교장실을 떠나기 전에 헉슬리 교장은 전 학생들의 안전을 지키기 위해 빌리 왓슨이라는 한 용기 있는 학생을 핵 공격 대피 훈련의 모니터 요원으로 임명하자는 데 동의했다. 그 이후로 학교 종이 연속 다섯 번 울리면 빌리는 책상 밑으로 들어가 숨는 대신, 모든 학생들이 잘 따르고 있는지 확인하기 위해 클립보드를 손에 들고 각 교실을 돌아다니곤 했다.

앞에서 말했듯이, 나는 빌리를 다른 누구보다도 잘 안다. 그가 어떻게 곤란한 상황에 빠지게 되는지도 포함해서 말이다.

그러므로 내가 욕실 문을 세 번 노크하고 나서 결국 문을 연 다음 욕조에 물이 졸졸 떨어지고 있고 창문이 열려 있으며 빌리는 사라지고 없는 것을 발견했을 때, 나는 놀랄 이유가 없었다.

에밋

구불구불한 흙길을 1마일쯤 달린 후, 에밋은 길을 잘못 들어선 것 같다고 생각하기 시작했다. 월콧의 이름을 알고 있는 주유소의 남자는 28번 도로를 따라 8.5마일을 더 가서 길가에 멀구슬나무들이 늘어선 흙길로 우회전해야 한다고 에밋에게 말했다. 주행 기록계의 거리를 계산해본 에밋은 비록 멀구슬나무가 어떻게 생겼는지는 모르지만 상록수가 줄지어 늘어선 길이 나오자 그쪽으로 방향을 틀었던 것이다. 그러나 1마일을 달렸는데도 여전히 주택의 흔적은 어디에도 없었다. 다행히 길이 차를 돌릴 수 있을 만큼 넓지 않아서 에밋은 계속 앞으로 나아갔고, 뜻밖에도 몇 분 후에 호수 옆에 자리잡은 커다란 목조 주택이 나왔다. 주택 옆에는 울리의 차가 주차되어 있었다.

캐딜락 뒤로 가서 차를 세운 에밋은 스튜드베이커에서 내려 호수를 향해 걸었다. 늦은 오후였다. 물이 너무나도 고요해서 수면은 반대편 물가의 소나무들과 머리 위 이질적인 모양의 구름을 완벽하게 반사했다. 그 풍경은 이 세상이 상하 대칭으로 이루어진 듯한 환상을 주었다. 이 고요한 풍경 속의 유일한 움직임은 왜가리의 비행이었다. 에밋이 차 문을 닫는 소리에 방해를 받아 얕은 물에서 날아오른 왜가리가 지금은 물 위를 2피트 높이에서 조용히 미끄러지듯 날아가고 있었다.

에밋의 왼쪽에는 일종의 작업장으로 보이는 조그만 건물이 있었다. 작업장이라고 생각한 이유는 근처에 있는 한 쌍의 톱질 모탕◆에 뱃머리가 부서진 조그만 배가 수리를 기다리며 엎어진 채 놓여 있었기 때문이다.

에밋의 오른쪽에는 잔디밭과 호수와 부두를 내려다보고 있는 집이 있었다. 집의 앞쪽에는 흔들의자들이 놓인 크고 멋진 현관과, 잔디밭으로 이어지는 넓은 계단이 있었다. 에밋은 그 계단 맨 위에 주출입문이 있으리라는 것을 알고 있었다. 그러나 캐딜락 반대편에 흰색으로 칠한 돌들이 경계를 이루는 작은 길이 있었고, 그 길은 현관 계단과 열려 있는 문으로 이어졌다.

에밋은 그 계단을 올라가서 망으로 된 문을 열고 안쪽을 향해 소리쳤다.

"울리? 더치스?"

아무 소리도 들리지 않자 망으로 된 문을 소리 나게 닫으며 안으로 들어갔다. 그는 자기가 들어온 방이 낚싯대, 등산화, 비옷, 스케이트 등이 죽 늘어서 있는 흙실이라는 것을 알았다. 방 한가운데에

◆ 나무를 자를 때 받쳐놓는 나무토막.

쌓여 있는 애디론댁 의자✦를 제외하고는 이 방의 모든 것이 가지런히 정리되어 있었다. 소총 장식장 위에는 '퇴소 시 점검 사항'이라는 제목 아래 체크리스트를 나열한, 손으로 쓴 커다란 게시판이 걸려 있었다.

    1. 소총 공이 제거하기

    2. 카누 보관하기

    3. 아이스박스 비우기

    4. 흔들의자 실내에 넣기

    5. 쓰레기 밖으로 내놓기

    6. 침대 정리하기

    7. 난로 연통 닫기

    8. 창문 잠그기

    9. 문 잠그기

    10. 귀가하기

   흙실을 나온 에밋은 복도로 들어섰다. 거기서 걸음을 멈추고, 귀를 기울이고, 그런 다음 다시 울리와 더치스를 소리쳐 불렀다. 아무런 대답이 없자 그는 계속 걸어가면서 이 방 저 방에 머리를 들이밀었다. 처음 두 방은 손대지 않은 방처럼 보였지만, 세 번째 방은 누군가가 게임을 하다가 중간에 멈춘 것처럼 당구대 위에 큐 하나와 공 몇 개가 놓여 있었다. 복도 끝에서 에밋은 소파와 의자들이 다양

✦ 옥외용 안락의자. 등받이와 앉는 자리가 뒤로 경사져 있다.

하게 배치된, 천장이 높은 거실로 들어섰다. 거기에는 2층으로 이어지는 계단도 있었다.

에밋은 그 방을 감상하면서 고개를 저었다. 그가 여태껏 보아온 방 중에서 가장 아름다운 방이었다. 대부분의 가구가 체리목이나 참나무로 만들어진, 완벽하게 짜이고 섬세하게 세공된 미술 공예 양식의 가구들이었다. 방 중앙에는 전기스탠드처럼 갓이 씌워진 커다란 조명 기구가 걸려 있었다. 그 갓은 운모를 재료로 사용하여 만든 것이어서 저녁에 불을 밝히면 실내에 따뜻하고 은은한 분위기의 빛을 드리울 것이다. 벽난로, 천장, 소파, 계단은 모두 보통의 것들보다 더 크고 넓었지만, 그것들은 서로 간에 균형을 이루고 인간적 척도와 조화를 이루었으므로 이 방은 아늑하면서도 동시에 넉넉한 것처럼 보였다.

이 집이 왜 울리의 상상 속에서 그토록 특별한 위치를 차지했는지 이해하기 어렵지 않았다. 만약 에밋이 이 집에서 자라는 사치를 누렸다고 한다면, 이 집은 에밋의 마음속에서도 특별한 위치를 차지했을 것이다.

한 쌍의 열린 문을 통해 에밋은 긴 참나무 식탁이 있는 식당을 볼 수 있었고, 길게 이어진 복도를 따라 맨 끝의 부엌을 포함하여 다른 방들로 인도하는 문들을 볼 수 있었다. 그러나 울리와 더치스가 이들 방 가운데 한 곳에 있다면 그들은 그가 부르는 소리를 들었을 것이다. 그래서 에밋은 계단을 올라갔다.

계단 맨 위에 이르자 복도가 양방향으로 나뉘었다.

먼저 그는 오른쪽 복도에 있는 방들을 확인하기로 했다. 방은 크기와 가구 면에서 차이가 있었지만—어떤 방에는 더블 침대가 있고, 어떤 방에는 싱글 침대가 있고, 어느 방에는 한 쌍의 2층 침대가 있었다—그 방들은 모두 단순한 편이었다. 이런 집에서는 자기 마음대로 줄곧 자기 방에만 박혀 있으면 안 되리라는 것을 에밋은 이해했다. 여기서는 아침 식사 시간에는 아래층으로 내려가 긴 참나무 식탁에서 가족들과 함께 아침을 먹어야 할 것이고, 그런 다음에는 집 밖에서 남은 하루를 보내야 할 것이다. 전날 밤에 사용한 흔적이 있는 방이 하나도 없었으므로 에밋은 되돌아가서 복도의 다른 쪽을 향해 걸음을 옮겼다.

에밋은 걸어가면서 벽에 걸린 사진들을 힐끔힐끔 쳐다보았다. 지나가면서 대충 구경만 할 생각이었다. 그런데도 그는 자기도 모르게 걸음이 느려졌고, 잠시 후에는 완전히 멈추어 서서 그 사진들을 더 자세히 살펴보게 되었다.

사진의 크기는 다양했지만, 모두 사람을 찍은 것이었다. 단체 사진도 있고 개인 사진도 있으며, 아이 사진도 있고 어른 사진도 있었다. 어떤 사진은 움직이는 모습이었고 어떤 사진은 가만히 정지한 사진이었다. 개별적으로 보면 그들에게는 특이한 점이 전혀 없었다. 얼굴과 복장은 평범한 편이었다. 그러나 전체적으로 보면, 어울리는 검은 액자에 담겨 벽에 걸린 이 사진들은 왠지 모르게 부러움을 일으켰다. 그것은 얼굴에 가득한 밝은 햇살과 근심 걱정 없는 미소 때문이 아니었다. 그것은 유산의 문제였다.

에밋의 아버지는 이 집과 얼마간 유사한 집에서 자랐다. 아버지가 마지막 편지에서 썼듯이, 아버지의 집안에서 대대로 물려주는 것은 주식과 채권만이 아니었다. 집과 그림과 가구와 보트도 물려주었다. 그리고 아버지가 당신의 젊은 시절 일화를 얘기할 때 들어

보면, 휴일 가족 모임의 식탁에 둘러앉은 사촌과 삼촌과 고모들의 수가 엄청 많은 것 같았다. 하지만 완전히 설명되지 않는 어떤 이유로 에밋의 아버지는 그 모든 것을 뒤에 남겨두고 네브래스카주로 이사했다. 흔적도 없이 뒤에 남겨놓고 떠나온 것이었다.

아니, 흔적이 전혀 없는 것은 아니었다.

다락방에는 이국적인 외국 호텔 스티커가 붙은 트렁크가 몇 개 있었고, 소풍 갈 때 필요한 기구들이 가지런히 들어 있던 소풍용 가방이 있었으며, 장식장에는 사용하지 않은 자기들이 있었다. 그 자기들은 에밋의 아버지가 에머슨적 이상을 추구하기 위해 포기한 지난 인생의 자취였다. 에밋은 아버지의 행동에 실망해야 할지, 존경해야 할지 잘 모르겠다고 생각하며 고개를 저었다.

그 같은 마음의 수수께끼에서는 늘 그렇듯이, 답은 아마 그 둘 다일 터였다.

복도를 걸어가면서 에밋은 사진의 품질과 의복의 형태를 통해 그 사진들은 시간의 역순으로 나아가고 있다는 것을 알 수 있었다. 1940년대의 어느 시점에서 시작하여 1930년대, 1920년대를 거쳐 1910년대의 사진으로까지 나아갔다. 그러나 에밋이 계단 맨 위에 놓인 간이 테이블을 지나자 사진들은 시간의 방향을 바꾸어 수십 년의 세월을 시간순으로 나아가기 시작했다. 그가 다시 1940년대로 나아간 뒤 다른 곳과 달리 벽에 아무것도 걸리지 않은 빈자리를 호기심 어린 눈으로 바라보고 있을 때, 에밋의 귀에 음악 소리가 들려왔다. 복도 저쪽 어딘가에서 희미하게 새어 나오는 음악이었다. 그는 방 몇 개를 지나치며 그 소리가 나는 곳을 향해 나아갔다. 이윽고 끝에서 두 번째 문 앞에서 걸음을 멈추고 귀를 기울였다.

토니 베넷*의 노래였다.

토니 베넷이 만약 당신이 관심 있다고 말해주기만 한다면, 자기는 가난뱅이에서 벼락부자가 될 거라고** 노래하고 있었다.

에밋은 문을 두드렸다.

"울리? 더치스?"

아무도 대답하지 않자 그는 문을 열었다.

그곳은 간단한 가구만 갖춘 또 하나의 단순한 방이었다. 그 방에는 작은 싱글 침대 두 개와 책상 하나가 있었다. 두 개의 침대 중 한 곳에 울리가 누워 있었다. 양말을 신은 발이 침대 밖으로 삐져나와 있고, 눈은 감겨 있으며, 두 손은 교차된 모습으로 가슴 위에 얹혀 있었다. 침대 옆 협탁에는 두 개의 빈 약병과 세 개의 분홍색 알약이 놓여 있었다.

에밋은 끔찍한 예감을 느끼며 침대로 다가갔다. 울리의 이름을 부른 후 부드럽게 그의 어깨를 흔들었다. 에밋의 손에서 느껴지는 그의 몸은 뻣뻣했다.

"오, 울리." 그가 맞은편 침대에 앉으며 말했다.

욕지기가 치미는 것을 느낀 에밋은 친구의 무표정한 얼굴에서 눈을 돌려 침대 옆 협탁을 응시했다. 조그만 파란색 병이 이른바 울리의 약이라는 것을 이미 알고 있는 에밋은 갈색 병을 집어 들었다. 그는 라벨에 인쇄된 약에 대해 들어본 적이 없었지만, 이 약은 세라 휘트니에게 처방된 것이라는 내용을 보게 되었다.

바로 이런 식으로 불행은 불행을 낳는다고 에밋은 생각했다. 울

✦ 미국의 재즈 가수.
✦✦ 토니 베넷의 노래 〈래그스 투 리치스Rags to Riches〉에 나오는 가사 내용.

리의 누나는 용서에 있어서는 훌륭한 미덕을 지니고 있지만, 이 일에 대해서만큼은 결코 자신을 용서하지 못할 것이기 때문이다. 그가 빈 병을 다시 내려놓았을 때 라디오에서 즉흥적이고 불협화음적인 재즈 음악이 흘러나왔다.

에밋은 침대에서 일어나서 라디오가 있는 곳으로 걸어가 스위치를 껐다. 책상 위, 라디오 옆에는 오래된 시가 상자와 사전 한 권이 놓여 있었다. 그리고 액자에 든 사진 하나가 벽에 기대어 있었는데, 시가 상자와 사전은 어디에서 왔는지 알 수 없었지만 그 사진은 복도 벽의 아무것도 걸리지 않은 빈자리에서 온 것이 틀림없었다.

그것은 카누 안에서 엄마와 아빠 사이에 앉아 있는 어린 울리의 스냅사진이었다. 울리의 부모는—30대 후반의 잘생긴 부부였다—금방이라도 출발할 것처럼 각자 뱃전을 가로질러 놓인 노를 잡고 있었다. 울리의 표정에서 그가 약간 긴장해 있다는 것을 알 수 있었다. 그러나 사진 바깥의 누군가가, 부두에 있는 누군가가, 울리를 웃기려고 일부러 얼굴을 일그러뜨리기라도 한 것처럼 울리 역시 웃고 있었다.

겨우 며칠 전에—그들이 고아원 밖에서 더치스를 기다리고 있을 때—빌리는 울리에게 어머니에 대해, 그리고 샌프란시스코에서의 불꽃놀이에 대해 설명했고, 그러자 울리는 빌리에게 그의 가족들이 이곳 별장에서 가지게 될 7월 4일 기념행사에 대해 설명해주었다. 문득 에밋의 머릿속에 카누 안에서 부모님 사이에 앉아 있는 울리의 이 사진은 에밋이 수어드에서 불꽃놀이를 보기 위해 부모님 사이에 누워 있었던 바로 그날에 찍은 것일 수도 있겠다는 생각이 들었다. 그래서 어쩌면 처음으로, 에밋은 링컨 하이웨이를 따라 서쪽으로 가는 여행이 동생에게 왜 그리도 중요해졌는지를 어렴풋이 깨달았다.

에밋은 그 사진을 조심스럽게 책상 위, 원래 있던 자리에 내려놓았다. 그러고 나서 친구를 한 번 더 바라본 후 전화기를 찾으러 갔다. 그러나 그가 복도를 걸어갈 때, 텅 하는 소리가 아래층에서 들려왔다.

더치스구나, 그는 생각했다.

그러자 속에서 치밀어 오르는 슬픔이 분노감에 잠식되었다.

계단을 내려온 에밋은 다시 한번 소리의 진원지를 추적하면서 서둘러 부엌 방향으로 걸음을 옮겼다. 왼쪽 첫 번째 문을 열고 어느 신사의 사무실처럼 보이지만 어수선하게 어질러진 방으로 들어갔다. 책장에서 꺼내어진 책들, 책상에서 튀어나온 서랍들, 바닥에 널브러져 있는 서류들……. 에밋의 왼쪽에는 액자에 담긴 그림이 있었는데, 그 그림은 문처럼 벽에서 90도 각도로 열려 있었다. 그리고 그 그림 뒤에 더치스가 있었다. 더치스는 금고의 매끄러운 회색 표면에 거칠게 도끼를 휘두르고 있었다.

"제발." 더치스가 다시 금고를 내리치면서 소리 질렀다. "제발 좀."

"더치스." 에밋이 그를 한 번 불렀다.

그런 다음 더 크게 다시 불렀다.

더치스는 깜짝 놀라며 도끼질을 멈추고 뒤를 돌아보았다. 그러나 에밋을 보고는 이내 활짝 웃었다.

"에밋! 여, 널 보니 정말 기쁘다!"

에밋은 더치스의 미소가 울리 방의 라디오에서 흘러나왔던 재즈 음악만큼이나 불협화음적이라고 생각했다. 그는 아까와 마찬가지로 그 불협화음의 스위치를 끄고 싶은 조급한 욕구를 느꼈다. 에밋이 더치스를 향해 다가가는 동안 더치스의 얼굴은 기쁘고 들뜬 표정에서 우려하는 표정으로 바뀌었다.

"뭐야? 왜 그래?"

"왜 그러냐고?" 에밋이 어이없어하며 걸음을 멈추고 말했다. "위층 올라가봤어? 울리를 봤어?"

갑자기 상황을 이해한 더치스는 도끼를 의자에 내려놓고 엄숙한 표정으로 고개를 흔들었다.

"봤어, 에밋. 할 말이 없다. 끔찍한 일이야."

"그런데 왜……?" 에밋이 내뱉었다. "왜 울리가 그렇게 하도록 **내버려뒀어?**"

"내버려둬?" 더치스가 놀란 표정으로 반박했다. "정말 울리가 뭘하려는지 알았더라도 내가 울리를 혼자 내버려뒀을 거라고 생각하는 거야? 나는 울리를 만난 순간부터 계속 걔를 지켜봤어. 며칠 전만 해도 난 울리의 마지막 약병을 빼앗아서 치워버리기까지 했단말이야. 그렇지만 걔는 또 다른 약병을 숨겨두었던 모양이야. 그리고 그 알약을 울리가 어디서 손에 넣었는지, 나한테 묻지 마."

무력감과 분노의 감정에 휩싸인 에밋은 더치스를 비난하고 싶었다. 더치스에게 심한 비난을 퍼붓고 싶었다. 그러나 그는 이 일이 더치스의 잘못이 아니라는 것도 알았다. 모든 게 다 잘될 거라고 울리의 누나를 안심시켰던 기억이 목구멍을 넘어오는 쓸개즙처럼 속에서 치밀어 올랐다.

"적어도 앰뷸런스는 불렀겠지." 잠시 후 에밋이 물었다. 떨리는 자기 목소리가 귀에 들어왔다.

더치스가 허망한 표정으로 고개를 저었다.

"내가 울리를 발견했을 땐 너무 늦었어. 몸이 이미 얼음장처럼 차가웠어."

"좋아," 에밋이 말했다. "내가 경찰을 부를게."

"경찰……? 경찰을 불러서 뭐 하게?"

"누군가에겐 얘기해야 하잖아."

"물론 그래야지. 그리고 우린 그렇게 할 거야. 그렇지만 우리가 그걸 지금 하든 나중에 하든 울리에겐 아무런 차이가 없어. 그러나 우리에게는 커다란 차이가 있을 거란 말이야."

에밋은 더치스를 무시하고 책상 위의 전화기를 향해 걸어갔다. 에밋의 걸음이 향하고 있는 곳을 본 더치스는 같은 방향으로 재빨리 움직였지만, 에밋이 더치스보다 먼저 전화기에 접근했다.

에밋은 한 손으로 더치스의 접근을 막고 다른 손으로 송수화기를 들었지만, 전화는 먹통이었다. 본격적인 휴가 시즌이 아니라서 아직 서비스가 개통되지 않은 것이었다.

더치스는 전화기가 먹통이라는 것을 알아차리고 몸의 긴장을 풀었다.

"잠시 이 문제에 대해 얘기를 좀 하자."

"이봐," 에밋이 더치스의 팔꿈치를 붙잡으며 말했다. "우린 차를 타고 경찰서로 가야 해."

더치스를 데리고 사무실을 나간 에밋은 계속 더치스를 잡아끌면서 복도를 걸어갔다. 더치스는 행동을 지연시키려고 열심히 자기 의견을 펼쳤으나, 에밋은 거의 귀 기울이지 않았다.

"정말 끔찍한 일이 일어났어, 에밋. 그 누구보다도 내가 그렇게 생각해. 그렇지만 그 일은 올리가 스스로 선택한 거야. 올리 나름의 이유가 있었던 거야. 우리는 결코 이해하지 못할, 그리고 우리는 추측할 권리가 없는 그런 이유가. 지금 중요한 것은 우린 올리가 무엇을 원했을지 명심해야 한다는 거야."

그들이 흙실의 망으로 된 문에 이르렀을 때 더치스는 돌아서서 에밋을 마주 보았다.

"네 동생이 캘리포니아에 짓고 싶은 집에 대해서 얘기했을 때 넌 그 자리에 있었어야 했어. 나는 올리가 그렇게 들떠 있는 걸 본 적이 없어. 올리는 너희 둘이 그곳에서 함께 사는 걸 마음속에 그릴 수 있었던 거지. 우리가 지금 경찰에게 간다면, 분명하게 말하는데, 한 시간도 안 되어 이곳은 사람들로 가득 차게 될 테고 우린 올리가 시작한 일을 결코 끝내지 못할 거야."

에밋은 한 손으로 망으로 된 문을 열고, 다른 손으로 더치스를 계단 아래로 밀었다.

더치스는 엎어진 채 놓인 작은 배 방향으로 비틀거리며 몇 걸음 나아가다가 갑자기 좋은 생각이 떠오른 듯 빙글 몸을 돌렸다.

"이봐! 저 보트하우스 보이지? 저 안에 끌과 줄과 드릴 같은 걸 다 갖춘 작업대가 있어. 나에겐 그것들이 아무 소용이 없었어. 하지만 너라면 틀림없이 그런 걸 이용해서 몇 분 만에 금고를 열 수 있을 거야. 올리의 신탁자금을 찾고 나서 우리 함께 전화할 수 있는 곳을 찾아보자. 일단 앰뷸런스가 출발하고 나면 우린 올리가 바랐던 대로 캘리포니아를 향해 떠나는 거야."

"**우린** 아무 데도 안 갈 거야." 에밋이 벌게진 얼굴로 말했다. "우린 샌프란시스코든 로스앤젤레스든 틴슬타운이든 안 가. 내 동생과 나는 캘리포니아로 갈 거야. **넌 설라이나로 가야 하고.**"

더치스가 믿기지 않는 듯한 표정으로 에밋을 쳐다보았다.

"도대체 내가 왜 설라이나로 가야 하는 건데, 에밋?"

에밋이 대꾸하지 않자 더치스가 고개를 저으며 손가락으로 땅바닥을 가리켰다.

"나는 저 금고가 열릴 때까지 여기 있을 거야. 네가 여기 남아서 돕고 싶지 않다면, 그건 너 좋을 대로 해. 여긴 자유로운 나라니까. 하지만 친구로서 한마디 할게, 에밋. 네가 지금 떠난다면 분명 그 결정을 후회하게 될 거야. 왜냐하면 캘리포니아에 도착하고 나서는 2, 3000달러로는 오래 버티지 못할 거라는 걸 깨닫게 될 테니까. 그땐 너도 이 신탁자금의 네 몫을 챙겼어야 했는데 하고 무척 아쉬워할 거다."

에밋은 앞으로 걸어가서 휘트니 씨네 집 앞에서 그랬던 것처럼 더치스의 멱살을 잡았다. 그때와 다른 것은 이번에는 두 손으로 잡았다는 점이었다. 그가 멱살을 잡은 두 주먹을 돌림에 따라 더치스의 목 주위의 천이 팽팽하게 조여지는 것을 느낄 수 있었다.

"아직 모르겠어?" 에밋이 이를 악물고 말했다. "신탁자금은 없어. 유산은 없어. 금고에 돈은 없어. 그건 동화 같은 이야기야. 네가 울리를 집으로 데려다주게 하려고 울리가 지어낸 동화란 말이야."

에밋은 혐오스럽다는 듯이 더치스를 밀쳤다.

더치스는 작은 길을 따라 줄지어 늘어선 색칠한 돌들에 걸려 잔디밭 위로 넘어졌다.

"넌 경찰한테 가야 해." 에밋이 말했다. "꼭 그래야 한다면 내가 널 경찰서로 끌고 갈 거야."

"하지만 에밋 형, 금고 안엔 돈이 **있어**."

소리 나는 쪽을 향해 빙글 몸을 돌린 에밋은 흙실 문간에 동생이 서 있는 것을 발견했다.

"빌리! 너 여기서 뭐 하고 있는 거야?"

미처 대답도 하기 전에 빌리의 표정이 설명하려는 표정에서 경고의 표정으로 바뀌면서 에밋으로 하여금 얼른 뒤돌아보게 했다. 바로 그 순간에 더치스의 팔이 휙 움직였다.

그 타격은 에밋을 기절시킬 만큼 강력하지는 않았지만 쓰러뜨릴 만큼은 강했다. 이마에서 피가 나는 서늘한 기운을 느끼며 에밋은 정신을 가다듬고 네발로 일어났는데, 그때 더치스가 빌리를 집 안으로 밀어 넣고 안쪽 문을 쾅 닫는 것이 보였다.

더치스

전날, 울리는 비밀번호에 대해서 전혀 생각하지 못했다는 것을 인정하고 나서 나에게 부두까지 산책을 가지 않겠느냐고 물었다.

"너 혼자 갔다 와." 내가 말했다. "나는 잠시 혼자 있을게."

울리가 밖으로 나가자 나는 울리 증조할아버지의 금고 앞에서 두 손을 엉덩이에 붙인 채 금고를 응시하며 몇 분의 시간을 보냈다. 그런 다음 고개를 저으며 앞으로 다가가서 작업에 착수했다. 먼저 금속에 귀를 대고 다이얼을 돌려서 영화에서처럼 자물쇠 회전판의 딸깍 소리를 들어보려 했다. 그러나 그 시도는 영화에서 보았던 것을 실제로 시도해본 다른 많은 것들과 마찬가지로 효과가 없었다.

나는 책가방에서 오셀로 케이스를 끄집어낸 다음, 그 케이스에서 아버지의 단검을 꺼냈다. 칼날의 끝을 금고 문과 본체 사이의 틈에 밀어 넣어 앞뒤로 움직여볼 생각이었다. 그러나 칼 뒤에서 온 체중을 실어 힘을 가했을 때 잡아먹힌 것은 칼날이었다. 칼날이 칼자루에서 동강 부러진 것이었다.

"피츠버그의 장인에 의해 단조되고 담금질되고 광이 나게 처리되었다면서, 맙소사." 내가 투덜거렸다.

그다음, 나는 몇 가지 진짜 도구를 찾으러 갔다. 그러나 부엌에 있는 모든 서랍을 열어보고, 모든 옷장을 뒤지고, 이어서 흙실로 가서 모든 보관함과 바구니를 샅샅이 살펴보았지만 소득이 없었다. 잠시 소총 하나를 꺼내서 금고를 쏘는 것도 생각해보았으나, 평소의 내 운을 고려하면 맞고 튀어나온 총알에 내가 맞을 가능성이 높았다.

그래서 나는 울리가 경치를 감상하고 있는 부두로 갔다.

"이봐, 울리," 내가 물기 없는 땅에서 소리쳐 말했다. "혹시 근처에 철물점은 없을까?"

"뭐라고?" 그가 돌아서서 물었다. "철물점? 그건 잘 모르겠는데. 그렇지만 길을 따라 5마일쯤 가면 잡화점이 있어."

"됐어. 얼른 갔다 올게. 넌 필요한 거 없니?"

울리는 잠시 생각하더니 고개를 저었다.

"나는 필요한 게 다 있어." 그가 울리다운 미소를 지으며 말했다. "난 조금 돌아다니다가 짐을 풀어야겠어. 그런 다음 낮잠을 좀 잘 생각이야."

"그래. 너 하고 싶은 대로 해."

20분 후, 나는 잡화점의 통로를 돌아다니고 있었다. 사람들이 이곳을 잡화점이라고 부르는 이유는 정작 찾는 물건은 없으면서도 잡다하리만큼 많은 물건을 폭넓게 갖추고 있기 때문일 거라는 생각이 들었다. 누군가가 집을 옆으로 기울여서 흔들면 결국 카펫에 고정시켜놓지 않은 모든 것들이 문밖으로 굴러떨어질 것인데, 그 물건들을 모아놓은 곳이 이 잡화점인 것만 같았다. 주걱, 오븐 장갑, 에그타이머, 스펀지, 솔, 비누, 연필, 편지지, 지우개, 요요 장난감, 고무공……. 나는 소비자로서 분노한 상태에서 마침내 주인에게 대형 해머가 있는지 물었다. 주인이 내게 보여줄 수 있는 최선의 것은 기껏해야 둥근머리 해머와 스크루드라이버 세트 정도에 지나지 않았다.

집에 돌아왔을 때 울리는 이미 위층에 올라가 있었으므로 나는 연장을 가지고 다시 사무실로 들어갔다. 나는 약 한 시간 동안 금고의 표면을 두드려댔을 것이다. 그러나 눈에 들어온 거라곤 괴발개발 갈겨쓴 글씨 같은 긁힌 자국이 생긴 금속과 땀에 흠뻑 젖은 내 셔츠뿐이었다.

다음 한 시간 동안은 비밀번호를 찾기 위해 사무실을 뒤졌다. 나는 월콧 씨 같은 약삭빠른 재산가는 금고의 비밀번호를 불안정한 기억에만 의존할 정도로 부주의하지 않을 거라고 생각했다. 특히 그가 90대까지 살았다는 걸 고려하면 말이다. 그는 비밀번호를 어딘가 적어놓았을 게 틀림없었다.

자연스럽게 그의 책상부터 뒤지기 시작했다. 먼저 서랍을 뒤지면서, 보통 마지막 페이지에 중요한 숫자를 기록해두곤 하는 일기장이나 주소록이 있는지 찾아보았다. 그런 다음 서랍 밑면에 비밀번호를 적어두지는 않았는지 확인하려고 서랍들을 꺼내서 거꾸로 뒤집어보았다. 탁상용 전기스탠드 밑부분도 살펴보았고, 무게가 약 200파운드나 되는데도 불구하고 에이브러햄 링컨의 청동 흉상 밑바닥도 살펴보았다. 그런 다음 책으로 주의를 돌려, 책장을 넘겨가면서 숨겨진 종잇조각이 없는지 찾아보았다. 그 노력은 노인의 모든 책의 책장을 넘겨보려면 남은 생을 다 바쳐야 하리라는 것을 깨달았을 때까지 계속되었다.

그때 나는 울리를 깨우기로 마음먹었다. 증조할아버지의 침실이 어느 방인지 물어보기 위해서였다.

몇 시간 전에 울리가 자기는 낮잠을 좀 자야겠다고 말했을 때, 나는 그것에 관해 아무 생각도 하지 못했다. 앞에서 말했듯이 울리는 전날 밤 잠을 많이 자지 못했고, 서둘러 집을 빠져나가기 위해 새벽에 나를 깨웠다. 그래서 나는 울리가 말 그대로 낮잠을 자고 싶은 거라고 생각했다.

그러나 그의 방문을 여는 순간, 나는 내가 무엇을 보고 있는지 알았다. 어쨌든 나는 전에도 이처럼 문턱에 서 있었던 적이 있지 않은가. 나는 울리의 소지품이 책상 위에 가지런히 놓여 있고 신발이 침대 끝에 나란히 놓여 있는, 그 같은 질서가 암시하는 것을 알아차렸다. 나는 커튼의 가벼운 살랑거림과 라디오에서 흘러나오는 뉴스의 소곤거리는 듯한 소리가 편안함을 자아내게 한, 그 같은 고요함을 알아차렸다. 나는 또 울리의 얼굴 표정도 알아차렸다. 그것은 마르셀린의 표정처럼 행복도 슬픔도 발하지 않지만, 어딘지 모르게 평화로움이 깃든 표정이었다.

울리는 팔이 옆구리에서 흘러내렸을 때 너무 먼 길을 가고 있었거나, 아니면 너무 무관심한 상태에 빠져들었던 게 틀림없었다. 왜냐하면 그의 손가락이 바닥에 닿아 있었음에도 그는 구태여 팔을 들어 올리려 하지 않았기 때문이다. 그들이 호조 모텔에 묵었을 때처럼 말이다. 나는 그때처럼 그의 팔을 들어서 제자리로 돌려놓았다. 이번에는 두 손이 가슴 위에서 교차되게 했다.

마침내 집과 차와 루스벨트가, 울리가 지닌 그 모든 것들이 굴러내려와 울리를 덮쳤어, 나는 생각했다.

"놀라운 것은 그가 그토록 오래 버텨왔다는 거야."[+]

나는 그 방을 나가려 할 때 라디오를 껐다. 그러나 이내 다시 라디오를 켰다. 앞으로 몇 시간 동안은 울리는 이따금씩 나오는 광고가 자신의 여행길에 동행이 되어주는 것을 고마워할 거라는 생각이 든 것이었다.

그날 밤, 나는 구운 콩 통조림을 먹고 미지근한 펩시콜라로 먹은 것을 씻어 내렸는데, 내가 부엌에서 찾을 수 있는 음식은 그것들뿐이었다. 나는 울리의 유령과 가까이 있고 싶지 않아서 거실 소파에서 잠을 잤다. 그리고 아침에 일어나서는 곧바로 다시 일을 하러 갔다.

이후 몇 시간 동안 나는 그 금고를 1000번은 두드렸을 것이다. 해머로 금고를 내리쳤다. 크로케 타구봉으로도 금고를 내리쳤다. 심지어 에이브러햄 링컨 흉상으로도 금고를 내리쳤지만, 그러나 흉상을 제대로 잡고 칠 수가 없었다.

오후 4시쯤, 타이어를 떼어내는 지렛대가 차에 있지 않을까 싶어 캐딜락을 살펴보기로 마음먹었다. 그러나 집에서 나와 걸어가던 중에 나는 한 쌍의 톱질 모탕에 거꾸로 놓인 조그만 배의 뱃머리에 큼

◆ 셰익스피어의 『리어왕』에서, 리어가 죽고 난 뒤 켄트 백작이 에드거에게 하는 말.

지막한 구멍이 나 있다는 것을 알아차렸다. 나는 누군가가 그 배를 수리하기 위해 거기 놓아두었다고 생각하면서 쓸모 있는 도구를 찾기 위해 보트하우스 안으로 들어갔다. 아니나 다를까, 꽤 많은 수의 노와 카누 뒤쪽에 여러 개의 서랍이 달린 작업대가 있었다. 나는 족히 30분 동안은 꼼꼼히 살펴보았을 텐데, 거기 있는 거라곤 잡화점의 공구들보다 크게 나을 것이 없는 여러 종류의 새 수공구뿐이었다. 별장에서 매년 열리는 불꽃놀이에 대해 울리가 했던 말을 기억해낸 나는 폭발물을 찾기 위해 보트하우스를 마구 헤집으면서 뒤졌다. 얼마 후 정신적인 패배 상태에서 막 그곳을 나가려는 찰나, 벽에 있는 두 개의 나무못 사이에 도끼 하나가 걸려 있는 것을 발견했다.

나는 입술을 오므려 벌목꾼의 휘파람을 불며 느긋하게 걸어서 노인의 서재로 돌아갔다. 이어 금고 앞에 자리를 잡고 도끼를 휘두르기 시작했다. 도끼질을 열 번도 채 하지 않았을 때 갑자기, 난데없이, 에밋 왓슨이 문을 지나서 안으로 들이닥쳤다.

"에밋!" 내가 소리쳤다. "여, 널 보니 정말 기쁘다!"

그 말은 진심이었다. 왜냐하면 이 넓은 세상에서 내가 아는 사람 중에 금고를 여는 방법을 찾을 수 있는 사람이 있다고 한다면, 그 사람은 에밋일 테니까 말이다.

내가 상황을 설명할 기회를 갖기도 전에 대화는 조금 엇나갔다. 그래도 이해할 수는 있었다. 내가 보트하우스에 있는 동안 이곳에 도착한 에밋은 집에 아무도 없는 것을 보고 위층으로 올라가서 울리를 발견한 것이었다.

그는 분명 울리의 모습을 보고 크게 놀랐을 것이다. 그는 아마도 이전에 시신을 본 적이 없을 것이다. 친구의 시신은 더더욱 그럴 것이다. 그래서 사실, 나는 그가 나의 태도를 비난한 것에 대해 그를 나무랄 수 없었다. 크게 놀라서 당황한 사람은 그런 식으로 남을 비난하는 법이니까. 그런 사람은 손가락질을 한다. 누가 됐든 가장 가까이에 있는 사람에게 손가락질을 한다. 그러나 우리가 모임을 이루는 방식의 본질상 그런 사람은 적이 되기보다는 친구가 될 가능성이 더 높다.

나는 지난 1년 반 동안 울리를 계속 지켜본 사람은 바로 나라는 점을 에밋에게 상기시켰고, 그러자 에밋이 진정되는 것을 볼 수 있었다. 그러나 잠시 후 그는 조금 이상한 말을 지껄이기 시작했다. 조금 이상한 행동을 하기 시작했다.

그는 먼저 경찰을 부르고 싶어 했다. 전화가 먹통인 것을 알고 나서는 차를 몰고 경찰서로 가려고 했다. 게다가 나를 데려가려고 했다.

나는 그를 설득하려고 노력했다. 하지만 심한 마음의 상처를 입은 그는 나를 끌고 복도를 지나서, 나를 문밖으로 밀어버렸다. 그러고는 금고 안에는 돈이 없다고 주장하고, 나는 경찰서로 가야 하며, 꼭 그래야 한다면 자기가 끌고 갈 거라고 윽박지르면서 나를 땅바닥에 쓰러뜨렸다.

에밋의 상태를 고려할 때, 나는 그가—나중에는 자신의 행동을 깊이 후회한다 할지라도—정확히 자기가 말한 그대로 했을 거라고 믿어 의심치 않는다. 달리 말해서, 그는 내게 별다른 선택지를 주지 않았다.

그리고 운명도 내 생각에 동의하는 것 같았다. 왜냐하면 에밋이 나를 쓰러뜨렸을 때, 나는 그 색칠한 돌멩이들 가운데 하나에 손이 얹힌 채로 잔디밭에 넘어졌기 때문이다. 게다가 그 순간에 난데없이 빌리가 나타났다. 아주 적절한 때에 나타나서 에밋의 주의를 다른 방향으로 끈 것이었다.

내 손 밑에 깔린 돌멩이는 자몽만 한 크기였다. 그러나 나는 에밋에게 심각한 부상을 입힐 생각은 없었다. 다만 몇 분 동안 그의 성미를 누그러뜨릴 필요가 있었을 뿐이다. 그가 돌이킬 수 없는 일을 저지르기 전에 얼마간 차분한 이성을 되찾을 수 있도록 말이다. 나는 조금 기어가서 사과보다 크지 않은 돌멩이를 집어 들었다.

물론 내가 그 돌멩이로 에밋을 때렸을 때 에밋은 땅에 쓰러졌다. 그러나 그가 쓰러진 것은 강한 타격에 의한 것이라기보다는 느닷없이 기습을 당했기 때문이었다. 나는 그가 정신을 차리고 상황을 깨닫게 되리라는 것을 미리 알고 있었다.

에밋에게 뭔가 이성을 찾을 수 있는 얘기를 해줄 사람이 있다면 바로 그의 동생이라고 생각한 나는 계단을 뛰어 올라가서 빌리를 집 안으로 밀어 넣은 다음 문을 잠갔다.

"왜 에밋 형을 때린 거예요?" 빌리가 그의 형보다 더 놀라서 당황한 표정으로 소리쳤다. "왜 형을 때렸어요? 절대 그러지 말았어야죠!"

"네 말이 전적으로 옳다." 나는 빌리의 말에 동의하면서 빌리를 진정시키려 애썼다. "나는 그러지 말았어야 했어. 앞으로 다시는 그러지 않겠다고 맹세할게."

나는 문에서 몇 발자국 떨어진 곳으로 빌리를 이끌고 가서 그의 어깨를 잡고 남자 대 남자로 이야기를 나누려고 했다.

"빌리, 들어봐, 일이 이상하게 꼬여버렸어. 금고는 울리가 말한 대로 이곳에 있어. 그리고 난 그 돈은 누가 찾아가주기를 기다리며 금고 안에 들어 있다는 것에 진심으로 동의해. 그러나 우린 비밀번호를 알지 못해. 그래서 우리에게 지금 필요한 것은 약간의 시간과 양키의 재간*과 단결된 팀워크야."

내가 빌리의 어깨를 잡자마자 빌리는 눈을 감았다. 그리고 내가 말을 하는 도중에 고개를 저으며 조용히 자기 형의 이름을 되뇌었다.

"에밋 형이 걱정되나 보구나?" 내가 물었다. "그렇지? 그렇지만 걱정할 거 하나도 없어. 난 네 형을 아주 살짝 때렸을 뿐이야. 사실 에밋은 지금 당장이라도 제 발로 일어날 수 있어."

내가 이 말을 하는 동안, 우리는 뒤에서 문의 손잡이가 달그락거리는 소리를 들을 수 있었다. 그런 다음 에밋이 문을 두드리며 우리이름을 부르는 소리를 들었다.

"봐," 내가 아이를 복도로 이끌고 가면서 말했다. "내가 뭐랬니?"

문을 두드리는 소리가 그치자 나는 은밀히 얘기하기 위해 목소리를 낮추었다.

"빌리, 사실은 말이지, 지금 당장은 얘기할 수 없는 이유로 네 형이 경찰을 부르고 싶어 해. 그렇지만 만약 에밋이 그렇게 한다면 우린 절대로 금고를 열 수 없을 테고, 우리 몫의 돈을 분배하는 일도 없을 거야. 그러면 너희들 집도—너와 에밋과 네 엄마를 위한 집도—결코 지을 수 없겠지."

나는 좋은 사례를 들어 얘기하고 있다고 생각했지만, 빌리는 눈

---

* Yankee ingenuity, 가지고 있는 재료를 최대한 활용했던 초기 뉴잉글랜드인의 독창성을 이르는 숙어적 표현.

을 감은 채 계속 고개를 저으며 에밋의 이름을 중얼거릴 뿐이었다.

"우린 에밋과 얘기를 할 거야." 나는 약간 좌절감을 느끼며 빌리를 안심시켰다. "우린 그것에 관해 에밋과 모든 얘기를 나눌 거야, 빌리. 그렇지만 지금은 너와 나뿐이야."

갑자기 아이가 고개를 젓는 것을 뚝 멈추었다.

됐어, 나는 생각했다. 아이가 설득되고 있는 게 분명해!

그러나 그때 아이가 눈을 뜨더니 내 정강이를 걷어찼다.

정말 재미있지 않은가?

잠시 후 빌리가 복도를 냅다 달려가자 나는 한 발로 깡충깡충 뛰면서 쫓아갔다.

"제기랄 육시랄." 나는 그렇게 내뱉으며 서둘러 뒤쫓았다.

그러나 내가 거실에 이르렀을 때, 빌리는 사라지고 없었다.

하느님이 나의 증인이시지만, 그 아이가 내 시야에서 벗어난 지 30초가 채 되지 않았음에도 불구하고 아이는 온데간데없이 사라져 버렸다. 앵무새 루신다처럼.

"빌리?" 나는 소파 뒤를 하나하나 살펴보며 외쳤다. "빌리?"

집 안 어딘가 다른 곳에서 또 다른 문의 손잡이가 덜커덕하는 소리가 들렸다.

"빌리!" 나는 점점 더 다급한 심정이 되어 방 전체를 향해 소리질렀다. "이 모험이 정확히 우리가 계획한 대로 진행되고 있지 않다는 건 나도 알아. 하지만 중요한 건 우리가 함께 뭉쳐서 끝까지 해내는 것이야! 너와 네 형과 내가! 모두는 하나를 위해, 하나는 모두를 위해!"

그때 부엌 쪽에서 유리 깨지는 소리가 들려왔다. 잠시 후 에밋은 집 안에 있게 될 것이다. 그것은 의심의 여지가 없었다. 나는 다른 선택의 여지가 없어서 곧장 흙실로 달려갔다. 그곳의 소총 장식장이 잠겨 있는 것을 본 나는 크로케 공을 집어 들고 장식장에 던져 유리를 박살 냈다.

빌리

28번 도로에 있는 화이트피크스 모텔 14호실에 체크인하고 들어가 빌리가 배낭을 벗고 난 후, 에밋은 울리와 더치스를 찾으러 갈 거라고 말했다.

"그러는 동안 넌 여기 남아 있는 게 나을 거야." 에밋이 빌리에게 말했다.

"게다가 마지막으로 목욕을 한 게 언제야, 빌리?" 샐리가 말했다. "네브래스카에 있었을 때 목욕한 게 마지막이었다고 해도 난 놀라지 않을 거야."

"맞아요." 빌리가 고개를 끄덕이며 말했다. "마지막으로 목욕한 것은 네브래스카에 있었을 때예요."

에밋이 샐리와 조용히 얘기를 나누기 시작하자 빌리는 배낭을 등에 지고 욕실로 향했다.

"그걸 꼭 가지고 들어갈 필요가 있니?" 샐리가 물었다.

"필요해요." 빌리가 욕실 문의 손잡이를 잡고 말했다. "이 안에 깨끗한 옷이 들어 있거든요."

"알았어. 잊지 말고 귀 뒤쪽도 씻어야 한다."

"명심할게요."

에밋과 샐리가 다시 하던 이야기로 돌아갔을 때 빌리는 욕실로 들어가 문을 닫은 다음, 욕조의 수도꼭지를 틀었다. 그러나 그의 더러운 옷을 벗지는 않았다. 더러운 옷을 벗지 않은 이유는 목욕을 하지 않을 작정이었기 때문이다. 목욕을 하겠다고 한 것은 하얀 거짓말이었다. 샐리 누나가 피터슨 보안관에게 했던 거짓말 같은 것이었다.

욕조 물이 넘치지 않도록 배수구가 열려 있는지 다시 한번 확인한 빌리는 배낭끈을 단단히 조인 다음, 변기 뚜껑으로 올라가서 창문을 밀어 열고 아무도 모르게 창문 밖으로 빠져나갔다.

빌리는 형과 샐리 누나가 몇 분 동안만 얘기를 나눌 것임을 알고 있었으므로 최대한 빨리 달려서 모텔을 돌아 스튜드베이커가 주차된 곳으로 가야 했다. 그는 너무 빨리 달렸기 때문에 차의 트렁크 안으로 들어가서 뚜껑을 내렸을 때, 가슴 속의 심장이 두근두근 뛰는 소리를 들을 수 있었다.

더치스가 울리와 자기는 어떻게 원장의 차 트렁크에 숨었는지 빌리에게 얘기해주었을 때, 빌리는 어떻게 다시 나올 수 있었는지에 대해서도 물었다. 그때 더치스는 트렁크 걸쇠를 열기 위해 스푼을 가지고 나왔다고 설명해주었다. 그래서 빌리는 스튜드베이커의 트렁크에 들어가기 전에 배낭에서 잭나이프를 꺼냈다. 그러고 나서 손전등도 꺼냈다. 일단 뚜껑이 닫히면 트렁크 안은 어두울 것이기 때문이었다. 빌리는 어둠을 무서워하지는 않았다. 그러나 더치스는 트렁크 걸쇠를 볼 수 없는 상태에서 걸쇠를 여는 것이 얼마나 어려웠는지 말했었다. **우린 정말 아슬아슬했어.** 더치스가 엄지와 검지를 1인치쯤 벌린 모양을 지어 보이며 말했다. **네브래스카주를 전혀 보지 못한 채 다시 그 먼 설라이나로 돌아갈 뻔했다니까.**

손전등을 켠 빌리는 울리의 시계를 재빨리 들여다보며 시간을 확인했다. 3시 30분이었다. 그러고 나서 손전등을 끄고 기다렸다. 몇 분 후 차 문이 열렸다 닫히는 소리가 들렸다. 이어 시동이 걸리고, 차가 출발했다.

모텔 방에서 에밋 형이 빌리에게 너는 여기 남아 있는 게 나을 거라고 말했을 때, 빌리는 놀라지 않았다.

에밋은 종종 자기가 다른 곳으로 가는 동안 빌리는 뒤에 남아 있는 것이 낫다고 생각하곤 했다. 쇼머 판사가 내리는 선고를 받으러 모건의 법원에 갈 때도 그랬다. **너는 샐리 누나랑 여기서 기다리는 게 좋을 것 같아.** 에밋은 빌리에게 그렇게 말했었다. 루이스역에 있는 동안 뉴욕행 화물열차에 대해 알아보러 갔을 때도 그랬고, 웨스트사이드 고가철도에 있는 동안 더치스의 아버지를 찾으러 갔을 때도 그랬다. 애버네이스 교수는 『영웅, 모험가 및 다른 용감한 여행자 개요서』 서문의 세 번째 단락에서, 영웅은 위험을 무릅쓰고 탐험을 떠날 때 흔히 친구와 가족을 뒤에 남겨둔다고 말한다. 그가 친구와 가족을 뒤에 남겨두는 이유는 그들을 위험에 노출시키게 될까 봐 걱정하기 때문이고, 알 수 없는 어떤 것을 혼자서 맞닥뜨릴 용기가 있기 때문이다. 에밋이 종종 빌리는 뒤에 남아 있는 것이 좋다고 생각하는 이유가 바로 그것이다.

그러나 에밋은 크세노스에 대해 알지 못했다.

『개요서』 24장에서 애버네이스 교수는 이렇게 말한다. 위대한 업적을 이룬 위인들이 있는 한, 그들의 위업을 이야기하고 싶어 하는 이야기꾼들도 늘 있어왔다. 그러나 헤라클레스든 테세우스든, 카이사르든 알렉산드로스든, 이 사람들이 무슨 업적을 이루었든, 이들이 어떤 승리를 거두었든, 이들이 어떤 역경을 극복했든, 그 모든 것은 크세노스의 공헌이 없었다면 결코 가능하지 않았을 것이다.

크세노스는 크세르크세스나 크세노폰처럼 역사에 나오는 사람 이름인 것처럼 보이지만, 실은 사람 이름이 아니다. 크세노스는 고대 그리스어에서 온 단어로, 외국인, 낯선 사람, 손님, 친구 등을 의미한다. 더 간단히 말하면, 남을 의미한다. 애버네이스 교수는 이렇게 말한다. 크세노스는 평범하고 소박한 옷을 입은 주변 인물로, 우리가 거의 알아차리지 못하는 사람이다. 역사를 살펴보면 그는 여러 가지 모습으로—경비원이나 종업원으로, 심부름꾼이나 사환으로, 가게 주인, 웨이터, 방랑자 등으로—나타났다. 크세노스는 보통 이름이 밝혀지지 않고, 대부분 알려지지 않고, 흔히 망각 속으로 사라지지만, 그러나 그는 항상 적절한 시간에 적절한 장소에 나타나서 사건의 전개 과정에서 필수적인 자신의 역할을 수행한다.

그것이 바로 에밋이 울리와 더치스를 찾으러 가는 동안 빌리는 모텔에 남아 있는 게 나을 거라고 얘기했을 때, 빌리가 창문 밖으로 몰래 빠져나와 차의 트렁크 안에 숨을 수밖에 없었던 이유였다.

———

　모텔을 떠난 지 13분 후에 스튜드베이커가 멈추더니 운전석 문이 열렸다가 닫혔다.

　빌리가 막 트렁크의 걸쇠를 열려고 했을 때 휘발유 냄새가 났다. 빌리는 주유소에 온 게 틀림없을 거라고 생각했다. 에밋은 길을 묻고 있었다. 울리가 빌리의 지도에 커다란 빨간색 별을 그려 넣어서 가족 별장의 위치를 표시하긴 했지만, 지도는 너무 큰 비율로 줄여서 그려졌기 때문에 지방 도로를 담을 수 없었다. 그래서 에밋은 울리의 별장 근처에 이르렀다는 것은 알았지만 정확히 어디인지는 알지 못했다.

　귀를 쫑긋하며 듣고 있던 빌리는 형이 누군가에게 고맙다고 말하는 소리를 들었다. 그런 다음 차 문이 열렸다가 닫혔고, 이어 차가 출발했다. 12분 후, 스튜드베이커가 우회전했다. 차는 이제 점점 더 천천히 나아가더니 이윽고 멈추었다. 그러고 나서 시동이 꺼지고, 운전석 문이 다시 열렸다가 닫혔다.

　빌리는 이번에는 적어도 5분은 기다렸다가 걸쇠를 열겠다고 마음먹었다. 손전등 불빛을 울리의 시계에 비추어서 지금은 4시 2분이라는 것을 알았다. 4시 7분에 형이 울리와 더치스를 외쳐 부르는 소리가 들렸다. 뒤이어 망을 친 문이 쾅 닫히는 소리가 났다. 에밋 형이 집 안으로 들어갔나 보다, 빌리는 생각했다. 그러나 그는 2분을 더 기다렸다. 4시 9분에 걸쇠를 열고 트렁크 밖으로 나왔다. 잭나이프와 손전등을 다시 배낭 안에 넣고 배낭을 다시 등에 짊어진 다음, 조용히 트렁크를 닫았다.

집은 빌리가 지금까지 보았던 어떤 집보다도 더 컸다. 집의 거의 끝부분에 망을 친 문이 있었는데, 에밋 형은 그 문을 통해 안으로 들어간 게 틀림없었다. 빌리는 조용히 계단을 올라가서 망을 통해 안을 들여다본 다음, 슬며시 안으로 들어간 뒤 소리 나지 않게 조심하며 문을 닫았다.

그가 들어간 첫 번째 방은 장화, 비옷, 스케이트, 소총 같은, 밖에서 사용할 수 있는 온갖 종류의 물건들이 있는 창고 같은 방이었다. 벽에는 '**퇴소 시 점검 사항**'에 관한 열 가지 규칙이 적혀 있었다. 빌리는 그 항목들이 점검을 해야 하는 순서대로 쓰여 있다는 것을 알 수 있었지만, 마지막 항목인 '**귀가하기**'에 대해서는 의아한 생각이 들었다. 잠시 후 빌리는 그것은 농담으로 적어놓은 항목일 거라고 결론을 내렸다.

창고방⁺ 밖으로 머리를 내민 빌리는 형이 복도 끝에서 커다란 방의 천장을 응시하고 있는 것을 볼 수 있었다. 에밋은 때때로 그렇게 했다. 집이 어떻게 건축되었는지 이해하기 위해 걸음을 멈추고 방을 응시하는 것이었다. 잠시 후 에밋은 커다란 방에 있는 계단을 올라갔다. 형의 발소리가 머리 위에서 울리는 것을 들었을 때 빌리는 살금살금 복도를 걸어가서 커다란 방으로 들어갔다.

모든 사람이 주위에 모일 수 있을 만큼 커다란 벽난로를 보자마자 빌리는 자기가 정확히 어디에 있는지 알았다. 창문을 통해 머리 위로 지붕이 드리운 현관을 볼 수 있었다. 비 오는 날 오후에는 그 돌출된 지붕 아래 앉아 있을 수 있고, 더운 여름밤에는 그 현관에

⁺ 빌리는 흙실을 '창고방'으로 부르고 있다.

누워 있을 수 있을 것이다. 위층에는 휴가를 보내기 위해 찾아오는 친구와 가족들을 위한 방이 충분히 있을 것이다. 그 방 한쪽 구석에는 크리스마스트리가 놓일 특별한 자리가 있었다.

계단 뒤에는 긴 식탁 하나와 의자들이 있는 방이 있었다. 틀림없이 울리 형이 게티즈버그 연설을 한 식당일 거야, 빌리는 생각했다.

커다란 방을 가로질러 맞은편 복도로 들어간 빌리는 지나갈 때 나온 첫 번째 방에 머리를 들이밀었다. 울리 형이 종이에 그렸던 바로 그 서재였다. 커다란 방이 깔끔하게 정돈되어 있었던 데 반해, 서재는 그렇지 않았다. 난장판이었다. 책과 서류들이 어지럽게 널려 있고, 독립선언서에 서명하는 장면을 그린 그림 아래 바닥에는 에이브러햄 링컨의 흉상이 놓여 있었다. 흉상 근처 의자 위에는 해머와 몇 개의 스크루드라이버가 있었고, 금고의 앞면은 긁힌 자국이 가득했다.

울리 형과 더치스 형은 해머와 스크루드라이버로 금고를 열려고 한 게 틀림없어. 그렇지만 효과가 없었을 거야. 빌리는 그렇게 생각했다. 금고는 강철로 만들어진 데다가 뚫을 수 없게 설계되었다. 해머와 스크루드라이버로 금고를 열 수 있다면 그것은 금고가 아닐 것이다.

금고 문에는 네 개의 붉은 다이얼이 있고, 각 다이얼에는 0부터 9까지의 숫자가 있었다. 그것은 가능한 비밀번호의 수가 1만 개라는 것을 의미했다. 더치스와 울리 형은 0000부터 시작하여 9999까지, 1만 개 전부를 시도해보는 게 더 나았을 것이라고 빌리는 생각했다. 그러는 편이 해머와 스크루드라이버로 금고를 부수어서 여는 것보다 시간이 덜 걸릴 것이다. 그러나 그보다 훨씬 더 좋은 방법은 울리의 증조할아버지가 선택한 비밀번호를 짐작해내는 것이었다.

빌리는 여섯 번의 시도 만에 성공했다.

금고의 문이 열리자 그것은 안에 중요한 서류들이 들어 있다는 점에서 빌리로 하여금 아버지의 책상 맨 아래 서랍에 있던 상자를 떠올리게 했다. 다만 이 금고에는 훨씬 더 많은 서류가 있었다. 그러나 갖가지 중요한 서류들이 들어 있는 선반 아래쪽에서 빌리는 50달러 지폐 묶음 열다섯 개가 쌓여 있는 것을 눈으로 세어보았다. 빌리는 울리의 증조할아버지가 금고에 15만 달러를 넣었다는 것을 기억했다. 그것은 각각의 돈다발의 액수가 1만 달러라는 것을 의미했다. 1만 달러 돈다발들이 가능한 비밀번호의 수가 1만 개인 금고 안에 들어 있구나, 빌리는 생각했다. 빌리는 금고의 문을 닫고서 뒤돌아섰다가, 다이얼을 돌려놓기 위해 다시 뒤돌아섰다.

서재에서 나온 빌리는 복도를 계속 걸어가서 부엌으로 들어갔다. 부엌은 빈 콜라병과 콩 통조림 깡통을 제외하고는 깔끔하게 정돈되어 있었다. 통조림 깡통에서는 스푼이 캔디 애플*에 꽂힌 막대기처럼 똑바로 튀어나와 있었다. 그것 말고 누군가가 부엌에 있었다는 또 다른 유일한 흔적은 식탁 위, 소금 통과 후추 통 사이에 끼워진 봉투였다. '나의 부재 시에 개봉하기 바람'이라고 쓰인 봉투는 울리가 그곳에 두고 간 것이었다. 울리가 두고 간 봉투라는 것을 빌리가 알 수 있는 이유는 봉투에 쓰인 필체가 울리가 그렸던 집의 평면도에 쓰인 필체와 일치했기 때문이다.

빌리가 봉투를 다시 소금 통과 후추 통 사이에 끼워 넣고 있을 때

---

* 사과에 막대기를 꽂아서 캐러멜이나 캔디를 입힌 사과 사탕.

금속과 금속이 부딪히는 소리가 들렸다. 까치발로 살금살금 복도를 걸어가서 서재의 문을 통해 안을 들여다본 그는 더치스가 금고를 향해 도끼를 휘두르고 있는 것을 보았다.

빌리가 더치스에게 1만 개의 비밀번호에 대해 설명해주려고 마음먹었을 때, 쿵쿵거리며 계단을 내려오는 에밋 형의 발소리가 들렸다. 빌리는 다시 왔던 방향으로 복도를 달려가서 부엌 안으로 재빨리 들어간 다음 몸을 숨겼다.

일단 에밋 형이 서재 안으로 들어가고 나자 빌리는 형이 무슨 말을 하는지 알아들을 수 없었지만, 목소리 톤으로 보아 화가 났다는 것을 알 수 있었다. 잠시 후 빌리는 실랑이를 벌이는 것 같은 소리를 들었고, 이어 에밋이 더치스의 팔꿈치를 잡고 서재에서 나왔다. 에밋은 더치스를 잡아끌고 복도를 걸어갔고, 더치스는 빠른 어조로 뭔가에 대해서 울리가 그 자신의 이유로 스스로 선택한 거라는 얘기를 했다. 이어 에밋은 더치스를 끌고 창고방으로 들어갔다.

빌리는 재빨리, 그러나 소리 나지 않게 뒤따라가서 창고방의 문틈을 통해 안을 살짝 훔쳐보았는데, 그때 더치스가 에밋에게 왜 자기들은 경찰에 가면 안 되는지에 대해 얘기하는 것을 들었다. 그러자 에밋은 더치스를 문밖으로 밀었다.

『영웅, 모험가 및 다른 용감한 여행자 개요서』 제1장에서—얼마나 많은 위대한 모험 이야기들이 **중간에서** 시작하는지 설명하고 나서—애버네이스 교수는 계속해서 고전적인 영웅들의 비극적 결함에 대해 설명한다. **모든 고전적인 영웅들은 아무리 강하거나 현명하거나 용감하다 해도 그들의 성격에 어떤 결함이 있는데, 이 결함이 그들의 파멸을**

초래한다. 아킬레우스의 경우, 치명적인 결함은 분노였다. 아킬레우스는 화가 나면 자신을 억제하지 못했다. 트로이 전쟁에서 그가 죽을 수도 있다는 예언이 있었음에도 불구하고 아킬레우스는 친구인 파트로클로스가 죽자 불타오르는 분노에 눈이 멀어 전쟁터로 돌아갔다. 그가 독화살을 맞은 것은 그때였다.

빌리는 그의 형도 아킬레우스와 똑같은 결함을 가지고 있다는 것을 알았다. 에밋은 무모한 사람이 아니었다. 형은 목소리를 높이거나 조바심을 치는 경우가 거의 없었다. 그러나 일단 무언가가 에밋 형의 화를 돋우면, 형의 분노의 힘은 부글부글 끓어올라서 **돌이킬 수 없는 결과를 초래하는 분별없는 행동**으로 이어질 수 있었다. 아버지에 따르면 쇼머 판사가 말하기를, 에밋이 지미 스나이더를 때리는 죄를 범하게 된 것은 바로 그것—**돌이킬 수 없는 결과를 초래하는 분별없는 행동**—때문이었다는 것이다.

빌리는 망을 친 문을 통해 지금 에밋 형이 끓어오르고 있다는 것을 알 수 있었다. 형은 벌게진 얼굴로 더치스의 멱살을 잡고 소리질렀다. 신탁자금은 없다고, 유산은 없다고, 금고에 돈은 없다고 소리 질렀다. 그런 다음 더치스를 땅바닥으로 밀쳤다.

이건 틀림없어, 빌리는 생각했다. 이것은 틀림없이 사건의 전개 과정에서 필수적인 나의 역할을 수행하기 위해 내가 있어야 하는 시간과 장소인 거야. 그래서 빌리는 망을 친 문을 열고 형에게 금고 안에는 돈이 **있다**고 말했다.

그러나 에밋 형이 돌아섰을 때 더치스가 돌멩이로 형의 이마를 때렸고, 형은 땅에 쓰러졌다. 지미 스나이더가 쓰러졌던 것처럼 땅바닥에 쓰러졌다.

"형!" 빌리가 외쳤다.

에밋은 분명 빌리의 외침을 들었을 것이다. 왜냐하면 그는 무릎을 땅바닥에 대고 일어나고 있었으니까. 그때 더치스가 갑자기 문간으로 뛰어와서 빌리를 집 안으로 밀어 넣고 문을 잠근 다음 뭐라고 빠르게 말했다.

"왜 에밋 형을 때린 거예요?" 빌리가 말했다. "왜 형을 때렸어요? 절대 그러지 말았어야죠!"

더치스는 앞으로 다시는 그러지 않겠다고 맹세했지만, 이내 다시 빠른 어조로 지껄이기 시작했다. 그는 일이 이상하게 꼬여버렸다는 말을 했다. 그런 다음 금고에 대해 얘기했고, 울리에 대해 얘기했다. 양키스[+] 얘기도 했다.

에밋이 창고방의 문을 두드리기 시작하자 더치스는 빌리를 복도로 밀어붙이며 나아갔고, 에밋이 두드리는 행동을 멈추자 더치스는 다시 이야기하기 시작했다. 이번에는 경찰과 캘리포니아에 짓게 될 집에 대해서 얘기했다.

갑자기 빌리는 전에 여기에 있었던 것만 같은 느낌이 들었다. 더치스의 꽉 쥔 손아귀와 다급하게 얘기하고 있는 태도가 빌리로 하여금 어둠에 잠긴 웨스트사이드 고가철도에서 존 목사의 손에 붙잡혀 있었던 때로 돌아간 듯한 느낌이 들게 한 것이었다.

"우린 에밋과 얘기를 할 거야." 더치스가 말했다. "우린 그것에 관해 에밋과 모든 얘기를 나눌 거야, 빌리. 그렇지만 지금은 너와 나뿐이야."

[+] 더치스는 '양키의 재간'이라고 말했으나, 빌리는 그가 뉴욕 양키스 야구팀을 언급한 것으로 잘못 이해한 것이다.

그때 빌리는 이해했다.

에밋은 거기 없었다. 율리시스는 거기 없었다. 샐리는 거기 없었다. 다시 한번 그는 혼자였고 버림받았다. 조물주를 포함하여 모든 이에게서 버림받았다. 다음에 무슨 일이 일어나든 그것은 오로지 자신의 손에 달려 있었다.

빌리는 눈을 뜨고 더치스를 최대한 힘껏 발로 찼다.

순간, 빌리는 더치스의 꽉 쥐고 있던 손아귀가 느슨해진 것을 느낄 수 있었다. 다음 순간 빌리는 복도를 내달렸다. 계단 밑 은신처를 향해 복도를 내달린 것이었다. 빌리는 울리가 말했던 바로 그 위치에서 조그만 걸쇠가 있는 문을 발견했다. 출입구는 일반적인 출입구의 절반 정도 크기였고, 계단에 맞춰서 재단하여 공간을 만들었기 때문에 윗면은 삼각형 모양이었다. 하지만 그 정도 공간이면 빌리에게는 충분히 높았다. 안으로 슬그머니 들어간 빌리는 문을 당겨서 닫은 다음 숨을 죽이고 웅크렸다.

잠시 후 빌리는 더치스가 그의 이름을 부르는 소리를 들을 수 있었다.

더치스와의 거리는 고작 몇 피트밖에 되지 않는다는 것을 빌리는 알 수 있었지만, 그러나 더치스는 빌리를 찾을 수 없을 것이다. 울리가 말했듯이, 사람들은 계단 밑 은신처가 바로 자기들 앞에 있기 때문에 아무도 그 은신처를 들여다볼 생각을 하지 않는 것이었다.

에밋

흙실의 문을 열어보려 했으나 빗장이 잠긴 것을 확인한 후, 에밋은 집 뒤쪽으로 달려가서 식당으로 이어지는 문을 열어보려 했다. 그 문도 잠겨 있고 부엌문도 잠겨 있다는 것을 알았을 때 에밋은 문을 열어보려는 시도를 그만두었다. 대신 그는 허리띠를 풀어서 버클이 오른손 주먹 앞쪽에 오도록 감았다. 그런 다음 문에 달린 유리창 하나를 주먹으로 쳐서 깨뜨렸다. 이어 버클의 금속 표면을 이용하여 창틀에서 튀어나온 남은 유리 파편들을 툭툭 쳐서 제거했다. 그는 유리창이 없어진 창틀 안으로 왼손을 집어넣어 문을 열었다. 허리띠는 주먹에 감은 채로 그대로 두었다. 그냥 그대로 두는 것이 도움이 될 것 같았기 때문이다.

부엌 안으로 들어섰을 때 에밋은 복도 저쪽 끝에서 더치스가 황급히 모퉁이를 돌아서 흙실로 사라지는 모습을 보았다. 더치스 곁에 빌리는 없었다.

에밋은 뒤쫓아가지는 않았다. 빌리가 더치스에게서 도망쳤다는 것을 알고 나니 에밋은 이제 더 이상 위험한 느낌이 들지 않았다. 지금 그가 느끼고 있는 감정은 확신이었다. 더치스가 아무리 빨리 달린다 해도, 어디로 달려간다 해도, 그래봤자 자신의 손바닥을 벗어날 수 없을 거라는 확신감이었다.

그러나 부엌에서 나왔을 때 에밋은 유리 깨지는 소리를 들었다. 그것은 유리창이 깨지는 소리가 아니었다. 유리 한 장이 깨지는 소리였다. 잠시 후 더치스는 복도 저쪽 끝에 다시 나타났는데, 그의 손에는 소총 한 자루가 들려 있었다.

더치스가 소총을 가지고 있다고 해서 에밋이 바뀐 것은 아무것도 없었다. 에밋은 천천히, 그러나 머뭇거리지 않고 더치스를 향해 걷기 시작했고, 더치스는 에밋을 향해 걸었다. 그들은 둘 다 계단에서 10피트쯤 떨어진 지점에서, 그러니까 둘 사이의 거리가 20피트쯤 되는 곳에서 걸음을 멈추었다. 더치스는 손가락을 방아쇠에 댄 채 한 손으로 소총을 들고 있었다. 총신은 바닥을 향하고 있었다. 더치스가 소총을 들고 있는 모습에서 에밋은 그가 전에도 소총을 들어본 경험이 있다는 것을 알 수 있었지만, 그러나 그 점 역시 아무것도 바꾸지 못했다.

"소총을 내려놔." 에밋이 말했다.

"그럴 수 없어, 에밋. 네가 마음을 가라앉히고 이치에 닿는 말을 하기 전에는."

"난 이치에 닿는 말을 했어, 더치스. 거의 일주일 만에 처음으로 말이야. 원하든 원하지 않든 넌 경찰서에 가야 해."

더치스는 진심으로 낙담한 것처럼 보였다.

"울리 때문에?"

"울리 때문이 아니야."

"그럼 무엇 때문에?"

"경찰은 네가 모건에서 2x4인치 각목으로 누군가를 후려쳤고, 또 애컬리를 병원에 입원하게 만들었다고 생각하거든."

이제 더치스는 어안이 벙벙한 모습이었다.

"무슨 소릴 하는 거야, 에밋? 내가 왜 모건에서 누군가를 후려쳤 겠어? 그곳은 내가 평생 가본 적이 없는 곳인데. 그리고 애컬리에 대해 말하자면, 그자를 병원에 입원하게 만들고 싶어 하는 사람 명 단이 1000페이지는 되지 않겠어?"

"네가 이런 짓들을 했는지 안 했는지는 중요하지 않아, 더치스. 중요한 건 경찰은 네가 그걸 했고, 나도 어떤 식으론가 연루되어 있 다고 생각한다는 사실이야. 경찰이 너를 찾는 한, 나도 찾을 거란 말 이야. 그러니 넌 자발적으로 경찰을 찾아가서 문제를 해결해야 해."

에밋은 한 걸음 나아갔다. 그러나 이번에는 더치스가 소총을 들 어 올렸고, 그래서 총구가 에밋의 가슴을 겨누었다.

에밋은 마음 한구석에서 더치스의 위협을 심각하게 받아들여야 한다는 것을 알았다. 타운하우스가 말했듯이, 더치스가 뭔가에 몰 두해 있을 때는 주변의 모든 사람이 위험에 빠졌다. 그가 지금 몰두 해 있는 것의 초점이 설라이나로 돌아가는 걸 피하는 것이든, 금고 의 돈을 찾는 것이든, 또는 자기 아버지와의 남은 볼일을 처리하는 것이든 간에, 아무튼 지금 더치스는 순간적으로 발끈하여 방아쇠를 당기는 어리석은 짓을 저지르고도 남을 만한 상태였다. 만약 에밋 이 총에 맞는다면 빌리는 어떻게 될까?

그러나 에밋이 이 같은 일련의 생각의 장점을 인정하기 전에, 잠시 망설일 기회를 갖기도 전에, 그는 등받이가 높은 의자의 쿠션에 놓인 중절모를 곁눈질로 보게 되었고, 그러자 마 벨의 집 라운지에서 특유의 자신만만한 태도로 그 중절모를 뒤로 젖혀 쓴 채 피아노 앞에 앉아 있던 더치스의 모습이 떠올랐으며, 그 기억이 에밋의 마음속에 새로운 분노를 불러일으켜서 다시 그의 확신감을 회복시켰다. 에밋은 더치스를 손아귀에 넣을 것이고, 더치스를 경찰에 데리고 갈 것이고, 그리하여 더치스는 머잖아 설라이나 소년원으로 돌아갈 것이다. 그게 아니라면 토피카 교도소나, 또는 경찰이 보내고 싶은 다른 어딘가로 가게 될 것이다.

에밋은 다시 걸음을 옮겨서 둘 사이의 거리를 좁혀갔다.

"에밋," 더치스가 예상대로 유감스러운 표정을 지으며 말했다. "나는 널 쏘고 싶지 않아. 그렇지만 네가 선택의 여지를 주지 않는다면 너를 쏘게 될 거야."

둘의 거리가 세 걸음쯤 떨어진 곳에 이르렀을 때 에밋은 걸음을 멈추었다. 그의 걸음을 멈추게 한 것은 소총의 위협이나 더치스의 호소가 아니었다. 더치스 뒤로 10피트쯤 떨어진 곳에 빌리가 나타났다는 사실 때문이었다.

빌리는 계단 뒤쪽 어딘가에 숨어 있었던 게 분명했다. 이제 그는 무슨 일이 일어나고 있는지 보려고 확 트인 공간으로 조용히 움직이고 있었다. 에밋은 빌리에게 숨어 있던 곳으로 돌아가야 한다는 신호를 보내고 싶었다. 더치스 모르게 신호를 보내고 싶었다.

그러나 너무 늦었다. 더치스는 에밋의 표정 변화를 알아차리고 뒤에 뭐가 있는지 보려고 돌아보았다. 그것이 빌리라는 것을 안 더치스는 옆으로 두 걸음 걸어간 다음, 총신을 빌리에게 겨누는 동안 여전히 에밋을 볼 수 있도록 몸을 45도 돌렸다.

"거기 있어." 에밋이 동생에게 말했다.

"네 형 말이 맞아, 빌리. 움직이지 마라. 그럼 네 형도 움직이지 않을 테고, 나도 움직이지 않을 거야. 그러면 우린 함께 끝까지 이야기를 나눠서 이 문제를 해결할 수 있어."

"걱정 마." 빌리가 에밋에게 말했다. "저 형은 날 쏠 수 없어."

"빌리, 더치스가 무엇을 할지, 무엇을 안 할지 넌 모르잖아."

"맞아," 빌리가 말했다. "더치스 형이 무엇을 할지, 무엇을 안 할지 난 몰라. 그렇지만 저 형이 날 쏠 수 없다는 건 알아. 왜냐하면 저 형은 글을 읽을 줄 모르니까."

"뭐?" 에밋과 더치스가 동시에 말했다. 에밋은 당황해서, 더치스는 약이 올라서 그렇게 말한 것이었다.

"내가 글을 못 읽는다고 누가 그래?" 더치스가 다그쳐 물었다.

"더치스 형 자신이." 빌리가 말했다. "처음에 형은 글씨가 작아서 머리가 아프다고 했어. 그다음, 차 안에서 뭘 읽으면 속이 메슥거린다고 했어. 그다음엔 책에 알레르기가 있다고 했어."

빌리는 에밋에게 눈을 돌렸다.

"더치스 형은 글을 읽을 줄 모른다는 것을 인정하는 게 너무 부끄러워서 그런 식으로 말하는 거야. 마찬가지로 저 형은 너무 부끄러워서 자기는 수영을 할 줄 모른다는 걸 인정하지 못해."

빌리가 말을 하고 있을 때 에밋은 계속해서 더치스에게 주의를 기울였으므로 더치스의 얼굴이 점점 더 벌게지고 있다는 것을 알 수 있었다. 그것은 부끄러움 때문일 수도 있지만, 그보다는 분노 때문일 거라고 에밋은 생각했다.

"빌리, 더치스가 글을 읽을 줄 알든 모르든 지금은 달라질 게 아무것도 없어." 에밋이 지적했다. "이 일은 내게 맡겨라."

그러나 빌리는 고개를 저었다.

"아니야, 에밋 형, 완전히 달라져. 더치스 형이 퇴소 시에 반드시 점검해야 할 사항들을 모르기 때문에 완전히 달라지는 거야."

에밋은 잠시 동생을 바라보았다. 그러고 나서 더치스를—글을 몰라서 잘못 안 가엾은 더치스를—바라보았다. 에밋은 마지막 남은 세 걸음을 걸어가서 소총을 붙잡고 더치스의 손아귀에서 홱 잡아챘다.

더치스는 자기는 절대로 방아쇠를 당기지 않았을 거라는 점에 대해 구구절절이 말하기 시작했다. 왓슨 형제에게는 절대 그러지 않았을 거라고 했다. 생각할 수도 없는 일이라고 했다. 그런데 더치스가 말하는 중에 에밋은 동생이 한마디 하는 소리를 들었다. 동생이 뭔가를 상기시키는 방식으로 그의 이름을 부른 것이었다.

"에밋⋯⋯."

에밋은 알아차렸다. 카운티 법원 잔디밭에서 에밋은 동생에게 약속했었다. 그는 그 약속을 지키려고 노력했다. 그래서 더치스가 자기는 절대로 하지 않았을 거라는 여러 가지 것들에 대해 떠들어대고 있는 동안 에밋은 속으로 열까지 세었다. 그렇게 열까지 세는 동안 에밋은 오래 묵은 열기가 가라앉는 것을 느낄 수 있었고, 분노가 빠져나가는 것을 느낄 수 있었다. 이윽고 그는 전혀 분노를 느끼지 않게 되었다. 그때 그는 소총의 개머리판을 들어서 더치스의 얼굴을 힘껏 가격했다.

"형은 이걸 지금 봐야 할 것 같아." 빌리가 힘주어 말했다.

더치스가 땅에 쓰러진 후 빌리는 부엌으로 갔다. 잠시 후 빌리가 돌아왔을 때, 에밋은 빌리에게 꼼짝 말고 계단에 앉아 있으라고 말했다. 그런 다음 더치스의 겨드랑이에 팔을 넣어서 거실에서 그를 끌어내기 시작했다. 에밋의 계획은 그를 끌고 흙실을 나가서 계단을 내려간 다음 잔디밭을 가로질러 스튜드베이커로 가는 것이었다. 그러고 나서는 그를 차에 태우고 가장 가까운 경찰서로 가서 경찰서 문 앞에 내려놓을 작정이었다. 그가 두 걸음도 채 옮기지 못했을 때 빌리가 그 말을 한 것이었다.

고개를 든 에밋은 동생이 봉투를 들고 있는 것을 보았다. 아버지가 써놓은 또 다른 편지일까? 에밋은 은근히 화가 나는 것을 느끼며 생각했다. 또는 어머니의 또 다른 엽서일까? 아니면 또 다른 미국 지도일까?

"나중에 볼게." 에밋이 말했다.

"안 돼." 빌리가 고개를 저으며 말했다. "안 돼. 지금 봐야 할 것 같아."

에밋은 더치스를 다시 바닥에 내려놓고 동생에게 갔다.

"울리 형이 쓴 거야." 빌리가 말했다. "울리 형 부재 시에 개봉하기 바란다고 쓰여 있어."

에밋은 약간 놀라며 봉투에 쓰인 글을 들여다보았다.

"울리 형은 부재인 거지?" 빌리가 물었다.

에밋은 동생에게 울리에 대해 어떻게 말해야 할지, 또는 말해야 할지 말아야 할지 결정하지 못하고 있었다. 그러나 **부재**라는 말을 할 때의 태도로 보아 빌리는 이미 알고 있는 것 같았다.

"맞아." 에밋이 말했다. "울리는 부재해."

에밋은 계단의 빌리 옆자리에 앉아 봉투를 열었다. 안에는 월러스 월콧 편지지에 손으로 쓴 쪽지가 들어 있었다. 에밋은 이 월러스 월콧이라는 사람이 울리의 증조할아버지인지, 할아버지인지, 아니면 삼촌인지 알지 못했다. 그러나 누구의 편지지인지는 중요하지 않았다.

1954년 6월 20일에 '**관계자들에게**' 쓴 것으로 되어 있는 편지에는 아래의 서명자가 심신이 건강한 상태에서 그의 15만 달러 신탁자금 중 3분의 1은 에밋 왓슨 씨에게, 3분의 1은 더치스 휴잇 씨에게, 나머지 3분의 1은 빌리 왓슨 씨에게 남겨서 그들 뜻대로 사용하게 한다고 쓰여 있었다. 그런 다음 울리는 '**진실로 진실한 벗, 월러스 월콧 마틴**'이라고 서명했다.

에밋은 편지를 봉투에 넣으면서 동생이 자기 어깨 너머로 그걸 읽었다는 것을 깨달았다.

"울리 형이 아팠어?" 빌리가 물었다. "아빠처럼?"

"그래." 에밋이 말했다. "아팠어."

"울리 형이 자기 삼촌 시계를 나한테 주었을 때 그 형이 아픈 것 같다는 생각이 들긴 했어. 왜냐하면 이 시계는 물려받고 물려주는 시계였거든."

빌리는 잠시 생각에 잠겼다.

"그래서 형이 더치스 형한테 울리는 자기를 집으로 데려다주게 하려 했다고 말한 거였어?"

"맞아," 에밋이 말했다. "바로 그런 뜻이었어."

"그건 형이 옳았던 것 같아." 빌리가 고개를 끄덕여 동의하며 말했다. "그렇지만 금고에 돈이 없다는 형의 생각은 틀렸어."

빌리는 에밋의 대꾸를 기다리지 않고 일어나서 복도를 걸어갔다. 에밋은 미적미적 동생을 따라 다시 월콧 씨 사무실로 들어가서 금고가 있는 곳으로 갔다. 책장 옆에는 계단의 첫 세 단처럼 보이는 가구가 있었다. 빌리는 그 가구를 금고 앞으로 끌고 가서 단을 올라간 다음, 네 개의 다이얼을 돌리고 손잡이를 돌려서 금고 문을 열었다.

잠시 에밋은 말문이 막혔다.

"비밀번호를 어떻게 알았니, 빌리? 울리가 너한테 말해줬어?"

"아니, 울리 형은 비밀번호를 말해주지 않았어. 하지만 그 형은 나한테 자기 증조할아버지가 다른 어떤 휴일보다도 7월 4일을 더 사랑했다는 얘기를 해줬어. 그래서 내가 처음 시도한 비밀번호는 1776[*]이었지. 그다음엔 7476을 시도해봤어. 왜냐하면 이것도 7월 4일을 쓰는 한 가지 방법이니까. 그러고 나서는 조지 워싱턴이 태어난 해인 1732를 시도해봤어. 그런 다음, 난 울리 형의 증조할아버지가 워싱턴, 제퍼슨, 애덤스가 공화국 건설의 비전을 가졌지만 그걸 완성할 용기를 지닌 사람은 링컨이었다고 말했다는 것을 기억했지. 그래서 링컨 대통령이 태어난 해인 1809와 링컨 대통령이 사망한 해인 1865를 시도해봤어. 바로 그때 비밀번호는 1119일 거라고 문득 깨닫게 되었어. 게티즈버그 연설이 있었던 날이 11월 19일이었으니까. 자," 빌리가 단에서 내려오며 말했다. "와서 이걸 좀 봐."

[*] 미국의 독립을 선포한 날은 1776년 7월 4일이다.

에밋은 그 계단을 옆으로 밀치고 금고 앞으로 다가갔다. 금고 안에는 서류 선반 아래에 50달러짜리 새 지폐 수천 장이 가지런히 쌓여 있었다.

에밋은 손으로 입을 막았다.

15만 달러, 그는 생각했다. 돌아가신 월콧 씨의 재산 15만 달러가 울리에게 전해졌고, 이제 울리는 그걸 그들에게 물려주었다. 울리는 정식으로 서명하고 날짜를 적은 유언장을 통해 그걸 물려준 것이었다.

울리의 의도에는 의문의 여지가 없었다. 그 점에서는 더치스가 옳았다. 이것은 울리의 돈이었고, 울리는 그 돈을 어떻게 하고 싶은지 정확히 알고 있었다. 울리는 자기가 그것을 사용하기에 기질적으로 부적합하다는 것을 알았으므로 자신의 부재 시에 친구들이 뜻대로 그 돈을 사용하기를 원했던 것이다.

그러나 만약 에밋이 더치스를 스튜드베이커로 끌고 가서 그를 경찰서 앞에 내려놓는다면 어떻게 될까?

에밋은 인정하기 싫었지만, 그 점에 대해서도 더치스가 옳았다. 일단 더치스가 경찰의 수중에 들어가고 울리가 죽었다는 게 확실해지면 에밋과 빌리의 미래는 계속 나아가지 못하고 서서히 멈추게 될 것이다. 경찰과 수사관들이 이 집에 들이닥칠 것이고, 이어서 가족들과 변호사들이 몰려올 것이다. 상황을 파악하려 할 것이고, 집 안의 물건들은 그대로 있는지 확인할 것이다. 의도를 추측하려 할 것이고, 끝없이 질문을 퍼부을 것이며, 어떤 행운도 심한 의심의 눈초리로 바라볼 것이다.

잠시 후면 에밋은 월콧 씨의 금고 문을 닫을 것이다. 그것은 확실했다. 그러나 금고 문이 닫히고 나면 두 가지 다른 미래가 가능할 것이다. 하나는 금고 안의 내용물이 고스란히 그대로 남아 있는 것이다. 다른 하나는 서류 선반 아래의 공간이 텅 비게 되는 것이다.

"울리 형은 친구들을 위해 최선을 다하고 싶어 했어." 빌리가 말했다.

"맞아, 울리는 그랬어."

"형과 나를 위해서," 빌리가 말했다. "그리고 더치스 형을 위해서도."

———

일단 결정을 내리고 나자 에밋은 서둘러 일을 해야 한다는 것을 깨달았다. 어질러진 것들을 정리 정돈하고 가능한 한 흔적을 남기지 않아야 했다.

에밋은 금고 문을 닫은 다음, 빌리에게 사무실을 깨끗이 정리하는 과제를 주었다. 그러는 동안 자기는 이 집의 나머지 부분을 점검하겠다고 했다.

에밋은 먼저 더치스가 가져다 놓은 모든 도구―해머, 스크루드라이버, 도끼 등―를 모아서 밖으로 가지고 나간 뒤, 부서진 조그만 배가 놓인 곳을 지나서 작업장으로 옮겼다.

집 안으로 돌아와서는 부엌으로 갔다. 울리는 절대 콩 통조림을 먹지 않았을 거라고 확신한 에밋은 밖으로 가지고 나갈 종이 봉지에 빈 깡통과 펩시콜라병을 담았다. 그런 다음 스푼을 씻어서 다시은 식기 서랍에 넣었다.

에밋은 부엌의 깨진 유리창에 대해서는 걱정하지 않았다. 경찰은 울리가 잠긴 집 안으로 들어가기 위해 유리를 깼다고 생각할 것이다. 그러나 소총 장식장은 다른 문제였다. 그것은 의문을 불러일으킬 소지가 훨씬 높았다. 심각한 의문을 불러일으킬 수 있었다. 에밋은 소총을 장식장의 원래 자리에 되돌려놓고 나서 크로케 공을 꺼냈다. 그런 다음 방 한가운데에 쌓인 애디론댁 의자들이 넘어져서 장식장의 유리를 깨뜨린 것처럼 보이게 하려고 그 의자들의 위치를 바꾸었다.

이제 더치스를 처리해야 할 때였다.

에밋은 다시 더치스의 겨드랑이에 팔을 넣어서 그를 끌고 복도를 지나 흡실 밖으로 나온 다음, 잔디밭으로 내려갔다.

에밋과 빌리가 자기들은 자기들 몫의 돈을 가지고 가고 더치스는 그의 몫의 돈과 함께 이곳에 남겨두기로 결정했을 때, 빌리는 에밋에게 이제는 더 이상 더치스에게 상처를 입히지 않겠다고 약속하게 했다. 하지만 시간이 갈수록 더치스가 의식을 회복하여 완전히 새로운 문제를 일으킬 위험이 증가했다. 따라서 몇 시간 동안—또는 적어도 빌리와 에밋이 일을 끝내고 충분히 멀리 떠나 있을 만큼의 시간 동안—더치스의 행동을 제약할 어딘가에 그를 놓아두어야만 했다.

캐딜락 트렁크는 어떨까? 에밋은 생각했다.

트렁크의 문제는, 더치스가 의식을 회복하게 되면 그는 신속하게 트렁크에서 빠져나오거나 아니면 아예 못 빠져나오거나 둘 중 하나일 것인데, 둘 다 나쁜 결과였다.

작업장? 에밋은 생각했다.

작업장도 아니었다. 작업장은 밖에서 문을 잠글 수 있는 방법이 없을 것이다.

에밋이 작업장을 바라보고 있을 때 또 다른 생각이, 흥미로운 생각이 떠올랐다. 그때 갑자기 에밋의 발치에서 더치스가 신음 소리를 냈다.

"제길." 에밋이 혼잣말을 했다.

아래를 내려다본 에밋은 더치스가 머리를 좌우로 가볍게 움직이고 있는 것을 보았다. 의식이 돌아오기 직전이었다. 더치스가 다시 한번 신음 소리를 내자 에밋은 자신의 어깨 너머로 뒤를 돌아보고는 빌리가 없다는 것을 확인했다. 그는 몸을 굽혀 왼손으로 더치스의 멱살을 잡고 오른손으로 더치스의 얼굴을 가격했다.

더치스가 다시 조용해지자 에밋은 작업장 쪽으로 그를 끌고 갔다.

20분 후, 그들은 떠날 준비를 했다.

역시나 빌리는 사무실을 원래의 상태로 되돌려놓는 일을 완벽하게 해냈다. 모든 책은 다시 책장에 꽂혔고, 모든 서류는 제 위치를 찾아갔고, 모든 서랍은 제자리에 끼워졌다. 빌리가 원래의 자리로 되돌려놓지 못한 유일한 것은 너무 무거워서 그러지 못한 에이브러햄 링컨 흉상뿐이었다. 에밋이 그 흉상을 들고 놓을 자리를 찾기 위해 주위를 둘러보자 빌리가 얼른 책상 쪽으로 다가갔다.

"여기." 빌리가 흉상 밑바닥의 윤곽이 아주 흐릿하게 보이는 곳에 손가락을 갖다 대면서 말했다.

빌리가 부엌문 옆에서 기다리고 있는 동안 에밋은 앞 현관문과 흙실의 문을 잠근 다음 집 안을 마지막으로 한 번 더 둘러보았다.

그는 위층의 그 침실로 돌아가서 문간에 섰다. 모든 것을 자기가 처음 보았던 그대로 두려는 것이 그의 뜻이었다. 그러나 빈 갈색 병이 눈에 들어오자 에밋은 그걸 집어서 호주머니에 넣었다. 그런 다음 월러스 울리 마틴에게 마지막 작별 인사를 했다.

문을 닫을 때 의자 위에 그의 낡은 책가방이 있는 것을 보았고, 그래서 그가 더치스에게 준 책가방도 집 안 어딘가에 있으리라는 것을 깨달았다. 에밋은 모든 침실을 확인한 뒤에 거실을 뒤졌고, 그곳의 한 소파 옆 바닥에 책가방이 놓여 있는 것을 발견했다. 더치스는 그 소파에서 하룻밤을 보낸 게 틀림없었다. 에밋은 빌리가 있는 부엌으로 가려고 걸음을 옮겼을 때에야 등받이가 높은 의자에 놓여 있던 중절모를 기억해내고는 그것도 회수했다.

부엌을 나와 부두를 지나갈 때 에밋은 빌리에게 더치스가 탈 없이 무사히 있다는 것을 보여주었다. 에밋은 캐딜락의 앞좌석에 더치스의 책가방과 모자를 던져 넣었다. 그런 다음 스튜드베이커 트렁크에 두 개의 종이 봉지를 넣었다. 하나는 부엌에서 나온 쓰레기를 담은 것이었고, 다른 하나는 울리의 신탁자금에서 자신들의 몫을 챙겨 담은 봉지였다. 트렁크를 닫으려 할 때, 트렁크 뒤 같은 자리에 서서 아버지가 남긴 절반은 변명이고 절반은 간곡한 권고였던 유산—돈과 에머슨의 책에 나오는 구절—을 발견했던 9일 전의 일이 떠올랐다. 1500마일을 잘못된 방향으로 왔기 때문에 이제 곧 3000마일을 더 여행해야 하는 시발점에 서게 될 에밋은, 자기 안에 있는 힘은 본질적으로 새로운 것이며, 자기가 무엇을 할 수 있는지는 자기 자신만이 알 수 있고, 자기는 이제 막 그것을 스스로 깨닫기 시작했다는 것을 믿었다.[+]

그는 트렁크를 닫고 빌리와 함께 앞좌석에 앉아 열쇠를 돌려 시동을 걸었다.

"나는 원래는 우리가 여기서 밤을 보내게 될 거라고 생각했어." 에밋이 동생에게 말했다. "그 대신 샐리를 태우고 출발하는 게 어떻겠니?"

"좋은 생각이야." 빌리가 말했다. "이제 우린 샐리 누나를 태우고 출발하는 거야."

에밋이 진입로를 향해 차를 돌리려고 호를 그리며 후진할 때 빌리는 이미 지도를 살펴보고 있었는데, 그의 인상이 찌푸려졌다.

"왜 그래?" 에밋이 물었다.

빌리가 고개를 저었다.

"여기서 출발하면 이 길이 가장 빠른 경로야."

빌리는 울리가 그려준 커다란 빨간색 별에 손가락 끝을 대고 월 콧 가족 별장에서 시작하여 남서쪽 경로를 따라 움직이며 새러토가 스프링스와 스크랜턴으로, 이어 서쪽으로 피츠버그로 가서 마침내 다시 링컨 하이웨이를 만나게 되는 여러 도로를 죽 이어나갔다.

"지금 몇 시야?" 에밋이 물었다.

빌리는 울리가 준 시계를 들여다보며 5시 1분 전이라고 말했다.

에밋은 지도에 그려진 다른 길을 가리켰다.

"우리가 왔던 길로 돌아간다면 우리는 타임스스퀘어에서 우리의 여행을 시작할 수 있어." 그가 말했다. "그리고 서두른다면 우린 모든 간판에 불이 켜지고 있을 때 거기 도착할 수 있을 거야."

✦ 에밋은 아버지가 준 에머슨의 『자기신뢰』에 나오는 구절을 인용하고 있다.

빌리는 휘둥그레진 눈으로 쳐다보았다.

"그렇게 할 수 있는 거야, 에밋 형? 정말 그럴 수 있어? 하지만 그러면 갈 길에서 벗어나는 거 아냐?"

에밋은 잠시 생각하는 모습을 지어 보였다.

"갈 길에서 약간 벗어나긴 할 거야. 그런데 오늘 며칠이니?"

"6월 21일."

에밋은 스튜드베이커에 기어를 넣었다.

"그럼 우리가 7월 4일까지 샌프란시스코에 도착하려면 13일 남았구나."

더치스

나는 마치 화창한 오후에 보트에 앉아 있는 사람처럼 떠다니는 느낌과 더불어 의식을 되찾았다. 그런데 알고 보니 나는 실제로 정확히 그러고 있었다. 화창한 오후에 보트에 앉아 있었던 것이다! 나는 머리를 맑게 하려고 머리를 한 차례 흔든 다음 뱃전에 손을 얹고 몸을 일으켰다.

내가 맨 먼저 알아차린 것은 내 앞에 펼쳐진 자연의 아름다움이었다. 나는 흔쾌히 그 점을 인정할 수 있었다. 나는 별로 시골쥐 같은 사람이 아니었음에도—나는 멋들어진 야외도 일반적으로 불편해하고 때로는 싫증을 내기도 한다—이 풍경에는 깊은 만족감을 주는 뭔가가 있었다. 호숫가에서 솟아오른 소나무, 하늘에서 내리쬐는 햇볕, 미풍에 은은하게 산들거리는 수면……. 이 모든 풍경의 장엄함에 절로 한숨이 나왔다.

하지만 엉덩이가 아파서 현실로 돌아왔다. 아래를 내려다본 나는 내가 한 무더기의 색칠한 돌멩이 위에 앉아 있는 것을 볼 수 있었다. 나는 좀 더 자세히 살펴보려고 돌멩이 하나를 집어 들었다가 손에 마른 피가 묻어 있으며, 그뿐 아니라 셔츠 앞쪽에도 온통 마른 피가 묻어 있다는 것을 알게 되었다.

그때 기억이 떠올랐다.

에밋이 소총 개머리판으로 나를 때린 것이었다!

내가 금고를 열려고 애를 쓰고 있을 때 그가 문을 통해 불쑥 들어왔다. 우리 사이에는 의견 차이가 있었고, 약간의 다툼이 있었고, 치고받는 행동도 있었다. 나는 연극적인 경향이 있는 사람이라서 야단스레 총을 움직이며 대충 빌리 쪽을 향해 총신을 겨누었다. 하지만 에밋은 내 의도에 대해 그릇된 결론을 내리고 나서 소총을 잡아챘고, 그것으로 나를 갈겼다.

그는 심지어 내 코를 부러뜨린 것 같다는 생각이 들었다. 그래야 내가 콧구멍으로 숨을 쉬는 것이 무척 어려운 이유가 설명이 될 것이다.

손을 뻗어 상처 입은 곳을 조심스럽게 살피고 있을 때 차 엔진의 시동이 걸리는 소리가 들렸다. 왼쪽을 쳐다본 나는 카나리아처럼 노란 스튜드베이커를 보았다. 스튜드베이커는 후진했다가 얼마 동안 멈춰 서 있더니 소리를 높이며 월콧 별장의 진입로를 빠져나갔다.

"기다려!" 내가 소리쳤다.

그러나 에밋의 이름을 부르기 위해 왼쪽으로 몸을 기울이자 보트가 물 쪽으로 기울었다. 나는 몸을 반대 방향으로 젖히면서 조심스럽게 보트 중앙의 내 자리로 움직였다.

그래, 나는 속으로 생각했다. 에밋이 소총으로 나를 기절시켰어. 그런데 그러고 나서 그가 위협했던 대로 나를 경찰서로 데려가는 대신 노 젓는 보트에 나를 놓아두었어. 노도 없이 떠내려가게 말이야. 왜 그랬을까?

나는 눈을 가늘게 떴다.

왜냐하면 그 어린 만물박사가 에밋에게 나는 수영을 할 줄 모른다고 말했으니까. 그래서 그런 거야. 그리고 왓슨 형제는 나를 호수위에 떠다니게 둠으로써 자기들이 금고를 열고 울리의 유산을 다 챙겨 떠나는 데 필요한 시간을 충분히 벌 수 있을 거라고 생각한 거야.

그러나 이 추악한 생각—나는 절대로 이 추한 생각에 대해 완전히 속죄할 수 없을 것이다—을 하고 있을 때 나는 뱃머리에 현금 뭉치가 놓여 있는 것을 알아차렸다.

그래, 에밋은 그 노인의 금고를 연 거야. 내 그럴 줄 알았지. 그렇지만 에밋은 나를 빈손이 되게 내팽개치지 않고 정당한 내 몫을 남겨두었어.

저건 정당한 내 몫에 해당하는 돈이겠지?

그러니까 저만큼의 돈이면 5만 달러가 되나 보지?

나는 당연히 궁금했으므로 얼른 계산해보기 위해 보트 앞쪽으로 움직이기 시작했다. 하지만 그랬더니 체중이 앞으로 쏠리면서 보트 앞부분이 낮아졌고, 그러자 뱃머리에 난 구멍으로 물이 들어오기 시작했다. 재빨리 내 자리로 물러서자 뱃머리가 높아지면서 물의 유입이 멈추었다.

물이 내 발 주위에서 찰싹거리는 것을 보면서 나는 이 배는 그저 평범한 노 젓는 보트가 아니라는 것을 깨달았다. 이 배는 보트하우스 옆에 놓여 있던 수리 중인 보트였던 것이다. 에밋이 선미에 돌멩이들을 실은 이유가 바로 그것이었다. 즉 손상된 뱃머리가 흘수선◆ 위에 위치하도록 하기 위해서였다.

기발한 생각이야, 나는 웃으며 생각했다. 노도 없이 호수 한가운데 떠 있는 구멍 난 보트…… 흡사 카잔티키스 공연의 무대장치 같았다. 만약 에밋이 내 손을 뒤로 묶기만 했다면, 또는 내 손에 수갑을 채우기만 했다면 더 좋았을 텐데.

"좋아." 나는 엄청난 도전에 직면한 기분을 느끼며 말했다.

추정컨대 여기서 호숫가까지의 거리는 몇백 피트 정도였다. 몸을 뒤로 젖히고 손을 물속에 넣어서 부드럽게 저으면 굳은 땅으로 안전하게 갈 수 있을 것이다.

그러나 보트 뒷부분 위로 두 팔을 뻗는 것이 생각보다 굉장히 어색했고, 물은 놀랍도록 차가웠다. 실제로 나는 몇 분마다 손가락을 따뜻하게 녹이기 위해 손을 뻗어 젓는 동작을 중단해야 했다.

그러나 보트가 나아가기 시작했을 때 늦은 오후의 바람이 불기 시작했고, 그래서 손을 젓는 동작을 중단하고 잠시 쉴 때마다 보트가 다시 호수 중앙을 향해 뒤로 밀려가는 것을 보게 되었다.

그 점을 보완하기 위해 나는 손을 젓는 동작을 좀 더 빨리 하고 더 짧게 쉬었다. 그러나 마치 이에 대한 반응인 것처럼 바람이 더 세졌다. 그래서 지폐 뭉치의 맨 위에 놓인 지폐 한 장이 팔랑거리며 날아가 20피트쯤 떨어진 수면 위에 내려앉았다. 잠시 후 다른 지폐 한 장이 날아갔다. 이어 또 다른 지폐가 그랬다.

◆ 배가 물에 떠 있을 때 배와 수면이 접하는 경계선.

나는 최대한 빨리 손을 저었으며, 이제 쉬는 것도 멈추었다. 그러나 바람은 계속 불었고, 지폐는 계속 날아가서 보트 옆쪽 위에서 펄럭거렸다. 한 번에 50달러씩 날아가는 것이었다.

어쩔 수 없이 나는 손을 젓는 행위를 그만두고 일어나서 살금살금 앞으로 나아가기 시작했다. 작은 보폭으로 두 걸음째 내디뎠을 때 뱃머리가 1인치나 내려가서 물이 흘러들기 시작했다. 내가 한 걸음 뒤로 물러나자 물의 유입이 멈추었다.

이처럼 조심해서는 아무것도 할 수 없다는 것을 깨달았다. 달려가서 돈을 움켜쥔 다음, 너무 많은 물이 보트 안으로 들어오기 전에 재빨리 다시 선미 쪽으로 물러나는 수밖에 없다고 생각했다.

나는 두 팔을 앞에 두고 자세를 안정시키며 달려들 준비를 했다.

필요한 것은 능숙한 솜씨뿐이었다. 날렵한 손길이 결합된 재빠른 동작이 필요했다. 병에서 코르크 마개를 빼낼 때처럼.

바로 그거야, 나는 속으로 생각했다. 그 모든 노력은 10초 이상 걸리지 않을 것이다. 그러나 빌리의 도움이 없으니 나는 스스로 카운트다운을 해야 할 터였다.

열을 말하면서 나는 첫 걸음을 내디뎠고, 보트는 오른쪽으로 기울었다. **아홉**을 말하면서 왼쪽으로 걸음을 내디뎌 균형을 맞추려 했고, 보트는 왼쪽으로 휘뚝 기울어졌다. **여덟**에 보트가 마구 기울고 휘청거려서 나는 균형을 잃고 앞으로 굴러떨어져 지폐 뭉치 바로 위로 넘어졌고, 물이 뱃머리의 구멍을 통해 쏟아져 들어왔다.

나는 뱃전을 향해 손을 뻗으며 몸을 일으키려 했으나 심하게 물을 저은 탓에 손가락에 감각이 없어서 뱃전을 잡지 못하고 다시 앞으로 넘어졌다. 넘어질 때 부러진 코가 뱃머리에 세게 부딪혔다.

나는 울부짖었다. 그러는 동안에도 얼음장처럼 차가운 물이 발목 주위로 계속해서 쏟아져 들어오자 나는 반사적으로 허둥지둥 일어섰다. 보트 앞쪽에 나의 모든 체중이 실리자 내 뒤쪽의 선미가 위로 솟아오르면서 색칠한 돌멩이들이 내 발 쪽으로 굴러왔다. 그 바람에 뱃머리가 또다시 물에 잠겼으며, 나는 거꾸로 호수에 빠졌다.

두 발로 물속 깊은 곳을 차고 두 팔로 수면을 철썩철썩 치면서 공기를 깊이 들이마시려 했지만, 깊이 들이마신 것은 공기가 아니라 물이었다. 나는 기침을 하고 허우적거리면서 머리가 밑으로 내려가고 몸이 가라앉기 시작하는 것을 느꼈다. 얼룩덜룩한 수면을 올려다본 나는 가을 낙엽처럼 물 위를 떠다니는 지폐의 그림자들을 볼 수 있었다. 그때 보트가 내 머리 위로 떠내려와서 훨씬 더 큰 그림자를 드리웠다. 그 그림자가 모든 방향으로 퍼져나가기 시작했다.

그러나 호수 전체가 바야흐로 어둠에 잠길 것만 같았던 그 순간에 거대한 커튼이 걷히면서 나는 번화한 대도시의 붐비는 거리에 서 있는 나 자신을 발견했다. 그러나 내 주위의 모든 사람들은 내가 아는 사람들이었고, 그들 모두는 제자리에 얼어붙어 있었다.

근처 벤치에 둘이 함께 앉아 있는 사람은 울리와 빌리였다. 둘은 캘리포니아에 있는 집의 평면도를 들여다보며 빙그레 웃고 있었다. 그곳에는 샐리도 있었는데, 그녀는 유모차 위로 몸을 기울여서 자기가 돌보는 아이의 담요를 꼼꼼히 덮어주고 있었다. 꽃수레 옆에는 생각에 잠긴 표정의, 어딘가 쓸쓸해 보이는 세라 누나가 있었다. 그리고 바로 거기에, 50피트도 채 되지 않는 곳에 바르고 훌륭해 보이는 에밋이 밝은 노란색 차 문 옆에 서 있었다.

"에밋." 내가 소리쳐 불렀다.

그러나 그러는 중에도 나는 멀리서 시계가 울리는 소리를 들을 수 있었다. 하지만 그것은 일반 시계가 아니었고, 멀리서 울리는 것도 아니었다. 내 조끼 호주머니 안에 들어 있었던 금시계였는데, 그것이 지금 갑자기 내 손안에 있는 것이었다. 나는 시계를 들여다보았지만 몇 시인지 알 수 없었다. 그러나 시계 종소리가 몇 번 더 울리고 나면 온 세계가 다시 한번 움직이기 시작하리라는 것을 나는 알고 있었다.

그래서 나는 삐뚤어진 모자를 벗고 세라와 샐리에게 인사했다. 울리와 빌리에게 인사했다. 둘도 없는 친구 에밋 왓슨에게 인사했다.

그리고 마지막 시계 종소리가 울렸을 때, 나는 그들 모두에게 몸을 돌려 나의 마지막 숨결로 햄릿이 그랬던 것처럼 읊조렸다. **"남은 것은 침묵뿐."** ✦

아니, 이아고가 한 말이었던가?

기억이 나지 않는다.

✦ 햄릿의 마지막 말. 『오셀로』에 나오는 이아고도 5막에서 '이 순간부터 나는 절대 말하지 않겠소'라는 비슷한 말을 했다.

자유분방한 상상력과
치밀함이 돋보이는 수작

『링컨 하이웨이』는『우아한 연인』과『모스크바의 신사』단 두 편의 소설로 세계적인 작가의 반열에 오른 에이모 토울스의 세 번째 작품이다. 특히 두 번째 작품인『모스크바의 신사』는《뉴욕 타임스》장기 베스트셀러에다 신뢰감 높은 독서가인 미국의 버락 오바마 전 대통령이나 빌 게이츠 등이 추천한 도서로도 화제를 모아서 미국은 물론이고 우리나라에서도 독자들의 사랑을 듬뿍 받았다. 많은 독자들이 감명 깊게 읽은 소설로 꼽거나 심지어 인생 책이 되었다는 소감을 밝히곤 했다. 이 작품『링컨 하이웨이』를 읽기로 마음먹은 독자들 가운데 상당수는 전작의 감흥에 이끌려 설레는 마음으로 그리하지 않았을까 싶다.

그러나 이 소설은 전작과는 느낌이 많이 다른 작품이다. 실은 에이모 토울스는 새 작품을 구상하고 집필할 때면 가능한 한 이전 작품과는 여러모로 다른 작품을 쓰고자 하는 성향이 유난히 강한 작가이다. 창작에 필요한 온갖 요소들을 재설정하지 않을 수 없게 만듦으로써, 거기서 새로운 집필 동력을 얻기 위해서라는 것이다. 앞선 두 작품만 봐도 하나는 대공황 끝 무렵의 뉴욕에서의 1년을 배경으로 세 젊은이의 엇갈린 삶을 그렸고, 다른 하나는 볼셰비키 혁명 이후의 러시아를 배경으로 메트로폴이라는 호텔에 감금되어 32년을 살아가는 구시대 귀족의 이야기를 썼다. 나름의 의도를 가지고 시간적, 공간적으로 판이하게 다른 이야기를 쓴 것이다. 이런 성향은 이 작품 『링컨 하이웨이』에서 더욱 두드러진다. 전작에서 32년 간의 이야기를 다룬 데 반해 이 작품에서는 단 10일간의 이야기를 다루었고, 소설의 분위기는 전반적으로 우아하고 격조 높은 전작과는 달리 한결 다채롭고 종종 날것의 느낌이 나기도 한다. 그래서 전작의 감흥에 이끌린 독자 중에는 이 작품의 생경함에 놀라는 사람도 있을 것이다. 물론 한결 다채로운 작가의 시도에 박수를 보내는 독자도 적지 않을 것이다.

제목으로 사용한 '링컨 하이웨이'는 한 기업가가 1912년에 처음 구상한 도로 건설 아이디어에서 비롯된, 대서양에 면한 뉴욕시에서 태평양에 면한 샌프란시스코까지 미국 땅을 동서로 관통하는 미국 최초의 대륙 횡단 도로이다. 이 제목만 보면 주인공들이 링컨 하이웨이를 따라 여행하는 내용이 서사 구조의 중심이 되는 여로형 소설이라고 생각하기 쉽다. 이 생각은 반은 맞고 반은 틀리다. 여로형 소설이라고 할 수는 있되 본격적으로 링컨 하이웨이를 따라 여행하는 소설은 아닌 것이다. 부분적으로 링컨 하이웨이를 따라 자동차로 여행하는 내용이 나오기는 하지만, 그보다는 뉴욕행 화물열차 안에서 벌어지는 내용과 뉴욕에 도착한 이후에 일어나는 일들이 소설의 뼈대를 이룬다. 그러므로 소설 속에서 링컨 하이웨이의 의미가 과도하게 부각되는 것에 휘둘릴 필요는 없다. 본격적인 링컨 하이웨이 여행은 소설이 대단원의 막을 내린 후에야 일어날 일인 것이다. 하기는 왓슨 형제가 샐리와 함께 링컨 하이웨이를 타고 샌프란시스코까지 여행하는 이야기와 그들이 샌프란시스코에 정착하여 살아가는 이야기, 엄마를 찾기 위한 빌리의 노력 같은 후일담이 궁금하기는 하다.

이 작품은 열 개의 장으로 이루어져 있다. 하나의 장에 하루의 이야기를 담아, 열흘간의 이야기를 날짜순으로 열 개의 장으로 구성한 것이다. 따라서 첫째 날의 이야기인 첫 장은 상식적으로는 1이어야 할 텐데, 10이다. 두 번째 장은 9이고, 세 번째 장은 8이다. 날짜의 역순으로 장 번호를 매긴 것이다. 작가는 이 작품을 소개하는 글에서 이것은 카운트다운 같은 것이라고 말했다. 작가도 처음에는 1일째, 2일째, 3일째 하는 식으로 작품을 써나갔는데, 작업 진도가 더디고 이야기가 자꾸만 궤도를 벗어나더라고 했다. 그런 고민을 하던 중에 문득 이 작품은 단순히 열흘 동안의 이야기를 들려주는 것이 아니라 피할 수 없는 결론을 향해 카운트다운을 하듯 하루하루 나아가는 이야기라는 것을 깨달았고, 그랬더니 어떤 식으로 이야기를 이끌어가고 풀어가야 하는지가 한결 더 분명해지더라는 것이었다.

이야기를 서술하는 시점 면에서도 작가의 낯선 시도가 보인다. 이 작품은 주로 에밋과 더치스가 번갈아가면서 이야기를 서술하고, 샐리와 울리가 그다음으로 빈번히 서술자로 등장하며, 빌리, 율리시스, 존 목사, 애버네이스 교수가 몇 차례씩 서술자로 나오는, 작품

전체에 걸쳐 총 여덟 명이 서술자로 등장하는 다중 시점을 채택하고 있다. 서술자들은 대부분 '그'라는 3인칭으로 지칭되는데, 묘하게도 더치스와 샐리 부분은 '나'라는 1인칭으로 이야기를 끌어간다. 이 점이 좀 의아했는데, 한참 번역 작업을 하던 도중에야 더치스와 샐리는 자아가 강하고 자기 목소리가 뚜렷한 사람이라 직접적으로 자신을 드러내는 인물로 여겨져서 1인칭으로 이야기를 끌어가게 했다는 작가의 설명을 읽게 되었고, 그제야 고개를 끄덕일 수 있었다.

장 번호를 역순으로 매긴 점이나 서술자의 시점을 3인칭과 1인칭을 혼용해서 사용한 점에서 보듯이 작가 에이모 토울스는 새로운 시도를 추구하고 도입하는 것에 과감하다. 그 점이 기존의 소설 문법에 익숙한 독자를 당황스럽게 만들기도 하지만, 매너리즘에 빠지지 않고 내용과 형식 면에서 늘 새로운 방식을 추구하는 에이모 토울스의 자세에는 큰 박수를 보내고 싶다.

이 작품은 빌둥스로만Bildungsroman이라고 부르는 교양소설, 성장소설에 해당된다고 할 수 있다. 18세에서 20세 사이의 청소년들인 에밋, 더치스, 울리, 샐리는 각자의 방식으로 성인이 되어가는 모습을 압축적으로 보여준다. 이들 모두 가정생활이나 부모와의 관계가 원만하지 못하다. 에밋의 어머니는 오래전에 집을 나갔고 아버지는 돌아가셨다. 더치스는 아버지를 응징할 생각마저 가지고 있다. 부유한 집안 출신인 울리조차도 아버지는 오래전에 돌아가시고 어머니는 재혼했다. 샐리도 어머니가 안 계시고 아버지는 고지식하며 늘 산더미처럼 쌓인 집안일에 쫓긴다. 그러고 보니 작가는 원만하지 못한 가정에서 자란 젊은이들의 비극적이거나 힘겨운 삶을 통해 가정의 결손이 성장기의 청소년들에게 얼마나 큰 영향을 미치고 상처를 주는지 역설하고 싶었던 모양이다. 다만 마지막 부분은 너무 폭력적인 결말이라는 생각마저 든다. 꼭 그랬어야 했을까? 안타까웠다. 삶의 관문을 통과하고 어른이 된다는 것은 결코 쉬운 일이 아니라는 것을 새삼 깨닫는다.

여덟 살 소년 빌리는 이 소설에서 가장 똑똑한 인물처럼 보인다. 생각이 바르고 행동이 균형 잡힌 형 에밋은 늘 동생을 챙기고 보살피지만, 실상 결정적인 순간에 에밋에게 도움을 주는 사람은 동생 빌리이다. 우리가 이 소설의 주인공이라고 기꺼이 믿는 믿음직스러운 에밋은 사실 생각만큼 믿음직스럽지 못하다. 그는 어쨌든 자신의 화를 다스리지 못해 소년원 생활을 하게 되었고, 끝까지 울리의 집안 별장 금고에는 돈이 들어 있지 않을 거라고 확신했으며, 더치스가 겨냥한 소총에 공이가 제거되어 있다는 사실도 깨닫지 못했고, 그토록 오래 더치스와 생활했으면서도 더치스가 글을 읽을 줄 모르고 수영도 하지 못한다는 사실도 몰랐다. 이 모든 것을 알아낸 사람은 여덟 살 빌리이다. 그러니까 좀 심하게 말하면 우리가 소설이 끝날 때까지 응원하며 믿었던 에밋은 헛똑똑이이고, 진짜 똑똑이는 빌리인 것이다. 빌리는 네 자리 숫자의 금고 비밀번호도 여섯 번의 시도 만에 알아낸 비범한 아이이다.

그런 빌리는 너 자신의 모험 이야기를 써보라는 책 속 애버네이스 교수의 권유에 따라 그와 에밋의 모험담을 쓸 계획을 세우는데, 이야기는 시간순으로 쓰는 게 아니라 중간에서in medias res 시작하는 거라는 충고에 따라 자신의 이야기를 시작할 시점을 여러모로 궁리한다. 그래서 최종적으로 내린 결론은 에밋 형이 소년원 원장의 차 앞좌석에 앉아 소년원에서 집으로 돌아오는 그 시점이 가장 좋다는 것이었다. 그런데 실제로 이 작품 『링컨 하이웨이』는 빌리의 생각과 똑같이 바로 그 시점에서 이야기가 시작된다. 빌리의 생각과 작가 에이모 토울스의 생각이 일치한 것이다. 이런 점들을 보면 빌리는 작가의 대리인이라 생각해도 무방하지 않을까 싶다. 따라서 이 소설의 진정한 화자는 빌리일 것이다. 더치스가 빌리를 만물박사라고 여기며 기분 나빠 하는 것도 다 이해가 된다. 이제 우리는 빌리가 나이에 어울리지 않게 너무 많이 아는 것에 대해 탓하지 않기로 하자.

이 소설은 잘 짜인 전작 『모스크바의 신사』의 반듯함에서 벗어나 작가가 모처럼 자유분방하게 상상력을 발산한, 그러면서도 작가의 치밀함이 돋보이는 흥미진진한 수작이다. 만만치 않은 분량의 이 번역 작업을 하는 동안 유독 신경에 거슬렸던 바깥세상의 전쟁 소식, 소음 같은 정치판 이야기, 막바지로 치닫던 코로나 상황에 지치지 않으려 노력하면서(사실은 많이 지쳐 있었다) 나름대로 성실히 번역했으니, 이 작품이 우리 독자들에게도 많은 사랑을 받는다면 힘이 날 것 같다는 것이 솔직한 심정이다.

에이모 토울스는 지난 3월 트위터에 자기는 새로운 소설을 시작했으며, 이야기는 1940년 이집트 카이로에서 시작하여 1999년 뉴욕시에서 끝난다고 썼다. 그런 다음 '행운을 빌어달라Wish me luck'고 덧붙였다. 행운을 빌어요, 토울스 선생!

2022년 6월
서창렬

토울스의 세 번째 소설은 극찬받았던 『모스크바의 신사』보다 더더욱 흥미진진하다. 감미로움과 비운의 운명을 비범하게 조화시킨 『링컨 하이웨이』는 미국의 신화, 스토리텔링 기술, 역사가 개인에게 미치는 무자비한 영향력을 한껏 드러내 보인다. 미국적인 것을 가로지르는 짜릿한 여행!
_《커커스 리뷰》

드라마가 가득하다. 토울스의 독자는 그에게서 기대했던 바로 그 즐거움들로 톡톡히 보답받을 것이다. 느긋한 페이스로 들려주는 이런저런 온갖 이야기들, 사랑스러우면서도 때때로 광기에 휩싸이는 다수의 인물들, 매번 놀라움을 선사하는 완벽한 구성으로. 토울스는 만족에 겨운 독자들이 때로는 너덜너덜해지도록 책장을 넘길 운명을 타고난 또 하나의 매혹적인 소설을 창조해냈다.
_《북페이지》

압도적인 아름다움을 품은 책. 모든 인물이 주옥같고, 많은 장소들이 생생하게 살아나는 이 책은 여행에 대한, 그리고 여행이 가져다줄 수 있는 무수한 예기치 않은 전환점에 대한 복잡하게 뒤얽힌 감동적인 탐험이다. 게다가 어찌 된 일인지 토울스는 이 모든 것을 쉬워 보이게 한다. 나는 이 책을 다 읽자마자 다시 읽고 싶어졌다.
_타나 프렌치

눈부시도록 공들인 작품. 토울스는 연민과 세심한 디테일로 소설을 장정한다. 그는 그 시대와 현재의 사회적 병폐 사이에 선을 긋고, 등장인물들의 열망을 우리의 변덕스러운 시대와 연결 짓는다. 그는 우아하고 세련된 스토리텔링으로 이를 해낸다. 이 소설은 노련한 손길로 등장인물들의 모순을 감싸 안으면서, '너무 덥지는 않은 여름날 폭이 넓은 강물에 실려 가는 듯한 부유감'으로 독자를 앞으로 인도한다.
_《워싱턴 포스트》

운명의 변덕스러움에 맞서는 미국적 개방성 및 끝없이 프랙털화 하는 자유의지의 개념은 토울스의 신나고 흥미진진한 피카레스크소설에 힘을 불어넣는 긴장 요소다. 우리가 이야기의 힘을 받아들일 마음만 있다면, 이야기는 우리 자신을 되찾아줄 수 있다고 작가는 말하는 듯하다. 『링컨 하이웨이』를 따라가는 이는 누구나, 선택에 의해서든 선택의 여지가 없든 간에 가지 않은 길이 있다는 것을 마음에 새긴 채 그 여행을 만끽할 것이다.
_《로스앤젤레스 타임스》

섬세한 시선과 아름다운 필치. 에이모 토울스는 작가와 이야기꾼의 진귀한 조합이다.
_제프리 아처

아찔하게 짜릿한 드라이브. 이 유쾌한 역작에 히치하이크한다면 토울스표 스토리텔링의 창의적인 풍성함에 속수무책으로 목적지까지 쭉 끌려가는 수밖에 없으리라.『링컨 하이웨이』는 우아하게 건설되어서 눈을 떼기 힘들 지경이다. 액션도 가득하다. 환상적인 인물들로 채워진 이 잘 차려진 소설에는 즐길 거리가 아주 많으며 곁가지 이야기, 마술 묘기, 애처로운 무용담, 응보, 수지 균형을 맞추려는 복잡하게 얽힌 거래가 넘쳐난다.
_「내셔널 퍼블릭 라디오」

팬데믹이 길어지면서 집콕 생활과 디지털에 지친 독자에게『링컨 하이웨이』는 기운을 북돋우는 영웅적인 모험이다. 토울스는 피카레스크소설, 성장소설, 서사시적 원정의 요소들을 우아하고 세련되게 다룬다. 전혀 예상하지 못한 잊을 수 없는 마지막 장면은 상속의 주제, 그리고 작중인물들이 자신의 운명을 결정하기 위해 주어진 것에 대해서 어떤 선택을 하는지를 완벽하게 압축적으로 보여준다.
_《시애틀 타임스》

매혹적이다.『링컨 하이웨이』에는 서스펜스, 유머, 철학, 그리고 시공간에 대한 확고한 지각이 있고, 만족스러운 결론을 향해 빠르고 착실하게 나아간다. 동명의 대륙 횡단로와 마찬가지로『링컨 하이웨이』는 길고, 무척 흥미로운 우회로로 가득하다. 토울스 같은 언어의 장인이 빚어낸 작품은 분명 함께 여행할 가치가 있다.
_《세인트루이스 포스트디스패치》

마음을 사로잡는 오디세이.
_《피플》

역사와 모험을 좋아한다면『링컨 하이웨이』만 한 책이 없다. 두께가 있음에도 과하다는 느낌은 들지 않는다. 빠른 전개와 간결한 문장은 침대에 있든 소란스러운 커피숍에 있든 술술 잘 읽히게 한다.
_「AP(연합통신)」

토울스는 모든 위대한 여로 소설이 주는 것을 똑같이 준다. 이를테면 대초원과 언덕의 파노라마, 그 풍경에서 막 튀어나온 듯 보이는 모험, 길이 품은 추진력 있는 리듬을. 소설은 다중 시점으로 술회되며, 각각의 시점은 어느 것 하나 빠지지 않고 흡인력 있되 완결적이다. 전작의 한정된 팔레트 때문인지, 여기서는 오히려 들썩거리는 확장성—미국의 드넓은 풍광뿐만 아니라, 직선 구간을 따라 저 멀리 뻗어가고 한 시점에서 다른 시점으로 쉼 없이 활기차게 도약하는 내러티브—를 더욱 반기는 것 같다. 이 소설은 여행 그 자체에 대한 이야기이며 미국 도로의 문학적인 역사에 대한 이야기다. 진정 이 분야의 최고 중의 최고로서, 잭 케루악, 존 스타인벡, 토머스 울프와 능히 어깨를 나란히 할 만하다.

_《옵서버》

커다란 즐거움 그 자체인『링컨 하이웨이』에 오신 것을 환영합니다. 동지애와 모험이 있는 이 큰 책에서는 수 마일이 휙휙 지나가고 책장이 빠르게 넘어갑니다. 눈을 뗄 수 없는 열흘을 무대로, 네 소년의 이야기는 펼쳐졌다가 다시 접혔다가 찢어졌다가 또 테이프로 한데 붙여집니다. 이 책을 읽다가 멈추면 그사이에 등장인물들을 걱정하게 될 테니, 의자에 앉아 계속해서 읽는 게 좋겠습니다.

_앤 패칫

놀랍도록 다재다능한『우아한 연인』과『모스크바의 신사』의 작가가 고전이 될 운명을 가진 미국식 피카레스크소설로 돌아왔다. 모험과 기억에 아로새길 인물이 넘쳐난다. 다중 시점을 이용하고 희극에서 비극으로, 또 그 반대를 오가면서 에이모 토울스는 마음을 사로잡는다.

_《O, 오프라 매거진》

토울스의 신화적 암시와 서사시적 병렬은 이야기의 전제와 대립하는 깊이와 흐름을 창조해낸다. 1950년대 미국이 배경이기는 해도, 이 소설은 본질적으로 시대 초월적이다. 또한 심판과 응보, 부모와 배우자에 의한 유기라는 근원적 상처, 이야기꾼의 중차대한 역할에 관해 큰 질문을 던지고, 타자에 대한 책임 범위를 규명한다. 등장인물의 복합성은 속도감과 흥미를 더해준다. 토울스는 인간 본성에 빛과 어둠을 융합시키는 그 모호한 신비를 기꺼이 받아들인다. 책임감과 영속적인 진실에 집중한 덕분에 미쳐버린 대체현실과 후안무치한 이기심의 슬픈 시대에『링컨 하이웨이』는 시의적절한 원기 회복제가 되었다.

_《사우스차이나 모닝 포스트》

옮긴이 **서창렬**

연세대학교 영어영문학과를 졸업했다. 옮긴 책으로 에이모 토울스의 『모스크바의 신사』를 비롯해 『사랑의 종말』『브라이턴 록』『그레이엄 그린』『불평꾼들』『밤에 들린 목소리들』『아메리칸 급행열차』『보르헤스의 말』『축복받은 집』『저지대』『데어 벗 포 더』『에브리데이』『엄마가 날 죽였고, 아빠가 날 먹었네』『토미노커』『이곳이 아니라면 어디라도』『제3의 바이러스』『암스테르담』『촘스키』『벡터』『쇼잉 오프』『마틴과 존』『구원』등이 있다.

링컨 하이웨이

지은이 에이모 토울스
옮긴이 서창렬
펴낸이 김영정

초판 1쇄 펴낸날 2022년 7월 4일
초판 3쇄 펴낸날 2024년 1월 24일

펴낸곳 (주)현대문학
등록번호 제1-452호
주소 06532 서울시 서초구 신반포로 321(잠원동, 미래엔)
전화 02-2017-0280
팩스 02-516-5433
홈페이지 www.hdmh.co.kr

ⓒ 2022, 현대문학

ISBN 979-11-6790-111-8 03840

• 책값은 뒤표지에 있습니다.
• 파본은 구입처에서 교환해드립니다.

현대문학 에이모 토울스 컬렉션

모스크바의 신사 A Gentleman in Moscow

서창렬 옮김 | 724면

두 번의 혁명 이후 1920년대 러시아,
메트로폴 호텔에 종신 연금된 구시대 귀족
로스토프 백작의 우아한 생존기

★ 《뉴욕 타임스》 59주 베스트셀러
★ 2017 버락 오바마 전 미국 대통령 추천 도서
★ 2019 여름 빌 게이츠 추천 도서
★ 2016 아마존·굿리즈 올해의책
★ 2017 《더타임스》 《워싱턴 포스트》 올해의책
★ 2021 《뉴욕 타임스》 선정 '지난 125년간 최고의 책' 25선

우아한 연인 Rules of Civility

김승욱 옮김 | 540면

재즈만큼이나 예측 불가능하던 '순수의 시대'
화려한 삶과 양심 사이에서 서로 엇갈린
찬란한 젊음들에 바치는 찬사

★ 《뉴욕 타임스》 베스트셀러
★ 2011 아마존·반스앤드노블 올해의책
★ 2011 《로스앤젤레스 타임스》 《월스트리트 저널》 올해의책
★ 2012 프랑스 피츠제럴드상
★ 2012 뉴애틀랜틱독립서점협회 올해의책
★ 2012 전미도서관협회상 역사소설 부문